Knaur.

*Im Knaur Taschenbuch Verlag sind bereits
folgende Bücher des Autors erschienen:*
Das Jesusfragment
Das Kopernikus-Syndrom

Über den Autor:
Henri Lœvenbruck, geboren 1972, studierte an der Sorbonne englische und amerikanische Literatur und lebt als Skriptwriter und freier Schriftsteller in Paris. In jüngster Zeit ist er vor allem mit Spannungsromanen erfolgreich. Die Zeitschrift *Le Nouvel Observateur* nannte ihn deshalb den »neuen Meister des französischen Thrillers«. Henri Lœvenbrucks bislang neun Romane sind in fünfzehn Sprachen übersetzt.

Henri Lœvenbruck
Das verschollene Pergament

Mysterythriller

Aus dem Französischen von
Marie-Sophie Kasten

Knaur Taschenbuch Verlag

Die französische Originalausgabe erschien 2008 unter dem Titel
»Le Rasoir d'Ockham« bei Flammarion, Paris.

Besuchen Sie uns im Internet:
www.knaur.de

Deutsche Erstausgabe Februar 2011
Copyright © 2008 by Flammarion
Copyright © 2011 für die deutschsprachige Ausgabe bei
Knaur Taschenbuch. Ein Unternehmen der Droemerschen Verlagsanstalt
Th. Knaur Nachf. GmbH & Co. KG, München.
Alle Rechte vorbehalten. Das Werk darf – auch teilweise – nur mit
Genehmigung des Verlags wiedergegeben werden.
Redaktion: Ilse Wagner
Umschlaggestaltung: ZERO Werbeagentur, München
Umschlagabbildung: FinePic®, München
Satz: Adobe InDesign im Verlag
Druck und Bindung: CPI – Clausen & Bosse, Leck
Printed in Germany
ISBN 978-3-426-50236-5

2 4 5 3 1

Inhalt

Vorwort
9

Erster Teil – Das Licht
11

Zweiter Teil – Der Himmel
17

Dritter Teil – Die Erde
77

Vierter Teil – Die Sterne
151

Fünfter Teil – Die Tiere
227

Sechster Teil – Mann und Frau
287

Siebter Teil – Interiora Terrae
355

Dank
541

*Den Brüdern Séchan,
wahren Liebhabern des Sssrillers,
und den Bewohnern eines kleinen Traumhauses
auf dem Montmartre
gewidmet.*

Dieses Buch ist Fiktion. Es steht mir fern, irgendjemandem vorzugaukeln, dasjenige, was er hierin findet, sei real. Ich gehöre nicht zu dieser Sorte Mensch ...
Dennoch, das Skizzenbuch von Villard de Honnecourt existiert wirklich, und den Historikern nach sollen in diesem mysteriösen Portfolio mehrere Seiten fehlen.
1825 im Fundus der Abtei Saint-Germain-des-Prés wiedergefunden, wird das, was heute von dem auf das dreizehnte Jahrhundert datierten Manuskript übrig ist, unter der Referenznummer ms. fr. 19093 in der Pariser Nationalbibliothek aufbewahrt. Im Internet finden sich außerdem zahlreiche Reproduktionen.
Zu großem Dank verpflichtet bin ich Fabrice Mazza, dem Autor des »Grand Livre des énigmes«, der mir geholfen hat, die geheimen Seiten von Villard zu entschlüsseln.

Erster Teil
Das Licht

»Entitäten dürfen nicht über das notwendige Maß
hinaus vermehrt werden.«
Wilhelm von Ockham (1285–1347)

»Villard de Honnecourt grüßt Euch und bittet all jene,
welche die Apparaturen verwenden, die sich in diesem
Buch finden, sich seiner zu erinnern.«
Villard de Honnecourt (ca. 1200 – ca. 240)

I

Als er hörte, wie sich die lange und dicke Nadel in den hinteren Teil seines Schädels bohrte, begriff Christian Constantin, dass er auf grausame Weise sterben würde.
Und dieses immer greller werdende Licht.
Auf dem Eichentisch liegend, konnte er sich schon lange nicht mehr bewegen. Das Lähmungsmittel, das man ihm injiziert hatte, war fürchterlich effektiv und besonders tückisch: Christian Constantin nahm alles wahr, was man seinem Körper antat, seinem Fleisch, seinem Schädel, ohne dagegen ankämpfen zu können.
Er konnte nicht einmal die panische Angst ausdrücken, die ihn doch so heftig erfasste.
Man hatte seine Hände und seine Arme festgebunden, vermutlich ganz zu Anfang, bevor das Mittel seine Wirkung gezeigt hatte, und jetzt vermochte er nicht mehr auch nur einen einzigen Körperteil zu bewegen. Er konnte lediglich wehrlos seiner eigenen langsamen Tötung beiwohnen. Nicht zu verstehen, nicht zu wissen, wer ihn kontrollierte und warum, war die grausamste und barbarischste Folter, viel schrecklicher als der Gedanke an den Tod an sich.
Wenn er sie auch nicht wirklich spüren konnte, diese Nadel, die er hell hatte aufblitzen sehen, so hörte er gleichwohl ihr Eindringen durch die Fontanelle und das schmale Loch, das man durch die Naht des frontalen Knochens und der seitlichen Schädelknochen gebohrt hatte.
Zuerst waren abscheuliche Sauggeräusche zu hören, gefolgt von einem harten Reiben, wie wenn ein Stück Eisen über eine dicke Rinde schabt. Schließlich das oberflächliche und leichte Eindringen in einen schlaffen Körper: seinen Parietallappen.

Eine peinlich genaue und klare Invasion wie der Rüssel eines riesenhaften Insekts, das seine Eier ins lebende Fleisch legt.
Man bohrt mir im wachen Zustand den Schädel auf.
Während die Nadel in sein Gehirn drang, versuchte er sich einzureden, dass er träumte. *Aber Träume haben nicht diese Farbe, Christian.* Träume können uns täuschen, aber das Reale lügt nicht.
Die Flüssigkeit breitete sich in seinem Gehirn aus. Und die Angst verwandelte sich unvermittelt in einen Schwarm undeutlicher Bilder.
Dies war der Beginn einer großen Verirrung. Ein Notausgang vielleicht oder die Ankündigung eines Todes, der sich in einem letzten Spiegelbild näher kommen sah. Eine Trauerfanfare. Blitzlichter ohne Hand noch Fuß überfielen seinen Geist und sein Blickfeld. Kleine Ausschnitte aus seinem Leben oder dem Leben eines anderen, seine Frau, sechzig Jahre Existenz, unbekannte, vergessene Gesichter, ohrenbetäubende Geräusche und *dieses immer greller werdende Licht.*
Und auf einen Schlag verlosch alles.
Es folgte die Kälte des Todes, dieser eisige Strom, der ihn ganz und gar überwältigte. Der Schmerz, das Entsetzen, Tausende von Schreien, die sich weigerten herauszukommen.
Christian Constantin hatte nur wenige Zehntelsekunden, bevor er endlich erlosch, einen letzten Gedanken, kurz und präzise.
Ein letztes Bruchstück von Bewusstsein.
In einem Geistesblitz, einem Auffahren verstand er.
Er verstand, warum man ihn tötete.
Sein *Quadrat*. Ihr Geheimnis. Es war eine Gewissheit. Spät, aber absolut. Man würde ihr Geheimnis entwenden. Ihr uraltes Geheimnis.
Dann starb er.

2

I. Zu Anfang.
Das erste Quadrat ist in unseren Händen. Die Rosette birgt bereits in sich allein alle Mysterien des Mikrokosmos und des Makrokosmos.
Nichts wird uns mehr aufhalten können.
Die Erde soll sich auftun.

Zweiter Teil
Der Himmel

L: VIJ C:

LE OG SA VI CI RR BR PB

Cil qui set lire ço qui est escrit el CH petites verres roondes environ cele rose, conoist les secrés de l'ordonance del monde, mais a cele fin couient que li voirres sache bon ueure.

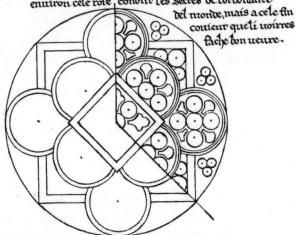

Se es destinés, si come iou, a faire haute outraigne, si l'ordonance de coses entras. Lors engignor savoir te liuerra Vilars de Hynecort car il i a un point de le tiere u une entrée obliie est muchié lequele solement conoisent li grant anchient del siecle ggieu et par la puet on visiter Interiora terræ.

3

Ari Mackenzie wurde durch das Klingeln seines Telefons vom anderen Ende der Wohnung her aus dem Schlaf gerissen. Die tiefstehende Wintersonne sickerte in weißen Lichtstrahlen durch seine Fensterläden. Er rieb sich die Augen, drehte den Kopf und blickte zum Wecker auf seinem Nachttisch. Mühsam las er die vier roten Ziffern. Das verschwommene Bild wurde langsam klarer. 08:13. Wer rief ihn um diese Zeit wohl an?
Nach mehrmaligem Klingeln sprang der Anrufbeantworter an. Ari richtete sich in seinem Bett auf. Er zögerte. Was nützte es schon, ins Wohnzimmer zu eilen, denn bis er dort wäre, hätte die Person doch nur wieder aufgelegt. Er kannte das Prinzip: Das war eine der tückischen Demonstrationen von Murphys Gesetz. Er murrte. Es war ihm ein Greuel, so geweckt zu werden, vor allem, wenn er am Vorabend spät und in Gesellschaft eines schottischen Single Malt Whiskys zu Bett gegangen war.
Schon beim ersten Wort erkannte er die Stimme von Paul. Paul Cazo, dem ältesten Freund seines Vaters. Rasch verstand er, dass etwas Ungewöhnliches vorgefallen sein musste.
»Ari! Ich bitte dich ... Es ist sehr dringend. Komm zu mir nach Reims, sobald du kannst. Heute. Es kann nicht warten. Ich ... Ich kann es dir nicht am Telefon sagen. Es ist sehr ernst ... Ich ...«
Ari sprang aus dem Bett und rannte ins Wohnzimmer, aber als er zum Telefon kam, hatte Paul Cazo bereits aufgelegt und die Kassette des alten Anrufbeantworters spulte sich gerade zurück.
Mit einem Ruck zog er die Schublade der Kommode auf und holte sein Adressbuch heraus. Eilig wählte er Paul Cazos Nummer. Der Anschluss war besetzt. Er fluchte, legte auf und wählte die Nummer noch einmal, erfolglos.

Ohne länger abzuwarten, rannte er ins Badezimmer, schlüpfte in seine Jeans und sein weißes Hemd, griff nach seinem Handy und ging, das Hemd in die Hose stopfend, zur Wohnungstür. Dort nahm er sein Holster von der Garderobe, schob die 357er Magnum Manurhin hinein, die er in einer Schuhschachtel versteckt hielt, zog seinen schwarzen Trenchcoat an und verließ die Wohnung.

Der letzte Satz vom Freund seines Vaters ging Ari Mackenzie durch den Kopf, während er die knarrende Treppe des alten Pariser Wohnhauses hinunterrannte: »Ich kann es dir nicht am Telefon sagen.« Den baufälligen Fahrstuhlschacht umrundend, nahm er jeweils vier der mit rotem, abgenutztem Linoleum überzogenen Stufen auf einmal. Unten angekommen, kramte er sein Handy aus seiner Tasche und wählte, ohne dabei stehen zu bleiben, ein weiteres Mal Paul Cazos Nummer. Der Anschluss war noch immer besetzt.

Der Winter war dieses Jahr recht plötzlich über die Hauptstadt hereingebrochen. Nicht einer dieser milden, verklemmten Winter, die einem freundlich über den Nacken strichen, nein, ein guter, harter Bulldozer-Winter, der die Metro mit Obdachlosen füllte, wenn er sie sich nicht auf einen Schlag packte, hingeworfen auf das Gitter einer Platane, in der Stille der eingeschneiten Herzen, ein mieser Erster-Weltkriegs-Winter, der den Atem gefrieren ließ und die Schultern der wollenen Silhouetten in die Höhe zog.

In den meisten Pariser Stadtvierteln lud das Wetter nicht zum Hinausgehen ein, aber auf den Gehwegen der Rue de la Roquette waren dennoch viele Leute unterwegs. Das war im Übrigen einer der Gründe, warum Ari nie diese Gegend verlassen hatte: Ganz gleich, welche Jahreszeit es war, die Straße war immer belebt. Und trotz der etwas ärgerlichen Verbürgerlichung der Bastille hätte er nicht das Gewimmel der Vorstadt missen wollen; vielleicht war er selbst ein wenig bürgerlicher geworden.

Schnellen Schrittes, den Kragen hochgeschlagen, die Fäuste tief in die Manteltaschen gesteckt, überquerte er den großen Platz.
»Komm zu mir nach Reims, sobald du kannst. Heute.«
Noch nie hatte Ari diesen panischen Ton in Paul Cazos Stimme gehört. Er war ein Mensch von großer Gelassenheit, nicht der Typ, der sich wegen einer Lappalie aufregte. Er war sogar der bedächtigste Mann, den Ari jemals kennengelernt hatte, ein Gentleman englischen Stils, immer lächelnd, ruhig und vertrauensvoll. Seine besorgte Nachricht ließ nichts Gutes ahnen. Seit sein Vater teilweise den Verstand verloren hatte, hatte Ari in Paul einen zurückhaltenden, aber sicheren Tröster gefunden. Der pensionierte Architekt unternahm regelmäßig die Reise von Reims nach Paris, um seinen alten Freund in dessen Pflegeheim an der Porte de Bagnolet zu besuchen, ihm seine Unterstützung anzubieten und seine unveränderte Zuneigung zu zeigen. Anschließend verbrachte er Stunden mit Ari, als fühlte er sich verantwortlich. Er war der einzige Mensch, mit dem Ari alte Zeiten heraufbeschwören konnte, die nicht allzu ferne Vergangenheit, in der sein Vater noch in der Lage gewesen war, ein richtiges Gespräch zu führen.
Paul Cazo hatte Jack Mackenzie zu Beginn der 50er Jahre kennengelernt, als Letzterer ohne einen Sou aus Kanada gekommen war. Sie hatten sich sehr schnell angefreundet, und in schwierigen Momenten war Paul immer zugegen gewesen: beim Tod von Anahid, Aris Mutter, sowie nach dem »Unfall«, der Jack Mackenzie in dem Zustand der Demenz zurückgelassen hatte, in dem er sich heute befand. Ari war ihm unendlich dankbar, und jetzt konnte er seine Besorgnis nicht unterdrücken. Es war mit Sicherheit etwas Schlimmes passiert.
Er stürzte sich in die überfüllte Metro, um zur Gare de l'Est zu fahren.

4

II. Es gibt eine weite Fläche.
Ich setze in dieser Weite den Weg fort, der mir vorgegeben ist. Seltsamerweise war es einfacher als beim ersten Mal. Die Gesten sind mir schon fast in Fleisch und Blut übergegangen. Und ich befand mich auf bekanntem Terrain. Er ist ohne Überraschung gestorben, in Ruhe.
Ich habe dieselbe Erregung verspürt und vielleicht Freude. Die Freude darüber, diese Intensität wiederzufinden. Das Blut. Die Angst in ihren Augen, im allerletzten Moment. Das Innere ihrer Schädel. Das Verbotene.
Ich entledige mich von allem, was mich zurückhalten könnte. Es ist, als sei ich in diesen Momenten nicht ich selbst. Dabei ist es das, was ich werden muss. Das ist meine Mission. Durch sie gehe ich über mich hinaus.
Die Dinge rücken an ihren Platz. Das Geheimnis lüftet sich. Die Quadrate legen sich nebeneinander, und die Botschaft nimmt Gestalt an. Das Geheimnis zeichnet sich auf dem Astrolabium ab. Bald werden wir an die Quelle zurückkehren können.
Die Erde soll sich auftun.

5

Als das Taxi ihn vor Pauls Haus in der Rue Salin, im Herzen des alten Reims, absetzte, wusste Ari Mackenzie sofort, dass etwas Dramatisches geschehen war, und sein Herz schlug schneller.
Der düstere Himmel war mit drohenden Wolken bedeckt. Zwei Polizeifahrzeuge und eine Feuerwehr parkten schräg auf dem Gehweg. Es war kaum achtzehn Uhr und bereits dunkel. Die

Finsternis und Kälte des Winters, einige Neugierige, die auf Zehenspitzen standen, das Aufblitzen des Blaulichts, das von den steinernen Hauswänden zurückstrahlte – das alles sah nach einer Tragödie aus, und Ari spürte, wie ihn Angst ergriff. Angesichts der Zahl an mobilisierten Polizisten war offensichtlich etwas Schwerwiegendes vorgefallen.
Mit zitternder Hand bezahlte er den Taxifahrer und trat in die beißende Kälte hinaus.
Er war so beunruhigt, dass ihn der Lärm der Straße nur undeutlich, wie erstickt, erreichte. Während er ging, zogen die Erinnerungen wie bei einer alten sepiafarbenen Vorschau an ihm vorbei, mit Bild und Ton.

10. Juni 1981. Wie jeden Tag kurz nach 16 Uhr 30 Rückkehr aus der Schule über die Rue Jean-François Lépine im achtzehnten Arrondissement. Ankunft in der Wohnung auf dem Boulevard de la Chapelle, im oberen Stock des alten Mehrfamilienhauses. Da, hinter der Tür, das verwirrte Gesicht von Paul Cazo: »Deine Mama ist ... deine Mama ist tot, mein Kleiner.«
»Was heißt das?«
»Das heißt ... Das heißt, dass sie aufgehört hat zu leben.«
Dann Paul bei ihnen, wochenlang, so lange, bis Jack Mackenzie die Kraft fand, dem Schicksal die Stirn zu bieten. Seinen Sohn großzuziehen.
Schnitt. Jack Mackenzie, Witwer, schweigsam, still, er redet nicht viel, nicht einmal mit seinem Sohn. Tagsüber ist er Oberleutnant bei der Polizei im Stadtviertel La Goutte-d'Or, abends trinkt er, ein bisschen.
31. Dezember 1992. Der »Unfall«. Routineeinsatz in einem Dealernest. Die Überwachung läuft schief. Jack bekommt eine 9-mm-Kugel direkt in die Brust. Neujahr, der Rettungsdienst lässt sich Zeit. Herz-Kreislauf-Stillstand von über zehn Minuten. Hypoxie, Gehirnschädigung. Der Arzt diagnostiziert vorzeitige Dementia praecox. »Sie müssen verstehen, dass Ihr

*Vater nie wieder ganz seinen Verstand finden wird, Monsieur Mackenzie.« Und wieder das Gesicht von Paul, immer da, treu, diskret. Unerschütterlich.
Alles wird schwarz.*

Ari zwängte sich mühsam zwischen den Gaffern hindurch und eilte auf die Toreinfahrt zu. Dort zeigte er seinen Ausweis vor, eine überflüssige Geste, denn er entnahm dem Blick seines Kollegen, dass dieser ihn als Mitglied »des Hauses« identifiziert, ja vielleicht sogar erkannt hatte.
Sogar in der Provinz erkannte man Ari Mackenzie manchmal, nicht weil er als guter Pariser Bulle allgemein bekannt war, sondern wegen der ketzerischen Reputation, die ihm vor einigen Jahren innerhalb der nationalen Polizei zuteilgeworden war.
»Was ist passiert?«
»Mord.«
Bei diesen Worten hatte Ari das Gefühl, ein Messer in den Bauch gerammt zu bekommen. Das war schlimmer, als er befürchtet hatte.
Aber er weigerte sich, eins und eins zusammenzuzählen. Er bemühte sich, ruhig zu atmen. Es gab keinen Grund, so schnell in Panik zu geraten. Es bestand immerhin die Möglichkeit, dass jemand anderes das Opfer war; schließlich war Paul nicht der Einzige, der in diesem Haus wohnte. Dennoch, es konnte kein Zufall sein.
Seinen ganzen Mut zusammennehmend, durchquerte Ari die veraltete Eingangshalle und ging auf die Wendeltreppe zu. War er bereit, sich dem zu stellen, was er dort oben finden würde? Es schien ihm, als hörte er noch Pauls Stimme. *Ich kann es dir nicht am Telefon sagen.*
Er stieg die Stufen hinauf, erst langsam, dann immer schneller. Sein Körper schien das Unvermeidliche bereits verstanden zu haben. Seine Beine trugen ihn kaum. Als er sich auf dem alten

hölzernen Geländer abstützte und den Kopf hob, sah er die Leute auf dem Treppenabsatz im zweiten Stock. Rechte Tür. Kein Zweifel. Es handelte sich um die Wohnung von Paul Cazo.

6

Es war ein schickes Restaurant in der Avenue Franklin Roosevelt, gegenüber dem Palais de la Découverte, das reich im Belle-Époque-Stil verziert war. Gold und Samt, leuchtend weiße Tischwäsche, gedämpftes Licht. Die Gäste sprachen mit leiser Stimme in der gediegenen Atmosphäre des großen Saals, und die Kellner, tadellos in ihren dunklen Anzügen, bewegten sich lautlos. Es war eine Oase der Ruhe inmitten des Pariser Getümmels.
Die beiden Männer saßen sich an einem abseits gelegenen Tisch gegenüber. Sie hatten den Ort nicht zufällig gewählt. Hier gehörte Diskretion zum Service.
Der Erste, über sechzig, schmales Gesicht, kahler Kopf, hager, besaß die Eleganz eines britischen Lords oder eines alten Schauspielers vom Royal National Theatre London. Der Zweite, um die vierzig, rundes Gesicht, matter Teint, kurze schwarze Haare und Sonnenbrille, sah eher wie der Jungunternehmer einer Aktiengesellschaft aus, angespannt, mit einem Anflug von Arroganz im Blick.
»Hier«, sagte der Ältere und schob einen Umschlag aus Kraft-Papier über das weiße Tischtuch.
»Ist es das Original?«
»Nun! Im Moment ist es eine Kopie. Sie erhalten die Originale erst am Ende. Das gehört zu unserer Vereinbarung, mein Lieber, das wissen Sie sehr gut.«
Der Mann mit der dunklen Brille nahm den Umschlag und

steckte ihn, ohne ihn geöffnet zu haben, in die Innentasche seines Jacketts.
Ein Kellner kam und reinigte ihr Tischtuch mit einer Krümelbürste aus Metall. Die beiden Männer bestellten einen Kaffee; der alte Mann mit übertriebener Liebenswürdigkeit und der andere mit einer Trockenheit, die dazu in herbem Kontrast stand.
»Sind Sie sich sicher, die Aufgabe der richtigen Person anvertraut haben?«, erkundigte sich der Jüngere.
»Ganz und gar. Ich zweifle nicht einen Moment daran. Wir haben die ersten beiden Quadrate, nicht wahr? Im Moment müssen Sie wohl oder übel zugeben, dass sich alles so abspielt, wie wir es vorgesehen haben.«
»Im Moment, ja. Aber ich hätte möglicherweise nicht dieselbe Wahl getroffen wie Sie. Sie haben sich für die geheimnisvollste Person Ihrer ... Gruppe entschieden. Sie kann uns jederzeit im Stich lassen.«
»Die Eifrigsten sind häufig die Ergebensten. Ich glaube, ihre Hingabe an unsere Sache ist, im Gegenteil, sehr viel größer als die von jedem anderen. Sie brauchen sich in dieser Hinsicht keinerlei Sorgen zu machen, haben Sie Vertrauen. Dafür sieht es so aus, als könnten wir ein kleines Problem bekommen ...«
Der Mann zog die Augenbrauen zusammen. Er konnte Euphemismen nicht leiden. Für ihn konnte ein »Problem« nicht »klein« sein.
»Worum geht es?«
»Wie es aussieht, hatte der Architekt einen seiner Freunde kontaktiert. Und dieser Freund ... Wie soll ich es sagen ... Es handelt sich bei ihm nicht um irgendjemanden.«
»Das heißt?«
»Ari Mackenzie, sagt Ihnen das etwas?«
Das Gesicht des Vierzigjährigen verdunkelte sich.
»Ich verstehe. Das ist ärgerlich. Es ist gut, dass Sie mich warnen.«

»Möchten Sie, dass ich ihn mit auf die Liste setze?«, fragte der ältere Mann.
»Nein. Ich werde mich um ihn kümmern. Ihr Rekrut soll mit solchen Dingen keine Zeit verlieren. Erledigen Sie, was Sie zu tun haben. Konzentrieren Sie sich auf die Quadrate, ich kümmere mich um den Rest.«
»Einverstanden.«
»Es fehlen Ihnen noch vier ...«
»Vier, in der Tat. Und die Erde wird sich auftun können ...«
»Wenn Sie es sagen«, erwiderte der Mann mit der Brille und trank seinen Kaffee in einem Zug aus.

7

Als Ari das Zimmer betrat, wurde ihm übel.
Drinnen war es bereits sehr voll. Die Techniker der Spurensicherung machten sich am Tatort zu schaffen. Fotos, Untersuchung von Fingerabdrücken, Bestandsaufnahme ... Aber Mackenzie konnte hinter ihnen die Leiche erkennen.
Im Laufe seiner Karriere hatte er mehrfach verstümmelte Körper und besonders grässliche Mordschauplätze sehen müssen. Mit den Jahren hatte er sich schließlich daran gewöhnt. Aber dieses Mal war der Körper, der vor ihm lag, nicht der eines Unbekannten. Es war der Körper von Paul. Und jetzt war er tot. Mit einem Loch in der Mitte des Schädels.
Ari schloss einen Moment die Augen und lehnte sich gegen den Türrahmen. Aber das Bild blieb, wie in die Netzhaut eingeritzt.
Der alte Mann war vollständig nackt und mit einer dünnen weißen Schnur, die sich um die Handgelenke, die Waden und den Oberkörper schlang, an den Tisch gefesselt worden. Auf den Armen und der Brust zeigten sich mehrere Merkmale von

Schlägen, seine rechte Augenbraue war geplatzt und mit getrocknetem Blut verschmiert. An manchen Stellen trat die Leichenblässe hervor, was seiner Haut einen lila Schimmer verlieh. Sein Schädel war sorgfältig rasiert worden, einige graue Haare lagen auf dem Tisch und dem Boden verstreut. Fast in der Mitte des Skalps, an der Fontanelle, quollen aus einer etwa zwei Zentimeter großen Öffnung die letzen Tropfen einer zähflüssigen grauen Flüssigkeit hervor. Sein regloses Gesicht drückte Entsetzen aus, was durch die beginnende Leichenstarre noch unterstrichen wurde, und seine weit geöffneten Augen starrten zur Decke. Die bereits gefleckte Hornhaut gab seinem Blick einen eisigen Anschein.

Im Raum herrschte ein strenger, stechender Geruch. Es war bestimmt die widerliche Mischung aus totem Fleisch, Schweiß und Exkrementen, aber Ari glaubte mit Sicherheit, noch etwas anderes wahrzunehmen. Einen säurehaltigen Duft, der ihn an Sektionssäle erinnerte und seine Übelkeit noch verstärkte.

Das Küchenfenster stand offen und ließ die Januarkälte herein. Ari drückte sich ein Taschentuch vor die Nase und rieb sich das Gesicht, als ob das die Bilder verjagen könnte.

»Darf dieser Kerl hier sein? He! Sie machen mir Schatten!«

Es war die Stimme des Fotografen der Spurensicherung.

»Ist schon in Ordnung, Marc. Der Herr gehört zum Haus.«

Kommissar Alain Bouvatier, um die dreißig, klein und mager, kurzhaarig mit gestutztem Spitzbärtchen und feinen Gesichtszügen, kam auf Ari zu.

»Geht's? Sie sind ganz blass.«

Im selben Moment wurde Ari von einem Blitzlicht geblendet. Bei dem grellen Licht erschien das Blut, das sich überall auf den Tisch ergossen hatte, eine Sekunde lang scharlachrot, und der Körper von Paul wirkte noch weißer.

»Es geht«, erwiderte Ari ohne Überzeugung. »Es geht ... Es ist nur ... Ich kenne ihn.«

Der Kommissar runzelte die Stirn.

»Sind Sie deshalb hier? Ich dachte schon, der Geheimdienst würde sich damit befassen ... Sie sind nicht dienstlich gekommen?«
»Nein, er und ich, wir waren verabredet ...«
Bouvatier schüttelte langsam den Kopf. Auch wenn er sich einen selbstbewussten Anschein gab, erriet Ari, dass er diese Art von Schauspiel nicht gewohnt war. In Reims gehörte das sicher nicht zum Alltag, und er war ein noch junger Kommissar.
»Können Sie mir bestätigen, dass es sich tatsächlich um Paul Cazo handelt?«
Ari schluckte schwer. Er hätte gerne das Gegenteil versichert.
»Er ist es.«
»Aha. Danke. Nun, Sie sollten vielleicht lieber nicht hier bleiben, zumal Sie beim Zentralen Nachrichtendienst wohl keine juristische Ermächtigung haben, nicht wahr ... Also, Sie sollten jetzt gehen, ich nehme Ihre Zeugenaussage morgen im Kommissariat auf.«
»Nein ... Warten Sie, er war ein Freund meines Vaters, ich würde gerne ...«
»Eben«, unterbrach ihn der Kommissar. »Es tut mir leid, aber Sie müssen uns unsere Arbeit machen lassen. Und der Staatsanwalt wird jeden Moment hier auftauchen ...«
Ari gab nach. Er wusste, dass es nichts nützen würde, zu insistieren, und er wollte mit seinen Kollegen nicht in Konflikt geraten. Ehrlich gesagt, worauf er jetzt wirklich Lust hatte, war ein Whisky.
Er warf einen letzten Blick auf Pauls Wohnung und versuchte, sich alles zu merken, was er sehen konnte. Daran wollte er sich klammern: Die Tatortanalyse konnte er am besten, das war seine Spezialität, seine Stärke. Auf einen Blick alles zu erfassen, aufzunehmen, sein fotografisches Gedächtnis einzusetzen. In diesem Moment half ihm das, sich auf etwas anderes zu konzentrieren als auf den soeben erlittenen Schock. Er nahm das Zimmer genau in Augenschein. Die luxuriösen, zueinander

passenden Möbel, Nippes, ein Gemälde, das einen antiken Tempel darstellte, eine Vitrine, die Gegenstände, die darin zur Schau gestellt wurden, der ausgeschaltete Fernseher, der Videorekorder, noch auf Sommerzeit gestellt, die Bibliothek, die vielen Bücher, einige von ihnen sehr alt, ein PC, ein schlecht aufgeräumter Schreibtisch ... Es war, als scanne er diskret alles, was ihn umgab, als kartographiere er den Ort des Verbrechens.
Er warf dem Kommissar einen letzten Blick zu und ging rasch hinaus.
Immer mehr Schaulustige hatten sich auf dem Bürgersteig versammelt. In der Ferne erkannte man zwischen den Wohnhäusern hindurch eine Seite der Kathedrale von Reims, majestätisch wie ein antikes Schiff, das abfahrbereit im Nebel trieb. Über einem Portal der Westfassade erblickte Ari einen Teil des Giebels. Christus, auf einem Thron sitzend, hielt mit ausgestrecktem Arm den Erdball, inmitten unzähliger Engel.
Mit ernstem Gesicht schlängelte sich Mackenzie durch die Menge und fand einige hundert Meter von Paul Cazos Haus entfernt eine Bar, die noch geöffnet hatte.
Es war eine Provinzkneipe, die das letzte Jahrhundert noch nicht ganz überwunden hatte, mit abgenutzten Tischen, Spiegeln, die mit den Namen bekannter Biermarken geschmückt waren, alten gelben Aschenbechern, einer Theke aus Aluminium, einer Wetttafel und zwei, drei Gästen, die hier zu Hause zu sein schienen.
Kaum hatte Mackenzie die Türschwelle überschritten, schlug ihm stickige Luft entgegen. Ein Flipper spielte ununterbrochen eine näselnde Melodie, kaum übertönt von den alten Hits eines lokalen Radiosenders, die aus einem Gerät kamen, das über der Kaffeemaschine stand.
Ari setzte sich in den hintersten Winkel des Lokals an einen Tisch, der sich im Schatten verbarg. Der Wirt kam sofort angeschlurft, um mit scheuem Blick seine Bestellung aufzunehmen.

»Was haben Sie für Whisky?«
Als Ari die Antwort hörte, zog er eine Grimasse. Er hätte alles für einen guten Single Malt von einer kleinen schottischen Insel gegeben, aber das hier war natürlich nicht die richtige Adresse. Unnötig, den Pariser Snob zu spielen.
»Gut, dann bringen Sie mir, was Sie wollen, aber einen Doppelten und vor allem ohne Eis. Ohne Eis.«
Während der Wirt ihm sein Glas brachte, dachte Ari plötzlich daran, dass er Paul das letzte Mal in einer Pariser Whiskybar im Marais-Viertel getroffen hatte. Wahrscheinlich hatte ihn dies unbewusst hierhergeführt.
Er hob das Glas an seine Lippen. Als er es wieder abstellte, bemerkte er eine Frau, knapp über dreißig, die er beim Eintreten nicht gesehen hatte. Sie saß am anderen Ende des Raumes allein an einem Tisch, genau wie er. Sie hatte lange blonde Haare und vielleicht blaue Augen – so stellte Ari sie sich jedenfalls vor. Sie beobachtete ihn und warf ihm ein Lächeln zu. In ihren Augen glaubte er ein wenig Anteilnahme zu erkennen. Etwas in der Art wie: »Was machen wir hier eigentlich, wir beide?« Ari neigte höflich den Kopf. Unter anderen Umständen hätte er nicht dem Impuls widerstanden, sie auf ein Glas einzuladen und Konversation zu machen. Er war nicht der Typ, der sich diese Art von Freuden vorenthielt. Aber er konnte seine Gedanken nicht vom Tatort des Verbrechens losreißen. Nur eine Frage beschäftigte ihn jetzt. Warum Paul? Warum hatte man ihn getötet? Und warum hatte der alte Mann gesagt: »Ich kann es dir nicht am Telefon sagen.« Welche wichtige Nachricht hatte er ihm mitteilen wollen?
Wenn es etwas gab, was alle seine Freunde – und selbst die Freunde seines Vaters – über Ari wussten, dann, dass er ein zuverlässiger Mensch war und dass man im Ernstfall immer auf ihn zählen konnte. Er war weit davon entfernt, ein ergebener Trottel zu sein, aber er gründete seine Freundschaften auf das Prinzip, dass ein Hilferuf nie auf die leichte Schulter ge-

nommen werden sollte. Tatsächlich basierte darauf sein Verständnis von Freundschaft: Es war nicht unbedingt wichtig, an Festtagen da zu sein, es war wichtig, an Krisentagen niemals zu fehlen. Außerdem war Ari ein sechsunddreißigjähriger Single ohne Kinder, und auch wenn sein seltsamer Beruf viel Zeit in Anspruch nahm, so ließ er ihm doch eine gewisse Bewegungsfreiheit. Kurz gesagt war er ein recht verfügbarer Mann. Dennoch hatte er den Eindruck, dass dies nicht der einzige Grund war, warum Paul ihn angerufen hatte. Ihn zu bitten, schnellstmöglich nach Reims zu kommen, ohne am Telefon darüber sprechen zu können, da hatte der alte Mann ihm sicher etwas sehr Ernstes anvertrauen wollen. Aber was?

Kurz nach Mitternacht, als Ari gezwungen war, die Kneipe zu verlassen, nahm er sich ein paar Schritte weiter ein miserables Zimmer in einem miserablen Hotel. Er wäre gerne nach Hause nach Paris gefahren, aber er hatte dem Kommissar versprochen, eine Aussage zu machen. Er würde bis morgen warten müssen.

Als Ari ausgestreckt auf seinem Bett lag, sah er wieder Pauls auf den Küchentisch gefesselte Leiche vor sich. Im Grunde war dies der ideale Ausklang eines solchen Abends: allein und deprimiert in einem Zimmer zu liegen, das nach Schimmel und nach einigen schlechten Whiskys roch, die er in einer Spelunke hinuntergestürzt hatte, und seinen Rausch auszuschlafen.

Ein heftiges Gefühl von Einsamkeit überfiel ihn. Pauls Tod ließ ihn mit seinem Vater allein. Er erbte plötzlich eine Verantwortung, die er bisher mit dem alten Architekten geteilt hatte, und er fragte sich, ob er in der Lage sein würde, sich dieser zu stellen. Seltsamerweise war Ari schon lange auf den Tod seines Vaters vorbereitet gewesen, aber nicht auf den von Paul. Die Isolation, die er in diesem Zimmer verspürte, erschien ihm wie eine Allegorie auf das, was sein Leben bald sein würde. Vier Wände, die eine tiefe Stille umschlossen. Keine Anteilnahme, keine Hilfe, niemanden mehr, auf den man sich stützen konnte, lernen, allein zu leben.

Lernen, allein zu leben.
War man letztlich nicht immer sich selbst ausgeliefert? Führte uns das Leben nicht unweigerlich auf eine Erfahrung zu, die sich nicht teilen ließ?
Gegen zwei Uhr morgens, als die Müdigkeit und die Wirkung des Alkohols endlich einsetzten und seine Ängste milderten, stand Ari auf, um die Fensterläden zu schließen. Da sah er einen Wagen vor dem Hotel losfahren. Eine alte, lange, braune amerikanische Limousine. Und er hatte das unbestimmte Gefühl, dass er diesen Wagen schon einmal gesehen hatte.

8

Mit verlorenem Blick und heftigen Kopfschmerzen lag Ari bereits seit einer Stunde wach auf seinem Bett, als das Zimmertelefon klingelte.
»Hallo?«
»Monsieur Mackenzie?«
»Ja.«
»Guten Morgen, Mona Safran am Apparat. Ich bin eine Freundin von Paul.«
Ari setzte sich auf dem Bett auf und runzelte die Stirn. Wie konnte diese Frau, deren Namen ihm nichts sagte, wissen, wer und wo er war?
»Kennen wir uns?«, fragte er misstrauisch.
»Ich kenne Sie. Ich weiß, dass Paul Sie sehen wollte, und nach dem, was passiert ist, habe ich vermutet, dass Sie in einem Hotel in der Nähe seiner Wohnung logieren. Ich habe mein Glück probiert. Ich würde Sie gerne treffen.«
Irgendetwas stimmte nicht. Dieser Anruf passte wie die Faust aufs Auge.
»Wann?«

»Jetzt, wenn es geht. Ich bin in einer Brasserie, nur zwei Schritte von Ihrem Hotel entfernt.«
»Sie sind eine Freundin von Paul?«
»Vor einigen Jahren war er mein Lehrer an der École d'Art et de Design hier in Reims. Wir sind Freunde geblieben ... Also, kommen Sie zu mir?«
Ari zögerte mit der Antwort. Dieser Anruf kam ihm sonderbar vor, aber vielleicht konnte er so etwas in Erfahrung bringen. Und im Moment war ihm jede Information willkommen.
»Gut. Geben Sie mir eine Viertelstunde, ich komme.«
Da er keinerlei Wechselwäsche mitgebracht hatte, ging er in das winzige Badezimmer, um seine Kleider vom Vortag anzuziehen. Diese Kleidung unterschied sich nicht besonders von derjenigen, die er täglich trug. Zu jeder Jahreszeit griff Ari nach einer Jeans, einem weißen Hemd und seinem langen schwarzen Trenchcoat. Dadurch vermied er es, sich morgens darüber Gedanken machen zu müssen, was er anziehen sollte, und zudem schien dies gut zu seinem Typ, seinen blauen Augen und seinen dichten, graumelierten Haaren zu passen. Das war sein *look,* basta. Lola hatte ihm einmal gesagt, er erinnere an George Clooney, nur eine Nummer kleiner. Mehr verlangte er nicht.
Draußen sah Ari das Gesicht von Reims unter der Wintersonne. In diesem Viertel hatte die Stadt der Krönungen ihr mittelalterliches Aussehen bewahrt. Egal, wohin er blickte, Ari konnte kein einziges modernes Gebäude entdecken. Die Stadt bot ein anachronistisches Schauspiel. Es fehlte nur die zerlumpte Schar von Lastträgern, die inmitten der Kloake in den Gässchen umherwanderte, zwischen den Verkaufsbuden und Geschäften hindurch, die die Kunsthandwerker, Goldschmiede, Bäcker, Tuchhändler, Apotheker und Fleischer mit Tausenden von grellen Farben ausschmückten, in der Hoffnung, einen Kunden anzulocken, und das alles unter dem Schutz der Kathedrale, die sich über den Dächern erhob.

Ari schritt durch die Hauptadern der Stadt und genoss die Schönheit der steinernen Mauern. Zehn Minuten später betrat er die Brasserie, die ihm die mysteriöse Anruferin genannt hatte. Er sah, dass eine Frau, die am anderen Ende des Raumes an einem Tisch saß, ihm ein Zeichen gab.

Es handelte sich um eine elegante Dame, von der eine düstere, fast dramatische Aura ausging. Ihre halblangen, leicht stufig geschnittenen Haare waren von einem tiefen, leuchtenden Schwarz, ihre Augenbrauen zwei feine Striche, ihre Augen dunkel und ernst, und sie trug einen dunklen, gerade geschnittenen Mantel, der breite Schultern machte. Wie eine Femme fatale aus einem alten Krimi zwang sie sich offenbar dazu, ihren Kummer hinter einer strengen Erscheinung zu verbergen.

»Mona Safran, schön, Sie zu sehen. Setzen Sie sich.«

»Danke.«

»Ich muss mich bedanken, dass Sie bereit waren zu kommen ...«

»Wenn Sie eine Freundin von Paul sind, ist es selbstverständlich.«

»Ja, eine gute Freundin.«

»Er hat mir nie von Ihnen erzählt.«

Ein Anflug von Lächeln zeigte sich auf dem Gesicht der jungen Frau.

»Aber im Gegenzug hat er mir viel von Ihnen erzählt. Er mochte Sie sehr.«

»Wohnen Sie in Reims?«

»Nein.«

»Was machen Sie dann hier?«

»Ich habe gestern den ganzen Abend lang versucht, Paul telefonisch zu erreichen. Besorgt habe ich schließlich seine Nachbarin angerufen, die mir die schreckliche Neuigkeit erzählt hat. Ich kann es immer noch nicht glauben. Ich bin heute Morgen so schnell wie möglich hergekommen.«

Sie machte eine Pause.

»Sie sind bei der Polizei, nicht wahr?«
»Gewissermaßen.«
»Paul nannte Sie den Sektenjäger«, sagte sie in fast ironischem Ton.
»Haben Sie eine Ahnung, warum man ihn umgebracht hat?«, fragte Ari, der wenig Lust hatte, sich über seinen Beruf auszulassen.
»Nein, nicht die geringste. Ich hatte gehofft, Sie könnten mich aufklären. Paul hatte mir nur anvertraut, dass er Sorgen hätte und mit Ihnen darüber reden wollte, ohne mir zu sagen, worum es sich handelte.«
»Mir hat er auch nichts gesagt. Er kam nicht mehr dazu.«
»Hat die Reimser Polizei irgendeine Idee?«
»Nicht, dass ich wüsste«, antwortete Mackenzie.
Mona Safran holte mit ernster Miene eine Packung Black Devil aus ihrer Tasche. Sie steckte sich eine dieser seltsamen schwarzen Zigaretten in den Mund und hielt Ari die Schachtel hin.
»Rauchen Sie?«
»Ja, aber nicht das, tut mir leid ...«
Er griff nach seiner eigenen Packung und reichte ihr Feuer.
Die Frau zog einmal an ihrer parfümierten Zigarette und blies den Rauch langsam zwischen den Lippen hervor.
Es entstand eine unangenehme Stille. Ari war davon überzeugt, dass die Frau ihm etwas verschwieg, und er fand, dass ihre Art etwas Unnatürliches an sich hatte ... Warum war sie so schnell gekommen? Was verband sie mit Paul? Sie musste ungefähr dreißig Jahre jünger sein, Ari konnte sich nicht vorstellen, dass sie seine Geliebte gewesen war.
»Warum sind Sie hier?«
»Weil Paul einer meiner besten Freunde war und er keine Familie hatte. Er hatte mich zur Testamentsvollstreckerin bestimmt ...«
»Aha«, sagte Ari und versuchte, seine Überraschung zu verbergen. »Und warum wollten Sie *mich* sehen?«

»Wir mussten uns doch irgendwann kennenlernen. Und ich dachte, Sie könnten mir aufgrund Ihres Berufes mehr darüber sagen, was passiert ist.«

»Alles, was ich weiß, ist, dass Paul auf grausame Art getötet wurde. Mehr kann ich Ihnen nicht sagen.«

»Ich gebe Ihnen meine Telefonnummer, Monsieur Mackenzie. Sollten Sie mehr erfahren, wäre ich Ihnen dankbar, wenn Sie mich auf dem Laufenden hielten. Die Polizei wird mir vermutlich nicht alles sagen wollen ... Paul bedeutete mir sehr viel, und ich muss das alles verstehen können.«

Ari gab sich damit zufrieden, das Stück Papier zu nehmen, auf das Mona Safran ihre Telefonnummer geschrieben hatte.

Die Frau schaute auf ihre Uhr und warf ihm dann ein entschuldigendes Lächeln zu.

»Ich muss gehen. Zögern Sie nicht, mich anzurufen, Ari.«

Sie stand auf, ohne dem etwas hinzuzufügen, verabschiedete sich und zahlte an der Theke, bevor sie die Brasserie verließ.

Sprachlos blieb Ari noch ein paar Minuten an seinem Tisch sitzen und fragte sich, was diese seltsame Begegnung wohl zu bedeuten hatte. Ihn störte nicht nur die Art und Weise, in der sich das kurze Treffen abgespielt hatte, sondern auch die Persönlichkeit dieser Frau. Zugleich distanziert und dreist, hochmütig und seltsam sinnlich. Ari verstand nicht, was sie mit Paul Cazo verbinden mochte. Und dass dieser eine Frau, von der Ari noch nie gehört hatte, zu seiner Testamentsvollstreckerin ernannt haben sollte, war zumindest verwirrend.

Er trank mehrere Tassen Kaffee, rauchte eine Zigarette nach der anderen. Nachdem es ihm gelungen war, seinen Alkoholkonsum deutlich einzuschränken, versuchte Ari nun seit fünf Jahren erfolglos, von dieser anderen Sucht freizukommen. Er hatte sogar die Methode von Allen Carr ausprobiert, von der alle sagten, sie bewirke Wunder. Er hatte zwei Wochen aufgehört, nur um schließlich das Buch in den Papierkorb zu werfen und wieder loszulegen. Das Paradoxe daran war, dass Ari seit dem Tod seiner Mutter furchtbare Angst davor hatte, jung zu sterben. Diese Furcht steckte täglich in ihm, aber die Gefahr einer Krebserkrankung reichte dennoch nicht aus, um ihm die Kraft zu geben, mit dem Rauchen aufzuhören. Im Gegenteil, die Zigarette schien das einzige Mittel gegen seine Todesangst zu sein.

Mackenzie drückte nervös seine letzte Zigarette im Aschenbecher aus und machte sich gegen 10 Uhr 30 auf den Weg, um auf dem Kommissariat am anderen Ende der Stadt seine Zeugenaussage zu machen.

Alain Bouvatier, der Kommissar vom Vortag, erwies sich als höflich, ja sogar teilnahmsvoll. Ari wusste nie, woran er mit seinen Kollegen war. Seit einigen Jahren war ihm sein Ruf oft im Weg. Er war so etwas wie das schwarze Schaf der DCRG, des französischen Nachrichtendienstes, geworden.

Nach einem ausgezeichneten Abschluss an der Polizeischule hatte Ari, den der »Unfall« seines Vaters aus der Bahn geworfen hatte, 1992 aus einer Laune heraus als Zivilpolizist bei der UNO-Schutztruppe angeheuert, um sich an einer Entmilitarisierungsmission in Kroatien zu beteiligen. Dort hatte er viele schlimme Dinge zu sehen bekommen. Zu viele vielleicht für einen jungen Mann seines Alters. Nachdem er ein Jahr lang in der Hölle von Zagreb im Einsatz gewesen war, hatte der Zentrale Nachrichtendienst diesen jungen, vielversprechenden Mann, noch dazu Sohn eines Polizisten, abgeworben. Dann war 1995 seine große Zeit gekommen, als der frühere Direktor des Nachrichtendienstes, in Übereinstimmung mit der damaligen Regierung, dem Kampf gegen das Sektenwesen oberste Priorität eingeräumt hatte. Ari, der sich als einer der brillantesten Ermittler seines Jahrgangs erwiesen hatte, war als Esoterikfan beauftragt worden, die berühmte »Gruppe Sektenwesen« der Rue des Saussaies aufzubauen. Bald galt er als eine der aufstrebenden Persönlichkeiten des Nachrichtendienstes und hatte dank des hierarchischen Systems schnell den Grad eines

Kommandanten erreicht. Aber nach diesen idyllischen Anfängen hatte der Regierungswechsel eine Verschiebung der Schwerpunkte mit sich gebracht. Die Gewalt in den Banlieues hatte das Problem der sozialen Missstände in den Vordergrund gerückt und die Sektenfrage abgelöst. Doch für Ari stand außer Frage: Jemand von ganz oben hatte dem Druck der größten in Frankreich ansässigen Sektenorganisationen nachgegeben und den Nachrichtendienst gezwungen, die Finger von diesem sensiblen Thema zu lassen. Außer sich vor Wut hatte er seine Geheimhaltungspflicht verletzt und ein paar Informationen gegenüber der Zeitung *Le Canard enchaîné* durchsickern lassen. Die Affäre hatte große Kreise gezogen, und Ari musste die Schelte seiner in Verlegenheit gebrachten Vorgesetzten über sich ergehen lassen.

Trotz allem war Mackenzie zu wichtig, als dass die Zentrale beschlossen hätte, sich von ihm zu trennen, und er profitierte von der Wertschätzung und dem Schutz einiger seiner Vorgesetzten. Außerdem kannte sich in Frankreich niemand so gut wie er mit Sekten oder irgendeinem anderen Thema aus, das auch nur annähernd in diese Richtung ging, wie Mystizismus oder Okkultismus.

Nach diesem beruflichen Fehltritt hatte man Ari all seine Mitarbeiter genommen, so dass er sich in seiner Sektion allein wiederfand. Er wusste, dass diese eines Tages ganz verschwinden würde. Beim Nachrichtendienst herrschte die Zeit der Umstrukturierung: Alle wussten, dass es in naher Zukunft zu einer Fusion zwischen dem Zentralen Nachrichtendienst RG und der Spionageabwehr DST kommen würde, mit der sie bereits das neue Gebäude teilten. Ari war sich sicher, dass seine »Gruppe« – konnte man überhaupt noch von »Gruppe« sprechen, jetzt, da er allein war? – bei dieser Gelegenheit aufgelöst würde.

Im Moment war er nicht unglücklich darüber, allein zu arbeiten, das verschaffte ihm eine gewisse Freiheit.

Auf diese Weise hatte Ari innerhalb der gesamten französischen Polizei den Ruf eines Störenfrieds inne, der in Kroatien gewesen war, was ihm die Bewunderung der einen und das Misstrauen der anderen einbrachte. Der junge Kommissar gehörte offenbar zur ersten Kategorie. Er nahm Aris Aussage auf, ohne ihn besonders zu drängen.

»Seit wann stand dieses Treffen mit Herrn Cazo fest?«

Ari erzählte von Pauls Anruf. Der Kommissar hörte ihm aufmerksam zu und machte sich Notizen. Nach einer guten Stunde stellte er eine letzte Frage:

»Kennen Sie Mona Safran?«

»Erst seit heute Morgen.«

»Hat sie Sie angerufen?«

»Wir haben uns getroffen.«

»Sie hatten nie von ihr gehört?«

»Nein.«

»Das ist erstaunlich ... Sie haben gesagt, Monsieur Cazo sei einer Ihrer besten Freunde gewesen, und Sie kennen nicht seine Testamentsvollstreckerin.«

»Das hat mich auch erstaunt.«

»Gut. Ich habe keine weiteren Fragen ...«

»Halten Sie mich über den Fortschritt Ihrer Ermittlungen auf dem Laufenden?«

»Ich werde Ihnen sagen, was ich kann, Mackenzie. Aber verlangen Sie nicht zu viel von mir. Sie wissen, wie es läuft ...«

»Haben Sie eine Spur?«

»Nein. Dafür ist es noch zu früh. Im Moment kann ich Ihnen nur sagen, dass Monsieur Cazo gegen siebzehn Uhr verstorben ist und dass sein Mörder ihm ... den Schädel geleert hat. Vollständig.«

9

Als Ari gegen Mittag in sein Hotel zurückkam, um seine Sachen zu holen, sah er, dass seine Zimmertür nur angelehnt war. Vielleicht die Putzfrau ... Langsam stieß er sie mit der Fingerspitze auf.
Das Bett war noch nicht gemacht, die Fensterläden waren geschlossen. Er trat einen Schritt nach vorn. Da entdeckte er seine Tasche auf dem Boden. Sie war weit geöffnet, und seine Sachen lagen verstreut herum. Lautlos bewegte er sich im Halbdunklen auf die Badezimmertür zu. Mit klopfendem Herzen beugte er sich vor, um einen Blick hineinzuwerfen. Niemand.
Seine Muskeln entspannten sich, und er schaltete das Licht ein. Im Zimmer herrschte ziemliche Unordnung. Man hatte die Matratze hochgehoben, die Schränke geöffnet und seine persönlichen Habseligkeiten hastig durchsucht. Vermutlich nur wenige Minuten bevor er gekommen war.
Ohne zu zögern, griff er nach seiner Tasche, stopfte alles hinein, lief aus dem Zimmer und rannte zur Rezeption.
»Verlassen Sie uns?«
»Ist jemand in meinem Zimmer gewesen?«
Der Hotelbesitzer riss die Augen auf.
»Wie bitte?«
»Ist jemand während meiner Abwesenheit hier gewesen?«
»Nein, nein, ich glaube nicht. Haben Sie jemanden erwartet?«
»Sie haben niemanden gesehen?«
»Nein. Gibt es ein Problem?«
»Nein, nein. Hier«, sagte Ari und hielt rasch seine Kreditkarte hin. »Ich möchte bezahlen.«
Da er niemanden sah, als er auf die Straße trat, ging er Richtung Bahnhof, der nur wenige Straßen entfernt lag, wenn er sich recht erinnerte. Bei seiner Ankunft hatte er ein Taxi genommen, aber ein kleiner Spaziergang durch die kalte Winter-

luft würde ihm nicht schaden. Ari war kein großer Fußgänger, das war nie sein Ding gewesen. Ehrlich gesagt, hasste er es sogar. Aber es gab Ausnahmen. Er war nicht der Typ, der sich in seinem Leiden gefiel, und als er die Symptome einer leichten Depression in sich aufsteigen spürte, wich er von der Regel ab und bekämpfte das Übel mit einem Fußmarsch.

Er trat auf die Straße, um zum gegenüberliegenden Gehweg zu gelangen. Kaum hatte er einen Fuß auf das Pflaster gesetzt, da hörte er das Quietschen von Reifen. Überrascht blieb er stehen und bemerkte in einigen Metern Entfernung einen Wagen, der genau auf ihn zusteuerte. Er zögerte eine Tausendstelsekunde. Vielleicht eine Tausendstelsekunde zu lange. Nach vorn springen oder zurückweichen? Als er sich für die zweite Möglichkeit entschied, war der Wagen nur etwa zehn Meter von ihm entfernt. Wieder quietschten die Reifen. Die Limousine geriet auf der glatten Fahrbahn leicht ins Schleudern.

Ari sprang zur Seite. Sein Rücken stieß gegen die Motorhaube eines Fahrzeugs, und er kippte rückwärts darüber. Dann gab es einen furchtbaren Lärm, einen Aufprall, das Geräusch von zerbrechendem Glas. Die Welt begann sich um ihn herum zu drehen. In die Luft geworfen, spürte er einen stechenden Schmerz in der Hüfte, bevor er heftig zu Boden stürzte. Ohne abzuwarten, rappelte er sich wieder auf und sah, wie sich die braune Limousine entfernte. Er war sich sicher, dass dies derselbe Wagen war, den er am Vorabend von seinem Zimmer aus eilig hatte wegfahren sehen. Er kam nicht dazu, das Kennzeichen zu entziffern, doch er erkannte ein deutsches Nummernschild. Der Wagen verschwand in der angrenzenden Straße.

Ari lehnte sich gegen das angefahrene Auto und ruhte sich einen Moment lang aus. Das war bestimmt der Kerl, der sein Zimmer durchsucht hatte. Jemand wollte ihm an den Kragen oder versuchte zumindest, ihn einzuschüchtern. Ihn davon abzubringen, im Mordfall Paul zu recherchieren …

Der Besitzer des Hotels kam, vom Lärm alarmiert, auf ihn zugelaufen.
»Geht es Ihnen gut?«, fragte er entsetzt.
»Ja, ja, es geht«, antwortete Ari und rieb sich die Hüfte.
»Was ist passiert?«
»Ich weiß nicht. Ein Fahrer, der die Kontrolle über seinen Wagen verloren hat ...«
»Haben Sie sich sein Kennzeichen gemerkt?«
»Nein.«
»Bleiben Sie hier. Ich werde die Polizei rufen.«
Ari hatte keine Lust, noch eine Zeugenaussage zu machen. Nur eines war im Moment wichtig: nach Paris zurückzukehren und Bilanz zu ziehen. Unnötig, hier Wurzeln zu schlagen. Die Polizisten würden sich mit dem Hotelier auseinandersetzen können. Er stopfte sein Hemd in die Hose und ging hinkend die Straße hinunter.
Eine Dreiviertelstunde später saß er im Zug nach Paris. Den Kopf an die Scheibe gelehnt, sah er die Stadt der Königskrönungen am Horizont verschwinden und versuchte, den wachsenden Schmerz in der Hüfte zu vergessen.
Als er sich immer weiter von Reims entfernte, konnte Ari nicht glauben, dass er Paul nie mehr wiedersehen würde. Vielleicht wurde ihm diese schreckliche Wahrheit erst jetzt bewusst.

10

Am späten Nachmittag erreichte Ari erschöpft das neue Gebäude des Zentralen Nachrichtendienstes in Levallois-Perret, in der Rue de Villiers Nummer 84.
Trotz seiner schmerzenden Hüfte war er vom Bahnhof direkt hierhergekommen, da er vermutete, dass man sich wegen seiner Abwesenheit Sorgen machte. Außerdem hatte er ein, zwei

Sachen zu erledigen. Nach dem, was passiert war, konnte er nicht untätig bleiben. Er brauchte Antworten.

Rasch lief er in sein Büro im obersten Stock. Es lag in einem großen, modernen Gebäude, das ganz aus Glas war und über ein äußerst beeindruckendes, vom Innenministerium eingerichtetes Sicherheitssystem verfügte. Schleusen, Ausweise, Sicherheitsleute, Überwachungskameras, Panzertüren, kugelsichere Fenster bis hinauf zur zweiten Etage, verstärkter Gebäudeschutz, um die Wirkung des Luftdrucks im Fall eines terroristischen Sprengstoffanschlags zu mindern ...

Seit der Nachrichtendienst seine Büros mit der Spionageabwehr teilte, kam sich Ari vor, als hätte er einen Sprung in die Zukunft gemacht. Trotz des Komforts in den neuen Gebäuden, der Modernität der Büros und der Infrastruktur dachte er mit Wehmut an die Zeit in der Rue des Saussaies zurück. Das alte Steingebäude, die holzverkleideten Büros und der abgenutzte Teppichboden ... Ari war ein waschechter Pariser, und der Gedanke, in diesen abgelegenen Vorort ohne Charakter umziehen zu müssen, hatte ihn nicht erfreut. Zudem war er für seine Abneigung gegen neue Technologien bekannt, und er scherte sich nicht um die topmoderne Ausstattung, die die Büros jetzt besaßen.

Von den ungefähr sechshundert Polizisten, die in Levallois für den Nachrichtendienst arbeiteten, war Ari sicherlich der einzige, der sich noch immer nur sehr widerwillig der Informatik bediente. Intern machte man darüber bereits Witze, über die jedoch nicht alle lachen konnten. Ari war ein Mann des Papiers, der Bücher, und je weniger er sich der Maschinen bediente, desto besser fühlte er sich. Die meiste Zeit über war an seiner Arbeit nichts auszusetzen, was die Kritik seiner Vorgesetzten zum Verstummen brachte.

Der Abteilungsleiter Gilles Duboy, Chef der Sektion Analyse und Zukunftsforschung, trat, ohne anzuklopfen, ein. Er war ein kleiner Mann um die fünfzig, mit kurzen schwarzen Haa-

ren und einer römisch anmutenden Frisur, dunklen Augen, kantigem Unterkiefer und harten Gesichtszügen.
Das Büro von Ari Mackenzie war ein kleiner Raum am Ende des Ganges seiner Abteilung, was einiges über die Bedeutung aussagte, die man seinen Recherchen beimaß. Wenn Duboy sich dazu herabließ, in sein Zimmer zu kommen, geschah dies selten, um Höflichkeiten auszutauschen.
»Ist Ihnen klar, wie spät es ist, Ari?«
»Tut mir leid. Ich hatte ein paar private Probleme ...«
Die Gesichtszüge von Duboy entspannten sich ein wenig.
»Ja. Ich bin unterrichtet. War das ein guter Freund, dieser Cazo?«
Ari hatte keine Lust zu antworten. Außerdem schmerzte seine Hüfte heftig, und er wollte, dass Duboy so schnell wie möglich verschwand, bevor dieser etwas merkte.
Da Mackenzie schwieg, fuhr der Abteilungsleiter in trockenem Ton fort:
»Der Staatsanwalt von Reims hat mich angerufen und wollte wissen, was einer meiner Agenten dort zu suchen hätte ... Sie sind nicht befugt, ohne meine Erlaubnis an den Tatort zu gehen. Haben Sie einen Tipp bekommen?«
»Nein. Paul Cazo hatte mich morgens angerufen, er wollte mich dringend sehen. Ich weiß nicht, warum.«
»Ach ja? Tatsächlich?«
»Tatsächlich.«
Duboy machte ein skeptisches Gesicht.
»Machen Sie sich an die Arbeit, mein Lieber. Ein Haufen Mitteilungen sind seit gestern aus der Provinz eingetroffen, und für die allabendliche Zusammenfassung ist es bereits zu spät.«
Duboy wollte gerade die Tür hinter sich schließen.
»Gilles! Warten Sie!«
»Was?«
»Haben sie in Reims etwas gefunden?«
»Machen Sie sich über mich lustig?«

Ari war über den Mangel an Mitgefühl seines Vorgesetzten erstaunt. Freilich hatten sie immer ein eher distanziertes Verhältnis gehabt. Duboy war der Ansicht, dass Mackenzie seinen Ruf als außergewöhnlicher Analytiker benutzte, um sich Freiheiten herauszunehmen, die sich kein anderer Agent erlaubte, und dies ärgerte ihn in höchstem Maße. Es hatte nie große Freundschaft zwischen ihnen geherrscht, aber Ari hätte nicht gedacht, dass er Duboy so gleichgültig war, dass dieser ihm gegenüber in diesem schwierigen Moment keinerlei Anteilnahme zeigte. Er schob dies auf den Stress. In Wahlkampfzeiten lagen die Nerven der Direktion des Nachrichtendienstes immer blank.
»Überhaupt nicht. Nur ... Der Modus Operandi war nicht gerade gewöhnlich. Es sah nicht nach einem Anfänger aus. Der Staatsanwalt hat Ihnen vielleicht etwas gesagt ...«
»Nein, Ari, er hat mir nichts anvertraut. Er ist nicht befugt, mir irgendetwas anzuvertrauen. Und was Sie angeht, Sie sollten Ihre Nase nicht in diese Angelegenheit stecken, ist das klar? Der Minister bezahlt Sie nicht, damit Sie den Ermittler spielen, sondern um Gutachten über Sekten zu schreiben, haben Sie das vergessen?«
»Nein, wie könnte ich das vergessen?«
Der Sektionsleiter schüttelte mit gelangweilter Miene den Kopf. »An die Arbeit, Ari. Ich bin es leid, Sie vor dem Generalstab in Schutz zu nehmen, der Sie selten hinter dieser Scheibe sitzen sieht.«
Mackenzie nickte und sah zu, wie der Mann das Büro verließ. Sobald dieser die Tür geschlossen hatte, griff Ari zum Telefonhörer.
»Iris? Hier ist Ari.«
»Sieh an, ein Gespenst ...«
»Kannst du mir Informationen über zwei Personen aus der Computerkartei besorgen?«
»Und was noch? Kannst du nicht die Datenbank im Netz konsultieren wie jeder andere auch?«

»Du weißt genau, dass ich diese Maschinen hasse, Iris.«
»Ich bin nicht deine Sekretärin!«
»Iris, ich bitte dich doch nur um einen Gefallen ...«
»Na gut, schieß los ...«
Er buchstabierte langsam die Namen von Paul Cazo und Mona Safran.
»Ich habe es notiert. Aber du übertreibst dennoch ...«
»Ich weiß ... Ich brauche die Infos wirklich.«
»Okay. Ich schicke sie dir per E-Mail, sobald es geht.«
»Nein, nein, ich komme sie in deinem Büro abholen, ich möchte lieber einen Ausdruck.«
Er legte auf. Beiläufig warf er einen Blick auf die Vermerke der Abteilungen aus den anderen Departements, die man auf seinen Schreibtisch gelegt hatte. Er ging sie nacheinander durch, ohne etwas Besonderes zu entdecken. Hier die Pioniere des New Age, die in einem kleinen Dorf im Elsass eine Antenne errichteten, dort ein paar Scientologen, die Bücher von Ron Hubbard in einem Café verkauften, anderswo eine weitere Sekte, die eine Musikschule eröffnete, um Mitglieder zu gewinnen ... Nichts, was sein Interesse weckte.
In Gedanken woanders, begann er dennoch mit der Erstellung einer ersten Zusammenfassung. Beim Schreiben dachte er nur an die Ereignisse vom Vortag. Wer konnte einem Menschen wie Paul etwas anhaben wollen? War er zufällig Opfer eines verrückten Mörders geworden? Aber er hatte ihn dringend sprechen wollen. Also musste er sich bedroht gefühlt haben ... Und wer hatte am Steuer der braunen Limousine gesessen? Der Mörder? Hatte er versucht, Ari zu töten oder lediglich einzuschüchtern? Und was verbarg diese Mona Safran? Wie kam es, dass sie von Paul zur Testamentsvollstreckerin bestimmt worden war?
Sich alle diese Fragen zu stellen half ihm, seinen Kummer in Schranken zu halten. Vielleicht weigerte sich Ari unbewusst, sich der Verzweiflung hinzugeben, indem er lieber der Wut und

dem Ärger den Vortritt ließ. Und vielleicht sogar der Rache. In diesem Moment gab er sich selbst ein Versprechen. Derjenige, der Paul massakriert hatte, würde dafür büßen.

Eine Stunde verging, während der er sich nicht wirklich auf seine Arbeit konzentrieren konnte. Dann, als er zum wiederholten Male alle Fakten durchgegangen war, ließ ihn das Klingeln seines Telefons auffahren.

»Ari Mackenzie?«

»Ja.«

»Kommissar Bouvatier aus Reims.«

Ari legte sofort seine Unterlagen auf den Schreibtisch und drehte seinen Stuhl zum Fenster.

»Haben Sie Neuigkeiten?«

»Nicht viel. Aber ich habe den Bericht der Autopsie und den toxikologischen Befund erhalten. Wir wissen jetzt Genaueres über die Todesursache. Ich hoffe, Ihnen ist klar, dass ich eigentlich nicht befugt bin, Sie anzurufen? Der Staatsanwalt wäre nicht begeistert ...«

»Ich höre Ihnen zu, Bouvatier. Sie haben etwas bei mir gut.«

»Tja. Ich warne Sie, es ist nicht schön anzuhören ...«

»Ich höre«, wiederholte Ari.

»Also. Wir haben es mit einem wirklichen Perversen zu tun. Der Mörder hat zunächst sein Opfer gefesselt, bevor er ihm ein Curare-Derivat ins Blut injiziert hat.«

»Ist das ein Anästhetikum?«

»Nein, Curare betäubt nicht, es lähmt. Das Opfer kann sich überhaupt nicht mehr bewegen, bleibt aber vollständig bei Bewusstsein und schmerzempfindlich.«

»Ich verstehe.«

»Dann hat sein Mörder – oder seine Mörder – ihm mit Hilfe eines Spezialbohrers, eines sogenannten Trepans, ein Loch in die Fontanelle gebohrt.«

»War Paul noch bei Bewusstsein?«

»Ja, aber wegen des Curares konnte er sich nicht wehren.«

Der Kommissar machte eine Pause.

»Sprechen Sie weiter«, forderte Ari ihn auf.

»Dann haben die oder der Mörder über eine lange Nadel eine Mischung aus konzentrierter Säure und Tensiden, einem industriellen Reinigungsmittel, in das Hirn gespritzt.«

Ari erinnerte sich an den Geruch, den er wahrgenommen hatte, als er die Leiche von Paul entdeckte. Ein stechender Geruch.

»Der Tod ist nicht unmittelbar eingetreten«, fuhr der Kommissar fort. »Das Opfer hatte möglicherweise während einiger langer Sekunden schreckliche Halluzinationen, bevor es starb. Das Gehirn hat sich verflüssigt, ehe es mit einer Pumpe unbestimmten Typs herausgesaugt wurde. Der Schädel des Opfers war fast vollständig leer. Im Moment ist das alles, was ich Ihnen sagen kann. Man hat Fingerabdrücke gefunden, aber dazu habe ich bisher noch keine Informationen.«

Ari schwieg, um die Informationen erst einmal zu verdauen und sie zu akzeptieren, ohne sie wirklich zu verstehen.

»Wissen Sie, ob der Modus Operandi dem anderer Morde entspricht?«, fragte er schließlich.

»Soweit ich weiß, nein. Aber wir suchen danach, wie Sie sich denken können.«

»Ich ... ich kann Ihnen vielleicht helfen, oder?«

»Hören Sie, Mackenzie, ich habe Ihnen versprochen, Sie zu unterrichten, ich halte für gewöhnlich mein Wort, aber lassen Sie uns unsere Arbeit machen, okay? Wenn sich ein Kollege in eine private Angelegenheit einmischt, läuft es in der Regel schief. Außerdem ist es nicht Ihr Gebiet. Verstanden?«

»Hm.«

»Wenn Sie wollen, dass ich Sie weiterhin informiere, dann müssen Sie mir versprechen, sich nicht einzumischen, in Ordnung?«

»Ja, ja.«

Ari wusste sehr genau, dass er sein Versprechen nicht würde halten können. Sein Gesprächspartner war sicherlich auch nicht dumm.

»Gut. Ich halte Sie auf dem Laufenden.«
Ari legte auf und holte aus seiner Schreibtischschublade ein ledernes Notizbuch hervor, um wie gewohnt die Informationen aufzuschreiben, die ihm wichtig erschienen. In diese schwarzen Moleskine-Hefte zu schreiben erlaubte es ihm, in seinem Kopf Ordnung zu schaffen. Als er fertig war, steckte er sich das Notizbuch in die Tasche, ließ den Rapport, den er für seinen Sektionsleiter hätte schreiben sollen, liegen und ging zum Büro von Iris Michotte hinunter.
Iris und er pflegten eine besondere Beziehung. Vor fünf Jahren war die Dreißigjährige, die für die Geschäftsleitung arbeitete, mit Ari zusammen gewesen. Ihr Verhältnis hatte ein paar Monate angehalten – ein Rekord für Mackenzie. Damals trank Ari viel, was die Sache nicht leichter gemacht hatte. Ihre Trennung hatte zu heftigen Streitereien und Szenen geführt, aber dennoch empfanden sie füreinander eine gewisse Zuneigung. Mit der Zeit war zwischen ihnen Freundschaft entstanden. Sie kabbelten sich, aber Iris empfand für ihn mittlerweile beinahe mütterliche Gefühle. Sie war jedenfalls bei der DCRG die einzige Person, die Ari als eine Freundin ansah.
»Hier«, sagte sie und hielt ihm zwei dünne Akten hin. »Es gibt nicht viel. Keine Polizeiakte, nichts Aufregendes.«
Ari nahm die beiden Mappen an sich und dankte seiner Kollegin mit einem Kopfnicken.
»Oje! Bei dir stimmt was nicht«, sagte sie und runzelte die Stirn.
Sie hatte ein rundes Gesicht, kurze, rote Haare, à la Josephine Baker im Stil der 30er Jahre geschnitten, und Falten, die sie ein paar Jahre älter aussehen ließen.
»Nichts Schlimmes, mach dir keine Sorgen.«
Ari ließ ihr nicht die Zeit, weitere Fragen zu stellen, sondern ging mit einem gezwungenen Lächeln aus ihrem Büro.
Ohne sich darüber Gedanken zu machen, was Duboy davon halten könnte, verließ er unmittelbar darauf das Gebäude in

Levallois und stieg in die Metro. Im hinteren Teil eines Wagens sitzend, überflog er diskret die Seiten, die die beiden Mappen enthielten.

Über Mona Safran gab es nichts von Interesse. Sie war vierunddreißig Jahre alt, alleinstehend, ohne Kinder, wohnte in Vaucelles, einem Dorf im Norden, und besaß eine Kunstgalerie in Cambrai. Sie hatte tatsächlich Kurse an der Kunstschule von Reims besucht, wo sie angeblich Paul kennengelernt hatte. Im Strafregister erschien sie zweimal, aber als Opfer in Diebstahlangelegenheiten.

Nichts in den Unterlagen des Verfassungsschutzes, keine einzige Eintragung wegen politischer, philosophischer, religiöser oder gewerkschaftlicher Aktivitäten.

Was Paul Cazo anging, sah es nicht viel besser aus. Nichts, was Ari nicht bereits wusste. Nur seine Tätigkeiten als Architekt und Lehrer fanden Erwähnung. Die Information, die Ari suchte, erschien nirgends. Am Tag zuvor hatte ihn ein Detail in Pauls Wohnung verwundert, und er hatte gehofft, in den Akten des Nachrichtendienstes eine Bestätigung zu finden, aber dies war nicht der Fall.

Er würde an anderer Stelle suchen müssen.

11

Am Ausgang der Metrostation Bastille blieb Ari stehen, um den Moment zu genießen: In sein Wohnviertel zurückzukehren war das einzig Gute, was ihm seit gestern widerfahren war.

Im Schatten der Colonne de Juillet fühlte er sich zu Hause. Um nichts in der Welt hätte er sein Stadtviertel oder gar seine Wohnung aufgegeben, die sich am Anfang der Rue de la Roquette in einem alten Gebäude befand, dessen Ruhm einzig darin bestand, dass es, glaubte man dem Schild, welches seine Fassade zierte, ein Jahr lang Paul Verlaine und dessen Mutter beherbergt hatte. Die größten Lokalpatrioten behaupteten sogar, der Meister des Helldunkel habe dort seine *Poètes maudits* verfasst, während andere mit der ganzen Sache schlicht nichts anfangen konnten.

Ari liebte die Anonymität, die man in einer solch belebten Straße noch wahren konnte. Einige der älteren Geschäftsinhaber – und ein großer Teil des Personals vom L'An Vert du Décor, seiner Stammkneipe – wussten natürlich, dass er Polizist war, oder etwas in der Art, aber die Gesichter wechselten häufig, die Geschäfte lösten einander ab, und die chinesischen Schnellimbisse vertrieben sich gegenseitig ebenso schnell, wie die Immobilienpreise stiegen. Anonym oder nicht, nach fünfzehn Jahren in diesem Viertel hatte Ari eine beruhigende Routine entwickelt, die er nicht bereit war aufzugeben.

In seiner Wohnung wurde er vom Schnurren seines alten Straßenkaters begrüßt.

»Du musst vor Hunger sterben, mein armer Morrison!«

Das Tier, das durch Ari Mackenzies Haus spukte, war eine Legende. Niemand kannte sein wahres Alter, aber es musste mindestens vierzehn Jahre alt sein, da es sich heimlich in die Zweizimmerwohnung eingeschlichen hatte, kurz nachdem Ari eingezogen war. Die Katze war nicht sehr schön, aber sehr freundlich, und da Ari fand, dass sie falsch miaute, hatte er sie Morrison genannt, er, der er nie ein Fan der Doors gewesen war. Aber mit der Zeit hatte er sich an das Tier gewöhnt, und er hätte es nicht ertragen, wenn es aus der Wohnung geflüchtet wäre, um mit seinen streunenden Artgenossen wieder in den Straßen von Paris zu leben.

Er gab dem Tier zu fressen, schenkte sich selbst einen Whisky ein und setzte sich an den Wohnzimmertisch, um seine Post zu lesen. Der erste Briefumschlag enthielt eine Mahnung der Elektrizitätswerke. Ari machte sich nicht die Mühe, ihn zu öffnen, und legte ihn auf den Haufen, der sich hinter ihm türmte. Sein

Gehalt als Polizeikommandant war recht ansehnlich, aber mit den monatlichen Zahlungen für seine beiden Immobilien – vor einigen Jahren hatte er aus einer Laune heraus ein kleines Haus im Hérault gekauft, wohin er sich zurückzog, sooft er konnte – und dem Geld, das er für seinen Vater brauchte, herrschte bei Mackenzie am Monatsende häufig Ebbe. Er hatte die schlechte Gewohnheit, seine Rechnungen immer mit Verspätung zu zahlen, was zu einem Teufelskreis geworden war. Kaum hatte er für die letzten zwei, drei Monate gezahlt, da flatterten schon wieder die nächsten Rechnungen ins Haus ... Der zweite Briefumschlag enthielt eine Postkarte seiner Tante Mariam, die ihn fragte, wann er sie endlich in Nizza besuchen käme, wo sie ein Restaurant eröffnet hatte. Er legte sie beiseite und nahm sich vor, ihr so bald wie möglich zu antworten. Mariam war die einzige Verwandte, die ihm vonseiten seiner Mutter geblieben war; er warf sich vor, ihr nicht mehr Zeit zu widmen. Die restliche Post bestand nur aus Werbung und Kontoauszügen. Das tägliche Los, als ob sich nichts geändert hätte, als ob der Tod von Paul in keiner Weise den Lauf der Dinge beeinflussen würde.
Ari trank seinen Whisky in einem Zug aus und ging dann duschen und rasierte sich, bevor er das Haus wieder verließ.
An der Ecke zur Rue des Tournelles, auf der anderen Seite des Platzes, sah Ari die bunte Auslage von Passe-Murailles. Es war eine kleine Buchhandlung mit einer mattgrünen Fassade, die zwischen einer Bank und der Toreinfahrt zu einem Haussmann-Gebäude eingeklemmt lag. Im Schaufenster erkannte man hinter den Plakaten eleganter Galerien aus dem Viertel bereits das liebenswürdige Durcheinander einer altmodischen Buchhandlung voller Versprechen und Schätze, wo die Bücherberge auf wundersame Weise zu halten schienen und die Logik der Ordnung so wenig einsehbar war, dass sie zum Dialog mit dem Buchhändler einlud.
Ari schlängelte sich zwischen den Ständern hindurch, in denen

die Schwarzweiß-Fotografien von Robert Doisneau als Postkarten steckten, und drückte die zerbrechliche Glastür auf. Im Inneren befand sich nur ein einziger Kunde, ein junger, rundlicher Kerl, der hinter dem ersten Regal die Nase in einen Comicband gesteckt hatte. Es war ein winziger Laden von nur etwa zwanzig Quadratmetern, wo der Versuch, den Platz optimal auszunutzen, bei weitem denjenigen übertraf, eine visuelle Harmonie herzustellen. In der Mitte trennte ein breites Regal den Raum in zwei Bereiche, von denen der eine Romane enthielt, der andere Comics und Bildbände. Ari hätte schwören können, dass sich zwischen diesen vier Wänden mehr Bücher befanden als in manchen der größten Buchhandlungen der Rue de Rivoli. Ohne die Stapel an Büchern mitzuzählen, die in dem engen Keller, den er einmal hatte besichtigen dürfen, verstaubten.

Gleich links, hinter einer alten grauen Registrierkasse, hob eine junge Frau, die auf einem Barhocker hockte, langsam ihren abwesenden Blick in Richtung des Neuankömmlings. Wie sie so an die Wand gelehnt auf dem Hocker saß, Turnschuhe mit dem Bild der Sex Pistols an den Füßen, sah sie aus wie eine Studentin. Sie trug ein für die Jahreszeit recht leichtes, türkisfarbenes Oberteil, dessen Farbe gut zu ihren großen blauen Augen, die mit schwarzem Kajal umrandet waren und immer einen mädchenhaft erstaunten Ausdruck hatten, sowie zu ihrer schönen kupferfarbenen Haut passte. Ihre rechteckige Brille gab ihr den falschen Anschein einer fleißigen Sekretärin, was im Kontrast zu dem Zungenpiercing stand, das sie ständig zwischen den Zähnen hin und her gleiten ließ. Braune Haare umrahmten ihr Gesicht und fielen in Wellen auf ihre zarten Schultern. Sie hatte eine grazile kleine Nase, Grübchen und sinnliche Lippen, insgesamt ein harmonisches Gesicht, dem man die Lachlust ansah. Sie war schön wie eine Nymphe, ohne sich dessen bewusst zu sein, und rauchte wie eine Diva des Actors Studio.

Mit einem verärgerten Ausdruck legte die junge Frau das Buch, in dem sie gerade gelesen hatte, auf die Knie.
»Ach! Die Rückkehr des Bullen ...«
Sie hatte eine liebenswerte rauhe Stimme, die sie selbst nicht mochte, die Ari aber schon immer verführerisch fand.
»Hallo, Lola.«
»Na, das ist ja eine Ewigkeit her. Kommst du mich besuchen, oder soll ich etwas für dich tun?«
Ari zuckte mit den Schultern und warf einen Blick auf den jungen, dicklichen Kunden am anderen Ende des Ladens. Der Junge schien von seinem Comic zu sehr abgelenkt zu sein, um ihnen Aufmerksamkeit zu schenken. Er war einer dieser fanatischen Schüler, die die Buchhändlerin in Ruhe die Neuheiten im Regal entdecken ließ. Diese Jungs hatten nicht das Geld, viele Bücher zu kaufen, aber besser informiert als Lola, geizten sie nicht mit Ratschlägen und erlaubten ihr so, den neuesten Trend zu kennen, wenn die Vertreter vorbeikamen.
»Nein, nein, ich wollte nur bei dir vorbeischauen. Was liest du?«
»*Lob des Begehrens* von Blanche de Richemont«, antwortete die junge Frau und zeigte kurz das Buchcover. »Mach dir keine Mühe, das ist nicht dein Ding.«
»Das Begehren?«
Die Buchhändlerin verdrehte die Augen und zog an ihrer Zigarette.
»Aber nein, du Dummkopf, diese Art Bücher! Das ist zu gut für dich. Du könntest mich wenigstens richtig begrüßen!«
Ari stellte sich auf die Zehenspitzen, beugte sich über die Kasse und drückte einen langen Kuss auf die Wange der jungen Frau. Kaum merklich verzog er das Gesicht zu einer Grimasse, als er die Schmerzen in der Hüfte wieder spürte.
»Wo bist du gewesen, Ari?«
»Ach, viel Arbeit im Moment ... Und du?«
»Geht so, ziemliche Flaute zurzeit.«

»Man könnte meinen, deinen Chef reden zu hören. Ihr seid immer unzufrieden, ihr Geschäftsleute!«
»Na, guck doch mal. Man kann nicht behaupten, dass hier viel los wäre ...«
Der junge Mann hinter ihnen hatte seine Lektüre noch nicht beendet, und sonst war niemand da.
»Stimmt. Gut ... Übrigens, Lola, äh ...«
Die Buchhändlerin schüttelte ungläubig den Kopf.
»Ich wusste es! Ich soll was für dich machen!«
Ari kam auf die andere Seite des Tisches und ergriff verlegen die Hand der jungen Frau. Sie kannten sich nun seit drei Jahren, und er musste zugeben, dass ihre Beziehung nicht ganz einfach war.
Seit er in dem Stadtteil wohnte, also seit fünfzehn Jahren, war Ari, der ein zwanghafter Leser war, Kunde im Passe-Murailles. Er mochte den Besitzer, einen alten bolivianischen Anarchisten, bei dem er sich immer fragte, wie sich sein Geschäft rentieren konnte, und der inzwischen behauptete, zu alt zu sein, um im Laden zu arbeiten. Vor drei Jahren hatte der Südamerikaner daher eine junge Frau eingestellt – fünfunddreißig Stunden am Tag, wie sie ironisch sagte –, und die Frequenz von Aris Besuchen, die bereits ganz ordentlich gewesen war, hatte sich seltsamerweise verzehnfacht. Vom ersten Tag an war er dem Charme von Dolores Azillanet erlegen – die er als Einziger Lola nennen durfte –, einem damals dreiundzwanzigjährigen Mädchen aus Bordeaux, mit einer Leidenschaft für Literatur, Gemälde und Bonmots. Sie war unbeschwert, verbarg ihre Empfindsamkeit hinter einem kecken Wesen und hatte trotz des Altersunterschieds von zehn Jahren schnell das Interesse erwidert, das er ihr entgegenbrachte. Zu schnell und zu heftig für einen bindungsscheuen Typen wie Ari. Fast ein Jahr lang hatten sie eine Liebensbeziehung geführt, dann hatte sich der Schuft zurückgezogen, vielleicht, weil er sich bei ihr zu wohl fühlte und er Angst vor der Liebe hatte, der großen Liebe. Seitdem unterhiel-

ten sie mehr schlecht als recht eine auf gegenseitigem Verständnis beruhende, aber widersprüchliche Freundschaft. Lola, die davon überzeugt war, dass sie füreinander geschaffen waren, nahm es Ari übel, die Tatsachen zu leugnen, und Ari, der aus Angst, sie eines Tages zu enttäuschen, so tat, als empfinde er für sie nur noch brüderliche Gefühle, schlief mit anderen Frauen, die ihn nicht interessierten, begehrte aber Lola insgeheim weiterhin. Kurz, sie waren zwei Idioten wie alle Menschen, die sich liebten.
»Isst du heute Abend mit mir?«
Die Buchhändlerin riss die Augen auf.
»Machst du dich über mich lustig?«
»Nein ... Es wäre mir ein Vergnügen.«
»Hast du ein Problem? Oder hast du schon zu lange keine mehr abbekommen?«
Ari neigte mit erschöpfter Miene den Kopf.
»Nein, nein. Es würde mir Freude machen, das ist alles.«
»Und wo würden wir essen?«
»Bei mir.«
Lola schüttelte lachend den Kopf.
»Aha, alles klar ...«
»Nein, wirklich! Na, mach was du willst, Lola. Ich würde einfach gerne mit dir essen, nur essen, aber wenn du keine Lust hast, verstehe ich das natürlich.«
»Wann?«
»Halb zehn? Ich muss zuerst noch meinen Vater besuchen.«
Sie kapitulierte seufzend. Ari strich ihr dankbar über die Wange und ging dann ohne ein weiteres Wort.

12

Seit seinem »Unfall« wohnte Jack Mackenzie in einem Pflegeheim an der Porte de Bagnolet, teilweise bezahlt von seiner Invalidenrente der Polizei. In einer einigermaßen komfortablen Einzimmerwohnung untergebracht, genoss er den Service des Heims und bekam ärztliche Pflege, wobei er einen Anschein von Unabhängigkeit bewahrte.

Dennoch verspürte Ari jedes Mal einen Schauder, wenn er die Eingangshalle durchquerte, der sich mit Schuldgefühl und der Angst verband, seinen Vater tot in seinem Zimmer zu finden.

»Guten Tag, Papa.«

Der alte Mann hatte die Tür geöffnet, und betrachtete verstört seinen Sohn. Er war einundsiebzig Jahre alt, wirkte aber zehn Jahre älter. Mit seinen eingefallenen Wangen, den hängenden Augenlidern, den gelblichen Augen, dem gestutzten Bart und grauen Haaren hatte er den traurigen Blick eines Menschen, der nur noch auf den Tod wartete. Er trug einen blauen Morgenmantel, und Ari fragte sich, ob sein Vater an diesem Tag oder am Vortag überhaupt richtige Kleider angezogen hatte.

»Man muss sich vor dem Hass gegen Pinochet, gegen die CIA und die Gesellschaft in Acht nehmen«, flüsterte Jack Mackenzie statt eines Grußes, bevor er die Tür hinter seinem Sohn abschloss.

Wie immer setzte sich der alte Mann anschließend gleich in seinen Sessel. Dann starrte er auf den ausgeschalteten Fernseher, als fesselten ihn Bilder, die niemand außer ihm sehen konnte.

Ari, der die Routine respektierte, ging in die Küche und erledigte den Abwasch. Danach setzte er sich neben seinen Vater.

Die Wohnung war nicht groß, und das Mobiliar, das seit der Erbauung des Heimes nicht erneuert worden war, einfach und bescheiden. Die beige gestrichenen Wände zierte kein einziges

Bild, und es gab im ganzen Wohnzimmer keinerlei Nippes. Jack Mackenzie hatte immer abgelehnt, wenn Ari irgendetwas zur Dekoration bringen wollte. Er mochte die beruhigende und neutrale Atmosphäre seiner Wohnung. Ari fand sie noch trostloser als ein Krankenhauszimmer.
»Papa, ich komme mit einer schlechten Nachricht.«
»Es besteht auch das ernste Problem der Atmung.«
Ari versuchte schon lange nicht mehr, auf die Phrasen seines Vaters zu antworten, die er nicht verstand. Sonst würde die Unterhaltung nie enden und immer surrealer werden. Manchmal äußerte Jack Mackenzie sinnvolle Dinge – er sprach mit seinem Sohn zum Beispiel gerne über die Lieder von Georges Brassens oder die Geschichte von Kanada und Armenien –, und Ari klammerte sich an diese seltenen, klaren Momente. Heute Abend hoffte er sehr, dass sein Vater einen dieser Augenblicke haben würde, weil er ihn etwas Wichtiges fragen musste.
»Papa, ich bin gekommen, um dir zu sagen, dass Paul, dein Freund Paul Cazo, gestern gestorben ist.«
Der Alte blieb still. Er sah seinen Sohn nicht einmal an. Nach einigen Sekunden, die Ari wie eine Ewigkeit erschienen, hob er langsam den Arm und bewegte die Finger, als wechsle er mit einer Fernbedienung das Programm.
Ari legte die Hand auf die Schulter seines Vaters.
»Komm, tu nicht so, als hättest du mich nicht gehört. Ich weiß, dass dir das viel Schmerz bereitet, Papa. Ich weiß, dass du Paul über alles liebtest.«
Jack Mackenzie blinzelte mehrmals, ohne den Blick vom graublauen Bildschirm abzuwenden. Auf einmal schienen sich seine Gesichtszüge zu entspannen.
»Weißt du, ich sehe überhaupt keinen Zusammenhang mit dem Kontext«, brachte er mit leiser Stimme und übertriebener Langsamkeit hervor, und Ari sah Tränen in seinen Augen glitzern.

Er drückte den Arm seines Vaters, erleichtert darüber, dass dieser auf seine Art gezeigt hatte, dass er wenigstens zum Teil verstand, was um ihn herum geschah.

Sie blieben lange so sitzen, ohne zu sprechen, bis der alte Mann sich schließlich zu seinem Sohn drehte.

»Ari, wer hat 1998 die Fußballweltmeisterschaft gewonnen?«

»Frankreich, Papa, es war Frankreich. Erinnerst du dich? Ich habe dich am Abend des Finales auf die Champs-Élysées mitgenommen, als alle gefeiert haben.«

»Nein. Nein, ich erinnere mich nicht. Weißt du, Ari, ich glaube, ich verliere den Verstand.«

»Aber nein, Papa.«

»Seit Anahid tot ist, weißt du. Alle sterben heutzutage. Nur ich nicht. Und du, bist du in eine Frau verliebt, mein Sohn?«

Ari musste lächeln. Jedes Mal wenn sein Vater in die Realität zurückkehrte, stellte er ihm dieselbe Frage.

»Nein, Papa, noch immer nicht.«

»Du solltest mehr auf die Frauen achten, Ari. Ihnen Blumen schenken. Frauen lieben es, wenn Männer ihnen Blumen schenken. Anahid habe ich Orchideen gebracht. Sie liebte Orchideen. Einmal bin ich in London mit ihr ins Orchideenmuseum gegangen. Du wirst nicht glauben, wie viele unterschiedliche Sorten es gibt. Über zwanzigtausend, wenn ich mich recht erinnere. Zwanzigtausend, kannst du dir das vorstellen? Natürlich sind nicht alle gleich schön, aber trotzdem. Hattest du mir nicht von einem Mädchen erzählt, das Bücher an der Bastille verkauft?«

»Papa, ich möchte dich etwas über Paul fragen.«

»Paul? Paul Cazo? Oh, weißt du, das ist ein ganz besonderer Kerl. Ich habe ihn lange nicht gesehen.«

»Papa ...«

Ari fragte sich, ob es sich überhaupt lohnte, seinen Vater zu befragen. Ob es der richtige Moment war ... Aber am Tag zuvor hatten ihn zwei Dinge in Pauls Vitrine irritiert. Und er

wollte Bescheid wissen. Weil dies eine Spur sein könnte. Der Beginn einer Spur.
Auf einem der gläsernen Einlegeböden hatte er zwischen Nippes einen Zirkel und ein Winkelmaß, die kreuzförmig übereinanderlagen, bemerkt. Seitdem verfolgte ihn die Frage, auf die er in den Unterlagen, die Iris ihm gegeben hatte, keine Antwort finden konnte. Niemand kannte Paul so gut wie Jack Mackenzie. Vielleicht verbarg sich die Antwort irgendwo in den Windungen seines Gedächtnisses.
»Papa, war Paul Freimaurer?«
Der alte Mann reagierte nicht gleich. Dann rieb er sich den Bart, eine Geste, die er oft machte, wenn er nachdachte.
»Wenn man eine beispiellose Sprache erfinden würde, ohne Zusammenhang, dann wäre es vorbei mit unserem schwachsinnigen Charakter.«
Ari seufzte.
»Papa, bitte, versuch dich zu erinnern. War Paul Freimaurer?«
»Warte ... warte ... Ja, Ari. Pierre Mendès-France war Freimaurer.«
»Ja, Papa, ich weiß, aber Paul?«
»Oh, es hat viele gegeben. Voltaire, Mozart ... Und sogar Louise Michel. Diese unglaubliche Louise Michel! Und, wie heißt er doch gleich, der, der Sherlock Holmes erfunden hat?«
»Conan Doyle.«
»Ja, richtig. Conan Doyle. Er war Freimaurer. Es gibt viele. Deshalb wollten die Nazis sie töten. Wie die Juden. Und dann hat es auch den armenischen Genozid gegeben. Deswegen ist deine Mutter mit ihren Eltern nach Frankreich gekommen und hat dich Ari genannt. Das war der Name ihres Großvaters, der dort gestorben ist.«
»Ja, aber du hast meine Frage nach Paul nicht beantwortet. Ich habe bei ihm in einer Vitrine einen Winkel und einen Zirkel gesehen. Glaubst du, dass er Freimaurer war?«

»Aber nein, Ari! Paul war Architekt! Das ist nicht dasselbe. Du redest Unsinn. Einmal habe ich angefangen, Suaheli zu lernen.«

Ari stand langsam auf. Warum hatte er ihm diese Frage gestellt? Selbst wenn sein Vater sie bejaht hätte, könnte er sich schließlich nicht sicher sein.

Er blieb bis zwanzig Uhr bei ihm, räumte hier und da ein paar Sachen auf, redete von diesem und jenem, wie die Ärzte es ihm geraten hatten, um seinen Vater zur Unterhaltung zu zwingen. Dann brachte er ihm das Abendessen, das man auf einem Servierwagen vor der Zimmertür abgestellt hatte, und verkündete schließlich, dass er gehen musste, was ihm jedes Mal einen Stich versetzte.

Jack Mackenzie, der niemals Traurigkeit zeigte, begleitete ihn bis zur Tür. Aber bevor er hinter sich abschloss, fasste er Ari an der Schulter, beugte sich an sein Ohr und flüsterte:

»Du solltest deiner Buchhändlerin Orchideen schenken. Ich bin mir sicher, dass Buchhändlerinnen Orchideen mögen.«

13

Kurz vor der vereinbarten Zeit klingelte Lola an der Wohnungstür. Ari rief ihr von der Küche aus zu, dass die Tür offen sei und sie hereinkommen solle.

Eingefleischte Junggesellen wie Ari haben in der Küche zwei Möglichkeiten. Entweder lassen sie sich ihr Essen kommen, tauen Tiefkühlprodukte auf und verbringen ihre Zeit in Restaurants, oder sie kämpfen gegen die Routine an und werden unvergleichliche Köche. Ari gehörte zur zweiten Kategorie. Mit der Zeit war er ein erstklassiger Koch geworden, dessen einziger Fehler es war, ein wenig langsam zu sein. Er ließ sich Zeit, hielt sich bei jeder Etappe lange auf, aber er bereitete

immer neue, häufig phantasievolle Gerichte zu. Lola und er hatten sogar ein kleines Spiel etabliert, von dem sie nie abwichen: In der Diele lag ein Heft, in dem die Buchhändlerin eine Note vergab und ihren Eindruck von jedem Menü festhielt, wann immer sie in die Rue de la Roquette zum Essen kam.
»Ich habe im Keller von meinem Onkel einen Côte-Rôtie geklaut«, verkündete die junge Frau, als sie ins Wohnzimmer trat.
»Lass Morrison nicht raus!«, rief Ari aus dem Nebenzimmer.
»Schon gut, mach nicht so einen Stress, ich habe die Tür zugemacht!«
Die junge Frau kam in die Küche.
»Das riecht aber gut ...«
»Danke, aber du hast hier nichts zu suchen, du weißt, dass ich es nicht leiden kann, wenn man mir beim Kochen zuschaut. Mach lieber deine Flasche auf und warte im Wohnzimmer auf mich, ich komme.«
»Okay, okay!«
Lola griff nach dem Korkenzieher und machte sich an ihre Aufgabe. Dann ließ sie sich auf dem alten bordeauxfarbenen Sofa nieder, müde von ihrem langen Arbeitstag.
Seit zwei oder drei Wochen war sie schon nicht mehr bei Ari gewesen, und als sie sah, dass sich nichts geändert hatte, lächelte sie. Immer noch dasselbe Durcheinander.
Ari scherte sich nicht um Äußerlichkeiten. Was seine Kleidung oder die Ausstattung seiner Wohnung anging, hatte er keinerlei Sinn für Luxus. Das Einzige, was sich der Agent in seinem Leben gegönnt hatte, waren sein Haus im Hérault und sein Auto, ein grünes MG-B Cabriolet von 1968, das er in einer Garage auf der anderen Seite des Gebäudes unterstellte und nur gelegentlich fuhr. Er hatte Lola ein- oder zweimal zu einer Spritztour mitgenommen, und sie war über Aris jungenhaftes Lachen in diesen seltenen Momenten überrascht gewesen. Ihrer Erfahrung nach gab es nur zwei Dinge im Leben, die Mackenzie zu

diesem Grinsen verleiteten: sein englisches Cabrio und eine gute Flasche schottischen Whiskys.

Die zwei Zimmer sahen nach der Wohnung eines ewigen Studenten aus, mit dem einzigen Unterschied, dass es keinen PC gab und es wohl auch nie einen geben würde, solange Mackenzie am Leben war. Nur eines der drei Wohnzimmerfenster hatte keine Jalousie, und es war immer ziemlich dunkel. Fünf große, vollgestopfte Bücherregale bedeckten zwei der vier Wände. Sie reichten schon seit einigen Jahren nicht mehr aus, und die Bücher – von denen die meisten im Passe-Murailles gekauft worden waren – türmten sich überall. Selbst auf dem Boden lagen Stapel, und Lola hatte sich immer gefragt, wie Ari sich darin zurechtfinden konnte. Aber das war ein Tabuthema. Man rührte nicht an Monsieur Mackenzies Büchern.

In einer Ecke zwischen zwei Regalen standen die beiden Gitarren von Ari. An den anderen Wänden hingen ein paar Poster, hauptsächlich Schwarzweiß-Fotografien von großen amerikanischen Fotografen der zweiten Hälfte des zwanzigsten Jahrhunderts. Ari mochte Gemälde nicht. Vor allem keine Stillleben. Im Musée d'Orsay hatte Lola einmal Tränen gelacht, als er mit lauter Stimme vor einem Bild von Cézanne meinte: »Wenn ich so ein totes Stillleben sehe, möchte ich es am liebsten begraben.«

Was Aris Möbel anbelangte, so passte nichts zusammen. Sie waren über die Jahre hinweg nacheinander angeschafft worden, ohne Sinn für Ästhetik. Dem Sofa gegenüber thronte ein riesiger Fernseher, von ebenfalls überfüllten, schiefen DVD-Ständern umrahmt.

Hinter dem Fernseher schließlich befand sich der große Geheimschrank. Zumindest bezeichnete ihn Lola scherzhaft so. Ari bewahrte darin alles auf, was irgendwie mit seiner Arbeit zu tun hatte. Es befand sich dort nicht nur eine unglaubliche Sammlung an Dokumenten, Büchern und Filmen über Sekten, Religionen, geheime Wissenschaften, Esoterik und Alchemie, sondern auch verschiedene Gegenstände, die mit diesen Bereichen zusammenhingen. Ein richtiges kleines Mystikmuseum, was zu Ari Mackenzie, einem wahren Cartesianer und Atheisten, der gegen populäre Glaubensrichtungen allergisch war, besonders wenig zu passen schien. Lola zog ihn damit übrigens gerne auf und behauptete, nur um ihn zu ärgern, sie glaube fest an das Übernatürliche, was zwar übertrieben war, aber sie war in dieser Hinsicht offener als er. Ari sprang jedes Mal sofort darauf an, und mehr als einmal hatte sie sich einen Spaß daraus gemacht, ihn auf die Palme zu bringen, indem sie ihm erzählte, die Freundin einer Freundin habe ein übersinnliches Erlebnis gehabt, oder indem sie so tat, als lese sie sein Wochenhoroskop.

Lola mochte diese Wohnung, die Ari so ähnelte: seinen persönlichen, schnörkellosen Geschmack, seine Bücher, die Diskrepanz zwischen seiner jugendlichen Art und seinen Gewohnheiten eines alten Junggesellen. Zugleich verfluchte sie den Ort, weil er das symbolisierte, was sie wohl niemals mit Ari teilen würde. Ein gemeinsames Leben. Zweisamkeit. Ari hatte ihr zigmal klargemacht, dass er diesen Schritt nicht tun wollte. Dabei spürte sie, dass er sie liebte, sicher mehr, als er jemals geliebt hatte. Und sie, sie hätte alles gegeben, um endlich mit ihm zusammen zu sein. Aber Ari hatte eines Tages die Tür verschlossen. Sie verstand nicht wirklich, warum. Sie verstand nicht, was ihn zurückhielt.

Eines Abends hatte er ihr gesagt, dass er keine Kinder wolle. Sie hatte geantwortet, dies sei kein Problem für sie, sie wolle ihn und nichts anderes. Vielleicht hatte er erraten, dass dies nicht ganz der Wahrheit entsprach. Dass der Gedanke, niemals Mutter zu werden, Lola Angst machte. Und dass, selbst wenn sie zu diesem Opfer bereit wäre, es doch ein Opfer bliebe. Oder es gab einen anderen Grund, tiefer liegend, weniger explizit. In der Zwischenzeit liebte sie ihn, und der stille Kummer, sich mit dieser komplizenhaften Freundschaft begnügen zu müssen, betrübte sie. Aber sie hatte keine Wahl.

Sie wollte ihn nicht verlieren.
Als sie ihren Blick zur anderen Seite des Zimmers gleiten ließ, bemerkte Lola einen Strauß rosafarbener Blumen mit breiten, gestreiften Blättern wie bei einer Fuchsie, der, noch in weißes Seidenpapier gehüllt, in einer Vase stand. Es gehörte nicht zu Aris Angewohnheiten, Blumen in seiner Wohnung zu haben.
»Für wen sind die Blumen?«, rief sie Richtung Küche.
Ari erschien mit Aperitif-Crackern im Wohnzimmer.
»Ah, die sind für dich. Es sind Orchideen. Das heißt, genauer gesagt eine *orchis papilionacea*.«
»Willst du behaupten, du hättest sie für mich gekauft?«, fragte die junge Frau ungläubig.
»Ja.«
Lola lächelte.
»Ich glaube dir zwar nicht, aber es ist trotzdem nett.«
Sie rückte zur Seite, um ihm auf dem Sofa Platz zu machen. Ari setzte sich grimassierend neben sie.
»Also, Ari, sag mir, was los ist. Du scheinst anders als sonst zu sein.«
Er machte es sich auf dem Sofa bequem, wobei er auf seine schmerzende Hüfte achtete. Er hätte ihr gerne die Wahrheit gesagt, seine Geschichte ausgebreitet, aber er hatte nicht die Kraft dazu. Nicht jetzt. Er wollte an etwas anderes denken und nicht den Abend damit verbringen, das Opfer zu spielen.
»Nichts. Viel Arbeit, das ist alles.«
Lola näherte sich ihm und legte eine Hand auf seinen Oberschenkel.
»Ist sie schön?«
Ari verdrehte die Augen.
»Komm schon.« Die junge Frau ließ nicht locker. »Ist sie schön oder nicht?«
»Lola, ich weiß wirklich nicht, wovon du sprichst …«
»He, ich kenne dich, mein Lieber. Ich sehe dich wochenlang nicht, und plötzlich tauchst du wieder auf, völlig deprimiert,

und ich finde Blumen in deiner Wohnung! Hältst du mich für blöd? Du hast dich abservieren lassen, stimmt's?«
Ari lächelte.
»Du weißt genau, dass ich nur Augen für dich habe, Lola.«
»Tja, in dem Fall solltest du mich besser fragen, ob ich deine Frau werden will, bevor ich einen anderen heirate!«
»Ich wusste, dass ich auf andere Gedanken kommen würde, wenn ich dich zu mir einlade ...«
Er nahm Lolas Hand, die auf seinem Schenkel lag, und drückte sie. »Es ist lange her«, murmelte er.
Die junge Frau ließ ihn einen Augenblick gewähren, dann zog sie ihre Hand zurück und richtete sich auf.
»Also, trinken wir nun diesen Côte-Rôtie? Mein Onkel wird mich erwürgen, wenn er entdeckt, dass ich eine seiner guten Flaschen geklaut habe, daher sollten wir sie wenigstens würdevoll behandeln.«
Ari stand mühsam auf, holte Gläser und kam ins Wohnzimmer zurück. Diesmal setzte er sich aber seiner Freundin gegenüber in einen Sessel.
»Hast du dir irgendwo weh getan?«, fragte Lola, als sie sah, wie er das Gesicht verzog. »War sie das? Du bist an eine Kratzbürste geraten, ist es das? Eine Löwin?«
»Aber nein! Ein Autofahrer hat mich fast umgefahren, und ich habe mir die Hüfte aufgeschürft, das ist alles.«
»Lass sehen ...«
»Nein, nein, es geht schon, wirklich.«
Er nahm die Weinflasche und füllte ihre Gläser.
»Also, auf dich!«
Nach ein paar Gläsern gelang es Ari, das Thema zu wechseln, und sie begaben sich endlich zu Tisch.
Trotz der kurzen Zeit, die er gehabt hatte, um das Essen vorzubereiten, hatte Ari seinem Ruf keine Schande gemacht. Vernarrt in die Antillen – wohin er mit Lola eines Tages flüchten wollte –, versuchte er sich regelmäßig an der Insel-Küche. An

diesem Abend hatte er ein Zitronen-Hähnchen mit etwas Knoblauch und Pfeffer zubereitet, wozu es Gemüsegratin und Reis gab. Lola genoss es und bemühte sich, Ari auf andere Gedanken zu bringen, indem sie über Literatur sprach. Sie kannte seine Vorliebe für Guy Debord und pries ihm die Vorzüge einer neuen, kommentierten Ausgabe an. Mit Freuden ließ er sich auf dieses Gespräch ein, froh, wenigstens während des Essens an etwas anderes denken zu können. Innerhalb von vierundzwanzig Stunden hatte er die Leiche seines besten Freundes gefunden und wäre beinahe von einem Unbekannten überfahren worden ... Lolas Anwesenheit hinderte ihn daran, dies ständig wieder durchzukauen. Die Frist würde ohnehin nur von kurzer Dauer sein. Er war sich nicht sicher, ob er so leicht würde einschlafen können. Also sprachen sie noch über Dos Passos, Faulkner, Romain Gary, und wie immer endete Ari mit seiner Litanei über die französischen Autoren, die schon zu lange vergessen hätten, »auch« *story-teller* zu sein, was Lola ärgerte. Jedes Mal, wenn sie ihm einen neuen einheimischen Autor vorstellte, behauptete Ari, dasselbe schon einmal irgendwo gelesen zu haben, und sie warf ihm Snobismus vor.

Nach dem Essen erhob sich Ari mühsam, teils wegen seiner Hüfte, teils, weil sie zu zweit eine Flasche Wein geleert hatten.

»Gut, soll ich uns Kaffee kochen?«

Lola betrachtete ihn amüsiert.

»Ich weiß nicht, ob es so eine gute Idee ist, wenn du ein Aufputschmittel nimmst ... Ich sage dir, nur weil du heute Abend traurig und verletzlich wirkst, werden wir trotzdem nicht miteinander schlafen.«

»Sehr witzig! Willst du einen Kaffee, ja oder nein?«

»Mit zwei Stück Zucker.«

Er ging in Richtung Küche, aber als er vor dem letzten Wohnzimmerfenster vorbeikam, blieb er wie erstarrt stehen.

»Das gibt es doch nicht!«, rief er überrascht aus.

»Was ist?«

Ari antwortete nicht und rannte in die Diele. Er wirkte auf einen Schlag nüchtern.
»Was treibst du?«
Er blieb vor der Kommode stehen, öffnete die oberste Schublade und holte seine 357er Magnum hervor, die er sich in den Gürtel steckte. Dann trat er auf den Treppenabsatz hinaus, ohne seiner Freundin eine Erklärung zu geben, und rannte die Treppe hinunter. Unten überquerte er den dunklen Hof, so schnell er konnte, während ihm der eisige Wind entgegenschlug, öffnete das Tor und sprang auf den Bürgersteig.
Aber der Wagen war nicht mehr da.
Dabei war er sich sicher, ihn gesehen zu haben. Hier, direkt vor seinem Haus. Die lange, braune amerikanische Limousine. Es konnte kein Irrtum sein: Er hatte sogar das eingerückte Blech an der Stelle gesehen, wo der Zusammenprall stattgefunden hatte. Ari machte ein paar Schritte auf dem Gehweg, stellte sich auf die Zehenspitzen, aber nein, der Wagen war verschwunden. Er fluchte und ging wieder in seine Wohnung hinauf.
»Spinnst du? Was ist denn los mit dir? Du hast sie doch nicht alle!«
Lola erwartete ihn mit verschränkten Armen in der Diele.
»Ich habe wohl ein Gespenst gesehen.«
»Was ist das für ein Blödsinn?«
»Nichts, wirklich. Vergiss es. Mach die Tür schnell zu, sonst haut die Katze ab.«
Lola runzelte die Stirn. Seit sie Ari kannte, hatte sie ihn noch nie so nervös erlebt. Auch wenn er ihr nichts sagte, erriet sie doch, dass etwas Ernstes vorgefallen war.
»Willst du bei mir schlafen, Ari?«
»Nein, nein.«
»Bist du dir sicher?«
»Ja. Ich rufe dir ein Taxi. Mach dir keine Sorgen um mich.«
»Du brauchst mir doch kein Taxi zu rufen, ich wohne zwei Minuten zu Fuß von hier weg!«

»Dann begleite ich dich.«
»Nein. Du bist hundemüde, du scheinst wirklich nicht gut drauf zu sein, mein Lieber. Ich kann allein nach Hause gehen, danke. Aber versprich mir, dass du dich ein bisschen ausruhst, okay?«
»Ich bringe dich noch runter.«
Lola zog ihren Mantel an und wollte hinausgehen.
»Warte!«
Ari machte kehrt und ging ins Wohnzimmer zurück. Er kam mit dem Blumenstrauß wieder.
»Du hast deine Orchideen vergessen.«
Die junge Frau nahm lächelnd die Blumen entgegen, und sie gingen gemeinsam die Treppe hinunter. Unten nahm Ari sie fest in den Arm. Er liebte es, sie an sich zu drücken, ihre kleinen Brüste an seinem Herzen zu spüren, ihren Atem in seinem Nacken. Er bog seinen Kopf zurück und widerstand dem starken Wunsch, sie auf den Mund zu küssen, wie er es in der Vergangenheit tausendfach getan hatte. Lola bemerkte es offenbar und machte sich frei.
»Pass auf dich auf, Ari, und ruf mich bald an, ja?«
»Versprochen.«
Die junge Frau entfernte sich mit unsicheren Schritten. Er sah ihr nach, bis sie am Ende der Straße verschwand.
Verfolgt von den Bildern der beiden letzten Tage, konnte er lange nicht einschlafen.

14

Über Cambrai war schon lange die schwarze und eiskalte Nacht hereingebrochen. Die vom Regen glänzenden Straßen lagen verlassen da, und die ganze Stadt war in Stille getaucht. Mona Safran verschloss die Glastür der Galerie, warf einen letzten Blick nach draußen auf den Gehweg und ließ den elektrischen Rollladen herunter.

Sie zog ihren langen, nassen Mantel aus und fuhr sich frierend durch die Haare. Sie hatte es eilig, nach Hause zu gehen, aber sie hatte eine letzte Sache zu erledigen, die keinen Aufschub duldete. Sie hob die Post auf, die in einem Stapel vor der Tür lag, und legte sie auf die Theke.

Sie durchquerte den langen Raum, ohne Licht zu machen. Sie war es nicht gewohnt, ihre Galerie im Halbdunklen zu sehen. Die Gemälde an den Wänden bekamen einen anderen Farbton, düster und geheimnisvoll. Sie betrat das Lager und ging direkt auf den Safe zu. Mit den Fingerspitzen wählte sie die symbolhafte Ziffernkombination: 1488.

Aus ihrer Tasche holte sie den Metallbehälter hervor, der das Quadrat schützte, öffnete ihn vorsichtig und betrachtete das alte Pergament. Mit ernstem Gesicht strich sie behutsam über die rauhe Oberfläche des Papiers, dann schloss sie die kleine Box wieder und schob sie in den Safe.

Im Moment war es sicherer, sie hier aufzubewahren.

Mona Safran suchte ihre Sachen zusammen und ging in die Winterkälte hinaus, voller Ungeduld, endlich die Behaglichkeit ihres Hauses genießen zu können.

Die Fragen des Reimser Kommissars hatten sie erschöpft. Sie hatte sorgfältig über jede ihrer Antworten nachdenken müssen, um nicht durchschaut zu werden, und hatte sich, ohne mit der Wimper zu zucken, die Fingerabdrücke abnehmen lassen. Ohne Zweifel hatte die Polizei sie überall in der Wohnung gefunden. Aber dies verunsicherte sie nicht besonders, denn Mona war häufig in Pauls Wohnung. Im Moment bereitete ihr die Untersuchung des Kommissars keine allzu großen Sorgen; er schien völlig hilflos. Nein, was sie viel mehr beschäftigte, war Ari Mackenzie.

Hatte Paul die Zeit gefunden, mit ihm zu sprechen? Sie fürchtete, dass der Agent des Nachrichtendienstes mehr wusste, als er zugeben wollte. Und sie musste wissen, wie viel. Irgendwie musste sie ihn zum Reden bringen.

15

Am nächsten Morgen erschien Ari früh in Levallois, viel früher als gewöhnlich, wild entschlossen, seine Untersuchungen fortzuführen.
Nachdem er einen kurzen Blick auf seine Notizen geworfen hatte, die sich auf dem Schreibtisch türmten, verbrachte er den restlichen Vormittag damit, nach einer Spur im Leben von Paul Cazo zu suchen. Einer Lücke, etwas Verborgenem, das darauf hindeuten könnte, dass er Feinde besaß, dass er Fehler begangen hatte oder in dunkle Geschäfte verwickelt gewesen war.
Paul war Architekt gewesen. Er hatte Mitte der 60er Jahre nach einem Studium an der École nationale supérieure des beauxarts sein Diplom gemacht. Vier Jahre später war er in die Eignungsliste für das Unterrichten von Architektur aufgenommen worden. Zunächst hatte er in einem großen Büro in Reims gearbeitet und sich dann im Stadtzentrum selbständig gemacht. Vielfach preisgekrönt, war er drei Jahre in Folge der Vorsitzende des Architektenrats gewesen. In den letzten fünfzehn Jahren seiner Karriere hatte er sich fast ausschließlich der Lehre, der Forschung und den Studien von Städteplanung und Sanierung gewidmet. Der Liste seiner Bauvorhaben nach hatte er hauptsächlich an Projekten für sozialen Wohnungsbau arbeiten wollen, was Ari kaum verwunderte. Paul war ein engagierter Mann gewesen, der mehr daran interessiert gewesen war, was er für die Gesellschaft tun konnte, als an dem Geld, das ihm sein Beruf einbringen konnte. Um nichts dem Zufall zu überlassen, ging Ari nacheinander die Projekte des Verstorbenen durch. Nicht ein einziges war in einen Skandal verwickelt gewesen

oder zum Gesprächsthema geworden. Nirgends war von Schmiergeldern die Rede oder von Veruntreuung öffentlicher Mittel ... Paul Cazos Lebenslauf war vorbildlich, nichts an seiner Karriere ließ den Verdacht aufkommen, er habe sich Feinde gemacht ...

Gegen Mittag hatte Ari noch immer kein Indiz gefunden, da sah er das Gesicht von Iris an seinem Bürofenster. Er machte ihr ein Zeichen, einzutreten.

»Gehst du unten zu Mittag essen?«, fragte seine Ex mit freundlichem Lächeln.

»Ich kann diese Kantine nicht mehr sehen ...«

»Wir können ins Restaurant gehen, wenn du willst. Du musst schließlich was essen, Kind!«

»Nein, vielen Dank, nett von dir. Aber ich bin mit meiner Arbeit in Verzug.«

»Wie du möchtest.«

Sie verschwand so diskret, wie sie erschienen war, und wenige Minuten später erhob sich Ari von seinem Schreibtisch. Da er alle Spuren über die Vergangenheit von Paul ausgeschöpft hatte, wollte er nun ins Archiv hinuntergehen, und die Mittagszeit war wahrscheinlich der beste Moment dafür. Während der Essenzeit war dort selten jemand.

Der Transfer der Akten der DCRG nach Levallois war keine kleine Angelegenheit gewesen. Und obwohl die gigantische Arbeit der Datenerfassung, verzögert durch die sukzessive Entwicklung der Betriebssysteme, die die Abteilungen verwendeten, schon weit vorangeschritten war, so war doch noch eine beeindruckende Menge an Papierdokumenten, Mikrofiches und Mikrofilmen vorhanden.

Die Frage, ob Paul Cazo Freimaurer gewesen war, beschäftigte Ari weiterhin, und auch wenn er sich nicht sicher sein konnte, ob dies überhaupt von Bedeutung war, so waren der Winkel und der Zirkel im Vitrinenschrank des alten Mannes im Moment das Einzige, was ihm zu denken gab. Vielleicht ließ er sich von seinem Beruf beeinflussen, sich für Geheimbünde zu interessieren; die Zugehörigkeit zu einer Freimaurerloge war an sich eine recht banale Sache, aber es war das einzige Indiz dafür, dass es in Paul Cazos Vergangenheit etwas geben konnte, was Ari noch nicht wusste. Etwas Mysteriöses. Falls der Architekt eine wichtige Position in einer der verschiedenen französischen Freimaurervereinigungen inngehabt haben sollte, bevor beim Nachrichtendienst alles elektronisch erfasst worden war, fand Ari im Untergeschoss vielleicht einen Hinweis darauf.

Die handgeschriebenen Karteien des Zentralen Nachrichtendienstes durchzugehen war eine langwierige, mühsame Arbeit, aber Ari liebte das. Er konnte Stunden zwischen den alten, verstaubten Akten verbringen. Er mochte die sorgfältige Handschrift der früheren Agenten, die gelbliche Farbe des Papiers und die Aufregung, die man verspürte, wenn man eine neue hölzerne Schublade herauszog und sich fragte, welches Geheimnis sie barg.

Er ging Jahr für Jahr das von seinen Vorgängern angelegte Archiv über die Aktivitäten der Freimaurerlogen durch, beginnend mit dem Anfang der 60er Jahre, dem Zeitpunkt, ab welchem Paul hätte eingeführt werden können, bis zum Ende der 70er, als die Daten elektronisch erfasst wurden. Er überprüfte die Liste der Amtsträger und die Namen der Brüder, die an öffentlichen Kolloquien oder Versammlungen teilgenommen hatten. Da er nichts Besonderes entdecken konnte, erweiterte er seine Suche auf alle Akten, die im Allgemeinen mit der Freimaurerei zu tun hatten.

Es war beinahe achtzehn Uhr, als Ari schließlich einsehen musste, dass er hier wohl nichts finden würde, dass der Name Paul Cazo nirgends auftauchte und ihm nur noch eine Möglichkeit blieb. Eine Möglichkeit, die er lieber nicht in Erwägung gezogen hätte, aber es gab keine Alternative. Er hielt sich an einem lächerlichen Strohhalm fest, aber das war alles, was

er hatte. Er beschloss, in sein Büro zurückzugehen, um einen Kontaktmann anzurufen, den er beim Grand Orient de France hatte.
Im siebten Stock angekommen, lief Ari geradewegs Duboy in die Arme. Der Leiter der Abteilung Analyse und Zukunftsforschung schien außer sich vor Wut.
»Wollen Sie mich zum Narren halten, Mackenzie?«
»Wie bitte?«
»Wir haben Sie den ganzen Nachmittag gesucht. Sie sind nicht einmal über Handy zu erreichen!«
»Ich war im Archiv.«
»Was hatten Sie im Archiv zu suchen?«
»Ich suche Informationen zu einem Hinweis.«
»Den ganzen Nachmittag? Sie halten mich wohl für blöd, Mackenzie ... Glauben Sie, ich weiß nicht, was Sie gerade machen? Ich hatte Sie gebeten, sich nicht in diese Sache einzumischen!«
»Diese Zusammenfassungen sind morgen früh auf Ihrem Schreibtisch, Chef.«
Ari hatte das letzte Wort mit einem kleinen ironischen Unterton ausgesprochen, was seinem Vorgesetzten nicht entgangen war.
»Das Lachen wird Ihnen schon noch vergehen: Der stellvertretende Direktor erwartet Sie in seinem Büro.«
Ari glaubte, ein Lächeln im Gesicht seines Vorgesetzten zu erkennen.
»Depierre hat Ihnen etwas Wichtiges mitzuteilen, Mackenzie. Wenn ich Sie wäre, würde ich ihn nicht eine Sekunde länger warten lassen.«
Der Abteilungsleiter klopfte ihm herablassend auf die Schulter und entfernte sich mit eiligen Schritten.
Ari blieb einen Moment lang bewegungslos im Flur stehen. Ein unerwartetes Gespräch mit dem stellvertretenden Direktor war kein gutes Zeichen, vor allem dann nicht, wenn es bei Duboy

Genugtuung hervorrief. Ari vermutete, dass er sich einiges würde sagen lassen müssen. Aber anstatt sich direkt zu Depierre zu begeben, wie es ihm sein Chef geraten hatte, ging er in sein eigenes Büro.

Als er durch den Gang lief, nahm er die beunruhigten Blicke seiner Kollegen wahr. Alle schienen darüber Bescheid zu wissen, was ihn erwartete. Er zwang sich, nicht darauf zu achten. Er hatte andere Sorgen.

In seinem Büro setzte er sich auf seinen Drehstuhl. An seinem Telefon blinkte ein rotes Lämpchen auf. Er kontrollierte die Liste der entgegangenen Anrufe. Die Nummern von Depierre und Duboy erschienen mehrfach. Aber die interessierten ihn nicht. Am Anfang der Liste erkannte er eine Nummer, die ihm weitaus wichtiger erschien: diejenige des Kommissars aus Reims. Er rief ihn unmittelbar zurück.

»Kommissar Bouvatier?«

»Ja. Ich habe schon ein paarmal versucht, Sie zu erreichen, Mackenzie.«

»Haben Sie etwas Neues?«, drängte Mackenzie.

»Über den Mord an Ihrem Freund nicht viel ...«

»Was dann?«

Der Kommissar räusperte sich und teilte ihm schließlich die Neuigkeit mit.

»Ich habe heute Nachmittag erfahren, dass es heute Morgen einen Mordfall in Chartres gegeben hat. Und wissen Sie, was?«

»Gleiche Vorgehensweise?«

»Ja. Das Opfer, ein Mann um die fünfzig, wurde an den Esstisch gefesselt, und man hat ihm vollständig den Schädel geleert.«

Dritter Teil
Die Erde

L:VƎ/C:
LƎ RP —O VI SA

Je ui cet enggen que gerbers dauriellac aporta ichi
li quex nos aprent le mistere de co qui est en son
le ciel et en cel tens navoit
nule escriture desore.

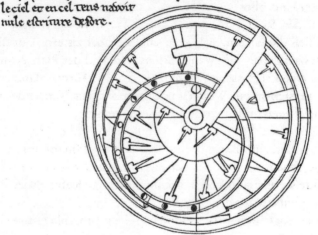

por bien comenchier, ta le cors de le lune deuras siuir
les uiles de franche e dailleurs lors prenras tu
mesure por co que acueilles bon kemin.

16

Aus Vorsicht hatten die beiden Männer vereinbart, sich nie zweimal am selben Ort zu treffen. An diesem Tag hatten sie sich unter dem großen Bogen von La Défense verabredet. Der Winterwind blies unter dem enormen weißen Segel, das zwischen den Säulen des gigantischen Bauwerkes gespannt war, und ließ die langen, sich kreuzenden Kabel zittern. Um diese Jahreszeit gab es hier wenige Menschen, und der Platz erinnerte an einen verlassenen Hafen. Die großen Türme glänzten in der tiefstehenden Wintersonne und warfen Tausende von Lichtreflexen in den weißen Pariser Himmel.
Seite an Seite bestiegen sie den gläsernen Fahrstuhl, der bis ganz hinauf zum Bogen führte. Die Zeit des Hinauffahrens genügte ihnen für das, was sie sich zu sagen hatten, und hier konnte sie niemand hören. Die durchsichtige Kabine stieg über dem elfenbeinfarbenen Vorplatz auf.
»Hier«, sagte der Ältere und nahm einen Umschlag aus seiner Tasche. »Nummer drei.«
»Haben Sie es sich angeschaut?«
»Natürlich. Das, was hier drin ist, interessiert mich genauso wie Sie.«
»Nimmt es Formen an?«
Der alte Mann zuckte mit den Schultern.
»Das ist im Moment schwer zu sagen. Das dritte Quadrat stellt eine Statue dar, die ich noch nicht identifiziert habe. Wir werden darauf warten müssen, alle zu haben, seien wir geduldig. Aber Sie werden sehen, es gibt faszinierende Dinge. Wir werden nicht enttäuscht werden, dessen bin ich mir sicher.«
»Sehr gut.«
Der elegante glatzköpfige Herr drehte sich zum Fenster hin

und bewunderte die Sicht, die sie auf die lange Hauptachse der Millionenstadt hatten. Der Arc de Triomphe und La Concorde bildeten eine perfekte Linie.
»Haben Sie sich um Mackenzie gekümmert?«, fragte er, ohne die Augen von diesem Schauspiel abzuwenden.
»Wir sind dabei. Sagen Sie Ihrem Mitglied, es soll sich nicht einmischen. Meine Leute haben seinen Wagen vor Mackenzies Haus gesehen. Das ist nicht klug. Ich habe Ihnen gesagt, dass ich mich selbst darum kümmern werde ... Ich mag keine Improvisation.«
»Selbstverständlich. Ich werde es weitergeben. Machen Sie sich keine Sorgen. Alles läuft ab wie geplant.«
Der Fahrstuhl kam am oberen Ende des großen Bogens zum Stehen. Die beiden Männer stiegen aus und verschwanden in verschiedene Richtungen.

17

»Setzen Sie sich, Mackenzie.«
Ari nahm vor dem stellvertretenden Direktor Platz. Depierre war ein Mann um die fünfzig, ein wenig kräftig, braunhaarig, mit beginnender Glatze, und auf seiner Nase trug er eine zu große Brille mit einem perlmuttfarbenen Gestell. Den größten Teil seiner beruflichen Laufbahn hatte er bei der Spionageabwehr verbracht, bevor er als Generalinspektor beim Nachrichtendienst gelandet war. Er erwies sich als kluger, brillanter Direktor, vor dem Ari großen Respekt hatte. Er hatte diesen Posten allein seinen Verdiensten zu verdanken und keiner politischen Unterstützung, und man spürte, dass er seine Arbeit liebte und eine gesunde Einstellung hinsichtlich der Rolle hatte, die der Nachrichtendienst innerhalb der Republik spielen sollte. Die Bezeichnung »Dienst« hatte in seinen Augen

eine bestimmte Bedeutung. Aber er war auch ein strenger, rigoroser Mann, der, auch wenn er Mackenzies Qualitäten kannte, von dessen Methoden nicht besonders angetan war.
»Hören Sie, Monsieur Depierre, es tut mir ernsthaft leid, wenn ich zurzeit ein wenig abwesend bin, aber ...«
»Ich muss Sie sofort unterbrechen. Das ist nicht der Grund, warum ich Sie hergebeten haben, Mackenzie, auch wenn Ihre notorische Abwesenheit die Sache nicht vereinfacht.«
Ari war über die Antwort seines Vorgesetzten überrascht, aber mehr noch über den ungewöhnlich ernsten Ton, den dieser anschlug.
»Ich habe einen Anruf von einem wütenden Oberstaatsanwalt aus Reims erhalten. Es gefällt ihm nicht, dass Sie Ihre Nase in seine Ermittlungen stecken, und ich teile seine Verärgerung.«
»Ich stecke meine Nase nicht in seine Ermittlung!«
»Kommen Sie, Mackenzie, spielen Sie nicht den Unschuldigen! Ich weiß, dass Monsieur Cazo Ihrer Familie nahestand, und ich verstehe, dass Sie wissen wollen, was passiert ist, aber Sie kennen unsere Prinzipien. Wir vermischen nicht Arbeit und Privatleben. Basta.«
»Hören Sie, ich habe nichts Böses getan. Ich versuche lediglich, zu begreifen, warum dieser Mann ohne Vorgeschichte ermordet wurde. Er ist jemand, dem ich sehr viel schulde, und ...«
»Eben, Mackenzie, eben. Ich fürchte, dass Sie sich mit dieser Sache in eine schwierige Situation bringen, und ich möchte nicht, dass das auf Ihre Arbeit oder die Ihrer Kollegen zurückfällt. Ich schätze Ihre Kompetenzen, aber Sie können nicht unsere Methoden missachten. Wir sind hier ein Team, und in einem Team muss man die Regeln respektieren. Sie sind im Begriff, eine Dummheit zu begehen. Ich habe beschlossen, Ihnen ein paar Tage freizugeben.«
Ari riss ungläubig die Augen auf.
»Ein Rausschmiss?«
»Lassen Sie uns nicht übertreiben ... Sie haben noch Restur-

laub, und ich denke, dies ist der richtige Zeitpunkt, ihn zu nehmen. Gewinnen Sie ein bisschen Abstand, bis diese Ermittlungen beendet sind. Eine kleine Reise würde Ihnen guttun, oder nicht?«
»Nein. Überhaupt nicht, nein! Ich habe zu tun. Entschuldigen Sie, aber ich habe überhaupt keine Lust, Urlaub zu nehmen!«
»Sie scheinen mich nicht zu verstehen, Ari. Ich biete Ihnen nicht an, Urlaub zu nehmen. Ich befehle es Ihnen.«
Der Agent ließ sich gegen seine Stuhllehne fallen. Das fehlte ihm gerade noch! Nach dem unerklärlichen Mord an Paul erschien ihm dieser erzwungene Urlaub völlig unwirklich. Er hätte gerne geglaubt, dass es sich dabei um einen schlechten Scherz handelte, aber das war nicht die Art des stellvertretenden Direktors.
»Was soll ich also machen? Mein Zeug nehmen und nach Hause gehen?«
Depierre rückte seine große Brille zurecht.
»Ja, so ist es. Sie haben noch zwei Wochen Urlaub, und ich fordere Sie auf, diesen sofort anzutreten.«
»Zwei Wochen?!«
Perplex sah Ari ein, dass es nicht viel brachte, noch länger zu bleiben. Er ging zur Tür, doch bevor er diese hinter sich schloss, warf er dem stellvertretenden Direktor einen letzten Blick zu.
»Ich habe hier ja schon einiges mitgemacht, aber einen Rauswurf als Urlaub zu tarnen, das habe ich noch nie erlebt!«
Depierre wusste nicht, was er antworten sollte, aber Ari ließ ihm ohnehin nicht die Zeit dafür. Er warf die Tür zu und ging in sein Büro zurück. Außer sich griff er nach seinem Trenchcoat und wollte gehen. Aber als er sich zur Tür wandte, fiel sein Blick auf den Postkorb. Einer der Umschläge darin trug eine Handschrift, die er unter Tausenden wiedererkannt hätte.
Es war diejenige von Paul Cazo.

18

»Sylvain Le Pech, sechsundfünfzig, Chef eines Zimmereibetriebs. Auf den ersten Blick ein Mann ohne Vorgeschichte. Er wurde heute Morgen gegen elf von seiner Nachbarin gefunden, bei ihm zu Hause, an den Esstisch gefesselt und in erbärmlichem Zustand. War kein schöner Anblick ...«
Die Autopsie war beinahe beendet, als Alain Bouvatier den Saal betrat, in dem ein Rechtsmediziner im Beisein eines Kommissars die Untersuchung vornahm.
Ohne zu zögern, hatte Bouvatier sich von Reims aus auf den Weg gemacht, um seinen Kollegen zu treffen und Informationen auszutauschen.
Als er durch die Straßen von Chartres gegangen war, hatte er die Stadt unwillkürlich mit Reims verglichen. Die beiden Innenstädte hatte viel gemeinsam, sowohl die Farbe der Mauern als auch die alles dominierende, imposante Kathedrale. Er hatte den Eindruck, hier ein wenig von der Atmosphäre wiederzufinden, die bei ihm zu Hause herrschte ... Eine Art Überleben der Vergangenheit, stumm, von den Steinen getragen.
Es war Kommissar Allibert von der Kriminalpolizei aus Versailles, der mit der Ermittlung beauftragt war. Ein Mann um die fünfzig mit einem Ansatz zum Bauch und einigen wenigen Haaren auf dem Kopf. Bouvatier spürte sofort, dass sie nicht die gleiche Schule genossen hatten.
Allibert reichte ihm zwei Polaroidbilder.
»Schauen Sie. Erinnert das an Ihren Toten?«
Bouvatier nahm die Fotos und betrachtete sie sorgfältig. Alles stimmte überein. Die Position des Körpers, ausgestreckt auf dem Tisch, die dünne weiße Schnur um Handgelenke, Waden und Oberkörper herum, und natürlich das Loch an der Oberseite des Schädels, das denselben Durchmesser hatte.
»Ja, ganz genau. Haben Sie Spuren von Säure und Tensiden im Schädel gefunden?«, fragte Bouvatier.

Der Gerichtsmediziner, der am anderen Ende des Saals dabei war, die Brust der Leiche wieder zusammenzunähen, bejahte.
»Eine ordentliche Dosis.«
»Und Curare im Blut?«
»Was das angeht, müssen wir die Ergebnisse der Analyse abwarten, aber es könnte gut sein, in der Tat, ich habe eine gewisse muskuläre Hypertonie festgestellt.«
»Haben Sie mir Ihr Dossier mitgebracht?«
»Ja, hier ist es«, antwortete Bouvatier und gab ihm eine Mappe. »Könnten Sie mir eine Kopie von Ihrem machen?«
Allibert runzelte die Stirn.
»Also ... Wissen Sie nicht Bescheid?«
»Worüber?«
»Das ist mir jetzt unangenehm, aber ... Rouhet, der Oberstaatsanwalt von Chartres, hat beschlossen, die beiden Untersuchungen neu zu koordinieren. Meine Abteilung wird die gesamte Ermittlung übernehmen.«
»Machen Sie Witze?«
»Nein, es tut mir leid ...«
»Wollen Sie damit sagen, dass man mir den Fall entzieht?«
»Sagen wir mal, es schien den beiden Staatsanwälten einfacher, das Dossier zu zentralisieren. Man hat es hier offenbar mit einem Serientäter zu tun, das ist ziemlich eindeutig.«
»Man hätte mich informieren können!«
»Es tut mir sehr leid. Wenn Sie wollen, halte ich Sie auf dem Laufenden ...«
»Ja, das wäre recht, immerhin bin ich derjenige, der den Fall eröffnet hat!«
»Na, beschweren Sie sich nicht, Bouvatier. Meiner Meinung nach wird diese Geschichte ein ganz schöner Mist werden.«
Der Reimser Kommissar entgegnete nichts. Er wusste sehr gut, dass sein Kollege in Wahrheit hocherfreut war, die Ermittlung allein leiten zu können. Ein solcher Fall war ein Glücksgriff für eine Polizeikarriere. Aber es hatte keinen Zweck, sich zu wider-

setzen. Der Staatsanwalt von Chartres würde sicherlich das letzte Wort haben, und Bouvatier war kein Mann mit Beziehungen, er würde keinen Druck ausüben können.
»Ich verstehe. Sagen Sie dem Staatsanwalt, dass er mich hätte informieren und mir die Reise hätte ersparen können.«
»Ach, Sie wissen doch, wie das läuft, Bouvatier.«
»Ja. Ich weiß ...«
»Soll ich Sie zurückbegleiten?«

19

Wie gewohnt machte Ari beim L'An Vert du Décor an der Ecke Rue de la Roquette und Rue de Lappe halt, einer dieser Kneipen, die mit einer auf alt gemachten Dekoration der Mode der Lounge Bars gefolgt waren. Breite Filzsessel, graue, in Schwammtechnik gestrichene Wände, Lounge-Musik aus versteckten Lautsprechern und ein Mobiliar, das geradewegs aus einem Trödelladen zu kommen schien.
Das Personal war jung, die beiden Kellnerinnen waren sehr charmant, und ihr Anblick war einer der Gründe für Aris Treue. Er musste zugeben, dass seine Schwäche für junge Frauen mit der Zeit zunahm, er mochte diesen spielerischen Flirt ohne ernste Hintergedanken, dem er sich mit Vergnügen hingab, als sei dies eine Form von Höflichkeit. Dieses Ritual gefiel Lola wesentlich weniger, wenn er es in ihrer Anwesenheit ausübte, aber vielleicht motivierte ihn das nur noch mehr. Lola war so jung und schön, sie zog so viele Blicke auf sich, dass er manchmal dieses zutiefst menschliche Bedürfnis hatte, ein wenig ihre Eifersucht heraufzubeschwören.
»Hallo, Ari. Du warst schon lange nicht mehr hier! Wir hatten langsam Sorge, du könntest uns untreu geworden sein!«
Élodie war eine große Blondine, freundlich, locker und munter,

die stets unglaublich sexy angezogen war, um ihre langen Beine, ihre zarten Schultern und ihren schönen, muskulösen Rücken in Szene zu setzen. Sie arbeitete seit etwas mehr als einem Jahr in der Bar, und da Mackenzie sich oft bis spät in die Nacht dort herumtrieb, kannte er sie inzwischen gut. Ein- oder zweimal hatte sie ihm den Gefallen getan, Morrison zu füttern. Im Gegenzug hatte Ari ein paar ihrer Strafzettel verschwinden lassen.
»Aber, nein. Du weißt doch, dass ich nicht ohne euch sein kann. Ich habe zurzeit nur ziemlich viel zu tun«, antwortete er.
»Armer Schatz! Whisky?«
»Wie immer. Und sag dem Chef, dass er diese schreckliche Musik wechseln soll!«
Die Kellnerin lachte.
»Nicht rockig genug für dich, stimmt's?«
»Das ist Gesülze!«
»Wann gibst du uns hier mal ein Konzert?«
»Vielleicht irgendwann …«
Élodie entfernte sich und zwinkerte ihm zu.
Im vorigen Jahr hatte Ari, der kein schlechter Gitarrenspieler war, bei einem Musikfestival mit der Bluesband, die den Platz in Beschlag genommen hatte, eine spontane Jamsession veranstaltet. Seitdem bot der Chef des L'An Vert du Décor ihm immer wieder an, ein eigenes Konzert zu geben. Aber Mackenzie hatte die Musik schon lange aufgegeben. Während seiner Jugend hatte er bei mehreren Rock- und Blues-Kursen mitgespielt und auf den kleinen Pariser Bühnen einen gewissen Erfolg genossen. Seit er bei der Polizei war, hatte er aufgehört zu spielen. Aus Zeitgründen. Er begnügte sich damit, abends ab und an allein zu Hause Musik zu machen. Die Lust, wieder auf die Bühne zu steigen, packte ihn natürlich regelmäßig, aber er fühlte sich nicht in der Lage, den Schritt zu wagen.
Die Musik in den Lautsprechern wechselte schließlich, und es

lief ein Song von Benoît Dorémus. Ari lächelte zufrieden. Er brauchte einen guten Whisky und Rock. Eine Mischung, die ihm paradoxerweise half, freier nachzudenken.

Während seiner Fahrt von Levallois Richtung Bastille hatte er sich gefragt, ob diese Sache mit dem Rauswurf etwas mit dem zu tun hatte, was seit zwei Tagen vor sich ging. Hatte jemand Druck auf seine Vorgesetzten ausgeübt, um sie zu zwingen, Ari auf Abstand zu halten? Oder waren die Verbindungen, die er zwischen den Ereignissen der letzten vierundzwanzig Stunden zu sehen glaubte, lediglich die Folge seines üblichen Verfolgungswahns? Lola warf ihm oft vor, er sei paranoid, woraufhin er in der Regel antwortete, das sei eine für seine Arbeit wichtige Eigenschaft.

Die Kellnerin brachte ihm ein Glas Whisky.

Ari sog den leicht rauchigen Duft des Gebräus ein, trank einen ersten Schluck und ließ den Geschmack von Malz und Sherry im Mund zergehen. Er mochte diesen schottischen Single Malt, der eine recht weiche Note hatte, ohne seinen ausgeprägten Charakter zu verlieren. Dieser hier zeigte die besondere Eigenschaft, ein langes Finale zu haben, wobei ein würziger Nachgeschmack durchbrach.

Ari zog Pauls Umschlag aus der Tasche. Er hatte ihn in der Metro geöffnet, hatte aber die privatere Atmosphäre der Bar abwarten wollen, um den Inhalt genauer zu untersuchen.

Er enthielt keinen Brief, kein einziges Wort seines Freundes, nur eine Fotokopie ohne jede Erklärung.

Ari glättete das Papier vor sich und betrachtete es.

Es war die Kopie einer offenbar sehr alten Manuskriptseite. Das Blatt wies einen Text sowie eine große Abbildung auf, die beinahe die gesamte Seite einnahm. Es sah nach dem Ausschnitt aus einem Buch von Leonardo da Vinci oder etwas noch Älterem aus. An manchen Stellen waren die Umrisse des Originals durch den Kontrast der Fotokopie sichtbar, allerdings ungenau und beschädigt wie bei einem alten Pergament. Am oberen

Ende des Blattes standen neun Buchstaben und ein Gedankenstrich, jeweils in Zweiergruppen, was an eine Art Geheimcode denken ließ. »LE RP –O VI SA«.

Weiter unten befanden sich zwei unterschiedlich lange Texte, der eine neben, der andere unter der Illustration, die in Altfranzösisch geschrieben schienen und deren Aussehen auf eine mittelalterliche Schrift deutete. Ari erkannte die Wurzeln einiger Wörter, verstand aber nicht genug, um den Sinn der Botschaft entziffern zu können.

Die Zeichnung stellte ein kreisförmiges Gehäuse dar, bei dem sich zwei unterteilte Scheiben auf einer Achse überlagerten, die an ihrer Spitze mit einem Bolzen abschloss. Die obere Scheibe war durchbrochen, sie schien sich drehen zu lassen, und auf der einen Seite waren die verschiedenen Phasen eines Mondzyklus abgebildet.

Ganz am Rand des Blattes, oben links, befand sich über dem Ganzen eine modernere Inschrift. Sie war wahrscheinlich handschriftlich auf das Original geschrieben worden: »L∴ VdH∴«.

Das Einzige, was Ari mit Sicherheit wusste, war, dass diese drei im Dreieck stehenden Punkte, die hinter manchen Buchstaben standen, charakteristisch für die Abkürzungen waren, die die Freimaurer in ihrem verschlüsselten Alphabet benutzten. Was den Rest anging, so fragte er sich, was diese Kopie wohl darstellen konnte, und vor allem, warum Paul Cazo sie ihm mit der Post geschickt hatte.

Ari versuchte, den Text zu dechiffrieren, als er sein Handy in der Tasche vibrieren spürte.

»Hallo?«

»Mackenzie?«

Er erkannte die Stimme von Kommissar Bouvatier.

»Guten Abend. Haben Sie Neuigkeiten?«

»Ich habe eine schlechte Nachricht und, wie soll ich sagen … eine noch schlechtere Nachricht für Sie.«

»Nur zu, das macht mir heute nichts mehr aus.«

»Ich bin in Chartres. Die schlechte Nachricht ist, dass wir es tatsächlich mit einem Serienmörder zu tun haben. Die beiden Vorgehensweisen stimmen überein: das Reinigungsmittel, das Curare, der geleerte Schädel ...«
»Und die schlechtere Nachricht?«
»Man hat mir den Fall entzogen.«
»Wieso das?«
»Der Staatsanwalt von Chartres möchte das Kind allein schaukeln: Er hat die Ermittlungen der Versailler Kripo anvertraut. Der Staatsanwalt von Reims übergibt ihm die Akte. Ich bin raus aus der Sache.«
Ari verkniff es sich anzumerken, dass dies offenbar der Tag der Entlassungen war. Bouvatier fuhr fort:
»Es tut mir leid. Ich werde dennoch versuchen, an Informationen zu kommen ... Ich halte Sie auf dem Laufenden, wenn ich irgendetwas habe, versprochen, aber diese Sache liegt nicht mehr in meiner Hand.«
»Das ist sehr freundlich von Ihnen, Bouvatier. Warum tun Sie das?«
»Ach, wir sind uns ein wenig ähnlich, Sie und ich.«
»Wirklich? Dann tun Sie mir leid.«
Der Kommissar lachte.
»Ich habe von Ferne Ihre Aktivitäten verfolgt, als es zu den Umstrukturierungen bei Ihnen kam. Ich fühle mich recht solidarisch mit Ihrer ... Stellungnahme.«
»Das ist nett, danke. Aber ich frage mich, ob ich damals nicht lieber die Klappe gehalten hätte.«
»Ärger?«
»Tja ... Das erzähle ich Ihnen ein andermal. Danke jedenfalls. Wenn ich mal etwas für Sie tun kann ...«
»Wir werden sehen. Bis dahin viel Glück, Mackenzie.«
Ari legte auf. Es wurde spät und das L'An Vert du Décor immer voller. Es war schwierig, jetzt noch hier zu arbeiten. Er steckte sich den mysteriösen Brief in die Tasche, trank seinen Whisky

aus, legte einen Geldschein auf den Tisch und machte sich auf den Weg zu seiner Wohnung.
Kalter Wind blies durch seinen Trenchcoat, und Ari zog den Kragen frierend um seinen Hals. Die Nacht war bereits hereingebrochen, und er beschleunigte seine Schritte, um schnell nach Hause zu kommen und ein wenig Ruhe und Wärme zu finden. Draußen war noch viel los. Bewohner des Viertels, die mit gebeugten Köpfen vorbeieilten, Müßiggänger, die sich in den Bistros und auf den Bürgersteigen versammelten, neugierige Touristen, chinesische Ladenbesitzer, die bis spät in die Nacht geöffnet hatten, Autos, Mopeds – die Straße war bevölkert wie an einem Sommertag.
Ari ging durch den Hof, holte seine Post und lief rasch die Treppe hinauf. Oben angekommen, wollte er die Tür zu seiner Wohnung aufschließen, hielt jedoch abrupt inne. Er hatte ein Geräusch gehört und presste sein Ohr gegen das Holz. Nun war er sich sicher: Drinnen war jemand.
Zur Vorsicht schob er seine Hand in die Manteltasche und griff nach seinem Revolver. Dann öffnete er die Tür und trat in die Diele, die Waffe in der Hand. Im Wohnzimmer herrschte totale Unordnung. Die Szene aus dem Hotelzimmer in Reims wiederholte sich. Alle Schubladen waren herausgezogen worden, alles war auf den Boden geworfen ...
Das Geräusch kam aus dem Schlafzimmer. Aris Herzschlag beschleunigte sich. Behutsam ging er weiter. Nur nicht seine Anwesenheit verraten. Er musste erst sehen, wer da war, bevor er entscheiden konnte, was zu tun war.
Die Finger um seinen Revolver gekrampft, bewegte er sich leise vorwärts und beugte den Kopf vor, um einen Blick ins Innere des Zimmers werfen zu können. Mitten im Wohnzimmer trat er ungeschickterweise auf eine CD-Hülle. Sofort stoppten die Bewegungen im Nebenraum. Er war entdeckt.
»Wer ist da?«, rief er. »Kommen Sie langsam heraus!«
Kaum hatte er seinen Satz beendet, huschte ein Schatten im

Nebenzimmer vorbei, und ein Schuss ging los. Ari warf sich auf den Boden, um sich zu schützen. Dann musste er erst wieder zu Atem kommen.

Eines stand fest, es handelte sich hier nicht um einen gewöhnlichen Einbruch ...

Er musste schnell in Deckung gehen. Zusammengekauert kroch er Richtung Küche, den Revolver auf das Zimmer gerichtet. Auf halbem Weg glaubte er eine Bewegung zu sehen und gab instinktiv seinerseits einen Schuss ab. Die Explosion hallte in der ganzen Wohnung wider, gefolgt von dem Geräusch von zerberstendem Glas. Ein Bild, das von der Wand gefallen war. Die Nachbarn hatten vermutlich bereits die Polizei verständigt. Ein dritter Schuss ertönte, aber Ari, der sich in die Küche geflüchtet hatte, war außer Reichweite. Der Schütze, der offenbar allein war, versuchte vielleicht, sich einen Ausweg freizuschießen, aber er konnte die Wohnungstür nicht erreichen, ohne seine Deckung vollständig aufzugeben. Er war im Schlafzimmer gefangen. Der einzige Fluchtweg für ihn war das Fenster, aber im dritten Stock hätte auch Ari sich nicht hinausgewagt.

Auf der Lauer liegend, bereit, zu schießen, konnte Ari nichts anderes tun, als zu warten.

»Du kannst wählen, mein Freund. Entweder kommst du freundlicherweise mit erhobenen Händen aus meinem Zimmer raus, oder du setzt dich auf mein Bett und rauchst brav eine Zigarette, bis die Bullen da sind, aber ohne dich enttäuschen zu wollen, ich sehe nicht, wie du dann aus der Sache herauskommen willst.«

Keine Antwort – natürlich.

Kurz darauf hörte Ari ein leises Piepsen und eine murmelnde Stimme.

»Michael? Ich bin's. Der Typ ist zurück. Ich bin in der Wohnung gefangen. Hol mich hier raus.«

Ein Bluff? Nicht sicher. In jedem Fall war es für Ari zu gefährlich, in der Küche zu bleiben. Wenn ein zweiter Mann in die Wohnung kam, konnte die Lage kompliziert werden. Außer in schlechten Filmen war die Chance, allein gegen zwei davonzukommen, gering. Er musste reagieren. Die Wohnungstür versperren, in der Hoffnung, dass die Polizei bald auftauchen würde? Nein, dann wäre er seinerseits ein leichtes Ziel. Hinausgehen? Auf keinen Fall würde er diesen Typen das Feld überlassen. Er musste sich ihnen ein für alle Mal entgegenstellen und herausfinden, wer sie waren. Es war keine Zeit zu verlieren, er musste diese Situation gewaltsam beenden.

Ari atmete tief durch und stürzte aus der Küche. Als er die Stimme seines Gegners gehört hatte, hatte er sich in etwa ein Bild gemacht, wohin dieser geflüchtet war: Vermutlich hockte er hinter dem Bett und hatte die Arme auf die Matratze gestützt, bereit, zu schießen, falls Ari den Raum betreten sollte.

Ohne das Zimmer aus den Augen zu lassen, durchquerte Ari mit raschen Schritten die Wohnung. Am Fenster angekommen, schätzte er die Stelle ab, an der sich der Mann befinden musste, und schoss dreimal auf die Zwischenwand. Er wusste, dass die Kugeln seiner 357er Magnum mühelos die dünne Gipsschicht durchdringen würden.

Er hörte das dumpfe, schwere Geräusch eines zusammenbrechenden Körpers. Vielleicht handelte es sich um einen Bluff. Er musste wachsam bleiben.

Er näherte sich leise, drückte sich gegen die Wand und rollte sich schließlich ins Zimmer. Die Bewegungen, die er in Kroatien gelernt hatte, fielen ihm automatisch wieder ein. Mit klopfendem Herzen hielt er ein paar Schritte von der Tür entfernt inne, die Waffe vorgestreckt. Dann schob er sich ganz langsam um das Bett herum und entdeckte dort den leblosen Körper seines Gegners. Er lag in einer grotesken Position ausgestreckt da, wie es bei einem gewaltsamen Tod manchmal der Fall ist. Wie verrenkt.

Den Revolver weiterhin auf ihn gerichtet, packte Ari die Füße

des Mannes und drehte ihn auf den Rücken. Wie durch ein Wunder hatten zwei der drei Kugeln, die er abgefeuert hatte, ihr Ziel erreicht: die eine an der Schulter, die andere schicksalshaft an der Schläfe. Das Gesicht des Eindringlings war zu Brei geschossen.
Als Ari sich daranmachte, ihn zu durchsuchen, fuhr er auf: Jemand hatte soeben die Wohnungstür eingetreten. Er fragte sich, ob es wohl der Komplize des vor ihm liegenden Mannes war oder die Polizei, die endlich eingetroffen war. Aber er hatte keine Sirenen gehört ... Die Antwort ließ nicht auf sich warten. Er hörte bald die Schritte mehrerer Personen und dann eine Stimme, die rief:
»Polizei!«
Ari beugte sich vor, griff rasch nach der Brieftasche des Toten und las seinen Namen, bevor er sie wieder zurücksteckte. Er war nicht der Typ, der seinen Kollegen Beweismaterial klaute ... Dann nahm er das Handy, das die Leiche noch in der Hand hielt, drückte auf die grüne Taste, um die zuletzt angerufene Nummer abzulesen, diejenige des sogenannten »Michael«, und merkte sie sich.
Als er dem Toten das Handy wieder in die Hand legte, bemerkte Ari auf dessen Unterarm eine Tätowierung, die eine schwarze Sonne darstellte. Er hatte dieses Symbol schon irgendwo gesehen, aber dies war nicht der Moment, in seiner Erinnerung zu wühlen. Rasch erhob er sich.
»Ich bin hier, im Schlafzimmer!«, rief er und drehte sich zum Wohnzimmer um. »Ich bin Kommandant Mackenzie, von der DCRG, und der Eigentümer dieser Wohnung ...«
»Kommen Sie mit erhobenen Händen raus.«
Ari steckte seine Waffe in den Holster, nahm seinen Polizeiausweis in die rechte Hand und kam mit erhobenen Händen langsam aus dem Zimmer. Erleichtert entdeckte er Morrison in seinem Schrank, zwischen zwei Kleiderhaufen zusammengekauert.

Der arme Kater hatte sich dort in Panik vor den Schüssen in Sicherheit gebracht.
Ari trat ins Wohnzimmer. Drei Polizisten in Uniform standen ihm mit gezückter Waffe gegenüber.
»Sie hätten die Tür nicht eintreten brauchen, sie war bereits offen ...«, sagte er ironisch.
Dann zeigte er mit dem Daumen auf sein Bett.
»Der Typ ist dort hinten. Aber ich glaube, für den Notarzt ist es zu spät ...«

20

Gegen dreiundzwanzig Uhr verließ Ari das Kommissariat zusammen mit dem stellvertretenden Direktor Depierre, der überraschend herbeigeeilt war.
Das war die zweite Zeugenaussage, die Mackenzie innerhalb von achtundvierzig Stunden hatte machen müssen, und es war ihm schwergefallen, ruhig zu bleiben. Die Ankunft des stellvertretenden Direktors des Nachrichtendienstes hatte immerhin geholfen, die Situation aufzuklären. Notwehr oder nicht, ein Mensch war getötet worden, und ohne die Unterstützung von Depierre hätte Mackenzie die Nacht vermutlich in Gewahrsam verbracht.
Nach mehr als zwei Stunden der Erklärungen hatte man Ari erlaubt zu gehen, aber der Zugang zu seiner Wohnung, die zum Tatort geworden war, war ihm untersagt worden.
»Danke«, sagte er und blieb draußen auf dem Gehweg stehen.
Die beiden Männer standen sich im Dunklen gegenüber. Die Temperatur war so niedrig, dass aus ihren Mündern Dampfwolken aufstiegen.
»Keine Ursache, Mackenzie. Vielleicht sehen Sie jetzt ein, dass

meine Überlegung, Sie fernzuhalten, mehr als gerechtfertigt war? Ich werfe Ihnen vor, sich zu sehr in eine kriminelle Angelegenheit eingemischt zu haben, und am gleichen Abend erschießen Sie einen Kerl in Ihrer Wohnung ...«
Ari macht ein verlegenes Gesicht.
»Gibt es etwas, was ich wissen sollte, Mackenzie?«, fragte der stellvertretende Direktor und nahm seine große Brille ab, um die Gläser mit seinem Taschentuch zu putzen.
»Ich versichere Ihnen, dass ich nicht mehr weiß als Sie, aber ich bin mir gewiss, dass das alles mit dem Mord an Cazo zusammenhängt. Jemand versucht, mir Angst einzujagen, mich daran zu hindern, meine Nase in die Angelegenheit zu stecken.«
»Das trifft sich gut, da Sie Urlaub machen werden. Es ist dringend nötig, dass Sie auf Abstand bleiben, bis diese ganze Sache aufgeklärt wurde. Möchten Sie, dass ich Sie unter Polizeischutz stelle?«
»Auf keinen Fall!«
Der Direktor lächelte. Er hatte keine andere Antwort erwartet.
»Können Sie heute Abend irgendwo bleiben?«
»Ja, ja, machen Sie sich keine Gedanken um mich.«
»Soll ich Sie absetzen?«
»Nein, das Laufen wird mir guttun.«
»Einverstanden. Jetzt möchte ich zwei Wochen lang nichts mehr von Ihnen hören, Ari, ist das klar?«
Depierre verabschiedete sich von seinem Kollegen mit einem kräftigen Handschlag, und Ari glaubte, im Blick seines Vorgesetzten echte Teilnahme zu erkennen. Für ihn war das eine große Erleichterung.
»Nochmals danke, dass Sie gekommen sind, um mich zu unterstützen.«
Der Vizedirektor nickte, dann ging jeder der beiden Männer in seine Richtung davon.
Seit dem Anfang der Woche fiel das Thermometer jeden Abend

unter null Grad, und für die nächsten Tage war Schnee angekündigt. Die Kälte und die Undurchdringlichkeit der Nacht verdüsterten die Stimmung und heiterten Mackenzie, der bereits schlechte Laune hatte, nicht gerade auf. Seine Schritte führten ihn wie selbstverständlich zur Place de la Bastille.
Auf dem Weg dorthin rief er sich die Szene, die sich in seiner Wohnung abgespielt hatte, in Erinnerung, als würde er sich erst jetzt dessen bewusst, was wirklich vorgefallen war.
Er hatte einen Mann getötet.
Die Erkenntnis war wie eine schwere Last, die man ihm unversehens aufgebürdet hatte. Er hatte seit Jahren kein Menschenleben mehr ausgelöscht, und selbst wenn es ohne Zweifel Notwehr gewesen war – der andere hatte zuerst geschossen –, verspürte er trotz allem Abscheu, Unwohlsein und Schuld. Er wollte nicht zu den Leuten gehören, die, ohne zu zögern, töteten. Und doch ... Und doch hatte er nicht gezögert. Nicht einen Augenblick. Und das machte aus ihm nicht den Mann, der er gerne sein wollte.
Das war nicht der Moment, sich selbst zu bemitleiden. Jetzt musste er sich auf eine einzige Sache konzentrieren: Irgendjemand hatte Paul umgebracht, und vermutlich hatte es dieselbe Person auf ihn abgesehen. Die Zeit war reif, die Dinge in die Hand zu nehmen, zu handeln. Das schuldete er Paul. Das Versprechen hatte er sich selbst gegeben. Er nahm sein Handy und wählte eine Nummer, die er sich geschworen hatte, nur im äußersten Notfall zu gebrauchen. Nun schien ihm, dass die Umstände dies rechtfertigten.
»Hallo? Manu? Hier ist Ari.«
»Ach, Mackenzie persönlich!«
Emmanuel Morand war ein Agent der Spionageabwehr, den Ari in Kroatien kennengelernt und mit dem er mehrfach zusammengearbeitet hatte. Sie hatten sich gegenseitig oft einen Dienst erwiesen, obwohl ihre jeweiligen Abteilungen in Konkurrenz zueinander standen und die Kooperation nicht immer

selbstverständlich war. Die Spionageabwehr und der Nachrichtendienst behinderten sich eher gegenseitig, vor allem, seitdem sich das Gerücht bestätigt hatte, wonach der Präsident der Republik die beiden Einheiten fusionieren wollte. Aber Ari und Emmanuel waren beide Einzelgänger, die nichts vom Korpsgeist hielten und die sich, unabhängig vom vorgegebenen Protokoll und von den internen Querelen, sehr schätzten.
»Ich weiß nicht, warum, aber ich hätte wetten können, dass du mich anrufst!«, sagte Morand mit leicht ironischem Unterton.
»Wirklich?«
»Weißt du, die Gerüchte machen schnell die Runde ... Jetzt, wo ich Kollegen an derselben Adresse habe wie du, bin ich über alle Dummheiten, die du machst, im Bilde, mein Lieber!«
»Hör mal, Manu, du musst für mich was tun.«
»Das denke ich mir, sonst würdest du nicht auf dieser Nummer anrufen und nicht um diese Zeit! Also, sag mir schnell, was ich für dich tun kann ... Ich bin gerade mitten bei der Arbeit.«
Nach einigen Jahren im Außendienst war Emmanuel Morand jetzt in der Abhörzentrale der Spionageabwehr tätig, die offiziell »im Wald, in einem Pariser Vorort« stationiert war.
»Kannst du für mich ein Handy orten?«
»Ist das alles?«
»He! Wir haben eine Abmachung, Manu! Wenn ich dich darum bitte, heißt das, dass ich keine andere Möglichkeit habe.«
Sein Freund ließ ein kleines, nervöses Lachen ertönen.
»Okay, okay, ist schon gut, reg dich ab.«
Ari diktierte ihm die Handynummer, die er sich vorhin gemerkt hatte. Seitdem waren mindestens zwei Stunden vergangen, aber der Komplize, der sogenannte »Michael«, befand sich vielleicht noch immer in der Gegend oder zumindest nicht weit weg.
»Ist notiert. Ich ruf dich an, wenn ich was habe ... Aber du weißt, dass das dauern kann, oder? Zuerst muss ich die Zeit

dazu finden, und wenn sich dein Typ außerhalb der Zone befindet oder sein Handy ausgeschaltet hat, wird es schwierig. Wenn er seinen Akku rausnimmt, ist es geradezu unmöglich.«
»Mach, wie du kannst, Manu. Und ruf mich an, sobald du ihn ausfindig gemacht hast, egal, wie viel Uhr es ist.«
»Alles klar. Pass auf dich auf, Ari.«
Mackenzie machte sich wieder auf den Weg. Wenn es eine Möglichkeit gab, den Komplizen des Mannes, den er getötet hatte, zu finden, könnte er sie identifizieren und vielleicht erfahren, was sie bei ihm suchten. Wenn nötig, würde er sich in Geduld üben ... Im Moment war dies die sicherste Spur.

21

Lola schob langsam den schwarzen Pony zur Seite, der ihr in die Stirn fiel, dann versuchte sie erfolglos, ihn besser zu arrangieren, und ließ ihn schließlich wieder an seinen Platz fallen, wobei sie die Haare ein wenig schüttelte. Sie seufzte. Sie mochte ihre Stirn nicht. Sie fand sie zu hoch und hatte noch keine Frisur gefunden, die sie richtig verbarg. Im ovalen Spiegel ihres Badezimmers starrte sie ihr Gesicht an und hielt ihrem eigenen Blick stand, wie um sich selbst herauszufordern. Ihre Augen waren noch gerötet und glänzten.
Was, zum Teufel, treibst du, Mädchen?
Sie hatte den Abend damit zugebracht zu weinen, was sie in letzter Zeit viel zu oft tat. Als sie aus der Buchhandlung gekommen war, hatte sie sich auf ihr Bettsofa gesetzt und sich in düstere Gefilde treiben lassen, was sie jedes Mal kentern ließ. Es war wie eine Droge, ein idiotisches Ritual. Sie hatte die CD eingelegt, auf die sie selbst all die Musikstücke gebrannt hatte, die sie an besondere Momente mit Ari erinnerten. Dann hatte sie, zusammengesunken und mit hochgezogenen Beinen auf

dem Sofa sitzend, seine Briefe wieder gelesen. Seine wunderbaren Briefe, die er ihr ganz am Anfang geschickt hatte, voll zärtlicher Sätze und Träume, Briefe eines Jünglings, leicht gefärbt von den Worten eines vernünftigen und kultivierten Erwachsenen. Zugleich naiv und ernsthaft zelebrierten sie die leidenschaftliche, unerwartete Liebe, die sie beide erschüttert hatte, und zeichneten bereits die Furcht vor einer ungewissen, vielleicht unmöglichen Zukunft. *Ich weiß nicht, wohin es uns verschlägt, mein kleiner Delphin, aber der Weg ist so schön!* Sie hatte so viele Tränen auf diese großen weißen Blätter vergossen, dass hier und da ein Wort unter einem Tintenfleck verschwand; was nicht weiter schlimm war, denn sie kannte den Text auswendig. Sie hätte jeden Satz mit geschlossenen Augen aufsagen können, Aris Stimme erklang durch ihre eigenen Lippen.
Wie dumm sie sich fühlte!
Woher dieses Bedürfnis, Erinnerungen heraufzubeschwören, von denen sie doch wusste, dass sie nur schmerzhaft sein konnten? Als verspüre sie einen persönlichen Zwang, dieses Leid wieder aufzuleben zu lassen und in einer selbstzerstörerischen Feier noch einmal durchzumachen. Sie gab sich dem völlig hin und ertrank abendelang in ihren Tränen. Vielleicht war das auf lange Sicht gesehen die Arznei, die sie brauchte. Sich weh zu tun, um sich etwas Gutes zu tun.
Es gab dieses Musikstück, zu dem sie sich das erste Mal geliebt hatten. *Glory Box,* eine berückende Ballade der englischen Trip-Hop-Band Portishead. Sie wusste, dass diese Musik von der ersten Note an schmerzhafte Tränen bei ihr hervorlockte, die ihr in der Kehle brannten, bis sie das Gefühl hatte zu ersticken. Und die Worte des Refrains würden den Tränenfluss noch verdoppeln ...

Give me a reason to love you,
Give me a reason to be ... a woman!

Trotzdem hörte sie das Stück bis zum Ende an, manchmal sogar zweimal. Und weinte noch stärker.
Jetzt, im Badezimmer, die Brust in einen engen schwarzen BH gepresst, den fragilen Körper an das Waschbecken gelehnt, fragte sie sich, warum. Und wie lange noch. Wie lange würde diese Weigerung, zu vergessen, anhalten. Ihre Freunde forderten sie schon lange auf, zu etwas anderem überzugehen und Ari zum Teufel zu schicken. Sogar ihre Mutter schien jedes Mal, wenn sie sich herabließ, aus Bordeaux anzurufen, verzweifelt festzustellen, dass ihre Tochter in dieser Entsagungshaltung verharrte. *Komm doch einfach zurück nach Bordeaux, Dolores. Ich habe dir gesagt, dass du nicht weggehen sollst. Und das wird dich lehren, dich nicht mit älteren Männern einzulassen. Ich wusste gleich, dass dieser Typ ein Mistkerl ist. Mit so einem jungen Mädchen auszugehen!* Seit fast einem Jahr sagten ihr alle, das sei lächerlich, *sie* sei lächerlich. Aber Lola hatte genug davon, auf die anderen zu hören, auf ihre Mutter zu hören. Sie wollte endlich auf ihre Weise leben, unabhängig. Egal, ob das schmerzhaft war. Wenigstens hatte sie zum ersten Mal das Gefühl, selbst zu wählen.
Denn so war es eben ... Sie liebte Ari mehr als alles andere, und irgendwo tief in ihrer Seele wusste sie, dass er der Richtige war und es nie einen anderen geben würde. Das konnte niemand nachvollziehen, niemand verstehen. So etwas lässt sich nicht erklären. Trotz allem, was sie trennte, trotz dieser verschlossenen Tür, die sich vielleicht nie wieder öffnen würde, wusste sie, dass er die Liebe ihres Lebens war.
Aber vielleicht war sie nicht für das Glück geschaffen. Dieser Gedanke war unsinnig, das wusste sie. *Das Schicksal existiert nur, wenn man daran glaubt,* besagten die Worte von Simone de Beauvoir, die Lola in der Toilette zwischen den Postkarten aufgehängt hatte. Dennoch hatte sie sich schließlich eingeredet, dass sie niemals glücklich sein würde. Als sie Bordeaux verlassen hatte, um in die Hauptstadt zu gehen, hatte sie sich

gesagt, dass das Scicksal sich nun endlich ändern würde. Sie hatte geglaubt, alle Wunden einer chaotischen Jugend hinter sich zu lassen: die gewaltsame Scheidung der Eltern, den Tod des kleinen Bruders und diese furchtbare Geschichte, die sie nie in Worte fasste, auch nicht in ihrer Erinnerung, denn der Mann hatte ihr das Unsagbare angetan. Ihr blieb davon eine große Narbe am rechten Handgelenk, aber als sie nach Paris gekommen war, war sie sich sicher gewesen, endlich bei null anfangen und sich ein einfaches Leben ohne Altlasten einrichten zu können. Sie war hierhergekommen, um das zu finden, von dem sie glaubte, es sei ihr grundlegendes Recht, nämlich das Recht auf Glück. Doch kaum hatte sie es mit den Fingerspitzen berührt, war es ihr wieder entwichen. Wie sollte sie also noch daran glauben? Sie sah sich bereits allein altern, unfähig, das Kapitel abzuschließen, dazu verdammt, immer wieder in der furchtbaren Einsamkeit ihrer Wohnung seine Briefe zu lesen.

Sie musste endlich nach vorn blicken, *ein bisschen leben,* wie ihre Freunde sagten. Also hatte sie beschlossen, heute Abend auszugehen, ihre Freundinnen zu treffen. Und vielleicht würde sie sogar jemanden suchen, einfach so, für eine Nacht, um zu vergessen und sich begehrt zu fühlen. Einen Mann zu finden war für ein Mädchen wie Lola ein Leichtes. Aber den Mann zu halten, den sie liebte ...

Sie zog ihr ausgeschnittenes Oberteil an, zupfte es zurecht, strich den feinen Stoff an ihrer Hüfte glatt und schminkte sich, um die Spuren der Tränen zu verbergen.

In dem Moment hallte ihre Türklingel durch den Flur.

22

Als er sich der Wohnung von Lola am Boulevard Beaumarchais näherte, erhielt Ari einen Anruf mit unterdrückter Nummer. Irritiert nahm er ihn entgegen.
»Hallo?«
»Monsieur Mackenzie?«
Es war eine weibliche Stimme, die Ari nicht kannte.
»Ja.«
»Bleiben Sie dran, ich verbinde Sie mit Monsieur Beck.«
Ari schaute ungläubig. Er fragte sich, was der alte Herr um diese Zeit wohl von ihm wollte, und er war immer belustigt über Menschen, die ihre Sekretärinnen baten, für sie anzurufen, vermutlich weil sie sich selbst für zu wichtig hielten, um auf einen Anrufbeantworter oder ein Besetztzeichen zu treffen.
Frédéric Beck war der Ehrenvorsitzende und Hauptaktionär der SFAM, der zweitgrößten Gesellschaft der Rüstungsindustrie in Frankreich. Der Sechzigjährige, Offizier der Ehrenlegion, war auch einer der reichsten Männer Frankreichs, und er besaß über sein Unternehmen Anteile an der Automobilindustrie, der Presse und dem Bauunternehmen. Vor allem aber war er der Vater einer zweiunddreißigjährigen Tochter, die Ari einmal aus den Fängen einer Evangelistensekte befreit hatte, und seitdem meinte der alte Mann, in seiner Schuld zu stehen.
Ari, der der Ansicht war, nur seine Arbeit getan zu haben, war diese plötzliche Zuneigung peinlich, und er hatte die vielen Entschädigungen, die der Industrielle ihm hatte zukommen lassen wollen, immer abgelehnt. Außerdem fühlte er sich extrem reichen Unternehmern von der Sorte eines Monsieur Beck gegenüber nicht besonders wohl. Dennoch sprachen sich die beiden Männer von Zeit zu Zeit, und obwohl sie aus sehr unterschiedlichen Milieus kamen, hatten sie schließlich ein freundschaftliches oder zumindest respektvolles Verhältnis zueinander gefunden.

»Ari?«
»Guten Abend, Monsieur Beck.«
»Ich habe mir sagen lassen, Sie hätten Ärger ...«
Ari schüttelte den Kopf. Darum ging es also ...
»Nichts Ernstes, Monsieur Beck, nichts Ernstes.«
»Sind Sie sicher?«
»Ja, ja. Glauben Sie mir. Die Situation ist ... unter Kontrolle, sagen wir mal.«
»Hören Sie, ich will Sie nicht stören, Ari, ich wollte mich nur in Erinnerung rufen und Ihnen nochmals sagen, dass Sie mich, ohne zu zögern, anrufen können, wenn ich Ihnen irgendwie behilflich sein kann ...«
Der ältere Herr hatte natürlich einen langen Arm und zahlreiche politische Beziehungen. Ari musste zugeben, dass es manchmal reizvoll war, auf dessen Gunst zurückzugreifen, aber bisher hatte er sich immer zurückgehalten.
»Das ist sehr freundlich, aber ich versichere Ihnen, dass alles in Ordnung ist. Grüßen Sie Madame Beck von mir.«
»Das werde ich.«
Der alte Mann legte auf.
Ari, der über diesen unerwarteten Anruf überrascht gewesen war, steckte sein Handy in die Tasche, als er endlich vor Lolas Haus ankam.
Er blieb vor der Tür stehen. War das wirklich eine gute Idee? Was das der beste Ort, an den er heute Abend gehen konnte? Hatte er diesem Mädchen nicht schon genug weh getan, um ihr auch noch das aufzubürden, was er gerade erlebte? Woher nahm er das Recht, Trost von der jungen Frau zu erwarten, die er schon genug hatte leiden lassen – und die er noch immer leiden ließ?
Aber Paul war nicht mehr da und sein Vater nicht in der Verfassung, etwas zu verstehen; Lola war die letzte Person, der er sich noch anvertrauen konnte.
Er drückte bei »Dolores Azillanet« auf die Klingel an der Ge-

gensprechanlage. Lange Sekunden später ertönte mit einem Knacken endlich die rauhe Stimme von Lola.
»Ja?«
»Ich bin's«, antwortete er nur.
»Ari, was machst du hier?«
»Kann ich hochkommen?«
Kurze Stille.
»Du hast die Gabe, immer im falschen Moment zu kommen. Ich wollte gerade gehen! Na gut, komm herauf. Schnell!«
Die Tür vor ihm öffnete sich, und er stieg bis zur Wohnung der Buchhändlerin hinauf, die ihrem Outfit nach offenbar tatsächlich gerade ausgehen wollte, trotz der späten Stunde. Sie trug ein schwarzes Ensemble, das zugleich elegant und leger wirkte, und war sorgfältig geschminkt.
Ari trat mit verunsicherter Miene ins Wohnzimmer.
Er liebte diesen Ort. Er spiegelte so sehr die Persönlichkeit von Lola wider!
Die Möbel, der Teppich, das Sofa, alles war in Pastelltönen. Sie hatte so viel Krimskrams angesammelt, dass man eine doppelt so große Wohnung damit hätte füllen können. Aber alles war aufgeräumt und an seinem Platz: die bunten Rahmen mit den Fotos ihrer Freunde und Verwandten, ihre kleinen japanischen Modepüppchen, die zahllosen Bücher, die Duftkerzen, die Berge an CDs, ihre Sammlung an Zeitschriften über zeitgenössische Kunst und all diese bedeutungslos scheinenden Dinge, die sicher eine alte, geheime Erinnerung in ihr weckten: leere Parfumfläschchen, Kronkorken, Steine, ausländische Zigarettenschachteln ... An den Wänden konkurrierten Poster von Rockbands mit Filmplakaten und grellen Illustrationen von Underground-Designern. Nur der Kleiderschrank entging ihrem Ordnungswahn. Jeans, Röcke, Oberteile, Schuhe, Wäsche, alles war hinter die schlecht schließenden Türen eines Wandschranks gestopft.
Ari ließ sich auf das Bettsofa fallen.

»Also, sagst du mir, was du bei mir zu suchen hast? Ich werde in einer halben Stunde im Triptyque erwartet ...«
»Gehst du zu einem Konzert?«
»Elektro-Hardcore-Nacht. Vergiss es, du würdest es nicht verstehen. Also, was gibt es ...«
Ari schaute sie aus seinen großen blauen Augen an. Noch konnte er einen Rückzug machen, sie in Ruhe lassen. Aber er hatte nicht die Kraft, das alles für sich zu behalten. Jetzt nicht mehr. Er musste reden. Mit jemandem reden, der ihn kannte und der ihn, so hoffte er, verstehen würde.
»Lola, ich habe gerade jemanden getötet.«
Die junge Frau blieb mit offenem Mund stehen, und als sie begriff, dass die Unterhaltung ernster werden würde, als sie erwartet hatte, setzte sie sich langsam hin.
»Wie ist das passiert?«
Ari erzählte ihr alles von Anfang an. Von der Ermordung Pauls, dem Auto in den Straßen von Reims, dem seltsamen Brief, den er erhalten hatte, und zum Schluss von dem Mann, den er mit zwei Kugeln durch die Wand seiner Wohnung hindurch erschossen hatte und der auf dem Arm eine Tätowierung in Form einer schwarzen Sonne trug. Die Buchhändlerin hörte ihm perplex zu, ohne ein Wort zu sagen.
»Ich komme mir vor wie in einem Alptraum, Lola. Und ich stelle mir natürlich dauernd vor, dass alles irgendwie zusammenhängt.«
»Das ist also der Grund für deine Laune gestern Abend? Warum hast du mir nichts gesagt?«
»Ich wollte dir mit dieser Sache nicht zur Last fallen ...«
»Du bist wirklich bescheuert!«
»Du kennst mich! Siehst du, jetzt, wo ich alles erzählt habe, komme ich mir vor wie ein Idiot. Als würde ich dich mit meinen Geschichten nerven, da du doch zu einer Party erwartet wirst ... Du hast sicher Besseres zu tun, als dem Gejammer eines alten Bullen zuzuhören.«

»Hör auf, Ari. Ich bin nicht wirklich verpflichtet, da hinzugehen ... Willst du einen Whisky?«
»Mit Vergnügen.«
Sie schenkte ihnen beiden ein Glas ein.
»Du hast dir nichts vorzuwerfen, Ari. Der Typ ist bei dir eingebrochen, er hat auf dich geschossen. Es war dein Leben gegen sein Leben.«
»Ja, schon, aber es genügt nicht, sich zu sagen, dass man keine Wahl hatte, um einfach hinzunehmen, dass man einen Kerl umgelegt hat.«
»Ari!« Sie schüttelte ihn. »Du bist Bulle und hast an einem Einsatz in Kroatien teilgenommen ... Du wirst dich doch nicht von dieser Geschichte unterkriegen lassen!«
»Ich war nicht als Soldat dort drüben, Lola. Ich war Zivilpolizist. Ich habe an einem Entmilitarisierungseinsatz teilgenommen und nicht meine Zeit damit verbracht, Leute abzuknallen.«
»Ja, schon ... Aber du hast immerhin einiges gesehen, oder nicht?«
»Ja. Aber ... ach, ich weiß nicht. Es ist nicht dasselbe. Dort herrschte Krieg. Das jetzt stecke ich nicht so einfach weg.«
»Bist du sicher, dass es nicht eher der Tod von Paul ist, der dich beschäftigt?«
Ari trank einen Schluck Whisky.
Die junge Frau drückte zärtlich das Knie ihres Freundes.
»Also. Zeig mir den Brief, den Paul dir geschickt hat«, sagte sie schließlich.
Ari zog die Fotokopie aus seiner Tasche und entfaltete sie auf dem Couchtisch. Lola, die sich im Schneidersitz auf den Boden gesetzt hatte, rutschte näher und betrachtete das Dokument.
»Was ist das für eine Zeichnung? Es sieht aus wie eine Art Kompass für die Navigation oder wie ein astronomischer Apparat aus dem Mittelalter ...«
»Ja, vermutlich ist es so etwas.«
»Und diese Inschriften ... Was ist das für eine Sprache?«

»Ich weiß es nicht. Oben sieht es aus wie ein Geheimcode: LE RP –O VI SA. Die beiden unteren Texte erinnern dagegen an Altfranzösisch, findest du nicht?«
Lola versuchte, die kalligraphische Schrift zu entziffern.
»*Je ui cest engien que gerbers daureillac aporta ichi li quex nos aprent le mistere de co qui est en son le ciel et en cel tens navoit nule escriture desore.* Es gibt doch einige Wörter, die man verstehen kann ... Zeig mir den anderen Text: *Por bien comenchier, ia le cors de le lune deuras siuir par les uiles de franche e dailleurs lors prenras tu mesure por co que acuielles bon kemin.* Stimmt, es sieht aus wie Altfranzösisch.«
»Ja. Aber es muss eine besondere Form sein ... Und siehst du hier, diese Inschrift ›L∴ VdH∴‹? Die drei Punkte im Dreieck, das benutzen die Freimaurer als Abkürzung, um ihre Texte zu kodieren. Was mich wundert, ist, dass das Dokument kaum aus dem achtzehnten Jahrhundert stammen kann, wo die Freimaurerei aufkam, sondern wesentlich älter zu sein scheint. Aber neulich habe ich bei Paul in einer Vitrine einen Winkel und einen Zirkel gesehen. Das kann kein Zufall sein. Ich frage mich, ob Paul Freimaurer war, und vor allem, was das mit seiner Ermordung zu tun haben könnte ...«
»Glaubst du, er hätte es vor dir verschwiegen, wenn er Freimaurer gewesen wäre?«
»Nein. Ich sehe keinen Grund, warum er daraus ein Geheimnis hätte machen sollen.«
»Diese Zeichnung ist jedenfalls unglaublich. Willst du, dass wir im Internet suchen, um herauszufinden, was sie darstellen könnte?«
»Nein, Gnade! Nicht im Internet! Wenn ich morgen einen klaren Kopf haben möchte, sollte ich die Nacht nicht vor einem Computer verbringen ...«
Lola lächelte. Aris Abneigung gegen die Informatik hatte sie immer amüsiert. Sie wusste, dass es eine Art von Koketterie war: Er gab sich gerne als verschrobener Intellektueller.

»Wie du willst ...«
Nachdem sie das Dokument schweigend betrachtet hatte, öffnete die junge Frau die Schublade des Couchtisches und zog eine alte Holzschachtel hervor. Sorgsam holte sie den Inhalt heraus: lange Zigarettenpapierblättchen, kleine dreieckige Pappstücke, Tabak und ein in Aluminiumpapier gewickeltes Päckchen.
»Stört es deine Bullenehre, wenn ich mir einen Joint drehe?«, fragte sie und hob die Augen zu Ari.
»Das wäre das erste Mal«, antwortete er mit gleichgültiger Miene. »Außerdem bin ich offiziell beurlaubt.«
Normalerweise begnügte sich Ari damit, Lola mit leicht väterlichem Blick zu beobachten, wenn sie in seiner Gegenwart einen Joint rauchte. Aber heute hatte er Lust, ihn mit ihr gemeinsam zu genießen. Er vermutete ohnehin, dass sie das Zeug nicht zufällig hervorgeholt hatte. Er hatte seit Jahren kein Hasch mehr geraucht, und soweit er sich erinnerte, hatte es eine angenehm einschläfernde Wirkung auf ihn gehabt. Die Vorstellung, gut zu schlafen, war recht reizvoll.
Als er die Hand ausstreckte, nachdem sie zwei- oder dreimal gezogen hatte, sah sie ihn mit spöttischem Lächeln an.
»Lässt man sich gehen, Kommandant?«
»Hör mal, mein Kind, du warst noch im Kindergarten, als ich meine erste Tüte geraucht habe.«
Lola brach in Gelächter aus und reichte ihm den Joint. Sie liebte es, wenn Ari den lockeren Jungen spielte. Es stand ihm so schlecht, dass es rührend wirkte.
»Weißt du, ich habe nie begriffen, was ein Typ wie du beim Geheimdienst zu suchen hat ... Du entsprichst so wenig dem Bild, das man sich von einem Bullen macht, noch dazu von einem beim Nachrichtendienst.«
»Ach ... ich wollte Gitarrist werden! Aber das sind die Zufälle des Lebens, Lola. Nach dem Abi habe ich mich ziemlich wenig um mein Studium gekümmert. Was mich interessierte, war die

Musik. Und schließlich bin ich meinem Vater zuliebe in die Polizeischule eingetreten. Der Tod meiner Mutter hatte ihm dermaßen zugesetzt, dass ich nicht gewagt habe, ihm zu widersprechen. Danach ist sein Unfall passiert, bei mir sind die Sicherungen durchgebrannt, und ich bin nach Kroatien gegangen, ohne groß darüber nachzudenken. Und dann hat sich alles so ergeben. Aber es stimmt, dass ich dort nicht richtig reinpasse. Wobei du überrascht wärst, wenn du manche meiner Kollegen sehen würdest. Wir haben sogar ein oder zwei Anarchos in den Büros. Nicht alle Polizisten sind Tölpel ...«
»Hör auf, ich fange gleich an zu heulen! Das erinnert mich an *Willy Brouillard*, das Lied von Renaud. *Willy Brouillard*, der Bulle!«
»So ist es in etwa«, antwortete Mackenzie amüsiert. »Nenn mich Willy.«
Sie rauchten schweigend den Joint und verbrachten den Rest des Abends damit, ein paar Gläser Whisky zu trinken und Musik zu hören. Lola hatte die geheime CD weggeräumt und durch ein Album von Led Zeppelin ersetzt: Das war eine der wenigen Bands, die ihnen trotz des Altersunterschieds von zehn Jahren beiden gefiel.
Ari entspannte sich, lag auf dem Bettsofa und ließ sich von den grellen Höhenflügen Robert Plants und den bluesigen Klagen von Jimmy Pages Gibson und der Wirkung des Haschischs davontragen. Es tat so gut, sich gehenzulassen, sich ein wenig zu vergessen!
Ari hatte in seinem Bekanntenkreis niemanden, mit dem er sich so wohl fühlte. Wahrscheinlich, weil sie so viel gemeinsam hatten. Die Blessuren der Jugend, der frühe Tod eines geliebten Menschen: Als Ari seine Mutter verlor, hatte er in etwa das gleiche Alter gehabt wie Lola beim Tod ihres kleinen Bruders. Und sie ergänzten sich gut. Mackenzie, an dem die Furcht vor dem Älterwerden nagte, fühlte sich noch jung, wenn er mit ihr zusammen war. Die Buchhändlerin dagegen brauchte die

Sicherheit, die ihr dieser abgeklärte Mittdreißiger gab. Als würde jeder die Antwort auf die Ängste des anderen kennen.
Spät in der Nacht klappte Lola das Bettsofa auf, und sie legten sich wortlos nebeneinander. Die junge Frau streichelte ihm lange über den Kopf, wie um ihn zum Einschlafen zu bringen, und küsste ihn auf die Stirn. Ari drehte sich auf den Bauch und legte seinen Arm um sie. Zärtlich berührte er mit dem Handrücken die weiche Haut ihres muskulösen Bauches. Sie hatte den perfekten Körper einer Sportlerin. Er wusste, dass diese Geste lächerlich und gefährlich war. Das sie nichts brachte, schlimmer noch, dass sie egoistisch war. Aber er konnte sich nicht zurückhalten. Er spürte so gerne Lolas Körper unter seinen Fingern. Ihre Reinheit, ihre Zartheit, ihr Parfum, alles an ihr war unwiderstehlich. Ari wanderte mit der Hand langsam zu Lolas Busen hinauf, den zwei kleinen, festen und seidig weichen Brüsten, aber da packte sie ihn am Handgelenk.
»Hör auf.«
Er nahm seine Hand weg und legte sie auf die Wange der jungen Frau.
»Entschuldige«, murmelte er.
»Schlaf jetzt.«
Er schloss die Augen, und der Schlaf überfiel ihn noch schneller, als er zu hoffen gewagt hatte.

23

III. Und das Trockene möge erscheinen.
Die Gesten sind zu Ritualen geworden. Als verstünde ich nach und nach den Sinn der Zeremonie, die sich mir auferlegt hat. Es gibt keinen Zufall. Ich bewahre sorgsam die verflüssigten Gehirne auf, die ich nacheinander auffange. Ich leere das Wesen der Menschen aus. Ich opfere ihre Seele für die Leere. Sie

repräsentieren all das, was verschwinden muss, all das, was sich von Ihnen auflösen muss.
Das vierte Quadrat ist das unserer Mutter. Die geheime Bedeutung der Seiten tut sich mir jetzt auf. Wir folgen der richtigen Reihenfolge, wir haben uns nicht geirrt. Und die Erde wird sich auftun.

24

Ari wurde vom Geräusch einer zuschlagenden Tür geweckt.
Er richtete sich auf und bemerkte, dass Lola gegangen war, vermutlich in die Buchhandlung. Er sah auf die Uhr. Es war kurz nach neun. Auf dem Couchtisch, den sie zur Seite geschoben hatten, entdeckte er einen Zettel mit einer Nachricht. »Ich gehe ins Passe-Murailles. Hol mich zum Mittagessen ab, wenn du willst. Wirf die Tür zu, wenn du gehst. Ich mag dich. Kuss.«
Er griff nach seinem Handy, um sich zu vergewissern, dass er in der Nacht nicht einen Anruf von Emmanuel Morand verpasst hatte. Kein Anruf in Abwesenheit. Offenbar hatte sein Freund die Spur des Verdächtigen noch nicht ausfindig machen können. Vielleicht hatte dieser das Handy auch nicht mehr bei sich.
Ari stand auf, kochte sich in der winzigen Küche einen Kaffee, zog sich an und räumte ein wenig die Wohnung auf. Als er fertig war, nahm er sein Notizbuch und rief Iris Michotte beim Nachrichtendienst an.
»Ari? Bist du's? Ich habe von dem Mann in deiner Wohnung gestern Abend gehört. Das tut mir wirklich leid für dich. Ich hoffe, du kommst darüber hinweg ...«
»Danke. Mach dir keine Sorgen um mich. Kannst du mir einen Gefallen tun? Depierre hat mich zwangsweise beurlaubt, ich bin aus Levallois verbannt ...«

»Ja, davon habe ich gehört. Hast du dich wieder schlecht benommen? Also, was kann ich für dich tun?«
»Ich brauche Informationen über den Kerl, den ich ... den Kerl, der gestern Abend bei mir war.«
Er buchstabierte ihr den Namen, den er in sein Notizbuch geschrieben hatte.
»Ich weiß nicht, ob dir das weiterhilft, aber er hatte eine schwarze Sonne auf die Innenseite des rechten Unterarms tätowiert.«
»Ist notiert. Ich rufe dich in einer Viertelstunde zurück, passt dir das?«
»Perfekt.«
Er legte auf und ging dann an Lolas Bücherregale. Er fand zwei illustrierte Enzyklopädien und legte sie auf den Couchtisch. Er ging alle Artikel durch, die sich mit Astronomie im Mittelalter beschäftigten. Er hoffte, eine Ikonographie zu finden, die derjenigen ähnelte, die Paul ihm geschickt hatte.
In der ersten Enzyklopädie stieß er zunächst auf die Porträts der großen Astronomen der Epoche, Kopernikus, Brahe, Kepler ... Dann auf eine Zeichnung des ersten von Galileo entwickelten Teleskops. Aber er fand nichts, was seiner Abbildung ähnelte. Er schlug die zweite Enzyklopädie auf, und bereits auf der ersten Seite des Kapitels, das der islamischen Astronomie gewidmet war, sah er die Fotografie eines Gegenstandes, der fast genauso aussah. Er las die Unterschrift: »Persisches Astrolabium, XIII. Jahrhundert«. Kein Zweifel. Das war also der Name dieses Apparats. Ein Astrolabium. Er vertiefte seine Recherchen.
Das Instrument wurde auch als Almukantarat bezeichnet, ein Wort arabischen Ursprungs, das »Zirkel der himmlischen Breitengrade« bedeutete. Es bezeichnete eine doppelte ebene Projektion, mit deren Hilfe die Bewegung der Sterne dargestellt werden konnte. Obwohl das Instrument zur Zeit der Griechen aufgetaucht war, waren es die Astronomen der islamischen

Welt gewesen, die es weiterentwickelt hatten. Den verschiedenen Erklärungen nach, die Ari finden konnte, erlaubte dieses Gerät es, Astronomie zu unterrichten sowie durch die Beobachtung von Sonne oder Sternen die Uhrzeit festzustellen.
Er untersuchte mehrere Darstellungen von Astrolabien, um zu sehen, ob eines von ihnen demjenigen auf seiner Fotokopie ähnelte. Aber keines entsprach ihm, denn alle trugen arabische Inschriften auf den verschiedenen Scheiben, während auf dem von Paul keinerlei Inschriften waren, nur die Skaleneinteilungen und die verschiedenen Mondzeichnungen.
Ari schrieb sich rasch ein paar Notizen in sein Moleskine-Heft. Er wusste nicht, wohin ihn diese Entdeckung führen würde, aber er hatte endlich das Gefühl voranzukommen.
In dem Moment vibrierte sein Handy. Er rechnete mit einem Anruf von Iris oder Morand, aber die Nummer auf dem Display gehörte keinem von ihnen. Es war wieder Kommissar Bouvatier. Ungeduldig drückte Ari auf die Hörertaste.
»Ari! Der Mord an Ihrem Freund war nicht der Erste. Es hat am Vortag, Sonntag, dem zwanzigsten Januar, einen anderen Mord gegeben, der genau gleich ablief.«
»Wie konnte Ihnen das entgehen?«
»Es ist nicht in Frankreich passiert, sondern in Lausanne. Die Kommunikation zwischen der französischen und der Schweizer Polizei ist offenbar verbesserungswürdig.«
»Und das Opfer?«
»Christian Constantin. Ein Uniprofessor, um die sechzig, beinahe in Rente ...«
»Was hat er unterrichtet?«
»Kunstgeschichte.«
Ari kritzelte in sein Heft.
»Sie hatten mir nicht gesagt, was das dritte Opfer beruflich machte, das in Chartres getötet wurde ...«
»Er war Chef eines Zimmerhandwerksunternehmens, das auf die Restaurierung alter Gebäude spezialisiert war.«

Ari schrieb gewissenhaft einen neuen Absatz.

»Christian Constantin, ermordet am zwanzigsten Januar in Lausanne; Paul Cazo am einundzwanzigsten in Reims und Sylvain Le Pech am dreiundzwanzigsten in Chartres«, sagte er langsam. »Drei verschiedene Orte in vier Tagen. Der Täter ist ganz schön unterwegs, falls er allein agiert … Drei Männer im Alter zwischen fünfzig und sechzig Jahren, von denen zwei unterrichtet und alle im Bereich Kunst oder Architektur gearbeitet haben.«

»Ja«, antwortete der Kommissar, »die Verbindung ist gering, aber wir haben vielleicht den Ansatz zu einem Profil.«

»Das Problem ist, dass wir damit nicht das Feld eingrenzen können, um seine nächsten potentiellen Opfer zu identifizieren …«

»Ja. Es ist anzunehmen, dass er nicht aufhören wird. Bei der Geschwindigkeit, mit der er seine ersten drei Opfer getötet hat, muss man davon ausgehen, dass sich die Liste in den nächsten Tagen verlängern wird.«

»Haben die Kollegen der Versailler Kripo wenigstens eine Spur?«

»Nicht dass ich wüsste.«

»Nichts über Mona Safran?«

»Ihre Fingerabdrücke waren überall in der Wohnung von Paul Cazo, aber das sagt nichts aus. Vermutlich warten sie, bis sie die wissenschaftlichen Analysen der drei Tatorte miteinander vergleichen können. So etwas dauert. Und ich komme nicht so leicht an Informationen. Ehrlich gesagt glaube ich, dass sie ein bisschen im Dunkeln tappen. Dafür habe ich mit einem Kollegen zusammen versucht, ein psychologisches Profil des Mörders zu entwerfen.«

»Ich dachte, Sie hätten mit dem Fall nichts mehr zu tun …«

»Na, Mackenzie, das sagt gerade der Richtige!«

Ari konnte ein leises Lachen nicht unterdrücken.

»Er ist hier neben mir«, fuhr der Kommissar fort. »Seine Hy-

pothese ist interessant. Er würde Ihnen gerne seine Ansichten mitteilen, wenn Sie wollen ... Alles inoffiziell natürlich.«
»Natürlich.«
»Ich gebe Sie an ihn weiter.«
Ari blätterte eine Seite in seinem Büchlein um und machte sich bereit, sich neue Notizen zu machen.
»Guten Tag, Kommandant.«
Der Kollege am anderen Ende schien seine Identität nicht preisgeben zu wollen.
»Wie Ihnen Kommissar Bouvatier gesagt hat, haben wir gemeinsam an dem psychologischen Profil des Mörders gearbeitet. Aber es ist nur eine Hypothese. Sie kennen die Grenzen des Profiling ...«
»Ich höre.«
»Von den Informationen ausgehend, die wir kennen, glaube ich, wir haben es mit einem recht präzisen Profil zu tun. Das, was wir heutzutage einen kriminell perversen Narzissten nennen.«
»Was heißt das?«
»In der Psychopathologie ist ein kriminell perverser Narzisst eine Person, die zugleich an übersteigertem Narzissmus und einer moralischen Perversion leidet. Im Extremfall kann diese Pathologie eine Person dazu bringen, kriminelle Handlungen zu verüben. Das ist ein relativ gängiges Profil bei Serienmördern.«
»Und was sind die Hauptwesenszüge?«, fragte Ari, während er in sein Notizbuch schrieb.
»Man darf nicht vergessen, dass das alles Theorie ist und wir verallgemeinern müssen. Aber es erlaubt uns, einen ersten Eindruck der Psyche des Individuums zu gewinnen, das Sie suchen.«
»Machen Sie sich keine Sorge, ich kann abstrahieren.«
»Also, der perverse Narzisst zeichnet sich in erster Linie durch einen völligen Mangel an Moral und Empathie aus und somit

einer absoluten Indifferenz dem Leiden anderer gegenüber. Meistens übernimmt eine solche Person eine künstliche Persönlichkeit. Sie leidet unter einer konstanten Entwertung ihrer Identität, und um sich ein befriedigenderes Bild ihrer selbst zu verschaffen, erfindet sie eine Persönlichkeit, um so wahrgenommen zu werden, wie sie es gerne hätte. Es sind häufig Individuen, die es auch im Erwachsenenalter nicht geschafft haben, sich zu realisieren. Daraus ziehen sie ein extremes Gefühl der Eifersucht und ein Bedürfnis, das Glück anderer zu zerstören.«

»Kann das bis zu Mord gehen?«

»Ja, leider. Um sich zu bestätigen, muss der perverse Narzisst über einen anderen triumphieren, was bis zur Zerstörung gehen kann, wobei zunächst Lust am Quälen empfunden wird. Er empfindet Vergnügen daran, den anderen vor seinen Augen leiden zu sehen, ihn zu unterjochen und zu demütigen, bis hin zur Eliminierung. In unserem Fall erklärt das insbesondere die Benutzung von Tensiden und verdünnter Säure, was, anstatt sofort zu töten, die Qual des Opfers verlängert, das seinem unvermeidlichen Tod beiwohnen muss.«

»Sind diese Leute Psychopathen?«

»Ganz und gar nicht. Im Fall eines Serienmörders ist es übrigens das, was fast am meisten beunruhigt. In der Regel haben sie ein hervorragendes kulturelles Niveau, sind eher intelligent und sind vor allem gute Psychologen. Die perversen Narzissten strahlen meistens den Eindruck aus, absolut ruhige Typen zu sein, Herr ihrer selbst, und sie sind in der Lage, Sympathie zu wecken.«

»Ein gutes Mittel, ihre potentiellen Opfer in Sicherheit zu wiegen.«

»Ja, ganz genau. Sie sind gut im Manipulieren, verstehen es, sich freundlich zu geben, bevor sie ihre Opfer angreifen. Anschließend weisen sie oftmals eine unglaubliche Gefühlskälte auf. Der perverse Narzisst hat keinerlei Respekt, empfindet niemals Reue, hat nie Gewissensbisse, was ihn dazu treibt, das Böse zu banalisieren. Was man beachten muss, und ich denke, das ist hier der Fall, ist, dass die Banalisierung des Bösen manchmal zu einer militanten Doktrin wird. Um sich zu rechtfertigen, macht sich der Täter eine Sache zu eigen, die oft illusorisch oder völlig unsinnig ist. Die Inszenierung der verübten Morde lässt mich zu diesem pathologischen Typ tendieren. Der Mörder versucht, seinen Taten einen symbolischen Sinn zu verleihen.«

»Ich verstehe. Und was für eine Motivation kann hinter solchen Praktiken stehen?«

»Im Allgemeinen handelt es sich um eine Person, die nie Anerkennung erhalten hat für das, was sie ist. Zum Beispiel ein Kind, das eine narzisstische Ausrichtung von seinen Eltern ertragen musste und das dadurch gezwungen war, eine Persönlichkeit zu erfinden, um dem Bild zu entsprechen, das man sich von ihm machte. Die Tatsache, dass es nie um seiner selbst willen geliebt wurde, bringt es dazu, sein ganzes Leben lang das Bedürfnis nach Anerkennung befriedigen zu wollen, aber auch dasjenige nach Rache.«

»In dem Fall, der uns interessiert, wählt der Täter ganz bestimmte Opfer, wendet einen wiederkehrenden Operationsmodus an … Könnte er außerhalb dieses Rahmens töten?«

»Leider ist das sehr gut möglich, und zwar im Fall eines Scheiterns oder beim Gefühl der Zurückweisung. Perverse Narzissten ertragen Misserfolg nicht. Hochmütig und größenwahnsinnig, wie sie sind, wollen sie um jeden Preis gewinnen, immer, und sie können sich nicht eingestehen zu verlieren, und wäre es nur ein einziges Mal.«

»Gut. Ich danke Ihnen, das ist … sehr informativ.«

»Keine Ursache. Wenn ich mir eine letzte Bemerkung erlauben darf, so rate ich Ihnen zu größter Vorsicht, Kommandant. Perverse Narzissten sind gefürchtete Gegner. Sie zeichnen sich oft durch Kampfgeist und eine besonders überraschende Zähigkeit aus. Größenwahn und Paranoia verstärken nur ihre Kampfeslust. Sie geben niemals auf.«

»Ich verstehe ... Ich rechne sowieso nicht damit, auf einen Chorknaben zu treffen.«

Als er auflegte, sah Ari, dass er während seiner Unterhaltung eine SMS von Iris erhalten hatte. »Nichts zu deinem Kerl gefunden. Falsche Identität. Ich schaue nach, ob die Kollegen seine Fingerabdrücke haben, und sag dir dann Bescheid.«

Mackenzie war gerührt von dem Eifer, den Iris an den Tag legte, um ihm zu helfen. Trotz ihres kurzen Abenteuers – oder vielleicht gerade deshalb – verband sie eine ergebene Freundschaft. Iris hatte ihm demnach ihre unschöne Trennung verziehen und hegte keinerlei Groll gegen ihn. Für ihn bei der Kripo nach Informationen zu fischen, das war nicht wirklich legal, und wenn ihre Vorgesetzten davon erführen, riskierte Iris eine Abmahnung. Er machte sich Vorwürfe, als er darüber nachdachte, dass er wahrscheinlich nicht ebenso hilfsbereit war. Eines Tages würde er eine Möglichkeit finden müssen, ihr zu zeigen, wie dankbar er war. Aber im Moment gab es Wichtigeres.

Er schaute auf seine Armbanduhr. Es war bereits elf. Was er vorhin über das Dokument, das Paul ihm geschickt hatte, in Erfahrung gebracht hatte, war sicherlich ermutigend, aber recht wenig, und er hatte noch immer nicht herausfinden können, ob sein Freund Freimaurer gewesen war.

Er suchte in seiner Brieftasche nach dem Zettel mit Mona Safrans Telefonnummer. Schließlich behauptete sie, Paul gut gekannt zu haben und bereit zu sein, Informationen auszutauschen. Es war einen Versuch wert. Und vielleicht wäre es die Gelegenheit, mehr über die Frau zu erfahren.

»Hallo?«

Sofort erkannte er die ruhige Stimme seiner Gesprächspartnerin wieder, und ihr Gesicht und ihre etwas gezierte Femme-fatale-Allüren kamen ihm in den Sinn.

»Ari Mackenzie am Apparat.«
Es folgte eine Stille. Offensichtlich hatte sie seinen Anruf nicht erwartet.
»Guten Tag, Ari. Haben Sie etwas Neues?«, fragte sie.
»Ja. Es hat zwei weitere Morde gegeben, die mit dem an Paul identisch sind. Wir haben es vermutlich mit einem Serientäter zu tun.«
Sie antwortete nicht. Ari wusste nicht, ob sie zu überrascht war, um zu sprechen, oder ob sie schon darüber informiert war. Vielleicht hatte etwas in der Zeitung gestanden. Er hatte nicht nachgeschaut.
»Hören Sie, Madame Safran, ich habe eine Frage an Sie.«
»Nennen Sie mich Mona.«
»Sie haben mir gesagt, dass Sie eine sehr gute Freundin von Paul waren.«
»Ja, das war ich.«
»Wissen Sie, ob er Freimaurer war?«
Wieder ein etwas zu langes Schweigen.
»Nein. Nicht das ich wüsste.«
»Hat er mit Ihnen nie über das Freimaurertum geredet?«
»Nein.«
Sie war wirklich nicht gesprächig. Ihre Antworten waren zu kurz, um nichts zu verbergen. Diese Frau wahrte ein Geheimnis.
»Gut ... Ich ... Ich danke Ihnen«, stotterte Ari, durch die Leerstellen verunsichert, die ihr Gespräch kennzeichneten.
»Ich sehe, dass Sie Ihre Rufnummer nicht unterdrückt haben ... Kann ich daraus schließen, dass ich Sie auch anrufen darf, jetzt, da ich Ihre Nummer kenne?«
Ari biss sich auf die Lippe. Seine Kollegen hatten ihm tausendmal geraten, auf seinem Handy die Funktion der Rufnummernunterdrückung zu aktivieren, aber er hatte sich nie die Zeit genommen, sich mit diesem technischen Detail auseinanderzusetzen.

»Äh ... Ja, natürlich.«
»Das freut mich sehr«, sagte sie in einem Ton, der sowohl sinnlich als auch boshaft war. »Dann bis bald, Ari ...«
»Bis bald ...«
Er legte perplex auf. Diese Frau war gelinde gesagt ungewöhnlich, und er konnte sich noch immer nicht erklären, was sie mit Paul Cazo verbunden hatte. Er fragte sich, ob es so gut gewesen war, sie anzurufen. Nun hatte er noch immer keine Antwort. Der Moment war gekommen, anderswo zu suchen.
Er zog seinen Mantel an, verließ die Wohnung und schloss die Tür hinter sich.
Etwa zwanzig Minuten später verließ er an der Station Cadet die Metro und ging in Richtung Grand Orient de France. Er hatte einen Kontaktmann, ja sogar Freund, der im Sekretariat der größten französischen Freimaurervereinigung arbeitete, und er war wild entschlossen, endlich eine Bestätigung seines Verdachts zu erhalten.
Er überquerte die belebte Straße, in der die Händler sogar die schmalen Gehwege besetzten und die in die Fußgängerzone mündete. Dort gab es viele Menschen und viel Lärm. Hier hatte Paris etwas von seinem alten Gesicht bewahrt. Ari kam an einer Buchhandlung vorbei, wo sich Bücher über Esoterik häuften, dann passierte er die Sicherheitsschleuse und betrat das große Gebäude mit der silbernen Fassade.
Am Eingang hielt ihn ein großer Schwarzer auf und fragte ihn höflich, was er suchte.
»Ich bin mit Pascal Bayard vom Sekretariat verabredet«, log Mackenzie.
Sein Freund würde wahrscheinlich geistesgegenwärtig genug sein, dies zu bestätigen.
Der Ziegeldecker – so wurde dieser Posten bei den Freimaurern bezeichnet – rief jemanden an und forderte Ari dann auf, in den fünften Stock hinaufzugehen.
Er durchquerte die große Eingangshalle, in der einige Männer

in dunklen Anzügen auf Bänken saßen und mit leiser Stimme diskutierten, ging an einer Büste von Victor Schoelcher vorbei, sah die Treppe, die zu den Tempelräumen führte, bog nach rechts ab und bestieg den Fahrstuhl. Die Räumlichkeiten erinnerten an ein Unigebäude aus den 70er Jahren, sauber, aber schon von der Zeit gezeichnet. Im angegebenen Stockwerk klopfte er an die Tür des Büros seines Freundes.
»Komm rein!«
Pascal Bayard empfing ihn stehend und mit einem Lächeln. Er war um die vierzig, hatte graue Schläfen und hielt eine Pfeife in der linken Hand.
»Dürft ihr hier rauchen?«, fragte Ari verwundert, als er dem Schreibtisch gegenüber Platz nahm.
»Äh ... Eigentlich nicht.«
»Na«, bemerkte Mackenzie mit ironischem Unterton, »und ich dachte, ihr Freimaurer respektiert die Gesetze der Republik!«
»Ach ... Freimaurer sind Menschen, und Menschen sind nie perfekt, weißt du! Höchstens perfektionierbar ...«
»Ich verstehe.«
»Was verschafft mir die Ehre deines Besuchs?«
Ari wusste, dass seine Bitte Bayard in Verlegenheit bringen würde, und er war sich nicht einmal sicher, ob er ihn überreden konnte. Aber dies war wahrscheinlich seine letzte Chance. Er musste es wagen.
»Ich habe hier in diesem Büchlein drei Namen, und ich würde gerne wissen, ob sie in deinen Unterlagen auftauchen.«
»Machst du Witze?«
»Nein. Pascal, du musst mir helfen. Ich muss wirklich wissen, ob diese Typen Freimaurer sind ... Oder besser gesagt – waren.«
»Was meinst du mit waren?«
»Sie sind in den letzten fünf Tagen ermordet worden.«
»Und du denkst, es liegt daran, dass sie Freimaurer waren?«,

rief Bayard aus. »Glaubst du, du bist hier in einem Krimi? *Mord im Orientexpress* oder etwas in der Art? Nein, wirklich, Ari, Morde, die mit der Freimaurerei zusammenhängen, das ist doch wohl ein bisschen übertrieben ...«

»Pascal, bitte, ich nenne dir drei Namen, und du sagst einfach ja oder nein.«

»Aber ich darf das nicht! Die Zugehörigkeit zu einer Loge ist Privatsache, das weißt du. Ein Freimaurer darf seine eigene Mitgliedschaft preisgeben, aber nicht die eines Mitbruders. Vor allem nicht bei dem Amt, das ich bekleide.«

»Aber sie sind tot, was kann das jetzt also schon ausmachen?«

»Das ändert nichts, Ari, spiel nicht den Unwissenden. Wenn sie seit fünf Jahren tot wären, würde ich vielleicht nichts sagen ...«

»Hör zu. Einer von ihnen war der beste Freund meines Vaters. Kannst du nicht wenigstens nach ihm schauen?«

Pascal Bayard seufzte genervt. Normalerweise weigerte er sich nicht, Ari ein oder zwei Informationen zu liefern, solange dies nicht das Privatleben eines Logenbruders beeinträchtigte, etwa durch Missstimmung oder Gerüchte. Zum Beispiel, wer der nächste Großmeister werden könnte, oder im Gegenteil, wer Gefahr lief, ausgebootet zu werden. Aber dieses Mal war es etwas anderes.

»Ari, das ist mir wirklich nicht recht.«

»Aber als ich deine Strafzettel habe verschwinden lassen, du kleine Ratte, das hat dich nicht gestört, was?«

»Na ja, das kannst du ja jetzt nicht mehr«, antwortete der Freimaurer mit einem ironischen Grinsen.

»Komm schon, Pascal, ich komme in dieser Sache nicht voran, ich trete auf der Stelle. Ein Verrückter hat drei Leute in fünf Tagen umgelegt. Er muss unbedingt gefunden werden, und dafür muss man erst einmal verstehen, wie er seine Opfer auswählt. Ich möchte nur eine Bestätigung. Paul Cazo. Gib diesen

Namen in deine verdammte Maschine ein und sag mir, ob er einer Loge angehörte, dann höre ich auf, dich zu nerven. Du kannst mich nicht so hängenlassen ...«

Bayard runzelte scheinbar verärgert die Stirn.

»Du gibst nie auf, was?«

»Du begehst hier ehrlich kein Unrecht. Er war ein sehr guter Freund von mir, er ist tot, er hat keine Kinder. Du verrätst damit wirklich keinen Bruder. Im Gegenteil. Du kannst mir so vielleicht helfen, zu verstehen, warum er getötet wurde, und den Mistkerl zu finden, der es getan hat. Sag dir einfach, dass es in Wirklichkeit eine brüderliche Geste ist, wenn du mir diesen Dienst erweist!«

»Schon gut! Komm mir nicht so melodramatisch! Wie schreibt man ihn?«

Ari buchstabierte den Namen, und der Sekretär gab die vier Buchstaben in seinen Computer ein. Dann hob er mit entschuldigender Miene den Kopf.

»Nein. Nichts. Dein Typ hat keiner Loge des Grand Orient angehört. Oder er hat sie vor 1980 verlassen, als die Dateien noch nicht elektronisch erfasst waren.«

»Und wenn das der Fall wäre? Habt ihr irgendwo noch Akten?«

Bayard neigte müde den Kopf.

»Im Keller.«

»Gehen wir?«

»Du nervst.«

»Ich weiß. Gehen wir?«

Bayard ging schlurfend voraus.

»Weißt du, dass du eigentlich nicht mal mit mir da runtergehen darfst?«

»Schon gut, Pascal, du brauchst auch nicht deine Nummer abzuziehen. Ihr seid süß mit euren großen Geheimnissen!«

Der Freimaurer zuckte mit den Schultern. Er wusste, dass es keinen Sinn hatte, mit Ari zu diskutieren. Sie nahmen den Fahr-

123

stuhl und fuhren in den Keller der Rue Cadet hinab. Nachdem sie durch mehrere Gänge gelaufen waren, kamen sie in einen schmalen Raum, wo Tausende von Akten in langen rechteckigen Kästen verwahrt wurden.
»Sieht aus wie bei uns!«, bemerkte Ari lächelnd.
Pascal Bayard suchte nach dem Regal, das dem Namen entsprach, den sein Freund ihm genannt hatte. Er sah die kleinen gelben oder weißen Karteikarten durch, von denen manche mit der Schreibmaschine, andere von Hand beschrieben waren. Nachdem er einige Minuten lang gesucht hatte, machte er wieder ein bedauerndes Gesicht.
»Nein. Absolut nichts. Aber weiß du, es gib immerhin an die zehn Dachverbände in Frankreich, es muss also nichts heißen, dein Freund gehörte vielleicht einer der anderen Logen an. Der Grande Loge de France oder dem Droit humain, was weiß ich ... Und ich will dich nicht entmutigen, Ari, aber ich glaube kaum, dass du bei den anderen Verbänden so eine freundliche Seele wie mich findest. Was lässt dich annehmen, dass er Freimaurer war?«
»Er hatte das Symbol des Winkels mit dem darüber gekreuzten Zirkel in seiner Vitrine.«
»Aha. Sicher. Aber gut ... Er war vielleicht einfach ein Sympathisant. Oder ... Wir sind nicht die Einzigen, die dieses Symbol verwenden. Er könnte auch ein Geselle der Compagnons du Devoir gewesen sein. Das ist ein Symbol, das sie genauso oft verwenden wie wir. Sie hatten es sogar lange vor uns.«
Ari starrte ihn mit offenem Mund an. Wieso hatte er daran nicht früher gedacht? Jetzt kam es ihm so offensichtlich vor! Zunächst einmal waren die Orte, an denen die beiden letzten Morde stattgefunden hatten, Reims und Chartres, Städte, in denen das Gesellentum immer eine große Rolle gespielt hatte. Dann konnten die Berufe der drei Opfer zu diesem Profil passen: Architekt, Zimmermann ... und sogar ein Lehrer für Kunstgeschichte! Die Ausbildung, die die Gesellen der Vereini-

gung Compagnons du Devoir erhielten, zog vermutlich solche Karrieren nach sich. Und schließlich hatten die Compagnons du Devoir schon Jahrhunderte, bevor die Freimaurerei in ihrer aktuellen Form existierte, das Abkürzungssystem mit den drei im Dreieck stehenden Punkten verwendet. Es konnte also stimmen.

Er konnte im Moment nicht absolut sicher sein, er brauchte Beweise, aber er war davon überzeugt, dass er weniger Gefahr lief, seine Zeit zu verschwenden, wenn er zuerst in dieser Richtung nachforschte, als wenn er versuchte, die Archive aller französischen Freimaurer-Verbände zu durchstöbern.

Ari, ganz aufgeregt bei dem Gedanken, vielleicht eine ernstzunehmende Spur gefunden zu haben, zog die Fotokopie von Paul heraus und zeigte sie seinem Freund.

»Fällt dir dazu irgendetwas ein?«

Pascal betrachtete zweifelnd die Zeichnung.

»Ich weiß nicht. Das ist vielleicht der Auszug aus dem Skizzenheft eines Gesellen aus dem Mittelalter, oder?«

»Sagst du das wegen der Inschrift hier oben?«

»Ja ...«

»Was könnte das bedeuten, ›L∴ VdH∴‹?«

»Keine Ahnung. Das ›L∴‹ könnte für ›Loge‹ stehen. Bei uns schreibt man das jedenfalls so, und die Compagnons benutzen häufig dieselben Abkürzungen wie wir ... Das wäre also möglich.«

Sie schauten das Dokument noch einige Minuten lang an, ohne eine konkrete Spur zu finden. Schließlich bedankte sich Ari, der überzeugt war, trotz allem in seiner Recherche vorangekommen zu sein, bei Pascal und verließ den Tempel in der Rue Cadet.

25

»Ari, dein Typ hat vermutlich die Nacht und den Morgen in einem Kellergeschoss verbracht. Er ist vor zwei Minuten wieder aufgetaucht. Er bewegt sich in der Rue du Faubourg-Saint-Antoine in Richtung Place de la Nation ...«

Mackenzie konnte es kaum glauben. Auf einmal beschleunigte sich alles. Seine Ermittlungen nahmen endlich ein wenig Form an. So war es oft. Zuerst trat man auf der Stelle, war zwischen verschiedenen Spuren verloren, und plötzlich fand sich ein Faden, und der ganze Knäuel entwirrte sich.

»Okay. Unterbrich die Verbindung nicht, ich nehme mir ein Taxi und fahre dorthin«, antwortete er, ohne eine Sekunde zu verlieren.

Er suchte in seinen Taschen nach seiner Freisprechanlage, stöpselte sie in das Handy und steckte sich den Kopfhörer ins Ohr. Im Laufschritt verließ er die Rue Cadet und winkte ein Taxi herbei. »Guten Tag, ich bin Agent des Nachrichtendienstes im Einsatz, Sie müssen mich so schnell wie möglich in die Rue du Faubourg-Saint-Antoine bringen ...«

»Aber ... Machen Sie Witze? Haben Sie keinen eigenen Wagen dafür?«

»Hier nicht, nein, und ich habe keine Zeit, einen zu besorgen, also seien Sie so nett und geben Sie Gas!«

»Äh ... Ja, aber, äh ... Ich beachte die Geschwindigkeitsbegrenzungen ... Ich habe schon so genug Punkte gesammelt!«

»Machen Sie sich keine Sorge, ich übernehme die Verantwortung ... Es wird keine Probleme geben«, erwiderte Ari. »Kommen Sie, beeilen Sie sich, Mann!«

Beeindruckt gehorchte der Fahrer endlich. Er trat auf das Gaspedal, und der Wagen fuhr mit quietschenden Reifen los.

Die heitere Stimme von Morand ertönte im Kopfhörer.

»Gratuliere, Ari! Wie ich höre, wendest du immer tadellose Methoden an ...«

Ari begnügte sich mit einem Lächeln, in der Hoffnung, dass der Fahrer es nicht sah.
Der Wagen raste auf der Busspur entlang, und Mackenzie fragte sich, ob der Taxifahrer nicht ein gewisses Vergnügen dabei empfand.
»Ist er zu Fuß unterwegs?«, flüsterte Ari in das kleine Mikrofon, das an seinem Hemd baumelte.
»Im Moment habe ich den Eindruck, ja«, bestätigte Morand. »Er ist nicht schnell. Er geht weiter auf die Place de la Nation zu.«
Ari beugte sich zum Beifahrersitz vor und gab dem Fahrer ein Zeichen, die Geschwindigkeit beizubehalten.
»Soll ich drüberfahren?«, fragte dieser, als sie sich einer roten Ampel näherten.
»Gehen Sie vom Gas. Wenn Sie niemanden sehen, fahren Sie weiter.«
Der Fahrer gehorchte widerwillig. Er ließ ein Auto von rechts vorbei, fuhr auf die Kreuzung zu und beschleunigte dann, um sie zu überqueren.
»Darf ich erfahren, was genau Sie da machen?«, fragte er vorsichtig und warf einen Blick in den Rückspiegel.
»Ich muss einen Kriminellen abfangen. Los, los!«
Am anderen Ende der Leitung hörte Ari das Lachen seines Kollegen. Was er tat, war nicht gerade vorschriftsmäßig, und da der Agent sich noch nicht einmal im Dienst befand, hoffte er, nicht auf einen etwas zu eifrigen Verkehrspolizisten zu treffen.
»Er ist gerade nach links abbogen, in die Rue de Charonne.«
Ari fluchte. Er war noch nicht einmal an der Bastille. Aber der Fahrer machte sich ganz gut und zeigte Eigeninitiative. Sobald er bemerkte, dass eine Busspur versperrt war, wechselte er abrupt die Fahrbahn und schlängelte sich zwischen den anderen Autos hindurch, wobei er Hupkonzerte und erhobene Fäuste erntete.
»Er ist stehen geblieben«, verkündete die Stimme Morands in

Aris Kopfhörer. In der Ferne tauchte der Engel der Place de la Bastille zwischen den Wohnhäusern auf.

»Es ist nicht mehr weit«, erklärte Ari.

»Ich weiß, Mann, ich weiß.«

Emmanuel Morand machte keine halben Sachen. Er hatte sich nicht damit begnügt, den Kerl aufzuspüren, den er verfolgte. Er hatte auch das Handy von Ari auf seinem Computermonitor lokalisiert und verfolgte die ganze Szene live von seiner Abhörzentrale aus.

»Sag deinem Fahrer, er soll die nächste Straße links nehmen!«

Ari gab den Rat weiter.

»Der Kerl bewegt sich wieder. Ich vermute, er ist in einen Wagen gestiegen ...«

Der Taxifahrer riss den Lenker herum und bog nach links ab. Der Wagen fuhr mit quietschenden Reifen in die Rue du Pasteur Wagner. Mit hoher Geschwindigkeit überquerten sie den Kanal.

»Man könnte meinen, Sie hätten das schon Ihr Leben lang gemacht«, lobte Ari den Fahrer, verwundert über dessen wachsenden Eifer.

»Man sollte die Pariser Taxis nicht unterschätzen!«

Er brachte seinen Wagen wieder auf die Spur und raste Richtung Norden, beide Hände fest am Lenker.

»Ari, der Kerl ist gerade in die Rue des Taillandiers abgebogen.«

Mackenzie zögerte kurz, dann zog er das Kabel der Freisprechanlage aus dem Handy und hielt das Telefon an das Ohr des Fahrers.

»Manu, ich wechsle auf Lautsprecher, damit der Fahrer dich hört.«

»Perfekt. Sie sind drei Straßen hinter ihm. Werden Sie etwas langsamer, bis ich sehen kann, in welche Richtung er fährt.«

Der Taxifahrer ging vom Gaspedal.

»Fahren Sie sofort nach links!«, rief Morand.

Der Fahrer gehorchte und streifte dabei fast den Seitenspiegel eines Transporters, der an der Straßenecke stand.

»Biegen Sie in die Rue Boulle, dann rechts in die Rue Sedaine, dann sind Sie hinter ihm.«

Der Fahrer folgte Morands Anweisungen und bog in die genannte Straße ein, aber plötzlich trat er mit voller Wucht auf die Bremse. Die Reifen quietschten auf dem glatten Asphalt. Ari konnte sich gerade noch am Vordersitz abstützen, um nicht nach vorn geschleudert zu werden.

Ein Müllauto stand mitten auf der Straße und versperrte den Weg.

»Tut mir leid!«, rief der Fahrer.

»Manu, ein Laster blockiert uns!«

»Okay. Fahrt zurück zur Kreuzung und dann nach rechts.«

Ohne Zeit zu verlieren, legte der Fahrer den Rückwärtsgang ein und gab mit heulendem Motor Gas. Es gelang ihm einigermaßen, eine gerade Linie zu fahren. Glücklicherweise versperrte hinter ihnen niemand die Fahrbahn. An der Kreuzung brachte er den Wagen zum Stehen und fuhr dann vorwärts wieder los. Dann umrundete er von rechts den Häuserblock. Als sie in die richtige Straße kamen, sahen sie kein einziges Auto vor sich.

»Verdammt, wo ist er?«

»Er ist rechts abgebogen, in die Rue Basfroi«, erklärte Morand.

Das Taxi beschleunigte nochmals und bog richtig ab.

»Da, jetzt ist er vor euch!«, rief Morand zufrieden.

»Warte mal, da sind zwei Autos«, sagte Ari. »Wie soll ich wissen, in welchem er sitzt?«

»Oh, Mist! Gut, hängt euch direkt an den ersten Wagen dran, ich sag euch dann, wie weit ihr noch von ihm weg seid.«

»Wir kleben schon dran!«

»Dann ist es nicht der Richtige. Es muss der davor sein.«

Ari öffnete das Fenster, beugte sich hinaus und versuchte, den

Wagen, der vorn war, besser zu erkennen. Es war ein neuer Rover, hellgrau, in dem nur ein einzelner Mann saß.

»Ich glaube, ich habe ihn!«, rief Ari. »Versuchen Sie, den Typen vor uns zu überholen!«

»Dafür ist kein Platz«, erwiderte der Fahrer bedauernd.

»Nur Geduld, Ari.«

Der Rover bog links in eine Seitenstraße ein.

»Siehst du, dass er jetzt abbiegt?«, fragte Ari in den kleinen Lautsprecher.

»Ja, nach links.«

»Dann ist er es wirklich.«

Der Wagen vor ihnen fuhr geradeaus weiter. Endlich befanden Sie sich hinter dem Verdächtigen.

»Und was soll ich jetzt machen?«, fragte der Taxifahrer besorgt.

»Jetzt folgen wir ihm erst einmal«, antwortete Mackenzie, der Mühe hatte, ruhig zu bleiben.

Sie blieben einige Meter hinter ihm. Ari hoffte, dass der Typ sie nicht bemerken würde. Der Rover bog erneut ab, dann wurde langsamer, blieb stehen, und der Fahrer setzte den Blinker. Er machte Anstalten, dort einzuparken.

»Lassen Sie mich ein Stück weiter vorn raus. Manu? Ist gut, ich habe den Kerl, ich leg jetzt auf. Im Notfall melde ich mich wieder ...«

»Alles klar. Pass auf dich auf, spiel nicht den Helden, ja? Das ist nicht mehr dein Job ...«

Ari unterbrach in dem Moment die Verbindung, als das Taxi auf einem Lieferparkplatz hielt.

»Beeilen Sie sich, Ihr Kerl ist gerade ausgestiegen«, drängte ihn der Fahrer.

Mackenzie stieg aus und beugte sich zum Fenster des Fahrers.

»Was schulde ich Ihnen?«

»Vergessen Sie es, ich habe nicht einmal den Taxameter eingeschaltet.«

Ari warf ihm ein dankbares Lächeln zu und lief mit schnellen Schritten hinter seinem Verdächtigen her. Er sah, wie dieser auf ein weißes Gebäude zuging. Es war ein großer Blonder, recht kantig gebaut, mit Igelfrisur. Es trennten sie jetzt nur noch ein paar Meter.
Ari schob die Hand in seinen Trenchcoat, um sich zu vergewissern, dass seine Magnum noch im Holster steckte. Als hätte sie verschwinden können ... Er drückte sie eine Sekunde lang, als wolle er sich beruhigen, dann beschleunigte er seine Schritte. Der Kerl schien ihn nicht bemerkt zu haben.
Am Ende der Straße stieß der große Blonde ein Tor auf und verschwand in dem Gebäude. Ari lief schneller und trat seinerseits in die dunkle Halle, die für alte Pariser Häuser typisch war: gepflasterter Boden, Flure zu beiden Seite des Hauptganges, Deckenfriese und große Glastüren, die zu zwei einander gegenüberliegenden Treppenhäusern führten.
Aber als er stehen blieb, um zu erraten, nach welcher Seite sein Verdächtiger verschwunden war, spürte er plötzlich einen dumpfen Schlag im Nacken.
Ari stieß einen Schmerzensschrei aus und brach zusammen. Ein paar Sekunden lang verschwamm ihm der Blick, und er hatte tausend leuchtende Sterne vor Augen. Ungeschickt wich er auf den Ellenbogen zurück und entdeckte die Silhouette des großen Blonden vor sich, der die Hände zu Fäusten geballt hatte. Sofort griff Ari an das Holster, aber der Typ ließ ihm nicht die Zeit, seine Waffe zu ziehen, und warf sich mit seinen hundert Kilo Muskeln auf ihn. Mackenzie zog die Knie an, um seinen Angreifer abzuwehren, und versuchte, ihn am Hals zu packen. Er gelang ihm nicht, ihn zu stoppen, und er bekam einen heftigen Schlag gegen den Kopf. Wieder verschwamm sein Blick, und diesmal glaubte er, das Bewusstsein zu verlieren.
Die Wut und der Überlebenstrieb gaben ihm dennoch die Kraft, seinen Arm zu heben, um einen neuen Angriff des Mannes abzuwehren. Es gelang ihm, seine Faust unter dem Adamsapfel des

blonden Hünen zu plazieren und mit aller Kraft dagegenzudrücken. Der andere Mann röchelte und wich zurück, um nicht zu ersticken. Ari nutzte diese eine Sekunde aus und verpasste seinem Angreifer mit der Linken einen Schlag ins Gesicht. Der Mann ertrug den Schlag, ohne zu murren. Sofort schlug Ari ein zweites Mal zu, diesmal mit der rechten Faust und stärker. Der große Blonde bekam den Hieb direkt an die Schläfe. Er sprang zur Seite, wobei er Aris Körper fast völlig freigab.
Mackenzie rutschte zurück und stand auf. Da bemerkte er die Tätowierung auf dem Unterarm seines Gegners. Es war die gleiche wie diejenige, die er bei dem Mann in seiner Wohnung gesehen hatte. Eine schwarze Sonne.
Bevor Ari dazu kam, nach seiner Waffe zu greifen, sprang der riesenhafte Kerl auf ihn zu und packte seine beiden Beine, um ihn zu Fall zu bringen. Mackenzie verlor das Gleichgewicht und konnte seinen Sturz nicht abbremsen. Schwer fiel er gegen eine der Glastüren. Die kleinen Scheiben zersprangen, und als Ari zwischen den Glasstücken auf dem Boden landete, spürte er zahlreiche Schnitte an den Händen und auf dem Rücken. Er versuchte mühsam, zwischen den Scherben, die den Boden bedeckten, aufzustehen. Bevor er wieder auf die Füße kam, sah er, dass der große Blonde zur Toreinfahrt eilte.
»Verdammt! Was ist denn das für ein Kerl?«
Ari entfernte hastig ein paar Glasscherben von seinen Handflächen, dann rannte er ebenfalls auf das Tor zu.
Als er draußen ankam, fluchte er: Der Typ hatte bereits seinen Wagen gestartet. Ohne eine weitere Sekunde zu verlieren, richtete Ari seine Waffe auf den Fahrer.
»Halt, Polizei!«, brüllte er, ohne wirklich daran zu glauben.
Das Fahrzeug setzte sich in Bewegung und fuhr auf die Straße.
Ari feuerte eine erste Kugel ab. Das hintere Seitenfenster zersprang, aber der Wagen fuhr weiter. Ari rannte auf die Fahrbahn und schoss eine zweite und eine dritte Kugel ab. Umsonst. Der Kerl bog gerade in die erste Straße rechts ein.

»Scheiße, Scheiße, Scheiße!«, schrie Ari und griff nach seinem Handy.
Während er Morands Nummer wählte, rannte er in die Richtung, in die der Verdächtige geflohen war. Sein Kollege antwortete schnell. Vermutlich verfolgte er die ganze Szene von seiner Abhörzentrale aus.
»Ich habe ihn verloren!«, rief Mackenzie. »Schnell, sag mir, wo er ist!«
»Tja ... Er ist genau hinter dir, im Haus.«
»Was? Im Haus?«
»Das Signal bewegt sich seit einer guten Minute nicht mehr. Ich dachte schon, du hättest in erledigt, Kumpel.«
»Ach, verdammt, der Blödmann muss sein Handy liegen lassen haben!«
Mackenzie ließ sich schwer auf eine Bank fallen.
»Dieser Blödmann!«, wiederholte er.
Er hätte ihn um ein Haar gehabt. Was für eine Vergeudung! Eines nach dem anderen entfernte er die Glasstückchen, die noch in seiner Hand steckten. Dann stand er auf und ging in das Gebäude zurück. Es war noch immer niemand zu sehen. Offenbar hatte die Prügelei trotz des Lärms, den die Glastür gemacht hatte, nicht die Aufmerksamkeit der Nachbarn erregt. Jedenfalls noch nicht. Nachdem er das Handy des blonden Hünen aufgehoben hatte, trat er in die kalte Winterluft hinaus.
Mit entschlossenem Schritt ging er die Straße entlang. Es half nichts, sich entmutigen zu lassen. Er hatte nicht alles verloren. Dieses Handy enthielt vielleicht wichtige Informationen. Und dann gab es diese Tätowierung: Je länger er darüber nachdachte, desto sicherer war sich Ari, dieses Zeichen schon einmal irgendwo gesehen zu haben.
Die wesentliche Information war aber, dass es sehr wohl eine Verbindung zwischen dem Kerl gab, den er in seiner Wohnung getötet hatte, dem großen Blonden und den Morden der letzten Tage. Was bedeutete, dass er es nicht mit einem Serienmör-

der zu tun hatte, sondern eher mit einer kriminellen Vereinigung. Serienmörder agierten allein, höchstens zu zweit, aber hier führte ihn die Ermittlung zu seiner großen Überraschung in eine ganz andere Richtung: eine organisierte Verbrecherbande, die ihre Hinrichtungen als Serienmorde tarnte. Ja, vielleicht verhielt es sich genau so.
Ari sah auf die Uhr. Es war bereits vierzehn Uhr, und er sagte sich, dass er heute Abend in Ruhe weiter über diese Frage nachdenken könnte. Jetzt hatte er anderes zu tun.

26

»Du hättest mit mir zu Mittag essen können, Schuft! Schläfst du heute wieder bei mir?«
Ari las Lolas SMS, als er an der Metrostation Pont Marie ausstieg. Nach seinem Ausflug zum Grand Orient de France und der Verfolgung des großen Blonden hatte er völlig vergessen, die Buchhändlerin anzurufen. Er verfasste eine Entschuldigungs-SMS und erklärte, dass er lieber bei sich schlafen wolle, wenn die Polizei es erlaubte. Mehrere Nächte hintereinander bei Lola zu verbringen war keine gute Idee, sie würden am Ende sicherlich miteinander schlafen, und Ari wusste sehr genau, wohin das führte: in eine Sackgasse. Jetzt war nicht der richtige Zeitpunkt dafür.
Schweren Herzens verschickte er die Nachricht und rief dann erneut Iris an.
»Noch immer nichts Neues?«
»Nein, Ari, nichts. Aber keine Sorge, ich habe dich nicht vergessen ... Sobald ich etwas über deinen Typen habe, melde ich mich.«
»Du wirst mich dafür hassen, aber ich brauche noch mal deine Hilfe. Das letzte Mal, versprochen.«

»Ich höre.«
»Kannst du herausfinden, ob Paul Cazo ein Compagnon du Devoir war?«
»Was?«
»Der Mann, nach dem du dich für mich erkundigt hast, der Freund meines Vaters. Ich hätte gerne, dass du nachschaust, ob sein Name irgendwo erscheint. Zum Beispiel in den Archiven der verschiedenen Vereinigungen, die sich um die Ausbildung der Compagnons du Devoir kümmern. Ich weiß auch nicht genau ... Versuche, eine Verbindung zwischen ihm und der Gesellenvereinigung zu finden.«
»Okay. Ich schaue, was ich machen kann.«
»Perfekt. Äh ... Und bei zwei anderen Leuten auch noch. Christian Constantin, ein Schweizer aus Lausanne, und Sylvain Le Pech aus Chartres. Das sind die beiden anderen Opfer des Mörders von Paul. Ich versuche, in ihrem Profil eine Verbindung zu finden, und etwas sagt mir, dass sie vielleicht alle drei Compagnons du Devoir waren. Glaubst du, du kannst Infos darüber finden?«
»Ich werde es versuchen, habe ich gesagt!«
Ari ließ die im Nebel liegende Seine hinter sich, lief die Hauptstraße hinauf, die vom Pont Marie ausging, und bog rechts in die Rue de l'Hôtel de Ville ein. Die in Schatten getauchten Gehwege waren menschenleer. Das Viertel des vierten Arrondissements, in dem hier und da sehr alte Häuser mit schiefen Winkeln und kleinen, undurchsichtigen Fenstern standen, sah aus wie im Mittelalter. Die grauen Mauern und schmutzigen Pflastersteine verdüsterten die Atmosphäre. Ari überquerte die Straße mit raschen Schritten und blieb vor dem Haus Nummer 82 stehen.
Es hatte eine niedrige Tür, die aussah, als würde sie von dem alten Gebäude erdrückt, und trug nur eine diskrete Tafel: »Bibliothek der Compagnons du Devoir«. Ari zog sein Hemd zurecht, rieb sich die Hände und klopfte seine Jeans ab, die bei

dem Gefecht schmutzig geworden war. Dann trat er ein und bemerkte im Vorbeigehen die an der Wand hängenden symbolischen Werkzeuge und ein paar Meisterstücke aus Holz, die verlassen auf dem Boden lagen. Er durchquerte einen Hof und ging – sich vage erinnernd – auf einen anderen Teil des Gebäudes zu. Dort entdeckte er den unscheinbaren Eingang zur Bibliothek und öffnete vorsichtig die Tür. Ein paar junge Leute saßen neben riesigen, mit Büchern gefüllten Regalen an Tischen und arbeiteten.

Eine kleine Frau um die fünfzig mit strengem Gesicht und kurzen, weißen Haaren kam ihm entgegen.

»Kann ich Ihnen helfen?«, fragte sie ihn mit misstrauischem Blick.

»Ja.«

Ari zog die Fotokopie von Paul aus seiner Tasche und reichte sie der Bibliothekarin.

»Ich versuche herauszufinden, woher dieses Dokument stammt, und aufgrund der oben stehenden Inschrift habe ich mich gefragt, ob es nicht seinen Ursprung bei den Compagnons haben könnte ...«

Die Frau griff mit der einen Hand nach dem Blatt und schob sich mit der anderen ihre Lesebrille auf die Nase, die sie im Haar trug. Sie sah sich die Kopie einen Moment lang an, legte sie dann auf einen Tisch und setzte sich, um sie genauer zu untersuchen.

»Ja, das ist möglich«, murmelte sie. »Wobei die Inschrift am oberen Rand der Seite neueren Datums ist, während der Rest sehr alt zu sein scheint. Das sieht aus wie ein Auszug aus einem Skizzenheft.«

Sie brummte ein paar Worte und las dabei sorgfältig das Blatt.

»Und die Abkürzung ›VdH.‹, hmm ... Ja ...«

»Was?«, drängte Ari und setzte sich neben sie.

»Die Abbildung und der Text erinnern mich an ein berühmtes Manuskript aus dem dreizehnten Jahrhundert, das Skizzenbuch von Villard de Honnecourt. Und die Abkürzung ›VdH∴‹ stimmt mit seinen Initialen überein. Könnte es daher stammen?«

»Ich habe keine Ahnung …«

»Hören Sie, ich kann Ihnen nichts garantieren, aber vielleicht ist es das. Es sieht zumindest so aus. Zumal die beiden unteren Texte in mittelalterlichem Picardisch geschrieben zu sein scheinen. Ja, das hier könnte ein Auszug aus den Heften von Villard sein.«

»Und dieser Villard de Honnecourt … War er ein Compagnon du Devoir?«

»Genau genommen nicht. Wissen Sie, im dreizehnten Jahrhundert existierte die Gesellenvereinigung formell noch nicht. Das waren die ersten Anfänge. Was diesen Villard angeht, so weiß man nicht viel über ihn, eigentlich fast nichts. Man weiß nicht, ob er Architekt war, Baumeister oder einfach ein neugieriger und künstlerisch begabter Reisender. Seine Notizbücher sind recht berühmt, es gab darüber ziemlich viele Studien, und ich weiß, dass das Original in der Nationalbibliothek aufbewahrt wird.«

»Worin besteht dieses Heft genau?«

»Es ist eine Sammlung von Texten und Zeichnungen, hauptsächlich der Baukunst gewidmet und ein wenig dem Ingenieurswesen.«

»Und könnte das ›L∴‹ vor der Abkürzung ›VdH∴‹ bedeuten, dass es eine Gesellenloge gibt, die seinen Namen trägt?«

»Vielleicht. Die Loge Villard de Honnecourt. Das könnte tatsächlich der Name einer Loge der Compagnons sein.«

Ari lächelte. Dieser Tag hielt einige Überraschungen bereit.

»Gibt es eine Möglichkeit, herauszufinden, ob die Loge noch existiert?«

»Ich kann mal nachschauen, wenn Sie wollen, aber ich habe keinen Zugang zur Liste aller Logen, wissen Sie. Ich müsste das Sekretariat anrufen …«

»Würden Sie das für mich tun?«
Die Bibliothekarin schob sich die Brille auf die Stirn und betrachtete Mackenzie.
»Entschuldigen Sie, aber in welchem Zusammenhang führen Sie Ihre Recherchen durch?«
Ari zögerte einen Moment lang. Seine Gesprächspartnerin war recht freundlich, und er log nicht besonders gerne, aber er konnte ihr schlecht die ganze Geschichte erzählen.
»Oh ... Das ist die Kopie eines Dokuments, das ich bei einem Antiquar gefunden habe, und ich würde einfach gerne wissen, was es ist und woher es stammt ...«
»Tja, wenn das ein Originalblatt aus dem Heft von Villard ist«, sagte die kleine Dame amüsiert, »dann werden Sie damit ein Vermögen verdienen! Aber es würde mich wundern, wenn ein Antiquar einfach so ein Manuskript aus dem dreizehnten Jahrhundert herumliegen ließe ... Gut, warten Sie hier, ich werde sehen, was ich finden kann.«
Ari bedankte sich und sah ihr nach. Seine Recherche kam Schritt für Schritt voran und nahm konkretere Züge an. Er verstand noch immer nicht, warum Paul ihm die Kopie geschickt hatte, aber vielleicht würde er bald klarer sehen.
Sein Handy in der Tasche vibrierte. Es war eine Nachricht von Iris: »Bestätige. Constantin, Cazo, Le Pech wurden alle in ihrer Jugend von den Compagnons ausgebildet. Habe weitere Infos für dich. Heute Abend 20 h bei Dada.«
Dieses Mal war es sicher, er befand sich auf der richtigen Spur. Die Freimaurerei war eine falsche Fährte gewesen.
Die drei Opfer hatten also etwas gemeinsam, und das Dokument, das Paul geschickt hatte, ließ vermuten, dass sie wegen dieser Verbindung gestorben waren. Die Frage war: Wer konnte ein Interesse daran haben, ehemalige Compagnons du Devoir zu töten, und warum? Was hatte das mit diesem Villard de Honnecourt und der Abbildung eines antiken Astrolabiums zu tun?

Einige Augenblicke später erschien die Bibliothekarin wieder. Sie trug Bücher unter dem Arm, die sie auf einen Tisch legte.
»Hier ist alles, was ich über Villard de Honnecourt finden konnte. Sie werden darin ziemlich viele Informationen entdecken, einschließlich der Reproduktion aller Seiten des berühmten Skizzenbuchs. Ansonsten habe ich ein wenig recherchiert, und offenbar gibt es keine Loge, die diesen Namen trägt … Zumindest erscheint keine in unseren Listen oder Archiven, es tut mir leid.«
»Ich danke Ihnen, das ist wirklich sehr freundlich.«
»Ich lasse Sie das alles durchsehen. Sie können die Bücher hier lesen, und am Ende des Saals gibt es einen Münzkopierer, wenn Sie wollen, aber wir schließen um siebzehn Uhr.«
»In Ordnung, ich werde mich beeilen.«
Die Bibliothekarin entfernte sich, und Ari breitete die Werke vor sich aus. Er holte sein Moleskine hervor und begann seine Lektüre, wobei er sich Notizen machte.
Nach und nach erfuhr er die erstaunliche Geschichte von Villard de Honnecourts Heften. 1825 war dieses Dokument aus dem dreizehnten Jahrhundert wie durch ein Wunder wiederentdeckt worden, und zwar in einem Fundus der Abtei Saint-Germain-des-Prés, und wie es die Bibliothekarin gesagt hatte, wurde es heute in den Nationalbibliothek aufbewahrt.
Es handelte sich um ein Portfolio von dreiunddreißig Pergamentblättern, das hieß sechsundsechzig Seiten, die in einen dicken Einband aus braunem Leder gebunden waren. Die Blätter waren von mittelmäßiger Qualität und nicht alle ganz von derselben Größe, wobei sie in etwa dreiundzwanzig Zentimeter hoch und sechzehn Zentimeter breit waren, was ungefähr der von Paul fotokopierten Seite entsprach. Ari folgerte daraus, dass der Autor der Hefte nicht alle Blätter gleichzeitig erworben hatte und dass sich der Inhalt dieser Sammlung sicherlich auf mehrere Jahre erstreckte. Alle Werke, die Ari durchschaute, waren sich allerdings in einem Punkt einig: Das Portfolio war

unvollständig, die Numerierung der Seiten ließ erkennen, dass mehrere von ihnen fehlten.

Das Einzige, was die Historiker von dem mysteriösen Villard de Honnecourt kannten, war dieses Heft, das an die zweihundertfünfzig Zeichnungen und Skizzen enthielt sowie zahlreiche Texte, die in altem Picardisch geschrieben waren. Die wenigen Sätze, die auf der Fotokopie standen, waren vermutlich in dieser Sprache. Er würde sie übersetzen lassen müssen.

Der Name Villard tauchte ansonsten auf keinem anderen historischen Dokument auf, in keinem Archiv, in keinem zeitgenössischen Register aus der Epoche, in der er gelebt hatte. Im Grunde war der einzige Beweis für Villards Existenz eben dieses Heft, und sein Renommee über die Jahrhunderte hinweg rührte allein von der außergewöhnlichen Qualität seiner Zeichnungen her. Im Portfolio erwähnte Villard selbst seinen Namen nur zweimal, und das in unterschiedlicher Schreibweise: »Wilars dehonecort« und »Vilars dehoncort«. Dennoch hatten sein Familienname und die Sprache, in der er schrieb, den Historikern die Folgerung erlaubt, dass er vermutlich aus dem Dorf Honnecourt-sur-Escaut in der Picardie stammte. Seine genauen Geburts- und Todesdaten konnten nicht ermittelt werden, aber sehr wahrscheinlich hatte er irgendwann zwischen 1200 und 1240 gelebt.

Was den Inhalt des Hefts anbelangte, so glich er auf beunruhigende Weise dem, was auf Pauls Kopie zu sehen war.

Die Zeichnungen von Villard de Honnecourt waren offenbar während seiner zahlreichen Reisen durch Europa entstanden. Die meisten stellten architektonische Bauwerke dar, aber es gab auch geometrische Figuren, Personen, religiöse Szenen oder Projektskizzen, Maschinen und ein paar symbolische, wenn nicht gar esoterische Zeichnungen. Insgesamt handelte es sich sowohl um ein Reisetagebuch als auch um ein Notizbuch und um eine kostbare Sammlung der architektonischen und technischen Kenntnisse des dreizehnten Jahrhunderts.

Eine nach der anderen ging Ari die sechsundsechzig Seiten durch, die in einem der Bücher reproduziert waren. Dann kopierte er sorgfältig das, was er entdeckte.
Zunächst einmal zahlreiche Baupläne, zum Beispiel von Kirchenchören und Kapellen. Viele enthielten mit Kommentaren versehene Anweisungen zu der Konstruktion oder zur Geometrie: Wie man etwas ins Lot brachte, die Distanz zu einem unzugänglichen Punkt maß, mit Hilfe eines Kompasses einen rechten Winkel zog ... Villard lieferte in seinen Skizzen auch Kenntnisse über die Stereotomie, eine Technik, die aus der Stereometrie hervorgegangen und den Compagnons du Devoir sehr wichtig war, da sie unter anderem erlaubte, unbehauene Steine im Vorfeld präzise zu bearbeiten. Auf anderen Seiten gab es auch Ratschläge zur Mnemotechnik, die er selbst »die Kunst der Iometrie« nannte. Andere Darstellungen zeigten seltsame Erfindungen, merkwürdige Maschinen, ungewöhnliche Apparate oder große, komplexe Räder. Villard de Honnecourt schien von der Frage nach dem Perpetuum mobile besessen gewesen zu sein sowie von der Methode, »ein Rad sich von allein drehen zu lassen«.
Aber was Ari in erster Linie verwirrte, waren all diese rätselhaften Seiten, die viel mysteriösere Themen behandelten. Manche Seiten erinnerten an einen bekannten Symbolismus, ebenjenen der Compagnons du Devoir: Entwürfe zum Goldenen Rechteck, die Skizze eines Sarazenengrabs, das gut dasjenige von Hiram sein konnte, einer der legendären Persönlichkeiten der Compagnons-Kultur.
Ari betrachtete die Reproduktionen mit wachsender Erregung, aber er stellte schnell fest, dass keine von ihnen das Original der Kopie war, die ihm Paul geschickt hatte. Dennoch bestand kein Zweifel: Die Schrift und die Art der Zeichnung waren identisch.
Aber handelte es sich dann um eine Nachahmung, die von diesen Originalen inspiriert war, oder konnte es wie durch ein

Wunder eine der verschwundenen Seiten sein, von denen die Historiker sprachen?

Plötzlich ließ Ari, der dabei war, sich Notizen zu machen, den Stift fallen und ergriff das Buch mit beiden Händen, um ein zweites Mal einen Paragraphen zu lesen: Der Autor gab die Liste der Städte an, durch die Villard de Honnecourt angeblich gekommen war und in denen seine Skizzen entstanden sein sollen. Das konnte kein Zufall sein. In dieser Liste tauchten Reims, Chartres und Lausanne auf. Aris Puls ging schneller. Dieses Mal bestand kein Zweifel mehr: Er war auf der richtigen Fährte. Es gab eine direkte Verbindung zwischen Villard de Honnecourt und den Morden. Aber das war nicht alles. Es gab etwas, das noch beunruhigender war …

Weiter unten, in den biographischen Angaben, erwähnte der Autor, dass Villard vermutlich als Architekt oder Baumeister bei der Errichtung einer riesigen Abtei mitgearbeitet hatte, die wenige Kilometer von seinem Heimatort Honnecourt-sur-Escaut gelegen hatte. Diese Abtei, von der heute nur noch ein paar Ruinen übrig waren, war ein Meisterwerk, das auf harmonische Weise die gotische und romanische Kunst miteinander verband. Sie befand sich in Vaucelles. Ari brauchte nicht in seinem Notizbuch nachschauen. Er wusste ganz genau, wo er diesen Namen schon gehört hatte. Vaucelles war nichts anderes als das Dorf, in dem Mona Safran wohnte.

27

Ungeduldig verließ Ari die Bibliothek der Compagnons du Devoir, um zu telefonieren.

Die rätselhafte Mona Safran war sehr wohl auf die eine oder andere Weise in diese Geschichte verwickelt. Vom ersten Moment an hatte Ari gespürt, dass etwas nicht stimmte. Und jetzt

hatte er den Beweis dafür, dass sie an dem, was geschah, nicht völlig unbeteiligt sein konnte. Fieberhaft wählte er ihre Nummer. Dabei kam ihm der Gedanke, dass sie vielleicht nicht abheben würde. Doch er wollte eine Antwort, und zwar sofort. Er wollte sie zwingen zu erklären, was sie mit der ganzen Angelegenheit zu tun hatte.
Schließlich hob die Frau ab.
»Mackenzie? Sind Sie es?«
Ari nahm sich nicht die Zeit, darauf zu antworten, sondern kam direkt zur Sache.
»Mona, ich glaube, wir beide haben genug Spielchen getrieben. Sagen Sie mir jetzt die Wahrheit: Was ist die Verbindung zwischen Ihnen, Paul und den Heften von Villard de Honnecourt?«
Sie zögerte einen Moment.
»Wie bitte?«
»Sie haben mich sehr gut verstanden, Mona. Sie wohnen in Vaucelles, einer Stadt, in der Villard de Honnecourt gearbeitet hat. Sein Geburtsort, Honnecourt-sur-Escaut, liegt kaum fünfzehn Kilometer von Ihnen entfernt. Und ganz zufällig schickt mir Paul am Tag seines Todes einen Brief mit einer Zeichnung, die an eben jenen berühmten Villard de Honnecourt erinnert. Halten Sie mich also nicht für einen Idioten, Mona. Sie wissen etwas darüber. Wenn Sie wirklich eine Freundin von Paul sind, sagen Sie mir, was Sie verbergen.«
»Ich verstehe nicht, wovon Sie sprechen, Ari, es tut mir leid«, antwortete sie mit ruhiger Stimme. »Ich begreife nicht ganz, aber ich bin gerade in der Galerie und habe Kunden da, Sie müssen mich entschuldigen …«
Sie legte auf, noch bevor Ari dazu kam, sie zu unterbrechen. Wütend rief er sie noch einmal an, aber sie hatte ihr Handy abgeschaltet.
Ari schüttelte den Kopf. Diese Frau hatte sich etwas vorzuwerfen, oder sie hatte zumindest etwas zu verbergen. Dennoch

hatte er Mühe, sich vorzustellen, sie könnte für all diese Morde verantwortlich sein. Sie hätte sich in Reims nicht so offen in die Höhle des Löwen gewagt. Zudem vermutete er mittlerweile, dass diese Verbrechen nicht das Werk einer einzelnen Person waren, sondern eher das einer Gruppe. Wenn Mona nicht eine unmittelbar Mitwirkende war, so gab es sicherlich eine Verbindung zwischen ihr und denjenigen, die die Taten begangen hatten ...

Ari machte sich auf den Weg, um Iris im Dada zu treffen, wo sie sich mit ihm verabredet hatte. Bevor er an der Haltestelle Hôtel de Ville in die Metro hinabstieg, kaufte er die Zeitung *Le Parisien* am Kiosk und fuhr dann in Richtung La Défense.

Allein auf einer Bank im Wagen, blätterte er die Zeitung durch. Seit seiner Rückkehr aus Reims war er noch nicht dazu gekommen, Zeitung zu lesen oder Nachrichten zu hören, und er fragte sich, ob die drei Morde der Öffentlichkeit mitgeteilt worden waren. Schnell erhielt er die Bestätigung und erlebte eine große Überraschung. Ein riesiger Artikel füllte die ersten beiden Seiten des *Parisien*: »Der Schädelöffner ist vermutlich eine Frau!«

Die Journalisten hatten also bereits einen Beinamen für den vermeintlichen Serienmörder gefunden, der »Schädelöffner«. Das bedeutete, dass die Sache von den Medien seit mehreren Tagen genauestens verfolgt wurde. In den letzten Jahren war die Zeitspanne, bis geheim gehaltene Morde durch die Presse aufgedeckt wurden, immer kürzer geworden. Vor allem dank des Internets hatte die Polizei immer größere Mühe, ihren Vorsprung vor den Journalisten zu wahren, was den Ermittlern häufig Probleme bereitete.

Aber das Wesentliche an dieser Information war nicht der Beiname des Mörders, sondern der Verdacht hinsichtlich seiner Identität. Eine Frau?

Ari überflog schnell den Untertitel: »Bestürzung bei der Staatsanwaltschaft von Chartres: Einem Bericht der Versailler Kripo zufolge, der auf Untersuchungen von DNA-Material basiert, das von der Spurensicherung an den Schauplätzen der drei Morde gefunden wurde, handelt es sich um einen weiblichen Serientäter.« Ungeduldig setzte er die Lektüre des Artikels fort. Der Journalist begann mit einer Wiederholung der bekannten Fakten:

»Am Sonntag, dem 20. Januar, wurde der 62-jährige Professor für Kunstgeschichte an der Universität Lausanne von der Schweizer Polizei tot bei sich zu Hause aufgefunden. Er war an den Esstisch gefesselt und wies ein Loch von zwei Zentimetern Durchmesser in der Mitte des Schädels auf, welcher vollständig leer war. Am Folgetag, Montag, dem 21. Januar, wurde der sechzigjährige Architekt Paul Cazo unter den gleichen Umständen in Reims aufgefunden. Am Mittwoch, dem 23. Januar, war Sylvain Le Pech, 56, Chef einer großen Zimmerei, an der Reihe, das gleiche Schicksal zu erleiden.

Den Polizeiberichten zufolge ist die Vorgehensweise in allen drei Fällen absolut identisch. Das Opfer wird gefesselt, der Mörder injiziert ihm ein Lähmungsmittel und öffnet ihm dann bei vollem Bewusstsein den Schädel. Schließlich flößt ihm der Mörder Säure und ein industrielles Reinigungsmittel ins Hirn ein und ...«

Ari stellte fest, dass er hier nichts Neues erfuhr, und beendete schnell den Absatz, um sich der nächsten Passage zuzuwenden.

»Die Entdeckung durch die Experten des Versailler Kriminaldienstes hat gestern Abend alle überrascht, einschließlich des Staatsanwalts Rouhet von Chartres, der zwei weitere Spezialisten gebeten hat, die Fakten noch einmal zu überprüfen. Schenkt man den ersten DNA-Analysen Glauben, die der kriminaltechnische Untersuchungsdienst im Rahmen der Ermittlungen durchgeführt hat, die vom Team des Kriminalkommissars Allibert geleitet werden, so handelt es sich bei der Person, die man den ›Schädelöffner‹ nennt, in Wahrheit um eine Frau.

Diese Neuigkeit könnte überraschen, doch entgegen häufig anderslautenden Behauptungen existieren weibliche Serienmörder sehr wohl, auch wenn sie weitaus seltener sind als männliche Täter. Etwa fünfzig berühmte Fälle wurden bereits untersucht, und Schätzungen zufolge sind ca. 8 % der Serienmörder weiblich, was zwar eine geringe Zahl ist, aber wodurch sich die These der Versailler Polizei nicht für ungültig erklären lässt.

Wir erinnern uns an den Fall Aileen Carol Wuornos, eine Prostituierte, die 1992 in Florida für den Mord an sieben ihrer Kunden verurteilt wurde.

Dennoch entspricht das Profil des Täters, das die Polizei herausgearbeitet hat, einer Typologie, die fast ausschließlich männlich ist.

Mehrere Studien belegen die feinen Unterschiede, die zwischen den Serientätern beider Geschlechter existieren. Der Hauptunterschied basiert auf der Tatsache, dass weibliche *Serial Killer,* wenn man so sagen kann, effektiver sind als Männer, weil sie häufig methodischer vorgehen und vor allem diskreter. So hat eine Studie von hundert Fällen gezeigt, dass die Polizei doppelt so lange braucht, um weibliche Täter zu schnappen.

Doch wo die Typologien am meisten voneinander abweichen, ist hinsichtlich eines konkreten Motivs. Die Polizei unterscheidet bei den Serienmörderinnen zwischen mehreren Kategorien, bei denen in der Regel jeweils eine klare Motivation zu erkennen ist.

Es gibt die ›Schwarzen Witwen‹, die der Reihe nach ihre Ehemänner oder Liebhaber töten. Meistens ist das Motiv hier mit Geld verbunden; diese Frauen töten, um an das Erbe oder eine Lebensversicherung zu kommen (s. Belle Gunness in unserem Infokästchen). Man unterscheidet auch die Gruppe der ›Todesengel‹, die in Krankenhäusern oder Altenheimen die Personen töten, für die sie verantwortlich sind, überzeugt davon, zu deren Besten zu handeln, und berauscht von der Macht über Leben und Tod gegenüber den hilflosen Patienten ... Schließlich sind die Verbrechen bei einem Drittel der Fälle sexueller Natur (s. Gwendolyn Graham und Catherine May Wood im Infokästchen). Das heißt, Serienmörderinnen töten nicht aus bloßer Lust am Töten, sondern immer aus konkreten Gründen. Doch den ersten Untersuchungen in diesem Fall zufolge handelt es sich bei dem Serienmördertypus, dem der Schädelöffner zu entsprechen scheint, um den eines Psychopathen ohne reelles Motiv, der aus krankhafter Lust tötet, wegen des Vergnügens, das er bei seiner Handlung empfindet.

Was diese Art von Mörder zu ihren Taten treibt ist den Experten nach ein Gefühl der Superiorität, ein Gefühl, das sie glauben lässt, sie würden nie gefasst werden, und das sie manchmal dazu bringt – wie es hier der Fall ist –, ihre Morde zu inszenieren, um sie noch stärker hervorzuheben und zugleich die Polizei zu verhöhnen. So töten diese Serienmörder nicht aus Fanatismus oder Geldgier, sondern einzig, um ein Gefühl der Allmacht zu spüren, welches ihnen ihre Taten verschaffen. Diese Mörder aber, und hier liegt das Problem, sind fast immer Männer.

Wäre der Schädelöffner also der erste bekannte Fall einer Serientäterin, die diesem Profil des psychopathischen Mörders ohne Motiv entspricht?«

Ari las den Artikel weiter. Nirgends wies der Journalist auf mögliche Verbindungen zwischen den Profilen der drei Opfer hin. Kein Wort darüber, dass sie alle drei Compagnons du Devoir gewesen waren. Entweder hatte die Polizei diese Verbindung noch nicht hergestellt, oder es war nicht bis zur Presse durchgedrungen. Außerdem befürwortete der Autor des Blattes die These, dass es sich um einen Einzeltäter handelte, während Ari den Verdacht hatte, hinter den Morden verberge sich eine organisierte Bande.

Mackenzie hätte den zuständigen Kommissar bei der Kriminalpolizei anrufen können, um ihm seine letzten Entdeckungen mitzuteilen, aber der Gedanke war nicht abwegig, dass dieser verantwortlich für den Druck gewesen war, den der Staatsanwalt auf Depierre ausgeübt hatte und der zu seiner »Zwangsbeurlaubung« geführt hatte. Er beschloss, dass das, was er tat, nur ihn etwas anging, da man ihn schließlich in Urlaub geschickt hatte. Falls er eine konkrete Spur finden sollte, die geradewegs zum Mörder führte, würde er natürlich die Kripo verständigen. Aber im Moment wollte er seine eigenen Ermittlungen durchführen. Das war er Paul schuldig, und die Tatsache, dass er sich beinahe hatte überfahren lassen und seine Wohnung auf den Kopf gestellt worden war, genügte, um ihn unmittelbar in die Geschichte hineinzuziehen. Er hatte nicht die geringste Lust, die Sache auf sich beruhen zu lassen.

Die große Frage blieb, zu wissen, ob die Analysen der Kriminalpolizei es erlaubten, festzustellen, dass es sich bei dieser Frau um Mona Safran handelte oder nicht. Dafür musste er auf eine undichte Stelle bei Kommissar Bouvatier hoffen.

Ari faltete die Zeitung zusammen und dachte kurz über das nach, was er soeben gelesen hatte. Konnte wirklich eine Frau hinter all dem stecken? War eine Frau tatsächlich zu so grauenhaften Morden fähig wie denen an Constantin, Cazo und Le Pech? Ari hatte schon lange seine letzten Illusionen verloren, und seit Kroatien wusste er, dass jeder Beliebige in der Lage war, scheußliche Verbrechen zu begehen. Er hatte begriffen, dass sich die Welt nicht in die Guten auf der einen Seite und die Bösen auf der anderen aufteilen ließ, sondern dass sie sich aus sechs Milliarden verschiedenen Individuen zusammensetzte, die schnell bereit waren, Grenzen zu überschreiten, wenn es die Situation verlangte. Die schlimmsten menschlichen Vergehen betrübten ihn noch immer, erstaunten ihn aber nicht mehr.

An der Station Charles de Gaulle-Étoile stieg Ari aus der Metro und ging bis zum Dada, dem Café in der Avenue des Ternes, wo Iris und er sich schon ein paarmal getroffen hatte, seit die DCRG sich im Westen von Paris eingerichtet hatte.

Da er sich sicher war, dass Iris ihn im oberen Stockwerk erwartete, begrüßte er einen Kellner am Eingang und lief dann die Treppe hinauf. Seine Ex-Freundin war tatsächlich da, sie saß an einem Tisch neben dem Fenster. Er entdeckte ihre roten Haare und ihre runden Schultern. Sie hatte ihn nicht kommen sehen, und er überraschte sie, indem er ihr einen Kuss auf die Stirn drückte.

»Du hast mich erschreckt, du Idiot!«

»Tut mir leid. Also, was hast du für mich?«, sagte er, als er sich ihr gegenüber hinsetzte.

»Zunächst mal habe ich dir die Dokumente mitgebracht, die die drei Opfer mit den Compagnons in Verbindung bringen. Du wirst sehen, dass die drei Männer von den Compagnons ausgebildet wurden und deren berühmte Tour de France absolviert haben …«

Sie reichte ihm eine dünne Mappe aus Karton.

»Danke.«

»Es gibt auch ein Dossier über den Typen, den du in deiner Wohnung abgeknallt hast. Die Kripo hat ihn identifiziert.«

»Und?«

»Er ist ein ehemaliger Söldner, der von einer privaten Sicherheitsfirma angeheuert wurde, das klassische Schema bei so einem Kerl. Wahrscheinlich wird dir das nicht besonders weiterhelfen, weil diese Männer keine Spuren hinterlassen, man weiß nie, für wen sie arbeiten. Das Einzige, was man vermuten kann, ist, dass er bezahlt wurde, um etwas bei dir zu holen.«

»Ich verstehe.«

Ari warf einen Blick auf das Dossier. Die Polizeiakte des Mannes war alles andere als sauber, und seine Datei beim Nachrichtendienst war auch gut gefüllt: Teilnahme an privaten Sicherheitseinsätzen in Nigeria und Serbien, im Kongo … Nicht gerade ein Chorknabe.

Allerdings schien er seine Aktivitäten vor zwei Jahren abgebrochen zu haben. Alle Informationen über ihn stammten von vor

dieser Zeit. Als sei er plötzlich von der Bildfläche verschwunden.
»Perfekt. Sag mal, ich möchte dich nicht ausnutzen, aber ich hätte noch eine kleine Bitte an dich. Könntest du einen Experten für die Hefte von Villard de Honnecourt für mich finden?«
»Was soll das sein?«
»Ein Manuskript aus dem dreizehnten Jahrhundert. Ich brauche einen, der mir darüber Auskunft geben kann. Kannst du so jemanden finden?«
Iris schrieb sich den Namen in ihren Kalender.
»Okay. Ich finde jemanden und besorge dir seine Adresse. Aber warte, das ist nicht alles. Ich habe noch etwas für dich. Ich habe das Beste für den Schluss aufbewahrt.«
»Was denn?«
Iris lächelte breit und zog einen weißen Umschlag aus ihrer Tasche.
»Was ich nicht alles für dich tue, hm? Ich überwache deine Post, seit du ... in Urlaub bist. Heute ist das für dich gekommen. Wenn das kein anonymer Brief ist!«
Ari nahm den Umschlag entgegen. Sein Name und seine Adresse beim DCRG waren in der Tat mit der typischen Handschrift eines Absenders geschrieben, der nicht erkannt werden wollte. Verwackelte Großbuchstaben in unterschiedlicher Größe.
»Hast du ihn geöffnet?«, fragte Ari verwundert.
»Natürlich nicht, das siehst du doch!«
Schnell riss er den Umschlag auf und las den Brief, den er enthielt. Er bestand aus einer einzigen Zeile, in derselben Handschrift und derselben Tinte wie auf dem Umschlag. Nur drei Wörter. Ein Vorname, ein Name und eine Stadt.
»Pascal Lejuste, Figeac«.
Ari begriff sofort, worum es sich handelte.
Dies war das nächste Opfer.

Vierter Teil
Die Sterne

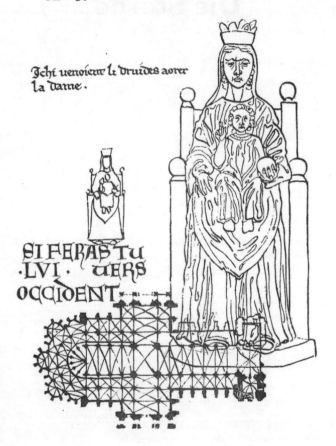

28

Auf einer verwaisten Autobahn raste der MB-G durch die Lichtwolken der hohen Straßenlaternen.

Da es zu spät gewesen war, um den Zug zu nehmen, war Ari nach Hause gegangen, hatte im Telefonbuch Nummer und Adresse von Pascal Lejuste in Figeac herausgesucht und hatte, nach einem erfolglosen Versuch, den Betreffenden zu kontaktieren, rasch ein paar Sachen zusammengepackt, den Schlüssel seines Cabrios genommen und Paris verlassen.

Einmal aus der Hauptstadt draußen, überlegte er sich, ob er nicht die Polizei von Figeac hätte unterrichten sollen, damit sie jemanden zu diesem Mann schickte und sich vergewisserte, dass er noch am Leben war. Aber er riskierte, sich dadurch bloßzustellen, und Ari musste gestehen, dass er nicht dem zwingenden Wunsch widerstehen konnte, die Ermittlungen selbst fortzuführen. Noch nie in seinem Leben hatte er ein solches Bedürfnis nach Rache empfunden. Er wusste, wie idiotisch und primitiv dieses Gefühl war, wie gefährlich und unvernünftig sein Starrsinn, aber Paul war tot, und Ari war dadurch unfähig geworden, vernünftig zu denken. Nichts würde ihn stoppen, bis er die für diesen grausamen Mord Verantwortlichen dingfest gemacht hatte.

Er biss die Zähne zusammen, krallte die Hände um das Lenkrad und fuhr auf die Autobahn.

Mit durchschnittlichen 135 km/h würde die Fahrt vermutlich länger dauern, aber das war immer noch besser, als einen Tag zu warten. Ari hoffte nur, dass der Motor seines alten Engländers ihn nicht mitten im Nirgendwo im Stich lassen würde.

Zum wiederholten Mal hörte er auf seinem alten Autoradio die Kassette, die immer im Rekorder blieb, nämlich ein Creedence-Clearwater-Revival-Mix, den er auswendig kannte. Die klagende Stimme von John Fogerty passte wunderbar zur Atmosphäre dieses ungeplanten Aufbruchs in einer finsteren Winternacht.

Nachdem er die erste Maut-Station passiert hatte, nutzte Ari die Fahrt, um Bilanz zu ziehen. Nirgends dachte Ari so gut nach wie am Steuer seines MG. Der Lärm des Motors, das Vibrieren des Verdecks, der näselnde Ton der alten Lautsprecher – nichts konnte ihn aus der Ruhe bringen. Dieser Geräuschpegel schien ihm vielmehr zu helfen, tiefer in seine Gedanken abzutauchen.

Er versuchte, eine Hypothese aufzustellen, indem er alle Fakten, die er hatte, zusammentrug. Es gab noch viele Leerstellen, aber dennoch konnte er eine erste Theorie in Erwägung ziehen und dadurch etwas klarer sehen.

Wenn er sich daranmachte, ein Rätsel zu lösen, hatte Ari es sich zur Gewohnheit gemacht, ein Prinzip anzuwenden, das ihm sein Vater beigebracht hatte, als er noch auf die Polizeischule ging.

Das Prinzip von Ockhams Rasiermesser.

Diese Art der Schlussfolgerung, die eher auf Philosophie und Naturwissenschaft beruhte als auf polizeilichen Ermittlungsmethoden, stammte aus dem vierzehnten Jahrhundert, aber Jack Mackenzie hatte Ari immer wieder gesagt, dass man bis heute nichts Besseres gefunden hätte, um sich angesichts einer Vielzahl von Spuren nicht zu verzetteln. Im Grunde kam es Ari entgegen, die Philosophie eines Franziskanermönches aus dem Mittelalter anzuwenden und nicht die moderne Technologie der Polizei.

Grundlage dieses Prinzips war eine Wilhelm von Ockham zugeschriebene Formel, nach der Entitäten nicht über das Notwendige hinaus vermehrt werden dürfen. Der Gedanke war, sich dem Prinzip der Sparsamkeit zu unterwerfen und die Anhäufung von Theorien und Annahmen im Aufbau einer logischen Konstruktion zu vermeiden, so als schneide man mit einer Rasierklinge alles Überflüssige weg.

Im Hinblick auf ein polizeiliches Problem bedeutete dies, dass man zuerst nach der einfachsten Hypothese suchen sollte und keine andere aufstellte, solange diese genügte. Ari hatte auf diese Weise gelernt, dass von mehreren möglichen Lösungen zu einem Problem die einfachste Lösung sehr oft die beste war. Und auch die eleganteste.

Er wendete daher gerne dieses Prinzip an und war in der Lage, stundenlang mit einer Leidenschaft, die das allgemeine Verständnis überstieg, über Wilhelm von Ockham zu sprechen … was Lola sehr belustigte, die das für einen altmodischen, aber charmanten Snobismus hielt. Tatsächlich faszinierten ihn zahlreiche Aspekte im Leben dieses Mönches.

Zunächst einmal galt Wilhelm von Ockham als Vorläufer des Nominalismus, einer philosophischen Richtung, die Ari besonders zusagte: Für die Nominalisten existiert nur das Partikulare, während das Konzept der Universalität lediglich eine menschliche Erfindung ist, eine künstlich geschaffene Übereinkunft, um einen Gedankengang zu Ende führen zu können. Diese Erkenntnis entsprach ganz und gar Aris Pragmatismus, der sich lieber an Fakten als an Fiktion hielt und der dieses menschlichen Bedürfnis, alles verallgemeinern zu wollen, wie die Pest hasste.

Dann fühlte sich Ari natürlich von dem Antikonformismus des Franziskanermönches angezogen, der wie er selbst in seinem Milieu als hässliches kleines Entlein galt. Ockham war von Gleichgesinnten als »ehrwürdiger Anfänger« bezeichnet worden, weil er das *inceptio* nicht hatte beenden können – das Studium, das den Magistergrad nach sich zog –, gehindert durch eine päpstliche Kommission, die ihn der Häresie beschuldigt hatte. Von allen Seiten wegen seiner radikalen Positionen angegriffen, hatte er sogar aus Avignon fliehen müssen, um Asyl in München zu finden, an der Seite Ludwigs von Bayern.

Schließlich hatte die Faszination für Wissenschaft und Vernunft Ockham, obwohl er Franziskaner war und lange bevor die Theorie des Laizismus existierte, zu der Annahme geführt, dass es eine Trennung zwischen Vernunft und Glauben geben müsse. Für Wilhelm von Ockham durfte keine Hierarchie zwischen Wissenschaft und Theologie bestehen, und vor allem sollte Erstere nicht im Dienste der Theologie stehen. Er vertrat demnach die Ansicht, dass die geistliche Macht sich nicht in die Politik einmischen dürfe, was freilich nicht dazu geführt hatte, den päpstlichen Zorn zu mindern. Ari, für den das Konzept des Laizismus absolut grundlegend war, hegte daher eine ganz besondere Sympathie für diesen Vordenker.
So beschloss er wieder einmal, das Prinzip von Ockhams Rasiermesser anzuwenden, um auf die einfachste Art die verschiedenen Elemente, über die er verfügte, zu vereinen.
Eine Gruppe von Leuten – nicht ein Einzeltäter –, von denen einige durch eine Tätowierung gekennzeichnet waren, die sie auf dem Unterarm trugen, hatte den Mord an drei Männern organisiert. Die Verbrechen waren offensichtlich von einer Frau begangen worden, die möglicherweise ein Mitglied dieser Gruppe war, es sei denn, die Mörder hätten absichtlich eine falsche Fährte gelegt, um die Ermittler zu täuschen. Die drei Opfer waren ehemalige Compagnons du Devoir. Einer von ihnen, Paul, fühlte sich bedroht und hatte versucht, Ari zu benachrichtigen, indem der ihm ein Dokument geschickt hatte, das mit dem Motiv für diese Morde in Zusammenhang stehen musste. Als sich Mackenzie daraufhin mit der Sache befasst hatte, hatte diese Gruppe von Leuten zuerst versucht, ihn einzuschüchtern, und anschließend seine Wohnung durchsucht, vielleicht um eben jenes Dokument von Paul zu finden. Dann hatte ein anonymer Hinweis Ari auf die Spur des nächsten Opfers geführt; dessen konnte er sich zwar noch nicht sicher sein, aber zumindest entsprach es seinem Gefühl. Was die Identität des Absenders betraf, so durfte er die Möglichkeit nicht außer

Acht lassen, dass es sich dabei um den oder die Mörder handelte, entweder um ihn herauszufordern oder um ihn auf eine falsche Fährte zu locken.

Auf diese Weise kristallisierten sich drei große Unbekannte heraus.

Zunächst: Was bedeutete die Tätowierung in Form einer schwarzen Sonne, wer waren die Verantwortlichen für diese Verbrechen, und gab es unter ihnen tatsächlich eine Frau, die die Morde unmittelbar ausführte?

Dann: Was war das Motiv für die Morde? Ari war davon überzeugt, dass es sich nicht um die unsinnigen Taten eines Psychopathen oder einer Psychopathin handelte, wie der Artikel im *Parisien* vermuten ließ, sondern um gemeine Morde, die auf irgendeine Weise mit dem Notizbuch von Villard de Honnecourt oder einem Dokument, das sich darauf bezog, in Zusammenhang standen.

Schließlich: Was hatte Mona Safran mit all dem zu tun? Die Tatsache, dass sie sich als Freundin von Paul Cazo vorgestellt hatte und dass sie in einer Stadt wohnte, die unmittelbar mit der Geschichte von Villard de Honnecourt verbunden war, konnte kein Zufall sein. Gehörte sie zu der Gruppe, die für die Morde verantwortlich war? War sie die Frau, auf die die DNA-Analysen der Versailler Mordkommission verwiesen?

Viele unbeantwortete Fragen schwirrten Ari durch den Kopf, aber wenigstens hatte er ein paar Fährten. Das Handy des großen Blonden, das ausgewertet werden musste, die schwarze Sonne, ein Symbol, das er sicher schon irgendwo gesehen hatte, und diese Mona Safran, bei der er mit seiner Befragung auf keinen Fall bereits am Ende war. Und zu guter Letzt war er davon überzeugt, dass er mehr erfahren würde, wenn er Pascal Lejuste in Figeac fände. Er hoffte nur, dass er rechtzeitig käme.

29

»Es bringt nichts, sich zu wehren. Das Mittel, das ich Ihnen gespritzt habe, wird bald Wirkung zeigen, und dann werden Sie sich nicht mehr bewegen können. Also selbst wenn es Ihnen gelingen würde, freizukommen, kämen Sie nicht weit. Sie laufen nur Gefahr, sich an den Handgelenken zu verletzen ... Seien Sie brav und halten Sie still.«

Pascal Lejuste, am Ende seiner Kräfte, hörte auf, an den Fesseln zu reißen, und versuchte, wieder zu Atem zu kommen. Der Lappen, den seine Peinigerin ihm in den Mund gestopft hatte, um ihn zum Schweigen zu bringen, hinderte ihn daran, zu atmen, und drohte ihn zu ersticken.

In seinen Augen stand Panik, während er ungläubig die Frau beobachtete, die langsam um den Tisch herumging, an den sie ihn gefesselt hatte.

Er bereute es! Wie hatte er nur so dumm sein können? Dabei war er nach dem Tod der drei anderen Männer doch auf der Hut gewesen. Er war ständig misstrauisch gewesen, hatte tausend Sicherheitsvorkehrungen getroffen. Er hatte bei sich zu Hause alles überprüft, seine regelmäßigen Fahrzeiten geändert, seine Frau gebeten, ein paar Tage zu ihrer Mutter ins Elsass zu gehen. Er hatte sogar das Restaurant geschlossen. Seit zwei Tagen arbeitete er nicht mehr. Und schließlich war das sein Fehler gewesen. Weil er wieder angefangen hatte zu trinken.

Allein, ohne Nachricht von den anderen, von Angst gequält, hatte er seinem alten Laster nachgegeben. Innerhalb von zwei Tagen hatte er das gesamte Fach geleert, in dem er seinen hochprozentigen Alkohol aufbewahrte, und war heute Abend, von unstillbarer Gier getrieben, in den einzigen Nachtklub gegangen, der in Figeac noch offen gehabt hatte. Nicht gerade der beliebteste Treff.

Wie hatte er nur so dumm sein können?

Nicht sie war auf ihn zugegangen. Sie war ungefähr eine Stun-

de nach ihm in die Bar gekommen und hatte mit ihren langen Haaren und ihrem sexy Outfit sofort seine Aufmerksamkeit erregt.
Normalerweise hätte er sie niemals angesprochen. Nicht, dass er seine Frau nie betrogen hätte – das war ihm mehr als einmal passiert, sogar mit einer seiner Kellnerinnen –, aber Frauen in einer Bar anzusprechen gehörte nicht zu seinen Stärken, vor allem nicht, wenn sie so gut aussahen und zwanzig Jahre jünger als er zu sein schienen … Aber an diesem Abend hatte er viel getrunken und den ersten Schritt gemacht.
Das war es, was ihn am meisten ärgerte: *Er war derjenige, der den ersten Schritt gemacht hatte.* Den ersten Schritt auf diese Frau zu, die ihn vermutlich in wenigen Minuten töten würde. *Wie hatte er nur so dumm sein können?*

30

Es war fast ein Uhr morgens, als Ari am Rande des sternenklaren Himmels, ganz oben auf einem Hügel aus roter Erde, die orangefarbenen Umrisse von Figeac auftauchen sah.
Dümmlich lächelnd strich er über das Armaturenbrett seines MG, wie um ihm nach der langen Fahrt zu gratulieren. Sein alter Engländer hatte ihn nicht im Stich gelassen.
Die Stadt, die wie ein Amphitheater auf einer Anhöhe des Departements Lot erbaut war, hatte ihr früheres Gesicht bewahrt. Ihre eleganten Sandsteinhäuser, von denen bei manchen die oberste Etage mit Fachwerk verziert war, drängten sich in den schmalen und verwinkelten Gassen aneinander. Die roten Ziegeldächer bildeten ein harmonisches Ganzes, zwischen denen ein romanischer Kirchturm und die steinernen Türme eines alten Schlosses mühsam herausragten.
Im Zentrum von Figeac angekommen, parkte Ari auf einem

gepflasterten Platz, stieg aus dem Cabrio und studierte müde einen Stadtplan, der unter einem großen Glasdach angebracht war. Er suchte im Verzeichnis nach der Straße von Pascal Lejuste, entdeckte sie im Nordosten der Stadt und prägte sich den Weg dorthin ein.
Als er mit raschen Schritten zu seinem MG zurückkehrte, bemerkte er weißen Rauch, der seitlich unter der Motorhaube hervorqualmte.
»Oh, nein!«, rief er laut aus. »Nicht jetzt!«
Stur setzte sich Ari hinter das Lenkrad und drehte den Zündschlüssel. Der Motor hustete ein paarmal, wobei er noch mehr qualmte. Der Wagen ließ sich nicht starten.
»Scheiße!«
Ari öffnete die heiße Motorhaube. Eine weißliche Wolke entwich dem Motorraum.
»Scheiße!«, wiederholte er wütend.
Aber er sollte hier nicht seine Zeit verlieren. Ari warf die Haube wieder zu, schloss den Wagen ab und machte sich eiligen Schrittes auf den Weg zu Lejuste. Während er durch die gepflasterten Gassen von Figeac lief, versuchte er noch einmal, ihn anzurufen.
Noch immer ging niemand ans Telefon.

31

Langsam spürte Pascal Lejuste, wie das Mittel, das seine Peinigerin ihm gespritzt hatte, sich in ihm ausbreitete und ihn lähmte. Seine Gliedmaßen erstarrten nach und nach, wurden schwer, und bald merkte er, dass er sich überhaupt nicht mehr bewegen konnte, nicht einen einzigen Finger. Die Angst, die ihn schon lange ergriffen hatte, erreichte in dem Moment ihren Höhepunkt, und ohne dagegen ankämpfen zu können, spürte er

Schweißtropfen auf seine Stirn treten und langsam über sein Gesicht rinnen.

Die Frau hatte sich nicht einmal die Mühe gemacht, sich wieder anzuziehen. Nur mit den schwarzen Dessous bekleidet, die er vorhin so sexy gefunden hatte und die ihm jetzt wie eine morbide Provokation erschienen, fixierte sie ihn.

Sie hatten sich bei gelöschtem Licht geliebt, so dass er nicht gesehen hatte, was ihm ermöglicht hätte zu begreifen, wer sie wirklich war, bevor es zu spät war: Sie trug eine auf den Arm tätowierte schwarze Sonne.

Neben ihm stehend, streichelte sie ihm vorsichtig über die Kopfhaut und lächelte, ein Lächeln, das ihren Wahnsinn verriet.

»Was mich am meisten verwundert, Pascal, ist eure Leichtgläubigkeit.«

Sie hatte eine tiefe, sanfte Stimme und sprach mit übertriebener Langsamkeit, voll zynischer Zärtlichkeit.

»Ihr seid eine so leichte Beute! Fast zu leicht. Nach all dieser Zeit ist das erstaunlich, aber ihr scheint euch nicht im Klaren darüber zu sein, was ihr in den Händen haltet. Sieh mal ...«

Sie wedelte mit dem Dokument, das sie aus Pascal Lejustes Manteltasche entwendet hatte, nachdem sie ihn an den Tisch gefesselt hatte.

»Wie kannst du so nachlässig sein und dein Quadrat bei dir behalten?«

Seine Mission war gescheitert. Er wusste, die anderen, diejenigen, die noch da waren, würden ihm niemals verzeihen. Weil es keinerlei Entschuldigung gab.

»Ihr seid dessen, was ihr erhalten habt, nicht würdig. Keiner von euch. Soll ich dir etwas sagen, Pascal? Ihr seid intellektuell zurückgeblieben. Alle miteinander.«

Er wusste nicht, ob die Tropfen, die jetzt über seine Wangen liefen, Schweiß oder Tränen waren. Er spürte, wie er den Verstand verlor, und hätte es so gern gehabt, dass sie schwieg!

Dass sie schwieg und ihr Werk vollendete. Aber er wusste, dass sein Ende furchtbar langsam sein würde.
Sie stand hinter ihm, und er sah eine Metallklinge aufblitzen. Ein Rasiermesser. Und dann, ohne den Kontakt mit seinem Schädel wirklich zu spüren, hörte er, dass sie begann, ihm sorgfältig die Haare zu scheren.
»Ich verstehe nicht, wie man eine so kostbare Sache Männern anvertrauen konnte. Mit Frauen hätte ich wesentlich mehr Schwierigkeiten gehabt. Aber ihr Männer, ihr denkt nur mit eurem Schwanz, Pascal, das ist doch bekannt. Da habt ihr nun das Ergebnis. Du schläfst mit der Erstbesten, ohne auch nur einen Moment lang daran zu denken, dass sie in der Lage sein könnte, dir dein kostbarstes Gut zu entwenden. Und jetzt wirst du sterben.«
Während sie mit ihm sprach, rasierte sie ihm den Schädel mit Hilfe der langen, geschärften Klinge. Ab und zu ließen ihre ausladenden Gesten ihn das mit Haaren und Blut besudelte Rasiermesser sehen.
»Der Vorteil ist, dass ich keinerlei Mitleid empfinde. Männer wie ihr verdienen es nicht, zu leben. Ihr erleichtert mir die Arbeit.«
Als sie fertig war, räumte sie das Rasiermesser weg, packte den Kopf von Pascal und näherte ihren Mund seinem Ohr. Dann flüsterte sie wie eine Vertraute:
»Ihr habt keinen Platz in der Welt, die wir bereiten.«
Dann drehte sie sich um und verschwand aus seinem Blickfeld. Er hörte, wie sie in ihren Sachen wühlte, wahrscheinlich in der Tasche, die sie mitgebracht hatte. Dann ertönte ein schwerer, metallischer Laut.
Als sie wieder auftauchte, erkannte Pascal mit Schrecken, dass er sich nicht geirrt hatte.
Sie hielt einen kleinen Elektrobohrer in der Hand. Nicht so einen, wie man ihn in Baumärkten findet. Eher in den Sektionssälen.

Sie steckte einen schmalen Bohrer in das Bohrfutter, wobei sie ihrem Opfer tief in die Augen blickte.
Pascal Lejuste hätte in diesem Moment gern geschrien, aber er konnte nicht mehr. Seine Stimmbänder schienen ebenfalls gelähmt zu sein.
Und das einzige Geräusch, das er hörte, war das des Bohrers, der sich in Gang setzte.

32

Außer Atem erreichte Ari das Haus von Pascal Lejuste. Es war ein altes, schmales Gebäude, ganz aus Quadersteinen, umgeben von einem heckenumsäumten Garten. Der erste Stock befand sich unter einem heruntergezogenen eleganten roten Ziegeldach. Alle Fensterläden waren geschlossen, und aus dem Inneren schimmerte nirgends Licht hervor.
Ari drückte ein erstes Mal auf die Klingel, die neben dem Eingangstor angebracht war. Dann ein zweites Mal. Nichts. Keinerlei Reaktion, kein Geräusch, keine Lampe, die anging.
In der Gasse war niemand zu sehen, und die einzige Straßenlaterne war ausgeschaltet. Alles war still und ruhig. Ari klammerte sich an eine der steinernen Säulen am Tor und kletterte über die Mauer. Einmal im Hof, eilte er auf das Haus zu, lief die Stufen zur Eingangstür hinauf und verpasste dieser auf Höhe des Türschlosses einen harten Fußtritt. Die Tür gab nicht nach, und Ari wusste sofort, dass weitere Versuche zwecklos waren. Die Tür war zu solide, als dass seine Tritte ihr etwas anhaben könnten.
Er ging rechts um das Haus herum und blieb vor einem Fenster stehen. Mit einem Ruck zog er an den Läden, und der Metallhaken, der sie verschlossen hielt, löste sich. Er hob im Garten einen Stein auf und zerschlug damit eine Scheibe. Sollten die

Nachbarn ruhig die Polizei verständigen. Für Reue war es jetzt zu spät. Er kletterte durch das Fenster.
Innen war alles in Dunkelheit und absolute Stille getaucht. War er zu spät gekommen? Oder war Lejuste gewarnt worden und hatte sein Haus verlassen? Mit einer Hand griff Ari nach seinem Revolver, während er mit der anderen sein Handy hervorholte, um es als improvisierte Taschenlampe zu benutzen. Im Schein des kleinen Displays gelang es ihm, sich ihm Wohnzimmer zu bewegen und endlich einen Lichtschalter zu finden.
Das Zimmer erhellte sich, und Ari stellte fest, dass alles ordentlich war. Dann ging er in den Nebenraum weiter. Es war die Küche, auch sie leer und aufgeräumt. Die Waffe weiterhin in der Hand haltend, inspizierte er, zu allem bereit, das Erdgeschoss. Er wusste, dass er jeden Moment auf den Mörder – oder die Mörderin – stoßen oder den leblosen Körper des Hausbewohners entdecken konnte. Aber er fand nichts. Also ging er die Holztreppe hinauf. Eine nach der anderen trat er auf die knarrenden Stufen des alten Hauses, beide Fäuste um den Kolben seines Revolvers gelegt. Er begnügte sich mit dem Licht von unten, um in das erste Zimmer zu gehen. Ein Schlafzimmer. Leer und ordentlich. Das Bett gemacht. Er durchquerte es bis zum angrenzenden Badezimmer. Auch hier nichts. Er ging denselben Weg zurück und auf die andere Seite des Treppenabsatzes.
Er stand vor einer verschlossenen Tür. Ganz langsam drückte er die Klinke hinunter. Die Tür war nicht abgeschlossen. Beim Eintreten erkannte er einen großen, unordentlichen Schreibtisch. Stapel von Büchern, Dokumenten, Kartons, Flaschen und Gläser lagen und standen herum. Aber keine Spur von dem Drama, das Ari erwartet hatte.
Er hatte das ganze Haus durchsucht und nicht die kleinste Unregelmäßigkeit gefunden. Der Gedanke, dass der anonyme Hinweis ihn auf eine falsche Fährte gelockt hatte, erschien ihm immer wahrscheinlicher.

Er wollte gerade wieder hinuntergehen, als er durch die Fensterläden hindurch das Aufblitzen eines Blaulichts sah.
Also war die Polizei verständigt worden, wahrscheinlich, als er die Scheibe eingeschlagen hatte. Ari steckte seine Waffe weg und lief sofort zur Haustür. Er schaltete die Außenbeleuchtung an, schloss die Tür auf und trat auf den Treppenabsatz, seinen Dienstausweis in der Hand.
Zwei Polzisten näherten sich ihm mit erhobener Waffe.
»Wer sind Sie?«, fragte der Ranghöhere der beiden.
»Kommandant Mackenzie von der DCRG.«
»Was ist hier los? Man hat uns einen Einbruch gemeldet.«
»Nein. Ich habe ein Fenster eingeschlagen, um hineinzukommen. Der Mann, der hier wohnt, befindet sich in Lebensgefahr. Pascal Lejuste. Sie wissen nicht zufällig, wo er sein könnte?«
Die beiden Polizisten sahen sich verwundert an.
»Ich habe ihn heute gesehen, ich weiß, dass er in der Stadt ist. Aber um diese Zeit ist sein Restaurant geschlossen …«
»Wo liegt sein Restaurant?«
»Nicht sehr weit.«
»Bringen Sie mich sofort dorthin«, bat Ari und schlug die Tür hinter sich zu. »Es ist keine Zeit zu verlieren!«
Die beiden Männer tauschten untereinander ein paar Worte aus und forderten Ari schließlich auf, in ihren Wagen zu steigen.

33

Diejenige, welche sich von den Ihren Lamia nennen ließ, wischte sich den Blutstropfen von ihrem muskulösen Bauch und führte den Finger an ihre Lippen.
Zum ersten Mal hatte sie dieses Ritual nackt vollzogen, und die Hämoglobintropfen, die auf ihren Oberkörper gespritzt

waren, hatten sie noch mehr erregt. Sie liebte dieses Gefühl von Macht, das sich ihr in dem Moment offenbarte, in dem sie das Leben aus ihrer Beute entweichen spürte. Diese Sekunden der Kontrolle, in denen man jeden Moment entscheiden konnte, ob man aufhörte oder weitermachte, und sah, wie sie vor den eigenen Augen auf die andere Seite hinüberglitten. Denn im Grunde waren sie für sie nur Objekte. Keiner von ihnen verdiente auch nur einen Hauch von Mitgefühl. Zu schwach. Sie zu töten war kein Verbrechen, es war ein Spiel. Zudem füllte deren Schmerz ein wenig die Leere, die sie beim Kontakt mit diesen unwürdigen Wesen empfand.
Bei jeder neuen Exekution hatte sie mehr Freude daran. Sie hatte sogar gelernt, diesen kostbaren Moment zu erkennen, in dem der Blick plötzlich leer wurde.
Die Augen waren es, die es verrieten.
Lamia leckte genüsslich ihren Finger ab und nahm das bleiche Gesicht von Pascal Lejuste zwischen die Hände. Sein Gehirn hatte sich noch nicht vollständig verflüssigt, aber der Mann, mit dem sie geschlafen hatte, war bereits tot. Sie lächelte.
Von der Straße her ertönte das Schlagen einer Autotür. Sofort stürzte sie ans Fenster und bemerkte das Polizeiauto, das genau vor dem Restaurant geparkt hatte. Sie stieß einen Fluch aus. Wie konnten die nur so schnell hier sein?
Plötzlich sah sie ihn. Diese graumelierten Haare, dieses harte Gesicht, der Dreitagebart, der lange schwarze Trenchcoat ... Sie hätte ihn unter Tausenden wiedererkannt. Ari Mackenzie, den sie in Reims gesehen hatte. Immer noch er. Der Präsident hatte ihr doch versprochen, dass er sie von ihm befreien würde. Diese Aufgabe war offenbar zu schwierig für die anderen, sie würde sich ihrer selbst annehmen müssen. Wie sie es schon lange hätte tun sollen.
Ohne zu zögern, zog sie ihre Kleider an und griff nach ihrer Tasche. Sie warf dem reglosen Körper von Pascal Lejuste einen letzten Blick zu, frustriert darüber, ihr Werk nicht vollenden zu

können. Diesmal würde sie nicht mit ihrer Trophäe verschwinden können. Das Wichtigste war, dass sie das Quadrat gefunden hatte, aber sie hatte nur einen Teil des verflüssigten Gehirns des Compagnons auffangen können, und das machte sie rasend vor Zorn. Sie ertrug nicht das Gefühl der Unvollkommenheit, der mangelnden Perfektion. Mackenzie hatte ihre Arbeit gestört. Das würde er büßen.

34

»Im oberen Saal brennt Licht. Dort muss er sein!«
Im Auto hatte Ari den beiden Polizisten erklärt, dass diese Sache mit dem Fall des »Schädelöffners« zusammenhing. Sie wussten, woran sie waren.
Der eine von ihnen klopfte an die Tür des Restaurants, aber Ari wartete nicht auf eine Antwort. In dem Augenblick, als er das Licht im Gebäude bemerkt hatte, hatte ihm sein Instinkt gesagt, dass es bereits zu spät war. Er versuchte, die Klinke hinunterzudrücken, aber sie gab nicht nach.
»Helfen Sie mir«, flüsterte er, bevor er mit dem Fuß gegen das Türschloss trat.
Einer der beiden Gendarmen machte es ihm nach, und zu zweit gelang es ihnen nach mehreren Versuchen, die breite Tür einzutreten.
Ari ging als Erster hinein. Die Waffe in beiden Händen, den Lauf zu Boden gerichtet und die Arme ausgestreckt, bewegte er sich schnell, aber vorsichtig vorwärts, wobei er immer wieder innehielt. Ohne darauf zu achten, ob die beiden Polizisten ihm folgten, lief er zum Treppenhaus und stieg langsam die Stufen hinauf, den Rücken an die Wand gedrückt, auf die geringste Bewegung achtend, auf jeden noch so kleinen sich regenden Schatten. Diesmal war er sich ganz sicher, dass hier etwas nicht stimmte.

Oben angekommen, presste er sich gegen die Wand, die den Treppenabsatz von dem großen erleuchteten Raum trennte. Er holte tief Luft und warf dann einen Blick hinein, bevor er wieder in Position ging.
Leider hatte er sich nicht geirrt. Sie waren schon wieder zu spät gekommen. Mitten im Raum hatte er einen an einen Tisch gefesselten, nackten Mann gesehen, dessen Gehirn sich gerade über eine Öffnung am Schädel leerte.
»Wir haben hier eine Leiche!«, rief er den beiden Polizisten zu.
»Die Terrassentür ist offen. Sie wurde eingeschlagen!«, antwortete der eine von ihnen.
»Überprüfen Sie alle Räume im Erdgeschoss!«, befahl Ari, obwohl er sicher war, dass der Mörder oder die Mörderin bereits geflohen war.
Er selbst inspizierte den großen Saal und analysierte methodisch die Szene, wobei er sich weiterhin mit der Waffe absicherte.
Er erkannte den Geruch nach Säure und Reinigungsmittel wieder, den er zum ersten Mal in der Wohnung Paul Cazos wahrgenommen hatte. Er sah keinerlei Anzeichen eines Kampfes, und die Kleider des Mannes lagen auf einem Stuhl. Entweder hatte sich das Opfer ausgezogen, weil es mit einer Waffe bedroht wurde, oder es hatte es freiwillig getan. Vielleicht setzte die Mörderin ihre Reize ein, um ihre Opfer zu umgarnen. Die Untersuchung würde vermutlich zeigen, ob es zum Geschlechtsverkehr gekommen war. Der Reimser Kommissar hatte, was die anderen drei Morde anging, nichts in dieser Hinsicht erwähnt, aber die Nacktheit aller Opfer erlaubte es zumindest, diese Hypothese in Erwägung zu ziehen.
Die Position des Körpers, die Anbringung der Fesseln, das in das Scheitelbein gebohrte Loch – alles entsprach den anderen Morden. Aber der Schädel war nicht vollständig geleert: Die Gehirnmasse hatte sich offenbar noch nicht völlig verflüssigt. Was bedeutete, dass die Mörderin das Ritual nicht vollendet

hatte, das sie bei den drei anderen Opfern ausgeführt hatte. Vielleicht war sie von seiner Ankunft daran gehindert worden. In dem Fall dürfte sie noch nicht weit sein ...
»Unten ist nichts!«, rief einer der Polizisten.
Ari warf noch einen letzten Blick in den Raum, bevor er rasch die Treppe hinunterlief.
Er durchquerte den großen unteren Saal und trat auf die Terrasse. Die Tür war gewaltsam geöffnet worden. Die Mörderin war auf diesem Weg entkommen, vermutlich, als sie den Wagen der Gendarmen gehört hatte. Sie konnte sich noch im Garten des Restaurants versteckt halten.
Halb gebückt lief er schnell auf die Hecke zu, die die Terrasse säumte, um im Schatten zu bleiben. Schritt für Schritt bewegte er sich auf den hinteren Teil des Gartens zu. Sein Herz klopfte, als wolle es zerspringen. Er war viel zu exponiert. Jeden Moment konnte die Frau ihn niederschlagen. Aber er hatte keine Wahl.
Als er die Mitte des Gartens erreichte, kniete er sich hin und warf einen Blick auf die gesamte Umgebung. Er suchte nach einer fremden Silhouette, fand aber keine. Mit einer Hand den Boden streifend, um nicht das Gleichgewicht zu verlieren, setzte er sich wieder in Bewegung. Da sah er einen schwankenden Schatten hinter einem Ast. Er stoppte, erkannte aber schnell, dass es nur ein Vogel war oder ein anderes aufgeschrecktes kleines Tier. Er lief weiter und gelangte ans Ende des Gartens. Ein schmiedeeisernes Tor stand weit offen.
Ari trat auf den Gehweg hinaus und blickte in beide Richtungen die Straße entlang. Niemand. Auf gut Glück rannte er nach rechts bis zur ersten Seitenstraße. Die Straßen lagen in völliger Dunkelheit. Menschenleer. Er kehrte um und inspizierte die Straßen auf der anderen Seite. Noch immer nichts.
Mit zusammengebissenen Zähnen ging er zu den beiden Gendarmen zurück ins Haus. Von da, wo er war, konnte er die lange braune Limousine weder sehen noch hören, die zwei

Straßen weiter startete und mit ausgeschalteten Scheinwerfern die Stadt verließ.
»Wir sind ein paar Minuten zu spät gekommen«, sagte Mackenzie und steckte seinen Revolver unter seinen Mantel. »Sie können Ihre Zentrale verständigen ... Sagen Sie Ihren Leuten, sie sollen den Staatsanwalt von Chartres informieren. Und sagen Sie ihnen auch, dass sie das Gebiet abriegeln sollen. Gesucht wird eine Frau, die nicht aus der Gegend ist. Sie dürfte nicht weit gekommen sein. Ich wette, sie war vor einer Viertelstunde noch hier.«
Einer der beiden Polizisten ging zum Wagen, um per Funk die Meldung durchzugeben.
Ari ließ sich verärgert in einen Sessel fallen. Nicht nur hatte er diesen vierten Mord nicht verhindern können, er würde dem Staatsanwalt außerdem erklären müssen, warum er sich am Tatort befand. Und was Depierre anging, so bestand die Gefahr, dass er sich diesmal wesentlich weniger verständnisvoll zeigen würde ...

35

IV. Den Tag von der Nacht scheiden.
Wenn sich die Erde auftun kann, wird es keinen Tag mehr geben, keine Nacht. Nur die Erwählten werden diese neue Ära erleben können, und ich werde ihre Dienerin sein, ich, die ich sie gerufen haben.
Die Quadrate sind bald vereint. Die Muschel auf dem vierten lässt keinen Zweifel an der Reihenfolge. Und der Ort zeichnet sich ab. Es fehlen nur noch zwei, dann werden wir den Weg kennen, damit sich die Erde endlich öffnen kann.
Dann lege ich die Waffen nieder und kann mich ihnen anbieten.

36

»Kommandant Mackenzie, Sie wollen offenbar wirklich Ärger.«

Ari antwortete nicht. Er saß dem stellvertretenden Direktor Depierre gegenüber und blickte starr auf das Telefon, aus dem die tiefe, rauhe Stimme des Staatsanwalts Rouhet ertönte. Er hatte nicht gerade den Ruf, ein verständnisvoller Mann zu sein, und Ari ging davon aus, dieses Mal richtig entlassen zu werden. Er hoffte nur, dass die Schmach nicht noch größer ausfiele.

Ari war erschöpft, mit den Nerven am Ende und nicht in der Verfassung für solch eine Szene. Er hatte einen Großteil der Nacht damit zugebracht, den Polizisten seine Anwesenheit zu erklären, und dann morgens darauf warten müssen, bis ein Mechaniker in Figeac seinen MG repariert hatte, um sich auf die Rückfahrt machen zu können, die an sich schon wenig erholsam war.

Als er das Zimmer betrat, konnte er an dem Gesicht von Depierre überhaupt nichts ablesen. Der stellvertretende Direktor hatte eine schweigsame Kälte an den Tag gelegt, und alles, was Ari seinem Blick entnehmen konnte, war tiefe Enttäuschung.

Aber Mackenzie verspürte nicht wirklich Skrupel oder Reue. Natürlich hatte er seinen Zuständigkeitsbereich weit überschritten und die Anweisungen seines Vorgesetzten offensichtlich nicht befolgt – der ihn immerhin ausdrücklich gebeten hatte, Urlaub zu nehmen und sich nicht in die Ermittlungen einzumischen –, aber im Grunde hatte er nur seine Pflicht getan. Jedenfalls seine Pflicht als Freund. Das, was für ihn am meisten zählte.

»Sie interferieren nicht nur in eine Ermittlung, die nicht in Ihrem Dienstbereich liegt, Sie gebärden sich auch noch wie ein Kriminalbeamter – wozu Sie als Agent des Nachrichtendienstes absolut nicht befugt sind –, und das Ganze auch noch, obwohl Ihr Direktor Sie beurlaubt hat, um ebensolch einen Ausrutscher zu vermeiden. Es sieht fast so aus, als wollten Sie sich in die unmöglichste Situation bringen.«

Ari rieb sich müde die Wangen. Der Staatsanwalt brauchte ihn nicht an die Fakten zu erinnern, und diese Inszenierung ging ihm furchtbar auf die Nerven. Er hatte den Eindruck, zwanzig Jahre in das Büro eines Schulleiters, der einem aufsässigen Schüler eine Lektion erteilte, zurückversetzt zu werden.

Zugleich verwirrte ihn etwas. Diese gut eingespielte Zeremonie im Büro von Depierre schien etwas zu verbergen. Ari fragte sich, ob der Staatsanwalt nicht einen Hintergedanken hatte und ihm vielleicht ein Angebot machen würde. Wenn er ihn nur hätte abstrafen wollen, hätte er sich nicht die Mühe gemacht hat, selbst anzurufen. Und dass er mit so einer theatralischen Missbilligung begann, bedeutete vielleicht, dass er einen Deal vorschlagen wollte.

Ari fragte sich sogar, ob nicht Frédéric Beck, der mächtige Chef der SFAM, der ihn von Ferne beobachtete, beim Ministerium zu seinen Gunsten interveniert hatte. Wie auch immer, er beschloss jedenfalls, auf Provokationskurs zu gehen, in der Hoffnung, seinem Gesprächspartner in der Schlacht, die sie sich vermutlich liefern würden, das geringste Gefühl von Überlegenheit zu nehmen. Er hasste es, wenn man ihn für dumm verkaufte und wie einen Schuljungen behandelte.

»Gut ... Monsieur Rouhet, worauf wollen Sie hinaus? Sie haben mich nicht in das Büro eines Generalinspektors gebeten, um mir telefonisch die Leviten zu lesen, nehme ich an? Also, ich höre, kommen Sie auf den Punkt, ich bin sicher, dass Ihre Zeit momentan kostbar ist.«

Depierre riss erstaunt die Augen auf und fasste sich mit bestürzter Miene an den Kopf. Dann klopfte er sich mit dem Zeigefinger an die Schläfe und fixierte Mackenzie, als wolle er sagen: Sind Sie verrückt? Aber Ari war sich fast sicher, die richtige Karte ausgespielt zu haben. Der Staatsanwalt erwartete etwas von ihm.

Nach mehreren Sekunden des Schweigens ergriff Rouhet wieder das Wort.

»Spielen Sie ruhig den Cleveren, Mackenzie, aber ich warne Sie gleich, provozieren Sie mich nicht zu sehr ... Ich bin nämlich nicht sehr geduldig, verstehen Sie, und wenn Sie nicht wollen, dass ich Ihnen ein Dienstaufsichtsverfahren an den Hals hänge, dann empfehle ich Ihnen, schleunigst diesen überlegenen Ton abzulegen.«

»Wir wissen beide, was wir in dieser Sache zu gewinnen oder zu verlieren haben, Monsieur. Ich bitte Sie lediglich, die Einleitung für das Protokoll zu überspringen und sofort zu Ihrem Vorschlag zu kommen.«

»Mackenzie, innerhalb von nicht einer Woche habe ich vier Morde auf dem Tisch liegen und nicht die geringste Spur. Alles, was wir im Moment haben, ist die Gewissheit, dass der Mörder eine Frau ist, und glauben Sie mir, das ist nicht die Art von Information, die irgendjemanden da oben ruhigstellt. Ich habe dermaßen viele Leute am Hals, dass ich nicht einmal mehr zum Schlafen komme. Der Justizminister, das Innenministerium, der Premierminister – man bedrängt mich von allen Seiten.«

»Mir haben Wahlkampfzeiten schon immer gut gefallen«, spottete Ari, der genau wusste, was der Staatsanwalt fürchtete.

Dieser ging nicht auf die ironische Bemerkung ein, sondern fuhr fort:

»Währenddessen tritt die Versailler Mordkommission auf der Stelle. Ich weiß nicht, warum, aber offenbar wissen Sie wesentlich mehr als die. Also bieten sich mir heute zwei Alternativen. Entweder schicke ich Ihnen die Dienstaufsichtsbehörde, und Sie erzählen denen, wie es kommt, dass Sie sich zweimal am Tatort befunden haben, und noch alles andere, was Sie wissen, und erhalten eine schöne Abmahnung wegen ausgesprochener Missachtung von Dienstanweisungen, oder ...«

»Ja?«

»Oder ich ernenne Sie vorübergehend zum Kriminalbeamten,

und Sie finden mir diesen verdammten Mörder. Ihr Vorgesetzter erklärt sich bereit, Sie so lange wie nötig diese Funktion ausüben zu lassen, womit er sich sehr wohlwollend zeigt, wie Sie zugeben müssen.«

Ari konnte sich ein leises Auflachen nicht verkneifen. Sicher hatte Depierre es bemerkt, aber der Staatsanwalt am anderen Ende des Telefons hatte nichts gehört.

Er hatte sich also nicht geirrt. Rouhet befand sich in einer verzweifelten Lage und war zu allem bereit, um die Ermittlung voranzutreiben, sogar, sie dem undiszipliniertesten Agenten des Nachrichtendienstes anzuvertrauen, dessen Aufgabe dies absolut nicht war.

»Möchten Sie, dass ich die Ermittlungen der Mordkommission führe?«, scherzte Ari ins Telefon.

»Lassen Sie uns nicht übertreiben, Mackenzie. Sagen wir eher, ich lasse Sie gerne Ihre eigenen Ermittlungen weiterführen, aber unter einer Bedingung.«

»Möchten Sie, dass ich Ihnen ein Empfehlungsschreiben für das Amt des Justizministers gebe?«

»Sehr lustig. Nein, Mackenzie. Ich verlange jeden Abend einen ausführlichen Bericht.«

Die Situation war noch absurder, als Ari vermutet hatte, und er amüsierte sich bestens.

»Das heißt, Sie setzen mich in direkte Konkurrenz zur Versailler Kripo … Kurz gesagt: Sie wollen, dass ich mich bei allen Polizisten in Frankreich unbeliebt mache?«

»Ich kümmere mich bereits um das Ego des einen oder anderen, Mackenzie. Machen Sie sich keine Sorgen. Außerdem brauchen Sie mich nicht, um Ihren Ruf unter den Kollegen zu pflegen, und was man sich von Ihnen erzählt, scheint Sie nicht zu stören … Also, machen Sie einfach mit Ihren Ermittlungen weiter. Das ist doch das, was Sie wollen, oder? Offenbar sind Sie ja nicht bereit, von der Sache abzulassen. Deshalb lässt man Sie gewähren. Und besser noch, man gibt Ihnen sogar eine einstweilige Ermächtigung. Aber ich warne Sie, Mackenzie, wenn Sie auch nur ein Mal vergessen, mir Bericht zu erstatten, dann lege ich Ihnen das Handwerk und kümmere mich persönlich darum, dass Sie die Höchststrafe bekommen, verstanden?«

»Monsieur Rouhet, das scheint mir doch eine gute Basis für eine freundschaftliche Beziehung zu sein«, spottete Ari und richtete sich in seinem Sessel auf. »Ich bin hocherfreut.«

In Wahrheit war er nicht unzufrieden darüber, so glimpflich aus der Sache herauszukommen. Für ihn war das Wesentliche tatsächlich, seine Untersuchung fortführen zu können, der Rest war unwichtig. Und wenn jeder dabei auf seine Kosten kam, umso besser. Er wusste, dass der Staatsanwalt sich ihm gegenüber nicht im Geringsten dankbar zeigen und vermutlich die Lorbeeren für sich einheimsen würde, wenn die Ermittlung einmal beendet wäre, aber das interessierte ihn nicht. Für ihn zählte nur eines: diejenigen hinter Gitter zu bringen, die für den Mord an Paul Cazo verantwortlich waren.

»Monsieur Rouhet, eine Frage noch.«

»Ich höre.«

»Die DNA-Analyse hat ergeben, dass der Mörder eine Frau ist ...«

»Ja.«

»Wurde die DNA mit derjenigen von Mona Safran abgeglichen?«

»Man ist dabei. Ich schicke Ihnen die Akte zu, sobald es ein Ergebnis gibt. Eine Sache von maximal achtundvierzig Stunden.«

Als der Staatsanwalt endlich auflegte, seufzte Depierre tief auf und faltete die Hände auf dem Schreibtisch.

»Sie haben Glück, Ari.«

»Ach ja? Wir haben vermutlich nicht dieselbe Vorstellung von Glück, Chef. Was ich sehe, ist, dass ich einen Menschen verloren habe, der wie ein Vater für mich war, und dass die Bande von Verrückten, die ihn umgebracht hat, mich vermutlich ganz oben auf ihrer schwarzen Liste stehen hat. Das finde ich nicht besonders glücklich.«

Depierre sah dem Agenten in die Augen.

»Die Bande von Verrückten? Sie glauben nicht, dass es sich um einen Einzeltäter handelt?«

»Nein. Es gibt eine organisierte Gruppe.«

»Dann sind Sie wirklich, *wirklich* viel weiter in Ihren Ermittlungen als die Kerle in Versailles, nicht wahr?«

»Sieht so aus. Aber ohne mein Zutun, es scheint, als hätte ich einen Schutzengel.«

»Wie das?«

»Zunächst einmal hat Paul Cazo mir am Tag seines Todes ein Dokument zugeschickt, das es mir erlaubt, einige Dinge zu verstehen; dann habe ich einen anonymen Brief erhalten, in dem der Name des nächsten Opfers genannt wurde ... Sie sehen, ich kann nicht viel dafür.«

»Ich verstehe. Ein mysteriöser Informant?«

»Ja. Es sei denn, es waren die Mörder selbst, um mich zu ärgern. Wenn man bedenkt, wann ich den Brief erhalten habe, hätte es an ein Wunder gegrenzt, wenn ich rechtzeitig in Figeac eingetroffen wäre.«

»Ich verlange jedenfalls nur eines von Ihnen, und diesmal ist es ein Befehl und Sie sollten nicht auf die Idee kommen, ihn zu missachten.«

»Sie kennen mich doch«, antwortete Ari unschuldig.

»Ich untersage Ihnen ausdrücklich, zu Ihnen nach Hause zu gehen. Gehen Sie ins Hotel, zu Freunden, wohin Sie wollen, aber setzen Sie nicht mehr den Fuß in Ihre Wohnung, bis dieser Fall abgeschlossen ist. Wenn Sie wollen, kann ich Ihnen über das Ministerium vorübergehend eine Wohnung besorgen. Sie sind ein bevorzugtes Ziel des oder der Mörder geworden, und es steht außer Frage, dass Sie ein großes Risiko eingehen, ist das klar? Sie mögen die schlimmste Nervensäge sein ... aber

ich habe keine Lust, Sie in Einzelteile zerlegt wiederzufinden, Mackenzie.«
»Versprochen, Monsieur Depierre.«
Und ausnahmsweise war Depierre sicher, dass Ari sich an seine Order halten würde.

37

Ari trat zwischen breiten Steinsäulen durch das große Portal der Sorbonne. Im beeindruckenden Ehrenhof traf er auf einige Studenten, die entlang der Mauer oder am Fuß der Statuen von Victor Hugo und Pasteur auf dem Boden saßen, dann durchquerte er die Robert-de-Sorbon-Galerie, um zum Philologischen Seminar zu kommen.
Bevor er Levallois verlassen hatte, hatte Ari Professor Bouchain angerufen, der an der Fakultät Paris IV Altfranzösisch lehrte und bereit war, ihn noch am selben Tag zu empfangen. Es war nicht das erste Mal, dass sich der Agent an den alten Uniprofessor wandte, einen Gelehrten, der die diversen Varianten des Altfranzösischen und seiner Dialekte ebenso beherrschte, wie er bescheiden und kooperativ war. Er gehörte zu den zahlreichen Kontakten, die Ari im universitären Bereich unterhielt, da er für seine Recherchen oft die Hilfe eines Spezialisten benötigte.
»Ich werde Sie nicht lange belästigen, Professor. Ich bräuchte die Übersetzung von zwei ganz kurzen Texten, die in mittelalterlichem Picardisch verfasst sind. Sicherlich verstehen Sie davon mehr als ich.«
Der alte Mann, der hinter seinem unordentlichen Schreibtisch saß, hob den Kopf.
»Ich bin mit dem Picardischen nicht vertraut, Ari, aber wenn Sie wollen, werfe ich einen Blick darauf. Diese Sprache ist vom

Altfranzösischen nicht so weit entfernt. Zeigen Sie mir Ihren Text. Im Notfall schicke ich Sie zu einem meiner Kollegen an die Jules-Verne-Universität in Amiens.«

Ari strich Paul Cazos Fotokopie auf dem Schreibtisch von Professor Bouchain glatt.

»Hol mich der Teufel! Das sieht ja ganz nach einer Seite aus dem Skizzenbuch von Villard aus!«, rief der Alte, als er die Kopie betrachtete.

Ari war überrascht. Diese Hefte waren berühmter, als er gedacht hätte.

»Es ist in der Tat sehr gut möglich, dass es sich darum handelt ...«

»Und das ist die Abbildung eines arabischen Astrolabiums«, fügte der Professor hinzu, dessen Gelehrsamkeit Ari immer wieder erstaunte.

»Ich denke, ja.«

»Gut. Was die Buchstaben hier oben angeht – LE RP –O VI SA –, so kann ich Ihnen nicht wirklich helfen. Das sind Abkürzungen, vermute ich?«

»Ja, oder ein kodiertes Wort, ich weiß es nicht.«

»Nun«, fuhr der alte Mann fort und rückte seine Brille auf der Nase zurecht, »schauen wir uns also den ersten Text an, hier, neben der Illustration ... *Je ui cest engien que gerbers daureillac aporta ichi li quex nos aprent le mistere de co qui est en son le ciel et en cel tens navoit nule escriture desore.*«

Er murmelte ein paar undeutliche Worte.

»Hm. Ich sehe. Ich gebe Ihnen eine wörtliche Übersetzung, ja?«

»Ja.«

»Sehen Sie, eine der Schwierigkeiten beim mittelalterlichen Picardisch ist für Laien, dass die Buchstaben u und v beide als u geschrieben werden und dass das j wie i geschrieben wird. Anfänger haben damit oft ein wenig Mühe. Also ... Ich versuche es: *Ich habe diesen* ... Warten Sie, ja, das ist es. *Ich habe*

diesen Apparat gesehen, den Gerbert d'Aurillac hierhergebracht hat ...«
Der Professor zögerte einen Moment, las leise die Fortsetzung, hob dann aber den Kopf und lieferte die komplette Übersetzung, offensichtlich seiner Sache sicher.
»Ich habe diesen Apparat gesehen, den Gerbert d'Aurillac hierhergebracht hat und der uns das Wunder dessen lehrt, was im Himmel ist, und zu dieser Zeit trug er keinerlei Inschrift.«
Ari notierte sich die Übersetzung in seinem Moleskine.
»Sie wissen, wer Gerbert d'Aurillac ist, oder?«, fragte ihn der Professor.
Mackenzie zuckte verlegen die Achseln.
»Nein, ich muss gestehen, ich weiß es nicht ...«
»Gerbert d'Aurillac war ein Mönch aus der Auvergne, der um das Jahr tausend herum unter dem Namen Silvester II. Papst wurde. Er war ein großer Mathematiker und ein herausragender Experte antiker Kultur. Eine erstaunliche Persönlichkeit ...«
»Aha. Ich danke Ihnen, ich werde später nach genaueren Informationen über ihn suchen. Und der zweite Text, unten auf der Seite, glauben Sie, dass Sie den auch übersetzen können?«
»Ja, wahrscheinlich. Es ist weniger kompliziert, als ich gedacht hätte. Warten Sie ... *Por bien comenchier, ia le cors de le lune deuras siuir par les uiles de franche e dailleurs lors prenras tu mesure por co que acueilles bon kemin.«*
Er fuhr mit dem Finger die Zeile entlang und murmelte dabei ein paar unverständliche Worte, zeigte sich sehr konzentriert und lächelte schließlich, als habe der Text ihn amüsiert.
»Erstaunlich ... Eine richtige Schatzsuche, Ihr Papier hier!«
»Was wird gesagt?«, drängte Ari.
»*Um richtig zu beginnen, musst du dem Lauf des Mondes durch die Städte von Frankreich und andernorts folgen. Dann musst du Maß nehmen, um den richtigen Weg einzuschlagen.* Sind Sie sicher, dass es sich hier nicht um einen Scherz handelt?

Es sieht nicht wirklich nach Villard de Honnecourt aus, eher nach einem Studentenstreich. Ist das ein Spiel?«
»Nein. Ich glaube im Gegenteil, dass es sehr ernst ist. Aber mehr weiß ich nicht …«
»Na gut! Erzählen Sie mir dann davon, diese Sache scheint ganz amüsant zu sein!«
»Natürlich, Professor. Etwas sagt mir, dass ich in den nächsten Tagen noch einmal Ihre Hilfe benötigen werde, wenn Sie so freundlich sind. Ich danke Ihnen sehr.«
»Ich bitte Sie, das war doch nichts. Es ist mir immer eine Freude, Sie zu sehen, Ari. Ihre Ermittlungen verschaffen mir ein wenig Abwechslung zur Lehre!«
Der Agent verabschiedete sich von dem Professor, indem er ihm herzlich die Hand drückte, dann ging er direkt zur Bibliothek der Sorbonne, die sich im mittleren Teil des Gebäudes befand.
Nach dem, was Professor Bouchain gerade übersetzt hatte, musste es zwischen dem Astrolabium und diesem berühmten Gerbert d'Aurillac eine Verbindung geben. *»Ich habe diesen Apparat gesehen, den Gerbert d'Aurillac hierhergebracht hat.«*
Bevor er die Universität verließ, wollte er dieser Fährte nachgehen.
Nachdem er mehrere Nachschlagewerke aus dem Regal gezogen hatte, die der Geschichte des Mittelalters gewidmet waren, setzte er sich zwischen die Studierenden an einen Tisch. Er blätterte die Bücher, die er vor sich liegen hatte, durch und las aufmerksam die verschiedenen Biographien, die er über diese Persönlichkeit finden konnte.
In erster Linie wurde über die brillante religiöse Karriere des Mannes berichtet, der um 938 in der Auvergne geboren worden war. Nach dem Studium an einem Benediktinerkloster war 963 der Graf von Barcelona auf ihn aufmerksam geworden. Dieser nahm ihn mit nach Spanien, wo er seine Studien fortsetzte. Begeistert von Arithmetik, erlaubte er sich, den Gebrauch der

römischen Ziffern zugunsten der Schreibweise der arabischen Händler aufzugeben, die in Barcelona so zahlreich waren.
Nach drei Jahren Studium in Spanien begleitete Gerbert d'Aurillac den Grafen von Barcelona nach Rom, wo er Papst Johannes XIII. und Kaiser Otto I. traf. Letzterer vertraute ihm, beeindruckt von seiner Gelehrsamkeit, die Erziehung seines Sohnes, Otto II., an. Einige Jahre später übertrug ihm der Erzdiakon von Reims die Leitung des bischöflichen Kollegs dieser Stadt. Reims ... Das konnte kein Zufall sein, dachte Ari.
982 verhalfen seine Reputation und die Freundschaft von Otto II. Gerbert zur Leitung der Abtei Bobbio in Italien. Und schließlich war er Erzbischof von Reims geworden.
Als krönender Abschluss dieser bemerkenswerten Karriere, unter den Fittichen einflussreicher Herrscher, war er nach dem Tod Gregors V. 999 unter dem Namen Silvester II. zum Papst ernannt worden. Er verstarb 1003 in Rom.
Aber was Ari vor allem interessierte, waren die zahlreichen erstaunlichen Anekdoten, die er hier und da über Gerbert d'Aurillac fand. Sie beinhalteten vor allem einige ketzerische Details. Nach dem Tod dieses Papstes, der das Jahr 1000 passiert hatte, hatte die Kirche, Gelehrten gegenüber misstrauisch geworden, sein Andenken beschmutzt und behauptet, er verdankte sein Wissen und seine Wahl zum Papst einem Pakt mit dem Teufel! Einige Autoren berichteten zudem, er habe während einer Indien-Reise Kenntnisse erlangt, mit denen er seine Umgebung verblüfft hätte. Angeblich habe Gerbert d'Aurillac in seinem Palast einen magischen Bronzekopf aufbewahrt, der alle Fragen, die er ihm stellte, mit ja oder nein beantwortete ...
Er behauptete hingegen, dieser Kopf sei eine von ihm erfundene einfache Maschine, die Rechenaufgaben mit zwei Ziffern ausführte; eine Art Vorläufer der binären Rechenmaschinen.
Diese von der Wissenschaft derart faszinierte Persönlichkeit war fähig gewesen, Dinge zu tun, die für diese Zeit ungewöhnlich waren. Die Legende besagte zum Beispiel, dass sich Ger-

bert als Moslem verkleidet hatte, um die sagenhafte Bibliothek von Cordoba mit ihren Abertausenden von Büchern zu besuchen ... Gerbert d'Aurillac hatte sich während seines Aufenthalts in Spanien mit den muselmanischen Wissenschaften vertraut gemacht, besonders der Mathematik und der Astronomie, dank seiner Besuche katalanischer Klöster, die zahlreiche arabische Manuskripte besaßen. So war er auch heute noch dafür bekannt, das Dezimalsystem und die Zahl Null nach Europa gebracht zu haben. Er war ebenfalls in der Lage gewesen, die Fläche gleichmäßiger Formen zu berechnen, wie der des Kreises, des Sechsecks oder Achtecks, aber auch das Volumen einer Kugel, eines Prismas, eines Zylinders und einer Pyramide.

Zu guter Letzt, und dies war im Grunde die einzige Information, die für Ari wirklich von Bedeutung war, soll Gerbert d'Aurillac aus Spanien das erste im christlichen Okzident bekannte Astrolabium mitgebracht haben, mit dessen Hilfe er lange vor Galilei das Sonnensystem erklärt hätte. Dieses Astrolabium war angeblich von der Stadt Reims aufbewahrt worden.

»Ich habe diesen Apparat gesehen, den Gerbert d'Aurillac hierhergebracht hat.« Mit *hier* konnte also Reims gemeint sein. Das Astrolabium, dessen Abbildung sich auf der Fotokopie von Paul Cazo befand, war vermutlich dasjenige, welches der zukünftige Papst nach Reims mitgebracht hatte.

Ari hatte gehofft, in einem der Bücher die Darstellung dieses berühmten Astrolabiums zu finden, aber er konnte nichts Dergleichen entdecken. Er verbrachte die nächste Stunde damit, es in anderen, allgemeiner gehaltenen Nachschlagewerken zu suchen, um sich zu vergewissern, dass es dem Bild Villards entsprach, doch ohne Erfolg. Leider sah er bald ein, dass er vermutlich an anderer Stelle danach würde suchen müssen.

Ari war zu der Gewissheit gelangt, dass es zwischen dem Astrolabium, Gerbert d'Aurillac und der Stadt Reims einen Zusammenhang gab. Der Stadt, in der Paul getötet worden war. Das konnte kein Zufall sein.

38

Ari ging gegen neunzehn Uhr zum Passe-Murailles, der Zeit, zu der die Buchhandlung gewöhnlich schloss, wenn nicht gerade großer Andrang herrschte. Von weitem sah er, wie Lola die hölzernen Läden vor dem Schaufenster zuklappte. Sie so zu beobachten, ohne dass sie ihn bemerkte, erfüllte ihn mit tiefer Traurigkeit, ohne dass er hätte sagen können, warum. In diesen Momenten überkam ihn der Wunsch, endlich seine Abwehr aufzugeben, und er sah sich bereits auf sie zugehen, sie bei den Schultern fassen und ihr die Liebesschwüre ins Ohr flüstern, auf die sie schon so lange wartete und die er noch immer nicht zu formulieren vermochte. Etwas in der Art von: »Ich bin so weit. Lass uns gehen«, oder einfach nur: »Ich liebe dich, verzeih mir«, und er wusste, sie würde ihn verstehen.

Aber noch war der richtige Zeitpunkt nicht gekommen. Er fragte sich, ob er den richtigen Moment überhaupt erkennen würde. Alles, was er sicher wusste, war, dass sie die schönste aller Frauen war und dass er sie, jedes Mal, wenn er sie sah, an sich drücken wollte. Einfach nur an sich drücken.

Ari lehnte sich am anderen Ende des Platzes gegen eine Mauer. Er wollte Lola noch ein wenig anschauen. Sehen, wie sie war, wenn er nicht dabei war. Sie in ihrem Alltag beobachten, in ihrer eigenen Welt.

Er fragte sich, was ihn eigentlich zurückhielt. Es könnte der Altersunterschied zwischen ihnen sein, natürlich, aber Lola hatte etwas an sich, wodurch dieser Unterschied bedeutungslos wurde. Nein, es war etwas anderes. Etwas Tiefgreifendes, Komplexeres. Etwas Verborgenes, das er nicht ans Licht bringen wollte. Ein Psychiater hätte ihn sicherlich aufgefordert, beim Tod seiner Mutter zu suchen, aber das erschien ihm zu banal, zu klischeehaft! Dabei hatte es sicher ein wenig damit zu tun. Der Tod von Anahid Mackenzie hatte eine Leere hinterlassen, die weder Ari noch sein Vater jemals füllen wollten.

In seinen Augen war sie noch immer die Frau schlechthin, und er hatte beinahe das Gefühl, ihr Bild zu beschmutzen, wenn er eine andere Frau in sein Leben ließ. Ja. Damit hatte es vielleicht etwas zu tun. Aber das erklärte nicht alles.
War das also der Weg, den er gehen musste? Würde sich Ari dem westlichen Diwan-Ritual beugen müssen, um sich endlich der Frau, die er so liebte, öffnen zu können? Einen Psychiater konsultieren, um stundenlang über die unterdrückten Leiden eines kleinen, schweigsamen Jungen zu lamentieren? Er fand die Idee abstoßend, vielleicht aus Stolz und weil er es anstößig fand, diesen Wunden, von denen er hoffte, sie allein heilen zu können, so viel Beachtung zu schenken. Aber seit nun fast drei Jahren gelang es ihm nicht, sich Lola hinzugeben, und es war an der Zeit, etwas zu unternehmen.
Das Vibrieren in seiner Tasche riss ihn aus seinen Überlegungen. Iris' Nummer erschien auf dem Display.
»Ich habe die Kontaktdaten von deinem Villard-Experten gefunden. Er ist bereit, dich morgen früh zu empfangen.«
»Du bist wunderbar, Iris. Ich könnte dich küssen, weißt du?«
Er notierte in seinem Moleskine-Heft die Informationen, die ihm seine Kollegin diktierte, und verabschiedete sich herzlich von ihr.
In der Ferne begann Lola die Ständer mit den Postkarten wegzuräumen. Ari verjagte die Fragen, die ihm noch im Kopf herumschwirrten, ging los und legte die letzten Meter zurück, die ihn noch von der Buchhändlerin trennten. Er lächelte breit, als Lola ihn endlich bemerkte.
»Ach! Da bist du ...«
»Ja, Lola. Tut mir leid, aber du wirst mich heute Nacht noch einmal aufnehmen müssen. Befehl von meinem Chef.«
»Guter Witz!«
»Ich schwöre es«, erwiderte Ari lächelnd, »ich darf nicht zu mir nach Hause ...«
Lola antwortete mit einer belustigten Geste. Sie wusste, dass

man bei Ari auf alles gefasst sein musste. »Na gut, wenn du es sagst, aber dann musst du mich ins Restaurant einladen. In meinem Kühlschrank herrscht gähnende Leere.«
»Wir treffen uns in einer halben Stunde bei dir. Ich lauf nur kurz zu meiner Wohnung, um ein paar Sachen zu holen …«
»Und Morrison?«
»Hast du nichts dagegen?«
»Nein, keine Sorge. Du weißt, ich liebe deine Katze. Aber ich dachte, du darfst nicht zu dir?«
»Ich werde aufpassen. Ich will nur schnell ein paar Klamotten zusammensuchen und die Katze holen …«
»Okay. Sei vorsichtig.«
Eine Stunde später saßen sie zusammen in einer der großen Brasserien an der Place de la Bastille. Die erste Hälfte des Essens verbrachte Ari damit, Lola zu erklären, was in den letzten vierundzwanzig Stunden passiert war. Die junge Frau hörte aufmerksam zu und äußerte nur ab und zu ungläubiges Erstaunen. Aris Geschichte war phantastisch zu nennen, und Lola war hin- und hergerissen zwischen Besorgnis und Faszination.
»Also, was denkst du?«, fragte die junge Frau, als Ari seine Geschichte beendet hatte. »Welches Motiv steckt hinter diesen Morden?«
»Es muss im Zusammenhang mit dem Dokument stehen, das Paul mir geschickt hat, und insofern mit dem Skizzenbuch von Villard de Honnecourt.«
»Das heißt?«
»Tja, keine Ahnung … Das Dokument ist vielleicht die Kopie einer Seite, die im Skizzenbuch fehlt – angeblich fehlen mehrere Seiten – und die die Mörder suchen. Das ist die einfachste Erklärung und nach …«
»Ja, ja, ich weiß, das Prinzip von Ockhams Rasiermesser, deine Lieblingstheorie … Gut. Okay. Und warum töten sie ausgerechnet diese Männer?«

»Wahrscheinlich glauben sie, dass die Person, die das Dokument besitzt, ein Compagnon du Devoir ist.«

»Verzeih meine Unwissenheit, aber existieren diese Compagnons du Devoir wirklich noch? Ich dachte, das wäre nur mittelalterliche Folklore.«

»Das Gesellentum ist im Mittelalter entstanden, aber es ist heute noch sehr lebendig.«

»Okay, aber worin besteht es konkret? Ein Typ, der Zimmermann werden will, macht doch heutzutage eine Lehre, oder nicht?«

»Das Ziel ist in etwa dasselbe wie früher: Es handelt sich um Vereinigungen von Leuten eines Berufes, die ihr Wissen teilen, Gesellen ausbilden, sich gegenseitig unterstützen und dabei recht traditionelle humanistische Werte beachten.«

»Und was hat das mit dem Freimaurertum zu tun? Ich verwechsle die beiden immer.«

»Sie ähneln sich auch in vielen Dingen. Die Freimaurer haben Symbole übernommen, die die Compagnons verwenden, und ebenso den Initiationsritus und die Logenstruktur. Die Compagnons ihrerseits haben die humanistische Philosophie des Freimaurertums des achtzehnten Jahrhunderts übernommen, die der Philosophie der Aufklärung nahesteht. Aber bei genauem Hinsehen haben sie unterschiedliche Ziele. Das Gesellentum der Compagnons dient dazu, Leute eines Berufes auszubilden und zu begleiten, während die Freimaurer eine rein philosophische Vereinigung sind.«

»In Ordnung, aber ich verstehe immer noch nicht, wie diese Gesellenvereinigung heute, im einundzwanzigsten Jahrhundert, noch funktionieren kann ...«

»Ganz einfach, ein junger Mann von mindestens achtzehn Jahren, der bereits eine berufliche Ausbildung hat, kann seine Mitgliedschaft in einer Compagnon-Gesellschaft beantragen. Er muss dafür Aufgaben bewältigen, teils professioneller, teils ritueller Natur, und wenn er akzeptiert wird, kann seine Lehre

beginnen. Er wird von älteren Compagnons begleitet und muss von Baustelle zu Baustelle ziehen.«
»Machen sie noch diese Frankreichtour?«
»Vielleicht nicht mehr ganz so wie im Mittelalter, aber ja, sie ziehen von Stadt zu Stadt. Am Ende seiner Reise entscheiden die Ausbilder, ob so ein Tippelbruder als Compagnon aufgenommen wird oder nicht. Wenn das der Fall ist, erhält er den Titel ›aufgenommener Compagnon‹. Dann gibt es eine dritte und letzte Etappe, um ›fertiger Compagnon‹ zu werden, die darin besteht, ein Meisterwerk zu schaffen. Der Compagnon kann sich dann niederlassen und seinerseits Ausbilder werden. So etwa läuft es ab.«
»Du kennst dich aber gut aus ...«
»Das Gesellentum der Compagnons hat indirekt mit Esoterik zu tun. Das ist Teil meiner Arbeit, Lola.«
»Und die Compagnon-Logen, was ist das?«
»Kleine lokale Gruppen, in denen sich mehrere Compagnons versammeln, um ihr Wissen auszutauschen, sich gegenseitig zu helfen und Lehrlinge aufzunehmen. Sie organisieren regelmäßig Zusammenkünfte, ein bisschen wie die Freimaurer, wo gemeinsame Interessen diskutiert werden, unter Beachtung etwas seltsamer Formen: Riten, Gesprächsordnungen und so weiter.«
»Das wirkt ein wenig altmodisch.«
»Ich finde eigentlich, dass das eine ganz gesunde Art ist, Leute eines Berufes im Namen von Werten zu versammeln, die etwas weniger künstlich sind als das Geld.«
»Wenn du meinst ... Jedenfalls scheinen die Compagnons hier in eine seltsame Geschichte verwickelt zu sein.«
»Vielleicht sind sie nur die Besitzer eines Dokuments, das Habgier weckt.«
»Und was wäre deiner Ansicht nach an dem Dokument so wertvoll, dass jemand bereit ist, vier Menschen zu töten, in der Hoffnung, es an sich nehmen zu können? Was du mir gezeigt

hast, kann nicht einfach das Bild eines Astrolabiums mit ein bisschen Text sein ...«
»Ich weiß es nicht«, gestand Ari. »Selbst wenn die verlorene Seite eines berühmten Manuskripts aus dem dreizehnten Jahrhundert einen reellen materiellen Wert besitzen muss, ist die Sache hier sicher komplizierter. Und wenn sie das interessieren würde, was auf dieser Seite steht? Der untere Text klingt wie ein Auszug einer Schatzsuche.«
Ari holte sein Moleskine hervor und las laut.
»Hör zu: *Um richtig zu beginnen, musst du dem Lauf des Mondes durch die Städte von Frankreich und andernorts folgen. Dann musst du Maß nehmen, um den richtigen Weg einzuschlagen.*«
»Stimmt, das klingt wie eine Schatzsuche. Aber glaubst du wirklich, dass man für einen Text und eine Zeichnung töten würde?«
»Das hängt ganz davon ab, was sie bedeuten. Das weißt du ja nicht: Stell dir vor, dies hier zeigt vielleicht das Versteck einer richtigen Beute an!«, rief Ari.
»Ah, ja, klar! Der Schatz der Tempelritter oder von Jerusalem«, spottete die junge Frau lächelnd.
»Was ich gerne verstehen würde, Lola, ist, was die vier getöteten Männer miteinander verbindet, abgesehen von der Tatsache, dass sie alle Compagnons du Devoir waren. Ich nehme doch an, die Mörder werden nicht nacheinander alle Compagnons von Frankreich umbringen! Also, warum gerade diese vier? Kennen sie sich? Ich weiß nicht, wieso, aber ich habe das Gefühl, dass diese mysteriöse Mona Safran die Antwort kennt.«
»Also, ich an deiner Stelle würde mich vor dieser Frau in Acht nehmen ...«
»Du bist ja nur eifersüchtig!«
Lola verdrehte die Augen.
»Entschuldige mal, gib doch zu, dass mit der etwas nicht stimmt. Wie zufällig wohnt sie in der Stadt, in der dein be-

rühmter Villard de Honnecourt gearbeitet hat … Und die Tatsache, dass der Serienmörder eine Frau sein soll … Man kann nicht sagen, dass das sehr beruhigend wirkt.«
»Sie kann es nicht sein. Sie wäre nicht am Tag nach Paul Cazos Tod zu mir gekommen. Seit Hitchcock wissen die Mörder, dass man nie an den Ort des Verbrechens zurückkehren darf.«
»Vielleicht hat sie es eben deshalb gemacht, um sich vor dir zu rechtfertigen; was ihr offenbar ganz gut gelungen ist.«
Ari zuckte mit den Schultern.
»Vielleicht war im Gegenteil sie es, die mir den anonymen Brief geschickt und mich auf die Spur von Pascal Lejuste gebracht hat … Sie hat mir ihre Nummer auf einen Zettel geschrieben. Ich müsste die beiden Handschriften von unseren Graphologen in Levallois vergleichen lassen.«
»Na, dann kannst du den Graphologen bei der Gelegenheit auch gleich fragen, ob deine Mona nicht eine sanguinische Psychopathin ist …«
Der Kellner brachte ihnen den Nachtisch, und sie beendeten ihre Mahlzeit, ohne noch einmal auf die Ermittlung zu sprechen zu kommen. Ari merkte, dass sich Lola Sorgen machte bei dem Gedanken, dass ihr Freund in eine so düstere Geschichte verwickelt sein könnte. Er versuchte, sie abzulenken, indem er über Musik und Filme sprach, und schließlich verließen sie Arm in Arm das Restaurant.
Kurz vor Mitternacht saßen sie sich in der Wohnung der Buchhändlerin wieder gegenüber. Der Kater Morrison hatte es sich auf dem Sofa bequem gemacht. Lola hatte ihn schon ein paarmal beherbergt, und er fühlte sich offensichtlich nicht verloren.
»Hast du ein Telefonbuch da?«, fragte Ari und kramte in seiner Tasche.
»Ja, im Internet …«
Ausnahmsweise musste Ari seine Prinzipien verraten und diese Maschine verwenden, die er so verabscheute.

»Ich habe das Handy des großen Blonden, mit dem ich mich gestern geprügelt habe. Ich würde gerne seine letzten Anrufe überprüfen.«

»Vielleicht findet sich die Nummer von Mona Safran, und dann kannst du die Tatsachen nicht mehr verleugnen, mein Lieber!«

Ari hatte an diese Möglichkeit gedacht. Wenn er eine direkte Verbindung zwischen dieser Frau und einem der starken tätowierten Arme herstellen könnte, stünde die unmittelbare Verwicklung von Mona Safran außer Zweifel.

Er drückte auf den Menü-Knopf des Handys und versuchte, den Überblick über die letzten Anrufe zu finden. Als Lola sah, dass er damit einige Schwierigkeiten hatte, nahm sie ihm das Handy aus der Hand und rief die Liste auf.

Ari rutschte an seine Freundin heran, als diese die Nummern vorüberziehen ließ. Er erkannte diejenige des Mannes, den er in seiner Wohnung getötet hatte, aber nirgends erschien die Nummer von Mona Safran. Seltsamerweise empfand er eine Art Erleichterung. Nicht nur aus Genugtuung darüber, recht gehabt zu haben, sondern auch, weil sich diese Frau als Pauls Freundin vorgestellt hatte – zumindest bewies ihre Akte, dass sie tatsächlich seine Schülerin in Reims gewesen war –, und er konnte nicht akzeptieren, dass sie in seine Ermordung verwickelt sein könnte.

Außer der Nummer des Komplizen erschien dafür eine andere Nummer mehrfach auf der Liste, manchmal nur wenige Minuten nacheinander. Ari notierte sie auf einen Zettel, den er Lola reichte.

»Meinst du, du kannst herausfinden, zu wem diese Nummer gehört?«

»Ich versuche es mal mit dem umgekehrten Telefonbuch.«

Die junge Frau loggte sich im Internet ein und startete die Suche. Nach wenigen Sekunden wandte sie sich mit bedauernder Miene Ari zu.

»Nein. Es ergibt nichts.«
»Ich wusste doch, dass das Internet nie funktioniert!«
»Spinnst du, oder was? Es ist nicht das Internet, das nicht funktioniert, sondern diese Nummer ist auf der roten Liste!«
»Na gut, dann suche ich morgen in Levallois danach«, schloss Ari und schaltete das Handy aus.
Sie tranken gemeinsam ein letztes Glas und gingen dann schnell zu Bett. Als Ari Lolas Hand berührte, ließ sie es geschehen und umschlag seine Finger mit den ihren. Sie schliefen Hand in Hand ein wie zwei Teenager.

39

Lamia kam kurz nach Mitternacht zurück in ihre Dreizimmerwohnung. Sie mochte dieses ruhige Stadtviertel, weit weg von den großen Geschäften, weit weg von allem, wo man jemandem begegnete. In dem Haus, in dem sie wohnte, befanden sich fast nur Büros. Abends war es verlassen, stumm, alle Lichter waren ausgeschaltet, und das war ihr ganz recht. Sie hätte den Lärm von Nachbarn nicht ertragen, das Geräusch eines Fernsehers, das Lachen einer Tischgesellschaft. Lamina mochte keine Menschenmengen. Lamia mochte Menschen überhaupt nicht. Lamia mochte nur die Stille der Einsamkeit.
Sie hängte ihren Schlüsselbund in ein Kästchen, das neben der Tür hing, zog ihren Mantel aus und ging ins Wohnzimmer.
»Guten Abend, Mama.«
Die alte Frau, die zusammengesunken in einem Rollstuhl am Fenster saß, warf ihrer Tochter einen Blick zu, in dem zugleich ein wenig Traurigkeit und Erleichterung lagen.
»Ich habe dich über den Hof kommen sehen«, sagte sie mit brüchiger Stimme. »Du bist so schön, meine Kleine.«
»Schläfst du nicht?«

»Ich ... Ich wollte auf dich warten. Du hast heute sehr lange gearbeitet.«
Lamia ertrug diese versteckten Vorwürfe nicht mehr, die ihre Mutter ihr fast jeden Abend machte.
»Ich hatte noch eine Vorstandssitzung, Mama, das hatte ich dir doch gesagt.«
Seit über zehn Jahren log die junge Frau ihre Mutter nun schon in Bezug auf ihren Beruf und ihr Leben an. Sie hatte sich eine brillante Karriere als Unternehmensleiterin erdichtet und hüllte ihre Lüge in passende Details, die sie tagtäglich ausarbeitete, um die alte Dame zu verblüffen. Sie erzählte ihr Anekdoten aus ihrem Büroalltag, über die Angestellten, die sie entlassen wollte, die neuen Partner, die sie dazugeholt hatte ... Sie hatte sich auch Geliebte ausgedacht, aber behauptete, die Arbeit interessiere sie mehr als die Männer. Das war nicht ganz falsch. Und ihre Mutter hörte ihr zu, fasziniert, blind vor Stolz ... Sie hatte sich nie gefragt, warum ihnen ihre Tochter mit einer so guten Position nicht endlich eine größere Wohnung besorgte. Vielleicht weigerte sie sich ganz einfach, sich diese Frage zu stellen.
Ihre gesamte Kindheit über hatte ihre besitzergreifende Mutter Lamia eine besondere Zukunft vorhergesagt, ein Schicksal jenseits des Gewöhnlichen. »Du wirst noch brillanter sein als dein Vater, meine Kleine. Der Erfolg liegt dir im Blut. Ich weiß es, weil man es mir am Tag deiner Geburt versprochen hat.« Das war ein Versprechen, an das sie sie ständig erinnert hatte. Als könne es nicht anders sein, als lasse ihr das Leben keine andere Wahl, als wunderbar zu reüssieren. Und das kleine Mädchen war schließlich davon überzeugt gewesen, dass es in der Tat keine Wahl hatte. »Die Hebamme hat es mir am Tag deiner Geburt in der Frauenklinik gesagt. Ich glaube, dass sie in Wahrheit keine Hebamme war. Sie war ein Engel, weißt du? Ein Engel, der gekommen war, um mir zu sagen, dass dein Schicksal kein gewöhnliches sein wird.« Und die Mutter hatte ihr

ganzes Leben dem Erfolg dieses kostbaren Kindes gewidmet. Dieses einzigartigen Kindes.
Aber das Kind hatte all die Jahre über nicht die Anzeichen eines märchenhaften Schicksals erkennen können. In der Schule wirkten ihre Kameradinnen gleichgültig, ja sogar distanziert. Keine von ihnen schien in ihr die Größe zu sehen, die ihre Mutter ihr verkündet hatte. Die Lehrerinnen warfen ihr sogar vor, nicht genug zu lernen. Eine von ihnen hatte sie eines Tages als Faulpelz und kleines Ferkel bezeichnet. *Kleines Ferkel.* Dabei wusste sie, dass sie einzigartig war, und dass sie von den anderen Kindern abgewiesen wurde, war der Beweis dafür. Ihre Mutter konnte sich nicht geirrt haben. Also hatte sie begonnen zu lügen. Sie hatte sich ein Leben ausgedacht, weil es nicht anders sein konnte. Sie musste diejenige werden, die ihre Mutter erwartete. »Dein Vater hat uns verlassen. Aber er hat dir zwei Dinge vererbt. Zwei wertvolle Dinge. Seine Augen und seine Intelligenz. Mir war es vergönnt, dem intelligentesten Mann zu begegnen. Alle bewunderten ihn, weißt du? Aber du, mein Kind, wirst noch weiter kommen als er. Du wirst weiter kommen, weil ich da sein werden, hinter dir stehen werde, und weil dich die Engel bewachen.«
Lamia legte eine Wolldecke um die Schultern ihrer Mutter und streichelte ihr zärtlich die Wange.
»Es tut mir leid, Mama. Ich habe so viel Arbeit ...«
»Ach, meine Kleine, es macht mir nichts aus, auf dich zu warten! Außerdem weißt du sehr gut, dass ich nicht allein zu Bett gehen kann.«
»Komm jetzt, Mama, du musst schlafen, es ist spät.«
Lamia trat hinter den Rollstuhl und schob ihre Mutter in ihr Zimmer.
Die Wohnung lag im Dunklen. Abgesehen vom Wohnzimmerfenster, aus dem die alte Frau hinausschaute, blieben immer alle Fensterläden geschlossen, und es gab nur wenige Lampen. Die Dreizimmerwohnung sah aus wie die einer alten englischen

Witwe. Nippes, in der Mehrheit hässlich, lag nebeneinander auf ausgebleichten Tischdeckchen, an den Wänden hingen unschöne Stillleben, dazwischen grelle Kreuzstichstickereien, eine Unmenge an gerahmten Fotografien, auf denen hauptsächlich Lamias Vater in seiner Botschafteruniform zu sehen war, und nicht zusammenpassende nachgemachte Antikmöbel ... Es war geradezu ein Museum des schlechten Geschmacks, verlassen, nach Staub und Naphthalin riechend.

Lamia plazierte den Rollstuhl so nah wie möglich am Bett, legte einen Arm um die Schultern der Mutter, den anderen unter ihre Beine und half ihr, sich auf die Matratze zu hieven. Sie zog das Laken und die Bettdecke über den gebrechlichen Körper der alten Frau und drückte ihr einen Kuss auf die Stirn.

»Schlaf gut, Mama. Morgen habe ich wieder viel Arbeit, ich werde mich nicht um dich kümmern können.«

»Mein dir keine Sorgen, mein Herz, mach dir keine Sorgen.«

Lamia strich ihr noch einmal über die Wange und verließ das Zimmer. Sie schaltete den alten Fernseher aus und griff nach dem Schlüssel, den sie um den Hals trug.

Die Tür zu ihrem Zimmer blieb immer verschlossen. In den mehr als zehn Jahren, die sie schon gemeinsam in der Wohnung wohnten, war die Mutter von Lamia nie hineingegangen. Sie respektierte stolz die Privatsphäre ihrer Tochter. Ihren geheimen Garten.

Lamia steckte den Schlüssel ins Schloss, sperrte die Tür auf und glitt in ihre Höhle. Beim Hineingehen öffnete sie die Knöpfe ihres schwarzen Kleides und zog es über den Kopf. Sie zündete zwei parfümierte Kerzen auf ihrem Nachttisch an und betrachtete die weißen Sterne, die sie auf ihre schwarze Zimmerdecke gemalt hatte.

Die Wände des Raumes waren in einem tiefdunklen Rot gehalten. Gegenüber vom Bett hing ein riesiges Gemälde, das das gesamte Zimmer dominierte. Es stellte eine schwarze Sonne dar, die inmitten eines karmesinroten Himmels brannte. Ihre rechteckigen Strahlen bildeten eine Spirale aufeinanderfolgender Hakenkreuze, und in ihrem Zentrum schwamm ein geöffneter menschlicher Schädel.

Das Zimmer erinnerte an einen antiken Tempel in Miniaturform. Hier und da standen zwischen Weihrauchschalen kleine Statuen, die alte Gottheiten repräsentierten. An den vier Wänden hingen zahlreiche Rahmen, teils mit aztekischen Zeichnungen, teils mit alten Schwarzweiß-Fotografien von Männern in Anzügen, teils farbige Wappen mit schwarzen Adlern, Pyramiden, Kelchen und Hakenkreuzen.

Unter dem riesigen Bild war wie ein Altar ein schmaler Tisch aufgestellt, der mit einem schwarzen Tuch bedeckt war. Auf beiden Seiten stand jeweils ein sechsarmiger Leuchter. In der Mitte befand sich ein Schädel wie der auf dem Bild und neben ihm ein schräg stehender Rahmen, in dem ein altes, etwas verschwommenes Foto steckte. Man erkannte darauf undeutlich das Gesicht Adolf Hitlers.

Und vor dem Rahmen thronte ihr Schatz.

Lamia hob ihre Tasche, die neben dem Bett stand, auf und öffnete sie in aller Ruhe. Sie holte den kleinen Bohrer daraus hervor, die Spritzen und Flaschen. Sie wischte den Bohrer lange mit einem weißen Taschentuch ab und verstaute danach alles in einer Schublade unter dem Tisch.

Dann zog sie vorsichtig den Behälter aus ihrer Tasche. Mit beiden Händen festhaltend, stellte sie ihn neben die drei anderen vor das Foto des Führers. Ihre Muskeln entspannten sich. Sie wusste, dass der dritte Behälter unvollständig war. Seinetwegen. Wegen Mackenzie. Sie strich behutsam über die Glasoberfläche und legte sich dann auf ihr Bett. Sie rollte sich auf die Seite, zog ihren Büstenhalter aus und ließ ihn neben sich zu Boden fallen. Dann drehte sie sich auf den Rücken.

Langsam streichelten ihre Hände ihre Brust und ihren Bauch. Das getrocknete Blut bildete eine rauhe Schicht auf ihren Fingern. Lamia schloss die Augen und gab sich der Nacht hin.

Nachts fand sie SIE wieder. Die Ihren nahmen sie in ihrem Kreis auf. Weit weg von hier. Im Herzen der Welt.
Aber an diesem Abend ließ der Schlaf auf sich warten. Das Gesicht Mackenzies, spöttisch grinsend, wollte ihren Geist nicht verlassen.

40

Das Treffen war für neun Uhr dreißig angesetzt, der Uhrzeit, zu der die Stadtbibliothek von Paris am Samstag öffnete. Dr. Castro, Historiker und Architekt, hatte hier freien Zugang, und sie konnten sich in Ruhe in einen geschlossenen Raum hinter dem Lesesaal setzen. Er war Experte für die Architektur des Mittelalters und hatte einen Aufsatz über Villard de Honnecourt geschrieben, was ihn für Ari zum idealen Gesprächspartner machte. Iris hatte sich nicht geirrt.
Er war ein äußerst höflicher Mensch, sehr elegant, der etwas über siebzig sein musste. Schmal, groß, mit eingefallenen Wangen, glänzenden schwarzen Augen und ein paar nach hinten gekämmten Haaren.
»Haben Sie meine Arbeit über Villard gelesen?«, fragte der alte Herr sofort.
Ari verzog bedauernd das Gesicht.
»Nein … Ich muss gestehen, ich hatte nicht die Zeit.«
»Ich verstehe. Sie ist ein wenig lang, das muss ich zugeben. Ihre Kollegin hat mir erklärt, Sie bräuchten im Zusammenhang mit einer polizeilichen Ermittlung Informationen über die Notizbücher. Das hat meine Neugier geweckt …«
»Meine Frage wird Ihnen vermutlich etwas vage erscheinen, aber ich müsste wissen, ob es in Bezug auf die Notizbücher irgendetwas Mysteriöses geben könnte.«
Ein Lächeln glitt über Dr. Castros Gesicht.

»Mysteriöses?«
»Ja ... Ich habe zahlreiche Texte über sie gelesen, und es kommt mir vor, als gebe es neben der rein architektonischen Seite seiner Aufzeichnungen einige ungelöste Fragen ... Glauben Sie, dass sich hinter den Notizen von Villard irgendwelche Geheimnisse verbergen?«
»Oh, wissen Sie ... Die Leute reden viel Unsinn, wenn sie die Materie nur ungenügend beherrschen. Man hat Villard oft den französischen Leonardo da Vinci genannt, nicht nur, weil er sich wie dieser für alle Bereiche der Wissenschaft und Kunst interessiert hat, sondern auch, weil er ein gewisses Vergnügen daran hatte, seine Aufzeichnungen zu verschlüsseln. Vermutlich glauben deswegen einige Leute, dass in seinen Heften Rätsel stecken, aber ich bin nicht davon überzeugt ...«
»Aber warum hätte er dann etwas verschlüsselt?«
»Zum Spaß, vermutlich. Dank Villards Zeichnungen – natürlich nur, wenn es einem gelingt, sie zu verstehen – kann man Methoden und Techniken entdecken, die heute in Vergessenheit geraten sind. Viele seiner Skizzen sind tatsächlich Werkzeuge der Mnemotechnik, die er der Nachwelt hinterlässt. Er spricht es in seinem Vorwort übrigens sehr deutlich aus: Er wünscht, dass sich die nachfolgenden Generationen seiner erinnern. Vielleicht wollte er, dass seine Unterweisungen für eine Elite neugieriger Wissenschaftler reserviert bleiben, und daher hat er sich den Spaß erlaubt, ein paar kleine Mysterien auszustreuen ...«
»Aber grundsätzlich gibt es nichts, was Ihnen in den Aufzeichnungen rätselhaft erscheint?«
»Ich bin mir nicht sicher, was Sie mit rätselhaft meinen.«
»Ich weiß nicht ... Texte oder Zeichnungen, von denen Sie den Sinn nicht verstehen oder deren Anwesenheit Ihnen seltsam erscheint?«
»Nicht wirklich. Es gibt freilich Passagen, die unser Erstaunen wecken können, aber nichts, was man nicht eines Tages erklären könnte ...«

»Zum Beispiel?«
Der alte Mann strich sich über das Kinn. Die Frage schien ihm unangenehm zu sein, als würde er, um Ari zu gefallen, vergeblich überlegen, was es an den Heften von Villard Geheimnisvolles geben könnte, ohne wirklich selbst daran zu glauben.
»Na ja ... ich weiß nicht ... Auf der zehnten Bildtafel gibt es zum Beispiel diesen Grabstein eines Sarazenen. Man darf sich fragen, um welchen Sarazenen es sich handelt. Es kann nicht irgendjemand sein, um einen so prächtigen Grabstein zu verdienen. Viele haben vermutet, dass es sich hierbei um Hiram handelt, diesen Bronzeschmied und Architekten aus der Bibel, auf den sich die Compagnons du Devoir und die Freimaurer beziehen. Muss man daraus schließen, dass der Hiram-Kult bereits bei den Erbauern des dreizehnten Jahrhunderts bekannt war? Ich denke, diese Frage ist gerechtfertigt. Zumal Salomon, der König, der den Hiram-Tempel errichten ließ, einige Bildtafeln weiter höchstpersönlich dargestellt ist. Von dem ausgehend zu behaupten, es gäbe eine Compagnon-Symbolik in den Skizzenbüchern, ist ein wenig fragwürdig ... Es ist allerdings wahr, dass eine Zeichnung auf der Bildtafel vierundzwanzig das Ritual darzustellen scheint, das von den Compagnons praktiziert wird, um sich gegenseitig zu erkennen zu geben.«
»Die Compagnon-Symbolik existierte bereits im dreizehnten Jahrhundert?«, fragte Ari erstaunt.
»So kategorisch lässt sich das schwer sagen, aber sicher ist, dass ab dem dreizehnten Jahrhundert auf Statuen und Gebäuden Zeichen auftauchen, die so aussehen. Auf den Flachreliefs von Saint-Bertrand-de-Comminges, zum Beispiel, oder in Chartres, diese Skulptur, die zwei voreinander hockende Personen darstellt, die Würfel mit Compagnon-Symbolen in der Hand halten. Solch eine Szene wurde im Übrigen von Villard gezeichnet, und er hat ihr ein Wildschwein und einen Hasen beigefügt, was bei manchen Gesellenvereinigungen den Meister und den Lehrling symbolisiert. Aber das sind alles nur Ver-

mutungen. Wissen Sie, wenn man unbedingt geheimnisvolle Verbindungen zwischen den Dingen finden möchte, dann tut man das auch.«

»Ich verstehe ... Sie denken, dass gewisse Leute Mysterien in Villards Notizbüchern sehen, die nicht wirklich vorhanden sind.«

»Oh, ich klage niemanden an. Aber sagen wir mal, dass manche Erklärungen der Geheimnisse bei Villard ein wenig weit hergeholt sind.«

»Das bedeutet?«

»Um Ihnen ein Beispiel zu nennen: Nehmen Sie die Inschriften auf der vierzehnten Bildtafel der Hefte, insbesondere die Initialen AGLA, die neben Christus stehen. Diese vier Buchstaben haben viel Tinte fließen lassen. Manche behaupten, es handle sich dabei um einen Ausdruck der Katharer, was mir absolut lächerlich erscheint. Andere sind der Auffassung, dass Agla eine esoterische Gesellschaft war, die Gesellen und Lehrlinge der Buchkünste vereinigte ... Ich habe selten etwas so Unsinniges gehört. Es gab in der Tat eine geheime Gesellschaft, die den Rosenkreuzern nahestand und diesen Namen trug, aber das war in der Renaissance, also lange nach Villard. In Wahrheit sind diese vier Buchstaben die Abkürzung der hebräischen Anrufung *Atah Guibor Leolam Adonai*, was bedeutet: Du bist stark in alle Ewigkeit, Herr. Nichts ist erstaunlich daran, diese Inschrift neben einer Darstellung des gekreuzigten Christus zu finden.«

»In der Tat ...«

»Ich könnte Ihnen noch andere Stellen aus den Notizbüchern zitieren, die die Imagination der Kommentatoren angeregt haben. Wie der umgedrehte Kopf auf der siebzehnten Bildtafel oder auf der folgenden Seite die Hand, die aus der Fassade der Kathedrale von Laon herausragt, oder auch diejenige, die der Person der einunddreißigsten Bildtafel fehlt ... Ich habe auch viele verschiedene Vermutungen über den Adler gehört, in den

Villard ein Pentagramm gezeichnet hat. Manche sehen darin das Symbol einer mittelalterlichen geheimen Vereinigung, die sich Kinder des Salomon nennen soll und angeblich den Compagnons du Devoir voranging.«
»Und warum, denken Sie, gibt es so viele Spekulationen um die Notizen Villards?«
»Ich weiß es nicht. Wahrscheinlich, weil man in Wahrheit nichts über ihn weiß. Was der Phantasie viel Spielraum lässt. Man hat die Aufzeichnungen Villards lange für diejenigen eines Architekten gehalten. Heute geht man allerdings davon aus – eine Theorie, die ich selbst auch vertrete –, dass er weder Architekt noch Baumeister war, sondern eher ein neugieriger Alleskönner, der, im Hinblick auf spätere Generationen, eine Bilanz der Kenntnisse seiner Epoche ziehen wollte. Sicher ist, dass einige seiner Bauzeichnungen einen Mangel an Präzision und Realismus aufweisen, der bei einem Architekten erstaunlich wäre. Das hat einige Kommentatoren dazu veranlasst zu sagen, die Notizbücher seien nicht ein Handbuch angewandter Techniken, sondern eher eine Abhandlung über die Philosophie der Hermetik, wie sie bei den Baumeistern üblich war. Man darf nicht vergessen, dass diese Skizzen vom Beginn des dreizehnten Jahrhunderts stammen, der Zeit, in der die Kathedralen von Chartres und Reims erbaut wurden und in der man anfing, sich immer mehr für den Symbolismus und Hermetismus in der Architektur zu interessieren. Diese Kathedralen sind gespickt mit den verschiedensten Symbolen. Der Geist, der damals herrschte, kann die geheimnisvolle Atmosphäre erklären, die den Texten und Zeichnungen von Villard innewohnt. Das ist alles.«
Ari stimmte zu und machte sich einige Notizen in sein Moleskine. Von Natur aus neigte er eher dazu, den Skeptizismus und das logische Denken des Dr. Castro zu teilen. Er wäre aber gerne auf eine Spur gestoßen, etwas, das die überaus rätselhaften Sätze auf der Kopie von Paul Cazo erklären könnte.

»Darf ich Sie fragen, wie es kommt, dass sich der gute alte Villard inmitten einer polizeilichen Ermittlung wiederfindet?«, fragte der alte Mann, als Ari still blieb.

»Tja ... Ich kann Ihnen nichts Genaues sagen, das werden Sie verstehen, aber in einer Mordsache ist ein ziemlich direkter Hinweis auf die Skizzenbücher aufgetaucht.«

Castro riss die Augen auf.

»Eine Mordsache? Ist das ein Scherz?«

»Nein, überhaupt nicht. Glauben Sie, man könnte einen Grund haben, zu töten, um zum Beispiel bestimmte verlorengegangene Seiten der Skizzenbücher wiederzuerlangen?«

»Die verschwundenen Seiten aus den Heften hätten mit Sicherheit einen großen Wert auf dem Antiquitätenmarkt, aber deswegen zu töten, also wirklich! Das, was sich auf den fehlenden Seiten befand, dürfte von derselben Art gewesen sein wie das, was sich heute in der Nationalbibliothek befindet. Es handelt sich um ein faszinierendes und wertvolles Dokument, aber ich wüsste nicht, warum man töten sollte, um es an sich zu bringen.«

»Sie glauben nicht, dass die fehlenden Seiten ein Geheimnis beinhalten könnten, das das Interesse von Kriminellen wecken könnte?«

»Aber ... Welch großes Geheimnis sollte Villard denn aufdecken?«

»Das wüsste ich gerne von Ihnen.«

Der alte Mann starrte Ari verblüfft an, als ob die Frage vollkommen lächerlich wäre. Doch da sein Gesprächspartner ernst blieb, entschied er sich dafür, zu antworten.

»Es tut mir leid, ich wüsste keinen Grund ... Die Techniken, von denen Villard spricht, sind bekannt. Seine Zeichnungen sind von historischem Interesse, weiter nichts. Nichts Revolutionäres, vor allem nicht für einen Leser des einundzwanzigsten Jahrhunderts.«

Ari zögerte, dem Mann die Kopie von Paul zu zeigen. Seine

Meinung dazu wäre zwar wertvoll, aber er fürchtete, dass der Historiker vor lauter Enthusiasmus darüber, eine der fehlenden Seiten von Villard zu sehen, zu neugierig werden würde. Die Einschätzung eines Spezialisten brächte die Ermittlung allerdings voran, und Dr. Castro schien ein vertrauenswürdiger und eher rationaler Mensch zu sein.

»Dr. Castro, ich möchte Ihnen gerne etwas zeigen, aber Sie müssen mir versprechen, dass dies unter uns bleibt.«

»Ich verspreche es Ihnen, junger Mann.«

»Das Dokument, das ich Ihnen zeigen werde, ist ein wichtiger Bestandteil der laufenden Ermittlung. Ich bin eigentlich nicht befugt, es Ihnen zu zeigen. Ich brauche aber dringend Ihren Rat.«

»Sie können sich auf mich verlassen, ich kann schweigsam sein wie ein Grab.«

Die Augen des alten Mannes glänzten vor Neugier.

»Worum handelt es sich denn?«

Ari zog die Fotokopie aus seiner Tasche und zeigte sie dem Historiker. Ohne ein Wort zu sagen, ließ er ihn das Dokument begutachten.

Der alte Mann riss erstaunt die Augen auf. Dann setzte er seine Brille auf, wie um sich zu vergewissern, dass er nicht träumte.

»Sie ... Sie glauben, dass es eine Seite von Villard ist?«, fragte er verblüfft.

»Ich bin mir nicht sicher«, antwortete Ari, amüsiert über das erstaunte Gesicht seines Gesprächspartners. »Was denken Sie?«

»Schwer zu sagen ... Man müsste das Original sehen.«

»Wir haben es leider nicht.«

»Die Art erinnert in der Tat stark an Villard. Schrift und Sprache sind von ihm ... Haben Sie hier oben ›L∴ VdH∴‹ hingeschrieben?«

»Nein.«

»Es ist eine modernere Schrift, als sei es mit der Feder hinzugefügt worden, nicht wahr?«

»Es sieht so aus.«
»Diese Initiale bedeuten wahrscheinlich Loge Villard de Honnecourt ... Vielleicht existiert eine Compagnon-Loge dieses Namens, die diese Fälschung hergestellt hätte.«
»Vielleicht«, erwiderte Ari, obwohl er immer mehr der Überzeugung war, dass dieses Pergament keine Fälschung war.
»Erlauben Sie, dass ich den Text lese?«
»Verstehen Sie den Picard-Dialekt?«
»Natürlich ... Ich musste ihn schließlich für meine Forschungsarbeit lernen.«
»Dann bitte.«
Der alte Mann betrachtete das Blatt genauer und übersetzte laut mit der gleichen Leichtigkeit wie Professor Bouchain von der Sorbonne, wobei er fast denselben Wortlaut verwendete.
*Ich habe diesen Apparat gesehen, den Gerbert hierhergebracht hat und der uns das Geheimnis dessen lehrt, was im Himmel ist. Vermutlich spricht er hier von dem Astrolabium.«
Ari nickte. Offenbar wussten alle viel mehr als er über diese astronomischen Instrumente der Araber!
Zu dieser Zeit befand sich keinerlei Inschrift darauf. Es ist in der Tat erstaunlich, dass auf dem Astrolabium nichts steht. Diese Instrumente sind in der Regel übersät mit arabischen Symbolen. Sehen wir weiter. Jetzt kommt der zweite Text ...
Um anzufangen, musst du dem Lauf des Mondes durch die Städte Frankreichs und anderswo folgen. Dann nimmst du Maß, um den rechten Weg zu finden.«
Dr. Castro blickte Ari erstaunt an.
»Dieser zweite Absatz ist ein wenig sonderbar!«
»Finden Sie?«
»Meines Wissens ähnelt er keinem anderen in den Skizzenbüchern. Er wirkt wie ein kindischer Hinweis bei einer Schatzsuche.«
»Dasselbe denke ich auch. Aber macht das allein das Dokument unglaubwürdig?«

»Sagen wir mal, die Gesamtform erinnert stark an die Seiten von Villard, aber der Inhalt, besonders der des zweiten Textes, ist ein wenig verwirrend. Ich kann mir nicht vorstellen, dass Villard seine Leser auf eine gewöhnliche Schnitzeljagd schickt ... Man müsste das Ganze genauer untersuchen. Ich vermute, Sie können mir keine Kopie dalassen?«
Ari lächelte.
»Sie vermuten richtig.«
»Ich verstehe. Das ist überaus verwirrend, muss ich gestehen. Und diese Buchstaben auf dem oberen Rand ... Sehr geheimnisvoll! Ich verstehe Ihre Fragen jetzt besser.«
»Woran lässt Sie das Blatt auf den ersten Blick denken?«
»Tja, wenn man davon ausgeht, dass es sich tatsächlich um das Werk von Villard handelt, so hat er auf einer seiner Reisen vielleicht ein Astrolabium gesehen, das Gerbert d'Aurillac aus Spanien mitgebracht hatte, und hat es gezeichnet.«
»Vielleicht in Reims?«
»Sehr gut möglich. Villard ist dort vorbeigekommen, mehrere seiner Skizzen verweisen darauf, und nach seinem Aufenthalt in Spanien ist Gerbert dorthin gegangen, wenn ich mich recht erinnere. Aber ich sehe keinen Zusammenhang mit dem zweiten Text, der hier völlig kontextlos ist.«
»Nicht ganz«, warf Ari ein. »Der Satz *Du musst dem Lauf des Mondes folgen* bezieht sich vielleicht auf die Monde, die auf dem Astrolabium eingraviert sind, oder nicht?«
»Sie haben recht. Das ist etwas zweideutig ...«
»Wenn ich das Original wiederfände, wären Sie dann in der Lage, mir zu sagen, ob es authentisch ist?«
»Das kann ich Ihnen nicht garantieren. Man müsste natürlich wissenschaftliche Untersuchungen anstellen, aber ich könnte eine genauere Einschätzung abgeben.«
»Perfekt. Ich halte Sie auf dem Laufenden, Dr. Castro. Und vergessen Sie nicht Ihr Versprechen. Zu niemandem ein Wort.«
»Es wird mir schwerfallen, aber ich halte mich daran!«

41

»Guten Tag, Duboy!«, rief Ari, als er dem Chef der Abteilung Analyse und Zukunftsforschung im Gang über den Weg lief. »Sie kommen auch samstags? Ach je! Wir beide sind die Einzigen, die in diesem Laden arbeiten, was?«
Mackenzie lächelte, als er an seinem Vorgesetzten vorbeilief. Duboy, der sich bestimmt als Erster über den »Zwangsurlaub« von Ari gefreut hatte, war über die Gunst, die diesem vonseiten des Staatsanwalts von Chartres zuteil worden war, überhaupt nicht erfreut gewesen. Der Abteilungsleiter konnte es nicht fassen, dass es Mackenzie jedes Mal so gut gelang, sich aus der Affäre zu ziehen, die er selbst verschuldet hatte. Und die spöttische Arroganz in Mackenzies Blick machte die Sache nicht besser.
»Nein, Mackenzie, hier sind einige Leute, die arbeiten, wie immer, wenn Wahl ist«, antwortete er in eisigem Ton, ohne stehen zu bleiben.
Ari hob grüßend die Hand und verschwand in Richtung seines Büros. Ungeachtet dessen, was Duboy soeben gesagt hatte, war das Gebäude der DCRG weit weniger bevölkert als während der Woche, und er mochte diese Stille sehr. Die Leute sprachen weniger laut und vergeudeten nicht ihre Zeit mit Gerede über das Wetter, sondern hatten es eilig, ihre Arbeit zu Ende zu bringen. Das war ihm sehr recht.
Nachdem er seine Post durchgesehen hatte, beeilte er sich, alles zu erledigen, was er sich vorgenommen hatte, um keine Zeit zu verlieren. Er hatte keine Lust, stundenlang in Levallois zu bleiben, und hoffte, sich so schnell wie möglich wieder auf den Weg machen zu können. Nicht, dass die Ereignisse der letzten Tage ihm den Spaß an der »Feldarbeit« zurückgegeben hätten, aber er wollte vorankommen und wusste, dass sich so eine Angelegenheit – im Gegensatz zu seiner gewöhnlichen Arbeit – nicht hinter dem Schreibtisch sitzend lösen ließ.

Auf gut Glück rief er zunächst Iris an. Er begrüßte seine Kollegin und fragte sie, ob sie die Identität der Person feststellen könne, deren Telefonnummer auf dem Handy des großen Blonden gespeichert war. Iris versprach ihm eine rasche Antwort.
Dann suchte Ari im Telefonbuch nach der Nummer des Reimser Rathauses, wild entschlossen, die Spur des Astrolabiums von Gerbert zu verfolgen, um ihn mit demjenigen zu vergleichen, der sich auf Pauls Fotokopie befand. Er wählte die Nummer, traf aber auf einen Anrufbeantworter. An einem Samstagmorgen war die Wahrscheinlichkeit, dass das Rathaus geöffnet hatte, in der Tat gering. Er fluchte und versuchte sein Glück mit einer anderen Nummer, derjenigen des Kunstmuseums von Reims. Diesmal hatte er mehr Glück und hörte die Stimme einer Telefonistin.

»Guten Tag, ich hätte gerne mit dem Konservator gesprochen ...«

»Ah, der ist samstags nie da.«

»Es ist ziemlich dringend, ich müsste ihn noch heute Morgen sprechen.«

»Ist es etwas Privates? Sind Sie ein Verwandter?«

»Nein. Kommandant Mackenzie von der Polizei. Könnten Sie ihn bitten, mich zurückzurufen?«

»Äh ... ja, sicher«, stotterte die Telefonistin mit verängstigter Stimme.

Er wartete ein paar Minuten und sah währenddessen die Notizen durch, die sich auf seinem Schreibtisch häuften, dann klingelte auch schon sein Telefon.

»Monsieur Mackenzie?«

»Ja.«

»Guten Tag, hier Nelson, Konservator des Musée des Beaux-Arts in Reims. Man sagte mir, Sie wollten mich sprechen.«

»Ja. Ich danke Ihnen, dass Sie mich so schnell zurückgerufen haben.«

»Gibt es ein Problem im Museum?«

»Nein, machen Sie sich keine Sorgen, es hat nichts mit Ihnen zu tun. Ich führe eine Ermittlung, bei der ein Astrolabium eine Rolle spielt. Wissen Sie vielleicht, wo das ausgestellt wird, das von Gerbert d'Aurillac nach Reims gebracht worden sein soll?«

Es folgte ein kurzes Schweigen, als ob der Konservator, der das Schlimmste befürchtet hatte, erleichtert aufatmete.

»Das Astrolabium von Gerbert ... Niemand weiß genau, ob es überhaupt existiert hat. Aber ich bin kein Experte. Es stimmt, dass erzählt wird, Gerbert d'Aurillac hätte mehrere astronomische Instrumente aus dem muslimischen Spanien nach Reims gebracht, aber ob es wirklich ein Astrolabium gab, ist nicht gesichert. Alles, was ich Ihnen sagen kann, ist, dass es kein Astrolabium dieser Epoche in einem Reimser Museum gibt.«

»Ich verstehe. Hat niemand jemals versucht herauszufinden, was aus diesem Astrolabium geworden ist?«

»Nicht, dass ich wüsste.«

»Gut. Ich danke Ihnen.«

Ari legte enttäuscht auf. Er fragte sich, ob er jemals das Instrument, das sich auf Pauls Kopie befand, identifizieren würde. Er war sich sicher, dass er der fehlenden Inschrift und der Geschichte mit den Monden weiter nachgehen musste. Aber im Moment wusste er nicht, wo er noch suchen sollte.

Er beschloss, in seinen Schränken zu kramen, um einer Ahnung nachzugehen, die ihm seit dem Tag nicht mehr aus dem Kopf ging, an dem der erste Mann gewaltsam in seine Wohnung eingedrungen war. Als er die Tätowierung auf dessen Arm gesehen hatte, war er davon überzeugt gewesen, diese schwarze Sonne schon einmal gesehen zu haben, und er glaubte, sie wiederfinden zu können. Er war sich fast sicher, dass sie in einem der zahlreichen Bücher abgebildet war, die er hier aufbewahrte.

Ari besaß ein außerordentliches fotografisches Gedächtnis, und er glaubte, dass er assoziativ das richtige Buch finden wür-

de, wenn er die Buchdeckel der einzelnen Werke, die ihm zur Verfügung standen, nach und nach durchsah.
Eines nach dem anderen zog er die Bücher heraus, die in einem der Regale seines Büros standen. Es gab hier freilich weniger Bücher als bei ihm zu Hause und auch weniger seltene, aber es waren dennoch viele Titel, genug jedenfalls, um ihm die Informationen zu liefern, die er bisher bei seinen Recherchen benötigt hatte: soziologische Studien über sektenähnliche Gruppierungen, die Geschichte der Bewegungen, offizielle Dokumente – von denen die luxuriösesten von den Scientologen stammten –, allgemeine Nachschlagewerke über Okkultismus und Esoterik ...
Nachdem er das erste Regal erfolglos ausgeräumt hatte, fuhr er methodisch mit dem zweiten fort. Er sah vergebens die Werke im ersten Fach durch, doch als er gerade mit der zweiten Reihe beginnen wollte, blieb sein Finger auf dem Rücken eines dicken Wälzers liegen. Es fiel ihm wie Schuppen von den Augen. Der Titel des Werkes ließ keinen Zweifel zu: Hier hatte er das Symbol gesehen, das den Tätowierungen der beiden Männer glich.
Das Buch, das an die fünfzehn Jahre alt war, trug den Titel *Der Mystizismus der Nazi-Zeit*. Ari hatte es ganz gelesen und bei seinen Untersuchungen mehrfach darauf zurückgegriffen. Es behandelte verschiedene mystische Doktrinen, die in Deutschland während des Dritten Reichs aufgekommen waren, Doktrinen, bei denen sich Pangermanismus und Esoterik auf konfuse Weise vermischten. Bei dieser Strömung, die in neonationalsozialistischen Splittergruppen bis ins einundzwanzigste Jahrhundert hinein lebendig war, handelte es sich um eine düstere Mischung von Okkultismus, Kryptographie und Paranormalem, die selbstverständlich Adolf Hitler zum Leitbild hatte. Schon sehr früh, noch vor dem Zweiten Weltkrieg, hatten viele Beobachter bemerkt, dass die Doktrin der Nazis Züge eines doppeldeutigen Heidentums trug und dass sich Hitler mit Per-

sönlichkeiten umgab, die besessen von Esoterik oder paranormalen Phänomenen waren, wie etwa Himmler oder Hess. Ihre Ansichten zielten freilich darauf ab, die Theorie der Nazis hinsichtlich der arischen Rasse und deren Überlegenheit gegenüber anderen Rassen sowie der Schwächung derselben durch die Vermischung mit dem sogenannten Untermenschen zu stützen.

Der Mystizismus der Nazis war zu Anfang besonders von einer Art Geheimgesellschaft propagiert worden, über die Ari bereits einmal recherchiert hatte. Die Thule-Gesellschaft war zu Beginn des zwanzigsten Jahrhunderts gegründet worden und war anfangs nur eine etwas snobistische Studiengesellschaft gewesen, die sich mit der germanischen Antike befasste. Vor dem Ersten Weltkrieg hatten ihre Mitglieder vor allem eine umfangreiche Sammlung altnordischer Prosa und Poesie herausgebracht. Der Name Thule war gewählt worden, weil er eine mythische Insel bezeichnete, die von Griechen und Römern – beispielsweise in Vergils *Aeneis* – im Norden Europas situiert worden war, wo die Mitglieder dieser Geheimgesellschaft die Wiege der arischen Rasse vermuteten.

Während des Ersten Weltkriegs verschwand die Thule-Gesellschaft, doch kaum herrschte Frieden, gründete sie sich sofort erneut, dieses Mal mit einer anderen Ausrichtung: Sie begann eine antisemitische, rassistische und antirepublikanische Ideologie zu propagieren und wählte sich ein seltsames Symbol, das Wotan-Kreuz, der Vorläufer des Hakenkreuzes der Nazi-Bewegung.

Unter dem Einfluss von Rudolf Hess – einer der zwielichtigsten Gestalten um Hitler – erlebte die Thule-Gesellschaft Mitte der 20er Jahre ihren Höhepunkt. Manche Historiker vermuten im Übrigen, dass Hitler, der dieser geheimen Organisation beigetreten war, zu Beginn seiner politischen Karriere von ihrer Hilfe profitierte und dass die Idee der Endlösung ursprünglich in der Thule-Gesellschaft entstanden war.

1937 erließ Hitler, der die gesamte Macht auf seine Partei, die NSDAP, konzentrieren wollte und von der Theorie eines jüdischen Komplotts besessen war, jedoch ein Dekret, woraufhin alle geheimen Gesellschaften verboten wurden, und die Thule-Gesellschaft, der er immerhin seinen Aufstieg an die Macht verdankte, löste sich auf.

Aber, und das war es, was Ari jetzt interessierte, eine Legende kursierte schon lange in den mystisch-esoterischen Kreisen, besonders in vielen Nachkriegswerken wie dem berühmten *Matin des magiciens* von Pauwels und Bergier. Diesen Quellen zufolge hätte eine Art innerer Zirkel, vertraulicher, radikaler und elitärer als der Rest, dank seiner politischen Kontakte die Auflösung von 1937 überstanden.

Dieser mystische Kreis nannte sich Bruderschaft des Vril oder Vril-Orden, und sein Zeichen war ... eine schwarze Sonne.

Ari studierte eingehend eine Reproduktion der Zeichnung in dem vor ihm liegenden Buch. Es herrschte kein Zweifel. Sie entsprach Strich für Strich der Tätowierung, die er auf den Unterarmen der Männer gesehen hatte, denen er entkommen war.

Mackenzie schloss das Buch und lehnte sich langsam in seinem Stuhl zurück. Es war noch etwas zu früh, um übereilte Schlussfolgerungen zu ziehen, aber es war immerhin vorstellbar, dass die Verantwortlichen für die vier Morde die Mitglieder einer Splittergruppe der Neonazis waren. Angesichts des äußerst brutalen Charakters der Morde wäre es im Grunde nicht verwunderlich, wenn sie von einer Bande von Psychopathen verübt worden wären, die dem Hitlerschen Mystizismus huldigten. Es gab in Europa leider noch immer mehrere Gruppierungen dieser Art, und er musste dieser Spur nachgehen. Ari beschloss daher, als Erstes die Archive der DCRG zu konsultieren, um herauszufinden, ob es irgendeinen Hinweis auf die Existenz einer modernen Bruderschaft des Vril gab oder ob eine Neonazi-Vereinigung diese Identität in den letzten Jahren

für sich beansprucht hatte. Auch wenn der Vril-Orden offiziell nach dem Zweiten Weltkrieg verschwunden war, so gab es vielleicht dennoch – wie bei den Templern – ein paar Erleuchtete, die behaupteten, die direkten Nachfahren zu sein.
Ari steckte das Buch in seine Tasche und machte sich bereit, ins Archiv hinunterzugehen. Aber als er gerade sein Büro verlassen wollte, klingelte das Telefon.
Er warf einen Blick auf das Display und erkannte die Nummer von Iris.
»Hast du was gefunden?«
»Ja, ich habe den Typen identifiziert, zu dem die Nummer gehört, und habe schon alles zusammengesucht, was es über ihn gibt. Aber es ist nicht viel.«
»Okay. Ich hole es gleich bei dir ab.«
Er ging in das Büro seiner Kollegin hinunter und konnte ihre Bitte nicht ablehnen, einen Moment zu bleiben. Bei allem, was Iris in den letzten Tagen für ihn gemacht hatte, schuldete er ihr wenigstens ein Minimum an Höflichkeit. Er setzte sich ihr gegenüber auf einen Stuhl.
»Nochmals danke für alles, Iris.«
»Bitte. Du wirst sehen, ich habe nichts Besonderes gefunden. Dein Typ heißt Albert Khron. Er ist Ethnologe, um die sechzig, und scheint einen einigermaßen guten Ruf zu genießen. Keine Polizeiakte, nichts beim Nachrichtendienst ... Er wohnt in einer Pariser Vorstadt, in Vaucresson, in einem schönen Bürgerhaus. Er unterrichtet an mehreren Universitäten und leitet einen ethnologischen Studienkreis. Du findest alles in der Akte, ich habe dir sogar die Liste der nächsten Konferenzen, an denen er teilnimmt, hineingelegt. Er scheint sie zu sammeln. Heute Abend findet eine Konferenz in Paris statt, in einem Kongresszentrum im fünfzehnten Arrondissement.«
Ari öffnete die Mappe und fand schnell den Titel der Vorlesung. »Die Hyperboreer«. Sie war für achtzehn Uhr dreißig festgesetzt.

»Perfekt«, sagte er, als er die Mappe wieder schloss. »Du bist ein Engel, weißt du das?«
»Übertreibe nicht, mein Lieber. Gut, und du? Hältst du durch, nach allem, was dir passiert ist?«
»Es geht ...«
Iris schüttelte den Kopf. »Du bringst mich zum Lachen, wenn du den Harten spielst, Ari. Glaubst du wirklich, dass du uns täuschen kannst? Entschuldige, aber ich kenne dich in- und auswendig, ich weiß, dass etwas nicht stimmt.«
»Ich bin k. o. ...«
»Klar!«
»Nein, wirklich, es geht schon. Es ist alles ein bisschen kompliziert, und außerdem ... Paul Cazo war ein Mensch, der mir sehr wichtig war, also bin ich etwas mitgenommen. Aber insgesamt geht es mir gut, glaube mir.«
Iris machte ein zweifelndes Gesicht.
»Und du willst behaupten, dass deine Begräbnisstimmung nichts mit deiner kleinen Buchhändlerin zu tun hat?« Sie ließ nicht locker.
»Ach, das ist alles Vergangenheit ...«
»Wer's glaubt!«
»Hör zu, ich versuche wirklich, die Sache zu vergessen.«
»Ja, du versuchst. Aber es gelingt dir nicht.«
»Was hast du eigentlich, Iris? Hast du beschlossen, die Eheberaterin zu spielen?«
»Es macht mir keinen Spaß, dich in diesem Zustand zu sehen. Auch wenn zwischen uns nichts mehr läuft, heißt das nicht, dass du mir egal bist. Du kannst sagen, was du willst, aber so langsam kenne ich dich ganz gut. Dieses Mädchen geht dir nicht aus dem Kopf, das sieht man auf zehntausend Meter Entfernung. Mit mir war das anders. Du bist nie in mich verliebt gewesen. Aber nach diesem Mädchen bist du verrückt, da brauchst du mir nichts vorzumachen. Ich weiß nicht, warum du das leugnest ...«

»Ich leugne gar nichts, Iris, im Gegenteil. Ich füge mich der Tatsache. Diese Geschichte kann einfach nicht gutgehen, fertig, aus.«

»Und warum nicht?«

»Ich weiß es nicht. Wahrscheinlich, weil ich nicht dafür gemacht bin. Du kennst mich ... Ich führe ein Junggesellendasein. Vielleicht habe ich insgeheim gar keine Lust, eine Liebesgeschichte mit einem Mädchen einzugehen, das zehn Jahre jünger ist als ich ... Im Grunde geht es mir allein sehr gut.«

Iris lachte spöttisch auf.

»Ja! Du bist sehr glaubwürdig! Mackenzie und die Frauen: ein echter Roman. Ich glaube vor allem, dass du verliebt bist und dass dich das fertigmacht, weil du Angst hast, eingesperrt zu werden. So ein Frauenheld wie du, dem kann nicht viel Schlimmeres passieren, als sich zu verlieben. Soll ich dir was sagen? Dieses Mädchen scheint etwas Besonderes zu sein, und glaube mir, es fällt mir schwer, das zu sagen: Du solltest also lieber mit deinem Blödsinn aufhören und dich endlich binden.«

»Ja, Mama«, spottete Ari.

»Vielleicht findest du, dass ich wie zu einem Kind mit dir spreche, aber gib zu, dass du dich wirklich nicht wie ein Erwachsener benimmst. Als du das mit mir gemacht hast, war ich groß, ich habe es wegstecken können. Aber dieses Mädchen. Ich finde es ganz schön mies, dass du sie so hinhältst. Und vor allem finde ich es schade. Verdammt, das sieht doch jeder Blinde, dass du sie liebst!«

Ari gab auf. Iris hatte vermutlich recht, aber so einfach war es eben nicht. Was auch immer zu tun war, jetzt war wahrhaftig nicht der Zeitpunkt, darüber nachzudenken.

»Im Moment habe ich wirklich nicht den Kopf dafür. Ich konzentriere mich auf die Mordsache, das beschäftigt mich immerhin, das ist schon mal gut. Ansonsten werden wir sehen, was die Zukunft uns bringt.«

»Okay. Du bist ein großer Junge, du machst, was du willst.«

»Genau«, schloss der Agent und nahm die Mappe unter den Arm. »Trotzdem vielen Dank.«
»Pass auf dich auf, armer Irrer!«
Er zwinkerte ihr zu und trat auf den Gang hinaus.

42

Ari, der hinten im Saal auf einem Plastikstuhl saß, musterte den Mann, der gerade an das Rednerpult getreten war.
Albert Khron war ein großer, schmaler Mann, kahl, mit schmalem Gesicht und eingefallenen Wangen, und er trug einen eleganten schwarzen Anzug. Er entsprach dem Bild, das Ari sich von einem alten, langweiligen Historiker machte, der stundenlang mit anderen Experten debattieren konnte, um eine obskure Episode der Antike zu erhellen.
Bevor er zu dem Vortrag gegangen war, hatte Ari überlegt, ob er die Kopie auf den Tisch legen und den Mann direkt ansprechen sollte. Aber dafür war es noch zu früh. Die Telefonnummer von Albert Khron erschien zwar mehrfach auf der Anrufliste des großen Blonden, aber vor einem Richter wäre das nicht genug, um den Ethnologen zu überführen, und Ari wollte erst mehr in Erfahrung bringen. Außerdem wollte er den Vortrag mitbekommen. Er hatte eine Ahnung. Die Verbindung zwischen der Ethnologie und dem Mystizismus der Nazis war schmal, aber dennoch vorhanden, wenn man an die Ansichten der Thule-Gesellschaft über die germanische Antike und den Ursprung der arischen Rasse dachte ... Vielleicht war hier etwas zu finden, und das Thema des Vortrags ließ Schlimmes vermuten.
Albert Khron begann vor den etwa fünfzig Personen, die sich in dem modernen Saal versammelt hatten, mit seinem Vortrag. Schnell bestätigte sich Aris Verdacht. Tatsächlich begnügte sich

der Ethnologe nicht damit, die mythische Geschichte der Hyperboreer nachzuzeichnen, sondern er bemühte sich, darzulegen, dass in dieser antiken Legende ein wahrer Kern stecke ...
Er versuchte – was für einen Ethnologen, der einen ehrenwerten Ruf zu genießen schien, ziemlich erschreckend war –, seiner Zuhörerschaft zu beweisen, dass mehrere seltsame Vorkommnisse die Vermutung erlaubten, die Hyperboreer hätten tatsächlich existiert, und dass es sehr wahrscheinlich war, dass man eines Tages in der Lage sein würde, den genauen Ort ihrer geheimnisvollen Herkunft festzustellen.
In der griechischen Mythologie wohnte das Volk der Hyperboreer in einem rätselhaften Land, das am nördlichsten Rand der bekannten Welt lag. Den Griechen zufolge war dieses Land, in dem der Gott Apollo lebte, ein prächtiges Paradies, wo die Sonne niemals unterging und sich das Gold häufte.
Der Redner zählte verschiedene mehr oder minder verrückte Hypothesen auf, die im Laufe der Geschichte entstanden waren, um diesen *idealen* Ort zu lokalisieren, doch er selbst bevorzugte nach langen, undurchsichtigen Erläuterungen das baltische Meer.
Ari glaubte seinen Ohren nicht zu trauen. Alle im Saal schienen von dem Vortrag angetan, manche schrieben mit, andere nickten ergriffen. Dabei entsprach Albert Khron – sowohl was seine Argumentationsweise anging als auch im Hinblick auf seinen Wortschatz und seine Quellen – ganz und gar dem erleuchteten Scharlatan, wie ihn Ari im Laufe seiner Karriere als Beobachter von Sekten allzu oft erlebt hatte. Alle Klischees verschwundener Zivilisationen zogen an ihm vorbei: der Atlantis-Mythos, Tiahuanaco, Stonehenge, Mesopotamien, Ägypten, die Inkas, aber auch die Hinweise auf Platon und Herodot ...
Ari hätte sich nicht gewundert, wenn der Redner im Zusammenhang mit dem Hyperboreer-Mythos von der Möglichkeit eines außerirdischen Ursprungs gesprochen hätte. Albert Khron

lenkte seine Ausführungen nämlich bewusst auf die Behauptung zu, dass eine perfekte Menschenrasse in der Antike gelebt haben könnte.
Er begann gerade mit einem neuen Absatz seines Vortrags, als sich am anderen Ende des Saals plötzlich eine Tür öffnete. Ari erkannte sofort die Person, die leise hereingekommen war: Mona Safran, in einem langen schwarzen Kleid.
Vor Überraschung richtete sich Ari geräuschvoll auf seinem Stuhl auf. Leider hatte sie ihn bereits entdeckt, und obwohl sie soeben erst in den Saal gekommen war, sah er diese Frau überstürzt wieder hinauseilen.
Mackenzie sprang auf. Die Leute, die hinter ihm saßen, protestierten entnervt. Eilig passierte er die Stuhlreihe und lief zum Ausgang. Im Vorbeigehen bemerkte er den verärgerten Blick des Redners, der stockte und ihn misstrauisch beäugte.
Auf dem Treppenabsatz blickte Ari sich um, ohne eine Spur von Mona Safran zu entdecken, dann rannte er zur Treppe und sprang, immer vier Stufen auf einmal nehmend, hinunter. Er sah sich kurz in der Eingangshalle um, aber sie war schon weg. Im Laufschritt begab er sich auf die Straße hinaus. Auf dem Gehweg war viel los. Fußgänger gingen in alle Richtungen, während die Autos im Stau standen. Ari stellte sich auf die Zehenspitzen und versuchte, die dunkeln Haare Mona Safrans ausfindig zu machen. Aber er sah sie nirgends.
Er fluchte laut und machte sich dann auf den Weg zur Metro, wobei er die Nummer von Staatsanwalt Rouhet wählte.
»Mackenzie! Ich sehe, dass Sie in der Lage sind, ein Versprechen zu halten. Gratuliere.«
»Es ist ein Vergnügen, Sie am Telefon zu haben«, spottete der Agent.
»Ich höre.«
Ari berichtete dem Beamten, was er im Laufe des Tages herausgefunden hatte. Die Spur, die zu dem Ethnologen führte, die Anwesenheit von Mona Safran bei dem Vortrag und vor allem

die mögliche Bedeutung der Tätowierung in Form einer schwarzen Sonne.
»Das sind in der Tat interessante Hinweise«, gestand der Staatsanwalt ein. »Ich werde Albert Khron überwachen lassen.«
»Wenn Sie wollen, aber er darf auf keinen Fall Verdacht schöpfen. Und kein Eingreifen. Ich möchte der Spur erst weiter folgen.«
»Natürlich. Und diese Mona Safran? Mit dem, was wir haben, können wir sie in Polizeigewahrsam nehmen ...«
»Das erscheint mir ein wenig früh, Monsieur. Wie sieht es mit dem DNA-Vergleich aus?«
»Den bekommen wir morgen.«
»Also warten wir die Ergebnisse ab. Können Sie mir die Ergebnisse so schnell wie möglich zukommen lassen?«
»Selbstverständlich. Halten Sie mich weiter auf dem Laufenden, Mackenzie, und tun Sie nichts Unüberlegtes.«
»Aber natürlich, Monsieur, natürlich ...«
Ari legte auf und ging in die Metro hinunter. Zum Vortrag von Albert Khron konnte er auf keinen Fall zurückkehren. Er hatte sich ausreichend bemerkbar gemacht und außerdem gefunden, wonach er gesucht hatte. Dieser Mann war kein harmloser Ethnologe. Bestenfalls war er ein schwärmerischer Scharlatan, schlimmstenfalls war Albert Khron ein Neonazi auf freiem Fuß, Anhänger der nebulösen Theorie einer überlegenen Rasse.

43

Am frühen Abend ging Ari mit seinem Vater durch die Straßen um das Pflegeheim herum spazieren, das an der Porte de Bagnolet lag. Er bemühte sich, dies so oft wie möglich zu tun, denn die Ärzte hatten mehrfach darauf gedrängt, dass der alte Mann nicht immer in seiner Wohnung blieb. Und auch wenn

Ari an diesem Tag andere Sorgen hatte, so hatte er sich schon zu lange nicht mehr um seinen Vater gekümmert. Ein kleiner Spaziergang konnte ihm schließlich nicht schaden. Die unzusammenhängenden Bemerkungen seines Vaters hatten die Gabe, ihn auf andere Gedanken zu bringen.
Sie spazierten stets denselben Weg entlang. Die wenigen Male, die Ari einen anderen Weg einschlagen wollte, hatte Jack Mackenzie solche Panikattacken bekommen, dass er es nicht mehr riskierte. Sie mieden die großen Knotenpunkte der äußeren Boulevards und beschränkten sich auf ruhigere Gassen um die Häuserblocks herum.
Die Luft war kalt, und es war schon dunkel, aber das störte sie nicht. Sie wanderten schweigend, eingehakt, jeder isoliert in seiner eigenen Welt. Jacks Blick ging wie immer ins Leere, und er murmelte unverständliche Worte vor sich hin. Ari konnte trotz allem nicht umhin, an seine Ermittlungen zu denken. Er hätte gerne mit seinem Vater darüber gesprochen, ihn um Rat gefragt ... Aber das war schon lange nicht mehr möglich.
»Wenn die Verrückten heutzutage nicht mehr genehm sind und man die Gesellschaft verändern muss, um andere Verrückte zu bekommen, bitte, uns, den Ehemaligen, soll es recht sein.«
Ari antwortete nicht. Er begnügte sich damit, den Arm seines Vaters ein wenig stärker zu drücken.
Als sie auf halber Strecke waren, begegneten sie einer Bewohnerin des Viertels, die sie auf ihren Spaziergängen öfter sahen. Es war die Hausmeisterin eines alten Mehrfamilienhauses, die offenbar viel Zeit draußen verbrachte, ständig damit beschäftigt, den Boden zu säubern, die Mülleimer hereinzuholen oder mit den Mietern und Händlern zu schwatzen. Sie nickte ihnen höflich zu.
»Sag mal, Ari, erinnerst du dich an deine Mutter?«, fragte Jack, als sie sich dem Pflegeheim näherten.
»Natürlich, Papa.«
»Sie war eine tolle Frau, Anahid, weißt du. Sie ist nach Frank-

An seinem Schreibtisch sitzend, zündete er seine Pfeife an und holte eine flache Metalldose aus der obersten Schublade. Er betrachtete sie einen Moment lang, als könne er durch sie hindurchschauen, dann öffnete er sie und entnahm ihr behutsam die ersten vier Quadrate.

Er legte die Pergamente der Reihe nach vor sich auf den Schreibtisch. Das erste mit seiner Rosette und den hundertundfünf Medaillons, das zweite und vermutlich wichtigste mit dem Astrolabium, das er endlich identifiziert hatte, das dritte mit dem Bildnis der Jungfrau und schließlich das vierte mit der Jakobsmuschel.

Er lächelte. Das Nebeneinanderlegen der Quadrate war ihm ein echter Trost. Sie waren dem Ziel jetzt so nah ...

Er zog ein Foto des Astrolabiums, so wie es heutzutage aussah, aus seiner Tasche. Mit Hilfe dieses Bildes hatte er endlich verstanden.

»*Um richtig zu beginnen, musst du dem Lauf des Mondes durch die Städte von Frankreich und andernorts folgen. Dann musst du Maß nehmen, um den richtigen Weg einzuschlagen.*«

Die von Villard de Honnecourt versteckte Nachricht war sicherlich komplex, aber dank der Fotografie hatte er nach stundenlangem Nachdenken schließlich begriffen. Auf diesen Moment hatte er den ganzen Tag ungeduldig gewartet. Mit den ersten vier Quadraten vor den Augen schien es ihm, als könne er bereits jetzt einen Teil des Rätsels von Villard lösen. Ausreichend, so hoffte er, um neue Recherchen zu starten.

Mit vor Erregung zitternden Fingern zog er seinen alten Füller aus der Tasche, holte ein Blatt Papier hervor und begann die Nachricht, die sich in Villards Aufzeichnungen verbarg, mit Hilfe des Systems zu entschlüsseln, das er endlich begriffen hatte.

Er übersetzte die Buchstaben am oberen Rand der Seiten, immer zwei zusammen. Der versteckte Satz oder das Wort würde aus achtzehn Buchstaben bestehen. Es fehlten ihnen noch zwei

Quadrate, so dass er nicht alle Buchstaben zusammensetzen konnte. Aber vielleicht würde dies schon reichen, um eine Idee zu bekommen. Einen ersten Einfall. Also schrieb er weiter alles auf, was er im Moment entschlüsseln konnte. Er korrigierte sich mehrfach und vergewisserte sich peinlich genau, dass er sich nicht irrte.

Als er fertig war, schaute er sich an, was er soeben geschrieben hatte, und versuchte, den Sinn der achtzehn Buchstaben zu entziffern, von denen sechs noch verborgen waren. »_GLIS_ C_NT_E_U_ECE«. Der alte Mann notierte aufs neue die Buchstaben, testete verschiedene Kombinationen, probierte aus, ob sie Wörter ergaben, Anagramme. Dann, plötzlich, zeigte sich ein Lächeln auf seinem Gesicht.

Er hatte gerade etwas entdeckt. Indem er die achtzehn Buchstaben in drei gleich lange Wörter aufteilte, erhielt er: »_GLIS_/ C_NT_E_/U_ECE«, und man musste kein Genie sein, um die fehlenden Felder zu füllen. *EGLISE CENTRE LUTECE.*

Albert Khron brach in Gelächter aus. Das war so klar! Vielleicht war es noch ein wenig früh, um sich zu freuen, aber etwas sagte ihm, dass er sich nicht irrte. Denn dies war eine völlig glaubwürdige Mutmaßung, oder nicht? Die Kirche im Zentrum von Lutetia, das konnte nur Notre-Dame in Paris sein. Der Nullpunkt der Hauptstadt, ein Ort voller Geheimnisse. In der Tat, das Untergeschoss der Kathedrale mit ihren antiken Krypten konnte sehr gut dem entsprechen, was sie suchten. Es war sogar der ideale Ort.

Das Untergeschoss von Notre-Dame. Es blieb herauszufinden, wo genau zu suchen war.

Albert Khron schob die Blätter mit glänzenden Augen in seine schwarze Aktenmappe und machte sich bereit, zu seinen Gästen zu gehen. Aber vorher musste er noch Weldon anrufen.

Er hob den Hörer ab und wählte die Nummer, die er auswendig kannte. Weldon hob beim dritten Läuten ab.

»Haben Sie Neuigkeiten, Monsieur Khron?«

»Wir haben das vierte Quadrat.«
»Ergibt das etwas?«
»Dafür ist es noch zu früh.«
»Wirklich? Haben Sie nicht die geringste Spur?«
»Im Moment bleibt alles sehr vage.«
»Gut. Rufen Sie mich an, wenn Sie das fünfte Quadrat haben.«
Der Ethnologe legte auf. Er wollte seine Trümpfe nicht zu schnell ausspielen. Weldon war ein Mann, bei dem man immer auf der Hut sein musste.

45

»Ich hatte dir doch gleich gesagt, dass der Frau nicht zu trauen ist!«
Ari, der zusammengesunken auf Lolas Couch saß, drehte mit nachdenklicher Miene sein Whiskyglas in den Händen. Die Anwesenheit von Mona Safran bei dem Vortrag von Albert Khron war ein neues belastendes Indiz, das er nicht ignorieren konnte. Dennoch konnte er noch immer nicht glauben, dass diese Frau die Mörderin sein könnte. Es bestand aber kein Zweifel mehr daran, dass sie auf die eine oder andere Weise in die Sache verstrickt war.
»Irgendetwas stimmt nicht«, murmelte er. »Warum sollte sie mir dann gleich am ersten Tag ihren richtigen Namen und ihre Telefonnummer geben?«
»Du bist wirklich unglaublich, Ari! Warum musst du nach einem unmöglichen Szenario suchen, wo du doch alle Beweise vor dir hast? Ausgerechnet du, der ständig mit diesem Prinzip von Ockhams Rasiermesser kommt, ich verstehe nicht, warum du dich dieses Mal sträubst, es selbst anzuwenden! Dabei ist es doch die einfachste Lösung, oder nicht? Der Mörder ist eine

Frau. Mona Safran ist eine Frau. Sie kannte Paul Cazo. Es gibt eine zumindest geographische Verbindung zwischen ihr und Villard de Honnecourt. Sie weicht dir aus, als du sie damit konfrontierst, und, rein zufällig, geht sie zu einem Vortrag, den ein Typ hält, dessen Telefonnummer auf dem Handy eines deiner Angreifer zu finden ist! Warum zählst du nicht eins und eins zusammen? Verdammt, du sagst es doch selbst dauernd: Die einfachste Lösung suchen und die Anhäufung von Erklärungen vermeiden.«

»Ja, vielleicht hast du recht, aber irgendetwas stimmt nicht«, wiederholte der Agent und spielte weiter mit seinem Glas.

»Du gehst mir auf die Nerven, Ari. Was nicht stimmt, ist, dass du von dieser Frau mächtig angetan bist, das ist alles!«

Lola stand auf und ging unter dem Vorwand, das Essen vorbereiten zu müssen, in die Küche, um einen Moment allein zu sein.

Ari leerte sein Glas, da spürte er sein Handy in der Tasche vibrieren. Als er den Namen auf dem kleinen Display erkannte, glaubte er zu träumen. Mona Safran. Welch äußerst seltsamer Zufall.

»Ari?«

»Ja.«

Es folgte ein kurzes Schweigen.

»Ich ... Ich muss Sie so schnell wie möglich sehen.«

»Das trifft sich gut, ich Sie auch«, erwiderte er trocken.

In dem Moment trat Lola ins Zimmer. Sie warf Ari einen abschätzenden Blick zu und erriet an seinem Gesichtsausdruck und seiner Stimme, mit wem er gerade sprach. Sie lehnte sich an einen Sessel und schaute ihrem Freund geradewegs in die Augen.

»Können Sie heute Abend kommen?«, fragte Mona Safran.

»Wohin? Zu Ihnen nach Vaucelles?«

»Nein. Das ist kein sicherer Ort. Ich habe ein Haus in der Nähe, in Honnecourt. Ich werde Sie dort erwarten.«

»Machen Sie Witze?«
»Überhaupt nicht. Ich muss Sie so schnell wie möglich sprechen, Ari. Sentier des Bleuets. Es ist das einzige Haus, ganz am Ende der Straße.«
Dann legte sie auf, ohne noch etwas hinzuzufügen.
Ari betrachtete ratlos sein Handy.
»Du wirst doch wohl nicht hingehen?«, rief Lola, die das Gespräch mit angehört hatte.
Ari antwortete nicht. Er versuchte, seine Gedanken zu sortieren. Dieser Anruf kam völlig unerwartet, und es fiel ihm schwer, zu entscheiden, was er tun sollte. Ihm gefiel der Gedanke nicht, dass diese Frau die Fäden in der Hand hielt. Er hätte sie lieber selbst zur Rede gestellt, anstatt sie über Ort und Zeit entscheiden zu lassen. Er hatte das Gefühl, nur eine Spielfigur in einer Partie zu sein, die er vom ersten Tag an nicht beherrscht hatte, und das ärgerte ihn zutiefst.
»Ari!«, wiederholte Lola, die immer ungehaltener wurde. »Sag mir, dass du nicht dorthin gehen wirst!«
»Ich habe wohl kaum eine Wahl.«
»Bist du krank, oder was? Willst du dich umlegen lassen?«
Ari legte sein Handy auf den Couchtisch und vergrub das Gesicht in den Händen. Er wusste sehr gut, was Lola sagen wollte. Der Hilferuf von Mona Safran sah sehr nach einer Falle aus. Und dennoch ... Dennoch musste er verstehen. Er wollte nicht das Risiko eingehen, etwas zu verpassen, das Risiko, nicht zu erfahren, was diese Frau ihm zu sagen hatte, jetzt, wo sie endlich reden wollte.
Schließlich ging er mit raschen Schritten in Richtung Flur, um seinen Mantel zu holen. Als er an Lola vorbeikam, packte diese ihn am Arm und blickte ihm in die Augen.
»Nein, Ari, du wirst nicht hingehen. Es tut mir leid, aber das hier geht zu weit! Wir schicken die Bullen zu ihr, fertig! Diese Angewohnheit, alles allein machen zu wollen, grenzt an Lächerlichkeit.«

»Schon gut, Lola, schon gut ... Ich bin sehr wohl in der Lage, mich selbst zu verteidigen.«
»Nein, warte!«
Ari entzog ihr behutsam den Arm, ging in den Flur hinaus und schlüpfte in seinen Mantel.
»Lola, danke, dass du dir meinetwegen Sorgen machst, aber lass mich meine Arbeit erledigen, okay?«
Die junge Frau sah ihn mit weit aufgerissenen Augen an. Sie konnte nicht glauben, dass ihr Freund so stur war. Dabei wusste sie, dass sie ihn nicht würde zurückhalten können, dass er seine Entscheidung getroffen hatte. Und das machte ihr Angst.
Ari rückte sein Holster unter der linken Achsel zurecht und ging langsam auf sie zu.
»Mach dir um mich keine Sorgen, kleines Mädchen«, sagte er und legte seine Hand auf die Schulter der Buchhändlerin.
Er beugte sich vor, um sie zu küssen. Lola ließ ihn überrascht gewähren. Ari drückte seine Lippen auf die ihren, zog sie an sich, trat dann zurück und strich ihr über die Wange.
Lola stockte der Atem, als sie ihn wortlos die Wohnung verlassen sah.

Fünfter Teil
Die Tiere

ASVS NC ZA RI VO

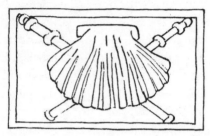

Ensi com en cel hospital e de fle par un uot
de colon si aucunes fois estuet sauoir lire
le sumbolon enz el sumbolon.

SI FERAS TU
CXIJ. UERS
MERIDIEN

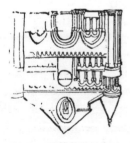

46

Der Schnee fiel an diesem Abend dicht und schwer auf den Norden des Landes herab. Honnecourt war weniger als zwei Autostunden von Paris entfernt, und nachdem Arie lange, gewundene Straßen in einer hügeligen Landschaft hinter sich gebracht hatte, fuhr sein MG-B gegen zweiundzwanzig Uhr in das Dorf ein, das im Herzen des Cambrésis lag. Er hoffte, dass der Motor dieses Mal durchhielt. Der Mechaniker hatte ihm versprochen, dass der Wagen wieder in der Lage sei, Tausende von Kilometern zurückzulegen.
Die für ein so kleines Dorf sehr breiten Straßen lagen im Halbschatten unter einer Schneedecke. Die immer dichter in einer Reihe beieinanderstehenden Häuser ragten mit ihren schmucklosen Fassaden über die Gehwege, hier und da unterbrochen von einzelnen landwirtschaftlichen Gebäuden. Im Zentrum von Honnecourt ragte eine seltsame, vollkommen verwinkelte Kirche über die Dächer, die in der gleichen Mischung aus roten Ziegeln und weißen Steinen gebaut war wie die umliegenden Häuser. Unmittelbar links neben dem Sakralbau, in Verlängerung des Gebäudes, das wohl das Rathaus war, bemerkte Ari einen Laden mit einem Schaufenster, in dem sich antiquarische Bücher und alte Holzwerkzeuge ungeordnet stapelten. Auf dem Giebel verkündete ein Schild: »Haus Villard de Honnecourt«. Etwas weiter entfernt erinnerte ein Denkmal ebenfalls an diese Persönlichkeit des dreizehnten Jahrhunderts, die den Ruhm der Gemeinde ausmachte. Sogar die Schule trug ihren Namen.
Ari fuhr langsam durch das Dorf, aber er entdeckte nirgends die Straße, die ihm Mona Safran genannt hatte. Zurück auf dem Kirchenvorplatz, sah er ein Pärchen den Gehweg entlang-

gehen. Die beiden in Mäntel gehüllten Gestalten hatten die Köpfe zwischen die Schultern gezogen und die Hände tief in die Taschen gesteckt. Er brachte den Wagen neben ihnen zum Stehen. Sie schienen überrascht, dieses alte Cabrio mit Pariser Kennzeichen zu so später Stunde hier halten zu sehen.
»Entschuldigen Sie«, rief Ari und beugte sich zum Fenster auf der Seite des Beifahrersitzes, »ich suche den Sentier des Bleuets ...«
»Ah ... Das ist etwas außerhalb des Orts. Sie müssen zurück auf die Straße Richtung Vaucelles, und ungefähr hundert Meter nach dem Ortsschild Honnecourt geht es links ab.«
Er dankte und fuhr wieder los. Der MG-B schlängelte sich durch die kleinen Straßen von Honnecourt und fuhr aus der Ortschaft hinaus. Es hörte nicht auf zu schneien, und Ari drosselte die Geschwindigkeit, um die Abzweigung nicht zu verpassen. Hier, mitten auf dem Land, brannte kein einziges Licht, und die Scheinwerfer des alten englischen Wagens reichten nicht sehr weit. Er fuhr vorsichtig, umklammerte mit beiden Händen das Lenkrad, da entdeckte er endlich zu seiner Linken einen Feldweg, weiß bedeckt, der sich zwischen den Bäumen verlor. Auf einem kleinen grünen Schild entzifferte er den Namen Sentier des Bleuets. Er lenkte den MG-B auf die holperige Straße. Der Wagen wurde von den Steinen und Unebenheiten durchgeschüttelt, die den schmalen Weg ausmachten. Äste schlugen gegen die Karosserie und ließen Wolken von Schnee auf Motorhaube und Windschutzscheibe rieseln.
Am Ende des Weges entdeckte Ari den schemenhaften Umriss eines Hauses. Ein Wagen stand davor. Er lächelte. Einen Moment lang hatte er erwartet, die braune amerikanische Limousine zu sehen, die ihn in Reims fast überfahren hätte und an seiner Wohnung in Paris vorbeigefahren war. Aber nein. Es war ein kleines Stadtauto, modern, mit einem Kennzeichen der Region. Er parkte unmittelbar daneben.
Die dicke Schneeschicht knirschte unter den Reifen. Er schalte-

te den Motor aus und blieb noch einen Moment sitzen, die Hände fest um das Lenkrad gelegt. Vielleicht stand er im Begriff, den größten Fehler seines Lebens zu begehen. Vielleicht hätte er auf Lola hören sollen. Aber jetzt war es zu spät, jetzt wollte er Bescheid wissen.

Instinktiv strich er unter seinem Trenchcoat über den Kolben seiner Magnum, wobei er seinem Blick im Rückspiegel begegnete, dann stieg er aus dem Wagen und warf die Tür zu.

Es war ein altes, schmales ebenerdiges Haus aus unregelmäßigen Steinen. Der grobe Zement in den Fugen war mit der Zeit schadhaft geworden. Das Gebäude erinnerte an ein langgestrecktes Bauernhaus oder eine ausgebaute Scheune. An der Vorderfront befanden sich drei Fenster, von denen eines erleuchtet war.

Er überquerte den Hof, wobei seine Füße im Schnee versanken, und blieb vor der Eingangstür stehen. Ein steinernes Schild darüber trug die Inschrift: »Cayenne de Honnecourt«. Ari staunte. Er wusste, dass das Wort »cayenne«, was so viel wie Heim oder Herberge bedeutete, auf die Compagnons verwies, so dass dies ein weiterer Beweis dafür war, dass Mona Safran auf die eine oder andere Weise in die Sache involviert war.

Er klopfte dreimal. Es näherten sich schnelle Schritte, Schritte einer Frau mit klappernden Absätzen. Dann öffnete sich langsam die Tür.

Im Licht erschien das Gesicht von Mona Safran. Sie war sorgfältig geschminkt, das lange dunkle Haar hing offen herab, und unter einer dünnen Wolljacke trug sie ein tief ausgeschnittenes schwarzes Kleid, das ihre üppige Brust erahnen ließ. Sie war zugleich verstörend und äußerst attraktiv.

»Willkommen in Honnecourt«, sagte sie, als sie beiseitetrat, um ihn hereinzulassen.

Ari blieb an der Tür stehen. In den Augen dieser Frau lag etwas, das nach Arroganz aussah, Provokation. Eine Sekunde lang verspürte er die unerklärliche Lust, sie zu ohrfeigen wie einen unverschämten Teenager. Er verscheuchte den Gedanken, biss sich auf die Lippe und trat ein. Die Temperatur im Zimmer war hoch. Das Feuer im Kamin hatte das Haus überheizt.

Mona Safran schloss hinter ihnen die Tür. Er drehte sich sofort zu ihr um, und noch bevor sie ihn ins Wohnzimmer bitten konnte, wo sie zwei Gläser und eine Flasche Wein hingestellt hatte, sah er ihr geradewegs in die Augen und ergriff endlich das Wort.

»Mona, sagen Sie mir, was ich hier mache?«

Sie deutete ein unschuldiges Lächeln an.

»Aber, Ari! Sie sind hier, weil Sie kommen wollten …«

»Vergeuden wir die Zeit nicht mit Wortklauberei, Mona. Sagen Sie mir, warum Sie mich sehen wollten.«

Stumm hielt sie seinem Blick mit amüsierter Miene stand.

Ari hatte genug davon, sich hinhalten zu lassen, die Spielchen dieser Frau sollten ein Ende haben.

Er machte einen Schritt auf sie zu. Plötzlich fiel sein Blick auf Monas Unterarm. Er betrachtete den langen Ärmel ihres schwarzen Pullovers. Konnte es sein, dass sie darunter eine Tätowierung verbarg? Der letzte Beweis, die letzte Bestätigung, die er bräuchte? Er wurde von dem unwiderstehlichen Verlangen gepackt, ihren Arm zu ergreifen und den Ärmel hochzuschieben, um Gewissheit zu erlangen.

Als hätte sie seine Gedanken erraten, verschränkte Mona Safran ihre Hände auf dem Rücken und lehnte sich an die Tür.

In dem Moment verlor Ari die Kontrolle über sich. Er machte zwei Schritte nach vorn und packte seine Gesprächspartnerin drohend an den Schultern.

»Mona, treiben Sie nicht dieses Spiel mit mir. Sagen Sie mir sofort, warum Sie mich angerufen haben.«

Da sah er einen seltsamen Schimmer in Monas schwarzen Augen aufflackern. Ein Hauch von Unsicherheit. Das hoffte er zumindest.

»Ich habe es Ihnen bereits gesagt. Um mit Ihnen zu sprechen.«
Ihre Stimme war sinnlich, ihr Blick verwirrend. Ari schluckte. Er musste sich eingestehen, dass diese Frau eine außergewöhnliche Anziehungskraft auf ihn ausübte.
»Nun, jetzt bin ich da, also sprechen Sie.«
Sie öffnete langsam den Mund, wobei ihre Lippen leicht zu beben schienen, als suche sie nach Worten, doch kein Laut war zu hören.
Dann zog sie plötzlich völlig unerwartet die Hände hinter dem Rücken hervor, umklammerte Aris Nacken und presste ihren Mund auf den seinen. Er hatte weder die Zeit noch den Reflex zurückzuweichen. Sie küsste ihn mit einer jähen, übertriebenen Leidenschaft, biss ihm in die Lippen, ließ die Zunge hervorschnellen und stieß kleine, spitze Seufzer aus.
Aris Hände gruben sich in ihre Schultern, und er schob sie weg. Der Kopf der Frau schlug gegen die Tür. Ari fixierte sie, ohne sie loszulassen. Er konnte nicht klar denken. Die Spannung, die er zwischen ihnen verspürte, wurde immer konfuser. Eine Mischung aus Wut, Angst und Verlangen. Er fragte sich, ob er sie erwürgen oder mit ihr schlafen wollte. Und er war sich nicht sicher, ob nicht sie ihm am Ende den Hals umdrehen würde. Jeden Moment konnte diese Frau, die vielleicht diejenige war, die Paul Cazo getötet hatte, tätlich werden und ihn angreifen. Er bekam die Polaroidbilder der Ermordeten nicht aus seinem Kopf. Die nackten Körper dieser auf Tische gebundenen Männer, ihr leerer Blick, das Blut, das Loch im Schädel ...
Ari drückte den Kopf von Mona Safran fest gegen die Tür und küsste sie. Sein Stöhnen wurde von der Frau erwidert, die von seinem Körper gegen die Tür gepresst wurde. Er ließ seine rechte Hand über den Hals von Mona Safran zur Schulter hinabwandern, schob sie unter den Pullover und umfasste ihre Brust. Durch den Stoff ihres Kleides hindurch spürte er, wie sich ihre Brustwarze verhärtete. Er drückte fester zu. Als sie ihm in die Lippe biss, zog er seinen Kopf zurück, musterte sie

für die Dauer einer Sekunde und ließ seine Lippen dann ihren Hals hinabwandern, um sie auf die Schulter zu küssen.
Mona Safran fuhr ihm leidenschaftlich durch das Haar, wobei sie ihn bei jedem Kuss mehr zerzauste. Mit einem Mal packte sie Ari an den Haaren und zog seinen Kopf nach hinten. Er verzog schmerzvoll das Gesicht. Ihr Spiel nahm brutale Züge an. Und Ari fand das zu seiner großen Verwunderung äußerst erregend. Er packte sie bei den Handgelenken, hob ihre Arme über ihren Kopf. Mona stieß einen kleinen Schrei aus. Ihre Brust hob und senkte sich immer schneller, ihr Atem wurde immer heftiger. Einen Moment lang blieben sie unbeweglich stehen wie zwei Raubtiere, die sich mitten im Kampf herausfordernd musterten, dann versuchte sie, ihre Handgelenke zu befreien. Er hinderte sie daran, sich zu bewegen, indem er ihre Hände gegen die Tür presste. Sie wehrte sich stärker, und als es ihr gelang, eine Hand zu befreien, schob sie ihn zurück und gab ihm eine Ohrfeige.
Von dem harten Schlag wurde Aris Kopf nach links gerissen. Er packte die Frau wieder an den Armen, diesmal fester, und zwang sie, die Hände auf dem Rücken zu verschränken. Er presste sich an sie und hielt sie fest, ohne ihre großen schwarzen Augen aus dem Blick zu verlieren. Er hätte gerne gewusst, welch geheimes Vorhaben sie verbargen. War diese Frau im Begriff, mit ihm zu schlafen oder ihn zu töten? Er näherte seinen Mund vorsichtig ihren leicht geöffneten Lippen, und als sich ihre Gesichter fast berührten, flüsterte er:
»Was treiben Sie für ein Spiel, Mona?«
Sie neigte ihren Kopf etwas zur Seite und begnügte sich mit einem Lächeln. Dann glitt sie mit dem Rücken langsam an der Tür hinab, bis sie Ari zwang, ihre Hände loszulassen.
Mit immer ungeduldigeren Handgriffen knöpfte sie den unteren Teil von Mackenzies Hemd auf und bedeckte seinen Bauch mit Küssen. Er schauderte. Einen nach dem anderen öffnete sie die Knöpfe seiner Jeans, ohne von seinem Bauch abzulassen.

Ari ließ es voll Verlangen geschehen, den Blick zur Decke gewandt. Als er Monas Lippen zu seinem Unterleib wandern fühlte, schloss er die Augen und gab sich völlig hin.
In dem Moment schien alles um sie herum zu verschwinden. Es war, als befände er sich in einem Traum, als sei er plötzlich von der Realität abgetrennt. Monas Liebkosungen führten ihn langsam zur Ekstase. Er fragte sich, ob er jemals eine solch intensive Erregung verspürt hatte, vermutlich wegen der unauslöschlichen Spannung, die zwischen ihnen herrschte.
Plötzlich, als er kurz davor stand zu kapitulieren, wurde Ari von einem Anfall von Klarheit ergriffen. Er trat einen Schritt zurück, packte Mona bei den Schultern und zwang sie dazu, aufzustehen. Ohne Umschweife zog er ihr mit heftigen Bewegungen den Pullover aus, drückte sie gegen die Tür und bog dann den linken Arm der Frau ins fahle Licht. Sie ließ es geschehen. Mackenzie lächelte. Nichts. Keine Tätowierung. Dann inspizierte er den rechten Arm. Auch nichts.
»Was machst du da, Ari?«
Er ließ seine Partnerin los und strich ihr sanft über die Schultern.
»Ich suche die Sonne.«
Mona runzelte verständnislos die Stirn, dann bog sie den Rücken durch, um ihr Kleid auszuziehen und warf es auf den steinernen Boden. Sie presste ihre schweren Brüste gegen Aris Oberkörper und umschlang ihn mit den Händen. Sie drängte sich immer mehr an ihn und begann, ihn an Hüften, Schultern und Nacken zu kratzen.
Plötzlich verharrte die Hand der Frau auf Aris Brust. Langsam zog sie an dem Gurt seines Holsters.
»Trägst du immer deine Waffe?«, murmelte sie amüsiert.
Ari machte einen Schritt zurück und nahm die Pistolentasche ab. Er streckte den Arm aus und legte das Holster auf den Boden, so weit weg von ihnen wie möglich.
Mona sah zum Revolver auf den Fliesen.

»Hast du Angst, dass ich ihn benutze?«, fragte sie belustigt.
Statt einer Antwort presste sich Ari wieder an sie.
»Nimm mich«, flüsterte sie ihm ins Ohr.
Ari reagierte nicht. Heftig atmend, blickte er ihr gedankenverloren in die Augen, ohne sich zu bewegen.
Und wenn sie es wäre? Wenn sie es wirklich wäre? Wie hatte sie es bei den anderen gemacht? Hatte sie gewartet, bevor sie sie angriff? Hatte sie bis zum Ende mitgemacht? Würde sie den Moment abwarten, in dem ich am verletzlichsten bin?
Mona legte eine Hand auf Aris Wange.
»Nimm mich«, wiederholte sie leise.
Ganz langsam drehte sie sich zur Tür um, ohne Ari aus den Augen zu verlieren. Sie stemmte ihren linken Unterarm gegen den Holzrahmen, griff mit der rechten Hand nach Aris Hüfte und zog sie an sich.
Unfähig, sich länger zu wehren, ließ er sich endlich in sie gleiten und liebte sie, gegen die Tür gepresst, zuerst langsam, dann immer heftiger. Er fühlte, dass seine Sinne bei jedem Stoß mehr schwanden, konnte aber den Zweifel nicht beiseiteschieben, der noch immer an ihm nagte. Nichts, nicht einmal die Lust, konnte ihn vergessen lassen, dass Mona möglicherweise die Mörderin war. Und vielleicht verzehnfachte diese Angst gerade sein Verlangen. Davongetragen von dem Augenblick, voller Leidenschaft, verharrten sie gegen die Tür gelehnt, beschleunigten den Rhythmus ihrer Bewegungen, bis ihre Lust im gemeinsamen Echo ihrer Schreie kulminierte.
Atemlos blieben sie endlose Sekunden lang wie versteinert, ihre beiden Körper schweißbedeckt aneinandergepresst. Dann befreite sich Mona, lächelte ihn zufrieden, beinahe spöttisch an und schlenderte dann Richtung Wohnzimmer, wobei sie ihr zerknittertes Kleid aufhob und anzog, bevor sie sich auf das Sofa setzte und eine ihrer parfümierten Vanillezigaretten anzündete.
Verwirrt knöpfte Ari seine Jeans zu und ließ sich zu Boden

gleiten, den Rücken an die Tür gelehnt. Er holte eine Zigarette hervor, um seine Fassung zurückzugewinnen, zündete sie an und blies lange Rauchspiralen über seinen Kopf.
Jeder rauchte für sich, ohne etwas zu sagen, bis die Stille immer unangenehmer wurde. Von draußen hörte man einen starken Wind, der die Bäume schüttelte, und Schneeflocken wirbelten gegen die Fensterscheiben. Tausend Fragen gingen Ari durch den Kopf, tausend Fragen, die er dieser seltsamen Frau gerne gestellt hätte, aber er hätte keine einzige formulieren können. Ehrlich gesagt kam er sich ein bisschen idiotisch vor, auch nur eine Sekunde lang angenommen zu haben, Mona könnte eine Kriminelle sein, und außerdem, weil er so ohne weiteres mit ihr geschlafen hatte.
Dann tauchte ein Gesicht in seinem Kopf auf und erfüllte ihn ganz. Das Gesicht von Lola, die ihn beobachtete, eine Träne im Augenwinkel. Er schloss die Augen und verbarg seinen Kopf zwischen seinen Händen.

47

Es war ein elegantes Einfamilienhaus in einem südlichen Vorort von Paris. Aus weißen Quadersteinen mit einem eckigen Turm auf der rechten Seite stand es schneebedeckt inmitten eines baumreichen Parks. An der Nordseite befand sich in Höhe des oberen Stockwerks ein Balkon, der von einem weißen Geländer eingefasst war und nur wenig über die Fassade hinausragte. Die Fenster im Erdgeschoss waren breit und hoch und öffneten sich wie Türen zur Vortreppe hin, die die gesamte Breite des Gebäudes ausmachte.
Etwa zwanzig Luxuskarossen, lange schwarze Limousinen, Sportwagen, chromglänzende Geländefahrzeuge, reihten sich beiderseits des Eingangs auf, bewacht von zwei breitschultri-

gen Männern, die in dunklen Anzügen auf und ab marschierten. Das Geräusch ihrer Schritte wurde vom Schnee gedämpft, der sich noch immer auf dem Boden anhäufte, während über ihnen die herumwirbelnden Flocken das gelbe Licht einer Reihe von Straßenlaternen verschleierten.

In Inneren des Hauses fand seit einer Stunde ein Empfang statt, der einem dieser Diplomatenabende würdig war, bei denen man sich schamlos auf Kosten des Staates vollstopfte. Das Schauspiel wies in seinem fast zu perfekten Prunk anachronistische Züge auf. Leise Musik, Petit Fours und Kelche mit Champagner, die auf silbernen Tabletts serviert wurden, tadellose Kellner, weiße Tischtücher – es fehlten bei diesem Männerabend nur die farbenfrohen Kleider der Damen und das Glitzern ihres Schmucks.

Der Empfang fand im größten Raum des Hauses statt, der mit seinen hohen Fenstern auf den rückwärtigen Teil des Anwesens hinausging. Vier kleine Kristallleuchter umringten einen fünften, wesentlich größeren, der imposant in der Mitte der Zimmerdecke hing und ein sanft fließendes, gelbliches Licht verströmte. An den Wänden befanden sich einander gegenüber, umrahmt von filigraner Holzvertäfelung, hohe vergoldete Spiegel, die die prunkvolle Perspektive des Raumes ins Unendliche verlängerten.

Luxus und Überfluss herrschten überall, wohin das Auge blickte. Der weiße Marmor des riesigen Kamins, das blaue Porzellan der Nippes-Figuren auf dem Sims, das schwere Holz des gewachsten Parketts, an die Decke gemalte Figuren, Vergoldungen, Gemälde, Intarsien ... Nirgends war auch nur eine Spur von Nachlässigkeit zu sehen.

Die etwa dreißig Gäste schlenderten von einem Büfett zum anderen, trafen auf Gruppen, gingen auseinander, verstreuten sich, kreuzten sich und trennten sich wieder zwischen lautem Auflachen, bewunderndem Flüstern und Gläserklirren, man rauchte Pfeife, ausländische Zigaretten, Havannas, man aß be-

legte Brote und Petit Fours, trank viel, all dies in einer unbeschwerten Atmosphäre, die mit der Strenge der dunklen Anzüge kontrastierte.
Draußen fiel der Schnee in großen Flocken und bildete einen dichten Vorhang, der sie von der Welt abschnitt.
Spät am Abend erschien endlich Albert Khron und betrat durch die große Eingangstür den Saal. Stille breitete sich nach und nach unter den Gästen aus, die Blicke aller richteten sich auf ihn. Er bestieg ein Podium, wo ein Stehpult und ein Mikrofon bereitstanden. Hinter ihm hingen von der Decke bis zum Boden zwei purpurrote, schmale Wandbehänge, die in der Mitte das Zeichen ihrer Gesellschaft trugen: eine schwarze Sonne.
»Meine Freunde! Welch große Freude, euch alle versammelt zu sehen! Keine Sorge, ich werde euch nicht mit einer langen Rede langweilen, ich sehe, dass ihr bereits miteinander angestoßen habt, und ich will mich gleich dazugesellen. Aber vorher würde ich euch doch gerne ein paar Worte sagen. Zu allererst ... Erik? Sind Sie da?«
Der Ethnologe stellte sich auf die Zehenspitzen und ließ seinen Blick durch den Raum schweifen. Der braunhaarige Mann, mit dem er sich regelmäßig heimlich in Paris traf, löste sich aus der Gruppe und gab ihm ein Handzeichen.
»Ah! Da sind Sie!«, stellte Khron lächelnd fest. »Meine Freunde, ich möchte herzlich unserem großzügigen Mäzen danken, dessen Unterstützung und Beharrlichkeit bei der Ausarbeitung unseres Projektes von entscheidender Bedeutung waren, wie ihr wisst. Ich kann nicht umhin zu denken, dass die Begegnung eines Mannes Ihrer Familie, Erik, mit unserem Orden nicht ganz dem Zufall zu verdanken ist, sondern der Vorsehung, die sich früher oder später manifestieren musste. Wie dem auch sei, wir sind glücklich, Sie heute Abend bei uns begrüßen zu dürfen.«
Beifall schallte durch den hohen Raum. Der Mann mit der dunklen Brille neigte zum Zeichen des Danks ehrerbietig den

Kopf, hielt es aber nicht für nötig, auch nur ein Wort zu erwidern.

»Meine Freunde, wir nähern uns dem Ziel. Ich möchte allerdings nicht, dass wir uns zu früh freuen. Wenn ich euch heute Abend hierhergebeten habe, dann nicht, um das Ende unseres Projektes zu feiern, wenn ich auch erfreut darüber bin, mit euch von diesem Veuve Clicquot zu kosten, von dem ich so viel Gutes gehört habe ... Es befinden sich heute vier Quadrate in unserem Besitz. Es fehlen uns freilich noch zwei, aber das sollte uns nicht daran hindern, mit unserer Suche zu beginnen. Jeder von euch bekommt jetzt eine Kopie der ersten vier Quadrate.«

Ein Mann mit strengem Gesicht, der seit dem Beginn der Rede hinter Albert Khron im Schatten gestanden hatte, ging zu den Gästen und gab jedem von ihnen eine kartonierte Mappe.

»Ich lade euch dazu ein, euch diese Dokumente in den nächsten Tagen genauer anzuschauen, denn wie ihr wisst, werden wir sie gemeinsam dechiffrieren müssen, und je schneller das der Fall sein wird, desto schneller werden wir unser Projekt zu Ende bringen können. Ich bin mir sicher, dass ihr als brillante Experten mit vereinten Kräften brauchbare Hinweise finden werdet. Eine Spur scheint sich bereits abzuzeichnen, und ich kann euch sogar schon sagen, dass wir uns vermutlich auf ... Notre-Dame konzentrieren müssen.«

Der Ethnologe hielt in seiner Rede inne, um die Wirkung seiner Enthüllung abzuschätzen. Die Gäste tauschten enthusiastische Blicke. Dies war der allererste konkrete Hinweis, der den Versammelten gegeben wurde, und Albert Khron war sich sicher, ihre Neugier geweckt zu haben. Endlich nahm das Objekt ihrer Suche Konturen der Wirklichkeit an. Überdies einer Wirklichkeit, die zum Greifen nahe war. Und zwar mitten in der Hauptstadt.

»Ich weiß, dass einige von euch diese Kathedrale besonders gut kennen, wir werden sicherlich eurer Hilfe bedürfen. Mehr möchte ich euch im Moment nicht sagen, aber ihr werdet die Recherchen, die wir durchzuführen haben, bestimmt genauso faszinierend finden wie ich. Ich nehme an, dass es nicht nötig ist, euch daran zu erinnern, dass der geheime Charakter der Dokumente, die ihr soeben erhalten habt, keinerlei Nachlässigkeit erlaubt. Aber ich weiß, dass ich mit eurer Verschwiegenheit rechnen kann.«

Trotz der Sanftheit seiner Stimme und dem eher moderaten Inhalt seiner Rede lag in der Haltung des Ethnologen etwas Bedrohliches, was wahrscheinlich niemandem entging. Jeder der hier Anwesenden wusste, was ihn erwartete.

»Bevor ich mit euch anstoße, möchte ich zum Schluss noch von etwas anderem sprechen und die Publikationen zweier unserer hervorragendsten Spezialisten erwähnen. Ich freue mich, zu sehen, dass die ehrenwerten Mitglieder dieser Gesellschaft in ihrem profanen Leben nicht untätig sind, und bin der Meinung, dass sich jeder hier für die Werke, die unsere Mitglieder publizieren, interessieren sollte. Ich mache euch auf den bemerkenswerten Aufsatz *Der Apollo-Mythos und die verschwundenen Zivilisationen* von unserem berühmten Professor Vidal aufmerksam. Mein lieber Alexandre, ich habe ihn in einem Zug durchgelesen und fand ihn wirklich beeindruckend. Genauso verhält es sich mit dem neuen Buch unseres Freundes Juan, das sich mit Arthur de Gobineau beschäftigt, erstaunlich, und zudem enthält es eine absolut wundervolle Ikonographie. Ich möchte euch beide beglückwünschen ... So, nun werde ich euch nicht länger langweilen, meine lieben Freunde. Ich wünsche euch allen einen schönen Abend, und vor allem, seid in den nächsten Tagen fleißig, beim Licht der schwarzen Sonne!«

Durch den Raum schallte noch einmal lauter Applaus, dann zerstreuten sich die Gäste, und manche gingen zu Albert Khron, um ihn herzlich zu begrüßen, als wäre es ein Privileg, ihm die Hand zu schütteln.

Etwas später am Abend näherte sich der Mann mit der dunkeln Brille dem Ethnologen. Eine Champagnerschale in der Hand, lud er ihn ein, mit ihm anzustoßen, dann beugte er sich zu dessen Ohr und flüsterte ihm ein paar diskrete Worte zu. Khron nickte, und sie verschwanden unauffällig hinter einer Tür am Ende des Saals.

48

Als er seine Chesterfield zu Ende geraucht hatte, stellte sich Ari mitten im Wohnzimmer vor Mona Safran auf.
»Sagen Sie, hätten Sie nicht zufällig etwas Whisky?«
Sie zog die Augenbrauen hoch.
»Ich hatte uns einen guten Bordeaux ausgesucht. Und siezt du öfters die Frauen, mit denen du gerade geschlafen hast?«
Ari warf einen Blick auf die geöffnete Flasche auf dem Couchtisch.
»Ihr Bordeaux scheint sehr gut zu sein, aber ich gebe zu, dass ich gerne einen kleinen Whisky hätte«, sagte er provozierend.
Er beschloss, weiter beim Sie zu bleiben. Das war seine kleine, persönliche Rache. Mona konnte nicht jede Runde gewinnen.
»Hinter dir in der Küche, in dem Schrank über der Spüle.«
Ari drehte sich um und ging die Flasche holen, wobei er sein Hemd in die Hose stopfte. Als er zurück ins Wohnzimmer kam, schenkte sich Mona gerade ein Glas Wein ein. Er nahm das leere Glas, das noch auf dem Tisch stand und setzte sich mit der Whiskyflasche in der Hand ihr gegenüber hin.
»Gut ... Also, *das* wäre erledigt«, sagte die Frau, nachdem sie einen ersten Schluck von ihrem Bordeaux getrunken hatte.
Ari fuhr sich mit einer Hand durch die zerzausten Haare und lachte nervös auf.
»Heißt das, dass Sie jetzt mit mir sprechen können?«, fragte er, während er sich von dem Whisky bediente.

»Ich habe immer wieder festgestellt, dass ich leichter Vertrauen fasse, nachdem ich mit jemandem geschlafen habe.«
»Dann tun Sie sich meinetwegen keinen Zwang an. Und wenn Sie sich nicht mehr genau erinnern, können wir das gerne wiederholen, wenn Sie wollen.«
»Überschätze dich nicht, Ari.«
Mackenzie nahm einen Schluck Whisky. Mit dieser Frau zu sprechen oder auch mit ihr zu schlafen war eine Art Gefecht, das zugleich ärgerlich und aufregend war. Es schien, als ob für sie alles ein Wettkampf war.
»Dann sagen Sie mir, Mona, was ist der Zusammenhang zwischen dieser ganzen Sache und Villard de Honnecourt? Wie kommt es, dass wir hier sind?«
Mona betrachtete ihn einen Moment lang, als ob sie noch immer überlegte, ob sie mit ihm sprechen oder lieber schweigen sollte. Dann zog sie die Füße hoch, setzte sich im Schneidersitz auf das Sofa und wies schließlich mit einer ausholenden Geste auf den gesamten Raum um sie herum.
»Siehst du dieses Haus? Das ist kein gewöhnliches Haus. Das hier nennen wir, die Compagnons, eine Cayenne. Tatsächlich ist dieses Haus die Cayenne von Honnecourt.«
Ari zog erstaunt die Stirn in Falten.
»*Wir?* Wollen Sie damit sagen ... dass Sie auch ...«
»Ja. Das heißt, ich bin nicht wirklich eine Compagnon du Devoir, aber sagen wir, ich bekleide ein Amt innerhalb der Gesellenvereinigung. Ich bin das, was man eine Mutter nennt.«
»Und ist es das, was Sie mit Paul verband? Das Gesellentum?«
»Ja, in gewisser Weise. Hast du gedacht, ich wäre seine Geliebte?«
Ari zuckte mit den Schultern, wollte aber nicht gestehen, dass dieser Gedanke ihm tatsächlich gekommen war.
»Ich schlafe nicht mit allen Männern, die ich treffe, Ari.«
»Ich sollte Ihnen also vermutlich für diese Gunst dankbar sein.«

Sie verdrehte die Augen.

»Es ist also die Gesellenvereinigung, durch die Sie Paul nähergekommen sind?«

»Ich bin die Mutter dieser Cayenne, und Paul kam regelmäßig hierher.«

»Wenn ich mich recht an das erinnere, was ich über die Compagnons gelernt habe, dann ist eine Mutter eine Art Verwalterin, die sich um die Herberge kümmert, oder nicht? Ich dachte, Sie betrieben eine Kunstgalerie?«

»Man muss meine Rolle ein wenig mehr symbolisch verstehen, Ari. Weißt du, die Dinge haben sich verändert, aber lange Zeit wurden diese Herbergen tatsächlich von Frauen geführt. Es gab Häuser wie dieses in allen wichtigen Städten Frankreichs, und die jungen Gesellen, die auf der Walz waren, fanden hier gegen etwas Geld Zuflucht. Die Mutter spielte, wie du sagst, die Verwalterin. Sie führte die Herberge, kümmerte sich darum, die jungen Neuankömmlinge unterzubringen und ihnen zu essen zu geben, stellte aber in diesem sehr männlichen Milieu auch eine mütterliche Autorität dar. Die jungen Leute trafen hier andere Compagnons und Meister, die bereit waren, ihnen ihre Kunst beizubringen und sie auf die Baustellen mitzunehmen ...«

»Okay, okay ... Aber Sie, Sie werden mir doch nicht erzählen, dass Sie in dieser Bude für die jungen Gesellen auf Wanderschaft die Rolle der Verwalterin spielen? Das heißt ... Wenn Sie sie so empfangen wie mich, dürften sie von ihrer Reise nicht enttäuscht sein!«

»Sehr lustig. Wie geschmackvoll!«, schimpfte sie. »Nein, Ari, hier kommen keine jungen Gesellen vorbei. Die Cayenne von Honnecourt ist ein wenig speziell und auch nur einer sehr beschränkten Zahl von Compagnons bekannt ...«

»Lassen Sie mich raten: denjenigen, die sich gerade nach und nach massakrieren lassen?«

Sie nickte und trank einen Schluck Wein.

Ari begann, die Rolle dieser Frau in der ganzen Geschichte besser zu verstehen. Aber es blieben noch viele Unklarheiten.
»Paul hatte dir also nichts von der Loge Villard de Honnecourt erzählt?«, fragte Mona, als sie ihr Glas auf den Tisch zurückstellte.
»Nicht das Geringste.«
»Er war also besser als die meisten von uns in der Lage, ein Geheimnis zu wahren. Ach, wenn doch alle so verschwiegen gewesen wären wie er ...«
»Also, erklären Sie mir, was ist diese großartige Villard-de-Honnecourt-Loge?«
»Das würdest du gerne wissen, nicht wahr?«
Ari sagte nichts. Die Antwort schien klar zu sein.
»Hör zu, Ari, ich will dir gern alles erzählen, aber ich erwarte im Gegenzug etwas.«
Der Agent verzog amüsiert das Gesicht.
»Ach ja? Was denn?«
»Ich möchte, dass du mir auch alles sagst, was du weißt. Und ... ich brauche deinen Schutz.«
»Meinen Schutz?«
»Ich fühle mich bedroht, Ari. Deshalb habe ich dich gebeten, heute Abend hierherzukommen. Bis jetzt habe ich geglaubt, mich allein verteidigen zu können, aber die anderen lassen sich der Reihe nach töten, und ich fange an, Angst zu bekommen. Die Loge zählte sechs Mitglieder. Wir sind nur noch zwei. Und ich bin die Nächste auf der Liste.«
Ari nickte langsam. Nach und nach hob sich über dem Geheimnis der Schleier, der seit Pauls Tod immer undurchsichtiger geworden war. Die Mitgliedschaft in einer – offenbar ein wenig speziellen – Compagnon-Loge verband also die vier Opfer miteinander. Und vermutlich war es der geheime Charakter dieser Loge, der die Mörder motivierte.
»Wenn Sie mir alles erzählen, Mona, kann ich Ihnen Tag und Nacht Polizeischutz garantieren, Ihnen und dem sechsten Mit-

glied, bis die Verantwortlichen dieser Morde hinter Gittern sind.«
»Nein. Keine Bullen. Dich.«
»Sie wollen, dass *ich* persönlich Sie beschütze?«
»Ja.«
»Halten Sie mich für Rambo, oder was?«
»Nein, für Pauls besten Freund. Ich weiß, dass du mich besser verteidigen kannst als zwei Polizisten. Und ich will an deiner Seite die Ermittlungen führen. Ich glaube, dass wir beide derselben Spur folgen.«
Ari dachte nach. Worauf spielte sie an?
»Albert Khron, der Ethnologe?«
»Unter anderem, ja.«
»Deshalb habe ich Sie also bei dem Vortrag gesehen? Warum verdächtigen Sie ihn?«
»Sylvain Le Pech hat mit ihm gesprochen. Paul und ich haben entdeckt, dass Sylvain sich hat reinlegen lassen. Er hat diesem Mann alles erzählt ...«
Es hatte also eine undichte Stelle gegeben. Eines der Mitglieder der Loge hatte ihr Geheimnis verraten, was diese Mordserie ausgelöst hatte. Aber welch ein Geheimnis konnte solche Gewalttätigkeiten entfesseln?
»Was ich nicht verstehe, Mona, ist, warum Sie und Paul nicht sofort die Polizei informiert haben. Und warum haben Sie so lange gewartet, um mit mir zu sprechen?«
»Weil wir alle geschworen haben, niemals die Existenz dieser Loge zu verraten, Ari, und auch nicht ihre Funktion. Jetzt, in diesem Moment, breche ich meinen Eid.«
»Haben Sie mir den anonymen Brief mit dem Namen von Pascal Lejuste geschickt?«
»Nein. Das muss Jean gewesen sein.«
»Jean?«
»Der sechste Compagnon, der Meister der Loge. Er ist der Einzige neben mir, der noch am Leben ist. Und wenn er dir ge-

schrieben hat, dann hat er sein Schweigegelübde ebenfalls gebrochen.«
»Vier Menschen sind tot, Mona, dank eures Schweigens.«
»Wir waren uns dieses Risikos von Anfang an bewusst. Das bringt die Natur unserer Loge mit sich.«
Ari schüttelte den Kopf. Das Ganze kam ihm so unwirklich vor! Er konnte nicht glauben, dass Paul getötet wurde, weil er einer geheimen Compagnon-Loge angehörte, deren Mitglieder bei ihrem Leben geschworen hatten, niemals darüber zu sprechen … Das entsprach nicht dem Bild, das er sich vom Freund seines Vaters gemacht hatte. Aber es war offenbar so.
»Tut mir leid, Mona, aber ich komme mir vor wie in einem schlechten Film. Die Sache mit dem Eid! Wie die Kinder, die auf dem Pausenhof zum Zeichen der Freundschaft Blutsbrüderschaft schließen …«
»Glaub mir, Ari, die Villard-de-Honnecourt-Loge ist alles andere als ein Kinderklub.«
Ari glaubte, dass es an der Zeit war, die einzige wirklich wichtige Frage zu stellen. Wenn das Motiv für die Morde ein von sechs Personen sorgsam gehütetes Geheimnis war, musste er wissen, worum genau es sich dabei handelte.
»Mona, was ist es, was Ihre Loge so speziell macht? Ihr Geheimnis?«
»Du hast mir noch nicht versprochen, worum ich dich bitte.«
Ari seufzte. »Ich verspreche, Sie zu beschützen, Mona.«
»Und mich an deiner Seite ermitteln zu lassen?«
Er zögerte. Der Gedanke, seine Ermittlungen mit Mona Safran zu teilen, behagte ihm nicht besonders, ganz abgesehen davon, dass Lola darüber wahrscheinlich nicht erfreut sein würde. Aber hatte er eine Wahl? Außerdem wusste die Galeristin über die ganze Sache besser Bescheid als er, und ihre Hilfe könnte sich als nützlich erweisen.
»Einverstanden, Mona. Aber auf meine Weise. Keine dummen Alleingänge von Ihrer Seite. Sie helfen mir bei meinen Ermitt-

lungen, aber wenn es zu gefährlich wird, bleiben Sie in Deckung. Und keine Diskussion.«
»In Ordnung.«
Mona stand auf, goss sich noch ein Glas Wein ein und ging zu einem der kleinen Wohnzimmerfenster, um nach draußen zu schauen. Der Schnee wirbelte noch immer vor den Scheiben herum. Ein paar Sekunden lang schien sie schweigend die Dunkelheit zu erforschen, dann setzte sie sich wieder auf das Sofa. Ihr Gesichtsausdruck hatte sich völlig verändert. Ari war sich sicher, dass die Maske gefallen war und dass sich die Frau endlich öffnete, ohne länger mit ihm zu spielen.
»Die Villard-de-Honnecourt-Loge wurde 1488 von einem gewissen Mancel gegründet. Aber wie du schon weißt, handelt es sich nicht um eine gewöhnliche Compagnon-Loge. Ehrlich gesagt, ist sie in dieser Weise sogar einzigartig. Damit du die Geschichte richtig verstehen kannst, muss ich von Anfang an erzählen ... Das könnte eine Weile dauern.«
»Ich habe Zeit«, versicherte Ari und lehnte sich in seinem Sessel zurück.
»Die Geschichte dieses Manuskripts aus dem dreizehnten Jahrhundert ist ziemlich chaotisch. Wie du vermutlich weißt, waren diese Skizzenbücher längere Zeit mehr oder weniger verschwunden. Sie wurden erst 1825 wiederentdeckt, in einer Schublade in einer alten Bibliothek der Abtei Saint-Germain-des-Prés. Das ist jedenfalls die offizielle Version. In Wahrheit war es ein wenig komplizierter.«
»Ich höre Ihnen zu.«
»Willst du nicht aufhören, mich zu siezen?«
Der Agent lächelte. Aber er musste zugeben, dass Mona mitspielte, dass sie ihr Visier herabgelassen hatte und es unnötig war, mit der Provokation fortzufahren.
»Ich höre dir zu«, sagte er schließlich.
»Dass das Skizzenbuch durch die Zeit gerettet wurde und heute in der Nationalbibliothek aufbewahrt wird, ist zum Teil sei-

ner historischen Bedeutung zu verdanken. Aber nicht nur. Der genaue Weg, den das Heft zurückgelegt hat, ist ungewiss. Zahlreiche Historiker haben versucht, seine Reise durch die Jahrhunderte nachzuzeichnen, aber es gibt zu viele Unklarheiten, als dass dies wirklich möglich wäre. Was man weiß, ist, dass im späten dreizehnten Jahrhundert eine Person, die im Besitz des Manuskripts war, versucht hat, dieses mit Seitenzahlen zu versehen, vermutlich, um es in eine geordnete Form zu bringen. Nur die ersten sechzehn Seiten wurden in dieser Zeit numeriert. Man weiß, dass es nicht Villard selbst war, weil die Schrift nicht übereinstimmt. Dann hat im fünfzehnten Jahrhundert ein anderer Besitzer der Hefte, ein gewisser Mancel ...«

»Derjenige, der die Loge gegründet hat?«

»Ja, aber unterbrich mich nicht, hör gut zu. Ein Mann namens Mancel hat seinerseits die Seiten von Villards Skizzenbuch numeriert. Dank dieser zweiten Numerierung, in römischen Zahlen, weiß man heutzutage, dass mehrere Seiten in Villards Schriften fehlen. Die Experten sind sich über die Anzahl der verschwundenen Seiten nicht einig, aber tatsächlich fehlten genau sechs. Eine dritte Numerierung aus dem achtzehnten Jahrhundert, diesmal in arabischen Ziffern, bestätigt, dass die dreiunddreißig Seiten, die sich heute in der Nationalbibliothek befinden, damals in derselben Reihenfolge angeordnet waren. Die fehlenden Seiten sind den Historikern zufolge also zwischen dem fünfzehnten und dem achtzehnten Jahrhundert verschwunden. Was diese Historiker wissen, ist, dass das Buch um 1600 nach Christi einer Familie Félibien gehört hat und es vermutlich von Michel Félibien dem Pariser Kloster Saint-Germain-des-Prés übergeben wurde. Im achtzehnten Jahrhundert wurde es der französischen Nationalsammlung hinzugefügt und 1865 in der Nationalbibliothek unter der Nummer katalogisiert, die es noch heute trägt. Das ist das, was die Historiker wissen.«

»Und was wissen sie nicht?«

»Was sie nicht wissen, ist, dass die sechs fehlenden Seiten im fünfzehnten Jahrhundert von eben jenem Mancel vorsätzlich aus dem Buch herausgetrennt worden sind und dass er jede von ihnen einem der sechs Mitglieder einer geheimen Compagnon-Loge anvertraut hat, deren Begründer er war. Er begrenzte die Zahl der Logenmitglieder strikt auf sechs Personen. Jede der sechs Seiten wurde für jeden von ihnen das, was man sein Quadrat nennt – für gewöhnlich sind die Quadrate bei den Gesellen die Schriftstücke, auf denen sie alle Städte verzeichnen, die sie auf ihrer Reise passieren –, und wenn ein Logenmitglied stirbt, wird sein Quadrat einem neuen Eingeweihten übergeben ...«

»Aber warum hat er diese sechs Seiten herausgenommen?«

»Weil Mancel verstanden hatte, dass sie etwas enthielten, was die profane Welt nicht wissen durfte. Ein Geheimnis, das niemals offenbart werden sollte. Und das beste Mittel war, die sechs Seiten zu trennen und je eine einem vertrauenswürdigen Wächter zu übergeben.«

»Aber was ist dieses verdammte Geheimnis?«

Die junge Frau brach in Gelächter aus.

»Ich habe dir gerade gesagt, dass es niemals offenbart werden darf! Ari, wenn ich dir sage, dass ich es selbst nicht weiß, wirst du mir nicht glauben ...«

»Ja, in der Tat, gestatte mir, daran zu zweifeln. Offensichtlich ist der Inhalt dieser sechs Seiten so wichtig, dass ihr euch dafür töten lasst ... Es fällt mir schwer, zu glauben, dass ihr nicht wisst, was darauf steht.«

»Keiner von uns weiß es wirklich, Ari, das versichere ich dir. Jedenfalls ist mir davon nichts bekannt. Bei der Einweihungszeremonie geben wir das Versprechen ab, nur der Hüter unseres eigenen Quadrats zu sein. Jedes Logenmitglied kennt nur sein eigenes Quadrat. Ich habe nie die anderen gesehen, zumindest nicht aus der Nähe ... Nur der Meister der Loge, der das sechste Quadrat hat, kennt alle.«

»Okay. Gut, wenn ich richtig verstehe, bedeutet das, dass du selbst eine der sechs fehlenden Seiten aus Villards Skizzenbuch besitzt?«
Mona Safran hob langsam den Kopf.
»Ja. Sie ist hier.«

49

»Erik, diesmal haben wir ein echtes Problem.«
Albert Khron hatte die Tür zu seinem Büro sorgfältig geschlossen und es sich mit besorgter Miene in seinem breiten Sessel bequem gemacht. Das Lächeln, das er vor wenigen Augenblicken seinen Gästen geschenkt hatte, war völlig aus seinem Gesicht verschwunden.
»Ich höre«, antwortete der Angesprochene, während er seinerseits Platz nahm.
»Ari Mackenzie ist heute Abend zu meinem Vortrag gekommen.«
Der Mann mit der dunklen Brille umklammerte die Armlehnen. Er hatte von Anfang an gewusst, dass der Agent des Nachrichtendienstes ihnen Probleme bereiten würde, und bereute es, diese Bedrohung nicht ernster genommen zu haben.
»Machen Sie Witze?«
»Ich bin nicht in der Stimmung, zu scherzen, junger Freund.«
»Wie ist er denn auf Sie gekommen?«
»Leider gibt es mehrere Möglichkeiten. Mona Safran ist heute Abend auch aufgetaucht.«
»Na, da war aber viel los bei Ihrem Vortrag!«
»Vielleicht ist er ihr gefolgt. Oder er ist durch Ihren Mann auf mich aufmerksam geworden. Demjenigen, den er getötet hat.«
»Das ist äußerst ärgerlich.«
»Sie sagen es. Ab jetzt wird es ein Wettlauf gegen die Zeit sein,

Erik. Wenn Lamia uns rechtzeitig die beiden letzten Quadrate beschafft, hat es keine Bedeutung, denn dann wird es zu spät sein, uns zu stoppen. Aber dieser Mackenzie darf uns nicht in die Quere kommen.«
»Wir müssen ihn eliminieren.«
»Sicher. Aber das Problem ist, dass er nicht mehr zu sich nach Hause geht und kaum noch zum Sitz des Nachrichtendienstes. Wir bekommen ihn nicht zu fassen, und heute Abend, als er zur Konferenz kam, war ich leider nicht in der Lage, ihn abzufangen.«
»Das ist kein Problem.«
»Was wollen Sie damit sagen?«
»Ich weiß, wie wir ihn kriegen.«
Albert Khron hob die Augenbrauen. Das kleine süffisante Lächeln seines Partners verärgerte ihn.
»Ach ja, wirklich?«
»Ja. Ich weiß, wo er übernachtet.«
»Perfekt. Dann handeln Sie so schnell wie möglich.«
Albert Khron machte Anstalten, sich zu erheben, aber sein Gesprächspartner forderte ihn mit einer Handbewegung auf, sitzen zu bleiben.
»Warten Sie ... Sie haben mir nichts über Ihre Entdeckung gesagt. Was ist das für eine Geschichte mit Notre-Dame?«
Der alte Mann setzte sich mit amüsiertem Gesichtsausdruck zurück in den Sessel. Er nahm die Pfeife von seinem Schreibtisch, die er nicht zu Ende geraucht hatte, und zündete sie wieder an.
»Ich habe damit begonnen, die ersten vier Quadrate zu dechiffrieren«, sagte er schließlich und blies dabei eine parfümierte Rauchwolke aus.
»Wirklich? Ich weiß nicht, wie Sie das machen. Ich habe sie hundertmal angeschaut und verstehe gar nichts ...«
»Sie haben nicht den entsprechenden Hintergrund, Erik. Jedem sein Metier. Ihr Metier ist die Welt des Geldes, wovon ich wiederum nicht viel verstehe ...«

»Sie glauben also, dass sich der Ort, den wir suchen, irgendwo unter der Kathedrale von Paris befinden könnte?«
»Das erscheint mir sehr gut möglich.«
»Das wäre ... außerordentlich.«
»In der Tat. Wir sind nicht mehr sehr weit vom Ziel entfernt, Erik.«
»Nicht mehr sehr weit vom Ziel ... Gewiss. Aber ich erinnere Sie daran, dass wir nicht ganz dasselbe suchen. Einer von uns beiden wird vermutlich enttäuscht werden.«
»Sind Sie sicher?«
»Sie wissen sehr gut, dass ich nicht an Ihre Geschichten der illuminierten Geheimbündler glaube. Ich frage mich sogar, wie ein Mann Ihrer Bildung an solch einen Humbug glauben kann.«
»Eben, das müsste Sie nachdenklich stimmen. Das ist kein Humbug, Erik. Aber machen Sie sich keine Sorgen, vielleicht werden wir alle beide auf unsere Kosten kommen. Sie finden den Gegenstand, den Ihre Familie seit Jahrhunderten sucht, und ich finde die Antwort, auf die mein Orden seit langem wartet.«
»Wenn Sie es sagen. Wir wissen ohnehin erst, woran wir sind, wenn wir die genaue Stelle gefunden haben, die Villard de Honnecourt verschlüsselt hat.«
»Exakt.«
»Also, verlieren wir keine Zeit. Ich kümmere mich um Mackenzie, kümmern Sie sich um die Quadrate.«

50

Lola rutschte auf den Fahrersitz, schloss die Tür hinter sich und ließ ihren Kopf auf das Lenkrad ihres Wagens sinken. Sie hatte Lust, vor Wut zu brüllen und zugleich den Tränen freien Lauf zu lassen, die ihr in die Augen stiegen und die sie nicht zurückhalten konnte. Sie stieß die Stirn dreimal gegen das Lenkrad und presste zwischen den Zähnen zahlreiche Schmähungen hervor, die sowohl gegen sich selbst gerichtet waren als auch gegen diesen Mistkerl, diesen Schweinehund von Ari.

Kaum war der Agent weg gewesen, hatte sie es nicht mehr ausgehalten und beschlossen, ebenfalls nach Honnecourt zu fahren, anstatt in ihrer Pariser Wohnung zu sitzen. Sie wusste, dass es lächerlich und dumm war und dass Ari es ihr vermutlich nicht verzeihen würde. Aber sie hatte nicht widerstehen können. Getrieben von unterdrückter und unsinniger Eifersucht sowie einer Sorge, die ihr schwer auf dem Magen lag, und dem Wunsch, diesen großen Dummkopf zu beschützen, der sich in die Höhle des Löwen begab, war sie in ihren Wagen gestiegen und kurz nach ihm in der kleinen Stadt im Cambrésis angekommen. Während des Telefonats zwischen Ari und Mona Safran war es ihr gelungen, den Namen des Weges aufzuschnappen, wo das Treffen stattfinden sollte. Sie hatte ihren Wagen am Straßenrand abgestellt und war zu Fuß den kleinen verschneiten Waldweg entlanggegangen, in der Hand ein lächerliches Küchenmesser, das die einzige Waffe war, die sie hatte finden können, und das sie entschlossen war zu benutzen, wenn diese berühmten Mona Safran sich als die Mörderin entpuppte, für die Lola sie hielt.

Aber als sie sich der Tür des Hauses genähert hatte, hatte Lola etwas entdeckt, was für sie vielleicht noch schlimmer war.

Wie gelähmt hatte sie in dem Schneetreiben gestanden und Schreie gehört, die nicht von Schmerzen herrührten. Das Stöhnen zweier Menschen, die sich leidenschaftlich liebten, hier, jenseits der Tür.

Sie hatte ihr Messer fallen lassen und war zurückgerannt.

Und jetzt heulte sie wie eine Irre, allein in ihrem Wagen, mitten auf einer dunklen Landstraße, während Schneeböen gegen die Scheiben trieben. Sie weinte vor Scham, Schmerz und Enttäuschung.

Sie blieb lange so sitzen, den Kopf zwischen den Händen vergraben, ihr Körper schüttelte sich unter Weinkrämpfen, und sie hasste Ari ebenso, wie sie sich selbst hasste.
Aber was hatte sie eigentlich erwartet? Dass sie, bewaffnet mit einem Küchenmesser, ihren Märchenprinzen aus den Fängen einer Psychopathin retten würde? Tief im Inneren hatte sie doch von Anfang an genau gewusst, was sie antreffen würde, wenn sie hierherkäme. Den für sie grausamen Anblick des Mannes, den sie so liebte, skrupellos in den Armen einer anderen. Es war sicher nicht das erste Mal seit ihrer Trennung, dass Ari mit einer Frau schlief. Er hatte nie einen Hehl daraus gemacht. Und schließlich war es sein gutes Recht. Aber unmittelbar Zeugin dessen zu sein, ihn zu hören, ihn fast zu sehen, das war etwas ganz anderes. Außerdem hatte sie völlig naiv gehofft, dass sich in den letzten Tagen etwas verändert hatte. Die Zuneigung, die Ari ihr gegenüber gezeigt hatte, die schüchternen, zärtlichen Gesten, als sie nebeneinander geschlafen hatten, der Strauß Orchideen, der Kuss an diesem Abend ... Wie konnte er nur vorgeben, wieder mit ihr zusammen sein zu wollen, und zugleich mit einer Wildfremden schlafen?
Vielleicht liebte Ari sie im Grunde nicht wirklich.
Vielleicht empfand er für sie nur ein rein körperliches Verlangen. Die Lust, eine Frau zu haben, die zehn Jahre jünger war als er. Die Freude, sich von ihr begehrt zu fühlen ... Und diese Orchideen, wahrscheinlich hatte er sie eigentlich gar nicht für sie gekauft, wie sie von Anfang an vermutet hatte ...
Was für ein Dummkopf sie war!
Aber vielleicht war dies der letzte Schlag ins Gesicht, den sie gebraucht hatte, um definitiv das Kapitel zu beenden und den Mut zu finden, wieder »auf die Beine zu kommen«, wie ihre Freunde sagten. Letztlich war es einfacher, ihn zu hassen, als ihn zu vergessen. Also, zum Teufel mit ihm!
Lola hob den Kopf und wischte sich mit dem Ärmel die Tränen ab. Sie fröstelte und versuchte seufzend, loszufahren, drehte

den Zündschlüssel des Neiman und machte auf der verschneiten Landstraße eine Kehrtwendung.
Sie schaltete das Autoradio an und drehte die Lautstärke noch stärker auf als gewöhnlich. Die rauhe Stimme von Janis Joplin erfüllte sofort das kleine Gefährt.

> *Take another little piece of my heart now, baby!*
> *Oh, oh, break it!*

Durch das tröstende Klagen der Sängerin wie von der Außenwelt abgeschnitten, kämpfte sich der Wagen im Schneegestöber durch die Ortschaft Honnecourt. Die junge Frau nagte an ihren Lippen und umfasste krampfhaft das Lenkrad, um nicht wieder zu weinen anzufangen. Sie wusste, dass die Rückfahrt eine echte Qual sein würde. Aber das war ihre Strafe und zugleich der letzte Stich, die letzte Wunde, die, so hoffte sie, sie endlich auf den Boden der Tatsachen zurückbringen würde und sie zwänge, die Wahrheit zu akzeptieren. Ari war nicht für sie geschaffen. Ari würde nie mit ihr zusammenleben. Niemals. Das musste sie akzeptieren.
In der letzten Kurve, an der Dorfausfahrt, kniff sie die Augen zusammen, als die grellen Scheinwerfer eines Wagens aufleuchteten, der in die entgegengesetzte Richtung fuhr.

51

»Traditionell ist das Quadrat wie gesagt ein Stück Papier, auf dem der junge Geselle alle Städte notiert, in die er während seiner Frankreichtour kommt, und auf dem er in jeder Herberge verzeichnen lässt, dass er seinen Aufenthalt dort bezahlt hat, was ihm erlaubt, in die nächste Cayenne zu gehen. Was wir in unserer Loge als Quadrat bezeichnen, ist eine der sechs fehlen-

den Seiten aus Villards Skizzenbuch. Bei unseren Zusammenkünften hier in dieser Cayenne muss jeder von uns sein Quadrat dem Meister der Loge vorzeigen, um eingelassen zu werden. Aber jetzt sind vier Quadrate entwendet worden, darunter das von Paul.«
»Das, wovon er mir eine Fotokopie geschickt hat.«
»Ja.«
Mona Safran blickte Ari in die Augen. Sie hatte einen beinahe feierlichen Gesichtsausdruck. Mit übertrieben langsamen Gesten holte sie aus ihrer Tasche eine Metalldose hervor, die sehr flach war, von der Größe eines Briefpapierbogens und an der Seite mit einem Schloss versehen. Sie öffnete sie vorsichtig und offenbarte den Schatz, den sie enthielt: ein altes, beschädigtes Pergament, das auf jeder Seite von einem Gummiband in der Metallschatulle gehalten wurde.
»Hier ist meines, Ari. Das ist das fünfte Quadrat der Villard-de-Honnecourt-Loge.«
Sie legte den schmalen Behälter offen vor ihnen auf den Couchtisch.
Ari nährte sich ungeduldig und betrachtete sorgfältig das Pergament. Es hatte etwas Unwirkliches an sich, hier, unter diesen Umständen, diese mysteriöse Seite zu entdecken, die im dreizehnten Jahrhundert entstanden war und unter dem Schutz der ergebenen Mitglieder einer geheimen Compagnon-Gesellschaft Zeitalter durchlaufen hatte. Dieses Original war natürlich viel beeindruckender als die von Paul ihm zugesandte Kopie. Auf den ersten Blick sah das Dokument authentisch aus, oder aber es handelte sich um eine äußerst gelungene Fälschung. Farbe und Textur des Pergaments konnten jedenfalls sehr gut achthundert Jahre alt sein, ebenso die Farbe der Tinte und die Kalligraphie.
Die Anordnung der Texte und der Zeichnung ähnelten derjenigen auf Paul Cazos Kopie. Die jüngere Inschrift »L∴ VdH∴« stand oben links auf der Seite, die offenbar die gleiche Größe

hatte. Darunter befand sich wiederum eine Reihe von Buchstaben, jeweils in Zweiergruppen: »RI NC TA BR CA IO VO LI –O«. Ari bemerkte außerdem, dass der Strich, gefolgt von dem Buchstaben O, genau gleich war wie der auf Pauls Kopie.
Darunter stellte die Zeichnung diesmal eine gehauene Säule dar, vermutlich den Pfeiler einer Kirche. Das Kapitell, das sich in der Mitte des Bildes befand, zeigte verschiedene ineinander verschlungene Tiere. Ein erster, recht kurzer Text daneben, wieder in Picardisch, schien eine Erklärung zu sein. Ganz unten schließlich bestand der Haupttext dieses Mal nur aus einem einzigen, kurzen Satz.
»Das ist ... Das ist erstaunlich«, stammelte Ari.
Beim flackernden Licht des Kaminfeuers bewunderte er lange die Details des Quadrats.
Es war, als ob sich die ganze Geschichte, die Mona Safran ihm erzählt hatte, in der Realität verankerte. Der große Skeptiker, der er war, musste sich wohl oder übel den Tatsachen beugen: Der Bericht dieser Frau, so unglaubwürdig er schien, gewann neue Glaubwürdigkeit.
»Mona, kennst du die Übersetzung dieser beiden Texte?«, fragte er, ohne den Blick von der Seite zu heben.
»Ja, natürlich«, antwortete sie und zog an ihrer Zigarette. »Das ist nicht besonders schwierig. Du könntest es selbst übersetzen.«
»Ich würde es sicher irgendwie hinbekommen, ja, aber bitte ...« Aris Augen leuchteten, so dass er wie ein großes Kind aussah, was sie zu amüsieren schien.
»Der erste Text: *Por un de mes premiers esploi en le pais u fui nes moi couint esquarir le piere rude et naive.* Das bedeutet in etwa: *Für eines meiner ersten Werke in meinem Heimatland musste ich den unbearbeiteten Stein behauen.*«
»Eines meiner ersten Werke in meinem Heimatland?«
»Ja. Ich vermute, dass der Pfeiler, der hier abgebildet ist, eine von Villards Arbeiten für die Abtei in Vaucelles war, die hier

direkt nebenan ist. Das heißt, genau kann man es nicht wissen, es blieben nur ein paar Ruinen der Hauptgebäude der Abtei, während die Kirche, an der er möglicherweise gearbeitet hat, im achtzehnten Jahrhundert vollständig zerstört wurde.«
»Aber ich habe einen Experten befragt, der behauptet, Villard sei kein Baumeister gewesen ...«
»Wie ich sehe, bist du gut informiert ... In der Tat. Anders, als es die Wissenschaftler lange Zeit geglaubt haben, war Villard weder Architekt noch Baumeister. Er war Steinmetz, Ari. Ein neugieriger und gelehrter Steinmetz, gewiss, aber dennoch ein Steinmetz. Seine Neugierde und sein Wissensdurst brachten ihn dazu, sich Notizen zu machen und Skizzen anzufertigen, während er von Baustelle zu Baustelle zog. Er hat also nicht als Architekt an der Abtei von Vaucelles mitgewirkt, sondern als Bildhauer. Und diese Säule war offensichtlich eine seiner ersten künstlerischen Arbeiten ...«
»Ich verstehe. Und der kurze Satz darunter?«
»Hör mal, dafür brauchst du mich wirklich nicht. *Si feras tu XXV. uers orient.*«
»*Hier machst du fünfundzwanzig in Richtung Orient?*«
»Genau.«
»fünfundzwanzig was?«
»Das weiß ich nicht ...«
Ari schüttelte langsam den Kopf.
»Das ist interessant. Wie auf der Kopie von Paul, es wirkt wie ein Indiz bei einer Schatzsuche.«
»Es ist eine, Ari. Villard de Honnecourt hat auf diesen sechs Seiten Hinweise verteilt, um einen Ort wiederzufinden.«
»Welchen Ort?«
»Ich schwöre dir, ich habe keine Ahnung! Um ehrlich zu sein, möchte ich es auch nicht wissen. Als ich in die Loge Villard de Honnecourt eingetreten bin, habe ich den Eid abgelegt, niemals danach zu suchen. Das ist der Sinn unserer Loge, Ari, sicherzustellen, dass niemals jemand das Geheimnis lüften wird,

das Villard in seinen Aufzeichnungen versteckt hat. Niemand, selbst wir nicht.«
»Warum zeigst du mir dann dein Quadrat?«
»Um dir zu beweisen, dass ich dir vertraue, und weil du sowieso nie alle sechs Seiten haben wirst.«
»Das ist also das Motiv für die Verbrechen? Diejenigen, die hinter euch her sind, wollen die sechs Quadrate vereinen, um das Geheimnis von Villard aufzudecken ...«
»Natürlich!«
»Das erklärt nicht die Vorgehensweise bei den Verbrechen.«
»Wir haben es mit Verrückten zu tun, Ari. Völlig Verrückten. Du hast diesen Albert Khron gesehen ...«
»Bist du dir sicher, dass er involviert ist?«
»Daran besteht kein Zweifel. Er ist derjenige, dem Sylvain Le Pech von unserer Loge erzählt hat.«
»Aber er handelt nicht allein. Ich habe es mit zwei Kerlen zu tun gehabt, und die Morde wurden von einer Frau begangen.«
»Ja. Aber ich denke, dass er die Operation leitet. Leider habe ich keine Ahnung, wer seine Komplizen sein könnten. Ich hatte gehofft, mehr zu erfahren, indem ich zu seinem Vortrag ging, aber als ich dich gesehen habe, habe ich Angst bekommen ...«
»Das ist dumm. Du hättest mir in dem Moment alles sagen sollen.«
»Ich war nicht befugt, es zu tun.«
»Und was hat dich dazu gebracht, deine Meinung zu ändern?«
»Als ich nach Hause kam, musste ich ständig daran denken, dass Albert Khron mich bei der Konferenz erkannt haben muss. Ich habe es an seinem Blick gesehen. Das hat mir Angst gemacht. Ich ... Ich fühle mich überhaupt nicht mehr sicher. Dieser Kerl will meinen Kopf.«
Ari trank einen Schluck Whisky. Wenigstens hatten sie eine Spur, eine ernstzunehmende Spur. Aber das war nicht genug.

Sie brauchten auch konkrete Beweise für Albert Khrons Beteiligung, mussten seine Komplizen finden.
Der Agent betrachtete noch einmal Mona Safrans Quadrat. Er fragte sich, welches Geheimnis es wohl barg, welches Geheimnis den düsteren Albert Khron faszinieren konnte.
»Was bedeuten die Buchstaben hier oben, Mona?«
Die Galeristin lächelte.
»Tut mir leid, das werde ich dir nicht sagen.«
»Du hast versprochen, mir zu helfen!«
»Ja, dabei, die Mörder zu finden, aber nicht, das Geheimnis von Villard zu entschlüsseln, Ari.«
»Glaubst du nicht, dass ich die Typen, die auf der Jagd nach euch sind, leichter finden könnte, wenn ich den Sinn dessen verstehen würde, was sie auf euren verdammten Pergamenten suchen?«
»Dränge nicht darauf. Ich habe dir schon viel mehr gesagt, als ich sollte ...«
Mona Safran stand auf und fuhr Ari vertraulich durch das Haar.
»Ich möchte eine Kleinigkeit essen. Willst du etwas zum Knabbern?«
»Ja. Gerne.«
Sie ging auf den angrenzenden Raum zu.
»Ich habe nicht viel hier«, rief sie durch die Tür. »Ein paar Kekse ...«
»Das reicht mir.«
Lautlos zog Ari sein Handy aus der Tasche, schaltete die Kamera-Funktion ein, hielt es über das Quadrat von Mona und machte drei Fotos hintereinander. Dann räumte er es schnell weg, bevor die Galeristin wiederkam.
Da ließ ihn Mona Safrans Stimme plötzlich aufschrecken.
»Ari! Jemand ist im Garten!«
»Was?«
»Ich habe gerade jemanden durch den Garten gehen sehen!«

Mackenzie stand sofort auf. Er stürzte auf die Eingangstür zu, zog sich die Schuhe an und griff nach seiner Magnum, die im Holster steckte. Im selben Moment kam die Galeristin wieder ins Wohnzimmer. Ari warf ihr einen beruhigenden Blick zu.
»Ich werde nachsehen. Bring dein Quadrat in Sicherheit, Mona.«
Die Frau nahm die Metallschatulle vom Couchtisch und schloss sie.
Ari legte eine Hand auf den Knauf der Haustür und drehte ihn langsam um. Er öffnete die Tür einen Spalt breit, drückte sich gegen die Wand und stieß mit der Fußspitze die Tür auf, wobei seine Hände die Waffe fest umschlossen hielten. Schnee wehte in das Haus.
Den Revolver vor sich ausgestreckt, trat er auf die Schwelle und suchte rasch die Umgebung ab. Das schlechte Wetter und die Dunkelheit erlaubten nur, ein paar Meter weit zu sehen. Der Garten war ein Wald aus undeutlichen Schatten. Der Wind rüttelte an den Ästen, und das fortwährende Rauschen erstickte jedes Geräusch. Ari fokussierte die schwarzen Gestalten, die sich hier und da bewegten, aber es waren nur Büsche. Wachsam machte er ein paar Schritte auf die kleine Allee zu. Nichts. Niemand. Vielleicht hatte Mona den Schatten eines Baumes für einen Menschen gehalten ... Er fröstelte. Schneeflocken klebten ihm im Gesicht und durchnässten sein Hemd. Er bewegte die Finger, damit sie nicht vor Kälte starr wurden, dann schlich er zur linken Seite des Hauses. Er bemerkte Fußspuren im Schnee.
Sein Herzschlag beschleunigte sich. Ein paar Meter vor ihm umrundeten frische Abdrücke im Schnee die Herberge. Jemand war vor wenigen Augenblicken hinter das Gebäude gegangen. Er fluchte, wischte die Schneeflocken weg, die seine Sicht trübten, und beschleunigte seine Schritte. Er ging an der Wand entlang und folgte den Spuren bis zum Garten, der auf der anderen Seite lag. Plötzlich blieb er reglos stehen.

Die Spur endete vor einem weit geöffneten Fenster. Nervös warf er einen Blick ins Haus und hievte sich dann über das Fensterbrett hinein. Aber gerade als er einen Fuß auf den Boden der Küche setzte, ertönte eine ohrenbetäubende Explosion. Der Schuss hallte lange im Nebenraum nach.

Ari rannte durch das Zimmer und stellte sich hinter die hölzerne Tür. Er holte tief Luft, entsicherte seine Waffe, glitt zur Seite und öffnete dann ruckartig die Tür, wobei er versuchte, in Deckung zu bleiben.

Bevor er überhaupt dazu kam, ins Wohnzimmer zu schauen, ertönte erneut ein Schuss. Die Kugel schlug vor ihm in die Wand ein. Man schoss auf ihn.

Er ging in die Hocke, wartete einige Sekunden und warf dann einen kurzen Blick durch die Türöffnung. Da sah er die Silhouette einer Frau mit langen blonden Haaren, die auf den Eingang der Cayenne zustürzte. Diese hellen blonden Haare ... Sie waren ihm nicht unbekannt. Er hatte diese Mähne schon irgendwo gesehen ...

Ohne zu zögern, hob er seine Waffe und drückte zweimal ab. Die Frau warf sich sofort auf den Boden. Er hatte sein Ziel verfehlt.

Noch immer in der Hocke, schob er sich langsam ins Wohnzimmer, bewegte sich auf den Kamin zu und ging dahinter in Deckung. Da entdeckte er den Körper von Mona Safran.

Die Galeristin lag ausgestreckt im Wohnzimmer, neben dem Couchtisch, unbeweglich, die Augen weit geöffnet, die Brust blutverschmiert. Die Position ihrer Arme, die Drehung des Halses ließen keinen Zweifel zu. Sie war sofort tot gewesen. Ari schloss die Augen. Er konnte es nicht glauben. Mona Safran war direkt vor seinen Augen getötet worden! Wieder hatte er versagt und sein Versprechen nicht gehalten.

Er vernahm ein Rascheln neben dem Sofa. Die Frau, die sich dahinter versteckte, machte sich wahrscheinlich bereit, einen Ausbruch zu wagen. Um sie nicht gewinnen zu lassen, richtete er sich schnell auf und schoss ein weiteres Mal, wobei er in etwa dorthin zielte, wo er das Geräusch gehört hatte. Da sah er einen Revolverlauf links vom Sofa und trat gerade noch rechtzeitig zurück, um nicht eine Salve von drei Schüssen abzubekommen. Die Kugeln schlugen rechts von ihm ein, nur wenige Zentimeter von seiner Schulter entfernt.

»Ich wusste doch, dass wir uns irgendwann gegenüberstehen würden, Mackenzie. Vom ersten Tag an. Ich habe es in Ihren Augen gesehen, in Reims«, sagte die Frau mit warmer, zarter Stimme.

Ari runzelte die Stirn. In Reims? Die Mörderin hatte ihn in Reims gesehen? Er versuchte, sich die Szene wieder ins Gedächtnis zu rufen. Die Wohnung von Paul. Die Menge draußen. Nein. Nein, dort hatte er diese blonde Mähne nicht gesehen. Nein.

Jetzt fiel es ihm wieder ein.

Diese Frau, die allein in dem Café saß, in dem er einen Whisky getrunken hatte. Die schöne Blondine mit den blauen Augen, die er sogar fast angesprochen hätte ... Vom ersten Tag an war sie da gewesen. Nur wenige Meter von ihm entfernt ...

»Wir ähneln uns viel mehr, als Sie glauben, Ari.«

Der Agent antwortete nicht.

»Sie sind mein Doppelgänger, wissen Sie? Wir sind Engel, wir beide. Sie sind ein Engel des Lichts, und ich bin ein Engel der Finsternis. Wir ähneln uns viel mehr, als Sie glauben«, wiederholte sie. »Und alles wird mit unserer Konfrontation enden, Ari. Wir haben keine andere Wahl. Einer von uns wird den anderen eliminieren müssen.«

Ari biss die Zähne zusammen. Die Frau, die Paul Cazo und all die anderen getötet hatte, war hier, nur wenige Schritte von ihm entfernt. In Schussweite. Er konnte dieser Geschichte ein Ende bereiten. Jetzt. Ein für alle Mal.

»Aber das wird nicht heute sein«, fügte die Frau hinzu, als hätte sie seine Gedanken gelesen. »Nicht hier. Nicht so.«

»Wie viel zahlt Ihnen Albert Khron, um diesen schmutzigen Job für ihn zu machen?«, fragte Ari, um sie zurückzuhalten und vielleicht eine Reaktion zu provozieren, die ihn mehr erfahren ließe.
Er hörte sie am anderen Ende des Zimmers lachen.
»Ari, ich habe viel Respekt vor Ihnen. Beleidigen Sie mich nicht, indem Sie mich für schwach halten. Wir werden uns bald wiedersehen.«
Ari beugte sich hinter dem Kamin hervor. Er sah gerade noch, wie die Frau zur Seite rollte und in das dritte Zimmer des Hauses verschwand. Sofort verließ er seine Deckung und lief mit gezückter Waffe durch das Wohnzimmer. Er stieg über Mona Safrans Leiche hinweg. Die Metallschatulle war nicht mehr da.
Als er auf Höhe der Tür war, schoss er blindlings noch einmal, um sich nach vorn abzusichern. Da spürte er von der anderen Seite her einen eisigen Windzug. Die Frau musste durch das Fenster gestiegen sein.
Wütend wollte er sich an die Verfolgung machen, als hinter ihm ein fahles Licht erschien. Zwei Scheinwerfer bewegten sich auf das Haus zu. Mackenzie rannte zur Eingangstür, öffnete sie vorsichtig, warf einen Blick auf die Allee und erkannte sogleich verblüfft Lolas Wagen, der nur wenige Meter entfernt war. Er erschrak heftig. Durch die Schneeböen hindurch sah er hinter der Windschutzscheibe den starren Blick der jungen Buchhändlerin. Ohne nachzudenken, von Panik ergriffen, rannte er schreiend auf sie zu.
»Nein! Lola! Zurück!«
Aber sie konnte ihn nicht hören. Ari fuchtelte wild mit den Armen, um sie dazu zu bringen, umzukehren. Plötzlich erklang hinter ihm eine Explosion.
Ari wurde brutal in seinem Lauf gestoppt und fiel in den Schnee, als wären seine Beine unter seinem Gewicht zusammengebrochen. Die Kugel steckte in seinem rechten Ober-

schenkel. Auf dem eisigen Boden liegend, schrie er vor Schmerz und Wut, dann drehte er sich auf den Rücken, zückte seine Waffe, richtete sie, ohne zu wissen, wo sich sein Ziel befand, auf gut Glück in die Dunkelheit, in Richtung Haus, und drückte auf den Abzug. Er schoss ein zweites Mal, wobei er immer noch schrie, als wäre er plötzlich verrückt geworden, aber als er ein drittes Mal abdrückte, hörte er nur ein Klicken. Er hatte die Trommel geleert.

Mit Hilfe seines linken Beins schob er sich auf Lolas Wagen zu, der inzwischen angehalten hatte, während er in seiner Tasche nach neuer Munition kramte.

»Ari! Steig ein!«

Er sah, dass die Beifahrertür offen stand. Im Schnee liegend, war er eine zu leichte Beute. Im selben Moment sah er einen Schatten, der links von ihm durch den Garten lief, kaum zehn Meter von ihm entfernt. Mit zitternden Fingern schob er die vier Kugeln, die er in seiner Tasche hatte finden können, in die Trommel, zielte auf die flüchtende Gestalt und schoss zweimal. Umsonst. Die Frau setzte ihre Flucht fort und verschwand kurz darauf in der Dunkelheit.

»Ari! Beeil dich!«

Mackenzie stöhnte mit schmerzverzerrtem Gesicht und schaffte es, sich aufzurichten, ohne das rechte Bein anzuwinkeln. Er hüpfte auf Lolas Wagen zu und sackte auf dem Beifahrersitz zusammen.

»Was hast du hier zu suchen, Lola?«

Die junge Frau antwortete nicht. Am Ende des Wegs leuchteten Scheinwerfer auf.

»Folg ihr!«, rief Ari und warf die Tür zu.

»Spinnst du?«

»Folg ihr, los!«

Lola legte den Rückwärtsgang ein. Die Reifen drehten auf dem Schnee durch.

»Langsam! Gib nicht so viel Gas, sonst bleiben wir stecken!«

Die Buchhändlerin ging vom Gaspedal, und die Reifen griffen wieder. Von den Unebenheiten des Weges durchgeschüttelt, fuhr der Wagen mehr schlecht als recht wieder zur Straße zurück.
In der Ferne waren die Rücklichter der braunen Limousine durch den Vorhang aus Schnee immer schlechter zu erkennen.
»Sie haut ab! Gib Gas!«
Lola riss das Lenkrad herum, um den Wagen in Richtung Landstraße zu steuern, legte den ersten Gang ein und fuhr auf die Straße. Der Wagen schleuderte leicht zur Seite und befand sich dann endlich wieder auf der verschneiten Fahrbahn.
»Schneller! Wir verlieren sie!«
»Verdammt, ich kann nicht, Ari! Es ist zu glatt!«, erwiderte die junge Frau mit tränenerstickter Stimme. »Außerdem sehe ich nichts!«
Die Hände um das Lenkrad gekrallt, versuchte sie trotzdem, schneller zu fahren, aber das andere Auto war inzwischen verschwunden.
Mit unverminderter Geschwindigkeit fuhren sie bald durch Honnecourt.
»Wir haben sie verloren«, bemerkte Lola.
»Fahr weiter!«, drängte Ari.
Die Straße machte vor ihnen eine Linkskurve. Lola drosselte das Tempo ein wenig, die Augen auf den Straßenrand gerichtet. Auf den Scheibenwischern häufte sich der Schnee. Plötzlich gab es ein dumpfes Geräusch. Schnee knirschte unter den Reifen. Als sie die Kurve schnitt, bekam die junge Frau Angst und bremste fatalerweise ab. Die Reifen verloren die Bodenhaftung, und der Wagen schlitterte seitwärts aus der Kurve.
»Runter von der Bremse! Gegenlenken!«, rief Ari, aber es war schon zu spät.
Der Wagen drehte sich im Schneewalzer um die eigene Achse, bis er abrupt gestoppt wurde. Sie wurden gegen eine Hauswand aus rotem Backstein geschleudert, und die Karosserie

wurde unter lautem Knirschen eingedrückt. Der Zusammenstoß schien in Zeitlupe abzulaufen, in einer Mischung aus Benzingeruch und dem Geruch nach verbranntem Gummi, einem Feuerwerk aus zerberstendem Glas und Backsteinsplittern. Ari, der sich nicht die Zeit genommen hatte, seinen Gurt anzulegen, wurde gegen die Einfassung der Windschutzscheibe geworfen. Er schlug heftig gegen das Blech und verlor das Bewusstsein.

52

V. Die hohle Erde möge lebendige Wesen im Überfluss schaffen.
Jedes Mal kommt Mackenzie mir ein Stück näher. Ist näher daran, mich zu stoppen. Diesmal habe ich nicht einmal das Ritual ausführen können. Der Schädel wird nicht hohl sein. Aber so ist es. Das ist wahrscheinlich Teil des Systems, des Weges, den wir verfolgen müssen, er und ich. Uns einander zu nähern bis zu unserer letzten Begegnung.
Es fehlt nur noch einer. Das letzte Quadrat und der letzte Compangon. Das wird also der Tag unserer Herausforderung sein, denn so soll es sein. Lamia und Ari. Yin und Yang. Das schwarze Weibliche aus der Vertiefung und das weiße Männliche aus dem Vollen. Jeder trägt den Keim des anderen in sich, bis zur letzten Dämmerung, wenn die Nacht ihr Recht über den Tag zurückerlangen wird.
Aber ich glaube, dass er nicht den Sinn unserer Opposition versteht. Er sieht nicht, dass wir beide die Erwählten zweier Kräfte sind, die sich seit Anbeginn der Welt gegenüberstehen. Und er weiß nicht, dass er verlieren wird.
Nach Jahrhunderten muss sich die Erde jetzt auftun.

53

Kommissar Allibert ballte die Fäuste auf seinen Schenkeln. Von seinem Sessel aus blickte er dem Mitarbeiter der EDV-Abteilung ängstlich über die Schulter. Normalerweise wurden solche Anfragen telefonisch geregelt, aber angesichts der Dringlichkeit des Falls war er persönlich gekommen, um sich zu vergewissern, dass es schnell ging.
»Also? Haben Sie es?«, fragte er ungeduldig.
»Warten Sie, Kommissar, im Moment versuche ich die Nachrichten wiederzufinden.«
Am Vortag hatte einer der Agenten aus seinem Team in Versailles in einem Internetforum, das sich mit Verschwörungstheorien befasste, einen mehrere Monate alten Eintrag gefunden, in dem sowohl der Name Albert Khron auftauchte als auch der Name Vril: »Es ist offensichtlich, dass die Vril-Mitglieder von Khron manipuliert werden, der einer höheren, geheimen Sache dient ...« Leider war dieser Text nur ein Zitat aus einem früheren Beitrag, der sich nicht mehr im Netz befand. Es war also unmöglich, zu erfahren, wer ihn ursprünglich geschrieben hatte. Das zitierte Pseudonym erschien nirgendwo in der Liste der Mitglieder des Forums. Das Konto war vermutlich aufgelöst, und alle Nachrichten waren gelöscht worden.
Der Kommissar hatte daher beschlossen, einen Informatik-Spezialisten der Polizei zu Hilfe zu rufen. Er hoffte, dass diese Spur ihn endlich weiterbringen würde. Staatsanwalt Rouhet zeigte sich immer ungeduldiger, und Allibert hatte genug davon, dass Ari Mackenzie ihm ständig ein Stück voraus war.
»Können Sie die gelöschten Nachrichten wiederherstellen?«
»Vielleicht. Alles, was im Web ist, wird regelmäßig gespeichert. Mit etwas Glück steht der Server, auf dem sich dieses Forum befindet, in Frankreich. Ich überprüfe gerade, ob diese Beiträge in unseren Back-ups erscheinen. Sonst müsste man sich direkt an die Server-Betreiber wenden.«

Der Techniker startete mehrere Suchanfragen auf seinem PC. Allibert starrte auf den Bildschirm, verstand aber nicht viel von dem, was sein Kollege da machte. Er zwang sich, ruhig zu bleiben.
Eine Liste mit vier Nachrichten erschien auf dem Monitor.
»Hier«, sagte der Polizist mit zufriedener Miene, »diese Beiträge stammen von einem Austausch zwischen zwei Usern des Forums. Derjenige, der antwortet, Monsieur M., ist der Verfasser des Textes, den Sie gefunden haben.«
Der Kommissar beugte sich begeistert vor. Er las die Konversation, die zwischen den beiden Usern stattgefunden hatte.

»**Peter66:** Weiß jemand, ob die Thule-Gesellschaft heute noch existiert? Danke im Voraus.
Monsieur M.: Nein. Mit dem Dekret des Führers ist die Thule-Gesellschaft 1937 definitiv verschwunden, obwohl sie ursprünglich an der Entstehung der NSDAP beteiligt gewesen war. Und Sebottendorff, ihr Leiter, hat sich 1945 umgebracht, indem er sich in den Bosporus stürzte. Diejenigen, die sich heutzutage auf die Gesellschaft beziehen, sind zum größten Teil Scharlatane. Aber ihre Ideologie lebt in mehreren Gruppen weiter, und der Gegenstand ihrer Recherchen bleibt aktuell.
Peter66: Danke, Monsieur M. (was soll denn dein Pseudonym bedeuten?). Letzte Frage: Gehört die Bruderschaft des Vril zu den Gruppen, von denen du sprichst?
Monsieur M.: In der Tat, Peter66. Ich sehe, dass du mehr darüber weißt, als dein erster Beitrag vermuten ließ ;-) Leider wurde der französische Zweig von jemandem unterwandert, der die ursprüngliche Philosophie der Bruderschaft verriet. Es ist offensichtlich, dass die Vril-Mitglieder von Khron manipuliert werden, der einer höheren, geheimen Sache dient ... Das entspricht nicht dem anfänglichen Geist des Ordens.«

Allibert las den Dialog mehrmals, um sicher zu sein, nichts zu übersehen.
»Der Austausch ist an dieser Stelle unterbrochen worden«, erklärte der Techniker, »und die Nachrichten sind nur wenige Stunden, nachdem sie abgeschickt wurden, wieder gelöscht worden. So wie das Konto von Monsieur M.«
»Von wem gelöscht?«
»Dem Administrator des Forums.«
»Und lässt sich herausfinden, wer Monsieur M. ist?«
»Ich muss mir seine IP-Adresse anschauen. Wenn der Kerl bei sich zu Hause mit einem privaten Abo gemeldet ist, kann man seinen Provider bitten, uns im Rahmen einer polizeilichen Ermittlung seine Identität mitzuteilen. Wenn er von einem Internetcafé aus Zugang ins Netz hatte, sieht die Sache viel schwieriger aus …«
»Können Sie das für mich herausfinden?«, drängte der Kommissar.
»Ich versuche mein Bestes.«

54

»Wo ist Lola? Dolores Azillanet? Die Frau, die beim Unfall mit mir zusammen war?«
Ari, der aufgewacht war, hatte sich ruckartig in seinem Krankenhausbett aufgesetzt. Sein erster Gedanke galt Lola, kaum dass er die Augen aufgemacht hatte. Seiner kleinen Lola.
Die Krankenschwester neben ihm schob ihm zwei Kissen in den Rücken und drückte gegen seine Schultern, um ihn dazu zu bringen, sich zu entspannen.
»Beruhigen Sie sich, Monsieur …«
»Wo ist sie?«, drängte Ari aufgeregt.
»Ich habe keine Ahnung, ich weiß nicht, von wem Sie sprechen.

Ich hatte heute Nacht nicht Dienst, aber ein Kollege von Ihnen wartet im Flur, ich werde ihm sagen, dass Sie wach sind.«
Die Krankenschwester verließ das Zimmer.
Aris Herz klopfte heftig. Die Schmerzen, die Verwirrung, aber vor allem die Angst, dass Lola etwas zugestoßen sein könnte, versetzten ihn in einen Zustand unkontrollierbarer Panik. Große Schweißtropfen standen ihm auf der Stirn, und nervös rieb er die Handfläche am grünen Bettlaken.
Er war es nicht gewohnt, in solch einem Zustand zu sein. Schon lange, wahrscheinlich seit Kroatien, hatte er nicht mehr die Angst verspürt, nicht mehr Herr der Lage zu sein, die Kontrolle verloren zu haben. Aber jetzt, in diesem Moment, war ihm vielleicht schlimmer zumute, als es jemals der Fall gewesen war. Lola. Wenn ihr etwas passiert war ... Er schloss die Augen und verdrängte den Gedanken, so weit es ging. Er könnte es nicht ertragen, nicht akzeptieren. Alles, alles konnte geschehen, nur das nicht. Nicht Lola.
Mit zitternden Händen wischte er sich eine Träne aus dem rechten Augenwinkel und stieß dann einen Wutschrei aus, wie um sich wachzurütteln. Er wollte sich nicht der Panik hingeben. Lola war davongekommen. Anders war es nicht vorstellbar.
Er hob das grüne Laken an, um sein Bein anzuschauen. Ein dicker Verband war um seinen Schenkel gewickelt, da, wo die Kugel ihn getroffen hatte. Dann hob er die Hand an seine Stirn und fühlte die Struktur eines breiten Pflasters über seiner Schläfe. Seine Arme, sein Rücken, sein Nacken, sein Körper schmerzte. Er musste sich bei dem Unfall zahlreiche Muskeln gezerrt haben. Aber offenbar war nichts gebrochen.
Während er versuchte, seine Ruhe wiederzufinden, betrachtete er das Zimmer um sich herum und sah dann aus dem Fenster, um festzustellen, ob er den Ausblick kannte. Er entdeckte die Farben und Formen der Pariser Dächer, die sich bis zum Horizont erstreckten. Blechdächer, Schornsteine, ein Wald aus Fern-

sehantennen, Tauben und in der Ferne der Eiffelturm. Er war also nicht mehr in der Gegend von Cambrai; man hatte ihn in die Hauptstadt gebracht.
Plötzlich öffnete sich die Tür, und Staatsanwalt Rouhet betrat mit besorgter Miene das Zimmer.
»Ah ... Sie sind es«, bemerkte Ari, ohne seine Enttäuschung zu verbergen.
Er hatte gehofft, Iris oder Depierre zu sehen. Bekanntere Gesichter, in deren Gesellschaft er sich leichter hätte gehen lassen können.
»Ja, ich bin es«, erwiderte der Staatsanwalt. »Wie geht es Ihnen, Mackenzie?«
»Es geht, es geht ... Aber Dolores, die junge Frau, die während des Unfalls bei mir war?«
»Machen Sie sich keine Sorgen. Ihrer jungen Freundin ist nichts passiert. *Sie* war angeschnallt!«
Aris Schultern entspannten sich, und er ließ den Kopf aufs Kissen zurücksinken. Er kämpfte mit den Tränen – diesmal vor Erleichterung –, die ihm in die Augen stiegen.
Der Staatsanwalt nahm einen Stuhl, der an der Wand stand, und kam ans Bett, um sich neben Ari zu setzen. Er schien sich auf diesem kleinen Metallstuhl nicht wirklich wohl zu fühlen ...
»Wo ist sie?«, fragte Ari schließlich mit ruhiger Stimme.
»Wir haben ihre Zeugenaussage notiert und ihr erlaubt, nach Hause zu gehen. Der Arzt hat sie trotzdem für zwei Tage krankgeschrieben. Sie steht noch unter Schock, das ist normal. Aber sie hat mir gesagt, dass sie Sie heute Nachmittag besuchen kommt, Mackenzie.«
Ari lächelte. Lola wiedersehen. Das war das Einzige, was für ihn im Moment wichtig war.
»Sie werden sich erholen müssen«, fuhr der Anwalt fort. »Sie sind ganz gut davongekommen. Die Kugel hat Ihren Schenkel durchbohrt, aber nicht allzu viel Schaden angerichtet. Sie hat

weder einen Knochen noch eine Arterie verletzt. Und beim Unfall haben Sie eine leichte Gehirnerschütterung erlitten, zwar mit Bewusstlosigkeit, aber offenbar nichts Ernstes. Die Ärzte haben ein CT bei Ihnen gemacht. Sie haben keine innere Verletzung.«
»Ich war bewusstlos? Wie lange?«
»Nicht besonders lang, Ari. Höchstens ein paar Minuten. Im Notarztwagen waren Sie bei Bewusstsein, aber Sie waren die Nacht über nicht ganz bei sich ...«
»Ich kann mich nicht mehr genau erinnern ...«
»Das ist normal. Man hat Ihnen ein Beruhigungsmittel gegeben, und Sie sind ziemlich schnell eingeschlafen. Die Ärzte wollen Sie trotzdem achtundvierzig Stunden zur Beobachtung hier behalten, aber Sie haben jedenfalls nichts Ernstes.«
Der Agent richtete sich ein wenig auf. Jetzt, wo er sich wegen Lola keine Sorgen mehr machen musste, konnte er nicht umhin, an alles andere zu denken. Die Ermittlungen, Mona Safran, Albert Khron, die Quadrate, die Mörderin ...
»Haben Sie das Haus von Mona Safran in Honnecourt durchsucht?«, fragte er mit plötzlicher Dringlichkeit.
»Ja, natürlich. Aber wir sind noch nicht fertig und ...«
»Sie haben nicht zufällig eine kleine Metallschatulle gefunden?«, unterbrach ihn Ari ungeduldig.
»Nicht dass ich wüsste, Ari. Aber beruhigen Sie sich. Wir werden später darüber sprechen.«
Die Blondine hatte also das fünfte Quadrat. Es blieb nur noch eines, und Ari hatte nicht die leiseste Ahnung, wo es sein könnte. Und jetzt, da Mona tot war, würde es sehr viel schwieriger werden, es in die Hand zu bekommen.
»Ihre Freundin hat uns bestätigt, dass es tatsächlich eine Frau war, die auf Sie geschossen hat«, nahm der Staatsanwalt den Faden wieder auf, »und dass sie in einem Wagen geflüchtet ist. Vermutlich ist sie diejenige, die die fünf Opfer getötet hat. Wir verfolgen die richtige Spur, Ari. Immerhin. Aber wir sprechen

noch darüber … Ich bekomme Ärger mit den Ärzten, wenn ich zu lange hier bleibe. Ruhen Sie sich aus. Ich komme gegen Abend wieder, dann ziehen wir Bilanz, einverstanden?«
»Mona Safran …«
»Sie ist tot.«
»Ja. Ich weiß. Sie … Sie war überzeugt, dass sich Albert Khron hinter der ganzen Sache verbirgt. Man muss ihn in Untersuchungshaft nehmen, Monsieur.«
»Wir haben nicht viele Beweise …«
»Nehmen Sie ihn in Polizeigewahrsam«, forderte Ari gereizt. »Die Sache muss ein Ende haben …«
»Gut. Ich werde sehen.«
»Und was die Frau angeht … die Mörderin. Es ist eine große Blondine mit hellblauen Augen. Ich hatte sie schon einmal gesehen. Sie … Sie war in Reims, als ich gekommen bin, an dem Tag, als Paul getötet wurde. Sie war da, in einem Café, in der Nähe seines Hauses. Ich habe sie gesehen … Von Anfang an. Sie war da, vor mir und …«
»Beruhigen Sie sich, Ari, beruhigen Sie sich …«
»Und die DNA-Analyse?«
»Sie hat bestätigt, dass Mona Safran nicht die Mörderin war. Keinerlei Identifikation möglich. Unsere Verdächtige ist noch auf freiem Fuß. Es ist noch nicht zu Ende. Also ruhen Sie sich jetzt aus.«
Ari nickte. Ihm schwirrte der Kopf, und er hatte das Bedürfnis, ein wenig zu schlafen. Er sah den Staatsanwalt hinausgehen und schloss die Augen.
Nein. Es war noch nicht zu Ende.

55

»Hier ist das fünfte Quadrat, Präsident.«
Lamia hatte in ihren üblichen schwarzen Kleidern das Untergeschoss der Villa betreten. Ihre langen blonden Haare fielen über ihren Rücken. Hier, unter dem großen Empfangssaal, fanden die vertraulichen Versammlungen ihrer Gesellschaft statt. Diejenigen, zu denen nicht alle Mitglieder zugelassen waren.
Es war ein langer steinerner Gewölbekeller, dessen Längsseiten mit schwarzen, gelb gesäumten Wandbehängen bedeckt waren. In der Mitte fanden an einem rechteckigen Tisch etwa dreißig Personen Platz. Vor jedem Stuhl stand ein bewegliches Mikrofon. Geschickt am Boden hinter den Tüchern versteckte Strahler zeichneten orangefarbene Muster auf die Wände und tauchten den Raum in elegantes, indirektes Licht. Am Ende des Saals war das Symbol des Ordens – eine schwarze Sonne aus miteinander gekreuzten Swastiken – auf ein großes gelbes Tuch gestickt. Flankiert wurde der Tisch von einem Schrank und einem Bücherregal, das voller Spezialliteratur und Ordner war, die einen Teil des internen Archivs enthielten. An der Wand neben dem Eingang hatte man Porträts aufgehängt, die die berühmtesten Mitglieder der Gruppe seit ihrer Entstehung zeigten. Es gab natürlich ein Foto von Klaus Haushofer, dem Gründer, aber auch eines von Adolf Hitler höchstpersönlich oder auch einige von Alfred Rosenberg, Rudolf Heß oder Hermann Göring. Darunter hingen außerdem die Porträts von einigen bekannten Mitgliedern des französischen Zweigs der Gesellschaft. Die Polizei wäre sicherlich überrascht, hier einige Politiker und renommierte, hochrangige Wissenschaftler zu sehen ... Aber der Orden verstand es, Vertraulichkeit zu wahren.
Am Kopfende des Tisches sitzend, nahm Albert Khron die Schatulle entgegen, die die junge Frau ihm reichte, und öffnete sie mit leuchtendem Blick.
Lächelnd betrachtete er das Pergament wie ein Kind, dem man

soeben ein lang ersehntes Geschenk gemacht hatte, dann verschloss er den Behälter und blickte zu Lamia auf.
»Wie ich höre, hatten Sie Probleme ...«
»Mackenzie war vor mir dort. Ich habe das Quadrat bekommen, aber ich konnte ihn nicht loswerden. Und vor allem konnte ich das Ritual nicht ausführen.«
»Das ist nicht wirklich von Bedeutung.«
»Für mich schon.«
Der alte Mann erhob sich und schob die Schatulle in eine Aktentasche, die neben ihm auf dem Tisch lag.
»Ihr Ritual, Lamia, hat nur einen symbolischen Wert.«
»Ja. Und Sie wissen so gut wie ich, wie wichtig Symbole sind. Sie selbst haben es mir beigebracht.«
Albert Khron machte eine wegwerfende Handbewegung.
»Selbstverständlich, ja. Aber Sie und ich stehen über dem Ganzen, Lamia. Heute ist es das Wichtigste, diese Pergamente zu bekommen. Solange wir sie nicht alle haben, können wir nicht finden, was wir suchen. Das hat Priorität.«
»Ich muss Mackenzie loswerden«, warf die junge Frau trocken ein.
»Unser Partner kümmert sich darum.«
»Er wollte sich schon früher darum kümmern und hat versagt.«
Albert Khron runzelte die Stirn. Er hatte sich nicht an die Kälte dieser Frau gewöhnt. Sie war noch härter als er selbst, noch unnachgiebiger. Bisher war es ihm gelungen, ihre Energie, ihre Unerbittlichkeit zu kanalisieren, sie in den Dienst ihres Ordens zu stellen. Lamia war unbestreitbar das wichtigste Glied in der Kette, aber dadurch auch das gefährlichste. Er hoffte nur, dass sie sich nie gegen ihn wenden würde, weil er wusste, dass sie ein gefürchteter Gegner wäre.
»Diesmal wird er nicht versagen.«
»Ich würde Ihnen gerne glauben, Präsident. Mackenzie gefährdet unser gesamtes Projekt. Er ist gefährlicher, als wir ...«

»Keine Diskussion«, unterbrach der alte Mann sie.
Albert Khron wusste, wie diese Frau funktionierte. Sie hatte nur vor Stärke und Autorität Respekt. Er zögerte nie, sie ihr gegenüber zu zeigen, denn das war die beste Art, sein Ansehen ihr gegenüber zu wahren.
»Ich habe Ihnen gesagt, dass wir uns um ihn kümmern, basta. Wir müssen uns nur noch das letzte Quadrat holen. Sie haben eine lange Reise vor sich ...«
»All diese Reisen sind nichts im Vergleich zu derjenigen, die uns erwartet.«
Albert Khron nickte lächelnd. »Sie haben recht, Lamia, Sie haben recht! Also, verlieren Sie keine Zeit. Wir brauchen so schnell wie möglich das letzte Quadrat.«
Die junge Frau neigte respektvoll den Kopf. Dann blieb sie unbeweglich stehen, die Augen auf die Aktentasche des alten Mannes geheftet.
Khron runzelte die Stirn.
»Worauf warten Sie, Lamia?«
Sie hob mit glänzendem Blick den Kopf, biss sich nachdenklich auf die Lippe, drehte sich um und verschwand eilig.

56

Ari wurde vom Klingeln des Telefons in seinem Krankenhauszimmer geweckt. Er stützte sich auf den Ellenbogen, wobei er das Gesicht verzog, und griff nach dem Hörer.
»Mackenzie?«
»Ja ...«
»Hier Staatsanwalt Rouhet.«
Ari warf einen Blick auf seine Uhr. Es war bereits mitten am Nachmittag. Er hatte viel länger geschlafen, als er vorgehabt hatte.

»Ich wollte Ihnen sagen, dass ich es leider nicht schaffe, heute noch mal bei Ihnen vorbeizuschauen. Es tut mir leid. Es gibt keine guten Neuigkeiten.«
»Ich höre.«
»Albert Khron ist nicht auffindbar ...«
»Das war zu erwarten«, erwiderte Ari nicht überrascht. »Er weiß, dass ich die Spur bis zu ihm verfolgt habe. Er wird sich irgendwo verstecken. Das bestätigt zumindest, dass er sich einiges vorzuwerfen hat ...«
»Ich habe einen Haftbefehl ausgestellt. Wir werden ihn schon noch kriegen.«
»Das hoffe ich. Wir müssen herausfinden, was dieser Typ verbirgt, Monsieur. Er agiert nicht allein. Wir müssen die Verbindung zwischen ihm, der Mörderin, dem Kerl, den ich in meiner Wohnung erschossen habe, und demjenigen, den ich auf der Straße verfolgt habe, finden. Ich bin mir sicher, dass man über ihre Tätowierung, das Symbol des Vrils, etwas herauskriegen kann. Hat die Kripo bei irgendwelchen Neonazi-Gruppierungen etwas entdeckt?«
»Kommissar Allibert hat eine Spur. Er wird sie weiter verfolgen. Ich werde Sie auf dem Laufenden halten, versprochen. Ruhen Sie sich aus, Mackenzie. Ich muss zurück nach Chartres, aber ich werde Sie morgen anrufen, wenn Sie entlassen werden.«
»Eine Spur? Was für eine Spur?«
»Ein Typ, der Albert Khron kennt. Mehr weiß ich im Moment nicht. Ich teile Ihnen so bald wie möglich alles mit.«
»In Ordnung.«
Ari legte stöhnend auf. Die kleinste Bewegung verursachte ihm Schmerzen. Er reckte sich mühsam.
Wieder sah er auf die Uhr. Lola hatte sich noch immer nicht gemeldet. Dabei hatte der Staatsanwalt doch gesagt, dass sie heute Nachmittag bei ihm vorbeischauen wollte.
Ari rieb sich die Augen, er fühlte sich unwohl, widersprüchli-

che Gefühle quälten ihn. Er hatte das Bedürfnis, sie zu sehen und in den Arm zu nehmen. Aber zugleich fürchtete er sich davor, ihr in die Augen schauen zu müssen.
Lola war nicht dumm. Sie hatte bestimmt begriffen, was am Tag vorher zwischen ihm und Mona Safran passiert war.
Jetzt kam er sich blöd und oberflächlich vor, vor allem egoistisch. Er hasste die Vorstellung, sie verletzt zu haben. Wahrscheinlich stärker verletzt denn je. Er sah sie vor sich, allein zu Hause, wie sie alles noch einmal durchlebte, was vorgefallen war. Wie sie ihn hassen musste!
Er beschloss, sie anzurufen. Es war besser, dem Geschwür gleich zu Leibe zu rücken. Und es war wohl eher an ihm, den ersten Schritt zu tun.
Er wählte die Nummer der Buchhändlerin. Das Telefon klingelte ins Leere. Seufzend legte er auf. Vielleicht war sie gerade auf dem Weg zu ihm. Dann versuchte er es auf ihrem Handy. Auch da hob niemand ab.
Ari ließ den Hörer verdrießlich neben sich auf die Matratze fallen und schloss die Augen. Lange blieb er unbeweglich liegen.
Niemand ging an das Telefon ... Und wenn Lola etwas zugestoßen war? Wenn die Komplizen von Albert Khron sie aufgespürt hatten?
Er schauderte. Je länger er darüber nachdachte, umso glaubwürdiger erschien ihm die schreckliche Mutmaßung. Er wurde immer nervöser und rief Lola noch einmal an. Als sich ihr Anrufbeantworter einschaltete, hinterließ er besorgt eine Nachricht.
Nach einigen ihm endlos vorkommenden Minuten, in denen er sich unruhig im Bett hin und her gewälzt hatte, hielt Ari die Angst, die ihm Bauchschmerzen verursachte, nicht mehr aus und beschloss aufzustehen. Er wollte nicht länger warten, er musste Gewissheit haben. Fieberhaft befreite er seine Beine vom Bettlaken, schwang die Füße auf den kalten Boden seines

Krankenzimmers und erhob sich. Die Schmerzen in Rücken und Beinen verursachten ihm Übelkeit, aber es gelang ihm, bis zu seinen Kleidern zu gehen. Langsam zog er sich an, wobei er jedes Mal fluchte, wenn einer seiner völlig steifen Muskeln sich bewegen musste.

Seine blutverschmierte Hose war auf Höhe des Oberschenkels zerrissen, und sein Hemd befand sich ebenfalls in einem desolaten Zustand. Aber das war unwichtig. Sein Trenchcoat würde das alles wunderbar verbergen. Er zog sich an und setzte sich dann, von Schwindel ergriffen, einen Moment lang auf die Bettkante. Als sich das Zimmer nicht mehr drehte, stand er vorsichtig wieder auf, nahm seine Sachen und verließ humpelnd den Raum. Im Aufzug betrachtete er kurz sein Gesicht im Spiegel. Unrasiert und mit geröteten Augen sah er fruchtbar aus. Unten angekommen, durchquerte er den Eingangsbereich des Krankenhauses, wobei er sich davor hütete, an der Aufnahme vorbeizugehen. Er hatte keine Minute zu verlieren, aber niemand schien auf ihn zu achten.

Sobald er auf der Straße war, versuchte er noch einmal, Lola auf ihrem Handy anzurufen. Aber der Anruf wurde erneut auf die Mailbox umgeleitet.

Da ihm noch schwindelig war, machte er ein paar unsichere Schritte in Richtung Hauptstraße und rief dann an der ersten Kreuzung nach einem Taxi. Seine Sorge wurde immer größer, und er bat den Fahrer, ihn so schnell wie möglich zum Boulevard Beaumarchais zu bringen.

An Lolas Adresse angekommen, näherte er sich hinkend dem Hauseingang. Lola hatte ihm einen Zweitschlüssel überlassen. Er klingelte erst gar nicht, sondern schloss die große Holztür auf und ging direkt hinauf. Ihm war schwindelig, sein Rücken und sein Bein schmerzten furchtbar, aber er achtete kaum darauf. Er dachte nur an eines: Wo war Lola? Was würde er hinter ihrer Wohnungstür vorfinden?

Die Tür des Aufzugs öffnete sich geräuschvoll. Ari hielt sich am

Geländer fest und trat aus dem Fahrstuhl. Er blieb auf dem Treppenabsatz stehen, um kurz zu lauschen. Nicht ein Geräusch, nicht ein einziger Laut im ganzen Haus. Die Tür zum Fahrstuhl schloss sich wieder. Er holte tief Luft und ging auf Lolas Wohnung zu. Mit zitternden Fingern holte er den Schlüssel aus seiner Tasche und steckte ihn ins Schloss.

57

Kommissar Allibert traf am Nachmittag im Landgericht in Chartres in der Rue Saint-Jacques ein. Eilig stieg er die steinerne Treppe zum Büro des Staatsanwalts Rouhet hinauf, um ihm endlich die erste gute Nachricht zu überbringen. Seitdem Mackenzie vom Staatsanwalt dazu befugt worden war, parallel im Fall des Schädelbohrers zu ermitteln, erlebte die Versailler Kripo eine Schmach nach der anderen. Während der Agent des Nachrichtendienstes in seinen Ermittlungen zügig vorankam, hatten sie nichts Konkretes gefunden. Es war höchste Zeit, wieder die Oberhand zu gewinnen.
»Also, Allibert, erklären Sie mir diese Sache mit dem anonymen Zeugen«, bat der Staatsanwalt mit ernster Miene.
»Tja, wie ich bereits gesagt habe, hat meine Truppe einen Kerl gefunden, der bereit ist, uns etwas über Albert Khron zu erzählen, vorausgesetzt, er bleibt anonym. Er behauptet, ein ehemaliges Mitglied des Vril-Ordens zu sein.«
»Des Vril-Ordens? Von dem uns Mackenzie erzählt hat?«
»Offenbar, ja. Es ist eine sehr diskrete Geheimgesellschaft, die eine Ideologie vertritt, die der Mystik der Nazis sehr nahesteht. Dieser Mann behauptet, dass Albert Khron ihr derzeitiges Oberhaupt ist.«
Staatsanwalt Rouhet rieb sich die Stirn. Die Begeisterung, die er im Blick des Kommissars erkannt hatte, hatte ihn auf etwas

Solideres hoffen lassen. »Glauben Sie, man kann einem Mann vertrauen, der behauptet, einer neonazistischen Splittergruppe angehört zu haben?«, fragte er Staatsbeamte skeptisch.

»Ich weiß es nicht. Aber es kostet uns nichts, zu erfahren, was er zu sagen hat.«

»Wie haben Sie diesen Kerl gefunden?«

»Wir haben ihn über ein Internetforum aufgespürt, über eine Nachricht, die er vor ein paar Monaten hinterlassen hat und in der er Albert Khron und den Namen Vril erwähnt. Ich habe ihn kontaktiert. Er akzeptiert, mit uns zu reden, vorausgesetzt, sein Name erscheint nirgends. Und er verlangt die Anwesenheit seines Anwalts.«

»Das ist kein Problem. Aber warum akzeptiert er, mit uns zu reden?«

»Wie es sein Beitrag in dem Forum vermuten ließ, glaube ich herausgehört zu haben, dass er nicht gut auf Khron zu sprechen ist.«

»Wenn er nicht gut auf ihn zu sprechen ist, ist er vielleicht keine sehr glaubwürdige Quelle ...«

»Glaubwürdig oder nicht, im Hinblick auf Khrons Mitgliedschaft in der Vril-Bruderschaft ist es im Moment die einzige, die wir haben, Monsieur. Danach liegt es an uns, das, was er sagt, zu filtern.«

»In Ordnung. Wo ist dieser Kerl?«

»In den Hauts-de-Seine.«

»Gut. Versuchen Sie, ihn morgen zu treffen. Das ist gute Arbeit, Allibert. Halten Sie mich auf dem Laufenden.«

Der Kommissar verließ lächelnd das Büro des Staatsanwalts. Er hatte wieder die Oberhand gewonnen. Dieser verdammte Mackenzie würde sich in Acht nehmen müssen.

58

Lamia öffnete geräuschlos die Tür zu ihrer Wohnung. Ihre Mutter, so hoffte sie, schlief vielleicht schon. Die Dreizimmerwohnung war in Stille und Dunkelheit getaucht. Wie fast jeden Abend streckte sie die Hand aus, um das Licht im Flur anzuschalten und ihren Mantel hinter der Tür aufzuhängen. Das war eines der unzähligen Rituale, die ihren Tag strukturierten und die sie, ohne nachzudenken, aus Gewohnheit ausführte. Den Kopf leer.

Als sie sich zum Wohnzimmer drehte, spürte sie allerdings, dass etwas anders war als sonst.

Mit ernstem Gesicht machte sie zwei Schritte und blieb auf der Schwelle zum großen Zimmer stehen. Der reglose Umriss ihrer im Rollstuhl sitzenden Mutter zeichnete sich in dem schwachen Licht, das vom Hof hereinfiel, wie ein Scherenschnitt ab. Oft schlief die alte Frau am Fenster ein, die Wolldecke auf ihren Knien, nachdem sie stundenlang ängstlich auf ihre Tochter gewartet hatte. Aber diesmal war etwas anders. Lamia hätte nicht genau sagen können, was. Vielleicht die Position des Rollstuhls mitten im Wohnzimmer oder die Haltung ihrer Mutter, deren Körper leicht nach vorn gebeugt war. Die Decke, die am Boden lag.

In ihrem Kopf sprach eine Stimme mit kalter Sachlichkeit die Tatsache aus. *Mama ist tot.*

Die junge Frau durchquerte langsam, beinahe feierlich, das Wohnzimmer und kniete sich vor den Rollstuhl. Behutsam legte sie ihre Finger auf das Handgelenk der alten Frau. Der Puls war nicht mehr zu fühlen.

Lamia hob den Kopf und entdeckte in einem Mondstrahl das bleiche Gesicht ihrer Mutter, deren Augen weit geöffnet waren und einen überraschten Ausdruck zeigten. Der Tod hatte sie ohne Vorwarnung ereilt. Vielleicht ein wenig früher, als sie erwartet hatte.

Vorsichtig und zärtlich berührte sie die kalte, runzelige Wange der alten Frau und strich ihr über das Gesicht.
Nach und nach zeichnete sich ein Lächeln auf Lamias Lippen ab. Ihre Mutter war tot, ja, aber sie war noch immer hier. Sie spürte sie schließlich unter ihren Fingern. Dieselbe Frau. Dieselbe Mutter. Dieser kleine Lebenshauch, der sie verlassen hatte, war nichtig. Der Tod hatte sie nicht genommen.
Die junge Frau stand wieder auf, glitt hinter den Rollstuhl und schob ihn bis in das Zimmer mit den verschlossenen Fensterläden. Dort hob sie den schweren Körper ihrer Mutter hoch und trug ihn zum Bett. Sie musste mehrmals ansetzen, bis es ihr gelang, ihn in der Mitte der Matratze auf den Rücken zu legen. Sie zog das dicke graue Kleid der alten Frau zurecht und kreuzte ihre schon steif werdenden Arme vor der Brust.
Lamia blieb einen Moment über die Leiche der Frau gebeugt, die sie großgezogen hatte, und küsste sie dann mit sanftem Lächeln auf die Stirn.
»Mach dir keine Sorgen, Mama. Ich komme in zwei Tagen zurück.«
Sie beugte sich hinunter, um die Decke am Fußende hochzuziehen.
»Du wirst hier auf mich warten, und wenn ich wiederkomme, wirst du stolz auf mich sein, Mama. Stolz auf deine kleine Tochter. Nichts wird mehr sein wie bisher. Endlich weiß ich, warum ich zur Welt gekommen bin. Ich kenne das Schicksal, das dir für mich prophezeit wurde.«
Mit glänzendem, stolzem Blick schloss sie mit ihrer Hand langsam die Lider der alten Frau.
»Ich bin diejenige, die die Pforte öffnen soll, Mama. Die Erde wird sich auftun.«

59

Als Ari Lolas Wohnung betrat, erkannte er sofort, dass seine Befürchtungen begründet gewesen waren.
Die Wohnung war ein einziges Chaos. Umgestürzte Möbel, zu Boden geworfene Sachen, Glasscherben, Anzeichen eines Kampfes.
Seine Schläfen begannen zu pochen, und alles um ihn herum schien sich zu drehen. Er bewegte sich schwankend an der Wand entlang. An der Schwelle zum Wohnzimmer ließ er sich zu Boden gleiten. Sein Bein, das er vor sich ausgestreckt hielt, schmerzte furchtbar. Er schloss die Augen, von Wut und Schmerz erfüllt. Dann hob er wieder den Kopf, um noch einmal Lolas Wohnung zu betrachten, so als könnte er es nicht glauben. Vielleicht hatte er nur geträumt …
In der Mitte des Zimmers, auf dem beigefarbenen Teppich, der vor der Schlafcouch lag, entdeckte er zu seinem Entsetzen drei kleine Blutflecke.

Sechster Teil
Mann und Frau

L. VIIC.

RI NC TI BR CA IO VO LI —O

Por un de mes premiers
esplois en le pais u fui
nes moi couint esquarir
le piere rude et naive.

SI FERAS TU
.XXV. UERS ORIENT

60

Der alte Mann faltete niedergeschlagen die Zeitung zusammen, die auf seinen Knien lag. Hinter dem großen Fenster des Cafés warf er enttäuscht einen Blick auf die im Schatten liegenden Fassaden des Marco-Polo-Platzes. Der Winter machte ihn immer melancholisch. Aber dieses Jahr war es viel schlimmer als sonst.

Jean Colomben hatte vor einem Monat seinen vierundachtzigsten Geburtstag gefeiert. Er fühlte sich für all das zu alt, zu müde. Sein Gesicht war von den Jahren gezeichnet, seine Hände waren übersät mit Altersflecken, und er zitterte immer stärker. An den Tagen, an denen er den Mut fand, sich im Spiegel zu betrachten, erkannte er sich kaum wieder. Falten hatten sein Gesicht und seinen Körper verunstaltet. Seine geschwollenen Lider hingen immer mehr herab und bildeten unter seinen gelblich gewordenen Augen einen hässlichen roten Schatten, der ihn selbst anekelte. Seine Zähne beschämten ihn so, dass er die Lippen so oft wie möglich geschlossen hielt und automatisch die Hand vor den Mund hielt, wenn er sprechen musste. Und bald würden seine dünnen weißen Haare, die er auf seinem Schädel nach hinten kämmte, gänzlich verschwunden sein. Das Alter war die schlimmste Beleidigung von allen, weil man nie dagegen angehen konnte. Am Ende gewann es immer.

Der alte Mann hob langsam die Hand, trank einen letzten Schluck von seinem Espresso, faltete die Zeitung zusammen und legte sie seufzend auf den runden Tisch.

Die *Corriere della Sera* widmete dem Schädelbohrer-Fall, der inzwischen ganz Europa beschäftigte, eine Doppelseite. Jean Colomben hatte darin bestätigt gefunden, was er befürchtet hatte. Ein fünftes Opfer war ums Leben gekommen. Es war

Mona Safran. Die schöne, junge Mona Safran. Die einzige Frau der Loge, die Paul Cazo eingeführt hatte, als einer der Compagnons ersetzt werden musste. In ihrer gesamten Geschichte war es das erste Mal gewesen, dass die Loge Villard de Honnecourt eine Frau in ihren Reihen akzeptiert hatte, noch dazu eine so junge. Jetzt war sie tot. Wegen ihrer aller Nachlässigkeit.

Der Kellner kam und nahm die zwei Münzen, die in der kleinen roten Plastikschale lagen. Der alte Architekt warf ihm ein gezwungenes Lächeln zu und schloss dann die Augen. Er konnte es nicht glauben. Wie hatten sie nur so schnell scheitern können.

Sechs Jahrhunderte lang war es der Loge geglückt, das Geheimnis von Villard de Honnecourt zu schützen, und nun hatte einer nach dem anderen von ihnen versagt. Schlimmer noch: Sie hatten alle ihr Leben gelassen.

Seit der Gründung der Loge im fünfzehnten Jahrhundert hatte es nur einen Versuch gegeben, die Quadrate von Villard zu stehlen. Die Geschichte wurde in dem Rechenschaftsbericht der Loge ausführlich erwähnt. Es war im Jahr 1868. Den Compagnons war es aber in einer heftigen Schlacht gelungen, die sechs wertvollen Pergamente zu verteidigen und den Feind zu schlagen. Seitdem war das Geheimnis wieder in Vergessenheit geraten. Die Villard-de-Honnecourt-Loge hatte ihre Anonymität wiedergewonnen, und keinerlei Hinweise auf diese Geschichte waren irgendwo durchgesickert ...

Also waren die nachfolgenden Mitglieder mit der Zeit wohl weniger aufmerksam geworden. Die Versammlungen in der Cayenne von Honnecourt waren immer mehr zu einem folkloristischen Ritual verkommen. Nach und nach hatte man die tatsächlich existierende Gefahr vergessen, die der Besitz der sechs Dokumente bedeutete. Die letzten Mitglieder der Loge hatten die viel zu abstrakte Bedrohung schließlich unterschätzt. Sie waren alle tot.

Alle, außer ihm. Der letzte Compagnon. Und auch der Älteste. Er wusste, dass er nicht entkommen würde. Er würde sehr bald an der Reihe sein und keine Möglichkeit haben, sich zu verteidigen. Wenn die fünf anderen ihrem Angreifer nicht entkommen konnten, wie sollte er es dann schaffen?

Jean Colomben erhob sich mühsam von dem Korbstuhl, setzte seinen schwarzen Hut auf und trat auf den Marco-Polo-Platz hinaus, den Kopf zwischen die Schultern gezogen. Der scharfe Seewind wirbelte durch die Straßen und fegte den Staub von den Bürgersteigen. Im Osten erkannte man die Bucht mit ihren orangefarbenen Fassaden. Mit unsicheren Schritten ging er auf sein altes Haus zu. Passanten grüßten ihn. Die Leute im Viertel mochten ihn gern. Der Architekt hatte viel für den Erhalt der alten Häuser auf der kleinen Insel westlich der Stadt getan und hatte sich hartnäckig geweigert, dafür Geld anzunehmen. Er hatte das Viertel quasi adoptiert, es war seine Wahlheimat. Sein *païs,* wie er nach Art der alten Compagnons sagte. Wenn er durch die Straßen spazierte, hatte er immer eine freundliche Geste für die Kinder übrig, die auf dem Weg zur Schule waren, und ein Lächeln für die Händler. Er war ein Wahrzeichen des Viertels geworden, alle nannten in *il Francese,* und manche sprachen sogar in seiner Muttersprache mit ihm.

Der alte Mann blieb vor dem Mehrfamilienhaus stehen und warf einen Blick auf das letzte Stockwerk. Jedes Mal, wenn er die Stufen hinaufgehen musste, machte er am Fuß der Treppe eine kleine Pause. Der Aufstieg wurde von Jahr zu Jahr beschwerlicher. Aber jetzt gab es kein Zurück mehr. Er wusste, was er zu tun hatte. Er gab nur eine Lösung. Eine Lösung, die ihm wenig gefiel, eine Lösung, von der er versprochen hatte, sie niemals in Erwägung zu ziehen, aber er hatte keine Wahl mehr. Es war die einzige Möglichkeit.

Jean Colomben musste sich von seinem Quadrat trennen. Es zerstören? Nein, dazu konnte er sich nicht durchringen. Aber es an einen sicheren Ort bringen, ja, und hoffen, dass es, sollte er sterben, niemals gefunden würde. Niemals.

Langsam stieg er die Stufen der hölzernen Treppe hinauf.

61

Wenn es dich nicht stört, bleibe ich heute hier und ruhe mich ein bisschen aus. Mein Bein tut noch weh, und ich bin erschöpft.«

Ari saß mit zerzaustem Haar und müdem Gesicht auf dem Fensterbrett und hatte die Fäuste tief in die Taschen seiner Jeans gesteckt. Er hatte höchstens eine Stunde geschlafen. Den ganzen Abend lang hatte er den Polizeibeamten zugesehen, die in Lolas Wohnung nach Hinweisen suchten, bis er schließlich zu Iris gefahren war, die an der Porte de Champerret wohnte und angeboten hatte, ihn und seine Katze aufzunehmen.

Ohne große Hoffnung hatte er mehrfach versucht, Lola auf ihrem Handy anzurufen, hatte aber nur die Mailbox erreicht. Niedergeschlagen hörte er schließlich auf Iris, die ihn inständig gebeten hatte, ein wenig zu schlafen.

Unruhig hatte er sich auf dem Schlafsofa gewälzt, das seine Kollegin für ihn hergerichtet hatte, und war erst in den frühen Morgenstunden eingeschlafen, eine Stunde später aber schon wieder aufgewacht, als er gehört hatte, dass Iris aufstand.

»Natürlich, Ari, ich habe dir einen Zweitschlüssel auf den Tisch gelegt. Aber ruhe dich wirklich aus, ja? Du siehst furchtbar aus.«

»Ich muss immerzu an Lola denken«, gestand er murmelnd. »Ich frage mich, was sie mit ihr gemacht haben.«

»Ich bin sicher, dass es ihr gut geht, Ari. Sie wollen sie benutzen, um Druck auf dich auszuüben. Sie werden ihr nichts antun.«

»Davor sollten sie sich hüten.«

»Also, ich muss los. Du kannst in meinem Bett schlafen, wenn du willst, es ist bequemer als das Sofa ... Na ja, das weißt du ja«, fügte sie lächelnd hinzu.

»Sag mal, Iris, kannst du in Levallois vielleicht etwas für mich heraussuchen?«

»Schon wieder?«, rief sie. »Du hörst ja nie auf! Willst du nicht

mal an etwas anderes denken als an deine Ermittlung, wenigstens heute? Ich dachte, du wolltest dich ausruhen!«
»Das werde ich auch. Deswegen frage ich doch dich. Und weißt du, solange ich Lola nicht gefunden habe, werde ich nicht lockerlassen.«
»Na gut, was willst du diesmal?«
»Diese Vril-Spur scheint die richtige Fährte zu sein. Ich hatte neulich keine Zeit, mich intensiv mit der Sache zu beschäftigen. Wenn du Zeit hast, dann such alles heraus, was du über diese verdammte Bruderschaft finden kannst.«
»In Ordnung, aber ich garantiere für nichts. Anfang der Woche fehlt es einem nicht gerade an Arbeit. Ich werde sehen, was sich machen lässt. Aber versprich mir, dich wirklich auszuruhen.«
»Versprochen.«
Sie küsste ihn auf die Stirn und verließ die Wohnung.
Ari blieb eine Weile am Fenster stehen, sein Blick verlor sich in der Straße, dann legte er sich in das Bett seiner Ex-Freundin. Er roch ihr Parfum auf dem Kopfkissen und dachte an die Monate, die er mit ihr verbracht hatte. Dann wanderten seine Gedanken unweigerlich zu Lola. Es schnürte ihm die Kehle zu. Er bereute es so sehr!
Warum war er das Risiko eingegangen, sie in die Sache hineinzuziehen? Wie hatte er nur so dumm sein können, bei ihr zu wohnen, obwohl er sich bedroht fühlte?
Die Abwesenheit der Buchhändlerin war eine sekündliche Qual, ein andauernder Schmerz, den nichts lindern konnte. Schuldgefühle übermannten Ari. Er hätte gerne mit ihr gesprochen, jetzt. Es ihr gesagt. In Gedanken sah er das Gesicht der Buchhändlerin vor sich.
Ich liebe dich, Lola. Ich kenne keine anderen Worte, um auszudrücken, was ich fühle, und ich bereue, es dir nicht schon früher gesagt zu haben, einfach so, als du da warst, vor mir, in diesen Armen, die dich jetzt nicht mehr halten können. Ich möchte dir so gerne geben, was ich dir bisher nicht geben konnte, weil ich

nicht den Mut dazu hatte oder weil ich wusste, dass du etwas viel Besseres verdientest als das. Als das, was ein Mann wie ich dir bieten kann. Du bist ein Engel, Lola, ohne es zu wissen. Eine Perle zwischen Steinen. Vielleicht war es das, was dich unerreichbar machte. Ich hatte Angst, dich zu beschädigen. Und wie sehr bereue ich jetzt, dass du nicht mehr da bist!
Aber ich werde dich wiederfinden. Ich werde dich finden, wo immer du bist. Ich werde tun, was ich zu tun habe. Egal, wie lange es dauert. Aber ich werde dich wiederfinden. Weil das Leben ohne dich keinen Sinn hat.
Ari wischte sich eine Träne aus dem Augenwinkel. Er kam sich dumm vor, so zu weinen wie ein Kind, in Iris' Zimmer in Dunkelheit gehüllt. Aber es war stärker als er. Alles kam zusammen. Der Tod von Paul, der Stress der darauffolgenden Tage und jetzt die Angst, Lola nicht mehr wiederzusehen.
Plötzlich klingelte sein Handy. Er räusperte sich, nahm das Gespräch entgegen und erkannte die Stimme von Staatsanwalt Rouhet.
»Mackenzie, ich garantiere Ihnen, dass alles getan wird, um Ihre Freundin zu finden. Ich habe gerade eine Unterhaltung mit dem Innenminister persönlich geführt.«
Ari rieb sich die Augen und richtete sich auf dem Bett auf. Er versuchte, seine Unsicherheit zu verbergen.
»Und das soll mich beruhigen?«, bemerkte er zynisch.
»Hören Sie, alle nehmen diese Angelegenheit sehr ernst. Der Minister hat mir versichert, dass er der Sache Priorität einräumt.«
»Sie hätten sie nach dem Unfall niemals allein nach Hause gehen lassen dürfen.«
»Wir werden sie finden, Ari.«
Der Agent blieb still. Er wollte nicht mehr darüber sprechen, das verstärkte seine Angst nur.
»Ich rufe Sie an, um Ihnen mitzuteilen, dass wir Sie ab jetzt unter Personenschutz stellen.«
»Nein, danke.«

»Sie haben keine Wahl, Ari. Spielen Sie nicht den Dummen.«
»Ich kann mich allein wehren.«
»Daran zweifle ich nicht. Aber es wäre besser, wenn Sie unter Schutz stünden ...«
»Tut mir leid, aber ich habe wirklich keine Lust, den ganzen Tag mit zwei Bullen auf den Fersen herumzulaufen, Monsieur.«
»Das habe ich Ihnen auch nicht anzubieten. Solange der Fall nicht geklärt ist, werden wir Ihnen ausnahmsweise einen Leibwächter vom Personenschutzprogramm der Nationalpolizei zuteilen. Er kann Ihnen helfen und Sie begleiten.«
»Ich sagte doch, das ist nicht nötig.«
»Anweisung des Ministers, Mackenzie.«
Ari verdrehte erschöpft die Augen. Er wollte das Thema wechseln. »Und? Diese Spur, die Allibert verfolgt hat? Ist etwas dabei herausgekommen?«
»Der Kommissar ist in diesem Moment dabei, die Person in Versailles zu befragen. Vizedirektor Depierre wird Sie gegen Abend anrufen, damit Sie mit Ihrem Bodyguard zusammentreffen, und ich werde ihm das Ergebnis der Vernehmung mitteilen. In der Zwischenzeit ruhen Sie sich aus und tun nichts Unüberlegtes.«
Ari legte auf und schloss die Augen. Nach einer Stunde fiel er endlich entkräftet in einen unruhigen Schlaf.

62

»Bitte, setzen Sie sich.«
Kommissar Allibert war von seinen beiden Kollegen herbeigerufen worden, die das Treffen mit Monsieur M. in den Räumen der Versailler Kriminalpolizei arrangiert hatten: Der Zeuge war weit davon entfernt, ein Engel zu sein, er war eher ein

Mistkerl, Mitglied in verschiedenen rechtsextremen Splittergruppen und Anhänger der Verschwörungstheorie. Sein Name musste geheim bleiben. Sein Anwalt, der mit dieser Art von Besessenheit offenbar vertraut war, hatte genaue Regeln aufgestellt. Sein Mandant trat als anonymer Zeuge auf und behielt sich das Recht vor, seine Aussage jederzeit zu beenden, bei der es sich im Übrigen nur um eine informelle Vernehmung handelte, weiter nichts. Man musste den Informationen, die er zu liefern bereit war, also mit Vorsicht begegnen, aber zugleich so diplomatisch wie möglich vorgehen, um ihn zum Reden zu bringen. Im Moment war das ihre einzige Informationsquelle über die angeblich geheimen Machenschaften von Albert Khron und seine Verbindung zur Bruderschaft des Vril.
Das Büro von Allibert war geräumig, stickig und dunkel, und die darin herrschende Unordnung ließ vermuten, dass der Kommissar in Arbeit erstickte. Zahlreiche Akten stapelten sich in den Regalen und auf dem Boden, und die Wände waren mit Fotos, Plänen, Ausdrucken und Notizen bedeckt. Ein starker Kaffeegeruch hing im Zimmer.
Ein Oberleutnant aus Alliberts Truppe war ebenfalls anwesend. Er lehnte hinter seinem Vorgesetzten an der Wand.
Der Zeuge und sein Anwalt setzten sich in die beiden Sessel, die vor dem großen Schreibtisch standen.
Monsieur M. war um die fünfzig, klein, hatte ein rundes Gesicht, sehr kurz geschnittene braune Haare und kleine, unsympathische schwarze Augen. Seine Kleider ließen vermuten, dass er aus einem eher bescheidenen Milieu stammte. Sein alter Wollpullover stand im Kontrast zum strengen Anzug seines Anwalts.
»Ich danke Ihnen, dass Sie so schnell gekommen sind, Monsieur M. Fangen wir von vorn an, wenn es Ihnen recht ist. Sie haben meinen Kollegen gesagt, dass Sie selbst einer Organisation angehört haben, die sich Vril-Orden nennt. Können Sie uns mehr darüber sagen?«

»Mein Mandant ist nicht hier, um über sich zu sprechen, sondern nur über Monsieur Khron«, unterbrach der Anwalt scharf.
Allibert biss sich auf die Lippe. Das fing ja gut an.
»Selbstverständlich«, antwortete er lächelnd. »Aber um die Rolle von Albert Khron besser zu verstehen, könnte uns Monsieur M. vielleicht sagen, wie der Vril-Orden aufgebaut ist ...«
Der anonyme Zeuge schwieg. Der Kommissar ergriff wieder das Wort, diesmal entschlossener.
»Hören Sie, Monsieur M., Sie stehen hier nicht unter Verdacht. Alles, was uns interessiert, ist die Verbindung von Albert Khron zum Vril-Orden. Wenn Sie uns darüber nichts zu sagen haben, vergeuden wir unsere Zeit ...«
»Es gibt sehr wohl eine Verbindung«, sagte der Zeuge endlich.
»Sehr gut. Also, damit wir sicher sein können, von derselben Sache zu sprechen, sagen Sie uns, was die Vril-Bruderschaft ist.«
»Sagen wir mal, es ist eine geschlossene Geheimgesellschaft.«
»Eine Gesellschaft?«, fragte der Staatsanwalt. »Wäre der Begriff Sekte hier nicht eher angebracht?«
»Nein. Sekten rekrutieren auf Teufel komm raus, mit dem einzigen Ziel, ein paar armen, verwirrten Typen so viel Geld wie möglich aus der Tasche zu ziehen. Damit hat Vril nichts zu tun. Es ist eine wissenschaftliche Organisation, geheim zwar, aber sehr elitär, mit wenigen Mitgliedern.«
»Wie vielen genau?«
»Ich wiederhole«, griff der Anwalt ein, »dass mein Mandant hier ist, um über Albert Khron zu sprechen ...«
»Lassen Sie«, unterbrach Monsieur M. und legte dem Mann neben sich die Hand auf die Schulter.
Der Advokat zuckte mit den Schultern.
»Wie Sie wollen. Aber lassen Sie sich nicht manipulieren ...«
Allibert versuchte, ruhig zu bleiben. Der Anwalt war noch

schlimmer als sein Mandant. Er hätte einiges dafür gegeben, ihn beim Kragen zu packen und hinauszuwerfen.
»In Frankreich«, fuhr der Zeuge fort, »gibt es etwa sechzig Mitglieder. Wie viele in der Welt, das weiß ich nicht genau, aber ich würde sagen, höchstens dreihundert ...«
»Es handelt sich also um eine internationale Organisation?«
»Natürlich! In den meisten europäischen Ländern und in den Vereinigten Staaten gibt es Untergruppen. Aber die Hauptorganisation befindet sich in Österreich.«
»Ist der Orden streng durchstrukturiert?«
»Ja. Die verschiedenen Untergruppen respektieren die ursprüngliche Struktur, die 1918 vom Gründer Karl Haushofer eingeführt wurde.«
»Das heißt?«
»Jede nationale Untergruppe ist in drei Abteilungen gegliedert. Es gibt die unterste Abteilung, die Basis der Pyramide oder das, was man den Freikorps nennt. Das sind kleine Soldaten, wenn Sie so wollen, größtenteils ehemalige Söldner, ehemalige Militärangehörige, sogar ehemalige Kollegen von Ihnen. Diese Art von Profil. Typen, die keine Angst davor haben, niedrige Dienste zu leisten. Dann gibt es die zweite Abteilung. Das sind eher Leute, die der allgemeinen Philosophie des Vril anhängen, die aktiv an den monatlichen Versammlungen teilnehmen, aber nicht zur Führungsspitze gehören.«
»Dieser Abteilung haben Sie angehört?«, fragte Allibert.
Der Mann warf seinem Anwalt einen Blick zu. Dieser schüttelte den Kopf.
»Meine Rolle innerhalb des Vril ist hier nicht Thema ...«
»Gut, gut«, erwiderte der Kommissar entnervt. Seiner Reaktion nach herrschte sowieso wenig Zweifel daran, dass Monsieur M. aus der zweiten Abteilung stammte.
»Und weiter?«
»Dann gibt es die dritte Abteilung, die pro Land nur neun Mitglieder zählen darf. Das Ganze wird von einem einzigen Mann

geleitet, dem Präsidenten der nationalen Gruppe. Und in Frankreich ist das eben Albert Khron.«
Allibert zog ein Foto von Albert Khron heraus und zeigte es ihm. »Sie sprechen von diesem Mann?«
Monsieur M. sah das Foto an und nickte sofort.
»Genau. Das ist Albert Khron.«
»Ich möchte nicht in Frage stellen, was Sie sagen«, schaltete sich Staatsanwalt Rouhet ein, »aber etwas wundert mich ...«
»Was denn?«
»Sie scheinen von einer gut strukturierten Organisation zu sprechen, mit internationalen Verzweigungen, und dennoch ist die Existenz der Loge den Behörden offensichtlich entgangen ... Wie kommt es, dass weder die parlamentarische Kommission für Sektenwesen noch der Nachrichtendienst jemals einen Hinweis auf diese Geheimgesellschaft hatten?«
»Zuerst möchte ich wiederholen, dass es sich nicht um eine Sekte handelt. Zweitens verstehen sie es offenbar, diskret vorzugehen. Und nur weil der Nachrichtendienst und ein parlamentarischer Bericht seine Existenz nicht erwähnen, heißt das nicht, dass die Vril-Gesellschaft ganz oben nicht bekannt ist. Ich möchte Sie nicht beleidigen, aber Sie haben vielleicht keinen Zugang zu allen Informationen ... Außerdem hat Vril keine legale Struktur. Es ist keine Vereinigung nach dem Gesetz von 1901. Diskretion wird sehr ernst genommen, und Vril hat nur wenige Mitglieder: Das Risiko einer undichten Stelle ist nicht sehr hoch.«
»Sie sind doch wohl Beweis für das Gegenteil, oder nicht?«
Die Bemerkung schien den Zeugen zu verärgern. Er antwortete schnell in scharfem Ton:
»Ich habe meine Gründe. Khron hat es darauf angelegt.«
»Was haben Sie gegen ihn?«
Allibert begann zu ahnen, was geschehen war. Ursache für den Austritt dieses seltsamen Monsieur M. war vermutlich eine persönliche Unstimmigkeit zwischen ihm und Albert Khron

gewesen, doch im Grunde hing der Mann wahrscheinlich immer noch der zumindest fragwürdigen Philosophie des Vril-Ordens an.
»Tut mir leid, aber das geht Sie nichts an«, erwiderte der Befragte und blickte den Kommissar scharf an.
»Um Ihren Behauptungen Glauben schenken zu können, wüssten wir gerne, was Sie dazu bringt, Monsieur Khron zu denunzieren, verstehen Sie?«
»Mein Mandant hat Ihnen gesagt, dass Sie das nichts angeht.«
Da Allibert spürte, dass der Anwalt die Geduld verlor, fuhr er mit einer anderen Frage fort. Es nützte im Moment nichts, die beiden zu provozieren. Er hätte diesen Monsieur M. gerne ein bisschen mehr in die Mangel genommen, aber sein Ziel war es nicht, diesen abstoßenden Kerl in die Enge zu treiben, sondern ihm Informationen zu entlocken. Außerdem hatte Monsieur M. sich im Rahmen der Ermittlungen nichts anderes vorzuwerfen, als dass er einmal dieser Organisation angehört hatte, und ihn in Polizeigewahrsam zu nehmen war nicht möglich. Er musste also behutsam vorgehen.
»Wenn die Vril-Gesellschaft offiziell nicht existiert, wie wird die Organisation dann im administrativen und finanziellen Hinblick geführt? Kein Bankkonto, kein Gesellschaftssitz ...«
»Alles läuft über die Muttervereinigung. Machen Sie sich um sie keine Sorgen, sie verstehen ihr Geschäft. Das Vermögen des Vril ist meines Wissens nach beachtlich.«
»Aber seit wann existiert sie, und in welchem Verhältnis steht die Bruderschaft des Vril zu derjenigen im nationalsozialistischen Deutschland?«
»Was meinen Sie, in welchem Verhältnis? Es ist doch dieselbe ... Was glauben Sie denn? Dass es sich um eine simple Neuentstehung handelt? Ein bisschen wie die Neo-Tempelritter und solcher Unsinn? Sie irren sich. Der Vril-Orden hat nie aufgehört zu existieren. Als sich der Führer 1937 gezwungen sah, ein Dekret zu erlassen, das Geheimgesellschaften verbot, um

dem jüdisch-freimaurerischen Komplott zu entgehen, ist der Sitz der Gesellschaft diskret nach Österreich verlegt worden, wo er sich noch immer befindet.«

Die Art, wie der Befragte den Terminus Führer verwendete, um von Adolf Hitler zu sprechen, und sein Gebrauch des Ausdrucks »jüdisch-freimaurerisches Komplott« ließen wenig Zweifel an der Schändlichkeit seiner Ideen. Es war unerträglich, geduldig einem solchen Abschaum zuhören zu müssen, aber er hatte keine Wahl.

»Wollen Sie damit sagen, dass die Vril-Bruderschaft, der Sie angehört haben, genau dieselbe ist wie die im Nazi-Deutschland?«

»Ich weiß nicht, warum Sie den Begriff Nazi verwenden. Der Vril wurde 1918 gegründet, ein Jahr vor dem Auftauchen der NSDAP und des Nationalsozialismus. Aber ja, der Vril-Orden, den Khron leitet, ist sehr wohl der französische Zweig desjenigen, der damals in Berlin gegründet wurde. Es hat nie eine Unterbrechung gegeben, wenn es das ist, was Sie wissen wollen.«

»Aber sagen Sie, der Gegenstand dieser Gesellschaft ist ein wenig ... veraltet, oder nicht? Ich meine ... Sie werden mir doch nicht weismachen wollen, dass ihre Mitglieder heute dieselbe Ideologie vertreten wie zwischen den Weltkriegen?«

»Und warum nicht?«

Allibert legte zweifelnd den Kopf schief.

»Glauben Sie zum Beispiel an die Existenz einer überlegenen Rasse?«

Monsieur M. sah dem Kommissar selbstgefällig in die Augen, als wolle er ihn provozieren.

»Das wäre für Sie nicht politisch korrekt genug, nicht wahr?«

Wieder versuchte Allibert, sich nicht aufzuregen. Normalerweise hätte er diesen Typen vermutlich schon vor die Tür gesetzt oder ihm sogar einen Faustschlag verpasst, aber er hatte noch viele Fragen an ihn.

»Sie sagen uns also gerade, dass der Vril-Orden ... wie soll ich es ausdrücken ... sich heute noch der Studie der arischen Rasse widmet?«

»Ja, unter anderem. Das heißt, Sie wissen überhaupt nichts über Vril?«

»Sagen wir mal, wir kennen die Geschichte seiner Gründung, aber ich muss gestehen«, sagte der Kommissar, als wolle er seinen Gesprächspartner dazu verführen, noch mehr zu prahlen, »dass wir einigermaßen überrascht sind, zu sehen, dass sich der Vril-Orden heute noch mit den Themen beschäftigt, die zu seiner Gründung geführt haben.«

»Aber so ist es! Und glauben Sie mir, das ist gar keine so große Überraschung. Seit dem Zweiten Weltkrieg ist die Frage nach dem Ursprung der arischen Rasse ein Tabu, aber ich wüsste nicht, warum man die Recherchen auf diesem Gebiet nicht weiter fortführen sollte. Die Vril-Bruderschaft ist der einzige Ort, wo seriöse Wissenschaftler heutzutage tiefergreifende Studien zu diesem Thema durchführen können, ohne von den Verfechtern der allgemeinen Meinung gestört zu werden. Es ist beispielsweise ganz und gar legitim, die Geheimnisse um die Wiege der arischen Rasse beleuchten zu wollen, bevor sie durch die Vermischung mit unterlegenen Rassen geschwächt wurde und ...«

Monsieur M. unterbrach sich plötzlich, als würde ihm auf einmal bewusst, dass er vielleicht schon zu viel gesagt hatte. Er sank in seinem Sessel zurück und wischte sich Schweißtropfen von der Stirn. Der Anwalt schien irritiert zu sein.

»Gut, hören Sie, ich bin nicht hier, um Ihnen das zu erzählen. Wenn Sie wirklich wissen wollen, was das Ziel des Vril-Ordens ist, müssen Sie selbst danach suchen. Ich bin gekommen, um über Albert Khron zu sprechen, das ist alles.«

»Und was werfen Sie diesem Albert Khron vor?«

»Dass er die Bruderschaft des Vril von ihrem ursprünglichen Ziel abbringt. Für ihn hat die Entdeckung des Ursprungsorts der arischen Rasse sicherlich Priorität, aber nicht aus ideologischen Gründen. Was ihn motiviert, sind persönliche Interessen, die er daraus ziehen könnte ... Aber der Grund meiner Unstimmigkeit mit ihm geht Sie nichts an. Alles, was ich gewillt bin, Ihnen zu sagen, ist, dass Albert Khron, derzeitiger Vorsitzende der Vril-Bruderschaft, ein Gauner ist.«

»Ich verstehe. Haben Sie einen Beweis dafür?«

»Absolut«, erwiderte Monsieur M. mit zufriedener Miene. »Ich habe sogar zwei hierher mitgebracht.«

Mit theatralischer Geste zog er eine Schwarzweiß-Fotografie aus seiner Tasche und reichte sie dem Staatsanwalt. Er schien so mit sich zufrieden, dass Allibert die unwiderstehliche Lust packte, ihm eine Ohrfeige zu geben.

»Dieses Foto ist vor drei Monaten entstanden«, erklärte Monsieur M., »beim Sitz der Vril-Gesellschaft.«

Der Kommissar betrachtete das Foto. Man sah darauf Monsieur M., der neben Albert Khron posierte. Hinter ihnen erkannte man auf einem Wandbehang das berühmte Symbol des Vril: eine schwarze Sonne.

»Was soll das beweisen?«, fragte Allibert mit gespielter Enttäuschung.

»Dass Albert Khron der Leiter der Vril-Gesellschaft ist!«

»Entschuldigung, aber das hier beweist nur, dass Sie mit ihm vor einem schwarzen Tuch posiert haben ...«

Monsieur M. verdrehte die Augen.

»Wenn Sie wollen ... Aber seine Mitgliedschaft beim Vril ist ohnehin nur ein Detail. Was zählt, ist, dass dieser Typ ein Betrüger ist, das kann ich Ihnen beweisen.«

»Wie?«

»Ich bin gewillt, Ihnen den Beweis zu bringen, dass dieser Mann den Vril-Orden benutzt, um illegal seinen eigenen Interessen zu dienen und kolossale Geldbeträge anzuhäufen, die er sehr wahrscheinlich nie deklariert. Hier.«

Der Mann, dessen Blick immer irrer wurde, kramte noch einmal in seiner Tasche und zog einen Ausdruck hervor.

»Sie finden darauf die Daten eines Bankkontos auf den Namen Albert Khron bei einer Offshore-Bank, wo er die gewaltigen Beträge deponiert hat, die er unter Ausnutzung seiner Position innerhalb des Vril erhalten hat. Bitte. Damit können Sie ihn festnageln. Über das Geld können Sie Khron zu Fall bringen, nicht über den Vril. Denken Sie daran, so hat man auch Al Capone dranbekommen. Steuerhinterziehung.«

Der Kommissar sah sich das Dokument an und reichte es dann seinem Kollegen. Dieser warf einen kurzen Blick darauf.

»Sehr gut. Wir werden das überprüfen, und wenn Ihr Dokument echt ist, können wir Albert Khron dingfest machen. Das Problem ist nur, dass er im Moment unauffindbar ist, wissen Sie? Sie haben nicht zufällig eine Idee, wo er sich verstecken könnte?«

Das war die einzige Frage, die den Kommissar wirklich interessierte. An der Verwicklung von Albert Khron in den Fall herrschten kaum noch Zweifel, aber im Moment hatte er das Problem, ihn zu lokalisieren – in der Hoffnung, bei der Gelegenheit auch die junge Frau, Dolores Azillanet, zu finden, die entführt worden war. Der Haftbefehl war schon ausgestellt worden, aber seit Mackenzies Erscheinen bei seinem Vortrag war Albert Khron nicht mehr gesichtet worden.

»Vermutlich auf dem Gesellschaftssitz von Vril.«

»Wo befindet sich der?«, drängte der Kommissar.

»Ah, Ihnen das zu sagen ist nicht meine Aufgabe.«

Allibert ballte seine Hände unter dem Tisch zu Fäusten. Es war nicht der Moment, die Nerven zu verlieren.

»Monsieur M., wir müssen Albert Khron unbedingt finden. Wie Sie wissen, handelt es sich um eine polizeiliche Ermittlung und ...«

»Insistieren Sie nicht«, schnitt der Anwalt ihm das Wort ab, der ahnte, dass Allibert zum Mittel der Einschüchterung greifen wollte. »Mein Mandant, der freiwillig gekommen ist, um eine Aussage zu machen, hat das Recht, zu entscheiden, was er

Ihnen sagen möchte und was nicht, unter Wahrung seiner Anonymität. Sie können gerne den entsprechenden Artikel im Strafgesetzbuch noch einmal nachlesen, wenn Sie wollen ...«
»Das wird nicht nötig sein. Verstehen Sie, Monsieur M., wenn Albert Khron nicht mehr bei sich zu Hause ist, dann weiß er sicherlich, dass wir nach ihm fahnden. Wenn Sie uns nicht helfen, ihn schleunigst zu lokalisieren, besteht die Gefahr, dass er uns entkommt und ...«
»Warten Sie«, unterbrach ihn der Zeuge mit besorgter Miene. »Warten Sie ... Bevor ich Ihnen antworte, möchte ich Ihnen meinerseits eine Frage stellen.«
Der Kommissar erkannte seine Chance und nickte langsam.
»Ich wüsste gerne, warum Sie ihn suchen.«
Allibert antwortete nicht gleich. Er konnte den wahren Grund ihrer Ermittlung nicht preisgeben. Aber wenn er nichts sagte, würde sich der Befragte vermutlich weigern zu sprechen. Was sollte er also erwidern? Vielleicht konnte er etwas wagen. Einen Bluff. Nach seinen Beiträgen im Internet und allem, was er erzählt hatte, zu urteilen, war Monsieur M. von der Verschwörungstheorie besessen und überzeugt davon, dass die Mitglieder des Vril »von Khron manipuliert werden, der einer höheren, geheimen Sache dient«. Vielleicht konnte er ihm die Zunge lösen, indem er seiner Paranoia schmeichelte.
»Hören Sie, ich bin nicht befugt, mit Ihnen darüber zu sprechen, aber unter uns, Sie wissen genau, warum wir Albert Khron suchen. Ich brauche es Ihnen nicht zu sagen. Sie verstehen mich, nicht war?«, sagte der Kommissar in vertraulichem Ton, als wolle er Monsieur M. in ein Geheimnis einweihen, das der Anwalt nicht verstehen konnte. »Und Sie wissen auch besser als jeder andere, was passiert, wenn wir ihn nicht sofort stoppen ...«
Monsieur M. starrte den Kommissar lange nachdenklich an.
»Dieser Mistkerl hat es also gefunden«, murmelte er wie zu sich selbst.

Als er sah, dass sein Bluff dabei war zu funktionieren, legte Allibert noch einmal nach und sagte mit Kennermiene:
»Die Zeit drängt. Sie können sich denken, dass Khron den Verdienst allein einheimsen wird, wenn er am Ziel ist. Sie sollten uns helfen, ihn zu stoppen. Noch ist Zeit.«
Der Zeuge zögerte und warf seinem Anwalt einen Blick zu. Dieser gab ihm mit einer Geste zu verstehen, dass er jede Verantwortung von sich wies, wenn sein Mandant entschied zu reden.
»Garantieren Sie mir, dass mein Name niemals irgendwo erwähnt wird?«
»Das verspreche ich Ihnen.«
Monsieur M. rieb sich nervös die Hände, dann schwieg er lange. Schließlich, als Allibert schon nicht mehr damit rechnete, hob der Zeuge den Kopf und gab feierlich bekannt:
»Der Vril versammelt sich in einer Villa in Bièvres, die sich Agartha nennt. Sie liegt am Südrand der Stadt.«

63

Lamia traf am frühen Abend in Orly ein.
Sie hatte Mühe, ihre Anspannung zu beherrschen. Mackenzie hatte vermutlich ihr Gesicht in Honnecourt gesehen, was bedeutete, dass ihr Phantombild vielleicht schon durch ganz Frankreich zirkulierte. Sie ging ein großes Risiko ein, indem sie einen Flughafen betrat. Aber das war der letzte Direktflug. Dies war nicht der Zeitpunkt, sich entmutigen zu lassen, nicht nach allem, was sie getan hatte. Ohnehin konnte sie nicht verlieren. Das stand geschrieben.
Sie zog ihren langen schwarzen Rock zurecht und ging zielstrebig auf den Abfertigungsschalter zu. Dort setzte sie ein künstliches Lächeln auf, gab der Angestellten der Fluggesellschaft ihr Ticket und nahm ihre Boardingcard entgegen.

»Möchten Sie Gepäck aufgeben?«
»Nein. Ich habe nur das«, antwortete sie und zeigte auf die Tasche aus festem rotem Stoff, die sie in der Hand hielt. »Ich nehme sie mit ins Flugzeug.«
Seit den Attentaten des 11. September waren die Kontrollen an den Flughäfen äußerst streng geworden. Daher hatte sie beschlossen, die für ihr Ritual nötige Ausrüstung nicht mitzunehmen. Sie würde bei ihrer Ankunft alles kaufen, das war weniger riskant.
Lamia ging Richtung Abflughalle und stellte sich in die Warteschlange vor dem Sicherheitsbereich. Ein Reisender nach dem anderen legte seine Tasche auf das Fließband, leerte den Inhalt seiner Hosentaschen in Plastikboxen und passierte zögerlich die Sicherheitsschleuse. Manche mussten ihren Gürtel ausziehen, andere eine Leibesvisitation über sich ergehen lassen … Die Schlange bewegte sich langsam voran.
Als sie an der Reihe war, zeigte Lamia ihren Pass und ihre Boardingcard vor, legte ihre große rote Tasche auf das Fließband und passierte scheinbar ungezwungen die Schleuse. Die kleine Leuchtdiode am Schleusenbogen blieb grün, und es ertönte kein Piepton. Aber als sie auf der anderen Seite wieder ihre Tasche nehmen wollte, näherte sich ihr ein Sicherheitsbeamter.
»Könnten Sie bitte Ihre Tasche öffnen?«
Lamia hatte sich perfekt unter Kontrolle und nickte höflich.
»Natürlich.«
Sie zog am Reißverschluss und reichte ihre geöffnete Tasche dem Sicherheitsbeamten. Dieser wühlte mit einer behandschuhten Hand darin herum und zog vorsichtig die flache Metallschatulle heraus, die er vermutlich auf dem Röntgenschirm bemerkt hatte.
»Was ist das?«, fragte er.
»Alte Pergamente«, antwortete sie.
»Würden Sie sie bitte öffnen?«
Lamia stieß einen Seufzer aus.

»Ja, natürlich, aber Vorsicht, sie sind sehr empfindlich.«
Sie entriegelte den Verschluss an der Seite der Schatulle und öffnete sie behutsam. Die erste der fünf Seiten war unter einer dünnen Plexiglasscheibe zu sehen. Man erkannte darauf die Abbildung einer Rosette und den Text in mittelalterlichem Picardisch.
Der Zollbeamte warf vorsichtig einen Blick darauf, dann zuckte er mit den Schultern.
»Okay, in Ordnung, Sie können gehen.«
»Danke.« Lamia verschloss die Dose wieder, verstaute sie in ihrer Tasche und verschwand zu dem auf den Anzeigetafeln des Flughafens angegebenen Gate. Sie setzte sich zwischen die anderen Reisenden, streckte die Beine aus und ließ ihren Kopf gegen die Rückenlehne des Sitzes sinken.

64

»Was machst du hier? Ich dachte, du wolltest den Tag damit verbringen, dich bei mir zu Hause auszuruhen?«, rief Iris als Mackenzie die Tür zu ihrem Büro öffnete.
»Ich soll hier meinen Bodyguard treffen ...«
»Deinen Bodyguard?«
Ari machte eine Geste der Machtlosigkeit.
»Man heftet mir einen Typen vom Personenschutz an die Fersen. Anweisung des Ministers. Ich hätte wirklich gerne darauf verzichtet!«
»So was! Die Zeiten ändern sich ... Du scheinst ja beim Minister gut angeschrieben zu sein!«
»Unsinn! Sobald diese Sache erledigt ist, werde ich wieder in Vergessenheit geraten.«
Iris kehrte zu ihrem Stuhl zurück und forderte Ari auf, sich ihr gegenüber hinzusetzen.

»Wie fühlst du dich?«
»Besser. Ich habe ein bisschen geschlafen, und das Bein tut fast nicht mehr weh.«
»Immerhin. Hast du von der Fusion gehört?«
»Nein ... Ist es jetzt so weit?«
»Ja. Es ist offiziell. Nachrichtendienst und Spionageabwehr werden zusammengelegt, vermutlich in zwei oder drei Monaten.«
»Tja, die wollen wohl keine Zeit verlieren! Wir sind doch gerade erst in diese Räume eingezogen.«
»Ja. Mach dich darauf gefasst, der DRI zu folgen, mein Lieber, der Leitung des Nachrichtendienstes des Inneren ...«
»Ach, weißt du, darauf bin ich schon ziemlich lange gefasst. Aber ich bin mir nicht sicher, ob ich dort wirklich einen Platz habe ... Und wer wird das Ganze leiten?«
»Was glaubst du?«
»Jemand von der Spionageabwehr?«
»Bingo!«
»Alles andere hätte mich gewundert. Ich glaube, ich kann mich von den Sekten verabschieden ...«
»Wovon man ausgehen kann, Ari, ist, dass sie die Chance nutzen werden, um das Personal zu reduzieren. Im öffentlichen Dienst ist Personalabbau angesagt, weißt du?«
»Ach, ehrlich gesagt, beschäftigt mich das nicht.«
»Das kann ich mir denken.«
»Hast du für mich etwas über Vril gefunden?«, fragte Ari, begierig, sich wieder auf seine Ermittlungen zu konzentrieren, und besonders darauf, Lola wiederzufinden.
»Ja, aber ich weiß nicht, ob du damit viel anfangen kannst ...«
»Schieß los.«
»Okay. Warte, ich hole mir meine Notizen.«
Iris Michotte nahm eine kartonierte Mappe von ihrem Schreibtisch und öffnete sie vor ihrem Freund.
»Also ... die Vril-Bruderschaft ist 1918 entstanden, zur glei-

chen Zeit wie die Thule-Gesellschaft. Offenbar stammt die Idee zum Vril von einem Roman, der 1870 von einem gewissen Bulwer-Lytton geschrieben wurde: *The Coming Race*. Darin behauptet der Autor, es gebe eine menschliche Rasse, die unter der Erde lebe und die Energie kontrolliere, die angeblich vom Mittelpunkt der Erde kommt: die Vril-Kraft. Kurz gesagt, wenn ich es richtig verstanden habe, nahmen die Gründer der Vril-Bruderschaft den Inhalt dieses Buches sehr ernst und hatten es sich zur Aufgabe gemacht, die verborgene Quelle dieser Energie zu finden, die es möglich machen sollte, die zukünftige Überlegenheit der arischen Rasse abzusichern.«
»Ja, so hatte ich das auch verstanden.«
»Aber wie so oft mit diesen Okkultisten ist die ganze Sache ein bisschen konfus. Man weiß nicht genau, ob sie beweisen wollten, dass im Inneren der Erde bereits eine Herrenrasse existiert, oder ob sie mit Hilfe dieser geheimnisvollen unterirdischen Energiequelle eine überlegene Rasse erschaffen wollten … Jedenfalls wollten die Mitglieder der Vril-Bruderschaft – die häufig Ethnologen, überzeugte Okkultisten oder Politiker aus Hitlers Umfeld waren – die Frage nach der Herkunft der arischen Rasse erforschen und beweisen, dass es eine unterirdische Energie gab, die sie stärker machen konnte. In Laufe der Jahre sind ihre Theorien immer komplizierter geworden und wurden mit einem Haufen anderer okkultistischer Thesen vermischt, eine verrückter als die andere. Ich gestehe, dass ich nicht so recht folgen konnte. Es ist eine künstliche Mischung aus griechischer Mythologie, buddhistischer Philosophie, diversen Anschauungen, die zum Beispiel Atlantis betreffen, aber auch Hinweise auf Konzentrationsübungen der Jesuiten … unter dem Vorwand, dass Ignatius von Loyola Baske gewesen ist. Viele Okkultisten glauben wohl, dass die Basken direkte Nachfahren der Atlantis-Bewohner sind … Frag mich nicht weiter, ich muss gestehen, dass ich nicht alles verstanden habe.«
»Kann ich mir vorstellen.«

»So weit dazu. Dafür habe ich versucht, ein bisschen mehr über ihr Symbol herauszufinden, du weißt schon, die Tätowierung, die du auf dem Arm der beiden Typen gesehen hast, die dich angegriffen haben.«

»Die schwarze Sonne ...«

»Ja. Die Erklärung zu diesem Symbol ist recht simpel. Den Mitgliedern der Bruderschaft zufolge stammt die Vril-Kraft von einer schwarzen Sonne, einer großen Kugel aus *materia prima*, die angeblich im Zentrum der Erde existiert und auf die Bewohner der unterirdischen Welt scheint.«

»Aha. Sie sind also Anhänger der Theorie, dass die Erde innen hohl ist?«

»Genau. Das ist eines der wiederkehrenden Themen des Mystizismus bei den Nazis. Die Okkultisten von Thule oder Vril verteidigten den Gedanken, demzufolge die Erde einen bewohnbaren Innenraum besitze. Manche gingen sogar so weit, zu behaupten, Hitler sei ins Innere der hohlen Erde geflüchtet und sei noch heute dort ... was erklären würde, warum man nie seinen Körper gefunden hat.«

»Aber selbstverständlich! Und Elvis Presley ist auch dort!«, witzelte Ari.

»Ja. Da kannst du mal sehen ... Das heißt, auch wenn die Wissenschaftler heutzutage den Gedanken widerlegt haben, dass unser Planet hohl sein könnte, ist die Theorie trotzdem nicht ganz unsinnig.«

»Wieso?«

»Ich bin ja keine Geophysikerin, aber ich habe mir das Ganze ein wenig angeschaut, und ohne diesen Typen recht geben zu wollen, das Innere der Erde ist tatsächlich noch ein großes Geheimnis ... Heutzutage weiß man fast besser, was sich auf dem Mars befindet, als im Zentrum unseres eigenen Planeten!«

»Ja ... Aber davon ausgehend, zu sagen, Adolf Hitler habe sich mit einigen Repräsentanten der arischen Rasse dorthin geflüchtet, ist doch etwas übertrieben ...«

»Natürlich. Alles, was ich sagen will, ist, dass das Innere der Erde immer noch ein unbekanntes Gebiet ist. Sieh mal ...«
Sie reichte Ari eine Skizze, die eine Querschnittzeichnung der Erde darstellte.
»Mit der Erfindung des Seismographen hat man zwar die verschiedenen Schichten, die die Erde ausmachen, bestimmen können, aber das bleibt ziemlich theoretisch. Zuerst kommt die äußere Kruste, dann der obere Mantel, der untere Mantel, der äußere flüssige Kern und dann der feste Kern. Das Problem ist, dass man nie in der Lage gewesen ist, auch nur über die äußere Kruste hinauszukommen. Im Durchschnitt beträgt sie fünfundvierzig Kilometer, und die tiefste Bohrung, die man jemals durchführen konnte, reichte nur zwölf Kilometer in die Tiefe. Danach ist die Temperatur zu hoch und der Druck zu stark für das verfügbare Material. Ich weiß nicht, ob du dir das vorstellen kannst, aber zwölf Kilometer auf der Weltskala entsprechen bei der Oberfläche einer Orange nicht einmal einem Einstich von einem Zehntel Millimeter. Aber das ist nicht alles. 1993 hat ein Nukleartest der Chinesen Geophysikern erlaubt, ein dreidimensionales Bild des Erdinneren zu rekonstruieren. Die Wissenschaftler glaubten, auf diesem Bild Teile eines ehemaligen Kontinents zu erkennen, der auf der Oberfläche des Kerns schwamm. Wenn die Mutmaßung richtig wäre, würde das bedeuten, dass ein Erdbeben einen ganzen Kontinent in etwa dreitausend Kilometern Tiefe verschüttet hätte!«
»Was versuchst du mir zu sagen? Dass es im Inneren der Erde vielleicht wirklich einen bewohnten Kontinent gibt?«
»Aber nein, natürlich nicht! Aber der Mittelpunkt der Erde ist insgesamt noch so unbekannt, dass Okkultisten sich dort alles Mögliche vorstellen können.«
»Ich verstehe, worauf du hinauswillst ... Die Mitglieder der Vril-Bruderschaft wären zu allem bereit, um herauszufinden, was sich im Zentrum der Erdkugel befindet und eventuell ihre

Theorie stützt, dass es eine geheimnisvolle Kraft oder eine auserwählte Rasse gibt?«
»Zum Beispiel ...«
»Das würde bedeuten, dass das Geheimnis, das sich auf den verlorenen Seiten von Villards Skizzenbuch verbirgt, etwas mit dem Mittelpunkt der Erde zu tun hat ... Warum nicht?«
»Ich weiß nicht, ob dich das weiterbringt ...«
Ari zuckte mit den Schultern.
»Das kann man noch nicht sagen. Jedenfalls danke ich dir. Du warst wie immer sehr hilfreich.«
»Bitte. Hier, ich überlasse dir meine Notizen.«
Ari umarmte seine Kollegin zum Abschied und ging in sein Büro. Dort rief er gleich Vizedirektor Depierre an, der offenbar schon mehrmals versucht hatte, ihn zu erreichen.
»Ach! Da sind Sie, Mackenzie! Danke, dass Sie so schnell gekommen sind ... Ihr Bodyguard ist hier. Ich schicke ihn zu Ihnen.«
»Wunderbar«, erwiderte Ari ironisch.
»Seien Sie nett zu ihm, ja?«
»Aber klar, Chef, natürlich.«
»Gut. Es gibt Neuigkeiten, Ari.«
»Ich höre.«
»Staatsanwalt Rouhet hat mich gerade über die letzten Fortschritte der Kripo informiert. Sie scheinen den Beweis dafür zu haben, dass Albert Khron der Leiter des französischen Zweigs der Vril-Bruderschaft ist.«
»Das heißt, es gibt Vril noch?«
»Anscheinend. Und außerdem hat Kommissar Allibert vielleicht Khron lokalisiert.«
»Wo ist er?«, fragte Ari eindringlich.
»Immer mit der Ruhe. Sie sind sich nicht ganz sicher, ob er tatsächlich dort ist, aber sie hoffen, ihn am Sitz der Vril-Loge zu finden. Ein Informant hat ihnen verraten, wo sich die Bruderschaft versammelt.«

»Wo?«
»In Bièvres. In einem Haus namens Agartha. Kommissar Allibert bereitet eine Razzia mit der Eingreiftruppe vor.«
»Wann?«
Der Vizedirektor zögerte.
»Ich sehe Sie schon kommen, Mackenzie. Es steht außer Frage, dass Sie mitgehen! Sie haben in den letzten Tagen auch so schon genug riskiert. Sie warten schön geduldig, bis die Kripo Khron festnimmt, und danach sehen wir weiter. Der Staatsanwalt hat versprochen, dass er Sie auf dem Laufenden hält.«
»Dass er mich auf dem Laufenden hält? Das will ich aber hoffen! Dolores Azillanet wird vermutlich dort festgehalten, wenn ich Sie daran erinnern darf!«
»Mackenzie! Die Kripo kümmert sich jetzt darum. Sie haben nichts zu fürchten. Die Eingreiftruppen sind in solchen Aufgaben geübt. Sie müssen sich einfach nur gedulden.«
»Ja, ja ...«
Ari legte auf, dann wählte er auf seinem Handy eine Nummer. Der Kommissar von Reims antwortete beim ersten Klingelton.
»Wie geht es Ihnen, Mackenzie? Ich habe von Ihrem Unfall gehört.«
»Es geht. Sagen Sie mal, Bouvatier, können Sie mir einen Dienst erweisen?«
»Ich höre.«
»Sind Sie über die Vril-Bruderschaft und das Haus Agartha informiert?«
»Ich habe gerade davon gehört, ja. Anscheinend hat Allibert endlich seinen Hintern bewegt.«
»Wissen Sie, wann die Kriminalpolizei ihre Razzia durchführen wird?«
»Nein, warum?«
»Glauben Sie, Sie könnten das für mich herausfinden?«
»Warum fragen Sie sie nicht selbst?«
»Sie würden es mir nicht sagen.«

»Zu Recht«, erwiderte der Kommissar. »Sie werden wieder eine Dummheit machen, Ari.«
»Ich bitte Sie, Bouvatier, versuchen Sie in Erfahrung zu bringen, für wann die Kriminalpolizei den Zugriff plant. Allibert hat solche Angst, dass ich ihm die Schau stehle, dass er mich von allem fernhält. Meine ... Meine beste Freundin ist vermutlich in dem Haus eingesperrt.«
»Ja, ich bin informiert.«
»Dann tun Sie mir den Gefallen«, bat Ari eindringlich.
»Ich werde sehen, was sich machen lässt. Ich rufe Sie zurück.«
In dem Moment klopfte es an seiner Tür. Ari hob den Kopf und gab dem Mann ein Zeichen, einzutreten.
»Guten Tag. Ich bin Ihr Leibwächter.«
»Äh ... Guten Tag«, antwortete Ari ein wenig überrascht.
Der Mann sah überhaupt nicht so aus, wie man sich einen Bodyguard vorstellte. Groß, dünn, ein wenig unbeholfen, wirkte er eher wie ein Kleiderständer als ein Schrank. Mit seinen kurzgeschorenen blonden Haaren, den blauen Augen, der langen, schmalen, spitzen Nase und den feinen Gesichtszügen hatte er etwas von einem zarten Slaven. Er hatte eine sanfte Stimme, helle Haut und jugendlich rosige Wangen. Er kaute auf einer Lakritzstange, die er wie einen Lutscher hielt, was ihm bestenfalls den Anschein gab, ein wenig zurückgeblieben, schlimmstenfalls aber völlig idiotisch zu sein.
Ari fragte sich zuerst, ob das ein Witz sein sollte. Aber das war nicht wirklich die Art des Hauses.
»Wie heißen Sie?«
»Kryszto Zalewski.«
»Ist das russisch?«
»Polnisch«, erwiderte der Leibwächter mit leicht verärgerter Stimme.
»Ach, Entschuldigung. Gut ... Ich kenne mich nicht so aus. Wie läuft das ab? Sollen Sie die ganze Zeit über bei mir bleiben?«, fragte Ari verdrießlich.

»So ist es gedacht, ja.«
»Aha. Also, setzen Sie sich, ich muss noch etwas recherchieren, dann gehen wir.«
»Ich kann vor Ihrer Bürotür warten, wenn Sie wollen«, schlug der große Dünne vor, ohne die Lakritzstange aus dem Mund zu nehmen.
»Machen Sie Witze? Sie werden doch wohl nicht in den Gängen des Nachrichtendienstes auf der Lauer liegen? Setzen Sie sich fünf Minuten in mein Büro, beschäftigen Sie sich, nehmen Sie ein Buch, lösen Sie ein Sudoku oder was Sie wollen, ich brauche nicht lange.«
»Wie Sie wünschen.«
Der Leibwächter setzte sich gegenüber von Aris Schreibtisch in einen Sessel, zog aus der Innentasche seiner Jacke ein Buch hervor und begann zu lesen.
Mackenzie machte große Augen, seine Verwunderung stieg.
»Stört es Sie, wenn ich lese?«, fragte Zalewski, als er sah, dass Ari ihn musterte.
»Äh ... Nein, nein, ich habe Sie schließlich dazu aufgefordert. Ich ... ich bin ein wenig überrascht darüber, dass Sie ein Taschenbuch dabeihaben.«
»Ach so. Ich habe immer eines dabei, wenn ich im Dienst bin. Ich habe einen Job, bei dem man viel Zeit mit Warten verbringt ...«
»Und was lesen Sie?«
Der Pole hob das Buch, um Ari das Cover zu zeigen.
»Richard Brautigan.«
»Oh. Sehr gute Wahl«, beglückwünschte Ari ihn verblüfft.
Der Bodyguard fing wieder an zu lesen. Ari beobachtete ihn noch einen Moment lang perplex, dann senkte er den Kopf und machte sich wieder an die Arbeit.
Er wollte zunächst schnell etwas überprüfen. Er war sich sicher, dass der Name des Gesellschaftssitzes von Vril unmittelbar mit der Theorie von der hohlen Erdkugel zu tun hatte, über

die er sich soeben mit Iris unterhalten hatte. Er wusste nicht mehr genau, ob es sich dabei um eine Stadt oder einen Kontinent handelte, aber er war beinahe sicher, dass Agartha einen Ort im Inneren der Erde bezeichnete. Er beschloss, sich zu vergewissern, nicht weil es besonders wichtig war, sondern weil es ein weiterer Beweis dafür wäre, dass es einen Zusammenhang zwischen Khrons Bruderschaft und der Idee der »hohlen Erde« geben musste. In seinem Buch über den Mystizismus der Nazis fand er einen ganzen Artikel zu dem Thema. Er las den Text durch, schlug dann in anderen spezialisierten Werken nach, darunter einem Essay des Esoterikers René Guénon, und machte sich ein paar Notizen in sein Moleskine-Heft.

Agartha war ein geheimnisvolles unterirdisches Königreich in der indischen Mythologie, das sich angeblich unter dem Himalaja befand und über ein weitverzweigtes Netz aus Gängen mit den fünf Kontinenten verbunden war. Manche glaubten, dass ein kleiner Teil dieser Tunnels noch immer existierte – wobei das Königreich selbst angeblich von zahlreichen Erdrutschen zerstört worden war –, aber die Eingänge zu den Tunnels waren unentdeckt geblieben. Andere behaupteten, dass in der Wüste Gobi noch Zugänge zu diesem unterirdischen Reich erhalten seien, sowie in Manaus in Brasilien, in der Pyramide von Gizeh oder in den berühmten Höhlen von Los Tayos in Ecuador. Die Hauptstadt von Agartha nannte sich Shambhala, ein mythischer Ort, den man auch in der folkloristischen Tradition Tibets, der Mongolei, Chinas, Persiens, Russlands und Deutschlands wiederfand. Was die Bewohner dieses Königreichs anging, so waren sie angeblich mehrere Meter groß, wunderbar blond und blauäugig und hatten eine sehr helle Haut ... Die Verbindung zwischen diesen alten Legenden und den Theorien der Nazis über die arische Rasse war äußerst beunruhigend.

Ari räumte die Bücher in sein Regal, und da Bouvatier ihn noch nicht zurückgerufen hatte, beschloss er, sich die Zeit zu neh-

men, um noch einer anderen Sache nachzugehen. Er nahm sein Handy aus der Tasche, holte mühsam die winzige Chipkarte heraus, die sich darin befand, und suchte vergeblich, in welches der unzähligen Lesegeräte seines PC sie sich stecken ließ.
»Mist, wo geht dieses Ding rein?«, brummte er.
Der Bodyguard zog eine Augenbraue hoch.
»Brauchen Sie Hilfe?«
»Kennen Sie sich mit dieser Technik aus?«
Zalewski stand auf und gesellte sich zu dem Agenten, der vor dem Computer saß.
»Ich möchte ein Foto ausdrucken, das auf dieser Karte gespeichert ist.«
»Aha. Das dürfte nicht allzu schwierig sein. Bekommen Sie beim Nachrichtendienst keine Computerschulung?«
»Da habe ich geschwänzt.«
»Hören Sie ... Ihre Karte ist eine Micro-SD. Sie brauchen einen Adapter, um sie in das SD-Lesegerät zu schieben, das ... hier ist.«
»Einen Adapter? Sollte ich einen haben?«
»Wahrscheinlich war bei Ihrem Handy einer dabei, ja.«
Mackenzie stand auf, schob sich an dem großen Blonden vorbei und holte die Verpackung seines Handys aus dem Schrank, in den er alle Dinge gestopft hatte, die er nicht brauchte ... Er hielt sie Krysztof hin.
»Ich lasse Sie machen, von solchen Sachen bekomme ich Ausschlag.«
Zalewski öffnete die Schachtel und fand den winzigen Adapter darin. Er schob Mackenzies Karte überraschend geschickt hinein, dann steckte er das Ganze in den Computer.
»Jetzt«, sagte er, »ist es ein Kinderspiel.«
»Sagen Sie das nicht, normalerweise verstehe ich Kinderspiele nicht.«
Auf dem Monitor öffnete sich ein Fenster.
»Hier. Der Fotoordner ist dieser hier.«

»Woher wissen Sie das denn?«, fragte Ari leicht verärgert.
»Na ... Hier drüber steht ›Eigene Bilder‹, das ist einleuchtend, oder nicht?«
Zalewski öffnete den Ordner, und etwa fünfzehn Miniaturbilder erschienen in dem Fenster. Die meisten Fotos waren von Lola. Ari räusperte sich verlegen. Dann zeigte er ganz unten auf dem Bildschirm auf eines der Fotos von Mona Safrans Quadrat, die er in Honnecourt gemacht hatte.
»Hier, das ist es. Können Sie es mir ausdrucken?«
Der Bodyguard kam der Bitte nach. Wenige Sekunden später schob sich ein Blatt aus dem Drucker.
»Danke.«
Krysztof setzte sich zurück in den Sessel und nahm schweigend seine Lektüre wieder auf.
Ari legte die Seite vor sich hin, holte die Kopie von Paul aus seiner Tasche und schob die beiden nebeneinander.
Die Gestaltung der beiden Blätter wies viele Gemeinsamkeiten auf. Die Anordnung der Seiten gehorchte zweifellos einer logischen Ordnung, die er entziffern musste.
Sie trugen beide dieselbe Inschrift, aber in einer anderen und neueren Schrift als der restliche Text: »L∴ VdH∴«, das Kürzel für die Loge Villard de Honnecourt. Dann, weiter oben, in der Mitte, prangte auf beiden Kopien etwas, das wie ein Codewort aussah, das aus Buchstaben oder Zeichen in Zweiergruppen bestand. »LE RP –O VI SA« auf Pauls Seite und »RI NC TA BR CA IO VO LI –O« auf der von Mona. Die Anordnung dieser geheimnisvollen Wörter ließ vermuten, dass sie die Überschrift zu der Seite waren.
Schließlich stellten beide einen besonderen, von Villard wiedergegebenen Gegenstand dar. Das Astrolabium auf Pauls Quadrat war vielleicht dasjenige, das Gerbert d'Aurillac nach Reims gebracht hatte, wobei Ari dafür noch keinen Beweis hatte. Er würde vermutlich anderswo danach suchen müssen. Und was das Kapitell der Kirche von Vaucelles anging, das auf Monas

Quadrat gezeichnet war, so war es heute nicht mehr vorhanden ... Ari betrachtete die Seiten lange, bis ihm plötzlich etwas auffiel. Eine Sache, die ihm bisher entgangen war, sprang ihm auf einmal ins Auge. Zur Überprüfung fuhr er die beiden kodierten Wörter oben auf der Seite mit dem Zeigefinger nach und zählte die Buchstabenpaare, aus der jedes Wort bestand.

»LE RP –O VI SA«: fünf Paare.

»RI NC TA BR CA IO VO LI –O«: neun Paare.

Das erste Wort stand auf der Seite mit dem Astrolabium aus Reims und das zweite über einem architektonischen Detail der Kirche von Vaucelles.

REIMS: fünf Buchstaben.

VAUCELLES: neun Buchstaben.

Ari rieb sich zufrieden die Wange. Das konnte kein Zufall sein. Vielleicht war es ein Mittel, um etwas zu dechiffrieren ... Er kritzelte in sein Moleskine-Heft.

»›LE RP –O VI SA‹ = REIMS?

›RI NC TA BR CA IO VO LI –O‹ = VAUCELLES?«

Nach und nach ersetzte er die Buchstabenpaare durch ihre Entsprechungen in dem Namen der vermuteten Stadt.

LE = R
RP = E
-O = I
VI = M
SA = S

Und:

RI = V
NC = A
TA = U
etc.

Als er fertig war, musste er sich der Tatsache beugen: Das hier brachte ihn nicht weiter. Und vor allem entsprach das Paar »-O« in den beiden Codewörtern nicht demselben Buchstaben. Im ersten Wort ersetzte es das »i« von »Reims« und im zweiten das »s« von »Vaucelles«.
Irgendetwas fehlte noch. Aber Ari war sich sicher, auf dem richtigen Weg zu sein. Das war immerhin etwas. Er ging im Kopf noch einmal die Übersetzung der Texte durch, die sich auf den beiden Seiten befanden.
Auf der ersten Kopie: »*Ich habe diesen Apparat gesehen, den Gerbert d'Aurillac hierhergebracht hat und der uns das Wunder dessen lehrt, was im Himmel ist, und zu dieser Zeit trug er keinerlei Inschrift. Um richtig zu beginnen, musst du dem Lauf des Mondes durch die Städte von Frankreich und andernorts folgen. Dann musst du Maß nehmen, um den richtigen Weg einzuschlagen.*«
Und auf der zweiten Kopie: »*Für eines meiner ersten Werke in meinem Heimatland musste ich den unbearbeiteten Stein behauen. Hier machst du 25 in Richtung Orient.*«
Er konnte sich nichts anderes darunter vorstellen, als dass dies Auszüge aus einer Schatzsuche waren, aber ihm fehlten noch viel zu viele Elemente, um sich ernsthafter damit auseinanderzusetzen. Jedenfalls war auch die Anordnung der zwei Texte auf den beiden Seiten identisch. Ein erster Text oben, neben der Abbildung, bezog sich direkt auf diese. Dabei handelte es sich um eine Art Kommentar oder Erläuterung. Der zweite Text weiter unten schien dagegen ein Teil des Rätsels zu sein, und Ari war davon überzeugt, dass das Geheimnis von Villard de Honnecourt in sechs Puzzlestücke aufgeteilt war, die auf die sechs Quadrate verteilt waren. Vermutlich musste man also, um das Rätsel lösen zu können, die Sätze zusammenfügen, die sich am Ende der sechs Seiten befanden, während man die erklärenden Texte oben außer Acht ließ.
»*Um richtig zu beginnen, musst du dem Lauf des Mondes*

durch die Städte von Frankreich und andernorts folgen. Dann musst du Maß nehmen, um den richtigen Weg einzuschlagen. Hier machst du 25 in Richtung Orient.«
Ja. So ging es wahrscheinlich. Aber ihm fehlten die vier anderen Seiten, um dieses Kauderwelsch verstehen zu können.
Außerdem blieben Unklarheiten. Bezog sich der Ausdruck »*der Lauf des Mondes*« auf die Darstellungen der verschiedenen Mondphasen, die auf dem Astrolabium zu sehen waren und darunter wiederholt wurden? Und »*hier machst du 25 in Richtung Orient*«? Fünfundzwanzig was? Fünfundzwanzig Schritte? Fünfundzwanzig Meter? Das ließ sich unmöglich erraten.
Und schließlich ärgerte Ari etwas, was das Astrolabium betraf. In seinem Kommentar erklärte Villard: »*Zu dieser Zeit trug er keinerlei Inschrift.*« Aber alle Fotografien von Astrolabien, die Ari in verschiedenen Enzyklopädien hatte finden können, zeigten diese mit zahlreichen arabischen Inschriften auf den Scheiben sowie auf der sogenannten Spinne – womit die durchbrochene Platte gemeint war, die sich darauf drehen ließ. Aber das von Villard gezeichnete Astrolabium wies keine einzige Inschrift auf, nicht einmal einen Buchstaben oder eine Zahl, was äußerst merkwürdig war. Denn ohne Inschrift, ohne Maßangabe – wozu diente ein solches Gerät dann? Und was diese Phasen des Mondzyklus angingen, so erschienen sie auf keinem anderen Astrolabium …
Es blieb ganz entschieden noch einiges herauszufinden, schon allein auf diesen beiden Seiten …
Ari hob seinen Kopf und wandte sich an den Bodyguard.
»Rauchen Sie, Krysztof?«
Dieser schüttelte den Kopf und zeigte auf die Lakritzstange in seinem Mund. »Ich habe aufgehört.«
»Das hätte mich auch gewundert«, sagte der Agent beim Aufstehen. »Tut mir leid, mein Lieber, aber ich rauche! Und mit diesem Nichtraucher-Terror muss man rausgehen, um sich eine anzuzünden …«

»Kein Problem, ich folge Ihnen.«
»Wunderbar.«
Die beiden Männer gingen in den Innenhof des Gebäudes hinunter. Die meisten Raucher fanden sich dort vor den großen Glastüren wieder, was auf künstliche Weise eine Art kleine, verbannte Gemeinschaft von Vergifteten innerhalb des Nachrichtendienstes geschaffen hatte. Sich gemeinsam die Gesundheit zu ruinieren, das verband. Der Hof von Levallois war ein richtiges Diskussionszentrum geworden. Nach dem, was Ari aufschnappen konnte, war an diesem Tag hauptsächlich die Rede von der bevorstehenden Fusion der beiden Dienste, und er zog es vor, sich ein wenig abseits zu stellen, um in Ruhe rauchen zu können.
Der Bodyguard setzte sich neben ihn auf das Mäuerchen.
»Wie machen wir es, wenn ich pissen muss?«, fragte Ari mit unschuldiger Miene.
»Ich werde mich damit begnügen, vor der Tür zu warten, keine Angst.«
»Und Sie, gehen Sie nie pinkeln?«
Der Bodyguard lächelte zum ersten Mal an diesem Tag.
»Nein. Nie.«
»Machen Sie diesen Job schon lange?«
»Fünf Jahre.«
»Und haben Sie nicht genug davon?«
»Nein.«
»Oh? Wirklich?«
»Es hängt vom Klienten ab. Wenn man mir ehemalige Minister in Rente aufbrummt, die zum Viehmarkt in der Provinz begleitet werden müssen, kann ich tatsächlich nicht behaupten, dass es besonders aufregend wäre … Aber mit Ihnen habe ich den Eindruck, dass wir uns nicht langweilen werden. Weiß auch nicht, warum.«
Ari hob grinsend den Kopf. Dieser Leibwächter hatte vielleicht doch Sinn für Humor …

»Das haben Sie vollkommen richtig erkannt, Krysztof!«
»Ich habe in Ihrer Akte gesehen, dass Sie ein Veteran der UNO-Schutztruppe sind?«
»Ja, ach … Ich bin nicht lange dort geblieben«, antwortete Ari und zog an seiner Zigarette. »Ich war als Zivilbulle dort.«
»Kroatien, oder?«
»Warum? Waren Sie auch dort?«
»Nein. Zu jung. Ich war später dort. In Bosnien, Mostar, 1997.«
Ari zog die Augenbrauen hoch. »Mit der SFOR?«
»Ja.«
»Pf. Diese Schwuchteln!«
Der Bodyguard brach mitten auf dem Hof in schallendes Gelächter aus, womit er die Blicke der weiter entfernt zusammenstehenden Raucher auf sich zog. »Nicht in meinem Regiment«, erwiderte er schließlich und kaute auf seiner Lakritzstange.
»Moment … Sagen Sie nicht, Sie waren in der Fremdenlegion.«
»Doch. Ich habe sechs Jahre im Zweiten Regiment der Infanterie gedient, bevor ich zur Polizei gegangen bin, um im Personenschutz zu arbeiten.«
»Tatsächlich? Und Sie sind wirklich Pole?«
»Jetzt nicht mehr. Ich habe bei der Fremdenlegion meine Schuld beglichen, bin guter Franzose geworden und konnte der Nationalpolizei beitreten.«
»Welch ein Glück!«, bemerkte Ari ironisch.
In dem Moment vibrierte das Handy in seiner Tasche. Er hoffte jedes Mal, dass Lolas Nummer auf dem kleinen Display zu sehen sein würde. Aber wieder musste er sich der Erkenntnis beugen, dass nicht sie am anderen Apparat war.
»Hier Bouvatier.«
»Und?«
»Die Kriminalpolizei hat eine gemeinsame Aktion mit der Eingreiftruppe vorbereitet. Wenn meine Informationen stimmen, müssten sie in einer knappen Stunde zur Tat schreiten. Machen Sie keinen Unfug, Mackenzie, ja?«

»Ich werde es versuchen.«
Ari legte auf und trat ungeduldig seine Zigarette auf dem Boden aus. Er packte den Bodyguard an der Schulter.
»Ist das Ihr Wagen, der BMW mit den getönten Scheiben dort drüben?«
»Genau genommen ist es nicht meiner. Aber ich soll Sie damit herumfahren. Er ist vollständig gepanzert.«
»Aha. Haben Sie das nötige Gerät dabei?«
Der Bodyguard lächelte wissend.
»Ja, schon.«
»Perfekt. Dann halten Sie sich bereit, Krysztof, jetzt wird es lustig.«
»Sie sagen das, um mir eine Freude zu machen.«

65

Albert Khron stand vor dem großen Fenster des Boudoirs und betrachtete ängstlich den großen schwarzen Geländewagen, der auf den Parkplatz gerollt kam. Die Reifen knirschten laut auf dem Kies. Er wusste, dass er soeben einen unverzeihlichen Fehler begangen hatte, und fürchtete sich vor Auseinandersetzungen wie der, die jetzt bevorsteht. Aber er durfte auf keinen Fall die Fassung verlieren; er musste würdevoll bleiben, selbstsicher, den Eindruck erwecken, dass er noch Herr der Lage war. Das würde nicht einfach sein. Sein Partner war kein umgänglicher Typ, und der Einsatz war beträchtlich.
Draußen stieg der Mann mit der Sonnenbrille hinten aus dem Geländewagen, knöpfte seine Jacke zu, um sich vor der Kälte zu schützen, und schlug die Tür schwungvoll hinter sich zu. Entschlossenen Schrittes überquerte er den Hof und ging mit ernster Miene die Stufen zum Eingang hinauf.
Albert Khron gab seinem Assistenten ein Zeichen, die Tür zum

Haus Agartha zu öffnen. Er wollte seinen Geschäftspartner nicht selbst in Empfang nehmen. Das hätte ihn in eine schwache Position versetzt. Hier war er der Hausherr. Er musste sein Territorium markieren. Steif und mit erhobenem Haupt blieb er vor dem Fenster stehen und wartete darauf, dass man den Vierzigjährigen in das Boudoir führte.
Dieser stürmte wie eine Furie ins Zimmer.
»Khron! Wie ist es möglich, dass die Quadrate verschwunden sind?«, rief er und schloss wütend hinter sich die Tür.
Albert Khron drehte sich langsam um.
»Guten Tag, Erik.«
»Wo sind diese verdammten Pergamente?«
»Was vermuten Sie?«
»War das Ihre teuflische Lamia?«
Albert Khron wandte sich ab, sah aus dem Fenster auf den Park und gab sich ungezwungen.
»Das ist in der Tat sehr gut möglich.«
Der Mann mit der Sonnenbrille schüttelte wütend den Kopf.
»Ich habe von Anfang an gewusst, dass Sie dieser Verrückten nicht hätten trauen dürfen! Das habe ich Ihnen tausend Mal gesagt!«
Albert Khron zwang sich, ruhig zu bleiben. Die Hände immer hinter dem Rücken verschränkt, sprach der ältere Mann mit ernster, bedächtiger Stimme.
»Bisher hat sie ihren Auftrag doch recht gut erfüllt. Ich glaube, Ihre Unfähigkeit, Mackenzie zu neutralisieren, hat sie aus dem Gleichgewicht gebracht.«
Der Vierzigjährige blieb im Zimmer stehen.
»Wollen Sie etwa sagen, dass es meine Schuld ist?«
»Wir sind alle verantwortlich, Erik. Aber jetzt ist nicht der Moment, zu eruieren, wer den größter Fehler begangen hat. Im Augenblick sollten wir uns auf die Quadrate konzentrieren.«
»Wie konnten Sie so etwas nur geschehen lassen? Sie haben es nicht fertiggebracht, sie in Sicherheit zu bringen!«

Was das betraf, wusste Albert Khron, dass er in der Tat keine Entschuldigung hatte. Ehrlich gesagt, konnte er es selbst nicht fassen. Lamia kannte offenbar den Code zu seinem Safe, der sich oben im Turm verbarg. Sie musste sich in sein Büro geschlichen haben, bevor sie gegangen war.

»Ich habe Lamia unterschätzt. Ich habe nicht damit gerechnet, dass sie so agieren würde. Aber es ist nicht alles verloren, Erik. Vielleicht ist es viel weniger schlimm, als Sie denken. Ich kenne Lamia schon sehr lange, und wenn Sie meine Meinung hören wollen: Sie wird wie vereinbart hierher zurückkommen, sobald sie das sechste Quadrat hat.«

»Sie träumen!«

»Nein. Ich glaube, dass sie die fünf Pergamente genommen hat, um sich zu schützen. Als Sicherheitspfand, wenn Sie so wollen. Aber sie wird wiederkommen. Sie wird mich brauchen. Ich bin der Einzige, der in der Lage ist, die esoterische Bedeutung in Villards Nachricht zu verstehen.«

»Sind Sie sich da sicher? Ich meine, genauso sicher, wie Sie sich hinsichtlich der Vertrauenswürdigkeit dieser Psychopathin waren?«

»Lamia ist keine Psychopathin.«

»Nein, natürlich nicht!«, spottete der Mann mit der Sonnenbrille. »Sie ist eine charmante junge Dame, deren Hobby es ist, Leuten den Schädel zu leeren, indem sie ihnen Säure injiziert.«

»Erik, ich habe großen Respekt vor Ihnen, aber bitte reden Sie nicht über Dinge, die Sie nicht verstehen können.«

»Was ich verstehe, Albert, ist, dass ich viel Zeit und Geld in dieses Projekt investiert habe und dass wir heute alles verloren haben.«

»Wir haben nicht alles verloren, Erik. Ich sagen Ihnen doch, dass Lamia wiederkommen wird, mitsamt der sechs Quadrate. Dann hat jeder von uns das, was er sich erhofft.«

»Ich wäre mir dessen gerne so sicher wie Sie, Khron. Aber se-

hen Sie, da sichere ich mich lieber ab. Ich glaube nämlich, dass es Mackenzie sein wird, der uns die Pergamente bringt! Im Grunde ist er viel zuverlässiger als Ihre Lamia.«
»Wie das?«
Khrons Geschäftspartner wurde etwas ruhiger.
»Wir haben jetzt ein Druckmittel gegen ihn. Und etwas sagt mir, dass er, und nicht Ihre Lamia, uns die sechs Seiten bringen wird.«
»Wir werden sehen. Wissen Sie, das Wichtigste ist jetzt, das sechste Quadrat zu finden. Mir ist es schließlich gelungen, die ersten fünf zu entschlüsseln. Sie sind mir überhaupt nicht mehr von Nutzen.«
»Für mich sind sie sehr wertvoll!«, erwiderte der Mann mit der Sonnenbrille wütend. »Darf ich Sie daran erinnern, dass unsere kleine Vereinbarung sehr klar ist. Ich möchte die sechs Quadrate, wenn Sie sie fertig untersucht haben. Sie stehen mir von Rechts wegen zu!«
»Natürlich, Erik, natürlich. Aber in der Zwischenzeit hindert uns nichts daran, mit der Suche zu beginnen. Wenn Sie meine Meinung hören wollen: Ich glaube, es wäre nicht vergebens, eine erste Untersuchung der Untergeschosse von Notre-Dame vorzunehmen. Was wir suchen, verbirgt sich irgendwo dort unten, davon bin ich absolut überzeugt.«
»Das wäre Zeitverschwendung. Solange wir das sechste Quadrat nicht haben, wissen wir nicht, wo genau wir suchen müssen. Die Untergeschosse von Notre-Dame – das ist nicht sehr konkret. Und in Anbetracht der exponierten Lage des Ortes kann man es sich nicht erlauben, stundenlang blindlings dort unten herumzusuchen …«
»Wissen Sie, was Ihnen fehlt, Erik? Der Glaube.«
Der Mann mit der Sonnenbrille lachte.
»Nein, Albert. Was mir fehlt, sind die sechs verlorenen Pergamente aus dem Skizzenbuch von Villard. Und ich mache Sie dafür verantwortlich.«

»Wir werden sie bald haben.«
»Ich wäre mir dessen gerne so sicher wie Sie. Ich fange an, mich zu fragen, ob es richtig war, sich mit Ihnen zu verbünden.«
Daraufhin drehte er sich um und verließ das Boudoir, ohne Albert Khron die Zeit zu lassen, zu antworten.
Der Alte sah vom Fenster aus, wie Erik in seinen schwarzen Geländewagen stieg und den Park mit hoher Geschwindigkeit verließ. Er fragte sich, was er mit seinem Geschäftspartner machen sollte. Konnte er ihm noch trauen? Von Anfang an hatte er Zweifel gehabt. Dieser Mann hatte nicht die gleiche Wellenlänge. Ihn motivierte nur der materielle Aspekt ihrer Suche. Khron hatte akzeptiert, ihn im inneren Zirkel des Vril aufzunehmen, weil Weldon ihn darum gebeten hatte. Aber jetzt fragte sich der Ethnologe sogar, ob es richtig gewesen war, Weldon Vertrauen zu schenken. Dieser hatte immer einen Hintergedanken, eine versteckte Absicht.

66

Lamia stieg aus dem hinteren Teil des Zuges, ihre große rote Tasche über die Schulter gehängt, und lief gegen einen stürmischen Wind den Bahnsteig entlang. Die Fahrt von Neapel war ihr so lang vorgekommen, dass sie nur einen Gedanken im Kopf hatte, nämlich sich im Hotel auszuruhen, wo sie ein Zimmer mit Blick auf das Tyrrhenische Meer reserviert hatte. Sich ein letztes Mal vor dem großen Tag auszuruhen. Vor dem letzten Ritual. Denn dieses Mal durfte es nicht misslingen.
Sie bahnte sich einen Weg durch die Menschenmenge in der großen Bahnhofshalle und stieg schnell in ein Taxi. Erschöpft von der Reise, ließ sie sich auf den Rücksitz sinken, um in Ruhe den erstaunlichen Anblick zu genießen, den Portosera bot.

»*Se volesse passare dal centro città?*«
»*Sì, per favore.*«
Der Wagen schlängelte sich mühsam durch den Verkehr und fuhr durch eine Reihe von schmalen Gassen, in denen alte Häuser mit ockerfarbenen und gelben Fassaden standen, bevor er schließlich die Hauptverkehrsader erreichte. Lamia richtete sich ein wenig in ihrem Sitz auf. Der Garibaldi-Promenade, die sich bis zum Meer erstreckte, verdankte diese Hafenstadt schon seit langem ihren Ruf. Sie wollte das Schaupiel nicht verpassen.
Im Zug hatte sie sich die Zeit genommen, in einem Reiseführer einige Passagen über die italienische Stadt zu lesen. Sie kam nicht gerne in unbekanntes Gebiet; sie wollte den Geist der Stadt fühlen, in der sie ihr Ritual abhielt, sich in Einklang mit dem Grund und Boden fühlen. Seite für Seite hatte sie die erstaunliche Vergangenheit von Portosera entdeckt und erkannte die vom Autor beschriebene Architektur wieder. Sie erinnerte sich daran, dass es dem Abt der Stadt im sechzehnten Jahrhundert gelungen war, Michelangelo hierherkommen zu lassen, um ihm Bauvorhaben anzuvertrauen, auf die Genua, sein damals größter Rivale, neidisch gewesen sein musste. Der Künstler hatte angeboten, nicht nur das Stadtzentrum umzubauen, sondern eine neue Kathedrale am Hang zu errichten, die bis zum anderen Ende von Portosera sichtbar sein sollte. Im Reiseführer waren die Pläne für eine gigantische, von Statuen gesäumte Treppe abgebildet, die den Hang hinaufsteigen und bis zum Vorplatz der zukünftigen Kathedrale führen sollte. Es war ein prunkvolles Projekt, das alle wichtigen Bürgerfamilien der Hafenstadt entzückt hatte. Aber aus Geldmangel wurde die Kathedrale nie gebaut, so dass die Treppe nur auf einen großen, leeren Platz mündete. Dem Bischof gelang es dennoch, Michelangelo zu überreden, am Kopf der Treppe eine große Skulptur zu errichten. Dieser entschied sich dann zur Verwunderung aller für einen Brunnen. Noch heute gab es viele Legenden um den Mechanismus, den der Künstler erfand, um Wasser

über die Statuten der Propheten und Könige rinnen zu lassen, die den berühmten Brunnen der Vorsehung bildeten. Niemand wusste, wie diese ebenso rätselhafte wie avantgardistische Vorrichtung, die sich unter den Steinplatten des Platzes verbarg, funktionierte. Geheimnisvoll oder nicht, in jedem Fall war diese Konstruktion der ganze Stolz von Portosera.

Lamia wandte den Kopf, um durch das Seitenfenster dieses wunderbare architektonische Monument zu bewundern, das im fahlen Winterlicht die gesamte Stadt zu beherrschen schien. Dann betrachtete sie vor sich die verzierten Fassaden der Häuser an der Garibaldi-Promenade, die die Treppe in westliche Richtung bis zum Meer verlängerte. Der Stau gab ihr genug Zeit, die Fresken und Skulpturen an den gelben und orangefarbenen Fassaden zu bewundern.

Am Hotel angekommen, stieg sie aus dem Taxi, zahlte und blieb ein paar Minuten stehen, das Gesicht dem Wind und dem Meer zugewandt, wie um ein letztes Mal von dem Gefühl der Einsamkeit erfüllt zu werden. Der Einsamkeit in dieser oberen Welt, in der sie nie einen Platz gehabt hatte, die sie aber bald für immer verlassen könnte.

Denn in nur wenigen Tagen würde sich die Erde endlich öffnen, und ihre Stunde wäre gekommen.

Sie hatte schon immer gewusst, dass sie dem Volk der Unterwelt angehörte. Sie war ein Kind der hohlen Erde, eine Tochter Agarthas. Sie war nie wie die anderen gewesen. Ihre besonders hellblauen Augen, ihre langen blonden Haare, ihre Überlegenheit den anderen Kindern gegenüber ... Es bestand nicht der geringste Zweifel, sie spürte es tief in ihrem Inneren. Das Blut, das in ihren Adern floss, war das reine Blut der arischen Rasse, das des verlorenen Kontinents. Sie hatte immer auf die Stimme in ihrem Kopf vertraut, die sie rief und auf das außergewöhnliche Schicksal vorbereitete, das ihre Mutter ihr versprochen hatte ... All das würde jetzt einen Sinn bekommen. Das Leben würde ihr endlich recht geben.

Ihr blieb nur noch, das letzte Ritual zu vollziehen. Den Schädel des letzten Wächters der oberen Welt zu leeren. Des sechsten Compagnons. Der letzten Allegorie der hohlen Erde ihren Stempel aufzudrücken und endlich den Schlüssel an sich zu bringen, der die Pforte zu Agartha öffnen würde.
Lamia schob eine Haarsträhne zurück, die ihr in die Augen gefallen war, und griff nach dem Koffer zu ihren Füßen. Sie ging auf das Hotel zu, um beruhigt ihre letzte Nacht in der oberen Welt zu verbringen.

67

»Wenn ich richtig verstehe, nehmen Sie mich zu einer Razzia mit, an der Sie sich eigentlich nicht beteiligen dürfen?«
»Ganz genau«, antwortete Ari, der verloren durch die getönte Scheibe auf die Nationalstraße 118 sah.
»Okay. Ich bin dabei.«
Mackenzie drehte den Kopf und betrachtete den Bodyguard, der sich auf das Fahren konzentrierte.
Dieser Krysztof fing tatsächlich an, ihm zu gefallen. Entgegen seiner anfänglichen Sorge schien dieser große Mann mit den Allüren eines Klassenprimus nicht auf das Protokoll zu pochen. Und wenn man bedachte, was sie vorhatten, war das besser so ...
»Sagen Sie mal, Krysztof, bekommen Sie keinen Ärger mit Ihren Vorgesetzten, wenn Sie mich dabei begleiten?«, fragte Ari dennoch besorgt.
»Ich bin dazu da, um Sie zu beschützen. Ich werde Sie nicht allein dorthin gehen lassen.«
»So kann man es natürlich sehen ...«
»Können Sie mir wenigstens erklären, was wir dort machen sollen?«

»Also, in erster Linie jemanden befreien, der entführt worden ist.«

Der Bodyguard warf seinem Sitznachbarn einen fragenden Blick zu. »Lassen Sie mich raten ... Die hübsche Brünette, die auf den Fotos Ihres Handys war?«

Ari sah ihn verwundert an.

»Man kann nichts vor Ihnen verbergen, Krysztof.«

»Hören Sie, Kommandant ...«

»Nennen Sie mich Ari.«

»Also gut, Ari, wenn ich mir das erlauben darf ... Sagen wir mal, das lese ich Ihren Augen ab.«

»Ach wirklich?«

»Ja. Bei solch einer Wut und Entschlossenheit habe ich mir gedacht, dass da bestimmt eine Frauengeschichte dahintersteckt.«

Ari hätte ihm gerne geantwortet, dass es nicht einfach eine »Frauengeschichte« war, dass es um Lola ging und dass Lola nicht einfach irgendeine Frau war. Aber er schwieg lieber. Zalewski hätte ihn nicht verstanden.

Sie erreichten bald die Ausfahrt, die Richtung Bièvres führte, und Krysztof ließ sich von seinem Navigationssystem leiten. Sie fuhren durch die Innenstadt und ein Villenviertel, bevor sie in den Martinière-Park kamen.

Es war ein außerhalb gelegenes Viertel, ruhig, mit vielen Bäumen. An machen Stellen lag noch Schnee, der zwischen den nackten Bäumen kleine, verlorene Inseln bildete. Nur wenige Kilometer von Paris entfernt befand man sich schon auf dem Land mit seiner sanften Stille und dem Geruch nach feuchter Erde.

Die Frauenstimme des Navigationssystems erklärte ihnen, dass sie ihr Ziel erreicht hatten. Rechts, abseits der wenigen Häuser, die es in der Gegend gab, umfasste eine Steinmauer einen landschaftlich gestalteten Garten, in dem man das bläuliche Dach einer Villa aus dem neunzehnten Jahrhundert entdeckte. In der

Mauer, wenige Schritte von der Straße entfernt, bildete ein großes schwarzes schmiedeeisernes Tor den Eingang zur Residenz.
»Die Kriminalpolizei müsste schon in der Gegend sein«, erklärte Ari, »drehen Sie noch eine Runde.«
Der Bodyguard bog rechts ab. An der Ecke zur nächsten Straße entdeckten sie einen weißen Lieferwagen hinter einem Stromkasten.
»Parken Sie hier.«
Mackenzie stieg aus dem Wagen und ging schnurstracks auf das getarnte Polizeifahrzeug zu. Die Hintertür öffnete sich brüsk, und das wütende Gesicht von Kommissar Allibert tauchte im Halbdunklen des Lieferwagens auf.
»Was haben Sie hier zu suchen, Mackenzie?«, fauchte er außer sich. »Sie werden alles vermasseln!«
Ari stieg in den Wagen und begrüßte die vier Leute der Eingreiftruppe, die dabei waren, sich vorzubereiten.
»Ich komme mit.«
»Wollen Sie sich über mich lustig machen?«
»Das würde ich mir nie erlauben, Kommissar. Aber ich komme mit.«
»Mit Sicherheit nicht! Sie haben keine praktische Erfahrung, verdammt, Sie sind ein Agent des Nachrichtendienstes, Mackenzie!«
»Ich mache Sie darauf aufmerksam, dass ich im Rahmen *dieser* Ermittlung vorübergehend den Status eines Kriminalbeamten erhalten habe. Und was die praktische Erfahrung angeht – ich habe schon gefährlichere Zonen betreten als eine schicke Vorort-Villa, das können Sie mir glauben.«
Zwei der BRI-Agenten verbargen nicht ihr zustimmendes Schmunzeln. Sie kannten offenbar den Ruf und den Lebenslauf von Mackenzie.
»Ari, Sie gehen mir auf die Nerven. So etwas macht man nicht.«
»Allibert, machen Sie sich keine Sorgen. Ich bin nicht hier, um

Sie in den Schatten zu stellen. Das bleibt *Ihre* Operation. Ich möchte dabei sein für den Fall, dass Dolores Azillanet hier festgehalten wird.«

»Das ist genau das, was mich stört! Man vermischt nicht die Arbeit und das Privatleben.«

»Hören Sie«, schaltete sich der Polizeibeamte der Eingreiftruppe hinter ihnen ein. »Sie werden sich doch nicht stundenlang streiten? Ihre Zankereien gehen uns nichts an. Kommissar, Sie haben uns gebeten, Sie bei dieser Operation zu unterstützen, also gehen wir jetzt.«

Allibert seufzte.

»Stört es Sie nicht, wenn ich Sie begleite?«, fragte Ari, als er sah, dass der Brigadechef eher auf seiner Seite war.

»Solange Sie nicht den Cowboy spielen.«

»Ich werde mich gut benehmen. Sie sind?«

»Hauptmann Fossorier.«

»Sehr erfreut. Mit wie vielen Leuten sind Sie hier?«

»Acht. Wir vier und vier Kollegen in einem Wagen auf der anderen Seite des Hauses. Von der Kripo ist Kommissar Allibert mit einem Leutnant gekommen«, fügte der Polizeibeamte hinzu und wies auf den Mann im vorderen Teil des Lieferwagens.

»Sie sind also zu zehnt. Perfekt. Mit uns macht das zwölf.«

»Wie denn das?«, rief Allibert aus. »Sie sind nicht allein?«

»Äh, nein. Ich habe meinen Leibwächter dabei. Ein Kollege des Personenschutzes. Anweisung des Ministers. Sie werden ihn lieben, er ist ehemaliger Legionär.«

Der Kommissar schüttelte verärgert den Kopf.

»Wie gehen wir vor? Geben Sie gleich ein Zeichen zum Angriff?«

»Sind Sie verrückt?«, erwiderte Allibert. »Nichts deutet darauf hin, dass wir uns auf feindlichem Terrain befinden. Wir klingeln, wir stellen uns vor, und das Einsatzkommando greift nur ein, wenn es schlecht läuft. Und was Sie angeht, Sie bleiben brav hinter mir, verstanden?«

Ari lächelte skeptisch. Es bestand nur eine geringe Chance, dass sie mit offenen Armen empfangen würden.

»Hier, nehmen Sie für alle Fälle das mit«, sagte Hauptmann Fossorier schließlich und gab ihm ein Funkgerät. »Wir sind auf Kanal vier.«

»Okay. Ich hole meinen Schutzengel und komme nach.«

Ari kehrte zum BMW zurück und gab Zalewski ein Zeichen auszusteigen. »Alles klar. Wir gehen.«

Sie gingen hinter dem offenen Kofferraum der Limousine in Deckung, und der Bodyguard begann, darin herumzuwühlen.

»Hier«, sagte er und gab Ari eine schwarze kugelsichere Weste. Ari zog seinen Mantel aus, um diesen willkommenen Schutz anzuziehen.

»Sind Sie bewaffnet, Ari?«, fragte Zalewski, der noch immer seine Lakritzstange im Mund hatte.

»Ich habe meine 357er Manurhin.«

»Diese alten Dinger haben keine richtigen Patronen.«

»Kann sein, aber sie tun weh.«

»Na ja …«

»Soll ich Ihnen probehalber eine Kugel in den Fuß schießen?«

Der Bodyguard beugte sich wieder über den Kofferraum und öffnete einen Metallkasten. Daraus holte er eine moderne Maschinenpistole hervor. Man spürte, dass er in seinem Element war, die Aufregung war seinen Augen abzulesen.

»Nehmen Sie das hier. Für so eine Situation ist das ideal. Das ist eine FN P90. Es gibt keine bessere Maschinenpistole. Sie gehört zu den leichtesten, kürzesten, und vor allem enthält das Magazin fünfzig Patronen. Diese Waffe ist sehr leicht zu bedienen und hat eine hervorragende Feuerkraft.«

»Gehören Ihnen Anteile an der Fabrik, oder was?«

»Nein, aber ich versichere Ihnen, dass das eine wunderbare Waffe ist.«

»Wenn Sie es sagen«, erwiderte Ari und inspizierte die Waffe in seinen Händen. »Und Sie?«

»Für mich habe ich auch noch eine.«
Krysztof reichte Ari mehrere Magazine, griff nach einem Rucksack, den er sich über die Schulter warf, und schloss den Kofferraum.
»Gut, wie sieht der Plan aus?«, fragte der Bodyguard, während er seine Ausrüstung durchsah.
»Tja, das hängt ein bisschen davon ab, wie wir empfangen werden. Der Kommissar hofft, seelenruhig eintreten zu können. Ich glaube, die Situation wird sehr viel angespannter sein, als er vermutet.«
Ari verlängerte den Gurt der Maschinenpistole, zog sie über den Kopf und schob sie auf den Rücken, um sie unter seinem Trenchcoat zu verstecken. Dann machten sie sich auf den Weg.
Sie trafen sich vor dem hohen Tor wieder. Auf den ersten Blick befand sich niemand auf der anderen Seite, es waren zwei Autos zu sehen, die neben der Villa parkten.
Von hier aus konnte man fast das ganze Gebäude überblicken. Es handelte sich um ein schönes, großes Haus, ganz in Weiß, das erhöht hinter einer Freitreppe stand, die die gesamte Längsseite einnahm. Über den beiden Stockwerken thronte ein blaues Schieferdach, und auf der rechten Seite erhob sich eine Etage weiter oben ein viereckiger Turm.
Auf einer steinernen Säule neben dem Eingangstor war ein Name in ein Messingschild graviert. *Agartha*. Unmittelbar darunter entdeckte Ari eine Klingel, über der eine Überwachungskamera angebracht war. Ohne zu zögern, drückte Allibert auf den Knopf.
Nach ein paar Sekunden ertönte eine näselnde Stimme aus der Gegensprechanlage. »Ja?«
»Guten Tag, ich würde gerne zu Monsieur Albert Khron.«
Ein Moment der Stille.
»Wen darf ich ankündigen?«
»Kommissar Allibert von der Versailler Kriminalpolizei.«

»Einen Augenblick.«
Ari drehte sich zu seinem Bodyguard.
»Das ist der Angriff der Bullen!«, flüsterte er ironisch.
Sie warteten gut eine Minute, da rief der Leutnant, der Allibert begleitet hatte, plötzlich: »Da oben startet ein Wagen!«
»Er wird durch einen anderen Ausgang abhauen!«, bemerkte Ari.
Der Kommissar gab den Befehl über sein Funkgerät weiter: »Sie versuchen zu entkommen. Wir greifen zu! Ihr seid dran!«
»Verstanden«, erwiderte Hauptmann Fossorier. »Wir steigen über die Ost- und Westmauer ein. Ende.«
Ari begann nach rechts zu rennen und sprang auf die Steinmauer, was ihm Zalewski und die zwei Polizisten schnell nachmachten. Sie kletterten hinüber und sprangen in den Garten. Kaum hatten sie einen Fuß auf den Boden gesetzt, ertönten Schüsse vom Haus her. Kleine Steinbrocken platzten hinter ihnen aus der Mauer.
»Runter!«, schrie Krysztof.
Der Bodyguard warf seine Lakritzstange auf den Boden. Jetzt wurde es ernst.
Ari ging in die Hocke und zog seine FN P90 hervor. Er schloss energisch die Hand um den Kolben. Allibert riss die Augen auf, als er die Waffe entdeckte.
»Wir müssen den Wagen daran hindern wegzufahren«, sagte Ari und zeigte mit dem Finger darauf. »Sie beiden gehen rechts herum, Krysztof und ich gehen nach links!«
Der Kommissar stimmte ein wenig verwirrt zu.
»Wir treffen uns vor dem Haus wieder«, antwortete er schließlich.
Wieder ertönte eine Detonation. Und noch eine. Ari setzte sich in Bewegung, dicht gefolgt von seinem Bodyguard. Die Waffe im Anschlag, liefen sie durch den verschneiten Garten, zwischen Kastanienbäumen und Akazien hindurch. Ohne es miteinander absprechen zu müssen, wendeten beide instinktiv die

Taktik an, die man ihnen während ihrer Militärausbildung beigebracht hatte, und beachteten streng die Regeln, die beim Vordringen in einem Feuergefecht galten.
Für den einen wie den anderen bedeutete dies, sich vor den Schüssen zu schützen und zugleich die Situation zu beherrschen, das heißt die Umgebung ständig unter Kontrolle zu haben, sich seiner Augen ebenso zu bedienen wie seines Gehörs, das Gleichgewicht zu wahren, sich schnell fortzubewegen, aber ohne zu rennen, in einer gleitenden Seitwärtsbewegung, die Waffe in einer Linie mit der Blickrichtung auszurichten, den Zeigefinger nicht am Abzugsbügel zu haben, solange man nicht zielte, und vor allem beim Laufen nie die Beine zu überkreuzen.
Wieder ertönte ein Schuss, und die Kugel pfiff direkt neben ihnen durch die Luft.
»Schütze auf dem Balkon, auf fünfzehn Uhr!«, rief Ari.
Krysztof blieb hinter ihm stehen und zielte. Er stellte seine Waffe auf Einzelschuss ein und drückte zweimal ab. Gleich darauf sah Ari den Körper ihres Angreifers hinter dem Geländer zusammenbrechen.
Dann bewegten sie sich wieder vorwärts. Von der anderen Seite des Hauses ertönten weitere Schüsse. Die Männer der Eingreiftruppe waren in Aktion getreten.
»Der Wagen kommt über die Hauptallee!«, schrie Krysztof. »Es scheint keinen anderen Ausgang zu geben! Sie werden versuchen, durch das Tor zu entkommen!«
Tatsächlich sah Ari zu ihrer Linken den grau-metallic-farbenen Geländewagen kommen. Er war nur noch fünfzig Meter entfernt. Ohne zu zögern, warf er sich zu Boden, zielte auf den Fahrer und feuerte eine erste Salve ab. Aus der Windschutzscheibe stoben Glasstücke in alle Richtungen, und der Wagen versuchte mitten auf dem Schotterweg ein Ausweichmanöver. Ari senkte den Lauf seiner Maschinenpistole ein wenig und feuerte eine zweite Salve in Richtung der Reifen.

Der Geländewagen rutschte zur Seite weg, drehte sich um die eigene Achse, machte eine Kehrtwendung, Kies spritzte auf, dann blieb das Fahrzeug eine Sekunde lang stehen, bevor es mit zerplatztem Vorderreifen durch das nasse Gras rutschte und Richtung Villa fuhr.

»Go, go, go!«, schrie Ari, als er wieder aufstand.

Schnell liefen sie auf das höher gelegene Haus zu. Der Wagen verschwand hinter den Bäumen, dann sah Ari ihn wieder auftauchen und am Fuß der Freitreppe anhalten, direkt vor ihnen.

»Da können wir nicht entlang!«, rief Krysztof neben ihm. »Wir sind zu exponiert!«

Ari stimmte zu. Sie erreichten den mit Kies bedeckten Parkplatz, wo es keinerlei Deckung gab, um zum Eingang der Villa zu gelangen. Auf der anderen Seite entdeckte er den Kommissar und dessen Kollegen. Er nahm sein Walkie-Talkie vom Gürtel.

»Mackenzie an Allibert. Wir greifen vom linken Flügel aus an. Bitte kommen.«

»Verstanden. Wir nehmen den rechten Flügel. Ende.«

Krysztof nickte und ging voraus. Sie liefen seitlich um den Parkplatz herum.

Im selben Moment öffnete sich die linke Hintertür des Geländewagens, und Ari sah zwei Gestalten hastig aussteigen.

Der erste Mann, um die dreißig, mit breiten Schultern, richtete sich auf dem Trittbrett auf und begann mit einer Faustfeuerwaffe in ihre Richtung zu schießen, während der zweite hinter ihm die Freitreppe hinaufrannte, um ins Haus zu gelangen.

Ari duckte sich in Deckung, erkannte aber gerade noch Albert Khron, den großen, schlanken Körper, seine grauen Haare. Er hatte also tatsächlich versucht zu fliehen. Aber Lola befand sich nicht im Wagen.

»Zielen Sie nicht auf den Alten!«, schrie Ari gegen die Detonationen an. »Den Kerl will ich lebend!«

Der Bodyguard schoss drei Kugeln hintereinander in Richtung des Fahrzeugs. Ihr Angreifer verzog sich hinter die Wagentür. Sogleich wagte Ari einen Durchbruch.
Die Waffe auf den Geländewagen gerichtet, lief er diagonal vorwärts, um von hinten an das Fahrzeug heranzukommen. Aber kaum hatte er drei Schritte gemacht, als ein Schuss vom oberen Stockwerk fiel. Ein einzelner Schuss, plötzlich und überraschend.
Ari bekam die Kugel mitten in die Brust.
Er wurde abrupt in seinem Lauf gestoppt und nach hinten geschleudert. Er landete mit dem Rücken hart auf dem Kies, was ein lautes, dumpfes Geräusch verursachte.

68

Jean Colomben zog im letzten Stock des ältesten Hauses am Marco-Polo-Platz seine Wohnungstür hinter sich zu.
Kurzatmig lehnte er sich im Halbdunklen einen Moment lang dagegen, dann schaltete er das Licht ein und ging durch den Flur. Der alte Parkettboden knarrte unter seinen Schritten. Colomben nahm seinen Hut ab und legte ihn achtlos auf den Hocker neben der Wohnzimmertür. Seine dünnen Haare standen wirr von seinem alten, fast kahlen Schädel ab. Er zog seinen Mantel aus und legte ihn seufzend auf den Hocker.
Er fühlte sich müde! Müde und traurig, niedergeschlagen von dem großen Gefühl des Scheiterns, der Einsamkeit und Ohnmacht. Der Ausgang stand nun ohne Zweifel fest. Er würde bald sterben, ganz einfach. Und mit ihm das Geheimnis Villards.
Als Meister der Loge war er das einzige Mitglied, das alle sechs Pergamente gesehen hatte. Und nach langen Jahren hatte er das Mysterium schließlich erraten, das sie bargen.

Er war sich nicht einmal sicher, ob diejenigen, die die Quadrate von Villard gestohlen hatten, in der Lage wären, den tieferen Sinn dessen zu verstehen, was dort stand. Zu welchem Zweck hofften sie, die Quadrate verwenden zu können?
Diese Frage würde für ihn immer ohne Antwort bleiben. Aber vielleicht war es besser so. Es hatte jetzt ohnehin keine Bedeutung mehr, denn er musste dafür sorgen, dass das sechste Quadrat niemals gefunden würde. Es gab keinen anderen Ausweg. Alles war verloren.
Offenbar hatte selbst der anonyme Brief, den er Mackenzie geschickt hatte, nichts genützt. Pascal Lejuste war tot, und nach ihm starb Mona Safran. Der alte Mann hatte keinerlei Hoffnung mehr.
Er ging durch das Wohnzimmer und kniete sich mühsam vor den steinernen Kamin. Seine Gelenke quälten ihn inzwischen sehr! Aber er ignorierte den Schmerz. Mit der Zeit hatte er gelernt, all diese kleinen Leiden des Alters in Schach zu halten.
Aus seiner Tasche zog er das Schweizer Messer hervor, das er immer bei sich trug. Mit zitternden Fingern klappte er die lange Klinge auf und schob sie zwischen zwei Dielenbretter des alten Eichenparketts.
Langsam hob er das kurze Holzbrett an, legte es neben sich und entfernte ein zweites, drittes ... Als das ganze Versteck freigelegt war, tastete er nach der Metallschatulle. Er legte sie sich auf den Schoß und öffnete sie. Vorsichtig entfernte er die Schutzhülle und betrachtete sein Quadrat. Seine *Angelegenheiten,* wie die Compagnons früher sagten. Glücklich strich er mit der Hand über den Rand des Pergaments.
Mit lauter Stimme las er den Satz in Picardisch, der neben der Reproduktion einer muslimischen Buchmalerei geschrieben stand.
»*Si ui io les le mer que li latin apielent mare tyrrhenum entre deus golfes ceste bele ueure denlumineur seingnie au seing dun sarrasin.*«

Ein trauriges Lächeln erschien auf dem Gesicht des alten Mannes. Er hatte einen Teil seines Lebens damit verbracht, in Portosera nach der berühmten Illumination zu suchen, die Villard de Honnecourt reproduziert hatte, aber er hatte sie nie gefunden. Vielleicht war sie vor langer Zeit zerstört worden, vielleicht befand sie sich an einem anderen Ort ... Oder sie war da, irgendwo in einer Bibliothek der Stadt, vergessen auf einem Dachboden.

Das spielte im Grunde keine große Rolle. Nur das, was auf den Quadraten stand, zählte, das hatte er mit der Zeit schließlich verstanden. Und selbst das bedeutete ihm jetzt nicht mehr viel.

Er stieß einen Seufzer aus und schloss behutsam den Deckel. Dann schloss er die Augen und hob den Kopf. Seine Finger strichen zärtlich über die kalte Oberfläche der Schatulle. *Verzeih uns, Villard.* Tränen bildeten sich unter seinen geschwollenen Lidern. *Wir haben versagt, aber wir haben dich nicht vergessen.* Mit einem Ärmel wischte er sich die nasse Wange ab. *Ich erinnere mich an dich, mein Bruder.*

Dann öffnete der alte Mann seine Augen wieder und stand mühsam auf, wobei er sich am Kamin festhalten musste. Unsicheren Schrittes kehrte er in den Flur zurück, zog seinen Mantel an, setzte den schwarzen Hut auf, löschte das Licht und verließ die Wohnung, sein wertvolles Päckchen fest an sich gedrückt.

69

Krysztof feuerte sofort auf das Fenster, von wo aus der Schuss abgegeben worden war. Die Scheiben zersprangen in tausend Stücke, und Stein- und Holzsplitter flogen in alle Richtungen. Er feuerte eine zweite Salve ab, diesmal auf den Wagen, näherte sich dann Aris bewegungslosem Körper und packte ihn beim Arm. Der Bodyguard schoss ohne Unterlass mal auf den Wagen, mal in Richtung erster Stock, während er Mackenzie mit einer Hand über den Boden schleifte, um in hinter einem Kastanienbaum in Deckung zu bringen.

»Ari? Alles klar?«

Er schlug ihm leicht auf die Wange.

Der Agent öffnete die Augen und hustete erst einmal, als er wieder zu Atem kam. Er schüttelte den Kopf, richtete sich auf und betrachtete die Stelle auf seiner schusssicheren Weste, wo die Kugel ihn getroffen hatte.

»Scheiße! Ich hatte vergessen, wie weh das tut!«

»Sie haben mir ganz schön Angst gemacht …«

Ari drehte sich auf den Bauch und stand mühsam auf. Er ging neben dem Bodyguard in die Hocke und überprüfte, ob seine Waffe geladen war.

»Wir kommen nicht weiter, solange da oben ein Kerl postiert ist«, erklärte Krysztof und wies mit dem Finger zum ersten Stock hinauf.

»Man müsste versuchen, ihn zu neutralisieren …«

Der Bodyguard kniete sich hin, um seinen Rucksack zu öffnen. Er zog ein Zielfernrohr daraus hervor, das er auf die Schiene der FN P90 montierte.

In dem Moment tauchte der Kerl hinter dem Geländewagen wieder über der Autotür auf und fing erneut an, auf sie zu schießen.

Ari ergriff seine Waffe und erwiderte, ohne zu zögern, den Angriff. Da erkannte er den Mann, der auf sie schoss. Es war der große Blonde, den er auf der Straße verfolgt hatte.

»Dieses Mal entkommst du mir nicht, Kumpel«, murmelte Ari, als er erneut zielte.

Die beiden Männer wechselten in einem ohrenbetäubenden Lärm mehrere Salven. Die Kugeln schlugen in der Mauer, den Bäumen, der Karosserie des Wagens ein …

Der große Blonde ging wieder hinter dem Geländefahrzeug in Deckung, was Ari nutzte, um seine Maschinenpistole neu zu laden.

»Und? Sehen Sie ihn oder nicht?«, fragte er Krysztof, der den Kolben seiner FN P90 umgeklappt hatte, um sie schultern zu können.

Der Bodyguard hatte das Fernrohr vor dem Auge und antwortete nicht. Die Arme absolut ruhig haltend, nahm er sich die Zeit, zu zielen, und drückte auf den Abzug. Ein Mal nur.

Im ersten Stock hörte man Glas splittern, dann einen dumpfen Aufprall.

Ari warf einen Blick durch das Fenster.

»Haben Sie ihn erwischt?«

»Ja.«

»Okay. Jetzt müssen wir den anderen Mistkerl hinter dem Geländewagen loswerden.«

Krysztof schraubte das Zielfernrohr von seiner Maschinenpistole.

»In meiner Ausrüstung findet sich sicher was«, sagte er und beugte sich nach vorn.

Ari bückte sich und schaute in die Tasche des Bodyguards. Darin lagen viele Sachen: Magazine, Seile, Handschuhe, Ferngläser ... Aber er wusste sofort, woran Krysztof gedacht hatte.

»Granate?«

»Wenn Sie keine Angst davor haben, die ganze Stadt zu alarmieren ...«

»Ich glaube, wir haben sowieso schon den gesamten Friedhof aufgeweckt, Krysztof.«

»Also ... Granate.«

Ari steckte die Hand in die Tasche.

»Sagen Sie mal, Krysztof, fahren Sie häufig mit Handgranaten im Kofferraum Ihres Wagens spazieren?«

»Also, erst mal ist das nicht *mein* Wagen, er gehört der Firma, und als ich im Büro Ihr Dossier gelesen habe, dachte ich, dass es besser wäre, gut ausgerüstet zu sein. Das war doch richtig, oder nicht?«

»Ich mag vorausschauende Menschen.«

Ohne eine Sekunde zu zögern, griff Ari nach der M67, richtete sich auf, entsicherte den Ring und plazierte den Zünder zwischen Daumen und Zeigefinger, um das Geschoss scharf zu machen. Er holte tief Luft, nahm ein wenig Anlauf, fixierte sein Ziel mit den Augen und warf die Granate Richtung Geländewagen. Sie landete im Kies und rutschte unter das Fahrzeug.

Ari und Krysztof warfen sich augenblicklich zu Boden, und drei Sekunden später ertönte mitten im Garten eine Explosion.

Der schwere graue Wagen wurde von der Druckwelle der Granate angehoben und fing fast unmittelbar Feuer, was eine zweite Explosion zur Folge hatte, die noch stärker als die erste war. Ari spürte die Hitzewelle bis in sein Gesicht. Orangefarbene Flammen und schwarzer Rauch stiegen plötzlich in den Himmel und verdeckten einige Sekunden lang einen Teil des Gebäudes.

Alliberts Stimme ertönte kurz darauf in Mackenzies Empfangsgerät.

»Waren Sie das, Ari? Sie sind verrückt!«

»Der Weg ist frei, Kommissar. Wir gehen links herum rein.«

»Völlig verrückt!«, wiederholte Allibert wütend.

»Wir gehen!«, rief der Agent.

Krysztof hob seine Tasche auf und setzte sich hinter Ari in Bewegung.

Sie gingen vorsichtig auf die linke Seite des Hauses zu, wobei sie auf alle Stellen achteten, von denen aus man auf sie schießen konnte.

Als sie auf Höhe des Wagens waren, entdeckte Ari den verkohlten Leichnam des großen Blonden, der auf die Stufen der Freitreppe geschleudert worden war.

Langsam näherten sie sich einem Fenster auf der Südseite der Villa und postierten sich links und rechts davon.

Mit dem Kolben schlug Ari die Scheibe ein, warf einen raschen Blick in den Raum, und da er niemanden sah, streckte er seine Hand hinein, um das Fenster zu öffnen. Krysztof half ihm hinauf, Mackenzie ließ sich in den Raum fallen und blieb dann, die Waffe fest in beiden Händen, stehen, um das Zimmer zu inspizieren. Niemand. Es war eine reich geschmückte Bibliothek. Die einzige Tür befand sich ihm gegenüber. Ohne seine Waffe zu senken, streckte er eine Hand nach draußen, um dem Bodyguard das Zeichen zu geben, ihm zu folgen.
»Mackenzie an Allibert und Fossorier. Wir sind von Osten her ins Haus eingestiegen. Ende.«
»Fossorier an Mackenzie. Wir kommen von Westen.«
»Ari!«, rief Allibert. »Warten Sie auf uns!«
»Keine Zeit. Ende.«
Er steckte das Funkgerät in seine Tasche.
»Verzeihung, haben Sie vor, eine lange Karriere bei der Polizei zu machen, Ari?«
»Geht Sie nichts an.«
»Ah, okay.«
»Gehen wir?«
»Gehen wir.«
Ari richtete sich wieder auf und ging voraus. Er lief bis zur Tür, immer auf der Hut, drückte sich gegen die Wand und öffnete rasch die Tür, sobald Krysztof in Deckung gegangen war.
Sie mussten ihre Bewegungen jetzt einem geschlossenen Raum anpassen. Niemals den Rücken einem Bereich zuwenden, den sie noch nicht kontrolliert hatten, und sichergehen, dass sie jedes Zimmer, in das sie kamen, ganz einsehen konnten. Eine der ersten Regeln, die man lernte, um sich in einem geschlossenen Raum vorwärtszubewegen, hieß, dass man nicht auf etwas schießen konnte, was man nicht sah, dass im Gegenzug aber das, was man nicht sah, sehr gut auf einen selbst schießen konnte.
Ari schaute in den nächsten Raum. Es war ein kleines Wohn-

zimmer mit zwei Türen, eine im Osten, eine im Norden, und Fenstern, die sich auf der Vorderfront nach Süden öffneten. Er sah niemanden und machte Krysztof ein Zeichen vorzugehen. Sie schritten vorsichtig durch das Zimmer, wobei sie darauf achteten, sich von Ecken und Fenstern fernzuhalten.
Ari gab Zalewski das Zeichen, auf die linke Tür zuzugehen. Sie mussten schrittweise vorgehen, um ins Innere des Hauses vorzudringen.
Sie stellten sich beide neben der Tür auf, dann stieß der Bodyguard sie mit einem Fußtritt auf. Sie warteten zwei Sekunden. Nichts zu hören. Der Agent beugte sich kurz vor. Das nächste Zimmer war eine große Halle, von wo aus eine breite Treppe auf der einen Seite in den ersten Stock und auf der anderen Seite in das Untergeschoss führte.
Ari ging voran. Noch immer war niemand zu sehen. Er untersuchte jeden Winkel der Halle und winkte dem Bodyguard, ihm zu folgen.
Aus der Ferne hörte man einen heftigen Schusswechsel.
»Sollen wir runter?«, schlug Krysztof vor, als er die Treppe sah.
Ari griff nach dem Funkgerät an seinem Gürtel.
»Mackenzie an Fossorier. Wir übernehmen das Untergeschoss. Bitte kommen.«
»Verstanden. Wir sind auf unserer Seite auf Widerstand gestoßen. Wir sagen Ihnen Bescheid, sobald wir drin sind. Ende.«
An der Treppe angekommen, stellte sich Ari auf die Seite, um das Treppenhaus zu inspizieren. Er blieb ein paar Sekunden stehen, um sicherzugehen, dass es keinerlei Bewegung gab, keinen verdächtigen Schatten, dann signalisierte er Krysztof, dass der Weg frei war. Der Bodyguard fing an, langsam die Treppe hinunterzugehen.
Anders als im Erdgeschoss und im ersten Stock, brannte im Untergeschoss überhaupt kein Licht, und die Stufen verschwanden ein paar Meter weiter unter im Dunklen. Zalewski blieb stehen und holte *flashlights* aus seiner Tasche. Die beiden Män-

ner fixierten sie auf dem Oberlauf ihre Waffe und setzten sich wieder in Bewegung. Die Lichtkegel ihrer Lampen kreuzten sich auf den Wänden und dem Boden, während sie in den Keller des Hauses hinabstiegen.

Unten angekommen, entdeckten sie ein kleines rechteckiges Zimmer, dessen weiße Wände mit hohen, gerahmten Spiegeln und einigen Gemälden dekoriert waren. An zwei Seiten befand sich eine Tür. Eine davon stand ein wenig offen. Ari zeigte mit dem Kopf zu ihr hinüber. Krysztof nickte.

Wachsam gingen sie langsam darauf zu. Ari stellte sich neben die Tür und stieß sie mit der Fußspitze auf. Auf der anderen Seite tauchte ein Flur auf, an dessen Ende sich eine weitere geschlossene Tür befand. Orangefarbenes Licht schimmerte darunter hervor.

»Der Flur ist zu eng«, flüsterte der Bodyguard. »Wenn wir da reingehen und die Tür öffnen, werden sie uns abknallen wie die Hasen.«

»Was schlagen Sie vor?«

»Ich weiß nicht. Ich wäre für eine kleine Tränengasbombe zu haben, aber ich habe keine bei mir ... Vielleicht sollten wir auf die Eingreiftruppe warten? Sie müssten das Nötige haben.«

»Auf keinen Fall.«

»Okay ... was schlagen Sie dann vor?«

»Wir dringen mit Gewalt ein. Aber Vorsicht, wenn der Alte drin ist – ich will ihn lebend.«

Sie betraten hintereinander den Flur und drückten sich dann beidseits der geschlossenen Tür gegen die Wand.

Ari wollte sie gerade öffnen, da hielt Krysztof ihn am Arm zurück.

»Lassen Sie mich machen.«

Er stellte sich in Position und versetzte dem Türschloss einen heftigen Fußtritt. Der Türflügel öffnete sich mit einem Schlag, und sofort wurde von der anderen Seite her geschossen.

Ari schob den Bodyguard gewaltsam gegen die Mauer.

Einen Moment lang blieben sie, gegen die Wand gepresst, bewegungslos einander gegenüber stehen, dann wagte Ari sich vor. Er sprang auf die andere Seite des Flurs, um zu sehen, was sich im Zimmer befand. Sein kurzes Auftauchen wurde von einem erneuten Schuss erwidert. Er ging sofort wieder neben seinem Partner in Deckung.

Er hatte etwas gesehen, was nach einem düsteren Versammlungsraum aussah, mit einem großen Tisch in der Mitte und dem Symbol des Vril-Ordens auf einem Wandbehang im Hintergrund. Er glaubte, den Mann entdeckt zu haben, der auf sie schoss, und war sich beinahe sicher, dass es nicht Albert Khron war. Aber er konnte nicht das Risiko eingehen, umzukehren und einen Feind zurückzulassen. Außerdem war Lola vielleicht dort drin.

»Was machen wir?«, flüsterte Ari seinem Partner ins Ohr.

»Lassen wir ihn sein Magazin leeren?«

Ari zuckte mit den Schultern. »Wir können es versuchen.«

Der Bodyguard hielt seine Waffe in die Türöffnung, drückte auf den Abzug und zog seinen Arm zurück. Sofort feuerte der andere zurück. Krysztof wiederholte das Ganze. Wieder wurde sein Schuss erwidert. Er machte weiter, schoss manchmal zweimal hintereinander, bis auf einen seiner Schüsse keine Antwort mehr folgte. Sofort ging Ari im Flur in die Hocke und bestrich den Raum mit einer Salve aus seiner Maschinenpistole. Im nächsten Moment stürzte Zalewski mit einer Vorwärtsrolle hinein. Er lief nach rechts, Ari betrat den Raum und sprang auf die gegenüberliegende Seite.

Plötzlich erhob sich hinter dem Tisch eine Gestalt. Der Mann hatte kaum die Zeit, auf den Abzug zu drücken. Er wurde sofort von dem Kreuzfeuer der beiden Eindringlinge begrüßt.

Sein von Kugeln durchsiebter, blutender Körper wurde zurückgeworfen. Schwerfällig brach er unter der schwarzen Sonne zusammen, die den Wandbehang hinter ihm schmückte.

Ari ging mit schnellen Schritten um den Tisch herum.

»Hier ist nichts!«
Die beiden Männer tauschten Blicke und kehrten in den Flur zurück. Wieder am Fuß der Treppe, wendete sich Ari der zweiten Tür zu. Vielleicht war Lola ganz in der Nähe, auf der anderen Seite. Sie musste irgendwo in diesem verdammten Haus sein!
»Was sollen wir machen?«, drängte Krysztof.
»Ich glaube, wir verschwenden unsere Zeit, Khron ist sicher nach oben geflüchtet, in den Turm. Ich werde den Bullen sagen, das Untergeschoss und das Erdgeschoss zu sichern, während wir den ersten Stock durchsuchen.«
Er nahm sein Funkgerät und ging auf die Treppe zu.
»Mackenzie an Fossorier. Wie weit sind Sie?«
»Wir haben den Feind auf dieser Seite erledigt, aber wir haben einen Verletzten. Wir gehen gerade an der Westseite rein. Ende.«
»Und Sie, Allibert?«
»Wir sind im Eingangsbereich.«
»Okay. Kommissar, können Sie den Keller sichern? Es bleibt ein Raum, den wir nicht kontrolliert haben.«
»Verstanden.«
»Fossorier, kümmern Sie sich um das Erdgeschoss, dort sind viele Zimmer. Wir kümmern uns um den ersten Stock. Kommen Sie nach, sobald unten alles in Ordnung ist. Ende.«

70

Der alte Mann überquerte die Brücke, die die Felseninsel mit dem Rest der Stadt verband. Um diese Zeit war kein Mensch mehr auf der Straße, und sogar die Straßenlaternen waren schon ausgeschaltet. Unter der Woche gingen die Studenten nicht so spät schlafen wie am Wochenende, und die Stadt fand ihre Ruhe wieder. Er riskierte höchstens, einem volltrunkenen Hafenarbeiter zu begegnen oder einem dieser jungen Leute, die mitten in der Nacht den Hund spazieren führten.

Er ging am Damm entlang, der Wind schlug ihm vom Meer ins Gesicht, und er hielt mit einer Hand seinen Hut fest, damit er nicht wegflog. Bei jedem Schritt konnte er die wertvolle Metallschatulle an seiner Brust spüren, die er unter seinem langen Mantel verbarg.

Er brauchte fast zehn Minuten, um zu der großen Avenue zu kommen, die den Hügel von Portosera hinaufführte.

Nachts war die Garibaldi-Promenade noch schöner. Hier blieben die Laternen bis in die frühen Morgenstunden eingeschaltet und warfen wellenförmiges Licht auf die gelben und ockerfarbenen Fassaden der Häuser.

Jean Colomben blieb stehen und bewunderte die wunderbare Schneise, die in das Herz der Stadt hineinführte, wie er es schon so oft getan hatte, dass er jeden Winkel kannte, ohne dass ihm dabei langweilig würde. Dann machte er sich an den langen Weg die Avenue hinauf.

Er musste daran denken, dass dieser letzten Pilgerreise etwas Symbolisches anhaftete und dass seine Bürde an die letzte Reise der Lehrlinge erinnerte. Er sah sich noch am Tag seiner Aufnahme bei den Compagnons du Devoir, wie er durch das Labyrinth des Jerusalemer Tempels ging … *Der Geselle ist derjenige, dessen Sinn für den Beruf aufgeschlossen ist,* rezitierte er im Kopf. *Der fertige Geselle, dessen Sinn für das Menschenwesen aufgeschlossen ist, findet über den Beruf hinaus seine Brüder wieder.*

Er fuhr fort, sich die alten Erinnerungen an seine Lehrzeit ins Gedächtnis zu rufen, diese unbeschwerte, enthusiastische Zeit, als er zwischen seinen Brüdern seinen Beruf erlernt hatte, wissbegierig gewesen war. Er erreichte schließlich den Fuß der Treppe, die zum Brunnen der Vorsehung hinaufführte.

Seit Monaten, vielleicht seit einem Jahr, hatte er nicht mehr die

Energie gefunden, die riesige Treppe von Michelangelo zu erklimmen. Aber heute Abend hatte er keine Wahl. Und vielleicht war das nicht das Schlechteste. Wahrscheinlich war das der Preis, den sie für ihr Versagen zahlen mussten.
Er setzte einen Fuß auf die erste Stufe, hielt sich am Geländer fest und begann seinen Aufstieg.

71

Ari stand reglos vor der verschlossenen Tür. Er hätte nicht sagen können, warum, aber er war sich ganz sicher, dass Albert Khron hier war, direkt hinter dieser Tür. Er spürte es. Es war der am höchsten gelegene Raum des gesamten Hauses, auch der entlegenste und sehr wahrscheinlich derjenige, den der alte Mann gewählt hatte, um sein Quartier einzurichten. Also hatte er sich vermutlich hierher geflüchtet. Vielleicht hatte er gehofft, dass seine berühmten Freikorps-Männer den Angriff abwehren würden.
Unten war die Arbeit der Eingreiftruppe noch nicht beendet. Man hörte Schusswechsel, Schreie, das Krachen von Türen, die eingeschlagen wurden. Aber Ari machte jetzt nur eine Sache Sorgen: Dass Albert Khron, in die Enge getrieben, Selbstmord begangen haben könnte.
Und wenn Lola bei ihm war? Wenn er sie als Geisel genommen hatte? Oder wenn er sie getötet hatte, hier, bevor er seinem eigenen Leben ein Ende bereitete?
Ari holte tief Luft, dann signalisierte er Krysztof, dass er bereit war. In Wirklichkeit war er sich allerdings nicht sicher, es tatsächlich zu sein.
Der Bodyguard warf ihm einen beruhigenden Blick zu, als habe er Mackenzies Befürchtungen erraten, dann drückte er schnell auf die Türklinke. Die Tür öffnete sich schlagartig. Sie warte-

ten einen Moment, ohne sich zu bewegen. Aus dem Innern drang kein Laut heraus.

Ari ging langsam vorwärts, die Waffe im Anschlag. Mit einem Blick nahm er den gesamten Raum in sich auf. Er brauchte nicht lange, um die Situation zu erfassen.

Langsam ließ er die Arme sinken. Seine Schultern schienen zusammenzusacken, und sein Gesicht verdüsterte sich.

Vor ihm, nur wenige Schritte entfernt, war Albert Khron reglos auf einem Diplomatenschreibtisch zusammengebrochen. Blut strömte aus seiner Kehle und lief auf eine Schreibunterlage aus schwarzem Leder.

In der geballten Faust des alten Mannes funkelte eine alte Rasierklinge, die mit einer scharlachroten, klebrigen Flüssigkeit bedeckt war, im Mondschein.

Siebenter Teil
Interiora Terrae

L: VIII

BR SA CO GI LI LS RG VO RP

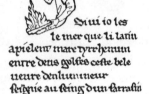

Qui io les
le mer que li latin
apielent mare tyrrhenum
entre deus golfes ceste bele
ueure denlumineur
seignie au king dun sarrasin

Le as le mesure del grant
casteler bien prise, si cel pas
oblie trouueras deses le saint
mais prent garde car il i a
ris que ia mius uient
nourrir mais.

72

»Dieser Mistkerl hat sich umgebracht«, murmelte Ari. »Er hat sich lieber umgebracht, als zu reden ...«
Mackenzie hatte Mühe, seine Enttäuschung zu verbergen, denn insgeheim wusste er, was das bedeutete: Er war noch weit davon entfernt, Lola wiederzufinden. Der kleine Hoffnungsschimmer, den er gesehen hatte, als er von der Existenz der Villa Agartha erfahren hatte, hatte schließlich zu nichts geführt. Er musste von vorn anfangen.
Außerdem frustrierte ihn der Selbstmord von Albert Khron sehr. Der Mann, den er gern zur Rede gestellt hätte, der Mann, der ihnen so viele Erklärungen schuldig war, hatte ihnen noch einmal eine lange Nase gedreht; und durch seine Tat entzog er sich der Verantwortung, die Ari gern auf ihn abgeladen hätte. Ganz zuoberst auf der Liste standen dabei der Tod von Paul Cazo und die Entführung von Lola.
»Ari«, sagte der Bodyguard und legte ihm eine Hand auf die Schulter, »sollen wir nicht wieder runtergehen? Ihre Freundin ... Vielleicht ist sie irgendwo eingesperrt? Vielleicht ist sie sogar in dem anderen Kellerraum, den wir nicht durchsucht haben.«
Mackenzie stützte sich auf einen Ledersessel vor dem Schreibtisch von Albert Khron.
»Nein. Etwas sagt mir, dass sie nicht hier ist, Krysztof. Der Alte hätte sich nicht den Hals aufgeschlitzt. Er hätte sie als Geisel benutzt, um zu fliehen. Es ist noch nicht zu Ende ... Ich bin mir sicher, dass sich auch die Mörderin nicht zwischen diesen Mauern aufhält.«
»Die Mörderin?«
»Die Frau, die die fünf Morde verübt hat. Die Schädelbohrerin. Lesen Sie keine Zeitung?«

»Doch, doch. Also, was machen wir?«
Ari fiel es schwer, die nötige Energie aufzubringen, um sich wieder in Bewegung zu setzen. Aber ihm blieb keine Wahl. Er schuldete es Paul, er schuldete es Lola.
»Wir durchsuchen seinen Schreibtisch«, sagte er schließlich und hob den Kopf.
»In Ordnung. Was suchen wir?«
»Ich weiß es nicht. Etwas, das uns sagen könnte, wo meine Freundin eingesperrt ist oder wo sich die Mörderin befindet, wer sonst noch involviert ist, Informationen dieser Art ...«
Zalewski nickte. Das war ein wenig vage, aber er begann dennoch, in den Regalen rechts an der Wand nachzusehen. Ari selbst ging um den Schreibtisch herum und setzte sich neben den Leichnam von Albert Khron.
Blut lief aus der durchschnittenen Kehle des alten Mannes und tropfte auf das Parkett. Sein auf den Tisch gesackter Körper sah aus wie der einer Wachspuppe.
Ari öffnete die erste Schublade. Er wühlte den Papierkram durch und versuchte, einen Zusammenhang zwischen seiner Ermittlung und den Worten zu finden, die er hier und da geschrieben sah, auf Blättern, Ordnern, Umschlägen ...
Von der anderen Seite der Tür her hörte man immer deutlicher die Schritte der herannahenden Agenten. Sie würden gleich da sein und den Raum versiegeln, um dem kriminaltechnischen Dienst zu ermöglichen, die Spuren zu sichern. Ari hoffte, irgendetwas zu finden, bevor Allibert kam und seine Nase überall hineinsteckte. Eine Spur.
Extrem angespannt hob er hektisch eine Akte nach der anderen hoch und las rasch die Titel auf den Aufklebern. Nichts weckte sein Interesse. Er schob die Schublade heftig wieder zu und machte bei der darunter weiter. Noch ein Haufen Papiere. Die Rufe der Polizisten hallten durch das Treppenhaus. Sie waren nur noch ein paar Meter entfernt. Nachdem er mehrere dicke Mappen angehoben hatte, stieß Ari auf einen schwarzen

Ordner, dessen Aufkleber eine Abkürzung trug, die er mühelos wiedererkannte: »LVDH«.
Er griff nach der kartonierten Mappe und steckte sie, ohne zu zögern, unter seine kugelsichere Weste. Daraufhin schloss er die Schublade. »Krysztof, wir gehen!«
Der Bodyguard räumte eilig die Ordner wieder ein, die er aus einem Regal gezogen hatte, und sie verließen das Arbeitszimmer. Sie stießen direkt auf Fossorier.
»Ist das ganze Haus gesichert?«, fragte Ari den Chef der Eingreiftruppe.
»Ja.«
»Sie haben keine Geisel gefunden?«
»Nein.«
»Eine junge Frau?«
»Nein, niemanden außer den Angreifern. Sie sind alle neutralisiert. Auf unserer Seite gibt es zwei Verletzte. Der Notarzt ist da. Allibert erwartet Sie unten.«
»Okay, wir gehen runter.«

73

Eine Stunde später verließ Zalewskis BMW die kleine Allee zwischen den kahlen Bäumen und fuhr beim Schein der riesenhaften Straßenlaternen auf die Nationalstraße Richtung Paris. Schwarze Januarnacht umhüllte die Hauptstadt.
Die beiden Männer hatten kein Wort mehr miteinander gewechselt, seit der Wagen Bièvres verlassen hatte. Nach dem, was sie gerade durchgemacht hatten, hingen sie beide ihren Gedanken nach und waren sichtlich müde. Das Radio auf einen Jazz-Sender eingestellt, erfüllte eine sanfte Blues-Ballade das Fahrzeug.
Das Gepräch mit dem Abteilungsleiter in Paris war nicht ganz

einfach gewesen, und Ari hatte am Telefon auch die Fragen des ebenfalls äußerst verärgerten Staatsanwalts beantworten müssen. Aber Mackenzie machte sich deswegen keine großen Sorgen. Für ihn zählte nur noch eines: Lola zu finden. Er konnte an nichts anderes denken als an die Enttäuschung, die er gerade erlebt hatte, als er sie nicht in der Agartha gefunden hatte. Dennoch war er nicht bereit, sich geschlagen zu geben, und entschied, bis zum Schluss zu kämpfen, und so schlug er den schwarzen Ordner auf, den er aus Albert Khrons Arbeitszimmer mitgenommen hatte und der jetzt auf seinen Knien lag.

Er hatte gehofft, Kopien der fünf Seiten aus Villards Skizzenbuch darin zu finden, die die Brüderschaft des Vril gestohlen hatte ... Tatsächlich entdeckte er etwas ganz anderes. Aber das war nicht weniger interessant.

Der Ordner enthielt nur sieben einfache Blätter Papier.

Das erste Blatt war die Kopie einer E-Mail, die Sylvain Le Pech an Albert Khron geschickt hatte. Trotz des Dämmerlichts las Ari rasch den Inhalt der Nachricht. »Überweisung heute erhalten. Kopie meines Quadrates heute Morgen an *Agartha* geschickt. Wie vereinbart hier die Liste der fünf und ihres Wohnorts: Christian Constantin (Lausanne), Paul Cazo (Reims), Pascal Lejuste (Figeac), Mona Safran (Vaucelles), Jean Colomben (Portosera).«

Ari schüttelte erstaunt den Kopf. Wie Mona Safran es vermutet hatte, war es also tatsächlich Sylvain Le Pech gewesen, der sie verraten hatte, und auch noch aus Geldgier! Hatte er gewusst, welchen Plan seine Verhandlungspartner aushecken und dass er alle Mitglieder der Loge Villard de Honnecourt zum sicheren Tod verdammte, indem er diese E-Mail verschickte? Eines war sicher: Die Reihenfolge entsprach ziemlich genau derjenigen der Morde, doch was Le Pech sicher nicht bedacht hatte, war, dass er auch auf die Liste gehörte! Wahrscheinlich hatte er nicht einmal die Zeit gehabt, von dem Geld zu profitieren, das er für seinen Verrat erhalten hatte.

Der Grad der Mitwisserschaft dieses düsteren Le Pechs war wahrscheinlich eines der Rätsel, die eines Tages aufzuklären waren. Aber im Moment war die Information aus dem Dokument, die Ari wirklich interessierte, der Name des sechsten Compagnons.

Jean Colomben. »Jean« war auch der Vorname gewesen, den Mona erwähnt hatte, als sie vom Meister der Loge gesprochen hatte. Ihrer Vermutung nach war er es wohl gewesen, der Ari den anonymen Brief geschickt hatte, um ihm den Namen des nächsten potentiellen Opfers zu nennen: Pascal Lejuste.

Und jetzt war das nächste potentielle Opfer ebendieser Mann. Der sechste und letzte Compagnon.

Ari war sofort klar, dass Colomben zu finden wahrscheinlich seine letzte Chance war, die Mörderin zu fassen und vielleicht auch Lola zu retten.

Er blätterte um und überflog den Inhalt der sechs anderen Seiten. Jedes Blatt enthielt eine kurze Information über die Mitglieder der Loge Villard de Honnecourt, ihr Alter, ihre Adresse, ihren Beruf und ein Foto ... Ari warf einen raschen Blick auf die ersten fünf Dossiers und las das letzte genauer.

»Jean Colomben, 84 Jahre.
Architekt im Ruhestand.
Wohnhaft Piazza Marco Polo 6 in Portosera (Italien).
Nicht praktizierender Katholik. Witwer seit 1996.
Meister der Loge VDH seit 1963. Franzose,
1972 nach Italien ausgewandert.«

Das Foto zeigte das Gesicht eines alten, lächelnden Mannes. Ohne eine Sekunde zu verlieren, rief Ari die internationale Telefonauskunft an. Er diktierte Namen und Adresse von Jean Colomben. Der Angestellte am anderen Ende der Leitung teilte ihm mit, dass die Nummer, die er suchte, auf der roten Liste stand. Der Agent legte auf und warf einen Blick auf die Uhr am

Armaturenbrett des Wagens. Zweiundzwanzig Uhr sechzehn. Keine Chance, Iris Michotte um diese Zeit zu erreichen. Er beschloss daher, noch einmal Emmanuel Morand bei der Spionageabwehr anzurufen. Die Uhrzeit entsprach eher dessen Arbeitszeiten, und er hatte keine Sekunde zu verlieren.

»Ach! Der gute alte Mackenzie! Bist du noch am Leben?«

»Ja, noch … Ich brauche eine Nummer von der roten Liste in Italien. Kannst du die für mich herausfinden?«

»Das Tolle an dir ist, dass man sich nie fragen muss, ob du aus eigennützigen Gründen anrufst. Weil du nie anrufst, wenn es nicht aus Eigennutz ist …«

»Komm, Manu! Es ist dringend. Jean Colomben, wohnhaft Piazza Marco Polo in Portosera … Kannst du das so schnell wie möglich für mich herausfinden?«

»Ja, ja, ich schau mal in unserem Computerprogramm nach. Ich schicke dir die Nummer per SMS.«

»Danke.«

»Und vor allem: Geh zum Teufel!«

»Ich glaube, da werde ich tatsächlich bald hingehen«, antwortete Ari.

Er legte auf und behielt das Handy in der Hand. Zalewski warf ihm einen Blick zu, ohne das Lenkrad loszulassen.

»Lassen Sie mich raten: Kleiner Abstecher nach Italien?«, sagte er, eine neue Lakritzstange zwischen den Zähnen.

Ari hob zum Zeichen der Machtlosigkeit die Arme.

»Ich fürchte, ja … Zahlen Ihre Vorgesetzten Sie auch dafür, mich ins Ausland zu begleiten?«

»Ich folge Ihnen überall hin, Ari. Wo liegt Portosera?«

»Bei Neapel, glaube ich. Und ich muss gestehen, ich weiß nicht, wie wir es machen sollen. Mein Gefühl sagt mir, dass die Mörderin vielleicht schon dort ist. Mit dem Zug bräuchten wir über einen Tag, um dorthin zu kommen, und ich glaube nicht, dass uns diese Zeit bleibt.«

»Mit dem Flugzeug müsste es doch machbar sein, oder nicht?«

»Vielleicht ... Aber vor morgen wird nichts mehr fliegen, es könnte also genauso lange dauern wie mit dem Zug.«
Eine SMS ging auf Aris Handy ein. Er las die Nummer, die Morand ihm soeben geschickt hatte, und wählte sie sofort. Nach dem zehnten Läuten legte Ari schließlich auf. Der alte Mann war nicht zu Hause. Oder es war vielleicht schon zu spät.
»Sie könnten Ihre Chefs fragen, ob sie Ihnen ein Flugzeug organisieren, oder nicht?«
Ari machte ein zweifelndes Gesicht.
»Äh ... Ich glaube, Sie überschätzen das Budget des Nachrichtendienstes, Krysztof. Und die Erlaubnis zu bekommen, nach Italien zu fliegen, würde achtundvierzig Stunden dauern. Außerdem müsste man Interpol benachrichtigen und all das ... Im Übrigen muss ich gestehen, dass ich keine große Lust habe, den offiziellen Weg zu gehen.«
»Man wird in jeden Fall die Italiener verständigen müssen«, erwiderte Zalewski.
»Nein. Das würde wahrscheinlich nur Chaos verursachen. Die würden die Carabinieri hinschicken wollen. Ich möchte nicht, dass sie alles vermasseln.«
»Verzeihen Sie, Ari, dass ich mich in Sachen einmische, die mich nichts angehen, aber da irren Sie sich nun wirklich.«
»Sie haben recht, Krysztof. Sie mischen sich in Dinge ein, die Sie nichts angehen.«
Ari drehte die Lautstärke des Autoradios auf und ließ seinen Kopf gegen die Nackenstütze des BMW sinken. Zalewski hatte nicht unrecht. Aber er wollte die Sache zu Ende bringen. Also musste er wohl oder übel eine Lösung finden. Die Fahrt mit dem Wagen zu machen war unmöglich. Es würde viel zu lange dauern, und sie waren beide erschöpft. Der BMW fuhr in einen Tunnel am Rande der Hauptstadt. Die orangefarbenen Lichter, die über die Wände flackerten, hatten etwas Hypnotisierendes an sich und erhellten die Scheiben gegen den Takt des Stückes von Coltrane, das aus den Lautsprechern zu hören war.

»Es gibt vielleicht noch eine Möglichkeit«, murmelte Ari schließlich.
»Welche?«
»Ich muss mal kurz telefonieren.«
Der Bodyguard stellte das Autoradio wieder leiser.
Ari suchte in seinem Adressenverzeichnis nach einer Nummer, die er nur sehr selten wählte. Er hoffte, dass zu so später Stunde jemand zu erreichen war. Das war seine einzige Chance, in kürzester Zeit nach Italien zu gelangen.
»Hallo?«, sagte eine Frauenstimme schon nach dem zweiten Klingeln.
»Guten Abend, Ari Mackenzie am Apparat ... Ich hätte gerne mit Monsieur Beck gesprochen.«
»Ach, der ist schon lange weg.«
»Könnten Sie versuchen, ihn zu erreichen? Es ist äußerst wichtig. Sagen Sie ihm, dass Ari Mackenzie ihn dringend sprechen muss.«
Einen Moment lang herrschte Stille.
»Gut ... Bleiben Sie in der Leitung, ich werde sehen, was ich tun kann, Monsieur Mackenzie.«
Der Anruf wurde in die Warteschleife geleitet. Ari wendete sich an den Bodyguard.
»Darf man in Ihrem Auto rauchen?«
»Es ist immer noch nicht *mein* Auto«, antwortete er lächelnd. »Machen Sie einfach das Fenster auf ...«
Der Agent kam der Aufforderung nach und zündete eine Zigarette an, während er sich das Handy ans Ohr drückte. Den Fuß lässig gegen das Handschuhfach gestützt, blies er den Rauch nach draußen. Das Licht der Hochhäuser des Pariser Westens erhellte zunehmend die Nacht um sie herum und ließ die Sterne verschwinden.
Nach einigen Minuten ertönte endlich Frédéric Becks Stimme durch den Hörer.
»Ari? Was ist los?«

»Monsieur Beck ... Sie könnten mir einen riesigen Gefallen erweisen.«
»Sie wissen doch, dass ich alles tun würde, Ari.«
»Die Sache ist mir sehr unangenehm. Es ist nicht meine Art, um so etwas zu bitten, verstehen Sie, aber dies ist ein Fall von äußerster Dringlichkeit ...«
»Also ... Ich höre.«
»Ich müsste so schnell wie möglich nach Italien. Es ... es ist eine Frage von Stunden.«
»Haben Ihre Vorgesetzten Ihnen einen schnellen Transport verweigert?«
»Nun ja, ich möchte sie lieber nicht darum bitten ...«
»Ich verstehe ... Und das nennen Sie einen riesigen Gefallen! Ich freue mich, Ihnen helfen zu können, Ari, das wissen Sie doch. Also sagen Sie mir, wohin in Italien?«
»In die Gegend von Neapel.«
Frédéric Beck zögerte einen Moment.
»Da unten gibt es den Flughafen von Capodichino ... Aber ich muss noch mal mit meiner Assistentin sprechen. Ich rufe Sie so schnell wie möglich zurück.«
»Danke. Ich ... Ich erlaube mir zu sagen, dass ... wie soll ich es ausdrücken ... Das Ganze muss unter uns bleiben, wenn Sie verstehen, was ich meine.«
»Aber natürlich, Ari. Ich verstehe völlig. Bis gleich.«
Sobald Ari aufgelegt hatte, lachte der Bodyguard laut auf.
»So was! Wie praktisch, mit den Großen und Reichen dieser Welt befreundet zu sein, was? Was haben Sie mit diesem alten Gauner angestellt, damit er sie so behandelt?«
»Nicht dass es Sie etwas angeht, Krysztof, aber sagen wir mal, ich habe seine Tochter vor einem falschen Schritt bewahrt.«
»Ich verstehe ... Es macht sich immer gut, einem Milliardär einen Gefallen zu tun.«
»Schon gut, schon gut ...«
Ari rauchte seine Zigarette zu Ende, ohne dem etwas hinzuzu-

fügen, und als sie auf die Umgehungsstraße von Paris kamen, spürte er, wie das Telefon in seiner Tasche vibrierte.
»Hallo?«
»Alles ist arrangiert, Ari. Seien Sie in einer guten Stunde am Flughafen Le Bourget. Um Viertel vor zwölf, um genau zu sein. Dort erwartet Sie ein Jet. Wir werden jeden Moment den Flugplan übermitteln. Wenn alles gut läuft, sind Sie vor Tagesanbruch in Neapel.«
»Ich weiß nicht, wie ich Ihnen danken soll ...«
»Ari, machen Sie sich keine Gedanken, wirklich. Ich stehe noch immer in Ihrer Schuld. Aber seien Sie vorsichtig.«
»Wie immer ... Bis bald, und nochmals vielen Dank.«
Er legte auf.
»Also?«, fragte der Bodyguard grinsend.
»Schnell zum Flughafen, und lassen Sie das dumme Grinsen.«

74

Auf der Rue de Montmorency nahm Erik Mancel seine Sonnenbrille ab und steckte sie in die Innentasche seiner Jacke. Das älteste Haus von Paris, auf dessen Holzfassade noch der Name Nicolas Flamel stand, beherbergte heute ein renommiertes Hotel, das bei den Touristen hoch im Kurs stand. Der Mann warf einen neugierigen Blick in das Foyer und trat dann durch das Tor, das sich rechts vom Restaurant befand.
Vorsichtigen Schrittes ging er den schmalen und dunklen Flur entlang, der weit in das Haus hineinführte. Der Geruch nach feuchtem Holz entströmte dem Fachwerk, und bei jedem Schritt wirbelte eine dicke Staubschicht vom Boden auf. Ganz am Ende des Hausflurs erreichte er schließlich eine asymmetrische Tür, die genauso alt wie das gesamte Gebäude war. Er drückte auf den vergilbten Knopf einer kleinen Klingel.

Nach einigen Sekunden durchbrach das Geräusch von Schritten die beunruhigende Stille des Flurs, dann öffnete sich die Tür.

Ein zerzauster Mann mit eingefallenem Gesicht, geröteten Augen und gelblicher Haut, der groß und mager war, erschien im Halbdunklen. Sein skelettartiger Körper steckte in einem weiten braunen Hemd und einer abgewetzten Leinenhose. Sein Blick war trübe, und er sah aus wie ein unheimlicher Rasputin. Seine wenigen graumelierten Haare waren lang, fettig und schlecht geschnitten und fielen ihm ins Gesicht.

»Ah! Sie sind es, Mancel! Ich habe schon mit Ihrem Besuch gerechnet … Kommen Sie doch herunter!«, sagte er mit tiefer, rauher Stimme.

Die seltsame Gestalt drehte sich um und ging vor dem Neuankömmling hinkend die Stufen hinunter.

Erik Mancel holte tief Luft, stieg zwei Schritte hinab, schloss die Tür hinter sich und folgte dem alten Mann besorgt in das Kellergeschoss des Hauses.

Die Luft wurde immer kühler, je tiefer sie ins Herz der Stadt vordrangen, und immer feuchter. Am Fuß der Treppe passierten sie eine weitere Holztür und betraten einen großen Gewölbekeller aus grauem Stein.

Es war das zweite Mal, dass Mancel in das surreale Refugium des Mannes kam, der sich »Doktor« nannte, aber er hatte sich noch nicht an den sonderbaren Ort gewöhnt, und im Übrigen genauso wenig an dessen Bewohner.

Der Doktor war eine mythische Persönlichkeit des esoterischen Pariser Milieus, einer der geheimnisvollsten und hochangesehenen Akteure. Niemand kannte seinen wahren Namen, und Mancel hatte die verrücktesten Gerüchte über ihn gehört, vor allem sein Alter betreffend. Manche behaupteten tatsächlich, der Doktor sei ein ehemaliger Schüler von Fulcanelli, dem berühmten Alchemisten, und dass er im neunzehnten Jahrhundert geboren sei, was aus ihm einen Mann von über hundert Jahren machen würde … Dabei schien er kaum älter als sechzig Jahre zu sein. Wie dem auch sei, seine wahre Identität umgaben Rätsel, woran der Mann offenbar ein diebisches Vergnügen hatte.

Als Mancel begonnen hatte, nach Leuten zu suchen, die ihm bei seinem Projekt helfen könnten, war er sehr bald auf diesen berühmten Doktor gestoßen, Autor zahlreicher obskurer Werke über Hermetik, Alchemie und Esoterik, die von kleinen Untergrund-Verlagen veröffentlicht wurden. Mehrere Leute, denen er begegnet war, hatten Mancel zu ihm getrieben, indem sie ihn als den größten Experten für alles, was den Mythos der hohlen Erde betraf, bezeichneten. Mancel war es nach langer Suche endlich gelungen, diesen seltsamen Pariser Eremiten aufzuspüren, und hatte ihm eine beträchtliche Summe Geld angeboten, wenn dieser bereit wäre, ihm bei seiner Recherche zu helfen. Der alte Mann hatte höflich abgelehnt und ihm erklärt, dass ein »wahrer Alchemist« nicht am Geld interessiert sei ... Aber durch die Verwandtschaft, die zwischen Mancel und dem Mann bestand, der im fünfzehnten Jahrhundert die berühmte Loge Villard de Honnecourt gegründet hatte, offenbar stutzig geworden, hatte er eingewilligt, ihm zu helfen. Der hochmütige Doktor hatte ihm wortwörtlich gesagt: »Ein Eingeweihter ist es sich schuldig, einem Mann Ihres Geschlechts behilflich zu sein ... Ich sehe in Ihrer Entschlossenheit und Ihrem Erscheinen das Zeichen für eine Erfüllung des Schicksals. Es steht wohl geschrieben, dass ich Ihr Führer sein werde. Ich willige ein, Ihnen zu helfen, aber bitte, sprechen wir nicht mehr über Geld.«

Nachdem er ihm ausführlich die zahlreichen Legenden von der hohlen Erde dargelegt hatte, hatte der Doktor ihm schließlich geraten, sich mit Albert Khron zu verbünden. Obwohl der Mann ihm vollkommen verrückt erschienen war, war Mancel seinem Rat gefolgt und hatte sich anfangs dazu beglückwünscht. Aber jetzt, da der Chef der Vril-Bruderschaft tot war, war er wieder allein, und weil er nicht weiterwusste, hatte er sich entschlossen, noch einmal den Doktor in dessen seltsamen Räumen aufzusuchen.

Als er den dunklen Keller betrat, fragte er sich, ob es die richtige Entscheidung gewesen war ... Die Phantastereien all dieser Pariser Esoteriker fingen an, ihm ernsthaft auf die Nerven zu gehen. Aber solange er nicht das Geheimnis seines Urahns gelüftet hatte, war Mancel bereit, allen möglichen Fährten nachzugehen. Seine Familie war schon zu lange daran gehindert worden. Es war Zeit für eine Entschädigung.

Hohe Kerzenleuchter, die an den Wänden standen, verströmten gedämpftes Licht, und Schattenspiele regten die Phantasie an. Überall brannten Räucherstäbchen, die aber kaum den Geruch nach altem, feuchtem Stein überdeckten, der an diesem Ort vorherrschte. An den vier Wänden stapelten sich in zahlreichen ungleich großen Regalen ledergebundene Bücher und Sammlungen alter Zeitschriften. Dazwischen hingen mehrere Zeichnungen und Gemälde, auf denen antike Gottheiten dargestellt waren oder, häufiger noch, komplexe symbolische Kompositionen. Auf den Möbeln und sogar am Boden drängten sich Nippes, orientalische Skulpturen, Holzwerkzeuge, ungewöhnliche Metallgegenstände, die direkt vom Trödler zu kommen schienen ... Rechts vom Eingang stand ebenerdig ein menschliches Skelett wie ein Zerberus, der den Raum beschützte. In einer Ecke des Kellers befand sich schließlich, wie ein Überbleibsel vergangener Zeiten, ein dreiteiliger Athanor aus Kupfer, der, mit Kohle gefüllt, bereit zum Gebrauch war.

Der Doktor schob im Vorbeigehen ein paar Sachen beiseite und setzte sich in einen breiten, geschnitzten Holzsessel. Er forderte Mancel auf, ihm gegenüber Platz zu nehmen.

»Ich wusste, dass Sie irgendwann wieder zu mir kommen würden. Ich habe von Monsieur Khrons Ableben gehört ... Das ist sehr bedauerlich.«

Er sprach bedächtig, in affektiertem Ton und begleitete seine Sätze mit ausholenden Handbewegungen.

»Das ist das Mindeste, was man sagen kann«, antwortete Mancel, als er sich vorsichtig auf ein durchgesessenes Sofa setzte.

Auf einem Tisch neben sich entdeckte er eine alte Opiumpfeife, einige lose Nadeln und Tabak, der auf einem Blatt Papier ausgebreitet lag.

»Machen Sie sich nicht allzu viel daraus. Seine Hilfe war für Sie von Bedeutung, gewiss, aber nicht unerlässlich.«

»Das Problem ist, dass ich noch immer nicht die sechs Seiten des Skizzenbuchs von Villard habe, wissen Sie? Fünf Seiten sind in den Händen seines ... kleinen Günstlings.«

»Meinen Sie Lamia?«

»Ja«, erwiderte Mancel müde.

»Ah ... diese Lamia!«, rief der alte Mann mit belustigter Miene aus. »Machen Sie sich keine Sorgen. Ich zweifle nicht einen Moment daran, dass sie bald die sechste Seite finden und bereit sein wird, Ihnen alle zu geben, wie Ihr Mentor es versprochen hatte.«

Mancel war skeptisch.

»Lamia ist eine wahrhaft Eingeweihte«, bekräftigte der alte Mann und hob den Zeigefinger, »sie wird ihr Wort nicht brechen.«

»Ich fürchte, ohne Khron habe ich keinerlei Macht über sie.«

»Das ist keine Frage der Macht ... Kommen Sie! Ich bin mir sicher, dass Sie sich wunderbar ohne ihn zurechtfinden. Um ehrlich zu sein, es ist vielleicht sogar besser so. Es ist nicht das Schlechteste, dass Sie die strukturelle Trägheit des Vril losgeworden sind.«

»Die größere Anzahl von Personen war für das Ziel, das ich mir gesetzt habe, trotzdem von gewissem Vorteil. Aber jetzt sind diejenigen, die nicht bei der Schießerei in der Villa ums Leben gekommen sind, verhaftet worden oder werden es bald. Ich finde mich sehr allein wieder.«

»Der Weg zur Initiation ist ein einsamer Weg, Monsieur Mancel. Sehen Sie zum Beispiel mich an. Ich habe mich nie irgendeiner Gruppe angeschlossen. Und nicht, dass ich nicht darum gebeten worden wäre, schon vor langer Zeit. Die Rosenkreuzer, die Illuminaten, die Theosophische Gesellschaft, Stella Matutina, ohne die vielen alchemistischen Gesellschaften mitzuzählen, die ich kennengelernt habe. Glauben Sie mir, alle haben an meine Tür geklopft. Aber ich bleibe meinem alten Lehrer treu: Der wahrhaft Eingeweihte bleibt ein Adept der Einsamkeit.«

»Wenn Sie es sagen ... Aber ich behaupte nicht, ein Eingeweihter zu sein. Lediglich einer, der fordert, was ihm zusteht.«

»Ihre Bescheidenheit ehrt Sie. Aber ich versichere Ihnen, Monsieur Mancel, Sie haben aus der Vril-Bruderschaft das Beste herausgeholt, was Sie erwarten konnten, es ist für Sie an der Zeit, selbst fliegen zu lernen. Und was Lamia angeht ... Sobald sie die sechste Seite gefunden haben wird, werden all diese Seiten in ihren Augen keinen materiellen Wert mehr besitzen. Sie wird sie Ihnen geben, davon bin ich überzeugt. Und wenn sie es nicht tut, kommen Sie zu mir, ich ... ich rede dann ein Wörtchen mit ihr.«

»Ich bedaure, dass Sie sich mir nicht von Anfang an anschließen wollten, Doktor. Gemeinsam hätten wir sicherlich größeren Erfolg gehabt.«

Der alte Mann brach in Gelächter aus. »Nein, Mancel ... Für so etwas bin ich zu alt. Und ich wiederhole, die wahrhaft Eingeweihten arbeiten allein. Das werden Sie bald verstehen.«

Die Überheblichkeit des alten Irren verärgerte Mancel, aber er war sicherlich derjenige in Paris, der am besten in der Lage war, ihm zu helfen, und so war Mancel wohl oder übel gezwungen, dessen Extravaganz zu ertragen.

»Also«, fuhr der Doktor fort. »Schätzen Sie sich glücklich: Ihre Ahnen haben Ihnen ein schönes Erbe hinterlassen. Dank ihnen ist Villard gewissermaßen Ihr direkter Lehrmeister ... Es gibt schlechtere Lehrer. Ich hätte Ihnen freilich meinen Unterricht

zuteilwerden lassen können, aber durch Ihre Vorfahren sind Sie an Villard gebunden, und ich respektiere die Gesetze des Schicksals. Sie sollten dem Lauf der Dinge folgen, dem Weg, der für Sie vorgezeichnet ist, so wie ich meinem folgen muss. Es nützt nichts, Etappen zu überspringen.«
»Dennoch brauche ich Ihre Hilfe, wenn Sie erlauben.«
»Aber selbstverständlich, selbstverständlich, mein Freund. Was kann ich für Sie tun?«
»Mir fehlt das letzte Quadrat, Doktor. Und trotz des Vertrauens, das Sie offenbar in diese Lamia haben, bin ich mir nicht sicher, es einen Tages zu bekommen. Albert Khron schien aber mit den ersten fünf bereits eine Spur gehabt zu haben.«
»Nun! Nehmen Sie sich in Acht, Mancel, man darf das Fell des Bären nicht verteilen, bevor man ihn erlegt hat.«
»Können Sie etwas über Notre-Dame de Paris erzählen?«
Ein spöttisches Lächeln zeigte sich auf dem eingefallenen Gesicht des Doktors. Er erweckte den Eindruck, als spiele er mit seinem Gesprächspartner wie mit einem kleinen Kind.
»Und warum möchten Sie, dass ich Ihnen von Notre-Dame erzähle?«
»Ausgehend von den ersten fünf Quadraten, hatte Albert Khron ernsthafte Gründe, anzunehmen, dass sich der Gegenstand unserer Suche unterhalb der Kathedrale befinden könnte. So ist das ... Ich möchte nur Ihre Meinung hören. Erscheint Ihnen das glaubwürdig?«
»Glaubwürdig? Etwas zu sehr, ja.«
»Wie meinen Sie das, *etwas zu sehr?*«
»Ein Ort wie dieser erscheint so zutreffend, dass mir das fast zu einfach vorkommt, Monsieur Mancel.«
»Die verschlüsselten Worte auf den ersten fünf Seiten ergeben aber den Satz KIRCHE ZENTRUM LUTETIA ... Das kann nur Notre-Dame sein, oder nicht?«
»Wenn man bedenkt, dass Villard im dreizehnten Jahrhundert schrieb, ist das in der Tat sehr gut möglich.«

»Warum sagen Sie dann, dass es zu evident erscheint?«
Der alte Mann schwieg einen Moment und ging auf ein Spülbecken im hinteren Teil des Kellers zu.
»Möchten Sie ein wenig Tee, Erik? Pfefferminztee, wie man ihn in Marokko zubereitet?«
Mancel seufzte. Die Art und Weise, wie der alte Erleuchtete ihre Unterhaltung theatralisierte, wirkte beinahe demütigend.
»Ja gerne, danke.«
Der Doktor bereitete schweigend das Gebräu zu, dann brachte er seinem Gast den Tee in einem kleinen, verzierte Glas, bevor er sich wieder setzte.
»Denken Sie nach. Was Sie suchen, Erik, auch wenn Sie sich weigern, dies einzugestehen, ist das, was die Alchemisten seit Anbeginn der Zeit suchen. Die *materia prima*. Sie kennen bestimmt unsere berühmte Formel, *VITRIOL?*«
»Ja, in etwa. Ich bin kein Anhänger der Esoterik wie Sie, aber ich verfüge dennoch über ein paar Grundkenntnisse. *Visita Interiora Terrae Rectificandoque Invenies Occultum Lapidem,* das ist es doch, oder?«
Der Alte trank einen Schluck Pfefferminztee und nickte dann.
»Genau: Suche das Innere der Erde auf und vervollkomme es, so wirst du den verborgenen Stein finden. Das ist es doch, was Villard Sie auffordert zu tun, nicht? Das Innere der Erde zu suchen. Das ist eine alchemistische Methode, der Sie sich werden hingeben müssen, mein junger Freund. Die sechs Seiten sind nichts anderes als eine Anweisung zu den Mysterien des Großen Werkes. Man darf nicht vergessen, dass Villard zu einer Zeit lebte, als die Alchemie anfing, sich im Okzident auszubreiten, dank eines bemerkenswerten Textes – *Tabula smaragdina* –, der, nebenbei bemerkt, nur die Übersetzung eines Auszugs aus dem *Buch vom Geheimnis der Schöpfung und Technik der Natur* war, verfasst von einem arabischen Alchemisten des neunten Jahrhunderts. Und zu dieser Zeit war Notre-Dame von Paris der symbolträchtigste Ort der Alchemie in der west-

lichen Welt. Deshalb sage ich Ihnen, dass das fast zu offensichtlich ist ... Aber warum nicht?«

»Es wäre also nicht völlig unsinnig, meine Suche auf den Untergrund von Notre-Dame zu lenken?«

»Auf dem Weg zur Erkenntnis ist keine Suche unsinnig«, erwiderte der Alte. »Notre-Dame birgt einige Geheimnisse in sich, und ihre Geschichte macht aus ihr in der Tat einen plausiblen Ort für das, was Sie suchen.«

»Aber?«

»Hören Sie, junger Freund, ich setzte Sie gerne auf die richtige Spur, aber Sie werden das alles selbst herausfinden müssen ...«

»Mir fehlt die Zeit, Doktor. Ich habe nicht wie Sie die Ewigkeit vor mir.«

Die Bemerkung schien den alten Alchemisten zu amüsieren, er hob sein Teeglas, als wolle er Mancel zuprosten.

»Nun, nun ... Das dürfte nicht allzu schwierig sein. Lassen Sie uns zunächst den rein historischen Aspekt Ihrer Hypothese bedenken. Erst einmal befindet sich die Kirche Notre-Dame am äußersten Rand der Altstadtinsel, das heißt im Zentrum der Stadt. Dadurch ist es ein äußerst symbolträchtiger Ort. Außerdem gilt diese Stelle als Nullpunkt der Hauptstadt. Es gibt übrigens eine Bronzetafel im Straßenpflaster des Vorplatzes, von der aus alle Entfernungen zu den anderen Städten berechnet werden, das wissen Sie wahrscheinlich?«

»Ja.«

»Gut. Das allein bedeutet schon einen ungewöhnlichen Ort. Aber das ist natürlich nicht alles. Als Bischof Sully Mitte des zwölften Jahrhunderts beschloss, dort die größte Kathedrale der Christenheit zu errichten, wählte er diesen Ort nicht zufällig aus, wie Sie sich denken können. Zahlreiche Grabungen wurden in der zweiten Hälfte des zwanzigsten Jahrhunderts durchgeführt; sie haben bestätigt, dass zu Beginn unserer Zeit genau an der Stelle, wo sich Notre-Dame befindet, ein heidnischer Tempel stand, der Mithras gewidmet war. Wenn mein Gedächtnis mich nicht täuscht, wurden Bruchstücke von Skulpturen, die aus der Zeit der Herrschaft von Kaiser Tiberius stammen, unter dem Chor der Kathedrale gefunden. Wie dem auch sei, man weiß jetzt, dass sich an diesem Ort seit sehr langer Zeit eine Kultstätte befand, die gallischen und römischen Gottheiten gewidmet war. Erst im vierten Jahrhundert wurde dieser Tempel nicht durch eine, sondern durch zwei Kirchen ersetzt. Eine davon war eine sehr große Basilika: die Kathedrale Saint-Étienne. Die andere, kleinere war der heiligen Maria gewidmet und wurde, wenn ich mich recht erinnere, im neunten Jahrhundert von den Normannen zerstört.«

»Sie scheinen die Geschichte in- und auswendig zu kennen. Ich bin voller Bewunderung!«

»Für Menschen wie mich ist Notre-Dame ein faszinierendes Thema, Monsieur Mancel. Der Standort dieser Kathedrale wurde also nicht dem Zufall überlassen. Wissen Sie, es kommt recht häufig vor, dass man Überreste heidnischer Tempel unter modernen religiösen Gebäuden findet, denn die Kirche war immer darum bemüht, das Volk unter Beibehaltung alter Kultstätten zu missionieren ... Wie die Hebräer sagen: *Maqom qadosh tamid qadosh:* Ein heiliger Ort bleibt immer ein heiliger Ort. Was die Geschichte nicht sagt, ist, warum gerade diese Stelle zu jeder Zeit als geheiligter Ort angesehen wurde. Die Antwort findet sich vielleicht tatsächlich unter der Erde ...«

»Ich verstehe. Den Untergrund von Notre-Dame zu durchsuchen dürfte keine ganz einfache Sache zu werden.«

»Noch dazu, weil er ein richtiger Schweizer Käse ist. Sie können übrigens einen Einblick in all das gewinnen, was sich unter der Kathedrale verbergen kann, wenn Sie die archäologische Krypta besuchen, die unter dem Vorplatz eröffnet wurde. Gehen Sie ruhig einmal hin, es ist faszinierend. Sie sehen die Ruinen zahlreicher Gebäude, die dort seit der Antike nach und nach errichtet wurden: ein galloromanischer Kai, die Überreste einer großen Villa aus dem vierten Jahrhundert und sogar die Grundmauern der berühmten Saint-Étienne-Basilika, von der ich Ihnen vorhin erzählt habe, oder auch die Katakomben der alten Hôtel-Dieu-Kapelle ...«

»Das bestätigt nur meine Zweifel. Der Untergrund von Notre-Dame ist weitläufig, und ohne alle Pergamente von Villard werde ich nie wissen, wo ich zu suchen habe ... Was wusste man von all dem, als Villard sein Notizbuch schrieb?«

»Die Konstruktion von Notre-Dame hat 1163 begonnen und wurde Ende des vierzehnten Jahrhunderts abgeschlossen. Villard war also vermutlich Zeuge der wichtigsten Bauphase. Er hat sicherlich die Fertigstellung der Kirchenportale an der Außenseite miterlebt und vielleicht sogar die des Südturms, zu dem Zeitpunkt, als der Bau einer Turmspitze aufgegeben wurde. Es ist nicht unmöglich, dass er aufgrund seines Berufes Zugang zum Zentrum der Baustelle gehabt hat ... also auch zu dem, was sich in den Untergeschossen befand.«

»Würde das Albert Khrons These bestätigen?«

»Warum nicht? Aber Sie müssen auch in anderen Richtungen weitersuchen, Monsieur Mancel. Das hier ist nur die offizielle Geschichte. Es gäbe viel im Hinblick auf die Hermetik zu entdecken. Wissen Sie, was Victor Hugo über diese Kathedrale gesagt hat?«

»Nein, das weiß ich nicht.«

»Notre-Dame de Paris ist die beste Quintessenz der hermetischen Wissenschaft. Wunderbar, nicht war? Und wie recht er hatte! Diese Kathedrale ist wahrlich ein in Stein gemeißeltes Buch, Monsieur Mancel, und derjenige, der es zu lesen vermag, entdeckt so einiges, was Ihrem lieben Villard wichtig war. Ich nenne Ihnen ein paar Beispiele, um Ihnen etwas zum Nachdenken zu geben.«

»Ich bitte Sie darum ...«

Die Augen des alten Mannes leuchteten im Dämmerlicht. Man spürte, dass das Thema ihn faszinierte ...

»Also, da gibt es vor allem die berühmte Legende vom Raben, den Hugo erwähnt. Erinnern Sie sich an die Stelle, wo der Archidiakon Frollo die Symbole auf der Fassade der Kathedrale zu entschlüsseln versucht, während Quasimodo bei den Wasserspeiern weint? Hugo schreibt: Frollo berechnete den Blickwinkel des Raben, der auf dem linken Portal sitzt und in der Kirche einen geheimnisvollen Punkt fixiert, wo sicherlich der Stein der Weisen verborgen ist. Die Tradition will, dass der Blick dieses heute verschwundenen Raben den genauen Ort zeigt, wo ein gewisser Guillaume, illuminierter Bischof, in einem Pfeiler des Kirchenschiffs den Stein der Weisen versteckt hat. Und dieser Rabe? Was ist aus ihm geworden? Hat es ihn tatsächlich gegeben? Muss man in ihm, wie es unser verehrter Fulcanelli tat, eine Allegorie auf die Demut sehen? Er würde demnach in dem Medaillon des Marienportals hausen, dieser Taube, dem Symbol der *materia prima* und der Verwesung ...«

Der Mann, der sich immer mehr für dieses Thema begeisterte, drehte sich auf seinem Stuhl um und griff nach einem alten Buch hinter sich. Er blätterte es rasch durch.

»Ich lese Ihnen den Absatz vor: ›In diesem Teil des Portals fand sich früher unsere Haupthieroglyphe – der Rabe. Als wichtigste Figur des hermetischen Wappens hat der Rabe von Notre-Dame stets eine lebhafte Anziehungskraft auf die Meute der Einflüsterer ausgeübt, denn eine alte Legende bezeichnete ihn als einzigen Anhaltspunkt für einen sakralen Aufbewahrungsort.‹«

Der Doktor schloss das Buch mit einem zufriedenen Lächeln.

»Faszinierend, nicht wahr?«

»Ja, aber das hilft mir nicht wirklich weiter.«

Der Alte zuckte mit den Schultern, offensichtlich enttäuscht über den mangelnden Enthusiasmus seines Gesprächspartners, und legte das Buch wieder ab.

»Jeder muss seinen eigenen Weg gehen, Monsieur Mancel. Vic-

tor Hugo hat sich nicht geirrt. Der Schöpfer von Esmeralda wusste, dass die Kathedrale einen einzigartigen Schatz in sich barg. Und ist Esmeralda nicht eben die Verkörperung dieses Smaragds der Weisen, das heißt das philosophische Quecksilber der Alchemisten? Wenn Sie das Geheimnis von Villard wirklich begreifen wollen, müssen Sie selbst die Symbolik von Notre-Dame dechiffrieren, mein junger Freund. Beispielsweise begreifen, dass ihr Aufbau exakt die Struktur der drei Schichten des Universums widerspiegelt: Die Krypta symbolisiert die Unterwelt, die Mauern und der Boden stellen die Welt der Menschen dar und die Türme natürlich die göttliche Welt.«
»Und Sie denken, das könnte mir helfen?«
»Aber selbstverständlich! Die Bücher von Villard sind genau wie Notre-Dame de Paris gespickt mit alchemistischen Symbolen ... Das ist kein Zufall. Ich sage es Ihnen noch einmal: Um die Vorgehensweise von Villard de Honnecourt zu verstehen, müssen Sie all diese Dinge begreifen.«
»Ich weiß nicht, ob ich dazu in der Lage bin ...«
»Doch, ich bin davon überzeugt! Die Entschlüsselung der Architektur dieser Kathedrale ist ein wahrer Initiationsweg, und Sie sollten ihn gehen. Sehen Sie das als Ihre Lehrzeit an, Mancel. Es beginnt beim Hauptpfeiler mit seiner Kybele-Statue. Diese trägt zwei Bücher in den Händen. Das erste, geöffnete Buch weist auf die Kenntnisse, die Texte vermitteln, und das zweite, geschlossene Buch auf das innere, hermetische Wissen. Diese Vorgehensweise, die den Novizen bis zur Klugheit führt, ist genau die, die Sie anwenden sollten: Von den Texten Villards ausgehend, sollten Sie zu einem inneren Wissen gelangen. Dann beginnt der eigentliche Weg: Er fängt am Portal der heiligen Anna an, der Mutter der Jungfrau, die somit den Anbeginn der Welt, die Erde oder für die Alchemisten die Schwärzung symbolisiert. Dann folgt das Portal der Jungfrau, das den Zyklus der Jahreszeiten und der Arbeit repräsentiert. Nach der Schwärzung geht es also darum, die Materie zu vergeistigen,

ihr eine Seele zu schenken. Schließlich endet der Weg am Hauptportal, welches das Jüngste Gericht, das vollendete Werk darstellt, anders gesagt: das Große Werk. Die Ikonographie des Portals greift übrigens alle Symbole auf, die die Alchemisten verwenden. Sehen Sie es sich genau an. Jedes Medaillon besitzt ein Gegenstück, das ihm gegenüber angebracht und ihm diametral entgegengesetzt ist. Es ist eine Aufforderung zur Perfektionierung: Die menschlichen Schwächen entsprechen eben jener *materia prima*, die in Tugend verwandelt werden muss.«
»Ich weiß nicht, ob ich die Zeit haben werde, all diese Dinge genauer zu betrachten. Ich bin kein Gelehrter wie Sie.«
»Verwechseln Sie nicht Gelehrsamkeit mit Initiation, Erik.«
»Ich muss gestehen, dass meine Recherchen derzeit eher geographischer und architektonischer Natur sind: Ich suche einen Ort, etwas Konkretes, nicht ein Symbol.«
»Wenn Sie es sagen«, antwortete der Doktor lächelnd. »Aber der Symbolismus ist eine konkrete Angelegenheit, anders, als Sie zu glauben scheinen. Sie wären überrascht, zu sehen, wie gut er Sie manchmal auf die Spur dessen führen kann, was Sie suchen. Also, ich gebe Ihnen einen Hinweis: Haben Sie bemerkt, dass sich die Achse von Notre-Dame, vom Chor aus gesehen, leicht nach links neigt?«
»Nein.«
»Schauen Sie sich einen Plan an, dann werden Sie es sehen. Diese Krümmung sieht man auch bei den Kathedralen von Chartres und Reims.«
»Interessant … Und was bedeutet dies?«
»In der christlichen Tradition wurde oftmals angenommen, diese Beugung der Chor-Achse wäre eine Anspielung auf die Position Christi am Kreuz … Kurz gesagt, es wäre eine architektonische Umsetzung dieses Satzes von Johannes in seinem Evangelium: *Et inclinato capite, tradidit spiritum.* Aber Ihre Recherchen verhelfen Ihnen vielleicht zu einer ganz anderen Bedeutung.«

»Ich möchte nicht unhöflich erscheinen, Doktor, aber Ihre Andeutungen bleiben sehr vage.«

»Ich habe es Ihnen bereits gesagt, Mancel, ich gebe Ihnen nicht die Lösung. Es bringt nichts, wenn Sie sie nicht selbst herausfinden. Alles, was ich Ihnen sagen kann, ist, dass Notre-Dame im Rahmen dessen, was Sie suchen, tatsächlich ein ganz und gar plausibler Ort ist. Das ist es, was Sie hören wollten, nicht wahr?«

»Ja.«

»Ich hoffe, Sie werden es finden, Erik. Aber das Wesentliche, glauben Sie mir, ist nicht das, was man findet, sondern das, was man sucht.«

Mancel zuckte mit den Schultern. Die Phrasen des Doktors rochen manchmal nach übelster Scharlatanerie. Er hatte dennoch eine Gewissheit erlangt: Die Recherchen auf das Untergeschoss von Notre-Dame zu konzentrieren wäre nicht vergeudet. Das war immerhin ein Ausgangspunkt.

Er dankte seinem Gastgeber und ging, rasch, froh darüber, die düstere Atmosphäre dieses Kellers verlassen und die Luft der Hauptstadt einatmen zu können.

Er machte ein paar Schritte auf der Straße und rief dann einen seiner Handlanger an, bevor er ins Auto stieg.

»Conrad? Versuchen Sie, eine Möglichkeit zu finden, in die Krypta von Notre-Dame zu kommen. Nicht die, die für das Publikum geöffnet ist. Nein. Diejenige, die direkt unter der Kathedrale liegt und die man über die Katakomben erreicht. Und beginnen Sie mit der Suche. Machen Sie so viele Fotos wie möglich. Ich möchte jeden Quadratzentimeter dieser verdammten Krypta kennen. Und was die junge Frau angeht, schaffen Sie sie so schnell wie möglich ins Lager. Wir müssen das Haus sofort verlassen. Es besteht die Gefahr, dass die Polizei in den Unterlagen von Khron unsere Spur findet. Es wäre gefährlich, dort zu bleiben.« Er legte auf und stieg in seinen Wagen. Das Spiel war vielleicht noch nicht aus.

75

Der Privatjet von Frédéric Beck, ein Falcon 900 mit zwölf Plätzen, hob kurz nach Mitternacht vom Flughafen Le Bourget ab. Der Industrielle hatte die Sache wunderbar vorbereitet. Ein Wagen hatte die beiden Männer am Eingang zum Flughafen abgeholt und sie am Fuß des Flugzeugs abgesetzt, wo die drei Mitglieder der Besatzung ihnen einen großen Empfang bereitet hatten.

Man hatte sie dann in die Privatkabine von Monsieur Beck geführt, ganz in Leder und Holz gehalten, und sofort nach dem Start waren ihnen Getränke serviert worden. Und anstatt ihnen die auf Linienflügen üblichen kleinen, billigen Fläschchen anzubieten, hatten man ihnen eine recht üppige Karte vorgelegt.

»Sie trinken doch einen Whisky mit mir, Krysztof?«, murmelte Ari, als er die Liste der Alkoholika überflog.

»Nein, tut mir leid, im Dienst nie.«

»Machen Sie Witze? Wir haben beinahe drei Stunden Flug vor uns. Das ist ein Befehl!«

Der Bodyguard zuckte grinsend mit den Schultern.

»Na, wenn es ein Befehl ist ...«

»Welche Art von Whisky würde Ihnen zusagen, Messieurs?«, fragte der Steward.

»Ein schottischer Single Malt«, antwortete Ari, ohne zu zögern.

»Wir haben einen Glenmorangie, achtzehn Jahre alt. Vollmundig, fruchtig und zugleich würzig, er hat eine sehr schöne Palette an Aromen. Das ist der Lieblingswhisky von Monsieur Beck ...«

Die Augen des Agenten leuchteten auf. »Perfekt.«

Der Steward verbeugte sich höflich und kam wenige Augenblicke später mit den beiden Whiskys zurück, die zusammen mit einem Glas Wasser serviert wurden.

»Das ist doch bequemer als die Pilotenkanzel der UNO«, bemerkte Krysztof ironisch, als sie allein in der Kabine waren.
»Ja ... es gibt Tage, an denen ich mir sage, dass ich mich im Beruf geirrt habe.«
Sie prosteten sich zu und genossen dann ihren Single Malt, während das Flugzeug in den Südwesten von Frankreich flog.
Nach ein paar Minuten der Stille beugte sich Ari zum Fenster vor und bewunderte das bläuliche Licht, das der Mond auf die Wolken warf. Auch wenn er mit Zalewski scherzte, hatte ihn die Angst, die ihm seit Lolas Entführung auf den Magen drückte, noch nicht verlassen. Er wusste, dass er sich um das dringlichste Problem kümmerte, indem er nach Italien ging: die Mörderin wenn möglich zu stoppen, bevor es zu spät war. Aber Lola würde wahrscheinlich nicht in Portosera sein. Sie war hier irgendwo unter diesem Wolkenmeer ... Es war jetzt zwei Tage her, dass sie entführt worden war, und Ari konnte sich nicht vorstellen, was sie in diesem Moment wohl machte. Wie fühlte sie sich? Unter welchen Bedingungen wurde sie festgehalten?
Mackenzie fröstelte. Jedes Mal, wenn er sich vorzustellen versuchte, was im Kopf der Buchhändlerin vorgehen und was sie empfinden mochte, fühlte es sich an, als stoße man ihm ein Messer zwischen die Rippen. Dieser Stich, den man verspürte, wenn man für den Bruchteil einer Sekunde ein schmerzhaftes Erlebnis wieder durchlebte. Er hatte große Schuldgefühle und kam sich im Moment so machtlos vor!
»Macht es Ihnen etwas aus, wenn ich das Licht ausschalte, Krysztof? Ich würde gerne versuchen, ein, zwei Stunden zu schlafen, bevor wir ankommen«, sagte Ari und stellte sein leeres Glas ab.
»Nein, im Gegenteil. Ich glaube, ich werde es genauso machen.«
Ari nickte ihm dankend zu, schaltete die Spots an der Kabinendecke aus und lehnte sich in seinem breiten Sessel zurück. Er

versuchte, sich vom Summen des Motors und von den Vibrationen der Maschine in den Schlaf wiegen zu lassen. Zwei Stunden später, als das Flugzeug den Landeanflug begann, wusste er nicht, ob er wirklich geschlafen oder nur vor sich hin gedöst hatte. Ob die Bilder, die vor ihm aufgetaucht waren, nur flüchtige Gedanken oder Träume gewesen waren. Er fühlte sich jedenfalls erschöpft und hatte einen schweren Kopf.
Das Flugzeug setzte vorsichtig auf einer Landebahn des Flughafens von Capodichino auf. Neapel lag noch in dunkle Nacht gehüllt.
Die beiden Männer zogen ihre Mäntel an und nahmen die Rucksäcke, die sie mitgebracht hatten. Um jegliches Problem an der italienischen Grenze zu vermeiden, hatten Ari und sein Bodyguard nur das Notwendigste mitgenommen: eine Handfeuerwaffe für jeden, wie es die Richtlinie der europäischen Union erlaubte, und das GPS des BMW, da Ari vorhatte, einen Wagen zu mieten, um nach Portosera zu fahren. Sie bedankten sich herzlich bei den Crewmitgliedern und gingen im Schein des Vollmonds auf das Flughafengebäude zu.

76

Jean Colomben erreichte sein Haus bei Tagesanbruch. Das Meer, das er zwischen den alten weißen Gebäuden der Insel erspähte, färbte sich nach und nach mit dem Sonnenaufgang, und der Marco-Polo-Platz belebte sich allmählich.
Der alte Mann war zugleich erschöpft und erleichtert. Er war die halbe Nacht durch die am Hang gelegenen Straßen von Portosera gelaufen und hatte die restliche Nacht damit zugebracht, sein vermutlich letztes Werk als Compagnon auszuführen. Seine Fingerspitzen waren wund, er fühlte sich wie gerädert, aber er war positiv gestimmt. Es schien ihm, als sei er eine

schreckliche Last losgeworden, als habe er sich endlich befreit, um sich dem zu stellen, was ihn jetzt erwartete.
Er ging durch das Tor und die hölzerne Treppe hinauf. Der Vierundachtzigjährige war seit gestern so viele Stufen hinauf- und hinuntergegangen, dass seine Beine bei jedem Schritt schmerzten. Aber nun würde er sich ausruhen können. Ausruhen und warten.
Er stieg ruhig zum letzten Stock hinauf, wobei er auf jedem Treppenabsatz anhielt. Im zweiten Stock begrüßte ein Jugendlicher, der die Stufen hinuntersprang, höflich *il Francese,* bevor er verschwand.
Endlich oben angekommen, blieb Jean Colomben einige Sekunden lang auf das Geländer gestützt stehen. Ihm schwindelte. Langsam kam er wieder zu Atem und kramte in seiner Tasche nach seinen Schlüsseln. Mit zitternder Hand schloss er die Wohnungstür auf. Durch ein Dachfenster fiel das Licht des anbrechenden Tages und erhellte schwach den Flur.
Der Alte nahm seinen Hut ab und ging mit schlurfenden Schritten auf das Wohnzimmer zu. Er hatte kaum die Zeit, den wachsenden Schatten hinter sich zu bemerken. Durch den Schlag, der ihn am Kopf traf, verlor er sofort das Bewusstsein.

77

Ari und Krysztof waren nur noch wenige Kilometer von Portosera entfernt, als jenseits der grünen Fläche des Tyrrhenischen Meers plötzlich die rote Sonne am Horizont auftauchte. Die Sonnenstrahlen trafen auf die Windschutzscheibe ihres Wagens und zeichneten kleine bunte Kreise auf die Glasoberfläche. Die ersten Minuten des Sonnenaufgangs boten ihnen ein wunderbares Schaupiel, wie zur Eröffnung eines ungewöhnlichen Tages. Der Himmel färbte sich von blau zu knall-

orange, und der blendend weiße Lichthof der Sonne zündete inmitten der ruhigen Wellen tausende kleine Fackeln an.
Sie fuhren weiter die Küste entlang, ohne ein Wort zu wechseln. Nur die Musik aus dem Autoradio und von Zeit zu Zeit die weibliche Stimme des Navigationssystems unterbrachen die Stille ihrer Reise. Dann zeichneten sich endlich die ersten ockerfarbenen Häuser der Hafenstadt am Ende der Straße ab. Während sich Portosera vor ihnen erhob, ertönte aus dem Radio plötzlich ein Lied, das Ari innerlich erstarren ließ.
Die Wahrscheinlichkeit, dass ein italienischer Sender in diesen Minuten genau dieses Lied spielte, war dermaßen gering und die Tatsache voller Ironie. Als drehe ihm der Zufall eine lange Nase, eine dieser zynischen Torturen, die sein Geheimnis waren. Ari verspürte einen Kloß ihm Hals und war nahe daran, den Ton auszuschalten. Schließlich hörte er die Zeilen, die er so gut kannte, bis zum Ende an. Dieses Lied von Portishead, das Lola und er tausendmal gehört hatten. *Ihr* Lied.

I'm so tired of playing
Playing with this bow and arrow ...

Als der letzte Ton des Stücks in den Lautsprechern verklang, richtete sich Ari in seinem Sitz auf und ballte die Fäuste. Er versuchte, nicht an Lola zu denken.

78

Zuerst, verschwommen, ein blendendes Licht. Dann zeichneten sich die Konturen des Lampenschirms immer deutlicher ab. Danach die Zimmerdecke, in gebrochenem Weiß. Die rissige Decke seiner alten Wohnung. Und schließlich ein Gesicht. Das einer Frau. Von *dieser* Frau.

Jean Colomben kam wieder zu Bewusstsein. Er brauchte nicht lange, um zu verstehen, was geschah.
Sie hatte ihn betäubt, dann hatte sie ihn festgebunden, hier auf dem Esstisch. Die Lampe schaukelte von rechts nach links, genau über seinem Kopf. Er spürte neben seinem Ohr eine warme und klebrige Flüssigkeit herabrinnen. Als sie ihm auf den Kopf schlug, hatte sie ihm vermutlich ein Loch in den Schädel gehauen, und er blutete stark.
Er blinzelte, um klarer sehen zu können. Endlich erkannte er die Gesichtszüge der Frau, die sich über ihn beugte, deutlicher. Wie jung sie war! Und wie schön! Sie hatte türkisblaue Augen und lange, blonde, fast weiße Haare, feine Gesichtszüge, eine helle Haut, und ihr Mund, völlig ungeschminkt, sah aus wie der eines Kindes.
Er konnte nicht glauben, dass eine solche Frau die Akteurin all dieser furchtbaren Verbrechen war. Das war so unpassend, so unwirklich! Und dennoch konnte es nicht anders sein: Sie hatte seine fünf Kameraden getötet. Und jetzt war er an der Reihe.
Während Jean Colomben verwundert das Gesicht der jungen Frau betrachtete, sah er sie plötzlich einen Arm heben. Da erkannte er in ihrer Hand ein geöffnetes Rasiermesser. Es lief ihm kalt den Rücken hinunter. Er versuchte, sich zu wehren, aber er war zu gut festgebunden, um auch nur die geringste Bewegung machen zu können.
Die junge Frau trat hinter ihn und legte unerwartet zärtlich die linke Hand auf die Wange des alten Mannes.
»Ich habe nicht gefunden, was ich suche, Jean.«
Es erklang ein leises Klicken, dann spürte er das eisige Metall des Messers in seinem Nacken.
»Das ärgert mich. Aber es beweist, dass Sie weniger nachlässig sind als die fünf anderen Compagnons. Sie sind der Einzige, für den ich ein wenig Respekt empfinde, Monsieur Colomben. Ein ganz klein wenig Respekt. Aber jetzt müssen Sie mir sagen, was Sie mit Ihrem Quadrat gemacht haben.«

Die Klinge glitt ruckartig an seinem Hinterkopf entlang und riss mit einem schabenden Geräusch seine wenigen weißen Haare heraus. Der Alte biss sich vor Schmerz auf die Lippen. Dann machte die Frau es noch einmal. Bei jeder Bewegung der Klinge spürte er, wie sich neue Schnittwunden an seiner Kopfhaut öffneten.
»Sie wissen genau, dass ich Ihnen nichts sagen werde«, presste er zwischen zusammengebissenen Zähnen hervor. »Ob ich es Ihnen sage oder nicht, Sie werden mich so oder so töten. Also tun Sie, was sie tun müssen, aber das letzte Quadrat werden Sie nie finden.«
Lamia unterbrach daraufhin ihre Arbeit mit der Rasierklinge und legte beide Hände an die Schläfen des alten Mannes.
»Ja, ich weiß, dass Sie davon überzeugt sind, Jean. Denn im Moment sind Sie in der Lage, sich zu kontrollieren. Aber nachher werden Sie sehen. Sie werden sehen, wenn ich angefangen habe, ihren Kopf zu öffnen, hier ...«
Sie hob die rechte Hand und drückte mit ihrem Zeigefinger auf den Schädel des alten Architekten.
»Ich weiß, dass Sie es nicht gern tun werden, das verstehe ich, und es ehrt Sie, aber Sie werden reden, Jean. Glauben Sie mir, Sie werden reden. Den anderen habe ich Curare injiziert, um zu verhindern, dass sie sich wehren. Aber bei Ihnen habe ich mich damit begnügt, sie gut festzubinden. Und Sie werden sehen: Sie werden reden.«
Dann rasierte sie die letzten Haare von Jean Colomben fast sanft ab.
Der alte Mann fühlte, wie ihm die Schweißtropfen über die Stirn liefen und sich mit dem Blut seines Nackens mischten, und er schloss die Augen.
Wie konnte sich eine Frau wie sie in ein solches Monster verwandeln? Irgendetwas stimmte nicht, und das machte es vermutlich noch erschreckender. Ihre Ruhe und ihre Schönheit machten ihren Wahnsinn noch unerträglicher.

Bis jetzt hatte er geglaubt, es würde leicht sein. Dass er die schwierigste Etappe hinter sich gebracht hatte und dass jetzt, da sein Quadrat in Sicherheit war, der Tod nur noch eine sanfte Erlösung sein würde.

Nun begann er zu zweifeln. Außerdem hatte er sich nicht selbst getötet, also war er nicht so mutig, wie er es gerne gewesen wäre.

Oh, es war nicht eigentlich der Tod, der ihm Angst machte. Aber der Schmerz ...

Panik begann in ihm aufzusteigen, langsam und heimtückisch. Und wenn diese Frau, so verrückt sie war, recht hatte? Wenn er am Ende nachgäbe? Wenn der Schmerz ihn übermannte, seinen Willen, sein Schweigen bezwang? Woher sollte er wissen, wie er reagieren würde? Wo waren die Grenzen seines Widerstands?

Den Schmerz kannte er schon lange und hatte ihn irgendwann sogar bezwungen. Das war das Los der Menschen seines Alters. Aber das, was diese Frau imstande war zu tun, übertraf bei weitem alles, was er bisher verspürt haben mochte. So wollte er nicht sterben. Nicht unter den schrecklichsten Qualen.

Jean Colomben ballte die Fäuste. *Nicht daran denken.* Er musste sich auf etwas anderes konzentrieren. Er wusste sehr gut, dass er keine Wahl hatte und dass sie ihn auf dieselbe Weise töten würde, wie sie die fünf anderen getötet hatte. Im Grunde gab es für ihn nur einen Weg: den, der zum Tod führte. Und er musste diesen Weg gehen, ohne davon abzuweichen. Er musste sich nur ein Versprechen abnehmen: nie wieder den Mund zu öffnen. Ja. Und dieses eine Versprechen zu halten, egal, was geschah. *Nie wieder den Mund öffnen.*

Und wie um sein Versprechen zu besiegeln, öffnete Jean Colomben plötzlich die Augen und sagte das, was seine letzten Worte sein sollten.

»Sie haben versagt, Mademoiselle.«

Daraufhin schloss er gleich wieder die Lider und wartete mit zusammengepressten Zähnen auf die Qual und den Tod.

Bei Meister Jacques, beim Pater Soubise, beim Tempel Salomons, bei allen ehemaligen Kameraden, bei allen Mitgliedern der Compagnonnage schwor er sich, zu schweigen und es hinzunehmen, unter den furchtbarsten Qualen zu sterben.
Das Rasiermesser fuhr ein letztes Mal seinen Nacken entlang. Dann machte die Frau ein paar Schritte hinter ihm. Er hörte sie in ihrer Tasche wühlen, einen Stuhl verrücken und etwas in die Steckdose am Fuße der Wand stecken.
Sie kam zurück und drückte sich gegen den Tisch. Er spürte ihre Kleidung an seiner Schulter, hielt aber die Augen geschlossen.
Plötzlich hörte er das furchtbare Geräusch des Bohrers, der in Gang geriet. Der alte Mann zuckte zusammen.
Nein. Reiß dich zusammen! Du bist ein Kind von Meister Jacques. Erinnere dich. Lebe für die Menschheit, sterbe als ehrenhafter Compagnon.
Die Frau ließ den Bohrer lange ins Leere drehen. Das war Teil der psychischen Folter, die sie ihm zufügen wollte. Dann näherte sie den Bohrer langsam seinem Schädel.
Sein ganzer Körper versteifte sich. Er konnte nicht verhindern, dass er die Muskeln anspannte, wie um sich gegen die Außenwelt zu schützen. Es war ein Verteidigungsinstinkt, eine automatische Reaktion, die er nicht unter Kontrolle hatte. Die Angst hatte jetzt seine Physis ergriffen. Aber nicht seine Seele. Er musste standhalten. Und um zu verhindern, dass sich sein Geist ausschaltete, begann er tief in seinem Inneren die Worte zu wiederholen, die er genau fünfundsechzig Jahre vorher am Tag seiner Aufnahme in die Bruderschaft der Compagnons du Tour de France in Paris gesprochen hatte.
Ich schwöre, treu und auf ewig die Geheimnisse der Compagnons der Freiheit, der Pflicht und des Gesellentums zu wahren ...
Die Spitze des Bohrers glitt mehrfach von seinem Schädel ab, und er spürte, wie die Haut zerriss. Er presste die Zähne noch fester aufeinander, ignorierte den Schmerz.

Ich verspreche, niemals etwas auf Papier zu schreiben, niemals etwas in Schiefer oder Stein zu ritzen ...
Da versank der Metallstift mit einem schrillen Kreischen in der dünnen Knochenschicht. Der alte Mann biss sich auf die Zunge, um den Schreckensschrei, der ihm in die Kehle stieg, zu unterdrücken. Er schmeckte den bitteren Geschmack von Blut. Die Worte, die er in seinem Kopf rezitierte, wurden zu seinem stummen Schrei, als ob sein Unterbewusstsein versuchte, das furchtbare Geräusch des Bohrers zu überdecken, der ihm den Schädel durchlöcherte.
MAN SOLLTE MIR LIEBER – WIE ICH ES VERDIENEN WÜRDE – DIE KEHLE DURCHSCHNEIDEN, MICH VERBRENNEN, MEINE ASCHE IN DEN WIND STREUEN, WENN ICH SIE AUS FEIGHEIT VERRIETE!
Plötzlich hörte man das Geräusch einer nachgebenden Wand. Der Bohrer hatte die Knochenschicht durchstoßen. Jean Colombens Augen öffneten sich entsetzt, quollen hervor, aber er fuhr fort ...
ICH VERSPRECHE, EINEN DOLCH IN DIE BRUST DESJENIGEN ZU STOSSEN, DER SEINEN EID BRICHT; MÖGE MIR DASSELBE ANGETAN WERDEN, WENN ICH IHN BRECHE.
Plötzlich wurde der Bohrer mit einem widerlich schmatzenden Geräusch zurückgezogen, und das Summen der Maschine erlosch.
»Jean. Wo ist Ihr Quadrat?«
Die Brust des alten Mannes hob und senkte sich hektisch, ohne dass er wieder zu Atem kam.
»Wo ist Ihr Quadrat?«, wiederholte die Frau und legte den blutigen Bohrer zu seinen Füßen.
Klebrige Flüssigkeit floss an seinem Hals entlang. Er hätte seine Augenlider gerne wieder geschlossen, aber sein Körper gehorchte ihm nicht mehr. Aus den Augenwinkeln sah er neben sich eine Spritze auftauchen, die sie aus einer Plastikverpackung holte.

Er wiederholte noch einmal in Gedanken den Eid.
Ich schwöre, treu und auf ewig die Geheimnisse der Compagnons der Freiheit ...
Die Frau ließ die Spritze neben ihm liegen und verschwand in Richtung Wohnzimmertür. Sie kam mit einer Glasflasche zurück, die sie auf den Rand des Tisches stellte. Er konnte das Etikett nicht lesen, da es zur anderen Seite gedreht war, aber er wusste sehr gut, was sich darin befand. Er hatte Zeitung gelesen.
Ich verspreche ... ich verspreche, niemals etwas auf Papier ... niemals etwas auf Papier zu schreiben ...
»Jean. Hier habe ich Wasser«, sagte sie und stellte eine große Flasche auf den Tisch. »Ich werde Sie töten, Jean. Es ist wahr. Wir wissen es beide. Ich werde Ihr Gehirn auflösen und der hohlen Erde den Schädelinhalt der sechs Compagnons schenken. Das will das Ritual, und Sie kennen die Bedeutung von Ritualen. Aber ich habe zwei Möglichkeiten, es zu tun. Wenn Sie mir sofort sagen, wo sich Ihr Quadrat befindet, injiziere ich Ihnen das Mittel pur und kürze Ihr Martyrium ab. Aber wenn Sie sich weigern zu reden, verdünne ich es. Dann dauert es sehr lange. Sie werden nach und nach den Verstand verlieren und sagen mir am Ende das, was ich hören will. Also, Jean, reden Sie. Sie wissen doch, dass ich es ohnehin finden werde. Wo haben Sie Ihr Quadrat versteckt?«
... niemals etwas zu ritzen ... Ich verspreche es. Ich verspreche, niemals etwas in Schiefer ... in Schiefer oder Stein zu ritzen ... in Stein ...
»Wie Sie wollen, Jean. Ich verspreche Ihnen, dass Sie mich bald anflehen werden, Sie zu töten.«
Die Frau öffnete langsam den Verschluss der Säure-Flasche und goss den Inhalt in die Wasserflasche, tauchte dann die Nadel der Spritze in das Gemisch und zog die durchsichtige Flüssigkeit in den Kolben auf.

79

Ari und Krysztof erreichten die Hausnummer sechs des Marco-Polo-Platzes im Zentrum der kleinen Insel, westlich von Portosera. Es gab keinen Code und keine Gegensprechanlage, nur eine schwere hölzerne Tür, die Ari eilig aufdrückte.
Sie traten in den dunklen Hausflur und suchten nach einer Liste der Bewohner, um herauszufinden, in welchem Stock Jean Colomben wohnte. Sie hatten auf ihrer Fahrt mehrfach versucht, ihn anzurufen, aber immer ohne Erfolg. Vielleicht war der Mann schon lange tot. Ari zeigte auf die Briefkästen. Der Name des Architekten stand zwar auf einem von ihnen, aber sonst gab es keinen Hinweis.
»Vielleicht gibt es einen Hausmeister.«
Sie öffneten die Glastür, die zum Treppenhaus führte. Rechts befand sich eine einzige weitere Tür, die aber nicht wie eine Wohnungstür aussah. Ari drückte sie auf und entdeckte den Raum, wohin die Hausbewohner ihren Müll brachten …
»Na gut, dann müssen wir eben an allen Türen klopfen. Wir werden ihn schon finden.«
Der Agent ging vor und stieg die hölzernen Stufen der alten Treppe hinauf. Der Gips an den Wänden löste sich, und es roch ein wenig streng und muffig.
Im ersten Stock klopfte Ari an eine Tür. Nichts. Er versuchte sein Glück bei der nächsten. Auch niemand. Sie machten sich auf den Weg in den zweiten Stock. Als sie auf dem Treppenabsatz ankamen, hörten sie klassische Musik. Ein Lied von Schubert, das auf einem alten Grammofon ertönte.
Ari klopfte an die Tür. Es waren keine Schritte zu hören. Die beiden Männer wechselten einen Blick. Sie warteten noch ein paar Sekunden, dann klopfte Ari noch einmal lauter. Endlich öffnete sich die Tür.
Eine alte, rundliche Frau in einem dicken Morgenmantel erschien im Türrahmen. »*Cosa poteste?*«

»Jean Colomben«, sagte Mackenzie so deutlich wie möglich. »Wir suchen Jean Colomben.«
»*Il Francese?*«
»*Sì*. Jean Colomben. Den Architekten.«
»*Ah sì. Abita all'ultimo piano*«, sagte die alte Frau und zeigte mit dem Finger nach oben.
»Im letzten Stock?«, fragte Ari nach und imitierte ihre Geste.
»*Sì, sì.*«
»*Grazie mille!*«
Unter dem fragenden Blick der alten Damen setzten sich die beiden Männer eilig in Bewegung.
Je höher sie kamen, desto schneller lief Ari, als ob die Spannung immer unerträglicher würde. Zweimal war die Mörderin ihm entwischt. Aber bei jedem Mord kam er ihr etwas näher. Dieses Mal würde er vielleicht Glück haben. Er brauchte es, denn es war seine letzte Chance.
Endlich erreichten sie den letzten Stock. Anders als in den anderen Etagen gab es hier nur eine Tür. Ari klopfte eilig an die alte grüne Holztür. Von drinnen kam wie zur Antwort ein dumpfes Geräusch. Dann nichts mehr. Er klopfte noch einmal, viel lauter.
»Monsieur Colomben! Hier ist Ari Mackenzie! Machen Sie auf!«
In der Wohnung blieb es einen Moment lang still. Dann ertönte hinter der Tür plötzlich der Lärm von zerberstendem Glas.
»Gehen wir rein?«, fragte Krsyztov.
Ari nickte und zog seine Waffe.
Der große Pole stellte sich vor der Wohnungstür auf, machte einen Schritt zurück und trat mit dem Fuß kräftig neben die Zarge. Das Holz zerbrach krachend, aber die Tür widerstand. Er trat ein zweites Mal zu. Das Schloss gab nach und die Tür öffnete sich mit einem Schlag.
Ari stürzte mit gezückter Waffe in die Wohnung. Kaum war er drin, sah er gegenüber im Wohnzimmer den unbeweglichen

Körper eines Mannes, der mit blutigem Schädel an den Tisch gefesselt war. Krysztof folgte ihm und gab ihm Deckung. Ari warf einen Blick in einen Flur auf der linken Seite. Kein Licht. Rechts eine Tür. Er gab Zalewski ein Zeichen, nachzusehen, dann bewegte er sich mit klopfendem Herzen langsam auf das Wohnzimmer zu.

Der Agent erkannte sofort den ätzenden Geruch, den er in Chartres bei Paul Cazo wahrgenommen hatte. Er eilte zu dem Tisch, wo der alte Mann festgebunden war.

Die Brust von Jean Colomben hob sich langsam. Er atmete noch. Ari legte eine Hand auf die Schläfe des Architekten. Die Augen weit aufgerissen, drehte dieser langsam den Kopf und starrte ihn völlig verstört an. Seine Lippen bebten. Mit dem blassen, feuchten Gesicht und dem offenen, blutigen Schädel sah er aus wie ein Toter.

»*Geredet*«, murmelte er. »*Ich habe geredet* ...«

»Machen Sie sich keine Sorgen, Monsieur Colomben. Wir kümmern uns um Sie«, stotterte Ari. »Es ist vorbei ...«

Der Agent trat einen Schritt zurück und nahm das Zimmer in Augenschein. Er sah die kaputte Glasflasche am Boden und eine rote, halb geöffnete Tasche, die nachlässig in der Mitte des Wohnzimmers lag und aus der ein blutverschmierter Bohrer ragte. Er hob den Kopf und sah auf das weit geöffnete Fenster. Vom Meer blies kalter Wind herein.

»Ist sie da rausgegangen?«, fragte Mackenzie und zeigte auf das Fenster.

Der alte Mann hatte vermutlich nicht mehr die Kraft, zu nicken, aber Ari beschloss, dass das Augenzwinkern eine ausreichend deutliche Zustimmung war.

In dem Moment kam Krysztof ins Wohnzimmer.

»Nichts. Die Wohnung ist leer«, sagte er.

»Sie ist über das Dach abgehauen«, erwiderte Ari und ging auf das Fenster zu. »Kümmern Sie sich um ihn, rufen Sie den Notarzt. Ich versuche, sie einzuholen.«

»Nein, ich lasse Sie nicht allein da rauf!«
»Krysztof, wir haben keine andere Wahl. Kümmern Sie sich um ihn, verdammt!«
Er schwang ein Bein über das Fensterbrett, hielt sich an der Regenrinne fest und zog sich nach draußen. Fünf Stockwerke tiefer erblicke er die menschenleere Straße. Schnell drehte er den Kopf weg, aus Angst, dass ihm schwindelig werden könnte. Höhe war ihm nie sehr angenehm gewesen.
Mit beide Füßen auf der Brüstung stehend, stieß er sich ab, um auf das Dach aus alten roten Ziegeln zu klettern, und warf dann einen Blick in jede Richtung. Links, zum Meer hin, hörte das Gebäude nach wenigen Metern auf. Das Dach des nächsten Hauses war zu weit weg, als dass sie dorthin hätte fliehen können. Aber rechts war das Dach eines etwas höheren, angrenzenden Hauses über eine alte Leiter zu erreichen.
Ari zögerte nicht einen Augenblick und kletterte auf das Dach. Vorsichtig, um auf den Ziegeln nicht auszurutschen, bewegte er sich auf die einige Meter entfernte Backsteinwand zu. Bei jedem Schritt musste er die Stabilität des Untergrunds prüfen, bevor er sein Gewicht verlagerte. Die Ziegel schlugen gegeneinander, knackten manchmal.
Während er sich langsam der Mauer näherte, glaubte er, über sich einen Schatten vorbeihuschen zu sehen. Er hob den Kopf und entdeckte ein paar Meter weiter oben auf dem Dach des Nachbarhauses die blonden Haare der Mörderin. Sofort holte er seine Waffe aus dem Holster, und ohne wirklich die Zeit zu haben, zu zielen, schoss er auf sie. Aber die Frau war bereits in Deckung gegangen.
Ari fluchte. Er war entschlossen, die Sache zu Ende zu bringen, und begann über das Dach zu rennen, wobei er den linken Arm ausstreckte, um das Gleichgewicht nicht zu verlieren. Mitten in seinem Lauf löste sich ein Ziegel unter seinem Fuß, so dass er beinahe gefallen wäre. Er konnte sich gerade noch an einem Kamin festhalten. Losgetretene Dachziegel rutschten das Dach

hinunter und zerschellten mit Getöse fünf Stockwerke weiter unten auf der Straße.
Ari machte eine kurze Pause. Er zwang sich, nicht ins Leere zu blicken, und setzte sich wieder in Bewegung. Am Fuß der Leiter angekommen, atmete er tief durch, bevor er seinen Aufstieg begann. Die Waffe in der Hand, kletterte er hastig eine der rostigen Stufen nach der anderen hinauf und suchte das Hausdach ab. Es war nicht möglich, geräuschlos hinaufzusteigen, denn er hatte keine Zeit mehr zu verlieren.
Als er auf halber Höhe war, konnte Ari gerade noch eine Silhouette am oberen Ende der Leiter ausmachen, im nächsten Moment erhielt er einen heftigen Schlag auf den Kopf.
Der Ziegelstein zerbrach auf seiner Stirn. Benommen verlor Ari das Gleichgewicht, fiel nach hinten und schlug zwei Meter weiter unten mit einem schrecklichen Krachen auf, das von zerbrechenden Lehmziegeln und berstendem Holz herrührte. Er schrie vor Schmerz und Wut auf.
Inmitten des eingedrückten Dachs auf dem Rücken liegend, hob er seine Waffe und feuerte blindlings zwei Schüsse auf das obere Ende der Leiter ab. Aber es war zu spät.
Mühsam stand er auf, wobei er auf das Loch achten musste, das durch seinen Sturz entstanden war, und kehrte leicht hinkend zum Fuß der Leiter zurück. Trotz des schmerzenden Rückens kletterte er eilig hinauf und hielt sich nur mit einer Hand fest, um bei der geringsten verdächtigen Bewegung schießen zu können.
Diesmal konnte er seinen Aufstieg beenden, ohne ein Wurfgeschoss abzubekommen. Aber das war nicht unbedingt ein gutes Zeichen: Die Mörderin war entwischt. Oben angekommen, brachte er seine Waffe in Anschlag und suchte die gesamte Fläche ab. Die Frau war nirgends zu sehen. Aber vor ihm befanden sich zwei Schornsteine, die breit genug waren, um sich dahinter verstecken zu können.
Er stieg die letzten Sprossen hinauf und lief so leise wie mög-

lich darauf zu. Beide Hände um die Waffe gelegt, visierte er beim Gehen abwechselnd die zwei Kamine an. Dieses Dach war wesentlich neuer und solider, und es gelang ihm, sich lautlos zu nähern.

Als er auf Höhe des ersten Schornsteins war, blieb er stehen, atmete tief durch und stürzte vor, um zu sehen, was sich dahinter verbarg. Nichts. Er drehte sich um und ging auf den zweiten zu.

Der vom Meer kommende Wind blies ihm kräftig in den Rücken. Der Kragen seines Mantels schlug gegen seine Wangen. Schritt für Schritt, den Finger am Abzug, legte er die wenigen verbleibenden Meter zurück. Als er neben dem Kamin stand, veränderte er leicht seine Position, um seinen Schusswinkel zu erweitern, und sprang dann nach vorn.

Die Mörderin war nicht da. Sie hatte das Dach bereits verlassen. Er warf einen Blick auf die andere Seite und entdeckte das Ende des Metallgeländers einer Nottreppe. Er rannte darauf zu. Als er über dem Abgrund stand, richtete er den Lauf seiner Waffe nach unten und warf einen ersten Blick hinunter. Die Treppe führte zickzackförmig in einen kleinen Hof.

Plötzlich entdeckte er auf Höhe des zweiten oder dritten Stocks die blonden Haare der Flüchtenden. Er zielte und drückte zweimal auf den Abzug. Die Kugeln prallten an der Treppe ab, Funken sprühten. Die Frau sprang zur Seite und setzte ihren Abstieg dann fort. Ihre Schritte klapperten auf den Gitterstufen. Ari versuchte, die Waffe auf sie zu richten. Es war schwierig, sie durch das Metallgitter zu treffen. Er lud seine Manurhin nach und eilte zu der Treppe. Dann rannte er nach unten, wobei er ein paarmal fast stürzte. Im dritten Stock angekommen, sah er ganz unten die Mörderin in den Hof springen und auf die Tür zulaufen, die zur Straße führte. Er beugte sich über das Geländer und feuerte zwei Schüsse ab, verfehlte aber wieder sein Ziel. Die Frau öffnete die Tür und verschwand auf der anderen Seite der Mauer auf der Straße.

»Scheiße!«
Er sprang, mehrere Stufen auf einmal nehmend, hinunter, wobei er sich am Geländer festhielt, um nicht zu fallen. Unten angekommen, blieb er abrupt stehen. Vielleicht wartete die Frau direkt hinter der Tür auf ihn. Auf dieser Seite hinauszugehen war zu riskant. Von der Treppe aus hatte er sehen können, dass der Hof um das ganze Haus herumführte, und er beschloss umzukehren, um zu sehen, ob es nicht einen anderen Ausgang gäbe. Er rannte atemlos den kleinen Weg entlang und fand tatsächlich einen zweiten Durchgang. Er drückte die Tür aus alten Holzlatten auf und trat vorsichtig auf die Straße.
Vom Gehweg aus blickte er über den Marco-Polo-Platz. Plötzlich entdeckte er die große Blondine auf der gegenüberliegenden Seite. Er rannte los. Auf der Nordseite des Platzes hinter einer Autoreihe sah er, wie sich die Frau umdrehte und ihn suchte. Ari versteckte sich hinter einem Lieferwagen. Die Mörderin schien ihn nicht bemerkt zu haben, lief langsamer weiter und bog rechts in eine Straße ein. Ari wartete einen Moment, dann nahm er die Verfolgung wieder auf und versuchte allerdings, in Deckung zu bleiben.
Als er die andere Seite des Platzes erreichte, blieb er stehen. Es gab jetzt zwei Möglichkeiten. Entweder nahm er denselben Weg wie sie und versuchte, sie einzuholen, auf die Gefahr hin, dass er entdeckt wurde, bevor er auf ihrer Höhe war, oder aber er bog eine Straße vorher ab, in der Hoffnung, sie zu überholen, indem er schneller als sie bis zur nächsten Kreuzung rannte. Das war gewagt, aber er entschied sich für diese Lösung.
Unter den besorgten Blicken der Passanten rannte Ari durch die Straße, die parallel zu derjenigen lag, die die Mörderin genommen hatte. Die Sonne war bereits über die Häuser gestiegen und tauchte den Weg in grelles Licht. Er ließ zwei Autos vorbeifahren und überquerte dann die Straße, um auf den gegenüberliegenden Gehweg zu kommen.
Außer Atem und mit schmerzenden Beinen erreichte er endlich

die Kreuzung. Die Hand unter dem Trenchcoat, die Finger am Kolben seiner Manhurin, bog er in die Straße ein, wo er, wie er hoffte, die Frau überraschen würde.

Aber nach ein paar Schritten musste er sich der Tatsache stellen: keine blonden Haare, auf keinem der beiden Gehwege. Weder in der einen, noch in der anderen Richtung. Sie war ganz einfach verschwunden. Er fluchte und ging zur ersten Kreuzung zurück, drehte sich um die eigene Achse, suchte jeden Winkel, jede Toreinfahrt, jeden Wagen ab, aber er sah sie nirgends.

Bitter enttäuscht schaute er in den Himmel. Wie hatte er sie nur wieder verlieren können? Er war so nah dran gewesen!

Er nahm sein Handy aus der Tasche, um Krysztof anzurufen, und sah, dass er drei Anrufe in Abwesenheit bekommen hatte. Es war der Bodyguard, der versucht hatte, ihn zu erreichen. Schnell rief er ihn zurück. »Krysztof, wo sind Sie?«

»Der Notarzt wird gleich hier sein. Und Sie?«

»Ich habe sie gerade verloren! Auf der Straße ...«

»Hören Sie, ich habe versucht, Sie anzurufen, weil Monsieur Colomben ständig einen Satz wiederholt hat, bevor er ins Koma gefallen ist. Und ich denke, dass er an Sie gerichtet war ...«

»Was denn?«

»Also, es war nicht ganz deutlich, aber er wiederholte ständig das Wort *Vorsehung*, das Wort *Katakomben* und die Zahl dreizehn.«

»Vorsehung?«

»Ja.«

»Das ist der Name des Brunnes, der oberhalb der Stadt liegt. Der Brunnen der Vorsehung ... Vielleicht geht die Mörderin dorthin ... Vielleicht hatte das Quadrat von Colomben etwas mit diesem Brunnen zu tun. Die Quadrate scheinen alle mit einem Kunstwerk oder einem Baudenkmal zusammenzuhängen. Ich werde dort hingehen.«

»Wollen Sie nicht auf mich warten, Ari?«
»Nein. Wenn die Mörderin auf dem Weg dorthin ist, will ich sie diesmal nicht verpassen! Ich gehe hin. Warten Sie auf den Notarzt und versuchen Sie, herauszufinden, ob es Katakomben unter dem Brunnen gibt oder so etwas. Rufen Sie mich wieder an, sobald Sie eine Information haben!«
»Alles klar.«
Ari legte auf und sprach gleich danach eine junge Frau auf der Straße an.
»Entschuldigen Sie, der Brunnen der Vorsehung, *per favore*?«
»Ah … Äh … Dort«, antwortete sie mit stark italienischem Akzent. »Nach der Brücke. *Sì*. Garibaldi-Promenade … die Treppe hoch.«
»Ist es weit? Komme ich zu Fuß dorthin?«
»Nicht weit, nicht weit … Zehn Minuten …«
»Okay. *Grazie mille.*«
Schnell machte er sich auf den Weg. Er überquerte die Straße mit raschen Schritten und kam in Sichtweite der Brücke, die die Insel mit dem Rest der Stadt verband. Er hielt das Handy in der Hand, um den Anruf des Bodyguards nicht zu verpassen, und lief trotz zunehmender Rückenschmerzen immer schneller. Bald sah er in der Ferne eine Kreuzung mit einer breiten Straße, die den prachtvollen Fassaden nach die berühmte Garibaldi-Promenade sein musste.
Als er die Kreuzung erreichte, entdeckte er zu seiner Rechten, ganz am Ende der Straße, die riesige Treppe, die zur Anhöhe von Portosera hinaufführte.
Die Straßen belebten sich langsam. Ari schlängelte sich zwischen den Leuten hindurch, stieß sie manchmal zur Seite und suchte dabei unentwegt nach den blonden Haaren der Frau. Während er auf die Stufen der großen Treppen zuging, wiederholte er die Worte, die Krysztof ihm genannt hatte. *Vorsehung. Katakomben. Dreizehn.* Es bestand wenig Zweifel daran, dass sich das erste Wort auf den Brunnen bezog, aber was bedeute-

ten die beiden anderen Wörter? Gab es unter dem Brunnen Katakomben? Entsprach die Dreizehn einer Hausnummer?
Er brauchte mindestens fünf Minuten, um am Fuß der majestätischen Stufen anzukommen, die sich über der Stadt zu verlieren schienen. Ari machte eine Pause, bevor er mit dem Aufstieg begann. Er schob seine Hand unter den Mantel und rieb sich mit schmerzverzerrter Miene den Rücken. Durch sein Hemd hindurch fühlte er, dass er blutete. Wahrscheinlich hatte er sich beim Sturz auf die Ziegel geschnitten. Aber jetzt war nicht der Moment, Schwäche zu zeigen. Er begann im Laufschritt mit dem langen Aufstieg. Um ihn herum gingen ein paar Touristen hinauf oder hinunter, aber er war der Einzige, der Michelangelos Treppe rennend erklomm, und blieb natürlich nicht unbemerkt. Die Stufen wurden nicht weniger. Ari fragte sich, ob seine Beine ihn bis nach oben tragen würden.
Je weiter er sich dem erhöhten Vorplatz näherte, desto eigenartiger wurde die Stimmung. Der Verkehrslärm der großen Hauptstraße hinter ihm verblasste immer mehr, während der rauhe Wind stärker wurde. Die letzten Meter waren besonders anstrengend, doch schließlich erreichte er völlig erschöpft das Ende der Treppe.
Müdigkeit übermannte ihn, und er ging gebeugt auf den Vorplatz zu, das Gesicht vor Schmerz verzerrt. Nach einer Weile kam er wieder zu Atem, richtete sich auf, schaute auf der Suche nach der Mörderin über den riesigen Platz und versuchte, die Umgebung unter die Lupe zu nehmen. Aber es gab dort nur Touristen, Paare, flanierende, sorglose Schaulustige und ein paar Tauben, die auf den Steinplatten umherliefen.
Zurückgesetzt, am nordöstlichen Ende des Platzes, strahlte die Kathedrale von Portosera in der tiefstehenden Wintersonne. Ihre gotische Architektur wirkte insgesamt eher nüchtern – wie so oft in Italien, wo dieser Stil recht selten vorkam. Sie war ganz aus weißem Stein erbaut und besaß durchbrochene Türme, in denen die großen farbigen Fenster besonders gut zur

Geltung kamen. Trotz ihrer bescheidenen Größe verstärkten ihre Spitzbögen den Eindruck der vertikalen Ausdehnung.
Ari spürte sein Handy in der Hand vibrieren. Er erkannte Krysztofs Nummer und antwortete sofort.
»Ari, ich habe Informationen erhalten, die nützlich für Sie sein könnten ...«
»Ich höre.«
»Der Brunnen der Vorsehung wurde von Michelangelo gebaut. Der Mechanismus, den der Künstler erfunden hat, damit er funktionierte, ist heute verschwunden und wurde durch ein elektronisches System mit geschlossenem Kreislauf ersetzt, das man über eine einfache Falltür auf dem Vorplatz erreicht. Aber der alte Mechanismus befand sich in einem unterirdischen Raum, in alten Katakomben, nur wenige Meter unter dem Platz. Ich denke, dass Monsieur Colomben das gemeint hat, glauben Sie nicht?«
»Wahrscheinlich. Wie kommt man zu diesen Katakomben?«
»Angeblich gibt es mehrere Zugänge, aber der nächste zum Brunnen befindet sich in der Krypta der Kathedrale.«
»Okay. Ich werde nachsehen! Und wie steht es bei Ihnen?«
»Der Notarzt ist da. Colomben liegt im Koma. Sie versuchen ihn wiederzubeleben, aber die Sache ist noch nicht gewonnen. Und ich habe ein kleines Problem damit, ihnen zu erklären, was ich hier zu suchen habe ... Die Carabinieri müssten jeden Moment da sein, das könnte noch kompliziert werden.«
»Rufen Sie Staatsanwalt Rouhet an. Sagen Sie ihm, er soll sich mit denen in Verbindung setzen und Ihnen den Rücken stärken. Haben Sie seine Nummer?«
»Ja, ja ... Ich darf für Sie den Rüffel einstecken, Ari, danke!«
»Bis nachher, Krysztof.«
Mackenzie legte auf und machte sich auf den Weg zur Kathedrale. Von weitem sah er Besucher, die in das große Gebäude hineingingen. Wenigstens war es offen.
Er erreichte das Westportal und eilte durch zwei enorme Holz-

türen ins Innere. Sofort wurde er von der stillen Atmosphäre des Ortes ergriffen. Sakrale Musik hallte diskret wie aus weiter Ferne durch den kalten Raum. Die Sonnenstrahlen, die durch die Fensterscheiben fielen, und das flackernde Licht der Kerzen bildeten magische Helldunkelkontraste unter dem steinernen Gewölbe. Besucher gingen am Fuß der Statuen langsam den Gang auf und ab, ohne Lärm zu machen, während andere andächtig auf Betstühlen knieten.

Ari sah sich um. Er musste so schnell wie möglich die Krypta finden. Auf beiden Seiten gab es viele Türen, die ins Untergeschoss führen konnten. Natürlich war es ausgeschlossen, irgendjemanden nach dem Weg zu fragen, denn der Besuch der Katakomben war vermutlich verboten. Aber wenn die Mörderin ihm voraus war, wie er annahm, bedeutete das, dass es eine Möglichkeit geben musste, unbemerkt hineinzukommen.

Die Türen am unteren Ende der Kirche waren wahrscheinlich diejenigen, die zu den Türmen führten. Ari beschloss, weiter vorn zu suchen. Ohne Zeit zu verlieren, machte er sich auf den Weg und durchquerte das rechte Seitenschiff. Auf halber Höhe hörte er einen Priester in einem Beichtstuhl sprechen. Ein paar Gläubige warteten auf einer Bank, dass sie an die Reihe kamen. Sie blickten auf, als er vorüberging. Ari bemerkte, dass er stark schwitzte, sein Mantel in einem traurigen Zustand war und dass sein Sturz ihm einige Blessuren eingebracht hatte … Trotzdem ging er weiter.

Nach ein paar Metern entdeckte er eine geschlossene Tür in der rechten Mauer. Als er sich sicher war, dass niemand ihn beobachtete, näherte er sich der Tür und drückte vorsichtig auf die Klinke. Die Tür war verschlossen. Er setzte sich wieder in Bewegung.

Kurz darauf erreichte er das Querschiff und lief durch die in helles Licht getauchte Kathedrale. Am Ende des linken Seitenschiffs entdeckte er noch eine Tür, darüber ein weißes Hinweisschild. Er beschleunigte seine Schritte, um sich zu vergewissern,

dass er sich nicht geirrt hatte: Kein Zweifel, das Wort *cripta* stand dort in gotischen Lettern. Und die Tür war nur angelehnt.
Ari sah sich um. Auf dieser Seite befanden sich nicht viele Leute, und niemand schien auf ihn zu achten. Er ging auf den Eingang zu und trat, ohne sich umzudrehen, durch die kleine Tür. Ein schwaches gelbes Licht beleuchtete die Steintreppe, die ins Untergeschoss der Kirche führte. Ari lief die Stufen hinunter. Unten stieß er eine zweite Tür auf und fand die langegezogene, gewölbte Krypta in Dämmerlicht getaucht. Da kaum Möbel vorhanden waren, nur eine paar Stühle und ein Tisch, wurde sie wahrscheinlich nur selten benutzt. Allerdings hingen Kerzenleuchter an beiden Seitenwänden. Drei oder vier Kerzen brannten noch, was nicht ausreichte, um den Raum zu erhellen.
Ari ging vorsichtig über die großen Steinplatten. Beißender Weihrauchgeruch erfüllte die feuchte Luft des Kellers. Der Agent wurde immer nervöser, schob die Hand unter seinen Trenchcoat und schloss die Finger um den Kolben seiner Magnum.
Als er die Mitte des Raumes erreichte, bemerkte er dem Eingang gegenüber, neben einem antiken Schränkchen, eine niedrige Tür.
Sie war aufgebrochen. Ein kaputtes Sicherheitsschloss lag auf dem Boden.

80

Staatsanwalt Rouhet schlug seufzend die Akte mit dem Polizeibericht zu, die auf seinem Schreibtisch lag. Bisher hatte die Durchsuchung der Villa Agartha nicht viel ergeben. Jedenfalls nichts hinsichtlich der drei Prioritäten, die die Polizei und der Beamte sich gesetzt hatten. Keine Spur von Dolores Azillanet,

genauso wenig wie von den fünf verschwundenen Pergamenten aus Villard de Honnecourts Skizzenbuch. Und was die Identität der Mörderin anging, so blieb sie weiterhin rätselhaft ...
Die Liste der Mitglieder des Vril-Ordens, die mehrfach in den Akten von Albert Khron gefunden worden war, würde es zumindest erlauben, die Suche auszuweiten und vielleicht sogar diese Frau zu verhaften. Es war anzunehmen, dass sich ihr Name in den Listen fand. Aber man würde sich beeilen müssen.
Wie dem auch sei, unter den vielen Namen, die in den Vril-Dokumenten genannt wurden, gab es einen, der den Staatsanwalt besonders interessierte.
Ein gewisser Erik Mancel.
Offenbar stand dieser Mann erst seit ein paar Monaten in Kontakt mit dem Vril, aber er hatte sehr schnell einen Ehrentitel innerhalb der »dritten Abteilung« der Bruderschaft erhalten, was nicht üblich war. Und vor allem hatte die Steuerfahndung der Kriminalpolizei den Beweis geliefert, dass es eine direkte Verbindung zwischen diesem Mann und den ungeheuren Geldbeträgen gab, die auf dem Offshore-Konto von Albert Khron eingegangen waren, jenem Konto, das der anonyme Zeuge erwähnt hatte. Dieser Mann gehörte nicht zu den Personen, die in der Villa angetroffen worden waren, und der Staatsanwalt beschloss, sich zuerst auf diese Spur zu konzentrieren. Dass Mancel in die Ereignisse der letzten Wochen verwickelt war, schien außer Frage zu stehen. Seine genaue Schuld war jedoch noch zu klären.
Staatsanwalt Rouhet wollte gerade Kommissar Allibert anrufen, als sein Handy klingelte.
»Monsieur Rouhet?«
»Ja?«
»Krysztof Zalewski vom Personenschutz am Apparat. Ich bin der Leibwächter von Ari Mackenzie ...«

»Ja, ich weiß, wer Sie sind. Was ist los?«
»Tja, also ... Wir sind in Portosera, in Italien, und es könnte gut sein, dass wir Ihre Hilfe brauchen, um ein paar Probleme mit den lokalen Behörden zu regeln.«

81

Bevor er die niedrige Tür am Ende der Krypta passierte, warf Ari einen Blick hinter sich. Noch war alles still. Offenbar hatte niemand sein Eindringen in das Untergeschoss der Kirche bemerkt. Er griff nach einer Kerze neben sich und stieß dann die kleine Tür auf. Sie führte zu einer zweiten Treppe, einfacher und dunkler als die erste, die geradewegs in die Eingeweide der Stadt zu führen schien.
Ari stieg die ersten Stufen hinunter und zog seine Waffe aus dem Holster. Eine Lichtquelle ergoss sich in den Gang.
Unten angekommen, sah er, dass der Flur sich in zwei Richtungen hin erstreckte. Nach Westen versank er im Dunklen, aber nach Osten leuchteten alte Glühbirnen bis zu einer Gabelung etwa zwanzig Meter weiter vorn.
Ari wählte das Licht und ging Richtung Osten, die Waffe in der Hand.
Alte, abgenutzte Rohre und Schächte zogen sich an der unebenen Decke entlang. Je weiter er vordrang, desto feuchter wurde die Luft. Wasserperlen erschienen auf den ockerfarbenen Steinen der Wand, und man hörte Tropfen in kleine Pfützen fallen. Der Lehmboden war aufgeweicht. Aris Schritte hallten durch den Gang. Vorsichtig ging er weiter. Manche der vielen Glühbirnen funktionierten nicht mehr, so dass sein Weg nur teilweise erleuchtet war.
Ari erreichte die Gabelung. Er verlangsamte seine Schritte und drückte sich gegen die rechte Wand, um sein Sichtfeld zu erwei-

tern. Er überprüfte seine Waffe, bevor er einen Blick um die Ecke warf. Niemand. Der Gang führte noch ein paar Meter weiter und endete dann vor einer Metalltür.

Der Agent ging nach links, und als er auf halbem Weg war, glaubte er Geräusche zu hören, die von der anderen Seite kamen. Ein Reiben, ein leises Klacken, das wie in einem riesigen Saal widerhallte. Dort war jemand.

Ari legte leise die letzten Meter zurück und postierte sich neben der großen Metalltür. Ein paar Sekunden blieb er reglos stehen, um seine Kräfte und seinen Mut zu sammeln, dann öffnete er behutsam die Tür.

Der Raum auf der anderen Seite war in völlige Dunkelheit gehüllt. Das Echo vom Öffnen der Tür hallte so lange nach, dass Ari davon ausging, einen großen Saal, vermutlich mit hoher Decke, vor sich zu haben. Er glitt durch den Türspalt und betrat gebückt den Raum.

Ohne Licht war es unmöglich, den Ort zu erkunden. Irgendwo musste es einen Lichtschalter geben. Mit klopfendem Herzen holte er die Kerze aus seiner Manteltasche und zündete sie an, ohne seine Waffe loszulassen.

Kaum hatte der Docht sich entzündet, erhielt er einen heftigen Schlag in den Nacken.

Ari flog nach vorn und schlug sich die Stirn an einem Eisenpfeiler an. Aus dem Gleichgewicht gebracht, fiel er der Länge nach auf den feuchten Boden.

Benommen, brauchte er ein paar Sekunden, um wieder zu sich zu kommen. Seine Sicht klärte sich gerade noch rechtzeitig, um die Silhouette der großen Blondine zu erkennen, die sich gegen das Licht aus dem Gang abzeichnete. Sie stand über ihm und hielt etwas in den Händen, das wie ein Stück Bleirohr aussah. Im nächsten Augenblick schwang sie es wie eine Keule. Eine Hundertstelsekunde bevor die Stange ihn an der Stirn treffen konnte, rollte Ari zur Seite. Schnell zog er sich in den Schatten zurück, um in Deckung zu gehen, dann tastete er mit den Hän-

den über den Boden, in der Hoffnung, seine Waffe wiederzufinden, die er verloren hatte. Aber seine Finger trafen nur auf feuchte Erde. Seine Magnum musste weiter weggerutscht sein. Da sah er, dass die Frau ein paar Schritte rückwärts auf den Eingang zuging. Dann hörte er ein lautes Klacken, und der Raum erhellte sich.
Ari stand mühsam auf. Blut floss von seinem Nacken herab über seinen Rücken. Jetzt sah er den Raum im Licht.
Es war ein großes Rund wie ein Amphitheater, mit einer aus dem Stein gehauenen Gewölbedecke. In der Mitte stand ein alter, stark zerstörter Sockel aus grobem Stein, auf dem früher einmal eine große Skulptur gestanden hatte. Ari nahm an, dass es sich um den berühmten Mechanismus handelte, den Michelangelo für den Brunnen der Vorsehung entwickelt hatte. Wenn das der Fall war, befanden sie sich jetzt genau unter dem Vorplatz. Mehrere verrostete Stahlbalken stützten die morsche Decke. Hier und da waren Steine herabgestürzt und in den feuchten Boden eingesunken. Die nach dem Krieg installierte Stromleitung war ebenfalls schadhaft. Ein paar alte Glühbirnen, die an den Wänden hingen, funktionierten noch und verströmten ein weißes Krankenhauslicht. Ab und zu flackerten die Birnen, und ihr Licht wurde trüber.
Ari sah sich nach seinem Revolver um, doch umsonst. Auf dem Boden gab es nur zahlreiche Scherben, Pfützen, Steine.
Er rieb sich den Nacken und beäugte die Frau, die ihn lächelnd beobachtete, das Bleirohr noch immer in der rechten Hand.
Zum ersten Mal konnte er deutlich ihr Gesicht sehen, ihre schönen Züge, ihre großen blauen Augen. Ihre platinblonden Haare fielen bis auf ihren Rücken. Sie war groß, hatte breite Schultern und einen athletischen Körper.
Auf den ersten Blick ließ nichts vermuten, dass sie diese blutrünstige Mörderin sein könnte. Aber Ari ließ sich nicht täuschen. In ihrem Blick lag etwas, das nicht zu übersehen war: ein seltsames Leuchten. Diese Frau war ein Killer.

»Sie sind unglaublich, Ari! Wie immer kommen Sie ein paar Minuten zu früh.«

Während sie mit sanfter Stimme sprach, spielte sie mit dem schweren Rohr in ihrer Hand.

»Aber im Grunde bewundere ich Sie immer mehr. Ich wäre Ihnen natürlich lieber nach vollbrachter Arbeit begegnet, aber ich glaube, jetzt gibt es kein Zurück mehr, nicht wahr?«

Ari antwortete nicht. Er hatte nichts, um sich zu verteidigen. Er versuchte, die Distanz zwischen ihnen beizubehalten, und machte zugleich ein paar Schritte zur Seite, um auch eine Eisenstange oder etwas Ähnliches zu finden.

Die Frau ließ ihn gewähren, regungslos, als habe sie erraten, was er suchte, und als akzeptiere sie ein Duell mit gleichen Waffen.

»Wenn Sie wüssten, wie sehr wir uns ähneln, Ari, würden Sie vielleicht die Bedeutung des Kampfes verstehen, den wir uns jetzt liefern werden. Verstehen Sie richtig: Wir kämpfen für die anderen, Ari, nicht für uns.«

Da der Agent nichts entdeckte, was ihm hätte als Waffe dienen können, trat er ein paar Schritte zurück und zog mit aller Kraft an dem kleinsten Stützbalken, den er bemerkt hatte. Die große Eisenstange ließ sich leicht lösen, wobei sie Steine mitriss, die in einer Staubwolke neben ihm herunterbrachen.

Ari packte seine Behelfswaffe mit beiden Händen. Der Stützbalken war schwer und unhandlich, aber es war besser, als sich mit bloßen Händen zu verteidigen.

»Ich habe es Ihnen neulich schon gesagt, Ari. Sie sind ein Engel des Lichts, und ich bin ein Engel der Finsternis. Sie und ich, wir sind das Yin und Yang.«

Ari setzte sich in Bewegung und tat so, als hörte er das unsinnige Gerede seiner Gegnerin nicht.

»Ich kenne Ihr Leben besser, als Sie denken. Wir sind gleich alt, und unsere Schicksale kreuzen sich. Es steht geschrieben, Ari. All das stand geschrieben. Es gibt keinen Zufall. Sehen Sie …

Sie haben Ihre Mutter sehr jung verloren; ich habe etwa zur gleichen Zeit meinen Vater verloren. Ihre Mutter, mein Vater. Männlich und weiblich. Verstehen Sie?«
Ari wollte sich ihr nähern, musste aber nach zwei Schritten stehen bleiben. Ihm war schwindelig.
»Gestern ist meine Mutter gestorben, Ari. Sagen Sie: Haben Sie Neuigkeiten von Ihrem Vater?«
Mackenzie blieb stumm. Er weigerte sich, auf ihr Spielchen einzugehen. Er wusste, dass er sich zusammenreißen und konzentrieren musste. Diese Frau hatte nur in einem Punkt recht: Die Stunde war gekommen, dieser Geschichte ein Ende zu bereiten.
»Ihr Name bedeutet auf Armenisch mutig, nicht wahr?«, fuhr sie fort. »Ich glaube, das sind Sie, Ari. Mutig. Mein Vorname, Lamia, ist griechischen Ursprungs. Er bedeutet gefräßig ... Komisch, oder nicht? Und Sie glauben immer noch, dass wir zufällig hier sind?«
»Nein, Lamia, ich bin nicht zufällig hier«, antwortete er schließlich, während er auf sie zuging.
Die große Blondine hob das Rohr über ihre Schulter und begann ebenfalls auf ihn zuzugehen, bereit zum Kampf.
Als sie endlich nah genug waren, schlug Ari als Erster zu, begierig, die Sache zu beenden. Mit überraschender Geschicklichkeit parierte Lamia den Hieb und stieß Aris schwere Eisenstange zu Boden.
»Sie unterschätzen mich, Ari. Vielleicht denken Sie, eine Frau weiß nicht zu kämpfen?«
Damit riss sie ihre Waffe mit einer heftigen und präzisen Bewegung hoch und zielte auf Aris Kopf, so dass er einen Satz zurück machte und dem Schlag gerade noch ausweichen konnte. Er konterte sofort, konnte aber nicht genug Schwung holen, um kräftig zuzuschlagen. Der Stützbalken traf die Frau trotzdem an der Hüfte. Überrascht sprang sie einen Schritt zurück, verzog das Gesicht, richtete sich dann wieder auf und hob er-

neut ihre Waffe. Das Lächeln war aus ihrem Gesicht verschwunden.
Die beiden Gegner tänzelten umeinander wie zwei Kämpfer in einer Arena, Auge in Auge, dann griff Ari wieder an. Das Gewicht seiner Stange verlangsamte seine Bewegungen, und die Frau wich dem Schlag aus. Daraufhin musste er einen Gegenangriff abwehren und einen Schritt zurückweichen. Lamia nutzte das aus, um wieder zuzuschlagen, zwei-, dreimal hintereinander. Die Schläge wurden immer heftiger und trafen Ari jedes Mal an der Hand, ohne ihm die Zeit zu lassen, seinerseits anzugreifen. Er wich immer weiter zurück, immer in der Defensive.
Lamia fand ihr Lächeln wieder und gönnte ihm eine kurze Atempause.
»Was ich an Ihnen bewundere, Ari, ist, dass Sie nicht wissen, wofür sie kämpfen. Es ist Ihnen nicht bewusst. Aber das ist auch der Grund, warum Sie verlieren werden. Ihrem Kampf fehlt der Sinn. Man ist stärker, wenn man einen Grund hat.«
Sie trat vor, holte aus und verpasste Ari in einer Kreisbewegung einen Schlag auf den Nacken. Aber er bückte sich rechtzeitig und schlug seinen Stützbalken gegen die Beine seiner Gegnerin. Die Stange traf Lamia auf das rechte Knie. Man hörte ein trockenes Knirschen. Die Frau stieß einen Schmerzensschrei aus und fiel zu Boden.
Ohne zu zögern, stürzte Ari auf sie zu. Er packte seine Stange mit beiden Händen, um ihr den Hals zuzudrücken, aber als er sich gerade auf sie werfen wollte, schleuderte Lamia ihm eine Hand voll Erde ins Gesicht.
Geblendet verlor Ari das Gleichgewicht und stürzte ebenfalls zu Boden.
Er rieb sich die Augen, und noch bevor er wieder aufstehen konnte, spürte er einen heftigen Schlag im Rücken. Lamia hatte ihm das Rohr auf die Wirbelsäule geschmettert.
Ari stöhnte auf und fiel wieder flach auf den Boden. Er wälzte

sich zur Seite, parierte einen neuen Schlag und wich dann, so gut es ging, zurück, um aus ihrer Reichweite zu gelangen.
Lamia humpelte mit zerschlagenem Knie umher. Außer sich vor Wut stand Ari auf und warf sich wieder auf sie. Er schlug noch fester zu, dieses Mal in ihr Gesicht. Lamia gelang es, auszuweichen, und Aris Waffe traf mit voller Wucht einen anderen Stützbalken, der mit ohrenbetäubendem Lärm zu Boden fiel. Die Steine, die er an der Decke gehalten hatte, prasselten herab.
Ari trat einen Schritt zurück und sah, dass seine Gegnerin das Bein hinter sich herzog. Er packte seine Waffe fester und sprang auf sie zu. Das Ende der Stange traf die Frau an der Brust, Lamia wurde nach hinten geschleudert, und Ari ließ seine Waffe los und packte sie an der Gurgel, bevor sie sich zur Wehr setzen konnte. Er begann, sie zu würgen, wobei er versuchte, sie mit den Knien auf den Boden zu drücken. Das Gesicht von Lamia färbte sich rot, die Augen traten hervor. Ari drückte immer stärker zu, mit hasserfülltem Blick. Die Frau wehrte sich, bäumte sich auf, aber er schaffte es, sie unter sich festzuhalten. Dann streckte sie plötzlich den Arm zur Seite, griff nach einem Stein und schlug ihn Ari mit voller Wucht an die Schläfe.
Mackenzie fiel benommen zur Seite. Er lag auf dem Bauch und war noch bei Bewusstsein, aber von dem Schlag so betäubt, dass er nicht mehr die Kraft fand, aufzustehen oder sich auch nur umzudrehen. Es war, als hielte ein enormes Gewicht ihn am Boden.
Unterdessen zog sich Lamia, nach Luft ringend, zurück, wobei sie sich mit beiden Händen an die Kehle fasste. Sie machte hinkend ein paar Schritte, dann hörte Ari, der noch immer wie gelähmt war, dass sie den Stützbalken aufhob. Die Eisenstange schleifte über den Boden. Sie näherte sich.
Wenn er nicht sofort reagierte, war es aus. Dann würde sie ihm den Schädel einschlagen.
Ari spürte, wie sich sein Herzschlag beschleunigte und seine Muskeln sich anspannten. Überleben. Er durfte nicht verlieren.

Aufstehen. Er musste kämpfen, tief in seinem Inneren den letzten Rest Energie finden und kämpfen. Für Lola.
Lamia irrte sich: Er hatte sehr wohl eine Motivation, einen Grund, zu gewinnen. Und das war diese Buchhändlerin, die er wiedersehen wollte, die er in die Arme nehmen wollte, weil sie der letzte Sinn war, der seinem Leben geblieben war.
Ari presste die Zähne aufeinander, nahm seinen Mut zusammen und stieß seine Arme mit aller Kraft ab, um sich umzudrehen. Er dachte, er würde es nie schaffen. Aber er mühte sich weiter. Und es gelang ihm, zur Seite zu rollen und sich seiner Angreiferin zuzuwenden.
Alles spielte sich innerhalb einer Sekunde ab. Er sah, wie die Eisenstange, schwer und exakt wie eine Guillotine, auf ihn niedersauste. Lamias gehetzter Blick. Das Blut in ihrem Gesicht. Ari fuhr hoch und hatte gerade noch die Zeit, den Kopf wegzudrehen. Die Stange streifte sein Gesicht, verfehlte ihn um Haaresbreite und traf ihn am Schlüsselbein, das mit einem lauten Knacken brach. Und sofort war der Schmerz da. Unerträglich.
Lamia, die noch immer über ihm stand, hob erneut die Stange, aber diesmal zur Seite wie ein Angler, und schlug mit aller Kraft zu. Ari, den der heftige Schmerz in der Schulter geweckt hatte, drehte sich schwungvoll herum und entging dem tödlichen Schlag. Mit dem Schwung umschlang er mit den Füßen die Beine seiner Gegnerin und brachte sie zu Fall. Dann hob er einen Stein vom Boden auf und kroch, vor Schmerz und Wut brüllend, zu ihr.
Lamia versuchte aufzustehen, aber Ari packte sie am Ärmel und zog sie wieder zu Boden. Er hievte sich zu ihr, und da die rechte Schulter bewegungsunfähig war, hob er den Stein mit der linken Hand über seinen Kopf. Aber die Frau hielt seinen Arm fest. Ari stellte sich vor ihr auf und stieß ihr mit dem Kopf gegen die Nase. Er hörte, wie ihr Nasenbein brach. Blut begann über das geschwollene Gesicht von Lamia zu fließen. Sie

stieß einen spitzen Schrei aus und schlug nach Ari. Der wich zurück und konnte sich frei machen. Als er neben seiner Gegnerin hockte, schlug er mit dem Stein auf ihre Stirn.
Der Schlag war von unglaublicher Wucht. Ari hatte seine ganze Kraft, seine ganze Wut hineingelegt, als hätte er gewünscht, dass dies der letzte Schlag im letzten Kampf wäre. Blut spritzte, und die Knochen brachen wie die Schale eines Eis. Aber Ari, von unsinniger Erleichterung und einem unstillbaren Rachedurst gepackt, hob den Stein noch einmal hoch und schlug ein zweites Mal zu, noch stärker als vorher.
Der Körper der Mörderin zuckte ein letztes Mal, bevor er leblos in sich zusammensank.
Am Ende seiner Kräfte, ließ Ari den Stein los, brach zusammen und rollte sich mit verschränkten Armen auf den Rücken.
Eine Zeitlang blieb er so liegen, reglos, die Augen zur Decke gerichtet, mit geballten Fäusten, als halte er noch seine Waffe fest, leichenblass ausgestreckt neben der Leiche von Lamia.
Dann wurde er von einem nervösen Lachen geschüttelt, vermischt mit Tränen. Er spürte eine plötzliche Übelkeit in sich aufsteigen, die Gefühle verwirrten sich in seinem Kopf: die Erschöpfung, der Schmerz, die Erleichterung und die Bitterkeit angesichts einer Rache, die zwar verübt war, aber Paul Cazo, den Freund, den er verloren hatte, nicht wieder lebendig machen würde.
Zu allem Überfluss verspürte er eine enorme Enttäuschung: Sicher, er hatte diese Frau besiegt, diese wahnsinnige Mörderin, aber Lola war noch immer nicht da. Und wie schwer dieser letzte Kampf auch gewesen war, er hatte nicht ausgereicht.
Plötzlich riss ihn das Geräusch von Schritten aus seiner Erstarrung.
Ari richtete sich mühsam auf, hielt sich an einem Stützbalken fest und versuchte aufzustehen. Seine Schulter schmerzte furchtbar. Taumelnd drehte er sich zur Tür um und sah Krysztof in dem fahlen Licht.

»Ari!«, rief der Bodyguard und rannte zu ihm.
Der Agent stützte sich auf den Arm des Polen.
»Es ... es tut mir leid«, sagte Zalewski hastig. »Ich bin so schnell wie möglich gekommen.«
»Schon gut, Krysztof, schon gut. Dieses Miststück wird niemandem mehr auf die Nerven gehen.«
Der Bodyguard half Ari, sich auf den großen Steinsockel in der Mitte des Raumes zu setzen.
»Ich glaube, sie hat mir die Schulter ausgerenkt.«
Mackenzie massierte sich das Schlüsselbein.
»Haben Sie den Staatsanwalt erreicht?«
»Ja, alles in Ordnung, Ari. Er ist ziemlich sauer, aber er versucht, die Sache mit den Bullen hier über Interpol zu regeln. Ich will Ihnen nichts vormachen, Sie riskieren vielleicht eine Abmahnung. Aber die richtig schlechte Nachricht ist, dass der Alte tot ist.«
»Colomben?«
»Ja.«
Ari presste die Lippen aufeinander. Keiner der sechs Compagnons hatte überlebt. Die Loge Villard de Honnecourt existierte nicht mehr. Ein tiefes Gefühl des Scheiterns und Versagens erfüllte ihn.
»Krysztof, würden Sie sie durchsuchen?«, fragte er und wies mit dem Kinn auf die Leiche von Lamia. »Und sagen Sie mir bitte, dass sie die Quadrate bei sich hat.«
Der Bodyguard folgte der Aufforderung. Er stand auf, um die entstellte Leiche von Lamia zu durchsuchen. Das Gesicht der jungen Frau hatte nichts Menschliches mehr an sich. Es war zerquetscht, geschwollen, mit Blut und Hautfetzen bedeckt.
Krysztof schob langsam den langen Mantel auseinander und durchsuchte die Taschen. Er drehte den schweren, leblosen Körper um und tastete mit seiner Hand den Rücken ab. Da spürte er unter dem Pullover der jungen Frau einen harten Gegenstand. Er hob den Stoff hoch und zog die flache Metall-

schatulle hervor. Er richtete sich auf und hielt sie Mackenzie lächelnd hin.
»Suchen Sie das hier?«
Ari lächelte erfreut.
»Gut möglich.«
Auf der kleinen Steinmauer sitzend, öffnete der Agent mit vor Erregung zitternden Händen langsam den Metallbehälter.
Im weißen Licht der Katakomben waren alte Pergamente zu erkennen. Mackenzie betrachtete die Farbe des Papiers, die Kalligraphie und die Art der Zeichnungen ... Kein Zweifel: Das waren die fehlenden Seiten aus Villard de Honnecourts Skizzenbuch. Die Originale! Dieser Schatz, den die Loge der Compagnons seit dem fünfzehnten Jahrhundert sorgsam vor neugierigen Blicken bewahrt hatte. Alte, rätselhafte Seiten aus einer anderen Zeit, die vielleicht ein Geheimnis bargen, das Ari noch nicht verstand.
Vorsichtig hob er die Quadrate hoch und zählte sie. Das zweite war das von Paul Cazo und das letzte das von Mona Safran. Es waren nur fünf.
»Sie hatte also das von Colomben noch nicht gefunden«, murmelte Ari.
»Glauben Sie, es ist noch in der Wohnung?«
»Nein. Es muss irgendwo hier sein, Krysztof. Davon bin ich überzeugt. Deshalb hat der Alte uns hierhergeschickt, und danach war sie gerade auf der Suche, als ich kam.«
»In diesem Raum? Na, das könnte schwierig werden ...«
Ari schloss die Metallschatulle wieder und sah sich um.
»Er hat uns einen Hinweis gegeben, Krysztof. Erinnern Sie sich. *Vorsehung, Katakomben* und *dreizehn*. Die Zahl Dreizehn muss irgendetwas damit zu tun haben.«
»Wir sollten später besser ausgerüstet wiederkommen, Ari. Jetzt müssen Sie sich verarzten lassen.«
»Kommt nicht in Frage. Ich gehe nicht von hier weg, bevor wir nicht das sechste Quadrat gefunden haben.«

Der Bodyguard schüttelte den Kopf.
»Okay. Ich werde mich mal umschauen, sehen, ob ich irgendwo eine Zahl entdecke. Ruhen Sie sich aus, Ari.«
Zalewski fing an, den Raum mit schlurfenden Schritten abzulaufen. Ab und zu blieb er stehen und bückte sich, um am Boden nachzusehen, einen Stein aufzuheben ... Aber je weiter er ging, desto skeptischer wurde er.
Ari betrachtete ebenfalls die Umgebung, ohne seine Position zu verlassen. Seine Schulter quälte ihn furchtbar, und jedes Mal, wenn er versuchte aufzustehen, wurde er von Schwindel erfasst. Nach endlosen Minuten der Suche kam Krysztof in die Mitte des Raumes zurück und hob zum Zeichen der Ratlosigkeit die Hände. »Ich weiß nicht, wo ich suchen soll, Ari, tut mir leid.«
»Irgendwo gibt es sicher einen Hinweis auf die Zahl dreizehn. Haben Sie die Bleirohre angeschaut? Die Stromkabel?«
»Ja, ich habe wirklich überall gesucht. Vielleicht ist es in einem anderen Raum. Dreizehn Schritte von hier, zum Beispiel, oder so etwas. Oder man muss dreizehn Meter tief graben, aber wo?«
Ari schien nicht überzeugt. Schließlich stand er nachdenklich auf. Krysztof reichte ihm den Arm und half ihm, sich auf den Beinen zu halten.
»Ich bin mir sicher, dass es simpler ist.«
Wie immer versuchte er, sich an seine Nachforschungsprinzipien zu halten. Die Vielfalt der Ursachen und Möglichkeiten zu reduzieren. Die Klinge von Ockhams Rasiermesser an alles Überflüssige anzusetzen.
»Die Lösung ist mit Sicherheit ganz einfach«, sagte er undeutlich und rieb sich die Wange.
Er ging um die große Steinplatte herum und stützte sich dabei auf Zalewskis Schulter.
»Ich würde gerne die Decke untersuchen«, murmelte Ari. »Man vergisst oft, nach oben zu schauen ... an Höhe zu gewinnen, wenn man ein Problem hat ... Helfen Sie mir hinaufzuklettern.«

Krysztof stieg als Erster auf den Steinsockel und reichte ihm die Hand, um ihn neben sich hochzuhieven. Ari schaffte es und stellte sich in die Mitte der Steinplatte. Dann betrachtete er lange das Gewölbe der Katakomben auf der Suche nach dem kleinsten Hinweis. Aber schnell gelangte er zu dem Schluss, dass der alte Mann sein Quadrat nicht hier oben versteckt haben konnte. Das war lächerlich.
Instinktiv senkte er die Augen, und sein Blick fiel auf den Boden. Ein Lächeln huschte über sein Gesicht.
Mit dem Fuß wischte er den Staub und die Erde beiseite, die sich auf der Oberfläche der Steine angehäuft hatten.
»Krysztof?«
»Was?«
»Sehen Sie auf den Boden.«
Der Bodyguard blickte nach unten.
»Was denken Sie, wie viele Pflastersteine sind auf dieser Steinplatte?«
Die erhöhte Plattform war aus breiten, quadratischen Steinblöcken gebaut, alle von der gleichen Größe. Das Ganze bildete eine Art großes Gitter. Krysztof zählte die Anzahl der Reihen und Spalten.
»Also, fünf mal fünf, das macht fünfundzwanzig.«
»Ja. Und wenn man alle Platten von eins bis fünfundzwanzig durchnummerieren würde? Die in der Mitte, auf der wir jetzt stehen, wäre ...«
»Die dreizehnte Platte?«
Ari nickte lächelnd.
Er kniete sich hin und stellte fest, dass er sich nicht geirrt hatte: Die Fugen der mittleren Platte waren weniger regelmäßig als die der anderen Pflastersteine. Sie bestanden nicht aus Zement, sondern aus festgedrückter Erde.
Mit den Fingerspitzen versuchte er, den Block hochzuheben, aber er konnte seinen linken Arm nicht benutzen.
Ari holte einen Schlüssel aus seiner Tasche und begann, die

Fugen freizukratzen. Krysztof hockte sich neben ihn und half ihm. Nach mehreren Versuchen gelang es ihnen schließlich, den Stein mit Hilfe einer Eisenstange hochzuheben.

Ari zog die Augenbrauen hoch. Dem alten Architekten hatte es nicht an Kraft gefehlt! Wie hatte er es allein geschafft, ein solches Gewicht zu stemmen? Ari gefiel der Gedanke, dass er vermutlich irgendwelche geheimnisvollen alten Techniken angewendet hatte, denen ebenbürtig, die Villard in seinem Buch beschrieb.

Wie dem auch sei, jetzt bestand kein Zweifel mehr: Ein Beutel lag dort in der Erde.

Ari beugte sich über das Loch und griff danach. Er klopfte den Staub ab und öffnete ihn schnell. Aufgeregt zog er einen Metallbehälter aus dem Beutel, der so aussah wie derjenige der Mörderin. Unter dem begeisterten Blick des Bodyguards öffnete Ari vorsichtig den Deckel und entdeckte das sechste Quadrat.

Dem Aufbau nach entsprach es exakt den anderen fünf. Oben die Abkürzung »L∴ VdH∴«, ein rätselhafter Titel, eine Zeichnung – die wie eine arabische Illumination aussah – und zwei Texte in altem Picardisch.

Er nahm das sechste Quadrat und legte es zu den anderen fünf in den ersten Behälter.

82

Am Nachmittag trat Staatsanwalt Rouhet in Begleitung von Vizedirektor Depierre aus dem Büro des Ministers. Die beiden Männer schwiegen, bis sie in die lange schwarze Limousine eingestiegen waren.

»Wie lange müssen Sie Mackenzie schon ertragen?«, fragte der Staatsanwalt mit verdrießlicher Miene seinen Nachbarn.

Depierre lächelte.

»Es ist nicht immer einfach, aber er ist ein ausgezeichneter Polizist ... Vielleicht sogar der Beste, dem ich je begegnen durfte.«

»Ich habe schon gedacht, der Minister würde uns vor die Tür setzen. Den Italienern hat diese Geschichte nicht gefallen ...«

»Hauptsache, er hat die Person gefunden, die für diese Taten verantwortlich ist, oder nicht? Die Serienmorde haben jetzt voraussichtlich ein Ende.«

»Ja. Aber es bleibt die Entführung von Dolores Azillanet. Die Sache ist noch längst nicht abgeschlossen.«

Der Wagen reihte sich in den Pariser Verkehr ein. Auf der Rückbank zwischen den beiden Männern verkündete ein Exemplar der *Libération* auf der Titelseite den Tod der Schädelbohrerin und berichtete ausführlich über die Auseinandersetzung zwischen französischer und italienischer Polizei.

»Ich bin mir nicht sicher, ob ich den Hintergrund zu diesen berühmten Skizzenbüchern von Villard richtig erfasse«, nahm der Staatsanwalt das Gespräch wieder auf, als sie sich der Umgehungsstraße näherten. »Haben Sie bemerkt, wie angespannt der Minister bei diesem Thema gewirkt hat?«

»Ja ... Ich muss Ihnen sagen, Monsieur Rouhet, dass ich zwei unerwartete Anrufe diesbezüglich bekommen habe.«

»Was meinen Sie damit?«

»Ich habe den Eindruck, dass plötzlich alle Welt sehr daran interessiert ist, zu erfahren, was aus diesen Pergamenten werden wird.«

»Wer hat Sie angerufen?«, drängte der Staatsanwalt.

»Die Spionageabwehr und der Élysée-Palast.«

»Machen Sie Witze?«

»Ganz und gar nicht.«

»Und die haben Sie nach dem Buch von Villard befragt?«

»Ja. Sie wollten wissen, ob Mackenzie die fehlenden Seiten gefunden hat, und haben mir freundlich zu verstehen geben, dass sie ungeduldig darauf warten. Und dass diese Seiten weder Sie noch mich etwas angehen; und auch nicht die Justiz oder den Nachrichtendienst.«

»Aber was kann auf diesen verdammten Seiten stehen, das sie so in Aufregung versetzt?«

»Ich weiß es nicht, Monsieur Rouhet. Aber ich habe den Eindruck, dass wir im Begriff sind, die Büchse der Pandora zu öffnen ... Vielleicht findet sich darin gar nichts, aber bereits sie zu öffnen löst die schlimmsten Katastrophen aus.«

Der Beamte nickte.

»Wissen Sie, die Legende besagt, dass in der Büchse der Pandora nur noch die Hoffnung blieb, nachdem Epimetheus sie überstürzt wieder verschlossen hatte.«

»Das ist sehr poetisch.«

Die beiden Männer schwiegen einen Moment. Der Chauffeur verließ die Schnellstraße und fuhr nach Levallois hinein.

»Wie weit ist die Kriminalpolizei mit Erik Mancel?«, fragte Depierre.

»Wir können ihn nicht finden.«

»Es ist anzunehmen, dass er der Kopf hinter dieser ganzen Affäre ist und nicht Albert Khron.«

»Vermutlich. Und ich wäre nicht überrascht, wenn er die junge Azillanet entführt hätte ... Wobei uns auch noch ein anderer Name auf den Listen von Albert Khron Kopfzerbrechen bereitet.«

»Welcher?«

»Außer Mancel haben wir alle Personen, die in den Akten der Vril-Bruderschaft erwähnt werden, identifiziert. Alle, bis auf eine. Ein gewisser C. Weldon. Er taucht nicht auf der Liste der Mitglieder des Ordens auf, aber sein Name erscheint mehrfach. Er stand offenbar in regelmäßigem Briefkontakt mit Albert Khron. Wir konnten nicht ermitteln, um wen es sich dabei handelt.«

»Das scheint ein englischer Name zu sein. Haben Sie es im Ausland versucht?«

»Selbstverständlich. Aber ohne seinen Vornamen und ohne genaue Angaben ist es, als suche man im Heuhaufen nach einer Stecknadel.«
Der Wagen hielt in der Rue de Villiers vor den neuen Gebäuden. Der Vizedirektor Depierre gab dem Staatsanwalt die Hand und stieg aus.
»Halten Sie mich auf dem Laufenden«, bat er, obwohl er sehr gut wusste, dass der Staatsanwalt nicht dazu verpflichtet war.
»Versprochen. Und Sie, versuchen Sie, Mackenzie in Schach zu halten.«
»Ich tue mein Bestes.«

83

Im Flugzeug, das sie nach Paris zurückbrachte, hatte Ari endlich ein wenig Zeit, um die sechs geheimnisvollen Pergamente von Villard de Honnecourt genauer zu betrachten. Seit er sie an sich genommen hatte, vergewisserte er sich regelmäßig, dass sie noch in seiner Tasche waren, und der Wunsch, sie zu entschlüsseln, brannte ihm unter den Nägeln. Aber die Ereignisse hatten ihm bisher keine Zeit dafür gelassen.
Nach einem Abstecher ins Krankenhaus und wiederholten Befragungen und Telefonaten zwischen den Behörden beider Länder hatte die italienische Polizei schließlich eingewilligt, die beiden Männer bis zur Grenze zu befördern, nicht ohne eine Reihe von Vorhaltungen und Empfehlungen auszusprechen. Insgesamt waren sie ganz gut davongekommen.
Krysztof war wenige Minuten nach dem Abflug erschöpft eingeschlafen. Er schnarchte wie ein Bär am anderen Ende des Flugzeugs. Ari dagegen war viel zu neugierig, um der Müdigkeit nachzugeben. Außerdem quälte ihn seine Schulter, und er hatte Mühe, eine bequeme Schlafposition zu finden.

Er legte die antiken Blätter nacheinander vor sich auf den kleinen Tisch. Außer Zalewski, der hinten in der letzten Reihe saß, war niemand da, so dass er sich sicher genug fühlte, um die Pergamente genauer zu betrachten. So konnte er im Licht der kleinen Deckenlampe die Schönheit der Zeichnungen und Feinheit der Kalligraphie bewundern. Er strich über die rauhe Oberfläche des Papiers. Er musste zugeben, dass die Quadrate einen gewissen Zauber auf ihn ausübten. Diese sechs achthundert Jahre alten Seiten vor seinen Augen versammelt zu sehen, das hatte etwas Magisches und zugleich Unwirkliches an sich. Nachdem er jedes Blatt einzeln angeschaut hatte, versuchte er, den Sinn der Quadrate ein bisschen genauer zu erfassen, und studierte die Unterschiede und Ähnlichkeiten … Das Erste, was er bemerkte, war, dass es auf den sechs Seiten – wie er es bereits bei den zweien, die er schon untersucht hatte, festgestellt hatte – einen direkten Zusammenhang zwischen der durch Buchstabenpaare kodierten Überschrift und dem Namen einer Stadt zu geben schien.

Tatsächlich zählte bei jedem Quadrat die Überschrift der Seite genau doppelt so viele Buchstaben wie die Stadt, in der der entsprechende Mord verübt worden war. Das konnte kein Zufall sein. Außerdem schien die Zeichnung auf jeder Seite jeweils einen Bezug zu eben jener Stadt zu haben.

Ari holte sein schwarzes Notizbuch aus der Tasche und begann in der Reihenfolge der Morde eine zusammenfassende Liste über die sechs Quadrate zu erstellen.

Erstes Quadrat:
Überschrift: »LE OG SA VI CI RR BR PB« = Lausanne?
Zeichnung: Gesamtansicht und Detail einer Rosette. Überprüfen, ob sie zu einer Kirche in Lausanne gehört.
Texte nicht übersetzt.

Zweites Quadrat:
Überschrift: »LE RP –O VI SA« = Reims?
Zeichnung: Astrolabium (mit Detail eines Mondzyklus darunter), der angeblich Gerbert d'Aurillac gehört hat und somit möglicherweise durch Reims gekommen ist. Versuchen, Original zu finden.
Text 1: Ich habe diesen Apparat gesehen, den Gerbert d'Aurillac hierher gebracht hat und der uns das Wunder dessen lehrt, was im Himmel ist, und zu dieser Zeit trug er keinerlei Inschrift.
Text 2: Um richtig zu beginnen, musst du dem Lauf des Mondes durch die Städte von Frankreich und andernorts folgen. Dann musst du Maß nehmen, um den richtigen Weg einzuschlagen.

Drittes Quadrat:
Überschrift: »RI RP BR LE AS –O VS VI« = Chartres?
Zeichnung: Eine Statue von Maria, die eine Kugel in der Hand hält. Überprüfen, ob sie einer Statue in Chartres entspricht. Plan einer Kathedrale, vermutlich ebenfalls von Chartres.
Texte nicht übersetzt.

Viertes Quadrat:
Überschrift: »AS VS NC TA RI VO« = Figeac?
Zeichnung: Eine Jakobsmuschel, das Tor eines Gebäudes und Gesamtansicht des Gebäudes. Bezug zu Figeac?
Texte nicht übersetzt.

Fünftes Quadrat:
Überschrift: »RI NC TA BR CA IO VO LI –O« = Vaucelles?
Zeichnung: Mona Safran zufolge eine Tierdarstellung, die sich auf dem Kapitell einer Säule in der Kirche der Abtei von Vaucelles befand.

Text 1: Für eines meiner ersten Werke in meinem Heimatland musste ich den unbearbeiteten Stein behauen.
Text 2: Hier machst du 25 in Richtung Orient.

Sechstes Quadrat:
Überschrift: »BR SA CO GI LI LE RG VO RP« = Portosera?
Zeichnung: Erinnert an eine arabische Illumination, einen Mann und eine Frau darstellend. Vielleicht Adam und Eva? Details der Illumination am Rand wiedergegeben. Bezug zu Portosera?
Texte nicht übersetzt.

Ari schloss nachdenklich sein Notizbuch. Zurück in Paris, hätte er zahlreiche Spuren zu verfolgen. Und er würde Professor Bouchain von der Sorbonne bitten müssen, die neuen Texte zu übersetzen … Der Umfang der Arbeit, die noch vor ihm lag, entmutigte ihn aber nicht. Er hatte den Eindruck, als sei der geheime Sinn dieser Seiten allmählich dabei, sich zu offenbaren. Er war sich in jedem Fall sicher, auf der richtigen Spur zu sein. Aber würde ihm das wirklich weiterhelfen? Hatte dies Priorität? Half ihm denn das Geheimnis der Bücher von Villard zu entschlüsseln letztendlich dabei, Lola wiederzufinden? Nicht zwangsläufig. Und im Moment zählte für ihn nichts so sehr, wie die junge Buchhändlerin wiederzusehen. Dennoch versuchte er, nicht daran zu denken. Während das Flugzeug Kurs auf die Hauptstadt nahm, zwang er sich stattdessen, über den Sinn der Pergamente nachzudenken.
Nach und nach vermischten sich die Texte und Gravuren in seinem Kopf. Die Bilder der letzten Tage, das Gesicht von Lola, das von Paul Cazo, alles verschwamm langsam wie im Traum, er wurde von dem Brummen der Maschine sacht geschaukelt, so dass er nach einer Weile ebenfalls einschlief.

84

Ari verbrachte die Nacht bei Iris, Porte de Champerret. Krysztof nahm ein Hotelzimmer direkt daneben, nur wenige Schritte von der Umgehungsstraße entfernt. Sie verabredeten sich für den nächsten Morgen. Die Mörderin war zwar tot, aber die Gefahr war noch nicht beseitigt, und der Minister hatte bisher weder den Bodyguard abberufen noch Ari erlaubt, zu sich nach Hause zu gehen.

Kater Morrison zeigte seine Freude darüber, sein Herrchen wiederzusehen, indem er abwechselnd schnurrte und zufrieden miaute und die ganze Nacht bei ihm auf dem Schlafsofa blieb. Ari schlief tief und fest wie ein Kind und holte die vielen schlaflosen Stunden nach, die ihn die verrückte Jagd der letzten Tage gekostet hatte.

Am frühen Morgen traf Krysztof die beiden Agenten des Nachrichtendienstes zum Frühstück.

»Also, was machst du heute? Kommst du wieder nach Levallois?«, fragte Iris, während sie ihnen in der Küche Tee servierte.

»Die Stimmung dort ist miserabel, es ist höchste Zeit, dass du zurückkommst, Ari.«

»Nein. Das Wichtigste für mich ist, Lola zu finden, und das kann ich nicht, wenn ich hinter dem Schreibtisch sitze.«

»Ich möchte mich nicht in Dinge einmischen, die mich nichts angehen, Ari, aber ich habe gehört, dass die Kriminalpolizei eine Spur hat und dass sie heute einen neuen Zugriff planen.«

»Ja. Der Staatsanwalt hat mir davon erzählt«, antwortet Ari.

»Erik Mancel.«

»Genau. Ich glaube, sie werden eine Hausdurchsuchung bei ihm durchführen.«

»Ich weiß. Dieser Typ trägt den Namen des Mannes, der im fünfzehnten Jahrhundert der Besitzer der Bücher von Villard war und der die Loge gegründet hat. Das kann kein Zufall sein. Nicht zu sprechen von den Summen, die er auf das Offshore-Konto von Albert Khron überwiesen haben soll. Das heißt, ich glaube keine Sekunde daran, dass die Offensive, die die Kriminalpolizei vorbereitet, den geringsten Effekt haben wird, wenn du meine Meinung hören willst.«

»Warum?«

»Dieser Typ hat sich bestimmt schon lange weit weg von zu Hause verkrochen, und es würde mich wundern, wenn er kompromittierende Dokumente zurückgelassen hätte.«

»Wie soll man ihn dann wiederfinden?«

Ari zündete sich eine Zigarette an.

»Nicht ihm muss man folgen. Sondern Lola.«

»Wie denn das?«, wunderte sich Iris.

»Ich habe gestern Abend Morand von der Abhörzentrale der Spionageabwehr gebeten, Lolas Handy aufzuspüren. Im Moment ist ihr Signal nicht auffindbar. Entweder hat sie ihr Handy nicht mehr, oder sie hat dort, wo sie eingeschlossen ist, keinen Netzempfang. Wenn die Kriminalpolizei Mancel ein wenig aufschreckt und wirklich er derjenige ist, der sie entführt hat, wird er sie vielleicht an einen anderen Ort bringen ... Die Abhörzentrale kann Lola jeden Moment orten. Das ist zurzeit die einzige Möglichkeit, sie zu finden.«

»Und ihr, was macht ihr so lange?«, fragte Iris. »Ich dachte, du wolltest nicht tatenlos hinter dem Schreibtisch sitzen.«

»Wir haben genug mit den Pergamenten von Villard zu tun ... Zunächst mal müssen wir an die Sorbonne gehen.«

»Okay ... Kann ich euch helfen?«

Ari überlegte und zog an seiner Zigarette. »Hm, ja, vielleicht ... Versuche herauszufinden, ob es tatsächlich eine familiäre Verbindung zwischen Erik Mancel und dem Mancel aus dem fünfzehnten Jahrhundert gibt, auch wenn ich mir dessen fast sicher bin. Das wäre sonst ein sehr großer Zufall. Und stell mir eine komplette Akte über den Kerl zusammen, wenn du kannst. Besorg dir die Unterlagen von der Kriminalpolizei und sieh nach, ob es nicht noch etwas anderes über den Typen gibt.«

»Wird erledigt.«
Sie beendeten schweigend ihr Frühstück, und eine Stunde später betraten Ari und der Bodyguard das Büro von Professor Bouchain an der Sorbonne. Der Mann, der noch immer neugierig auf die Skizzenbücher von Villard war, hatte sich bereit erklärt, sie zu treffen. Er forderte sie auf, Platz zu nehmen, und bot ihnen einen Kaffee an.
»Brauchen Sie jetzt Personenschutz?«, fragte der Professor überrascht.
Ari legte eine Hand auf die Schulter des blonden Hünen neben sich.
»Ja. Das wurde mir vom Ministerium auferlegt … Aber ich muss zugeben, dass Monsieur Zalewski mir in den letzten Tagen sehr nützlich war. Nicht war, Krysztof?«
»Normalerweise sollten Ihnen die Studenten der Sorbonne keine allzu großen Probleme bereiten«, antwortete der Bodyguard belustigt. »Sie sind in den letzten Jahren viel ruhiger geworden.«
»Vor stillen Wassern muss man sich hüten!«, erwiderte der Professor. »Also, Sie bringen mir neue Texte zum Übersetzen, oder?«
»Wenn Sie Zeit haben, ja …«
»Das hängt vom Umfang ab. In einer Stunde habe ich ein Seminar. Lassen Sie uns gleich an die Arbeit gehen.«
Ari holte die Metallschatulle hervor und legte die vier der sechs Seiten, von denen er noch keine Übersetzung hatte, behutsam auf den Tisch.
Professor Bouchain schüttelte voller Bewunderung den Kopf.
»Diese Pergamente sind wirklich beeindruckend! Das sind Originale, nicht wahr?«
»In der Tat.«
»Wunderbar! Absolut wunderbar!«
Der Lehrer setzte seine Brille auf und beugte sich über die Quadrate, um sie einzeln zu begutachten.

»Sie bilden ohne Zweifel eine Einheit mit den Kopien, die sie mir neulich gezeigt haben.«

»Ja. Es gibt insgesamt sechs Seiten. Diese vier bereiten mir Probleme hinsichtlich der Übersetzung. Können Sie die beiden Texte dieser ersten Seite entziffern?«, fragte Ari und zeigte auf das Pergament, das das Bild der Rosette trug.

»Aber natürlich. Also ... Sehen wir mal. Der Text zur Illustration: *Cil qui set lire co qui est escrit es. CV. Petites uerreres roondes enuiron cele rose conoist les secres de lordenance del monde, mais a cele fin couient que li uoirres fache bon ueure.*«

Der alte Herr kratzte sich an der Stirn.

»Das heißt ungefähr: *Wer lesen kann, was auf den 105 kleinen Glasscheiben dieser Rosette steht, kennt die Geheimnisse der Weltordnung, aber dafür muss das Glas seinen Zweck erfüllen.* Heute würde man vermutlich eher Universum als Weltordnung sagen ... Die Geheimnisse des Universums oder des Kosmos. Ich vermute, Villard meinte, dass man die Geheimnisse des Kosmos versteht, wenn man versteht, was auf dieser Rosette dargestellt wird – denn es ist offenbar eine Darstellung des Kosmos.«

»Und was will er Ihrer Meinung nach damit sagen, dass das Glas seinen Zweck erfüllen muss?«

»Ich weiß es nicht. Was ist der Zweck von Glas?«

»Bei einem Kirchenfenster? Tja ... Das Licht hindurchzulassen, oder nicht?«

»Ja. Sie haben sicher recht, Ari. Um die Rosette lesen zu können, muss einfach Licht durch das Glas scheinen. Das ist damit wahrscheinlich gemeint. Aber ich versteh nicht, warum er das erwähnt.«

»Gut. Und der zweite Text?«

Der Professor las laut und mit einem Akzent vor, der vermutlich Picard sein sollte.

»*Se es destines, si come iou, a le haute ouraigne, si lordenance de coses enteras. Lors greignor sauoir te liuerra Vilars de Honecort car il I a un point de le tiere u une entrée obliie est muchie lequele solement conoisent li grant anchien del siècle grieu et par la puet on viseter Interiora Terrae.* Gut. Ich übersetze nun: *Wenn du wie ich zum Werk (oder zur Schöpfung) bestimmt bist, wirst du die Ordnung der Dinge verstehen. Villard de Honnecourt wird dir dann sein größtes Wissen offenbaren, denn es gibt einen Ort auf der Erde, an dem sich ein vergessener Eingang verbirgt, den nur die großen Weisen der griechischen Welt kannten und der es ermöglicht, das Innere der Erde zu besuchen.* Ich erlaube mir, den lateinischen Ausdruck *Interiora Terrae* mitzuübersetzen, aber bedenken Sie, dass es erstaunlich ist, dass er im Originaltext nicht in Picard ist ... Und was das Wort *ouraigne* angeht, so kann es sich genauso auf irgendein Werk beziehen wie auf die Schöpfung im biblischen Sinne.«

»Ich verstehe.«

Ari notierte die Übersetzung in sein Notizbuch.

»Hier ist die dritte Seite«, sagte er und wies auf eines der Pergamente. »Hier sind die Texte wesentlich kürzer.«

»Tatsächlich. Der erste, *Ichi uenoient li druides aorer la dame,* bedeutet: *Hierher kamen die Druiden, um die Jungfrau anzubeten.* Der Abbildung nach spricht Villard von der Heiligen Jungfrau ... Und was den zweiten Text angeht, *Si feras tu.LVI. uers occident,* den hätten Sie selbst problemlos übersetzen können: *Hier machst du 56 Richtung Okzident.*«

Ari schrieb weiterhin in sein Notizbuch.

»Perfekt. Hier ist die vierte Seite.«

»*Ensi com en cel hospital edefie par un uol de colons si aucunes fois estuet sauoir lire le sumbolon enz el sumbolon.* Sehen wir mal ... *Wie in diesem ...* Ja. Das ist es: *Wie bei diesem wegen eines Taubenschwarms gegründeten Hospiz muss man manchmal das Symbol innerhalb des Symbols lesen können.*«

»Ein Hospiz, gegründet wegen eines Taubenschwarms?«

»Die Jakobsmuschel ist das Zeichen des Wallfahrtsorts Santiago de Compostela. Die Abbildung stellt vermutlich ein Hospiz in Santiago dar, wie man sie im Mittelalter an den Pilgerwegen fand. Was die Geschichte mit den Tauben angeht, darüber kann ich Ihnen nichts sagen, außer dass die Taube den Heiligen Geist repräsentiert.«

»Das muss ich recherchieren ... Was den zweiten Text angeht, *si feras tu CXIJ. uers meridien,* so heißt das wohl: *Hier machst du 112 Richtung Meridian,* nicht wahr?«

»Genau«, antwortete der Professor lächelnd. »Sie fangen an, Picardisch zu sprechen, mein Freund!«

»Fließend«, meinte Mackenzie ironisch. »Gut, dann fehlt uns nur noch die sechste und letzte Seite. Hier.«

»Also, der erste Text: *Si ui io les le mer que li latin apielent mare tyrrhenum entre deus golfes ceste bele ueure denlumineur seingnie au seing dun sarrasin.* Ich übersetze das folgendermaßen: *Ich habe am Ufer des Meeres, das die Lateiner das Tyrrhenische Meer nennen, zwischen zwei Buchten, diese schöne Illumination gesehen, unterzeichnet von einem Sarazenen.*«

»Am Ufer des Tyrrhenischen Meers, zwischen zwei Buchten«, notierte Ari mit zufriedener Miene. »Er spricht also tatsächlich von Portosera ... Und der zweite Text?«

»*Se as le mesure del grant castelet bien prise, si cel pas oblie troueras desos le saint mais prent garde car il I a uis que ia mius uient nourrir mais.* Ah. Ich frage mich, was er unter *grant castelet* versteht. Ein *castelet* ist ein kleines Schloss. Ein großes kleines Schloss will nichts heißen ... Es sei denn ... Es sei denn, er spricht vom Grand Châtelet in Paris ... Ja. Das muss es sein ...«

»Das Grand Châtelet existierte bereits zu Villards Zeit?«

»Ja. Ich glaube, es stammt aus dem neunten Jahrhundert. Das müssten Sie überprüfen. In dem Fall hieße es also: *Wenn du das Maß des Grand Châtelet genommen hast, findest du am Fuß des*

Heiligen diesen vergessenen Durchgang, aber nimm dich in Acht, denn es gibt Türen, die man besser niemals öffnet.«
Der Professor richtete sich auf und schob seine Brille auf die Stirn.
»Dieser Text ist unglaublich, Ari! Wie ich Ihnen bereits neulich gesagt habe, fällt es mir schwer, mir vorzustellen, dass Villard diese Texte geschrieben haben soll, so sehr ähneln sie einer Schatzsuche aus einem Kinderbuch. Dabei wirken diese Pergamente völlig authentisch ...«
»Das ist erstaunlich, nicht wahr? Ich danke Ihnen jedenfalls nochmals, Professor. Sie waren mir eine sehr große Hilfe. Jetzt möchte ich Sie nicht weiter stören.«
»Ach, ich bitte Sie! Ihre Geschichte ist im Grunde sehr unterhaltsam!«
Ari sammelte vorsichtig die Quadrate wieder ein, um sie in die Metallschatulle zurückzulegen.
»Ich lasse Sie nun weiterarbeiten, Professor, und werde das alles genauer untersuchen. Ich danke nochmals von ganzem Herzen.«
»Es war mir ein Vergnügen. Aber Sie sagen mir Bescheid, wenn Sie diesen Schatz finden, nicht wahr!«
»Versprochen.«
Die drei Männer gaben sich die Hand, und Ari verließ das Zimmer, die Tasche über die Schulter gehängt, gefolgt von seinem Leibwächter. Wie beim ersten Mal ging er direkt in die Bibliothek der Sorbonne, wo er zwischen den Studenten versuchte, Bilanz zu ziehen. Krysztof setzte sich unter dem verunsicherten Blick der anderen Bibliotheksnutzer neben ihn.
Mackenzie legte seine Sachen auf den Tisch und holte sein schwarzes Notizbuch hervor. Er las ein zweites Mal langsam die Übersetzungen, die er genauestens mitgeschrieben hatte.
Wenn man davon ausging, dass die Reihenfolge der Texte – die derjenigen der Morde entsprach – korrekt war, ergaben die zweiten Texte nebeneinandergelegt einen vollständigen Absatz.

Ari las die sechs Texte hintereinander und fand, dass das Ergebnis tatsächlich einen Sinn ergab.

»*Wenn du wie ich zur Schöpfung bestimmt bist, wirst du die Ordnung der Dinge verstehen. Villard de Honnecourt wird dir dann sein größtes Wissen offenbaren, denn es gibt einen Ort auf der Erde, an dem sich ein vergessener Eingang verbirgt, den nur die großen Weisen der griechischen Welt kannten und der es ermöglicht, das Innere der Erde zu besuchen.*

Um richtig zu beginnen, musst du dem Lauf des Mondes durch die Städte von Frankreich und andernorts folgen. Dann musst du Maß nehmen, um den richtigen Weg einzuschlagen.

Du machst 56 in Richtung Okzident.

Du machst 112 in Richtung Meridian.

Du machst 25 in Richtung Orient.

Wenn du das Maß des Grand Châtelet genommen hast, findest du am Fuß des Heiligen diesen vergessenen Durchgang, aber nimm dich in Acht, denn es gibt Türen, die man besser niemals öffnet.«

Das sah in der Tat nach einer Gebrauchsanweisung aus, nach den Hinweisen einer richtigen Schatzsuche. Aber nichts bewies, dass die Reihenfolge, in der die Morde begangen worden waren, derjenigen entsprach, in der Villard die Seiten geschrieben hatte.

Die Ordnung dieser Blätter war vermutlich wesentlich, um das Rätsel verstehen zu können. Honnecourt selbst schnitt dieses Thema an: »*Wenn du wie ich zur Schöpfung bestimmt bist, wirst du die Ordnung der Dinge verstehen.*« War die Ordnung der Dinge die Ordnung der Seiten? War das ein Hinweis auf die richtige Reihenfolge der Quadrate? Es sah sehr danach aus. Aber warum sagte Villard de Honnecourt dann, dass man »*zur Schöpfung bestimmt*« sein musste?

Ari begriff, dass er noch nicht am Ende seiner Leiden angekommen war. Anstatt den Mut zu verlieren, recherchierte er in der Bibliothek, um die Fragen zu beantworten, die er sich im

Flugzeug gestellt hatte: Gehörte die Rosette des ersten Quadrats zu einer Kirche in Lausanne? War die Madonnenfigur des dritten Quadrats eine Statue aus Chartres? Stammte die Skulptur der Jakobsmuschel auf dem vierten Quadrat aus Figeac? Und hatte die arabische Illumination einen Bezug zu Portosera?

Krysztof bot an, ihm zu helfen, und so teilten sie sich die Aufgaben. Sie gingen über eine Stunde lang in den Gängen der Bibliothek hin und her, blätterten verschiedene Enzyklopädien und Aufsätze durch, machten sich Notizen, verglichen Fotos und Abbildungen. Der Bodyguard schien Gefallen daran zu finden. Wahrscheinlich hatte er nie die Gelegenheit gehabt, so intensiv in die Recherchen eines »Klienten« eingebunden zu werden. Aber Ari war nicht so wie die anderen.

Gegen Mittag waren sie recht gut vorangekommen.

Die von Villard gezeichnete Rosette war tatsächlich eine Rosette aus Lausanne. Es war sogar die der Kathedrale, und sie zählte wirklich exakt 105 Medaillons. Entstanden zwischen 1205 und 1232, bildete sie für sich genommen die Welt ab, wie man sie sich in der mittelalterlichen Kosmologie vorstellte.

Die Statue der Jungfrau stammte ebenfalls aus einer Kathedrale, und zwar tatsächlich derjenigen von Chartres. Es handelte sich dabei um die Schwarze Madonna, die in der Krypta Saint-Fulbert aufbewahrt wurde. Diese Krypta aus dem elften Jahrhundert, die ganz um die Kathedrale von Chartres herumführte, war die größte in Frankreich und beherbergte eine Kapelle, die auf den Namen »Unsere Frau unter der Erde« getauft war. Es war außerdem das älteste Heiligtum der Welt, das der Jungfrau geweiht war, und die Statue bezog sich zugleich auf eine weibliche Gottheit der Mythologie der Druiden und auf die Marienverehrung.

Dagegen hatten sie nicht mit Sicherheit die Jakobsmuschel identifizieren können, die Villard gezeichnet hatte. Aber Krysztof hatte in einem historischen Werk über die Region von

Figeac die Erwähnung eines Sankt-Jakobs-Hospizes gefunden, das in dieser Stadt existiert hatte und heute verschwunden war. Figeac befand sich tatsächlich auf der *Via Podiensis,* der Wallfahrtstraße nach Santiago de Compostela. Außerdem erzählte die Legende über den Ursprung der Stadt, dass ein Taubenschwarm an dieser Stelle ein Kreuz in der Luft gebildet hatte, unter den Augen von Pippin dem Kurzen, und dass die Stadt deshalb im achten Jahrhundert gegründet worden war. Es bestand also wenig Zweifel daran, dass sich die dargestellte Muschel auf Figeac bezog.
Nur die arabische Illumination blieb rätselhaft. Ari war daher kurz davor, ihr Recherchegebiet zu erweitern, als sein Handy klingelte.
Er schaute auf das kleine Display und erkannte die Nummer von Emmanuel Morand, seinem Freund von der Abhörzentrale der Spionageabwehr.

85

Erik Mancel legte mit nachdenklichem Gesicht das alte Manuskript auf seinen Schreibtisch. Er las von Zeit zu Zeit ganz gerne den letzten Satz aus dem Testament seines Vorfahren Jean Mancel. Aus dem Mittelfranzösischen übersetzt, ergab er in etwa: »Derjenige meiner Nachkommen, der den vergessenen Eingang zu finden weiß, den meine sechs Gesellen behüten, wird endlich würdig sein, mein Erbe zu erhalten.« Das half ihm, sich zu fokussieren, den Sinn seiner Suche in dieser Reihe von Ereignissen wiederzufinden.
Seit Generationen versuchte die Familie Mancel nun schon, den rätselhaften Sinn dieses Testaments zu entschlüsseln, das im siebzehnten Jahrhundert entdeckt worden war. Zunächst einmal musste die Verbindung zwischen den »sechs Gesellen«

und dem Skizzenbuch von Villard de Honnecourt hergestellt werden, eine Heldentat, die Anfang des zwanzigsten Jahrhunderts von einem Familienmitglied bewerkstelligt worden war. Aber er war es, Erik Mancel, der es geschafft hatte, den Sinn des Ganzen zu verstehen, indem er sich auf die zahlreichen Recherchen seiner Vorgänger gestützt hatte.

Gegen seinen Willen nahm diese Suche jetzt eine katastrophale Wendung an. Die Sache war außer Kontrolle geraten und ihm über den Kopf gewachsen. Die Polizei war ihm sicherlich auf der Spur, und er wusste nicht mehr, wie er aus der Geschichte herauskommen sollte. Aber es war zu spät, um die Sache zu stoppen. Auf die Gefahr hin, zu stürzen, musste er jetzt bis zum Ende gehen. Das Testament von Jean Mancel war für ihn zur Obsession geworden, und es kam nicht in Frage, aufzugeben. Es war nun zwanzig Jahre her, seit er die Suche seines Vaters nach dem verlorenen Familienerbe übernommen hatte. Je mehr Zeit verging, desto überzeugter war er davon, dass sein Vorfahre etwas an dem geheimnisvollen Ort versteckt hatte, auf den die sechs Seiten von Villard hinwiesen, und dass es sich nicht um ein esoterisches Geheimnis handelte. Das waren alles nur Spinnereien, gut für Erleuchtete wie Khron oder den Doktor.

Das Vermögen und Gut der Familie Mancel war zahlreichen historischen Dokumenten nach im fünfzehnten Jahrhundert sehr groß gewesen. Dann hatte sich das Vermögen beim Tod von Jean Mancel ohne Erklärung stark reduziert. Besitzurkunden waren verschwunden ebenso wie astronomische Summen in Gold, über die die Familie bis dahin verfügt zu haben schien. Daher war Erik wie sein Vater davon überzeugt: Der Schatz von Jean Mancel war irgendwo versteckt, und die einzige Möglichkeit, ihn zu finden, war, die Seiten von Villard de Honnecourt zu entschlüsseln. Nichts konnte ihn mehr aufhalten. Weder Khrons Tod noch die Polizei, noch Mackenzie. Dieses Erbe stand ihm von Rechts wegen zu.

Er warf einen Blick auf die Zeitung, die neben dem alten Manuskript lag. Der Artikel, den er gerade gelesen hatte, ließ keinen Zweifel zu: Ari Mackenzie hatte Lamia in Portosera getötet, was sicher bedeutete, dass er die ersten fünf Seiten von Villard gefunden hatte und vielleicht sogar auch die sechste Seite.

Die Situation ließ ihm nur eine Wahl. Er musste einen Weg finden, um mit diesem verdammten Bullen in Kontakt zu treten. Aber Mackenzie war nirgends zu erreichen. Weder bei sich zu Hause noch im Büro des Nachrichtendienstes. Und seine Handynummer stand auf der roten Liste. Der Agent genoss im Rahmen dieser Ermittlungen wahrscheinlich besondere Schutzmaßnahmen. Aber Mancel wusste vielleicht eine Lösung.

Er öffnete die Schublade seines Schreibtischs und holte das Handy der jungen Frau heraus, das er konfisziert hatte, bevor er sie unten eingesperrt hatte. In Anbetracht ihrer Beziehung war die Nummer von Mackenzie mit Sicherheit darauf gespeichert. Er schaltete das Handy ein. Das Display zeigte die Aufforderung, die PIN-Nummer einzugeben.

Das Handy in der Hand, verließ er das Büro, lief eilig die Metalltreppe hinunter, die zum Lager führte, und direkt auf den großen roten Container zu, der von zwei seiner Männer bewacht wurde.

»Öffnet die Tür!«, befahl er und warf einem der beiden Wachen einen Schlüssel zu.

Der ging rasch zum Container, öffnete das Schloss und schob den Metallriegel zur Seite. Die Tür öffnete sich mit einem schrillen Quietschen.

Im selben Moment kam Dolores Azillanet wie eine Furie herausgestürzt. Der Wächter packte sie bei den Schultern und stieß sie grob zurück. Die junge Frau fiel der Länge nach in den großen, dunklen Kubus.

Mancel trat ein und stellte sich vor sie. Er betrachtete sie einen Moment und sagte dann mit drohender Stimme:

»Mademoiselle Azillanet, ich muss Ihren Freund Ari anrufen. Geben Sie mir den Code Ihres Handys.« Er zeigte auf das Handy in seiner Hand.
Die auf dem Boden liegende Buchhändlerin reagierte nicht.
»Los, Dolores, zwingen Sie mich nicht dazu, Gewalt anzuwenden. Geben Sie mir den Code, und ich lasse Sie in Ruhe.«
Da sie nicht antwortete, gab Mancel einem der beiden Wächter ein Zeichen, der sich daraufhin der jungen Frau näherte.
»Wie ist der Code?«, fragte er und gab ihr einen leichten Fußtritt.
Dolores stieß einen kleinen Schmerzensschrei aus, aber antwortete immer noch nicht. Sie lag zusammengekrümmt auf dem Boden und hielt die Augen geschlossen, wie um sich vor der Realität zu schützen.
»Bringen Sie sie zum Reden«, befahl Mancel seufzend.
Der Wächter bückte sich, packte die junge Frau am Kragen, um sie hochzuziehen, und gab ihr eine heftige Ohrfeige.
»Der Code, kleines Miststück?«
Lola steckte den Schlag ein, schluckte und blieb stumm, die Augen voller Tränen. Der Wächter gab ihr eine zweite, festere Ohrfeige. Seine Hand traf sie auf die Nase. Blut floss auf ihre Lippen.
»Zum Teufel mit euch!«, schrie sie mit ihrer rauhen Stimme.
Da steckte der Wächter seine Hand in seine Gesäßtasche, zog ein Messer hervor und drückte die Klinge an Lolas Hals.
»Gib mir deinen Code, sonst schneide ich dir die Kehle durch!«
»Wenn Sie mich töten, kriegen sie meinen Code niemals, Sie Idiot!«
Der Wächter drehte sich mit fragendem Blick zu Mancel um.
»Da irren Sie sich, Mademoiselle«, mischte sich Mancel ein. »Ich würde kaum mehr als dreißig Minuten brauchen, um den PIN-Code Ihrer Karte herauszufinden. Also, entweder lassen Sie uns dreißig Minuten gewinnen und bleiben am Leben, oder wir schlitzen Ihnen tatsächlich die Kehle auf.«

Lolas weigerte sich zu reden.
»Ich habe noch anderes zu tun«, sagte Mancel und drehte sich um. »Ich werde ohne auskommen. Beseitigen Sie diese kleine Schlampe, sie nützt mir nichts mehr.«
Er entfernte sich eilig. Der Wächter ließ die Klinge über Lolas Hals gleiten, und über ihren Nacken strömte Blut.
»Warten Sie!«, schrie sie und wehrte sich.
Der Wächter hielt lächelnd inne. Mancel drehte sich um.
»Hast du deine Meinung geändert?«
Lola schluchzte so sehr, dass sie kaum sprechen konnte. Der Wächter erhöhte den Druck der Klinge an ihrem Hals.
»1972 ...«, murmelte sie schließlich mit angstverzerrtem Gesicht.
Mancel gab den Code ein. Der Apparat schaltete sich ein. Ein Lächeln flog über sein Gesicht. Er brauchte nicht einmal das Adressbuch zu durchsuchen. Die Nummer von Ari Mackenzie erschien regelmäßig in der Liste der Anrufer. Anscheinend verbrachten diese beiden ihre Zeit damit, einander anzurufen. Er speicherte die Nummer auf seinem eigenen Handy, warf Lolas Handy auf den Boden und zertrat es. Der Apparat zerbrach in tausend Stücke.
»Sperren Sie sie wieder ein«, sagte er, bevor er zur Treppe auf der anderen Seite der Ladefläche zurückging.

86

»Ich habe das Handy deiner Freundin geortet, Ari«, rief Morand am anderen Ende der Leitung. »Ein echter Glücksgriff! Kaum zehn Sekunden. Vermutlich hat sie keinen Netzempfang. Sie hat nicht einmal einen Anruf getätigt. Ich habe gerade mal die Zeit gehabt, das Signal über drei BTS-Stationen einzugrenzen. Du hast wirklich ganz schönes Glück ...«

»Wo ist sie?«, fragte Ari ungeduldig, als er aus der Bibliothek der Sorbonne trat.
Emmanuel Morand diktierte ihm die Adresse. Es war in einer nördlichen Vorstadt, in Goussainville.
»Ich danke dir, Manu.«
Kaum hatte er aufgelegt, erhielt Ari einen Anruf mit unterdrückter Nummer. Er runzelte die Stirn, zog sich in einen Flur des Universitätsgebäudes zurück und beantwortete den Anruf unter Krysztofs fragendem Blick.
»Hallo?«
»Ari Mackenzie?«
»Ja.«
»Erik Mancel am Apparat.«
Der Agent war sprachlos. Er konnte es nicht fassen. Er wollte gerade sagen, dass das ein seltsamer Zufall war, als er einsah, dass dies im Gegenteil recht logisch war. Wenn Morand es geschafft hatte, Lolas Handy zu orten, hieß das, dass Mancel dabei war, sich zu regen. Vielleicht hatte sie gerade den Ort gewechselt ... Dann wäre es schon zu spät, um nach Goussainville zu gehen.
»Ich denke, Sie wissen, wer ich bin, ich brauche es Ihnen nicht zu erklären.«
Ari antwortete nicht. Er versuchte nachzudenken: Welche Haltung sollte er einnehmen? Es war besser, Mancel nicht zu verstehen zu geben, dass Ari ihn vielleicht schon lokalisiert hatte. Er bereute allerdings, Morand nicht darum gebeten zu haben, auch die Anrufe zu orten, die er selbst erhielt. Aber Mancel war kein Dummkopf. Er hatte vermutlich Vorkehrungen getroffen, um nicht entdeckt werden zu können.
»Ich habe das, was Sie suchen«, fuhr sein Gesprächspartner fort, »und Sie haben das, was ich suche. Ich denke, wir sollten uns arrangieren können, oder?«
»Ich bin nicht sicher, ob ich Ihnen folgen kann«, log Ari, um Zeit zu gewinnen.

»Spielen Sie nicht den Dummen, Ari. Ich biete Ihnen einen Tausch an: die Quadrate gegen Mademoiselle Azillanet.«
»Wer sagt mir, dass sie wirklich bei Ihnen ist?«
Ein Seufzer ertönte durch den Hörer.
»Sie wollen mit ihr sprechen, ist es das, wie im Film?«
»Ja. Wie im Film.«
»Bleiben Sie dran.«
Ari hörte seinen Gesprächspartner gehen, dann ein metallisches Geräusch, als stiege er eine Nottreppe hinunter, dann der Lärm von Türen. Im Hintergrund hörte er die Stimme Mancels: »Hier, Ihr Liebhaber.«
»Hallo?«, murmelte eine weibliche, tränenerstickte Stimme.
»Lola, bist du es?«
»Ari! Ich bin in …«
Die junge Frau konnte ihren Satz nicht beenden. Ari hörte einen dumpfen, heftigen Schlag und zuckte zusammen. Sein Herzschlag beschleunigte sich.
»Reicht das? Glauben Sie mir jetzt?«
»Mancel, wenn Sie ihr auch nur ein Haar krümmen …«
»Ersparen Sie mir solche Drohungen à la Clint Eastwood, Mackenzie! Ich gebe Ihnen Ihre junge Geliebte wieder, Sie geben mir die Quadrate, und wir sprechen nicht mehr davon.«
Ari zwang sich, ruhig zu bleiben. Er hatte große Lust, diesem Mistkerl zu sagen, er solle zum Henker gehen, und es ihm sofort heimzuzahlen. Aber er durfte kein Risiko eingehen. Lola war in Gefahr. Im Moment musste er Zeit schinden. Genug, um dorthin aufzubrechen, wo Morand das Signal der jungen Frau geortet hatte, in der Hoffnung, dass sie sich noch immer dort aufhielten.
»Ich habe die Quadrate nicht«, log Ari. »Die Kriminalpolizei hat sie genommen.«
»Denken Sie sich etwas aus, wenn Sie Ihre Freundin lebend wiedersehen wollen, ich bin mir sicher, dass Sie in der Lage sind, sie an sich zu bringen.«

Ari ballte die Fäuste. Er hatte den richtigen Instinkt gehabt, und er hatte Zeit gewonnen. Ausreichend, um eine Tour nach Goussainville zu unternehmen. »Geben Sie mir achtundvierzig Stunden, um sie zu besorgen«, sagte er trocken.
»Ich lasse Ihnen vierundzwanzig, das ist schon sehr großzügig. Halten Sie sich morgen Mittag mit den Quadraten bereit. Ich rufe Sie eine halbe Stunde vorher an, um den Ort der Übergabe auszumachen. Wenn Sie nicht antworten, schneide ich ihr alle zehn Minuten einen Finger ab, bis Sie zur Vernunft kommen.«
»Aber ...«
Mancel hatte aufgelegt. Ari steckte sein Handy in die Tasche und drehte sich zu Zalewski um.
»Krysztof, ich glaube, ich brauche noch mal Ihre Hilfe.«

87

»Iris, hast du Informationen für mich gefunden?«, fragte Ari am Telefon, während Krysztof den gepanzerten Wagen auf den äußeren Boulevard lenkte.
Sie fuhren schnell zur Wohnung von Zalewski, um sich dort auszurüsten, bevor sie sich auf den Weg machten, um Lola zu befreien. Es zumindest zu versuchen. Krysztof hatte keine Sekunde lang gezögert und auch keinerlei Bedenken geäußert. Im Laufe der letzten Tage hatten die beiden Männer ausreichend Vertrauen zueinander gefasst, um wie zwei Kollegen zu agieren.
»Ja«, antwortete Iris, »ich habe dir eine vollständige Akte über Erik Mancel zusammengestellt. Soll ich sie dir mailen oder faxen?«
»Weder noch, ich habe keine Zeit. Tut mir leid. Ich bin gerade mit dem Auto unterwegs. Kannst du mir das Wesentliche am Telefon sagen?«

Iris Michotte seufzte. »Du kannst ganz schön nerven, Ari!«
»Ich weiß. Deshalb haben wir uns ja getrennt, erinnerst du dich?«
»Also ... Zunächst mal ist Erik Mancel tatsächlich ein Nachkomme der Familie Mancel, die im fünfzehnten Jahrhundert im Besitz der Skizzenbücher von Villard de Honnecourt war. Wie der Name schon sagt, stammt die Familie ursprünglich aus Le Mans. Es war ein recht wohlhabendes Geschlecht von Fabrikanten, wobei das Vermögen der Mancels drastisch zusammengeschmolzen ist. Erik Mancel ist heute ein reicher Industrieller, er hat von seinem Großvater mehrere Kunststoffverarbeitungsfabriken in Le Mans geerbt und hat in verschiedene Unternehmen investiert, die mit seinem Geschäft verbunden sind: Verpackung, Nahrungsmittelindustrie und öffentliche Bauprojekte. Kurzer Abstecher in die Politik, in den achtziger Jahren war er im Gemeinderat von Le Mans. Er soll ziemlich weit rechts stehen, fast rechtsextrem sein, was seine Beziehung zu Albert Khron und der Vril-Bruderschaft erklären könnte. Alleinstehend, kinderlos, er hat ein Anwesen in Le Mans und ein Haus in der Pariser Vorstadt, in Asnières. Die Kriminalpolizei bewacht beide Objekte, aber seit der Schießerei in der Villa Agartha ist er nicht mehr aufgetaucht ... Brauchst du noch mehr Details?«
»Warte eine Minute. Ich gebe dir eine Adresse, sag mir, ob sie mit irgendetwas übereinstimmt, das mit Mancel zu tun haben könnte. Ein Unternehmen, bei dem er Aktionär ist, ein Klub, der ihm gehört, die Anschrift seiner Geliebten, ich weiß nicht, irgend so etwas ...«
»Ich höre.«
Ari diktierte ihr die Adresse in Goussainville, wo Morand das Handy von Lola geortet hatte. Iris startete die Suche. Er wartete geduldig.
»Treffer, Ari! Das ist ein Lager der SMDP, einer seiner Kunststoffverarbeitungsfilialen.«

Der Agent zwinkerte dem Bodyguard neben sich zu.
»Perfekt! Kannst du mir so viele Infos wie möglich zu diesem Lager besorgen? Plan vom Katasteramt, Luftbild, all so was?«
»Soll ich dir nicht die restliche Akte über Mancel vorlesen?«
»Nein danke, ich habe das Wichtigste.«
»Das war ganz schön viel Arbeit, die ich ...«
»Tut mir leid, aber ich bin mir sicher, Staatsanwalt Rouhet wäre entzückt, wenn du ihm eine Kopie zukommen ließest.«
»He, ich schufte doch nicht für den. Das war ein Gefallen, den ich *dir* tun wollte.«
»Danke, meine Hübsche. Und was die Pläne angeht ...«
»Schon gut, ich habe verstanden. Die Lagerpläne, Fotos, das ganze Zeug. Aber sag mal, du wirst doch nicht schon wieder den Cowboy spielen?«
»Na ja ...«
»Depierre wird dich umbringen, ganz zu schweigen vom Staatsanwalt.«
»Lola ist dort, Iris. Es ist mir egal, was sie denken. Ich hole sie da raus, basta.«
»Das ist lächerlich, Ari. Du weißt genau, dass die Spezialeinheit das besser kann als du. Was willst du beweisen? Glaubst du, dieses Mädchen wird alles vergessen, weil du sie ganz allein gerettet hast?«
»Du willst mir doch jetzt keine Moralpredigt halten?«
»Du bist wirklich der sturste Esel, den ich kenne«, erwiderte Iris, bevor sie auflegte.
Ari gab dem Bodyguard ein Zeichen, schneller zu fahren. Wahrscheinlich hatte sein Ex-Freundin recht. Aber er wollte keine Zeit verlieren. Diesmal war er sich sicher, sie waren Lola auf der Spur. Und er wollte niemand anderem die Verantwortung überlassen, sie zu befreien.
Eine Viertelstunde später erreichten sie Krysztofs Appartement, Porte de Montreuil. Die Wohnung war eine richtige Waffenkammer.

»Das ist ja die reinste Schatzkammer hier!«, rief Ari aus, als er den Raum entdeckte, in dem der Bodyguard seine gesamte Ausrüstung aufbewahrte.
»Was man hat, hat man ...«
»Na ja. Brauchen Sie das wirklich alles, um Personenschutz zu betreiben, Krysztof?«
»Nein. Das sind Überbleibsel. Nach der Fremdenlegion, bevor ich zur Polizei gegangen bin, habe ich für private Sicherheitsunternehmen an einigen Auslandseinsätzen teilgenommen, dadurch konnte ich die Monatsenden ein bisschen aufbessern.«
»Gut, ich will es gar nicht wissen ... Also. Was nehmen wir?«, fragte Ari und betrachtete erstaunt das militärische Arsenal, das schön geordnet in den Regalen lag. »Wir brauchen einiges, wenn wir allein ein Depot angreifen wollen.«
»Nun ... Wie beim letzten Mal kugelsichere Westen, Maschinenpistole FN P90, und dazu nehmen wir noch jeder eine Beretta, neunzehn Kugeln pro Magazin, das ist besser als Ihre alte Knarre.«
»Schön höflich bleiben, Krysztof.«
»Ein Rucksack für jeden mit der nötigen Ersatzmunition, verschiedene Granaten, Taschenlampe, Fernglas, Seil ... Die Klassiker.«
»Für Sie vielleicht. Ich spiele schon lange nicht mehr Krieg, wissen Sie?«
»Ein Nachtsichtgerät«, fuhr der Bodyguard fort, als habe er nicht zugehört, »eine Infrarotkamera und vor allem eine endoskopische Kamera: Mit einem Fiberoptik-Lichtkabel kommt sie überall durch, sogar unter Türen, das ist praktisch. Das hätten wir das letzte Mal gut gebrauchen können. Ein Motorola-Funkgerät für jeden, mit Ohrstöpsel. Ich glaube, dann sind wir ausgerüstet.«
»Ausgerüstet? Das kann man wohl sagen!«
»Was man eben so braucht«, bemerkte Krysztof mit einem breiten Lächeln, seine Lakritzstange zwischen den Zähnen.

Aris Handy begann zu vibrieren. Nacheinander kamen mehrere von Iris verschickte MMS an. Er holte die kleine Speicherkarte aus dem Apparat.
»Haben Sie die Möglichkeit, diese Daten auszudrucken?«, fragte er Zalewski und hielt ihm den Chip hin.
Der Bodyguard nickte und druckte schnell Farbkopien der verschiedenen Dokumente aus.
Iris war es gelungen, alles Nötige zu besorgen. Sie setzten sich an den Esstisch und studierten gemeinsam die Luftaufnahme, den Gebäudeplan des Katasteramts und die detaillierten Innenpläne.
Um das Lager herum gab es einen großen Hof. Auf dem Foto sah man vorn und hinten mehrere Fahrzeuge stehen. Das Gebäude bestand hauptsächlich aus einer großen Lagerhalle – einer Ladefläche, auf der offensichtlich mehrere Container Platz hatten – und einem darüber liegenden Zwischengeschoss mit drei kleinen Räumen, die sich entlang eines frei schwebenden Laufgangs befanden. Es gab einen Haupteingang an der Vorderfront, ein großes, wahrscheinlich eisernes Tor, hoch und breit genug für die Durchfahrt von Lastwagen, und zwei Notausgänge auf der Rückseite des Gebäudes.
»Sind Sie sich sicher, dass wir das allein machen sollen, Ari?«, fragte der große Blonde.
»Der offizielle Weg würde zu lange dauern. Und dieses Mal würden Sie mir verbieten mitzumachen. Ich will selbst hingehen, Krysztof. Das ist mir sehr wichtig.«
»Okay, verstanden. Die Schwierigkeit wird sein, sie daran zu hindern zur einen Seite hin zu fliehen, wenn wir von der anderen Seite hereinkommen ...«
»Sicher ... Man müsste zwei der drei Ausgänge blockieren.«
»Das Tor auf der Vorderseite zu blockieren scheint mir bei der Größe schwierig ...«
»Dann müssen wir vorn rein, nachdem wir die beiden Notausgänge versperrt haben.«

»Wenn es uns gelingt, uns zu nähern, ohne bemerkt zu werden ...«
»Wir warten, bis es dunkel wird, Krysztof. Aber wie können wir die Türen blockieren, ohne Lärm zu machen ...«
»Ich habe, was man dafür braucht«, erwiderte Zalewski. »Es sieht nach nichts aus, aber glauben Sie mir, es hat sich bewährt.«
Er verschwand im Nebenraum und kam mit einer Klebepistole zurück, die er in seinen Rucksack gleiten ließ.
»Wie gehen wir vor?«, fragte er, während er den Rucksack zumachte. »Auf die klassische Art?«
»Man müsste herausfinden, wo Lola festgehalten wird, bevor wir zum Angriff übergehen.«
»Wir können es mit der Infrarotkamera und der endoskopischen Kamera versuchen.«
»Ja, drücken wir uns die Daumen.«
Ari sah sich noch einmal die Gebäudepläne an und versuchte, sie sich zu merken. Dann drehte er sich zu dem Bodyguard um.
»Krysztof, ich muss Sie um einen Gefallen bitten.«
»Ja?«
»Ich spreche jetzt nicht zu dem Agenten des Personenschutzes. Ich spreche zu Krysztof Zalewski, einem Mann, von dem ich glaube, dass ich ihm vertrauen kann, nach allem, was wir durchgemacht haben.«
»Was wollen Sie, Ari?«
»Haben Sie einen Safe hier?«
Der Bodyguard nickte.
»Kann ich Ihnen Villards Quadrate anvertrauen? Aber Sie müssen mir versprechen, dass ...«
»Mackenzie«, fiel ihm der Bodyguard ins Wort, »Legionäre sind Ehrenmänner. Ihre Quadrate sind hier in Sicherheit und werden den Safe nicht verlassen, bevor Sie mich nicht ausdrücklich darum gebeten haben.«

»Ich danke Ihnen.«
Der Pole führte Ari ins Nebenzimmer, wo sie die sechs Pergamente einschlossen.
»Gut. Gehen wir?«, fragte der Bodyguard, sichtlich ungeduldig.
»Es ist noch nicht Nacht ... Aber wir können den Ort schon mal ausfindig machen, wenn Sie wollen.«
Ari warf einen letzten Blick auf das Foto von Erik Mancel. Die Wut, die er empfand, als er den kalten, zynischen Blick des Mannes auf dem Bild sah, war größer denn je.

88

Sie hatten das Industriegebiet mehrfach umrundet, um sich die Gegend einzuprägen, und von dem Dach eines Nachbargebäudes aus das Lager mit Hilfe eines Fernglases observiert, während sie auf den Einbruch der Nacht warteten. Kein einziges Fahrzeug war in die Halle hinein- oder aus ihr herausgefahren, aber ungefähr alle halbe Stunde tauchte ein Wachmann am Haupteingang auf, drehte eine Runde um das Gebäude und ging wieder hinein. Er war zweifellos nicht nur dazu da, um den Bestand an Kunststoff zu bewachen. Man erriet leicht, dass er unter seinem Mantel eine Waffe verbarg.
Krysztof entdeckte mindestens vier Überwachungskameras.
»Es wird schwierig sein, nicht in das Sichtfeld von einer von ihnen zu gelangen«, erklärte er, als er sie Ari zeigte.
»Wir müssen im Schatten laufen ... Irgendwann werden wir so oder so entdeckt werden.«
»Wenn wir die Zeit haben wollen, die Türen zu blockieren, sollte das so spät wie möglich sein.«
Als die Sonne endlich untergegangen war, überprüften sie ihre Ausrüstung und drangen in die angrenzende Lagerhalle ein,

um von hinten heranzukommen. Um diese Zeit war niemand mehr in diesem Viertel unterwegs, und die Straßenlaternen beleuchteten nur verwaiste Wege.

An die Mauer gedrückt, die die beiden Parkplätze voneinander trennte, warteten sie eine neue Runde des Wachmannes ab. Als dieser wieder hineingegangen war, kletterten sie über die Mauer und schlichen hinter das Gebäude.

Das Lagerhaus, das aus dickem Blech bestand, war ein riesiger, fensterloser Kubus. In regelmäßigen Abständen zeichneten Scheinwerfer Lichtkreise in die dunkle Winternacht.

»Vermeiden Sie die erleuchteten Zonen«, murmelte Krysztof und zeigte mit dem Finger auf die Überwachungskameras. »Wir müssen schnell vorankommen, immer in Deckung bleiben.«

Ari nickte und wies auf die Nottreppe an der linken Seite des Lagers. Die tauchte nicht auf den Plänen auf.

»Wir steigen da rauf.«

Der Bodyguard ging voraus. Die Maschinenpistole in der Hand, überquerte er mit raschen Schritten das erste Drittel des Parkplatzes. Er achtete darauf, nie aus dem Schatten zu treten, und kauerte sich dann hinter einen Lieferwagen. Er wartete ein paar Sekunden. Als er sah, dass sich nichts bewegte, gab er Ari das Zeichen, ihm zu folgen. So liefen sie vorsichtig in drei Etappen bis zum Fuß der Nottreppe.

Trotz des Gewichts seiner Ausrüstung gelang es Krysztof, die Stufen schnell und geräuschlos zu erklimmen. Mackenzie, der ein wenig aus der Übung war, brauchte länger, kam aber problemlos oben an.

Wie erhofft entdeckte Ari auf dem Dach zwei Glaskuppeln. Auf dem Luftbild hatte er sich nicht sicher sein können, dass sie durchsichtig waren. Aber das war zum Glück der Fall und würde ihnen die Arbeit erleichtern.

»Geben Sie mir die endoskopische Kamera! Ich werde versuchen hineinzuschauen, ohne entdeckt zu werden.«

»Soll ich das nicht lieber machen?«
Ari zögerte. »Okay, Sie können das sicher besser als ich. Ich nehme den Monitor.«
Krysztof holte die Kamera aus seinem Rucksack.
Die Oberfläche des Daches bestand aus einer Art wasserdichtem, weichem Plastik. Es gelang ihnen, leise darüberzuschleichen. Ein paar Meter vor der ersten Kuppel legten sie sich auf den Bauch und robbten so nah wie möglich heran.
Der Bodyguard hielt den flexiblen Hals der Kamera zwischen den Fingerspitzen und streckte den Arm aus, um das winzige Objektiv an den Rand der großen Glasscheibe zu halten.
Ari schaltete hinter ihm den kleinen Farbmonitor ein. Er regulierte Schärfe, Kontrast und Helligkeit. Langsam erschien die ein paar Meter weiter unter liegende Ladefläche der Lagerhalle auf dem Bildschirm. Zalewski schwenkte die Kamera von rechts nach links, um die gesamte Halle zu erfassen.
»Ich zähle mindestens sechs Personen«, flüsterte Ari. »Vier unten und zwei in den Büros im Zwischengeschoss. Warten Sie ... Gehen Sie wieder ein bisschen nach links.«
Krysztof bewegte die Kamera.
»Ja. Da. Nicht mehr bewegen! Sehen Sie, Krysztof, die beiden Typen vor dem roten Container ... Ich könnte wetten, dass Lola da drin ist.«
»Wir können versuchen, das mit der Infrarotkamera zu überprüfen, wenn Sie wollen.«
»Geben Sie sie her.«
Der Bodyguard zog vorsichtig die Kamera von der Glasscheibe weg und räumte sie in seinen Rucksack.
»Passen Sie auf, dass man Sie nicht entdeckt«, sagte er, als er Ari die Infrarotkamera gab.
Mackenzie schaltete das Gerät ein, das wie ein großes, besseres Fernglas aussah. Er robbte auf den Armen vorwärts, um näher an die Glaskuppel heranzukommen, richtete sich dann auf den Ellenbogen auf und drückte seine Augen an das Visier.

Die Silhouetten der vier Männer auf der Ladefläche zeichneten sich als rundliche Schatten in den Farben Violett, Rot und Gelb vor ihm ab.
Er drehte den Apparat in Richtung Container und regulierte die Empfindlichkeit der Kamera. Langsam erschienen Wärmestrahlen in der linken Ecke des großen Metallkubus. Eine in sich zusammengesunkene Person, die sich kaum bewegte. Er war sich sicher, dass sie es war. Lola. Zusammengekauert im Inneren des Containers.
»Bücken Sie sich!«, rief Krysztof und packte ihn am Arm.
Einer der vier Wächter der Ladefläche ging in die Mitte des Raumes, genau unter ihnen.
Ari zog sich zurück. Er wartete einen Moment und gab Zalewski dann die Kamera zurück.
»Kein Zweifel. Sie ist da drin«, sagte er mit ernster Stimme. »Gehen wir.«
Sie liefen gebückt bis zum Rand des Daches zurück und richteten sich dann auf, um an die Leiter heranzureichen.
»Warten Sie!«, murmelte Krysztof, als Ari gerade hinuntersteigen wollte. »Da drüben auf dem Dach ist eine Falltür. Ich werde sie auch versiegeln, man weiß ja nie …«
Der Bodyguard holte die Klebepistole aus seinem Rucksack. Er verklebte die Falltür und kam zu Ari zurück.
»Es geht los!«
Die beiden Männer kletterten wieder zum Parkplatz der Lagerhalle hinunter. Unten gab Ari Zalewski ein Zeichen, den weiter entfernt liegenden Notausgang zu versiegeln, während er sich mit dem Rücken an den zweiten Notausgang lehnte und das Gebäude von dort aus überwachte.
Krysztof ging so nah wie möglich an der Wand entlang. Er hoffte, dass der Sichtwinkel der Überwachungskameras über ihm nicht ausreiche, um ihn zu erfassen. Er verschloss den ersten Notausgang und ging zu Ari zurück. Der entfernte sich vom zweiten Ausgang und ließ Zalewski seine Arbeit verrich-

ten. Die grauweiße Masse des Cyanoacrylat-Klebers floss an der Öffnung entlang und verfestigte sich schnell.

»Wir können gehen«, flüsterte der Bodyguard und räumte die Pistole weg.

Aber als sie sich gerade auf den Weg machen wollten, hallte ein lautes Quietschen von der anderen Seite der Lagerhalle her über den ganzen Parkplatz. Ari hielt Krysztof hinter sich fest.

Das Geräusch von Schritten war auf der Straße zu hören und kam immer näher. Der Wächter hatte seine Runde offenbar einige Minuten früher begonnen. Vielleicht waren sie entdeckt worden.

Ari zog seine Beretta aus dem Holster, aber Zalewski packte ihn am Arm. Er legte einen Finger auf die Lippen, um den Agenten zu ermahnen, leise zu sein, dann holte er ein Messer aus seinem Gürtel und stellte sich vor ihn.

Die Schritte des Wachmannes näherten sich, und auf dem Asphalt zeichnete sich sein langer, vom Licht einer Straßenlaterne herrührender Schatten ab.

Als der Wachmann an der Hausecke auftauchte, stürzte sich Krysztof auf ihn. Die tausendfach wiederholte Bewegung wurde blitzschnell ausgeführt. Zalewski packte seinen Gegner an der Schulter und schnitt ihm mit einer raschen, präzisen Bewegung die Kehle auf.

Das Blut schoss hervor. Der Wachmann presste die Hände auf seinen Hals, seine Augen quollen hervor, und unfähig zu schreien, brach er auf dem Boden zusammen und starb.

Krysztof packte die Leiche bei den Beinen und zog sie an die Wand heran, damit sie nicht gesehen wurde, dann gab er Ari ein Zeichen, dass der Weg frei war.

Hintereinander gingen sie die Straße entlang, ihre Maschinenpistolen auf den Boden gerichtet. Als sie die Ecke zur Vorderfront des Gebäudes erreichen, verharrten sie einen Moment. Ari näherte sich der Hausecke und warf einen kurzen Blick auf die andere Seite. Niemand. Aber die Metalltür links stand of-

fen. Der Wächter hatte sie beim Hinausgehen offenbar nicht geschlossen.
»Wollen Sie die Kamera?«, fragte Krysztof leise.
»Nein. Keine Zeit. Sie werden sich bald über die Abwesenheit des Wachmannes wundern. Wir müssen schnell handeln.«
Ari schloss die Augen und atmete eine Sekunde lang tief durch. Er musste sich konzentrieren. Er durfte keinen Fehler machen. Diesmal war er sich sicher, dass Lola dort drin war, und der kleinste Fehltritt, eine einzige falsche Reaktion konnte eine Katastrophe auslösen.
Sie hatten sich über die Strategie geeinigt. Ari sollte den Feind daran hindern, in den Container zu dringen, um Lola als menschlichen Schutzschild zu missbrauchen. Das würde vermutlich der erste Reflex sein. Er musste also während der gesamten Aktion den Eingang absichern. Krysztof seinerseits sollte den Gegner eliminieren. Einen nach dem anderen.
Mackenzie schaltete sein Funkgerät ein, steckte sich den Kopfhörer ins Ohr, vergewisserte sich, dass ihm die FN P90 richtig in der Hand lag, und ging um die Ecke herum. Er hockte sich neben der Tür nieder und holte eine Blendgranate aus seinem Rucksack. Er hoffte, dass das Blitzlicht und die laute Detonation den Gegner lange genug kampfunfähig machen würden, um ihnen die Zeit zu lassen, ins Gebäude einzudringen und sich in Deckung zu bringen.
Er zog den Stift heraus, drückte sich an die Tür, wartete einen Moment und warf dann die Granate durch die Öffnung in die Mitte des riesigen Raumes.
Ein Mann im Inneren stieß überrascht einen Schrei aus.
»Was ist denn das für eine Scheiße?«
Ari und Krysztof kauerten sich nebeneinander, schlossen die Augen und hielten sich die Ohren zu.
Die Detonation dröhnte durch den Lagerraum und hallte von den Blechwänden wider. Unverzüglich stürzte Ari auf die andere Seite der Tür, dicht gefolgt von dem Bodyguard, rannte nach

rechts und ging hinter einem breiten Pfeiler in Deckung. Krysztof sprang auf der linken Seite hinter eine große Metallkiste.
Wie verabredet gingen sie sofort zum Angriff über, bevor die Männer in der Halle wieder zu sich gekommen waren.
Ari visierte mit geschulterter Waffe die beiden Wachmänner an, die vor dem roten Container postiert waren. Sie mussten schnell handeln. Er traf mühelos den ersten, der, von der Granate geblendet, noch dabei war, sich die Augen zu reiben. Die Kugeln trafen den Mann am Kopf und an der Brust. Er wurde prompt zu Boden geworfen. Aber als Ari auf den zweiten schießen wollte, hatte der sich schon hinter dem Container in Deckung gebracht und begann, mit einer Maschinenpistole in ihre Richtung zu feuern.
Auf der linken Seite war Krysztof schneller. Es gelang ihm, mit einer Salve die zwei Männer niederzustrecken, um die er sich kümmern sollte und die auf den Notausgang zurannten. Einer nach dem anderen brach von Kugeln getroffen zusammen.
Der Lärm war ohrenbetäubend. Detonationen, Schreie, mit einem Schlag war in dem Gebäude die Hölle ausgebrochen. Die Explosionen hallten laut durch die gesamte Lagerhalle.
Ari gestikulierte mit dem Arm, um seinem Partner den Mann zu zeigen, der von dem Zwischengeschoss aus auf ihn zielte. Krysztof ging gerade noch rechtzeitig in Deckung. Die Kugeln prallten von der Metallkiste ab und versprühten orangefarbene Funken. Die Schießerei wurde wieder heftiger.
Mackenzie konzentrierte sich erneut auf den Mann, der sich hinter dem roten Container versteckte. Er musste ihn unbedingt daran hindern, hineinzugelangen. Lola zu schützen, das war alles, was er zu tun hatte. Aber von dort, wo er war, konnte er nicht schießen. Ari bückte sich und inspizierte die Ladefläche zu seiner Rechten. In sechs oder sieben Metern Entfernung befand sich ein weiterer Pfeiler. Diesen Abstand zu überbrücken würde gefährlich sein, aber er hatte keine Wahl: Er musste wieder die Oberhand gewinnen. Er richtete seine Waffe auf

den Container und stürzte ungedeckt auf den zweiten Pfeiler zu. Während er die wenigen Meter rannte, feuerte er ununterbrochen auf seinen Gegner. Die Hülsen flogen eine nach der anderen an der Unterseite der FN P90 heraus und fielen scheppernd zu Boden.

Der Wächter blieb während der gesamten Salve auf der anderen Seite in Deckung, und Ari konnte sich hinter dem Pfeiler verschanzen, ohne einen Gegenangriff abwehren zu müssen. Er drückte sich ein paar Sekunden gegen den Metallpfosten, hob den Kopf, um wieder zu Atem zu kommen, und wagte es dann, nach rechts auszubrechen. Nicht den Rhythmus ändern. Den Feind überwältigen.

Der Mann befand sich jetzt in seinem Schusswinkel. Ari nahm sich die Zeit, zu zielen, und drückte dann auf den Abzug. Seine erste Kugel schlug gegen das Blech, die zweite traf seinen Gegner an der linken Schulter. Der Wachmann wurde gegen den Container geworfen und fiel mit schmerzverzerrtem Gesicht zu Boden, feuerte aber trotzdem blindlings drauflos. Ari musste wieder in Deckung gehen.

Auf der anderen Seite der Lagerhalle schien Krysztof Schwierigkeiten zu haben, den Schützen im Zwischengeschoss loszuwerden. Ari beugte sich vor, um ihn zu sehen, aber der andere Mann stand zu weit hinten auf dem Laufgang, außerhalb seines Blickfelds. Plötzlich bemerkte der Agent aus den Augenwinkeln eine Gestalt hinter der Fensterfront, die sich über das Zwischengeschoss hinzog. In dem Büro war ein Mann mit kurzen braunen Haaren und schwarzem Anzug dabei zu telefonieren, wobei er zugleich die Schießerei beobachtete.

Mackenzie war sich sicher, Mancel wiederzuerkennen. Er erinnerte sich an den Mann auf dem Foto, das Iris geschickt hatte.

Im selben Moment wurde geschossen, und Ari suchte hinter dem Pfeiler Schutz. Sein Gegner hatte diesen Moment der Unaufmerksamkeit ausgenutzt, um seine Position zu verändern, und überzog ihn jetzt mit Kugeln.

Ari bückte sich und ging um den Pfeiler herum. Er schlich vorsichtig vorwärts und entdeckte bald den Schützen, der noch immer auf dem Boden hockte und sich hinter einem Lastenaufzug verschanzt hatte. Er konnte nur dessen Füße und Beine unter dem Fahrzeug sehen, aber das reichte völlig. Er versteckte sich wieder hinter dem Pfeiler und wartete das Ende der Attacke ab. Auch eine Maschinenpistole verfügte nicht über unendliche viele Kugeln, der Wächter würde irgendwann aufhören müssen zu schießen.

Als der Beschuss endete, setzte sich Ari wieder in Position. Nachdem er die Maschinenpistole angelegt hatte, nahm er sich diesmal die nötige Zeit, zu zielen. Er versuchte, langsam zu atmen und sich von dem Lärm nicht ablenken zu lassen, dann regulierte er sein Zielfernrohr und schoss schließlich vier Kugeln auf die Beine des Mannes hinter dem Lastenaufzug. Er hörte die Schmerzensschreie des Wachmannes und sah, wie dieser sich auf dem Boden wand und sich dabei die Schenkel hielt. Er feuerte eine neue Salve ab und traf seinen Gegner am Kopf. Der Mann blieb reglos liegen.

Ari richtete sich auf. Der Container war gesichert.

Er atmete tief durch, bevor er sich zu Zalewski drehte, der noch mit dem Schützen im Zwischengeschoss beschäftigt war. Inmitten eines Infernos aus Licht und Lärm schossen sie abwechselnd, ohne ihr Ziel zu treffen.

Aber im Moment hatte Mackenzie noch zu tun. Er konnte seinem Partner unmöglich zu Hilfe kommen. Er warf einen kurzen Blick zum Container hinüber, und da er sah, dass der Weg frei war, rannte er so schnell er konnte bis zur roten Tür. Er bemerkte das große Vorhängeschloss, das den Eisenriegel blockierte.

Wütend klopfte er gegen das Metall.

»Lola!«, schrie er durch die Detonationen. »Lola!«

Plötzlich ertönte die Stimme der jungen Frau aus dem Inneren.

»Ari!«

Dann stieß sie einen Schrei aus, in dem sich Angst, Erleichterung und Verzweiflung paarten. Mackenzie spürte, wie sich seine Kehle zusammenschnürte.
»Keine Angst, Lola, ich hole dich da raus!«
Er rannte zur Leiche des ersten Wächters, den er beim Hereinkommen getötet hatte, und durchsuchte seine Taschen. Kein Schlüssel.
»Scheiße!« Er machte kehrt und rannte zum zweiten, der hinter dem Lastenaufzug in einer Blutlache lag. Aber obwohl er ihn mehrfach durchsuchte, fand er wieder nichts. Er fluchte und ging zur Tür des Containers zurück.
Er überprüfte das Vorhängeschloss. Es würde schwierig sein, es aufzubrechen, ohne Gefahr zu laufen, Lola zu verletzen. Mancel hatte wahrscheinlich den Schlüssel. Ari sah zum Zwischengeschoss hinüber. Im Büro brannte noch Licht, und er erriet Mancels Schatten. Es war nur noch einer seiner Helfershelfer übrig, aber Krysztof gelang es nicht, ihn loszuwerden.
Ari beugte sich zu dem Mikrofon seines Funkgeräts, das an seinem Kragen hing.
»Krysztof, hören Sie mich?«
»Ja.«
»Der Container ist verschlossen. Mancel muss den Schlüssel haben. Ich muss einen Weg finden, da hinaufzukommen. Geben Sie mir Rückendeckung.«
»Verstanden.«
Ari sah sich den oberen Teil der Lagerhalle an. Am Ende des Zwischengeschosses, rechts, gab es eine Art großen Kasten – einen Technikraum –, auf den er vielleicht klettern konnte. Wenn er an der Nordwand der Lagerhalle entlangkletterte, konnte Mackenzie ihn erreichen und den versteckten Schützen von hinten überraschen. Unten war sowieso niemand mehr. Lola riskierte im Moment nichts.
Zwischen Krysztof und dem Wachmann setzte sich der Schusswechsel fort. Ari rannte zur gegenüberliegenden Blechwand.

Am Fuß der Wand angekommen, schob er sich seine Maschinenpistole auf den Rücken und begann, einen Metallpfeiler hochzuklettern. Die Schraubenbolzen schauten auf beiden Seiten so weit heraus, dass er sich daran abstützen konnte, aber die Gefahr abzurutschen war groß. Ari klammerte sich mit den Händen an dem eisernen Pfeiler fest und kletterte vorsichtig zum Dach hinauf. Auf halber Strecke machte er eine kurze Pause. Seine Schulter tat immer noch weh, und das kleinste Ziehen fühlte sich an, als stoße man ihm einen Messer ins Schulterblatt. Aber jetzt war nicht der Moment, Schwäche zu zeigen. Er holte tief Luft und setzte seinen Aufstieg fort, ohne nach unten zu schauen.

Auf der anderen Seite beschoss Krysztof weiterhin den Schützen. Das Getöse der Schüsse erfüllte die Lagerhalle. Es war eine endlose Symphonie.

Ari erreichte endlich die Höhe des Zwischengeschosses. Dort, wo er war, konnte der Schütze ihn nicht sehen, denn er wurde von dem Technikraum verdeckt. Aber dorthin musste er jetzt.

Er zögerte. Er hatte ein Seil in seinem Rucksack, aber er fühlte sich außerstande, es herauszuholen, ohne Gefahr zu laufen, nach hinten zu fallen. Nein. Die beste Lösung war, höher zu klettern und sich am Sims entlangzuhangeln. Ari hoffte nur, dass er noch genug Kraft in den Armen hatte.

Er legte die letzten Meter zurück, die ihn von der Decke trennten, dann griff er mit der linken Hand nach dem Metallvorsprung. Seine Finger umschlossen fest den Eisenträger. Aber das Schwierigste blieb noch zu tun: die zweite Hand nachzuziehen.

Ari brauchte mehrere Versuche. Jedes Mal, wenn er den Pfeiler rechts von sich losließ, hatte er den Eindruck, nach hinten zu kippen, so dass er sich sofort wieder festhalten musste, ohne den Mut gefunden zu haben, die Hand zur anderen Seite zu führen. Der Agent schloss die Augen und schüttelte die Schweißtropfen ab, die ihm von der Stirn herabliefen, dann versuchte er es noch einmal. Er ließ den Pfeiler los. In dem Moment rutschte sein linker Fuß vom Schraubenbolzen, und er verlor das Gleichgewicht. Er konnte sich gerade noch halten und klammerte sich reflexartig am Sims über sich fest.

An den Händen hängend, schaukelte Ari zwei-, dreimal ins Leere. Dann begann er den Raum zu durchqueren, um sich dem Zwischengeschoss zu nähern. Er schwitzte so sehr, dass seine Finger abrutschten, was ihn zur Eile zwang. Nach ein paar Metern fand er zu einem gleichmäßigen Rhythmus und half sich, indem er seine Beine von rechts nach links schwang, um einen größeren Abstand überbrücken zu können. Entkräftet erreichte er schließlich das Ende des Vorsprungs. Er warf einen raschen Blick nach unten. Seine Finger rutschten immer wieder vom Eisenträger ab. Er musste schnell handeln, um nicht abzustürzen. Leider befand sich das Dach des Technikraumes nicht direkt unter ihm. Er musste Schwung holen und sich dann ins Leere fallen lassen.

In dem Moment bemerkte er, dass die Frequenz des Schusswechsels in seinem Rücken zugenommen hatte und dass eine dritte Art von Detonation durch das Lager hallte. Mancel war vermutlich aus seinem Büro gekommen, und der arme Krysztof stand im Kreuzfeuer. Es war keine Zeit mehr zu verlieren. Er nahm seine letzten Kräfte zusammen, holte Schwung und ließ sich fallen.

Er erkannte sofort, dass er nicht genug Schwung geholt hatte, um auf dem Technikraum zu landen. Panisch streckte er die Arme aus, und es gelang ihm, sich mit den Händen festzuhalten. Sein Oberkörper stieß heftig gegen die Blechwand. Trotz der Schmerzen hievte er sich auf das Dach. Kniend löste er die Maschinenpistole von seinem Rücken, legte sich auf den Boden und kroch bis zum Rand des Technikraumes. Dort angekommen, sah er endlich den Schützen, der, versteckt hinter dem Mäuerchen am Anfang der Galerie, Zalewski solche Probleme bereitete.

Ari richtete seine Waffe aus. Genau im richtigen Winkel brauchte er nur eine einzige Kugel.
Der Mann wurde in den Nacken getroffen, kippte nach vorn und fiel über die Brüstung. Sein Körper drehte sich zwei-, dreimal um die eigene Achse, bevor er vier oder fünf Meter weiter unten auf dem Boden aufschlug.
Ari, der gerade entdeckt worden war, musste den Gegenschlag von Erik Mancel einstecken. Der überschüttete ihn mit Kugeln, während er sich rückwärtsbewegte, um in seinem Büro in Deckung zu gehen.
Mackenzie kroch zurück, um außer Reichweite zu gelangen, dann sprach er in das kleine Mikrofon des Funkgeräts.
»Krysztof, hören Sie mich?«
»Einwandfrei.«
»Mancel hat sich in seinem Büro verschanzt. Es ist nur noch er da.«
»Soll ich eine Handgranate hinaufwerfen?«
»Nein. Ich glaube, der Staatsanwalt wäre glücklich, wenn wir wenigstens einen lebend hätten! Außerdem möchte ich den Schlüssel zum Container. Versuchen Sie, eine Rauchbombe zu werfen.«
Im selben Moment ertönte von draußen das Knirschen von Reifen. Ari richtete sich auf. Unten sah er Krysztof aus seinem Versteck hervorkommen und einen Blick nach draußen werfen.
»Oh! Verdammt! Zwei Autos, Ari! Und das sind keine von uns. Er muss Verstärkung gerufen haben.«
Das war also der Anruf gewesen, den er zu Beginn der Schießerei getätigt hatte. Das Geräusch von Türen war zu hören, dann wurde vom Parkplatz aus in die Lagerhalle geschossen.
»Lola!«, schrie Ari. »Man muss sie daran hindern, sie zu holen!«
»Ich kümmere mich darum!«
Zalewski stieß die Eingangstür mit dem Fuß zu und rannte

zum Container. Er versteckte sich seitlich und wartete, dass die Verstärkung hereinkam.

Lärm hallte durch das Lager, dann hob sich langsam der eiserne Rollladen. Ari ging in Position. Scheinwerferlicht erhellte nach und nach die Ladefläche, und plötzlich standen sie im Kugelhagel.

Ari fluchte. Sie saßen in der Falle. Die Stimme von Krysztof rauschte durch seinen Kopfhörer.

»Da kommen wir nicht mehr raus, Ari!«

Mackenzie biss die Zähne aufeinander. Er hätte diese Expedition lieber allein beendet, aber Krysztof hatte recht.

»Okay. Ich rufe die Kavallerie«, antwortete er durch das Getöse der Kugeln.

Er holte sein Handy aus der Tasche und rief widerwillig Rouhet an.

Keine Antwort. Nicht einmal ein Klingeln. Ari schaute auf die kleinen Striche auf seinem Telefon. Sein Akku reichte nicht mehr zum Telefonieren. Er versuchte, eine SMS zu schicken. Er wählte die Nummern von verschiedenen Empfängern, diejenige des Staatsanwalts, aber auch die von Depierre, von Iris und dem Kommissar der Kriminalpolizei. Er wollte wenigstens alle Möglichkeiten genutzt haben. Er gab ihnen die Adresse und fügte nur hinzu: »Schicken Sie uns die Spezialeinheit.«

Die Kugeln flogen um ihn herum. Ari verstaute sein Handy und kroch zurück, um besser geschützt zu sein. Als er am Rand des Dachs des Technikraumes ankam, beugte er sich nach rechts, um das Büro im Zwischengeschoss in Augenschein zu nehmen.

Mancel näherte sich der Tür. Ari zögerte keine Sekunde und schoss auf ihn. Die Fensterscheiben zersprangen. Der Mann wurde gezwungen, sich wieder ins Innere zurückzuziehen.

Mackenzie rollte auf die andere Seite und begann, auf den Haupteingang zu schießen. Aber er war zu weit oben und konnte seine Gegner nicht sehen, die Krysztof mit regelmäßigen Salven angriffen. Der Bodyguard würde seine Position nicht lange halten können und Lolas Container bald wieder ungeschützt sein.

Ari griff in letzter Verzweiflung nach einer Streugranate in seinem Rucksack. Er zog den Ring ab, nahm den Zünder zwischen die Finger und warf die M67 in Richtung Haupttor. Die Granate prallte mehrfach vom Boden ab und blieb draußen liegen.

Die Explosion hallte durch das gesamte Viertel und erleuchtete einige Sekunden lang den Asphalt. Die Schüsse setzten einen Moment lang aus, dann ging es umso stärker weiter. Bestenfalls hatte Ari sie davon abgebracht, sich dem Eingang zu sehr zu nähern. Das war schon nicht schlecht.

Plötzlich schien eine noch heftigere Explosion von der Rückseite des Gebäudes zu kommen.

Ari zuckte zusammen, dann wandte er sich nach rechts und sah, dass unten gerade der erste Notausgang in die Luft gesprengt worden war. Zwei Männer betraten mit gezückten Waffen das Gebäude. Zalewski würde von hinten überrascht werden.

Ari stellte sich hin und schickte eine Salve in Richtung der neuen Eindringlinge. Er traf den zweiten Mann, der am Boden zusammenbrach, aber der erste war durchgekommen.

»Ich halte nicht mehr lange durch!«, schrie der Bodyguard in das Funkgerät.

Ari rannte zur anderen Seite des Vorsprungs und versuchte, Krysztof Deckung zu geben. Einer nach dem anderen kamen die Männer in die Halle. Zalewski, der ganz allein unten war, saß in der Klemme und stand an zwei verschiedenen Fronten mindestens sechs Leuten gegenüber.

Mackenzie leerte sein Magazin, tauschte es aus und leerte ein zweites, wobei er mal auf den Haupteingang schoss, mal auf den Gang unter sich.

Plötzlich hörte er Zalewski über seinen Kopfhörer schreien.

»Ich bin getroffen! Sie müssen runterkommen, ich kann nicht mehr beide Seiten absichern.«

Der Agent eilte zum Rand des Technikraumes und sprang auf den Laufgang. Er rollte über den Gitterboden und wollte gerade auf das Büro von Mancel schießen. Da bemerkte er überrascht, dass dieser nicht mehr da war.

Ari sah, wie der Mann unten auf der Treppe nach draußen rannte. Der Mistkerl wollte entwischen!

Mackenzie lief es kalt den Rücken hinunter. Er rannte die Treppe hinab. Unten näherten sich die Männer immer mehr dem Container. Er schickte eine Salve in ihre Richtung, um sie zum Rückzug zu zwingen, dann drehte er sich um und machte sich auf die Jagd nach Mancel, der wahrscheinlich schon auf dem Parkplatz war.

Wenige Schritte vom Notausgang entfernt bemerkte Ari rechts von sich gerade noch rechtzeitig den Mann, der Krysztof von hinten angreifen wollte. Schüsse krachten, es blitzte weiß auf. Ari warf sich auf den Boden und erwiderte liegend das Feuer. Den Körper von Kugeln durchsiebt, stürzte sein Gegner in einige Holzkisten, die hinter ihm standen.

Mackenzie stand sofort wieder auf und lief zur Rückseite der Lagerhalle.

»Krysztof, Mancel ist draußen, ich muss ihm nach! Tut mir leid, aber Sie müssen allein zurechtkommen! Ich habe den Kerl hinter Ihnen erwischt!«

Er erhielt keine Antwort.

Ari biss die Zähne zusammen, aber er durfte nicht zögern. Jede Sekunde zählte. Er rannte auf den Parkplatz hinaus. Da hörte er rechts von sich das Schlagen einer Autotür und sah, wie Mancel sich hinter das Lenkrad eines Geländewagens setzte. Ohne sich die Zeit zu nehmen, seine Waffe zu schultern, schoss Ari auf den Fahrer. Die Kugeln prallten von der gepanzerten Scheibe ab. Die Scheinwerfer gingen an, blendend hell, und der Wagen startete.

Mit quietschenden Reifen fuhr der Geländewagen direkt auf ihn zu. Ari hob seine FN P90 hoch und schoss noch eine Salve ab. Aber die Windschutzscheibe widerstand. Der Wagen war nur noch wenige Meter von ihm entfernt. Das Licht der Scheinwerfer beeinträchtigte seine Sicht. Mackenzie schrie, ohne mit dem Schießen aufzuhören. Die Kugeln prallten eine nach der anderen ab, überzogen die Scheibe mit Tausenden von weißen Äderchen, ohne dass sie zu Bruch ging.

Mancel umklammerte das Lenkrad und trat auf das Gaspedal. In letzter Sekunde sprang der Agent reflexartig zur Seite und rollte über den Asphalt. Der Kotflügel des Geländewagens streifte ihn ganz knapp. Ari stand wieder auf, machte zwei Schritte zur Seite und feuerte sein Magazin auf die Reifen des Fahrzeugs ab.

Das Gummi wurde zerfetzt, der Geländewagen geriet ins Schleudern und verkeilte sich in der Blechwand der Lagerhalle.

Ari ließ seine FN P90 auf den Boden fallen und zog die Beretta aus dem Holster. Mit ausgestrecktem Arm ging er direkt auf den Wagen zu und begann zu schießen.

Die Beifahrertür öffnete sich, und Mancel kroch benommen heraus, während er auf Ari schoss. Die Kugeln pfiffen um ihn herum, aber Ari versuchte nicht, in Deckung zu gehen. Es schien, als wollte er die Sache endlich zu Ende bringen, als wäre er besessen und fühlte sich unbesiegbar. *Er oder ich*. Ari ging vorwärts, stoisch, mit kaltem Blick und schoss, ohne mit der Wimper zu zucken, eine Kugel nach der anderen ab, so mechanisch wie ein Roboter. Die weißen Blitze aus seiner Automatikwaffe zerrissen die Nacht.

Mancel richtete sich schwankend auf und stützte sich auf die Wagentür. In dem Moment bekam er eine Kugel direkt in die Brust. Seine Augen öffneten sich mit einem Ausdruck des Erstaunens, dann erstarrte sein Blick, als könnte er nicht glauben, dass er getroffen worden war.

Ari, der vor Wut wie von Sinnen war, hörte nicht auf. Die Pistole auf seinen Gegner gerichtet, setzte er seinen Beschuss fort ... Eine nach der anderen bohrten sich die Kugeln in den zerfetzten Körper von Erik Mancel und nagelten ihn an die Tür des Geländewagens.

Als sein Magazin leer war, hörte Ari endlich auf und blieb mit ausgestrecktem Arm verstört auf dem Parkplatz stehen.

Mancels Körper glitt langsam am Wagen herab und brach dann wie ein Sandsack auf dem Boden zusammen.

Plötzlich wurde Ari, durch das Geräusch eines Hubschraubers und das Knirschen von Reifen neben sich aus seiner Erstarrung gerissen. Der breite Lichtkegel eines starken Scheinwerfers fegte über den Parkplatz.

Trotz der Überraschung verstand Mackenzie sofort, was los war. Er ließ seine Waffe fallen und hob seine Hände, um nicht von den Männern der Spezialeinheit beschossen zu werden.

Von überall kamen Polizisten herbeigerannt. Einige stiegen aus gepanzerten Transportern, die auf dem Parkplatz standen, andere ließen sich an Tauen vom Hubschrauber herab, wobei das Ganze in einer beeindruckenden und unerbittlichen Choreographie vonstatten ging.

Ari blieb eine Weile lang reglos stehen, während von der anderen Seite des Lagers Schüsse zu hören waren.

Dann beruhigte sich alles, die Detonationen, die Schreie, die Explosionen, nur der Lärm der rotierenden Hubschrauberblätter über ihnen starb nicht.

Ein Mann von der Spezialeinheit kam auf den erstarrten Ari zu und packte ihn am Arm.

»Kommandant Mackenzie? Alles in Ordnung?«

Ari, der noch verwirrt und schockiert war, brauchte einen Moment, um zu antworten. Dann nickte er langsam. Daraufhin ging er auf den leblosen Körper von Erik Mancel zu.

»Was tun Sie?«, fragte der Soldat und hielt ihn am Arm zurück.

Aber Ari machte sich los und durchsuchte die Leiche, ohne ein Wort zu sagen. Es schien, als sei er plötzlich wieder zu sich gekommen. In der dritten Tasche fand er einen flachen Schlüssel.

Er richtet sich wieder auf und ging mit raschen Schritten in die Lagerhalle, dicht gefolgt von dem erstaunten Polizisten der Spezialeinheit. Er lief über die Ladefläche und erreichte den Container.

Da sah er, dass zwei Polizisten Krysztof auf einer Bahre wegtrugen. Der Bodyguard gab ihm ein Zeichen. Mackenzie blickte ihnen nach, dann eilte er zum Container und steckte den Schlüssel in das Vorhängeschloss. Es ließ sich öffnen. Mit zitternden Händen entfernte er die Eisenstange und schob die schwere Tür auf.

Das blasse Licht der Scheinwerfer drang in den großen Container.

Das Bild war unwirklich. Ein überbelichtetes Schwarzweiß-Foto. Lolas kleiner Körper zeichnete sich vor der hinteren Wand ab. Die junge Frau ließ geblendet den Kopf in die Hände sinken. Ihre schwarzen Haare glitten über ihre Arme.

Ari stürzte mit klopfendem Herzen zu ihr und hockte sich vor sie. Er nahm sie in seine Arme und drückte sie mit ganzer Kraft an sich.

Langsam entspannte sich Lola. Sie umarmte ihn und brach in Tränen aus. Lange blieben sie so sitzen und umklammerten sich, als wollten sie nie wieder getrennt werden.

Mackenzie nahm Lolas Gesicht zwischen seine Hände und tauchte seinen Blick in den ihren. Sie war schöner denn je. So zerbrechlich. Von Gefühlen überwältigt, streichelte er ihre Schläfen. Lola. Seine Lola. Er näherte sich ihr und bedeckte ihr Gesicht mit Küssen. Es kam ihm vor, als wäre die Welt um sie herum verschwunden.

89

Mackenzie verbrachte die Nacht und einen Teil des darauffolgenden Tages im Krankenhaus. Seine zahlreichen Verletzungen wurden versorgt, Scherzmittel verabreicht und eine Reihe von Untersuchungen durchgeführt.
Gegen siebzehn Uhr, als Ari noch etwas erschöpft die Visite des Arztes erwartete, um die Erlaubnis zu bekommen, nach Hause zu gehen, betraten zwei Männer, ohne anzuklopfen, sein Zimmer.
Der eine von ihnen trug eine Armeeuniform mit vielen Tressen und der andere, ein Glatzkopf von etwa vierzig Jahren, einen schwarzen Anzug.
»Wie fühlen Sie sich, Mackenzie?«
Ari richtete sich erstaunt in den Kissen auf.
»Äh ... Guten Tag. Mit wem habe ich die Ehre?«, fragte er, obwohl er zumindest den Armeeangehörigen mit ziemlicher Sicherheit als solchen erkannte.
»General Baradat vom DRM, dem militärischen Geheimdienst. Wie fühlen Sie sich?«, wiederholte der Offizier.
»Ist mir ein Vergnügen, General. Und Sie sind?« Ari ließ nicht locker und fixierte den Kahlköpfigen an dessen Seite.
»Monsieur ist ein Kollege«, erwiderte der Mann in Uniform.
»Und darf ich wissen, was Sie hier machen?«
»Wir haben Ihnen einige Fragen zu stellen.«
»In welchem Zusammenhang?«, fragte Ari verärgert.
Der General setzte sich ihm gegenüber hin und schloss seine Finger um die Eisenstäbe am Fußende des Bettes. Sein »Kollege« in Zivil setzte sich in einer Ecke auf einen Stuhl und verschränkte mit finsterem Blick, die Arme. Er hatte noch immer kein Wort gesagt.
»Auf Anweisung des Élysée wurde die Ermittlung bezüglich der Notizbücher von Villard de Honnecourt zur Geheimsache erklärt und uns übergeben«, erklärte Baradat.

»Die Ermittlung? Welche Ermittlung? Ich dachte, alle seien verhaftet worden? Der Fall ist abgeschlossen.«
»Der Großteil der Protagonisten wurde verhaftet oder *neutralisiert*, in der Tat. Sie wissen das am besten. Aber es bleiben Dunkelzonen, Mackenzie. Wir denken, dass Sie uns Aufklärung verschaffen können.«
»Wenn Sie es sagen.«
Der General sah Mackenzie in die Augen.
»Die fehlenden Seiten des Skizzenbuchs ...«
»Ja?«
»Wo sind sie?«
Der Agent zuckte mit Schultern und tat erstaunt.
»Keine Ahnung!«
»Haben Sie sie nicht an sich genommen?«
»Nein«, log er, ohne mit der Wimper zu zucken. »Wurden sie nicht in der *Agartha* gefunden?«
Der Soldat wirkte verärgert.
»Kommandant Mackenzie ... Wollen Sie mir sagen, dass Sie die sechs Quadrate nicht bei der Leiche von Lamia gefunden haben, nachdem Sie sie in Portosera getötet haben?«
»Ganz genau.«
Baradat ging um das Bett herum und stellte sich vor das Fenster. Er fixierte draußen im Hof des Krankenhauses etwas.
»Kurz gesagt, wenn wir Ihre Wohnung und diejenige Ihrer Kollegin und Ex-Geliebten Iris Michotte durchsuchen, finden wir sie nicht?«, fragte er mit falscher Ungezwungenheit.
»Durchsuchen Sie meine Wohnung, wenn Sie wollen, ich bin es langsam gewohnt. Aber ich finde die Art, wie Sie mit mir reden, unangenehm, General ...«
»Das Skizzenbuch von Villard de Honnecourt ist Staatseigentum. Außerdem sind die Seiten Beweismittel, die zur Akte gehören.«
»Gewiss. Aber ich wiederhole Ihnen, dass ich nicht weiß, wo sie sind.«

»Erlauben Sie mir, dass ich Ihnen den Artikel 434–4 des Strafgesetzbuches in Erinnerung rufe, Kommandant Mackenzie, vielleicht frischt das Ihr Gedächtnis ein wenig auf.«
Der Mann begann in oberlehrerhaftem Ton zu rezitieren:
»›Zu einer Haftstrafe von drei Jahren und einer Geldbuße von vierzigtausend Euro wird verurteilt, wer, um die Wahrheitsfindung zu verhindern, den Tatort eines Verbrechens oder einer Straftat manipuliert, sei es durch Veränderung, Fälschung oder Vernichtung von Spuren oder Indizien, sei es durch Hinzufügung, Umstellung oder Entfernung jeglicher Gegenstände ...‹«
»Sie können mit Ihrer Rechtsbelehrung aufhören, General, ich sage Ihnen, dass ...«
»Der letzte Artikel des Paragraphen ist wichtig, Ari: Wird die im vorangehenden Artikel genannte Straftat von einer Person verübt, die von Amts wegen dazu verpflichtet ist, der Wahrheitsfindung zu dienen, wird die Strafe auf fünf Jahre Haft und eine Geldbuße von siebzigtausend Euro angehoben. Also, sagen Sie mir, sind Sie sich absolut sicher, dass Sie nicht wissen, wo sich die Seiten von Villard befinden?«
»Ich kann diese Frage nicht anders beantworten, ich muss daher zum hoffentlich letzten Mal wiederholen: Nein, ich weiß es nicht. Und jetzt würde ich mich gerne ausruhen, wenn das nicht zu viel verlangt ist.«
Der General blieb ein paar Sekunden reglos stehen, sah dem Agenten tief in die Augen und gab dem Mann im schwarzen Anzug schließlich das Zeichen zum Aufbruch.
»Gut. Wir lassen Sie sich ausruhen. Aber wir sehen uns wieder, Kommandant. Die Sache ist noch nicht beendet.«
»Für mich schon.«
Die beiden Männer verließen ohne ein weiteres Wort das Krankenhauszimmer. Ari war ein paar Minuten lang verblüfft, bevor er beschloss, Depierre anzurufen.
»Wie geht es Ihnen, Ari?«
»Es würde mir besser gehen, wenn der Chef des militärischen

Geheimdienstes mich nicht gerade in meinem Krankenzimmer belästigt hätte, Monsieur Depierre.«
»Ah. Ich verstehe. Sie haben Ihnen also einen Besuch abgestattet ...«
»Was soll dieser Unsinn?«
»Ich weiß nicht mehr als Sie, Ari. Diese ganze Geschichte geht uns nichts mehr an. Sie haben die Mörderin Ihres Freundes gefunden und diese junge Frau befreit, das ist alles, was zählt, oder nicht? Es ist höchste Zeit, zu anderen Dingen überzugehen. Wir erwarten Sie alle ungeduldig in Levallois. Vergessen Sie das Ganze, Mackenzie.«
»Vergessen Sie das Ganze? Diese Typen sind in mein Krankenhauszimmer gekommen und haben mich bedroht, verdammt!«
»Müssen Sie immer so unflätig daherreden, Ari?«
»Ja, ich liebe Unflätigkeiten, Monsieur. Tut mir leid, aber so ist das eben.«
Depierre ließ am anderen Ende der Leitung ein amüsiertes Lachen vernehmen.
»Kommen Sie! Machen Sie sich keine Sorgen. Lassen Sie die doch ihre Ermittlungen führen. Das ist nicht mehr unsere Baustelle.«
»Sind sie auch zu Ihnen gekommen?«
Der Vizedirektor zögerte kurz, bevor er antwortete.
»Ja.«
»Und was wollten sie von Ihnen wissen?«
»Dasselbe wie von Ihnen, nehme ich an.«
»Das heißt?«
»Ari, stellen Sie sich nicht dümmer, als Sie sind! Ich habe denen gesagt, dass mich diese Sache nichts angeht. Wissen Sie, Sie sind nicht der Einzige, der sich fragt, was los ist. Versetzen Sie sich an die Stelle des Staatsanwalts. Man hat ihm von einem Tag auf den anderen den Fall entzogen unter Berufung auf das Militärgeheimnis ...«
»Ich pfeife auf den Staatsanwalt! Was soll ihm das schon aus-

machen? Das Ermittlungsverfahren ist eingestellt, der Vril zerschlagen, Khron, Mancel und die Mörderin sind alle drei tot ...«

»Es bleiben aber ungelöste Fragen, Ari. Der Staatsanwalt hat insbesondere versucht, einen Mann ausfindig zu machen. Den Einzigen, den die Kriminalpolizei im Umkreis von Albert Khron nicht identifizieren konnte.«

»Wer ist das?«

»Ich weiß es nicht. Ein seltsamer Name, der offenbar auf mehreren Dokumenten auftauchte. Ein gewisser C. Weldon. Sagt Ihnen das etwas?«

C. Weldon. Der Name war ihm unbekannt. Er sagte ihn sich mehrmals vor. Weldon. Er war sich nicht ganz sicher.

»Nein«, antwortete er schließlich.

»Lassen Sie die Sache fallen, Ari. Der DRM muss jetzt zurechtkommen, das geht uns nichts mehr an.«

»Wenn Sie es sagen.«

Mackenzie beschloss tatsächlich, die Sache fallenzulassen, zumindest für den Moment. Eines stand fest: Er würde Villards Quadrate nicht so leicht weggeben. Nach Jahrhunderten der Geheimhaltung waren sechs Menschen bei dem Versuch gestorben, sie zu schützen, und sicher nicht dafür, dass der militärische Geheimdienst sie einfach an sich nahm. Er war davon überzeugt, dass Paul es ihm nie verziehen hätte, wenn er ihr Geheimnis einfach so preisgegeben hätte.

»Und Zalewski, mein Bodyguard, wie geht es ihm?«

»Er ist noch mal davongekommen. Drei oder vier Tage Krankenhaus, dann müsste er wieder auf den Beinen sein.«

»Umso besser. Und Lola?«

»Ihre Freundin ist nach Hause gegangen, nachdem sie zwölf Stunden beobachtet worden ist. In den nächsten Tagen wird sie psychologisch betreut werden. Sie wollte unbedingt zu sich nach Hause, so dass zwei Polizisten vor ihrem Haus Wache stehen werden, bis wir uns sicher sind, dass alles vorbei ist.«

»Sehr gut.«

»Ich habe mit dem Arzt telefoniert, Ari, wenn Sie wollen, können Sie jetzt nach Hause gehen ... Es versteht sich von selbst, dass Sie diese Woche nicht zur Arbeit zu kommen brauchen. Ich lasse Ihnen Zeit bis Sonntag, sich ein bisschen zu erholen.«

»Sie sind zu freundlich«, bemerkte Ari ironisch.

Nachdem er seine Sachen zusammengesucht und einige Formulare ausgefüllt hatte, war er eine Stunde später endlich draußen und rief ein Taxi, um direkt in die Rue Beaumarchais zu Lola zu fahren. Er konnte es nicht erwarten, sie wiederzusehen, weit weg von allem, weit weg von dieser Geschichte und all den Aasgeiern, die um ihn herumschwirrten. Sie wiederzusehen, sie zu sprechen, sie zu küssen. Nichts anderes war mehr wichtig. Die letzten Tage hatten ihm die Augen geöffnet: Lola war für ihn geschaffen, er war für sie geschaffen, und es war dumm, zu warten, dumm, Angst zu haben. Wenn er aus dieser ganzen Affäre ein positives Resultat ziehen wollte, dann war es das: Keine Zeit mehr zu verlieren und Lola zu sagen, dass er sie liebte.

Während der gesamten Fahrt versuchte er, die Buchhändlerin zu Hause zu erreichen, ohne Erfolg. Entweder hatte sie ihr Handy ausgeschaltet oder sie schlief. Die Arme war bestimmt erschöpft und stand vermutlich noch unter Schock. Ari wagte es nicht, sich vorzustellen, durch welche Hölle sie in den Tagen ihrer Gefangenschaft gegangen sein musste. Jedes Mal, wenn er sich Lolas Bild vor Augen rief, wie sie zusammengekauert im Container saß, packte ihn das Grauen. Aber jetzt war es vorbei. Er war fest entschlossen, ihr zu helfen, das Ganze zu vergessen.

Das Taxi setzte ihn vor dem Haus ab. Es schneite. Ari bemerkte die beiden Polizisten, die am Gehweg gegenüber in einem parkenden Wagen postiert waren. Er winkte ihnen zu, um sich zu erkennen zu geben, und klingelte dann bei »Azillanet«.

Keine Reaktion. Er klingelte noch einmal.
Endlich ertönte Lolas rauhe Stimme.
»Ja?«
Ari seufzte erleichtert auf.
»Ich bin's, Ari.«
Einen Moment lang blieb es still.
»Ari ...«
»Machst du mir auf?«
Wieder Stille.
»Lola!«, drängte er. »Beeil dich, es ist kalt! Mach auf.«
»Ari ... tut mir leid ...«
»Was?«
»Ich ... Ich möchte lieber niemanden sehen ...«
Mackenzie riss überrascht die Augen auf.
»Aber ... Ich komme, um ...«
Er wusste nicht, wie er seinen Satz beenden sollte. Die Worte kamen ihm nicht über die Lippen. Er hatte solche Lust, sie zu sehen, dass er nicht akzeptieren konnte, was er gehört hatte. Das war nicht möglich.
Aber Lola bestätigte das Undenkbare. Und diesmal klang ihre Stimme fester: »Es ... es tut mir leid. Ich möchte dich nicht sehen, Ari. Dich nicht und auch sonst niemanden.«
Es war wie ein Stich ins Herz.
»Aber ... Lola ...«
»Lass mich, Ari. Ich melde mich wieder.«
In der Gegensprechanlange war ein Knacken zu hören. Ari ließ seinen Arm sinken. Lolas letzte Worte hallten wie ein Todesurteil in seinem Kopf nach. *Ich melde mich wieder.*
Er trat benommen einen Schritt zurück.
Ich melde mich wieder.
Er begriff es nicht. Wie konnte Lola ihn nur abweisen? Wie konnte sie sich so verschließen? Er hatte so sehnsüchtig und hoffnungsvoll auf diesen Moment gewartet! Er wollte in dieser Sekunde nichts so sehr, wie Lola in seine Arme nehmen. Mit ihr

zusammen sein, nur mit ihr, und die letzten Tage vergessen. Nur noch an sie beide denken, jede Sekunde in ihrer Nähe genießen wie eine Befreiung, wie eine Erlaubnis, auf die er viel zu lange gewartet hatte. Ihr Parfum riechen, ihre Hände berühren, in ihrem Blick lesen, ihren Herzschlag hören.
Ari konnte die Tränen nicht zurückhalten. Er spürte erschüttert, dass er von einem erdrückenden Gefühl der Ungerechtigkeit und Einsamkeit übermannt wurde. Einer tiefen Verständnislosigkeit. *Ich melde mich wieder.* Er überlegte, noch einmal zu klingeln und zu schreien, dass er sie liebe und nicht mehr ohne sie leben könne ... aber seine Hand stoppte wenige Zentimeter vor der Gegensprechanlage.
Er durfte es nicht.
Ari wischte sich mit einem Ärmel die Tränen von der Wange und ging wankend auf die Place de la Bastille zu, wobei er es vermied, den Blicken der beiden Polizisten zu begegnen, die ihn vermutlich beobachtet hatten. Die Zähne zusammengebissen, lief er schneller, als könne der Wind seine Tränen vertreiben, oder vielleicht auch, um zu fliehen. Er rannte bis zu sich nach Hause, wobei ihm der Schnee ins Gesicht peitschte.
Er kam in seine Wohnung und ließ sich auf sein Sofa fallen. Er rührte sich nicht mehr, bis der Schlaf ihn spät in der Nacht übermannte.

90

Ari blieb drei Tage lang in seiner Wohnung in der Rue de la Roquette eingeschlossen. Jeden Morgen nach dem Aufstehen stürzte er sich auf sein Handy, um zu sehen, ob Lola ihn angerufen oder ihm eine SMS geschickt hatte.
Am ersten Tag hatte er mehrmals vergeblich versucht, die Buchhändlerin zu erreichen. Jetzt wagte er es nicht mehr. Hun-

dertmal hatte er schon begonnen, eine kurze Nachricht auf seinem Handy zu verfassen, und hundertmal hatte er sie wieder gelöscht. Es waren nie die richtigen Worte, und er hatte Angst, die Sache eher noch zu verschlimmern. Irgendwann würde sie ihn schließlich anrufen! Es konnte nicht alles einfach so zu Ende sein! Es war nicht möglich, dass sie auf diese Weise aus seinem Leben verschwand. Und doch, wie schaffte sie es, in ihrem Schweigen zu verharren? Wie konnte sie dem Wunsch widerstehen, der ihn selbst zerfraß?
Ari verbrachte seine Tage vor dem Fernseher, ohne wirklich hinzuschauen, wobei er ein Glas Whisky nach dem anderen trank und eine Packung Chesterfield nach der anderen rauchte. Das Gesicht und der Name von Lola füllten seinen Kopf vollständig aus, gaben den Takt seines Herzschlags an. Er kam sich dabei lächerlich vor, so unreif! Ein blödes Opfer seines kleinen jugendlichen, launischen Herzens. Aber so war es eben. Seine Hände vermissten Lolas Haut, sein Blick Lolas Augen und seine Ohren ihre rauhe Stimme, ihr Lachen, ihre Verrücktheit, ihre Zerbrechlichkeit, ihre mädchenhafte Art, ihre zärtlichen Küsse, ihr weicher, muskulöser Bauch, die Grübchen in ihren Wangen, das Piercing in ihrer Zunge, ihr Parfum – alles fehlte ihm, und diese Abwesenheit quälte ihn, machte ihn besessen, und nichts existierte mehr außer der Leere.
Sobald sein Telefon klingelte und er sah, dass es nicht sie war, verschloss Ari seine Ohren und hob nicht ab. Dann legte er zwei alte Schallplatten aus den 70er Jahren auf und drehte den Ton so laut, als wolle er in dem Lärm ertrinken, in ihm verschwinden.
Abends tauchte er in ein kochend heißen Bad und blieb stundenlang, seine Flasche Single Malt in Reichweite, bis die Haut an seinen Fingern runzelig war und ihm der Kopf schwirrte.
Die Stunden reihten sich aneinander, identisch, grausam und eintönig, und seine Nächte waren unruhiger denn je. Mehrmals glaubte Ari, er würde den Verstand verlieren.

Am vierten Morgen fand er dann nicht einmal mehr die Kraft, aufzustehen. Eine furchtbare Migräne drückte ihm auf den Schädel, er drehte sich im Bett um, um sich noch einen Aufschub zu gönnen. Auf seinem Wecker tickten die Sekunden, nutzlos, hämisch.

Gegen Mittag stand er auf, um sich noch eine Schachtel Zigaretten zu holen, und kehrte in sein Bett zurück, obwohl er vor Hunger Bauchschmerzen hatte. Selbst die Lust zu essen fehlte ihm. Er zündete eine Chesterfield an.

Dann klingelte es plötzlich an der Tür.

Ari hielt den Atem an. Und wenn sie es wäre? Er öffnete die Augen und starrte einen kurzen Moment an die Decke. Ja, wenn es sie wäre?

Er glaubte nicht wirklich daran, wollte aber kein Risiko eingehen. Manchmal war das Leben voller Überraschungen.

Er ging in den Flur und schaute durch das Türfenster. Er erkannte die Haare von Iris Michotte und das zerfurchte Gesicht von Zalewski, eine Lakritzstange im Mund. Ari ließ den Kopf auf die Brust sinken und lehnte sich mit dem Rücken an die Tür.

»Ari! Wir wissen, dass du da bist!«, rief seine Kollegin auf dem Treppenabsatz. »Komm schon, mach uns auf! Ich habe Morrison auf dem Arm, denn ich werde ihn nicht zehn Jahre lang behalten! Es stinkt nach Katze bei mir zu Hause!«

Der Agent schüttelte den Kopf. Er wusste genau, dass die Katze zurückzubringen nur ein Vorwand war. Warum wäre sie dann mit Zalewski gekommen? Er hätte sie gerne weggeschickt. Aber er durfte sie nicht so behandeln. Dazu hatte er kein Recht. Nicht sie. Er verdankte den beiden sehr viel.

Er öffnete das Türschloss und ließ sie herein.

Die Katze sprang von Iris' Arm und lief sofort Richtung Küche.

»Guten Tag, Mackenzie«, nuschelte Krysztof, die Lakritzstange zwischen den Zähnen.

»Na! Du siehst ja aus!«
»Tut mir leid, ich habe niemanden erwartet, ich bin noch nicht geschminkt«, erwiderte er ironisch, bevor er ins Wohnzimmer ging. »Fühlt euch wie zu Hause.«
Er ließ sich auf das Sofa fallen, und seine beiden Gäste nahmen ihm gegenüber Platz. Zalewski fühlte sich nicht richtig wohl. Iris hatte ihn sicher gezwungen mitzukommen.
»Du kommst wohl ohne Whisky nicht mehr aus?«, sagte sie, als sie die beiden leeren Flaschen auf dem Tisch entdeckte.
»Stimmt. Übrigens habe ich keinen mehr. Bist du gekommen, um für mich einzukaufen? Das ist echt nett.«
»Das könnte dir so passen! Außerdem ist heute Sonntag, alles hat zu. Ich sage das nur, falls du nicht mehr wissen solltest, welcher Tag heute ist.«
Sie stand auf, nahm die leeren Flaschen und die Gläser und ging in die Küche. Ari hörte sie abspülen und ein wenig aufräumen.
»Wie geht es Ihnen, Mackenzie?«, fragte der Bodyguard, dem die Stille unangenehm war.
»Äh ... Ehrlich gesagt, bin ich nicht so gut in Form. Und Sie?«
»Ich ... Ich habe Ihnen Ihre ... Sachen gebracht«, sagte er und legte die Quadrate auf den Couchtisch.
Ari warf einen Blick auf die Metallschatulle, in der die sechs Pergamentseiten waren. Er hatte sie fast vergessen. Ignoriert jedenfalls. Und er war sich nicht sicher, froh darüber zu sein, dass Krysztof sie gebracht hatte. Es hatte etwas Beruhigendes gehabt, sie im Safe des Bodyguards zu wissen.
Iris kam mit drei Kaffeetassen zurück ins Wohnzimmer.
»Hört mal, ihr beiden«, sagte Ari, »ich danke euch. Es ist sehr nett, dass ihr da seid, das rührt mich, aber ich möchte wirklich allein sein und ...«
»Und wir, wir wollen dich nicht allein lassen. Hier, trink einen Kaffee«, sagte Iris und hielt ihm eine Tasse hin.

Mackenzie lehnte ab und ließ sich auf das Sofa fallen.
»Komm, stell dich nicht so an, Ari. Seit vier Tagen bist du jetzt hier eingeschlossen, gehst nicht ans Telefon. Was ist los?«
Ari blieb stumm.
»Lass mich raten: ein Problem mit deiner Buchhändlerin?«
»Ich möchte nicht darüber reden, Iris. Und ich bin mir nicht sicher, ob das Krysztof interessiert.«
»Soll ich Sie beide allein lassen?«, bot der Bodyguard an.
»Nein!«, erwiderte Ari.
Iris hob die Metallschatulle hoch.
»Also, sind das die berühmten Quadrate?«
»Pass auf, die sind kostbar«, brummte Mackenzie.
»Oho!« Sie machte sich über ihn lustig. »Da habe ich wohl einen wunden Punkt getroffen ... Darf ich sie mal sehen?«
»Wie du möchtest.« Er seufzte. »Aber mach sie nicht kaputt!«
Iris öffnete behutsam die Dose und betrachtete die Seiten eine nach der anderen. Zalewski warf diskret einige Blicke darauf.
»Stellt das die sechs Tage der Schöpfung dar?«
»Was?«
»Deine sechs Blätter hier, stellen die die sechs Tage der Schöpfung dar?«
Mackenzie richtete sich auf dem Sofa auf.
»Warum fragst du das?«
Iris hob die Hände.
»Ich weiß auch nicht ... Es gibt sechs Seiten, so wie die sechs Tage, und die Zeichnung auf dieser hier sieht wie Adam und Eva aus. Das ist alles. Das hat mich an die Schöpfung erinnert, ich habe das einfach so gesagt ...«
Sofort kam Mackenzie die Übersetzung des Satzes von Villard in den Sinn. »Wenn du wie ich zur Schöpfung bestimmt bist, wirst du die Ordnung der Dinge verstehen.« Er näherte sich dem Tisch und hob eine Seite nach der anderen hoch.
»Weißt du, dass das gar nicht dumm ist, was du gerade gesagt

hast?«, sagte er mit plötzlich klarer Stimme, als hätte Iris ihn endlich aus seiner Erstarrung befreit.
»Vielen Dank.«
»Kannst du mal schnell die Bibel aus meinem Regal holen, bitte?«, fragte er, ohne die Augen von Villards Quadraten abzuwenden.
Iris stand lächelnd auf.
»Na endlich! Du hast offenbar deine gute alte Angewohnheit wiedergefunden, mit mir wie mit einem Dienstmädchen zu sprechen. Das beruhigt mich!«
Sie ging hinter das große Fernsehgerät und holte das Buch.
»Lies mir den Anfang der Schöpfungsgeschichte vor.«
Iris schlug die Bibel auf, blätterte ein paar Seiten um und las laut: »›Am Anfang schuf Gott Himmel und Erde. Und die Erde war wüst und leer, und es war finster auf der Tiefe; und der Geist Gottes schwebte auf dem Wasser. Und Gott sprach: Es werde Licht! Und es ward Licht. Und Gott sah, dass das Licht gut war. Da schied Gott das Licht von der Finsternis und nannte das Licht Tag und die Finsternis Nacht. Da ward aus Abend und Morgen der erste Tag.‹«
»Der erste Schöpfungstag entspricht also dem Licht?«, schloss Ari ein wenig aufgeregt.
»Ja, offensichtlich.«
Er rieb sich die Wange und drehte sich seiner Freundin zu.
»Wenn man sich an die Reihenfolge hält, in der die Morde begangen wurden, dann ist dies hier das erste Quadrat«, sagte er und zeigte ihr eine der sechs Seiten. »Siehst du dieses Kirchenfenster?«
»Ja. Es ist hübsch.«
»Das ist die Rosette der Kathedrale von Lausanne. Und in dem Text sagt Villard de Honnecourt: *Wer lesen kann, was auf den 105 kleinen Glasscheiben dieser Rosette steht, kennt die Geheimnisse des Universums, aber dafür muss das Glas seinen Zweck erfüllen.* Das bedeutet, das Glas muss das Licht hin-

durchlassen. Man kann also annehmen, dass dieses Bild das Licht symbolisiert ...«

»Äh ... Ja. Wenn du so willst«, antwortete Iris skeptisch.

»Gut, lies die Fortsetzung der Genesis«, drängte Ari ungeduldig.

»Ja, Chef. ›Und Gott sprach: Es werde eine Feste zwischen den Wassern, die da scheide zwischen den Wassern. Da machte Gott die Feste und schied das Wasser unter der Feste von dem Wasser über der Feste. Und es geschah so. Und Gott nannte die Feste Himmel. Da ward aus Abend und Morgen der zweite Tag.‹«

»Also entspricht der zweite Schöpfungstag dem Himmel?«

»Ja.«

»Sieh mal. Die Zeichnung auf dem zweiten Quadrat stellt ein Astrolabium dar. Das ist ein Instrument, mit dem man die Sterne am ...«

»... am Himmel lesen kann?«

»Ja! Und Villards Text darunter lässt keinen Zweifel: *Ich habe diesen Apparat gesehen, den Gerbert d'Aurillac hierhergebracht hat und der uns das Wunder dessen lehrt, was im Himmel ist.* Lies weiter.«

Iris beugte sich wieder über die Bibel und fuhr mit ihrer Lektüre fort.

»›Und Gott sprach: Es sammle sich das Wasser unter dem Himmel an besondere Orte, dass man das Trockene sehe. Und es geschah so. Und Gott nannte das Trockene Erde ...‹«

»Ich war mir sicher!«, unterbrach Ari. »Das passt auch! Am dritten Tag schuf Gott die Erde, und das dritte Quadrat zeigt eine Statue der Schwarzen Madonna, für die Druiden ein Symbol der Erde, die von Villard erwähnt wurde ... Und die Figur ist auch noch in der Krypta Saint-Fulbert in Chartres vergraben, das heißt im Inneren der Erde, in einer Kapelle, die ›Unsere Frau unter der Erde‹ heißt!«

»Wenn du es sagst.«

»Aber ja! Worauf bezieht sich der vierte Tag?«

»›Und Gott sprach: Es werden Lichter an der Feste des Himmels, die da scheiden Tag und Nacht und geben Zeichen, Zeiten, Tage und Jahre und seien Lichter an der Feste des Himmels, dass sie scheinen auf die Erde. Und es geschah so. Und Gott machte zwei große Lichter: ein großes Licht, das den Tag regiere, und ein kleines Licht, das die Nacht regiere, dazu auch die Sterne ...‹«
Ari verzog sprachlos das Gesicht.
»Die Sterne? Das funktioniert nicht mehr! Es sei denn, wir hätten uns beim Himmel geirrt, und es wäre das Astrolabium, das dem vierten Tag entspricht ...«
»Warum?«, fragte Iris und kam näher. »Welches ist der Reihenfolge der Morde zufolge das vierte Quadrat?«
»Dieses hier«, sagte Ari und zeigte auf eines der Pergamente auf dem Tisch. »Aber die Zeichnung stellt eine Jakobsmuschel dar, die sich auf einem Sankt-Jakob-Hospiz befand, vermutlich in Figeac.«
»Ein Jakobs-Hospiz?«
»Ja ... auf dem Pilgerweg nach Santiago de Compostela.«
Zalewski ergriff daraufhin das Wort: »Vielleicht handelt es sich um einen etymologischen Bezug«, warf er schüchtern ein.
»Was wollen Sie damit sagen?«
»Compostela, ich glaube, das bedeutet Sternenfeld.«
Ari lächelte überrascht.
»Sternenfeld! Sie haben recht! Es funktioniert also doch! Das erklärt sogar den Satz von Villard: *Manchmal muss man das Symbol innerhalb des Symbols lesen können.* Die Muschel steht für Compostela, was wiederum das Sternenfeld symbolisiert. Das vierte Quadrat repräsentiert also tatsächlich die Sterne und damit den vierten Tag der Schöpfung. Lass mich raten, Iris: Ich wette, dass der fünfte Schöpfungstag den Tieren entspricht«, rief Ari und zeigte auf das Blatt, auf dem die Skulptur eines Kapitells der Kirche von Vaucelles dargestellt war.
Iris las die folgenden Sätze der Schöpfungsgeschichte: »›Und

Gott sprach: Es wimmle das Wasser von lebendigem Getier, und Vögel sollen fliegen auf Erden unter der Feste des Himmels.‹ Treffer, mein Lieber!«

Schließlich griff Ari nach dem letzten Quadrat, auf dem die Illumination einen Mann und eine Frau zeigte.

»Und am sechsten Tag schuf Gott Mann und Frau«, sagte er mit leuchtendem Blick.

»Ja, natürlich: ›Und Gott sprach: Lasset uns Menschen machen, ein Bild, das uns gleich sei, die da herrschen über die Fische im Meer und über die Vögel unter dem Himmel und über das Vieh und über alle Tiere des Feldes und über alles Gewürm, das auf Erden kriecht. Und Gott schuf den Menschen zu seinem Bilde, zum Bilde Gottes schuf er ihn; und schuf sie als Mann und Frau. Und Gott segnete sie und sprach zu ihnen: Seid fruchtbar und mehret euch und füllet die Erde ...‹«

»Ich fasse es nicht!«, rief Ari aus. »Du hattest recht, Iris! Die sechs Seiten von Villard haben also tatsächlich einen Bezug zur Schöpfung! Ich hätte früher daran denken sollen. *Wenn du wie ich zur Schöpfung bestimmt bist, wirst du die Ordnung der Dinge verstehen.* Anhand dessen, was auf jeder Seite dargestellt ist, gibt Villard uns die Reihenfolge an, in der die Quadrate zu lesen sind.«

»Das ist beeindruckend«, gab Iris zu.

»Das Frustrierende daran ist, dass die Leute vom Vril und die Mörderin offenbar von Anfang an die Reihenfolge kannten, da bei den Morden diese Ordnung berücksichtigt wurde ...«

»Was du damit sagen willst, Ari, ist, dass das, was du gerade durch meine Hilfe herausgefunden hast, nichts nützt?«

»Doch. Es gibt uns die Bestätigung, dass sich diese Mistkerle bei der Reihenfolge der Quadrate nicht geirrt haben.«

»Perfekt! Und jetzt sag mir, dass dich das auch motiviert, deinen Hintern von diesem Sofa hochzuheben!«

Mackenzie zuckte mit den Schultern.

»Komm schon, Ari! Du bist kein Kind mehr! Du wirst doch

nicht wochenlang hier sitzen und über dein Schicksal jammern! Dieses Rätsel muss schließlich gelöst werden! Krysztof und ich möchten dir gerne helfen.«
»Ich habe nicht die Energie dazu, Iris ...«
»Hör mal, Ari, du bekommst Lola nicht zurück, wenn du hier zwischen deinen Whiskyflaschen hockst.«
Der Agent warf seiner Kollegin einen erstaunten Blick zu.
»Ich bin schließlich nicht blöd, ich kann mir schon denken, dass du ihretwegen in so einem Zustand bist. Nichts anderes auf der Welt könnte dir so die Stimmung vermiesen. Ich fange an, dich zu kennen.«
Ari wandte sich an Zalewski.
»Ich ... Ich verstehe nicht, was Lola macht ... Ich war so froh, sie zu finden. Und plötzlich ...«
»Sie braucht Zeit, Ari.«
»Ja ... Wahrscheinlich. Aber wie kann sie einfach alle Brücken niederreißen? Ich ... Ich verstehe das nicht. Das ist so brutal! Sie wollte mich nicht sehen. Und jetzt geht sie nicht einmal ans Telefon, als würde ich nicht mehr existieren.«
»Denk daran, dass sie Schlimmes durchgemacht hat, deine Buchhändlerin. Das ist normal, oder nicht?«
»Nach allem, was wir erlebt haben, nach allem, was wir uns gesagt haben ... Ich kann einfach nicht glauben, dass sie die Kraft hat, mich einfach abzuweisen. Das ist ... Scheiße, das ist grausam! Ich würde ja verstehen, wenn sie mich nicht sehen wollte, wenn sie ein paar Tage lang Abstand bräuchte. Aber es herrscht absolute Funkstille. Sie muss doch wissen, dass mich das fertigmacht, oder nicht?«
»Hör mal, sei nicht beleidigt, Ari, aber vergiss nicht, dass sie noch jung ist ... Sie ist zehn Jahre jünger als du. Daher ist ihre Reaktion vielleicht ein bisschen heftig, ja, aber hast du es nicht auch provoziert? Du hast ihr in letzter Zeit ganz schön viel zugemutet. Vielleicht ist das ihre Art, sich zu rächen.«
»Ich möchte doch nur, dass sie mit mir spricht. Sie kann mir

das alles einfach sagen. Mir sagen, dass ich ein verdammter Mistkerl bin, wenn sie will. Aber sie soll mit mir sprechen!«
»Das kommt noch, Ari, da bin ich mir sicher. Aber wenn du an dem Tag, an dem sie sich meldet, nicht wie ein Zombie aussehen willst, dann solltest du unbedingt in die Gänge kommen. Auf, wir drehen eine Runde, du brauchst frische Luft!«
»Du kannst ganz schön stur sein!«
»Das sagst gerade du! Entweder du stehst auf, oder ich nehme die Seiten von Villard und löse das Rätsel allein mit Krysztof. Wir werden nicht unsere Zeit damit vergeuden, dir zuzuhören, wie du wie ein Kind jammerst!«
Sie machte Anstalten, nach den Quadraten auf dem Tisch zu greifen.
»Okay«, gab Ari nach. »Ich hole meine Aufzeichnungen.«
»Willst du nicht ein bisschen rausgehen?«
»Jetzt, wo du mich auf die Idee gebracht hast, will ich erst dieses Rätsel lösen! Krysztof, wenn Sie Besseres zu tun haben, gehen Sie ruhig ... Es ist mir etwas peinlich, Sie so zu empfangen und ...«
»Nein, nein, Ari. Wenn ich Ihnen helfen kann, mache ich das mit Vergnügen. Sonntags langweile ich mich sowieso immer.«
Mackenzie stand auf, ging durch das Wohnzimmer und holte sein Notizbuch aus seinem Rucksack. Er kam zurück, setzte sich neben Iris und Zalewski und zeigte ihnen die Liste, die er begonnen hatte.
»Wahnsinn, wie fleißig du bist.« Iris machte sich über ihn lustig.
Er tat so, als ob er nichts gehört hätte, und ergänzte die Liste vor ihren Augen. Dank ihrer letzten Entdeckung konnte er die meisten seiner Fragezeichen streichen. Und er wusste jetzt auch, dass die jeweils zweiten Texte auf jeder Seite tatsächlich einen gemeinsamen Text bildeten, den man unter Berücksichtigung der Reihenfolge der Seiten lesen musste.

Erstes Quadrat: (das Licht)
Überschrift: »LE OG SA VI CI RR BR PB« = Lausanne
Zeichnung: Rosette der Kathedrale von Lausanne.
Text: Wer lesen kann, was auf den 105 kleinen Glasscheiben dieser Rosette steht, kennt die Geheimnisse der Weltordnung, aber dafür muss das Glas seinen Zweck erfüllen.

Zweites Quadrat: (der Himmel)
Überschrift: »LE RP –O VI SA« = Reims
Zeichnung: Astrolabium, das angeblich Gerbert d'Aurillac gehört hat und somit möglicherweise durch Reims gekommen ist. Versuchen, Original zu finden.
Text: Ich habe diesen Apparat gesehen, den Gerbert d'Aurillac hierhergebracht hat und der uns das Wunder dessen lehrt, was im Himmel ist, und zu dieser Zeit trug es keinerlei Inschrift.

Drittes Quadrat: (die Erde)
Überschrift: »RI RP BR LE AS –O VS VI« = Chartres
Zeichnung: Statue der Schwarzen Madonna in der Krypta Saint-Fulbert in Chartres.
Text: Hierher kamen die Druiden, um die Jungfrau anzubeten.

Viertes Quadrat: (die Sterne)
Überschrift: »AS VS NC TA RI VO« = Figeac
Zeichnung: Skulptur einer Jakobsmuschel vom Sankt-Jakob-Hospiz in Figeac.
Text: Wie bei diesem wegen eines Taubenschwarms gegründeten Hospiz, muss man manchmal das Symbol innerhalb des Symbols lesen können.

Fünftes Quadrat: (die Tiere)
Überschrift: »RI NC TA BR CA IO VO LI –O« = Vaucelles
Zeichnung: Tierskulpturen auf dem Kapitell einer Säule in der Kirche der Abtei Vaucelles.
Text: Für eines meiner ersten Werke in meinem Heimatland musste ich den unbearbeiteten Stein behauen.

Sechstes Quadrat: (Mann und Frau)
Überschrift: »BR SA CO GI LI LE RG VO RP« = Portosera
Zeichnung: Erinnert an eine arabische Illumination, einen Mann und eine Frau darstellend. Vielleicht Adam und Eva, vermutlich eine Illumination, die Villard in Portosera gesehen hat, wo zahlreiche muslimische Kunstwerke untergebracht waren.
Text: Ich habe am Ufer des Tyrrhenischen Meeres, zwischen zwei Buchten, diese schöne Illumination gesehen, unterzeichnet von einem Sarazenen.

»Seht ihr: Die Zeichnungen helfen, die sechs Quadrate in die richtige Reihenfolge zu bringen, aber auch, zu verstehen, worauf sich die kodierten Überschriften auf jeder Seite beziehen.«
»Die komischen Worte hier oben?«
»Ja. Jedes hat genau doppelt so viele Buchstaben wie die Stadt, in der sich vermutlich das Kunstwerk befand, das Villard de Honnecourt gezeichnet hat: Lausanne, Reims, Chartres, Figeac, Vaucelles und Portosera. Anschließend hilft uns die richtige Reihenfolge der Seiten, die Texte zu ordnen, die jeweils unten stehen, um einen einzigen Block zu bilden, was dann Folgendes ergibt: *Wenn du wie ich zur Schöpfung bestimmt bist, wirst du die Ordnung der Dinge verstehen. Villard de Honnecourt wird dir dann sein größtes Wissen offenbaren, denn es gibt einen Ort auf der Erde, an dem sich ein vergessener Eingang verbirgt, den nur die großen Weisen der griechischen Welt kannten und der es ermöglicht, das Innere der Erde*

zu besuchen. Um richtig zu beginnen, musst du dem Lauf des Mondes durch die Städte von Frankreich und andernorts folgen. Dann musst du Maß nehmen, um den richtigen Weg einzuschlagen. Du machst 56 in Richtung Okzident. Du machst 112 in Richtung Meridian. Du machst 25 in Richtung Orient. Wenn du das Maß des Grand Châtelet genommen hast, findest du am Fuß des Heiligen diesen vergessenen Durchgang, aber nimm dich in Acht, denn es gibt Türen, die man besser niemals öffnet. Was ich nicht genau verstehe, ist der Satz: Um richtig zu beginnen, musst du dem Lauf des Mondes durch die Städte von Frankreich und andernorts folgen.«
»Er bezieht sich bestimmt auf die kleinen Monde, die auf das Astrolabium gezeichnet sind«, vermutete Zalewski.
»Ja, wahrscheinlich, aber das hilft mir nicht viel. Ich nehme auch an, dass die Städte von Frankreich und andernorts die sechs verschlüsselten Städte sind … Aber ich verstehe nicht ganz, was man damit anfangen soll. Etwas verwirrt mich an diesen Monden auf diesem Astrolabium. Villard sagt: *Zu dieser Zeit trug er keinerlei Inschrift,* und es ist tatsächlich erstaunlich, ein Astrolabium ohne jegliche Inschrift zu sehen. Hat er die Monde selbst hinzugefügt? Und warum sagt er *zu dieser Zeit*? Bedeutet das, dass das fragliche Astrolabium später beschriftet wurde?«
»Woher sollen wir das wissen?«
»Dafür müsste man es wiederfinden. Aber ich habe überall in Reims nachgefragt, und mir wurde versichert, dass das Astrolabium, von dem Villard spricht und das von Gerbert d'Aurillac mitgebracht worden sein soll, in keinem der dortigen Museen zu sehen ist.«
»Man müsste die Suche ausweiten, Ari. Dass dieses Astrolabium im dreizehnten Jahrhundert in Reims war, bedeutet nicht, dass es heute noch dort ist.«
»Ich gebe zu, dass ich nicht weiß, wo ich noch suchen soll …«
»Hast du es im Institut für die Arabische Welt versucht? Ich

glaube, sie haben mehrere Astrolabien in ihren Museen, und zumindest ist die Chance groß, dass sich der Leiter des Instituts mit diesem Thema auskennt. Ich habe dort mal eine Ausstellung über die Wissenschaft in der muslimischen Welt gesehen und bin mir sicher, dass es dort auch Astrolabien gab.«
Ari ergriff die Hände seiner Freundin und sagte lächelnd: »Du bist gar nicht dumm, weißt du das, meine kleine Iris?«
»Das sagst du mir heute schon zum zweiten Mal, am Ende glaube ich dir noch.«
»Hat das Institut für die Arabische Welt sonntags geöffnet?«
»Ja, wie die meisten Museen«, antwortete Krysztof.
»Gehen wir?«
»Wenn du willst, aber ich warne dich, ich gehe nicht auf die Straße mit einem Typen, der so stinkt und der sich seit vier Tagen nicht mehr rasiert hat.«
»Okay ... Okay ... Ich gehe mich waschen.«
Ari verschwand im Badezimmer.
Iris nahm die Katze Morrison, die sich zwischen ihren Beinen hindurchschlängelte, und streichelte sie, lächelnd.

91

Es war Nachmittag, als sie das Institut für die Arabische Welt erreichten. Das imposante silbrige Gebäude ragte gegenüber der Seine wie ein großer vom Himmel gefallener Kubus auf. Sie überquerten den großen weißen Vorplatz in der immer eisigeren Kälte eines nicht enden wollenden Winters, dann öffneten sie die mattierten Glastüren.
Um hineinzukommen, musste man einen Metalldetektor passieren. Ari war bewaffnet, ebenso Iris und Krysztof. Er wandte sich an den Sicherheitsbeamten und zeigte seinen Polizeiausweis vor. »Guten Tag.«

»Guten Tag«, antwortete der Wachmann höflich. »Kann ich Ihnen behilflich sein?«
»Wir sind alle drei bewaffnet, aber wir müssten ins Institut.«
»In welchem Zusammenhang?«
»Eine einfache Ermittlung.«
»In dem Fall würde ich Sie bitten, Ihre Waffen hierzulassen, Sie können sie wieder abholen, wenn Sie gehen.«
Ari legte seine Manurhin in einen Spind, und die beiden hinter ihm taten es im nach.
»Wen möchten Sie sprechen?«, fragte der Sicherheitsbeamte, als sie den Detektor passiert hatten.
»Wir führen eine Untersuchung über ein Astrolabium durch und hätten gern den Direktor des Museums gesprochen.«
»Es würde mich wundern, wenn er an einem Sonntag hier wäre«, erwiderte der Uniformierte.
»Könnten Sie für uns nachsehen?«
»Natürlich, ich bin gleich zurück.«
Der Mann führte einige Telefonate vom Empfang aus und kam wieder zu ihnen.
»Der Direktor ist nicht da, aber der Verantwortliche der Sammlung ist bereit, Sie zu empfangen.«
»Perfekt.«
»Folgen Sie mir.«
Sie traten in einen gläsernen Fahrstuhl und gingen dann einen Flur entlang bis zu einem kleinen Büro. Ein Mann um die vierzig empfing sie höflich.
»Setzen Sie sich bitte.«
»Danke.«
Sie nahmen in dem schmalen Raum Platz, in dem sich Bücher und Akten stapelten.
»Wie kann ich Ihnen helfen?«
»Wir untersuchen ein Astrolabium und versuchen herauszubekommen, wo es sich befindet.«
»Aha. Um welches Astrolabium handelt es sich?«

»Um das, welches von Gerbert d'Aurillac nach Reims gebracht wurde.«

Der Mann zog überrascht die Augenbrauen hoch. »Erlauben Sie mir, mich zu wundern. Ich kenne die Geschichte der Astrolabien sehr gut, und niemand weiß genau, von welchem Gerbert d'Aurillac spricht. Es hat zahlreiche Vermutungen gegeben, aber es ließ sich nie beweisen, dass irgendein Astrolabium demjenigen entspricht, das vom Papst erwähnt und vermutlich von ihm nach Reims gebracht wurde, als er kurz vor dem Jahr Tausend aus Spanien zurückkam. Wie können Sie also ein Astrolabium auffinden wollen, über das man nichts weiß?«

Es stand außer Frage, diesem Mann die Quadrate zu zeigen, aber Ari hatte noch immer die Fotokopie von Paul in seiner Brieftasche. Er reichte sie dem Verantwortlichen der Institutssammlung.

Dieser rückte neugierig seine Brille zurecht.

»Das ist ... Das ist erstaunlich! Was ist das für ein Dokument?«, fragte er sichtlich irritiert.

»Die Kopie eines Manuskripts aus dem dreizehnten Jahrhundert«, begnügte sich Ari zu erwidern.

»Hören Sie ... Dieses Astrolabium erinnert Strich für Strich an ein sehr berühmtes Stück, das man Karolingisches Astrolabium nennt und das als erstes Astrolabium der westlichen Christenwelt gilt. Die Inschriften darauf sind nicht in arabischen Lettern, sondern in lateinischen. Es ist genau dasselbe, außer eben, dass dasjenige auf Ihrer Kopie unbeschriftet ist. Und dann diese seltsamen Monde hier ... so etwas habe ich noch nie gesehen. Ich muss gestehen, dass ich ein wenig verblüfft bin.«

»Haben Sie ein Foto dieses Astrolabiums?«

Der Mann hob den Kopf. »Ich habe etwas viel Besseres.«

»Das heißt?«

»Dieses Astrolabium gehört zu den Stücken unseres Museums. Es befindet sich in einer Vitrine, in einem Saal direkt unter Ihren Füßen.«

92

»Das Karolingische Astrolabium soll um 980 nach Christus entstanden sein und ist vermutlich katalanischen Ursprungs: Die Namen in lateinischen Großbuchstaben, die darauf eingraviert sind, ähneln der Inschrift nach einigen katalanischen Manuskripten aus dem zehnten Jahrhundert. Es wurde uns 1983 von einem Sammler vermacht, der es selbst 1961 bei einem Pariser Antiquar erstanden hatte. Der Antiquar wiederum soll es einem spanischen Sammler in Südfrankreich abgekauft haben. Es war uns nicht möglich, die Herkunft weiter zurückzuverfolgen und somit herauszufinden, ob es sich tatsächlich um das handelt, das Gerbert d'Aurillac nach Reims gebracht hat, obwohl einige Historiker dies vermuteten. Aufgrund einiger Sonderbarkeiten, die dieses Astrolabium aufweist – die Zeiger entlang der Spinne sind nicht korrekt und kein einziger Sternenname ist darauf vermerkt, was es eigentlich unbrauchbar macht –, ist es sehr wahrscheinlich, dass es im muslimischen Spanien hergestellt wurde und dass die Inschriften später eingraviert wurden, nachdem es in den christlichen Westen gelangt ist.«

Ari, Iris und Krysztof hörten ihrem Gesprächspartner aufmerksam zu, während sie durch das Museum des Instituts der Arabischen Welt gingen. Sie kamen an den Manuskripten und Gegenständen vorbei, die hinter hohen Vitrinen ausgestellt wurden, dann gingen sie ein Stockwerk tiefer, wo die zahlreichen Astrolabien aufbewahrt wurden.

Mackenzie erkannte auf Anhieb das erste Ausstellungsstück. Es war genau das, welches Villard de Honnecourt vor acht Jahrhunderten gezeichnet hatte. Es besaß in der Tat viele Inschriften, die nicht auf Pauls Quadrat waren.

Das wunderbare Stück aus Messing, etwa fünfzehn Zentimeter hoch, war mit seiner beweglichen Spinne und seinen Bodenfeldern beinahe intakt. Es hing in einer Vitrine und glänzte wie ein unerreichbarer Schatz.

Ari drückte lächelnd Iris' Arm. Es war etwas Wunderbares, sich vorzustellen, dass dieser Gegenstand aus dem zehnten Jahrhundert die Zeiten durchschritten hatte und sich nun hier befand, vor ihnen, wie ein Augenzwinkern der Geschichte, wie ein Rätsel, das ihnen frühere Völker zusandten.

Er zog die Fotokopie aus seiner Tasche und verglich sie mit

dem Astrolabium. Dann wandte er sich an den Verantwortlichen der Museumssammlung. »Entschuldigen Sie, würden es Ihnen etwas ausmachen, die Spinne zu drehen, um das Astrolabium in dieselbe Position zu bringen wie auf der Zeichnung?«
Der Mann zögerte, holte schließlich aber doch einen Schlüssel aus seiner Tasche und öffnete die Vitrine. Behutsam drehte er an dem beweglichen Teil, bis es sich in exakt der Stellung befand, die Villard dargestellt hatte.
Ari dankte ihm. Es bestand kein Zweifel. Abgesehen von den Inschriften, war es genau derselbe Gegenstand. Außerdem erkannte er an den Stellen, wo Villard die verschiedenen Mondphasen eingezeichnet hatte, problemlos die lateinischen Buchstaben, die dazu gedient hatten, die Namen der Städte auf jeder Seite zu verschlüsseln. Bis auf das kleinste Detail handelte es sich um dieselbe Schrift. Er las die Worte, die dort aufgereiht waren, »CANC, LE-O, VIRGVO, LIBRA, SCORPIO, SAGITARIVS«, und machte die Buchstabenpaare aus, die denjenigen entsprechen mussten, die Villard verwendet hatte. Da begriff er, wie er vorzugehen hatte, um die kodierte Nachricht zu entschlüsseln. Er konnte es kaum erwarten, nach Hause zurückzukehren.
»Erlauben Sie, dass ich mit meinem Handy ein Foto mache?«
»Ich habe sehr gute Fotos ...«
»Nein, ich möchte nur ein Foto von dem Astrolabium in dieser Position machen.«
»Wie Sie wollen.«
Ari machte zur Sicherheit mehrere Bilder und dankte dem Verantwortlichen der Sammlung herzlich.
»Brauchen Sie sonst nichts?«, fragte der Mann verwundert, als er sah, dass die Polizisten es eilig hatten, zu gehen.
»Danke, wir haben gefunden, wonach wir gesucht haben.«
Ihr Gesprächspartner konnte natürlich nicht wissen, was sie gerade Wichtiges entdeckt hatten. Er schloss die Vitrine wieder ab, ein wenig enttäuscht, und begleitete sie zum Ausgang des Instituts.

Ari, Iris und Krysztof holten sich ihre Waffen und kehrten mit raschen Schritten zu dem BMW zurück, den sie zwei Straßen weiter geparkt hatten. Auf der Rückfahrt schaute sich Iris mehrmals die Fotos auf Aris Handy an.
»Das ist absolut genial, oder?«, wiederholte sie ständig.
»Wir haben ein unglaubliches Glück gehabt.« Ari lachte.
»Aber hast du die Menge an Astrolabien gesehen, die sie haben? Das Institut für die Arabische Welt muss die schönste Sammlung Frankreichs besitzen. Die Wahrscheinlichkeit, dort unser Astrolabium zu finden, war letztlich recht groß.«
»Trotzdem haben wir Schwein gehabt, und du hattest den richtigen Riecher! Ich kann es kaum erwarten, nach Hause zu kommen. Ich denke, dass wir mit diesen Fotos die Kodierung der Überschriften auf den Seiten verstehen müssten.«
»Glaubst du? Aber wir wissen doch schon, was diese Überschriften bedeuten … Es sind die Namen der Städte.«
»Ja, aber wir müssen andersherum denken. Die Nachricht, die wir entschlüsseln müssen, ist nicht die auf den Pergamenten. Es ist diejenige auf dem Astrolabium! Das ist das Besondere! Villard de Honnecourt war ein echtes Genie!«
»Ich weiß nicht, ob ich folgen kann …«
»Wenn ich mich nicht irre, werden uns die Buchstaben oben auf den jeweiligen Seiten helfen, das zu dechiffrieren, was auf dem Astrolabium steht, da, wo Villard seine kleinen Monde hingesetzt hat, so dass wir die Nachricht entschlüsseln können. Kurz gesagt kann man den Code von Villard de Honnecourt nicht knacken, ohne das Astrolabium so zu sehen, wie es wirklich ist. Das ist ein zusätzlicher Schutz, den er der Kodierung hinzugefügt hat …«
»Willst du damit sagen, dass man das Geheimnis von Villard nie hätte verstehen können, wenn das Astrolabium verschwunden wäre?«
»Genau. Oder man hätte eine exakte Nachbildung finden müssen.«

Bald waren sie wieder bei Ari, Rue de la Roquette. Kaum hatten sie die Wohnung betreten, eilten sie schon an den Tisch und breiteten die sechs Seiten aus Villards Skizzenbuch vor sich aus, wobei sie zugleich eines der Fotos anschauten, das Ari mit seinem Handy aufgenommen hatte. Zalewski schien offensichtlich Gefallen an der Sache zu finden.

»Also?«, fragte Iris. »Wie, glaubst du, funktioniert das?«

»Schau genau hin. Villard fordert uns auf, dem Lauf des Mondes durch die Städte von Frankreich und andernorts zu folgen. Ich denke, das bedeutet, dass man sich auf dem Astrolabium ansehen muss, was an der Stelle steht, an die Villard die Mondphasen eingezeichnet hat. Also wohl genau diese sechs Wörter: »CANC, LE-O, VIRGVO, LIBRA, SCORPIO, SAGITARIUS«. Dann muss man diese Buchstaben paarweise nehmen, sie in den Überschriften der sechs Seiten wiederfinden und sie durch den Buchstaben der entsprechenden Stadt ersetzen ...«

»Was? Ich verstehe überhaupt nichts«, brummte Iris.

»Doch! Sieh mal. Jede kodierte Überschrift auf den Seiten von Villard entspricht einer Stadt.«

Er zeigte ihr die Entsprechungen auf dem Papier.

LE OG SA VI CI RR BR PB« = LAUSANNE
LE RP -O VI SA = REIMS
RI RP BR LE AS -O VS VI = CHARTRES
AS VS NC TA RI VO = FIGEAC
RI NC TA BR CA IO VO LI -O = VAUCELLES
BR SA CO GI LI LE RG VO RP = PORTOSERA

»Wir haben also Buchstabenpaare, die jeweils für einen einzigen Buchstaben stehen. Auf der ersten Seite entspricht LE dem L von Lausanne, OG steht für A usw.«

»Ja und?«

»Also teilen wir die Wörter *CANC, LE-O, VIRGVO, LIBRA, SCORPIO, SAGITARIUS*, die sich auf dem Astrolabium befin-

den, in Gruppen von zwei Buchstaben auf, was *CA NC LE –O VI RG VO LI BR AS CO RP IO SA GI TA RI VS* ergibt. Jetzt muss man nur noch jedes Buchstabenpaar ersetzen, indem man nachsieht, wofür es auf Villards Seiten steht. Verstehst du?«
»Äh ... So in etwa ... Verstehen Sie das?«, fragte sie Zalewski.
»Ich glaube, ja.«
»Also, seht her, das erste Buchstabenpaar auf dem Astrolabium ist CA. In Villards Notizen steht CA zum ersten Mal für den fünften Buchstaben in Vaucelles. Also ein E. Daraus folgern wir, dass CA = E ist.«
»Okay ... Und so ...«
»So muss man einfach weitermachen ...«
Ari nahm einen Kugelschreiber und übersetzte paarweise die Buchstaben in seinem Heft.

CA = E
NC = G
LE = L
-O = I
VI = S
RG = E
VO = C
LI = E
BR = N
AS = T
CO = R
RP = E
IO = L
SA = U
GI = T
TA = E
RI = C
VS = E

»Es funktioniert! Das ergibt EGLISE CENTRE LUTECE, sagte Iris erfreut.

»Ja. Und was ist eurer Meinung nach die ›église centre Lutèce‹?«

»Notre-Dame?«, schlug der Bodyguard vor.

Ari nickte lächelnd.

»Das ist in der Tat möglich. Es ist erstaunlich, dass es Französisch ist, wo doch der ganze Reste seiner Aufzeichnungen in Picardisch ist.«

»Wahrscheinlich wollte er es universeller machen.«

»Ja, wahrscheinlich.«

»Aber was bedeutet das jetzt?«, fragte Iris aufgeregt wie ein Kind. »Dass in Notre-Dame ein Schatz versteckt ist?«

Ari brach in Gelächter aus.

»Nein! Zunächst mal muss ich dir sagen, dass es sich nicht um einen Schatz handelt, sondern um einen vergessenen Eingang, den nur die großen Weisen der griechischen Welt kannten und der es ermöglicht, das Innere der Erde zu besuchen. Das ist das Geheimnis, das Villard de Honnecourt uns mitteilen will.«

»Der Eingang zum Inneren der Erde?«

»Das schienen jedenfalls die Mitglieder der Vril-Bruderschaft zu glauben.«

»Und er soll sich unter Notre-Dame befinden?«

»Nein, ich glaube nicht. Lies den Text von Villard noch einmal: *Um richtig zu beginnen, musst du dem Lauf des Mondes durch die Städte von Frankreich und andernorts folgen. Dann musst du Maß nehmen, um den richtigen Weg einzuschlagen. Du machst 56 in Richtung Okzident. Du machst 112 in Richtung Meridian. Du machst 25 in Richtung Orient. Wenn du das Maß des Grand Châtelet genommen hast, findest du am Fuß des Heiligen diesen vergessenen Durchgang, aber nimm dich in Acht, denn es gibt Türen, die man besser niemals öffnet.* Wenn ich seinen Text richtig verstehe, ist EGLISE CENTRE LUTECE nur der Ausgangspunkt, nicht der Endpunkt. Dann muss man

seinen Hinweisen folgen, wahrscheinlich ausgehend von Notre-Dame. 56 in Richtung Okzident machen usw.«
»56 was? Meter?«
»Gute Frage. Er gibt uns keine Maßeinheit an ... Aber auf der sechsten Seite – derjenigen, die die Mitglieder des Vril niemals bekommen haben, was vermutlich erklärt, warum sie die Lösung nicht finden konnten – erwähnt er das Maß vom Grand Châtelet.«
»Was soll das heißen?«
»Ich habe nicht die leiseste Ahnung, meine Hübsche.«
»Müsste man wissen, wie lang das Grand Châtelet ist?«
»Das erscheint mir ein wenig seltsam, aber warum nicht?«
»Glaubst du, dass du hier an diese Information kommst, oder sollen wir zu mir gehen und im Internet recherchieren?«
Ari runzelte die Stirn.
»Ah! Ihr geht mir auf die Nerven mit eurem Internet! Wir schlagen in meinen Enzyklopädien nach, basta! Glaubst du, Villard de Honnecourt hatte Internetzugang?«
Iris verdrehte die Augen, dann stand sie auf und holte die entsprechenden Bücher aus Aris Regal. Die drei teilten sich untereinander die verschiedenen Werke auf, und jeder las für sich in einer Ecke.
»Ich finde nirgends die Größe vom Grand Châtelet ... Sind wir sicher, dass es sich um das Gebäude handelt, das in Paris stand?«
»Da es so nah an Notre-Dame ist, ist die Wahrscheinlichkeit dafür groß, ja. Los, sucht weiter!«
Wieder steckten sie die Nasen in die Bücher. Plötzlich stieß Mackenzie einen Triumphschrei aus. »Ich hab's!«
»Was?«
»Es ist nicht die *Größe* des Grand Châtelet!«
»Was ist es dann?«
»Hört mal her: In Frankreich wurde das Klafter vor allem dazu verwendet, die Größe eines Menschen zu messen – daher der

Ausdruck ›unter das Klafter gehen‹. Es wurde seit Karl dem Großen in Paris durch eine Eisenstange gekennzeichnet, die in die Mauer des Grand Châtelet eingelassen war und zwei Halterungsstifte trug. Kurz gesagt befand sich an einer Mauer des Châtelets ein Richtmaß, das die Höhe eines Klafters definierte. Was Villard *das Maß des Grand Châtelet* nennt, ist also das Klafter!«

»Und wie viel misst so ein Klafter?«, fragte Zalewski.

»Sechs Fuß. Da ein Fuß dreißig Zentimeter misst, macht ein Klafter ungefähr einen Meter achtzig.«

»Das heißt, man muss die Zahlen, die Villard angibt, mit einem Meter achtzig multiplizieren?«

»Ich denke, ja. Das würde heißen, wenn man von Notre Dame ausgeht, müsste man, äh …«

Ari kritzelte mehrere Rechenaufgaben auf ein Stück Papier.

»Aufgerundet: hundert Meter nach Westen, zweihundert Meter nach Süden und fünfundvierzig Meter nach Osten gehen.«

»Das heißt, was wir suchen befindet sich nicht in der Kirche Notre-Dame, sondern ein paar hundert Meter davon entfernt«, schloss Iris. »Hast du einen Stadtplan von Paris, damit wir sehen können, wohin uns das ungefähr führt?«

»Na, klar! Direkt hier«, erwiderte Ari und blätterte in seiner Enzyklopädie.

Er nahm ein Lineal und kalkulierte die Distanzen mit Hilfe des Maßstabs auf dem Stadtplan.

»Seht mal, wir gehen über den Vorplatz von Notre-Dame bis zum Petit Pont, dann gehen wir über die Seine und erreichen …«

»Die Kirche Saint-Julien-le-Pauvre!«, rief Iris aufgeregt.

»*Wenn du das Maß des Grand Châtelet genommen hast, findest du am Fuß des Heiligen diesen vergessenen Durchgang.* Am Fuß des Heiligen … Er spricht also vom Heiligen Julian.«

»Glaubst du, dass diese Kirche schon zu Villards Zeiten existiert hat?«

»Das werden wir gleich überprüfen.«
Ari blätterte wieder in seiner Enzyklopädie herum.
»Also ... Die Kirche Saint-Julien-le-Pauvre, Square Viviani in Paris, steht an der Stelle eines ehemaligen Oratoriums aus dem sechsten Jahrhundert, errichtet am Wallfahrtsweg nach Santiago de Compostela. So, so ... Im zehnten Jahrhundert wurde sie erneuert und um ein Hospiz für Pilger und mittellose Reisende ergänzt. Im siebzehnten Jahrhundert war das Gebäude so beschädigt, dass Teile davon abgerissen wurden. Während der Revolution diente sie als Salzlager, bevor die Kirche Ende des neunzehnten Jahrhunderts renoviert und dem griechisch-katholischen Ritus geweiht wurde. Das heißt, sie existierte zur Zeit von Villard de Honnecourt. Und ihr, was habt ihr?«
Iris und Krysztof suchten eine Weile in ihren jeweiligen Büchern, während Ari sich Notizen in seinem Heft machte.
»Hier, das habe ich gefunden«, verkündete der Bodyguard. »Die Kirche Saint-Julien-le-Pauvre ist im zehnten Jahrhundert erbaut worden, nachdem das Oratorium, das sich an dieser Stelle fand, 886 beim Überfall der Normannen zerstört worden war. Am Square Viviani am Ufer der Seine gelegen, ist sie über den Pont au Double mit der Kathedrale Notre-Dame de Paris verbunden. Um 1120 wurde sie der Benediktinerabtei von Longpont übergeben, die sie zwischen 1170 und 1225 wieder aufbaute. Das Hôtel-Dieu richtete darin von 1655 bis zur Revolution eine Begegnungsstätte ein, die zu Saint-Séverin gehörte, und erst 1826 findet die Kirche ihre religiöse Funktion wieder. Heute kann man die beiden Architekturstile ihrer zwei Rekonstruktionsphasen bewundern: gotisch und romanisch. Die Seitenschiffe haben ihre gotischen Gewölbe behalten, während die Kapitelle der beiden Chorpfeiler mit Blättern und Harpyien mit ausgebreiteten Flügeln geschmückt sind, ähnlich wie in Notre-Dame de Paris und Saint-Germain-des-Prés. Ein Brunnen mit Eisengestell, der angeblich Wunder bewirkt und der sich früher in der Kirche befand, steht am Eingangstor.«

Ari hob den Kopf und zog neugierig die Augenbrauen hoch.
»Was ist das für eine Geschichte mit dem wunderbaren Brunnen?«
Krysztof lächelte.
»Ich habe keine Ahnung. Mehr steht hier nicht.«
»Das müssen wir uns unbedingt anschauen.«
»Jetzt?«, fragte Iris.
»Warum nicht? Hast du Besseres zu tun?«
»Ich? Nein. Und Sie, Krysztof?«
»Tja ... Es ist Sonntag.«
»Na, dann los!«
Sie räumten auf, kehrten zum BMW zurück und fuhren Richtung Zentrum.
In der Hauptstadt brach langsam die Winternacht an, schwarz und eisig. Die alten Gebäude verfärbten sich orange, während sich ein leichter Nebel über die Seine legte. Sie parkten in einer Tiefgarage in der Nähe von Notre-Dame.
»Sollen wir versuchen, Villards Route nachzugehen?«, schlug Iris vor, als sie auf dem riesigen beleuchteten Vorplatz der Kathedrale ankamen.
»Wenn du willst. Aber es wird wahrscheinlich sehr ungenau.«
Sie stellten sich alle drei vor das Eingangsportal von Notre-Dame und gingen nach Westen. Iris zählte etwas weniger als hundert Schritte, und sie erreichten die Querstraße zum Petit Pont.
»Ich nehme an, dass man hinübergehen soll?«, sagte sie mit ihrer zarten Stimme.
»Gehen wir.«
Sie gingen Richtung Süden, überquerten die Seine und erreichten die Rue Saint-Jacques. Iris zählte etwa zweihundert Schritte, dann kamen sie an die Ecke der Straße, die auf die Kirche Saint-Julien-le-Pauvre zuführte.
»Wenn wir uns nicht geirrt haben, müssten es ungefähr fünfundvierzig Schritte bis zur Kirche sein«, erklärte Ari.

Sie gingen nach Osten und fanden sich nach fünfundvierzig Schritten tatsächlich vor der kleinen bizarren Kirche wieder.
Das war ein magischer Moment.
Ihre Entdeckung hatte etwas Poetisches, etwas Wunderbares an sich.
Im Schatten der riesigen Kathedrale, die stolz auf der anderen Seite der Seine aufragte, barg diese kleine unscheinbare Kirche also Villard de Honnecourts berühmtes Geheimnis in sich. Sie wussten noch nicht genau, was es war, aber eines war sicher: Hier endete der Weg der sechs verlorenen Pergamente seines Skizzenbuchs. Bei Saint-Julien-le-Pauvre, weit weg von den auf die prachtvolle Kathedrale gerichteten Blicken. Jeden Tag gingen Tausende von Menschen an dieser Kirche vorbei, ohne zu wissen, dass sich dort vielleicht seit Jahrhunderten eine geheime Tür verbarg.
Während dieser gesamten Zeit hatte eine Gesellenloge das versteckt, was Villard als sein größtes und gefährlichstes Geheimnis ansah. »*Villard de Honnecourt wird dir dann sein größtes Wissen offenbaren, denn es gibt einen Ort auf der Erde, an dem sich ein vergessener Eingang verbirgt, den nur die großen Weisen der griechischen Welt kannten und der es ermöglicht, das Innere der Erde zu besuchen.*«
Die Kirche selbst hatte einen ungewöhnlichen Charakter. Sie war eine Mischung von Ruinen und von Stilen und ähnelte somit keiner anderen in der Hauptstadt. Sie hatte die bescheidene Größe einer kleinen Landkirche. Der Vorplatz, der an einen schlichten Pariser Hinterhof denken ließ, war durch ein schwarzes Gitter von der Straße abgetrennt. Links ragte anachronistisch ein Überrest des alten, heute verschwundenen gotischen Torbogens aus der Fassade wie der Bug eines Schiffes, der das Ganze aus dem Gleichgewicht brachte. Über der jüngeren weißen, glatten Fassade die von dorischen Pilastern umrahmt wurde, richtete sich ein dreieckiger Giebel auf. An der Nordseite wurde die Mauer von fünf Strebepfeilern verstärkt,

an der Südseite ragte ein Türmchen auf, in dem sich die Kirchenglocken versteckten.

Um diese Zeit war das Gittertor, das auf den kleinen Vorplatz führte, abgeschlossen. Ein kleiner Lieferwagen parkte dort, aber dahinter, rechts vom Tor, erriet man einen alten steinernen Brunnen, der von einem verrosteten Eisengitter abgedeckt war.

Links vom Eingang informierte ein Schild der Stadt Paris über die Geschichte der Kirche und erwähnte ebenfalls die Existenz dieses »Wunder-Brunnens«.

Ari machte einen Schritt zurück. Der Position der alten Fassade nach, die fast vollständig zerstört war, erahnte man, dass sich ein Teil dessen, was sich früher innerhalb der Mauern befunden hatte, jetzt außerhalb befand. Das war insbesondere der Fall bei diesem besagten Brunnen, den Iris, Ari und Krysztof wie verzaubert betrachteten.

»Glaubst du ... glaubst du, dass Villard von diesem Brunnen gesprochen hat?«, flüsterte Iris, zu ihrem Freund gebeugt.

»Ein Brunnen ist jedenfalls ein Zugang zur unterirdischen Welt. Und dieser Brunnen muss irgendeine Bedeutung haben. Was hatte er mitten in einer Kirche zu suchen? Warum wurden ihm Wunderkräfte zugeschrieben?«

»Ja. Es ist eigenartig, sich vorzustellen, dass er eine Zeitlang im Inneren war und dass man dann die Fassade zurückgesetzt hat ... als habe man ihn nach draußen verbannen wollen.«

»Schade, dass abgeschlossen ist. Ich hätte mir das gerne aus der Nähe angeschaut.«

Ari sah sich kurz um. Niemand. Er hielt sich an einer Spitze fest, hievte sich am Gitter nach oben und kletterte darüber.

»Kommt ihr?«

»Bist du dir sicher?«

»Los! Beeilt euch!«

Zalewski half Iris, über das Gitter zu kommen, dann folgte er ihnen auf den Vorplatz. Sie liefen schnell hinter den Lieferwagen, um sich vor Blicken zu schützen, und untersuchten den Brunnen aus der Nähe.

»Er ist vollständig mit Erde zugeschüttet«, flüsterte Ari. »Seht, es ist sogar Gras darauf gewachsen. Dieser Brunnen wurde wahrscheinlich seit Jahrhunderten nicht mehr geöffnet.«

»Was machen wir?«, fragte Iris.

»Wie meinst du das, was sollen wir machen?«

»Na, ich weiß nicht ... Hast du etwa keine Lust hineinzusehen?«

Ari riss die Augen auf.

»Bist du verrückt, oder was? Die Dame zögert, über einen Zaun zu klettern, und jetzt möchte sie in einen Brunnen hinabsteigen?«

»Genau! Da wir nun schon einmal hier sind, wäre es dumm, nicht nachzusehen!«

»Aber Iris! Der Brunnen ist voller Erde! Wir werden nicht einfach anfangen zu graben, mitten in Paris! Das wäre nicht gerade unauffällig! Außerdem bräuchten wir Werkzeug. Etwas, womit wir das Gitter öffnen könnten, etwas zum Graben ...«

Iris verzog nachdenklich das Gesicht.

»Wir können doch später wiederkommen, wenn weniger Leute unterwegs sind ... Krysztof, Sie haben doch bestimmt Werkzeug in Ihrem Wagen?«

»Da müsste ich etwas finden.«

»Manchmal frage ich mich, ob du nicht noch verrückter bist als ich«, bemerkte Ari belustigt.

»Los, gehen wir!«

»Sehen Sie mal«, rief Zalewski, als er rechts um den Brunnen herumging, »wir brauchen nicht über den Zaun zu klettern, hier ist eine Öffnung zwischen dem Gitter und der Mauer!«

Sie glitten zwischen den Bäumen hindurch und traten unbemerkt auf die Straße, wie drei Kinder, die die Schule schwänzen wollten. Dann kehrten sie zur Tiefgarage zurück.

93

Kurz vor Mitternacht waren Ari, Iris und der Bodyguard mit dem zurück, was sie im Auto hatten finden können: ein paar Schraubenziehern, einem Brecheisen und einer alte Taschenlampe.
Schwarze Nacht hüllte die gesamte Hauptstadt ein, und ein kalter Wind blies um die Häuser. Die Rue Saint-Julien-le-Pauvre war menschenleer und still. Die Straßenlaternen zeichneten gelbe Lichtkreise auf den Boden, und vom Square Viviani aus beleuchteten Scheinwerfer die Kirchenmauern, wie ein aus dem Nebel aufgetauchtes Schiff.
Die rechte Seite des Vorplatzes, auf der sich der Brunnen befand, lag im Schatten hinter ein paar Platanen. Sie schoben sich durch die Öffnung am Ende des Gitterzauns und inspizierten, von dem Lieferwagen verborgen, den alten Brunnen am Fuße der Kirche.
Ein riesiger Blumentopf aus Metall stand auf dem Gitter. Ari versuchte ihn hochzuheben, aber er erwies sich als viel zu schwer, selbst mit Zalewskis Hilfe schaffte er es nicht, ihn von der Stelle zu bewegen.
»Es gibt nur eine Möglichkeit«, murmelte er. Er sah zur Straße hinüber, um sich zu vergewissern, dass niemand kam, dann stellte er sich auf den Brunnen, um den Topf von oben anzuheben.
Krysztof half ihm, und sie ließen den Topf zu Boden gleiten.
Sie stiegen wieder herunter, und Ari untersuchte die Schrauben, mit denen das Gitter befestigt war.
»Es sind flache Schrauben, aber alt wie Methusalem!«, schimpfte Ari. »Es könnte schwierig werden, sie zu entfernen!«
Er griff nach dem breitesten Schraubenzieher. Die Schrauben saßen völlig fest, und bei den meisten konnte man nicht einmal mehr den Schraubenzieher ansetzen. Von den zwölf Schrauben konnte Ari trotz größter Verbissenheit nur drei lösen.
»Noch ist nichts gewonnen!«

»Wir könnten versuchen, das Gitter herauszubrechen«, schlug Krysztof vor.
Der Bodyguard nahm die Brechstange und schob sie unter das Gitter. Nach mehreren Anläufen schaffte er es schließlich. Sie zogen alle drei das Gitter zur Seite und legten es auf den Boden.
»Jetzt müssen wir nur noch graben. Ohne Schaufel könnte das lustig werden ...«, murmelte Ari, während er nach einem geeigneten Werkzeug suchte.
Iris hob einen Stein auf und benutzte ihn, um die Erde abzuschaben, die den Brunnen füllte. Da sie keine bessere Idee hatten, taten Ari und Krysztof es ihr gleich. Nach und nach beförderten sie die Erde, die immer weicher und feuchter wurde, auf die Pflastersteine zu ihren Füßen.
Plötzlich war am Ende der Straße Motorenlärm zu hören.
Ari ließ seinen Stein fallen, packte Iris bei der Schulter und zwang sie, sich neben ihm zu ducken. Zalewski versteckte sich hinter dem Brunnen.
Der Wagen fuhr langsam an der Kirche vorbei und verschwand dann in Richtung Seine. Ari wartete ein paar Sekunden, dann griff er wieder nach seinem Stein und machte sich erneut ans Werk.
Sie hatten schon fast einen Meter Erde entfernt und gruben weiter, wobei sie versuchten, so wenig Lärm wie möglich zu machen, bis im Brunnen plötzlich ein metallisches Geräusch zu hören war.
Ari blickte hoch.
»Ich habe den Eindruck, auf etwas Hartes gestoßen zu sein.«
Schnell schob er die Erde mit der Hand beiseite und legte tatsächlich die flache Oberfläche eines Eisendeckels frei.
»Bingo!«
Sie verdoppelten ihre Bemühungen, um die restliche Erde, die noch auf dem Brunnen lag, fortzuschaffen.
»Das müsste reichen«, flüsterte Iris. »Versucht jetzt, den Deckel hochzuheben, Jungs.«

Es gab weder einen Griff, noch einen Ring oder eine Einkerbung. Ari versuchte, die Finger in den Spalt zu schieben, aber er war viel zu eng.
»Hier«, sagte Iris und reichte ihm einen Schraubenzieher.
Er kratzte die Erde, die sich um den Deckel herum gesammelt hatte, weg und versuchte dann, den Schraubenzieher darunterzuschieben. Er rutschte mehrmals ab, wobei er sich fast die Hand aufriss. Er blies auf seine Finger, um sie zu erwärmen, und startete einen neuen Versuch. Indem er ein paarmal auf den Griff des Schraubenziehers schlug, gelang es ihm schließlich, ihn unter den Deckel zu bekommen. Er drückte auf den Griff, bis sich der Rand des Deckels hob. Da schob Krysztof die Finger in den Spalt und zog mit ganzer Kraft.
»Das muss Gusseisen sein, das wiegt ja eine Tonne!«
Seine Stimme hallte durch den Brunnen.
Ari begann von seiner Seite aus zu schieben. Gemeinsam gelang es ihnen, den Deckel hochzustemmen und ihn auf den Brunnenrand zu legen.
Es war zu dunkel, um in das Loch hineinzusehen. Ari holte ungeduldig seine Taschenlampe hervor, schaltete sie ein und richtete sie in den Abgrund.
Der Brunnen, der sehr tief war, war trocken. Er schien etwa zehn Meter weiter unten auf Lehm zu stoßen. An der Innenwand waren rostige Eisensprossen in der Steinmauer befestigt.
»Äh ... Ich warne dich, Ari, ich steige da nicht runter«, kündigte Iris an.
»Du hast doch vorhin gedrängt ...«
»Ich nehme alles zurück, was ich gesagt habe! Ich steige da nicht runter, fertig, aus.«
»Hast du keine Lust zu erfahren, wohin er führt? Herauszufinden, wovon Villard de Honnecourt gesprochen hat?«
»Du erzählst es mir dann.«
»Krysztof, Sie bleiben hier bei ihr.«

»Nein. Ich gehe mit Ihnen runter.«
»Es wäre mir lieber, Sie würden den Eingang zum Brunnen bewachen. Ich möchte nicht eingesperrt werden. Wenn mir irgendetwas passiert, zähle ich auf Sie, um mich wieder zu befreien.«
Der Bodyguard gab widerwillig nach.
»Okay. Aber seien Sie vorsichtig. Nach allem, was wir in den letzten Tagen getan haben, wäre es schon blöd ...«
»Machen Sie sich keine Sorgen.«
Ari holte tief Luft und schaute in den Brunnen hinab.
»Gut. Dann gehe ich«, sagte er.
»Pass auf dich auf!«, ermahnte ihn Iris.
Ari klemmte sich die Taschenlampe zwischen die Zähne und begann seinen Abstieg.
Die Hände um die eisigen Sprossen geklammert, tauchte er in das dunkle Loch hinab. Die Luft wurde immer kälter, je tiefer er kam. Seine Finger litten unter dem Kontakt mit dem alten Metall, und er bereute bald, nicht seine Handschuhe mitgenommen zu haben. Aber er war so aufgeregt bei der Vorstellung, endlich Villards Geheimnis zu entdecken, dass er, ohne zu zögern, weiterkletterte.
Der Abstieg schien ihm eine Ewigkeit zu dauern. Das Klappern seiner Schuhsohlen hallte durch den langen Steinzylinder, und er hatte sogar den Eindruck, seinen eigenen Herzschlag zu hören.
Je weiter er kam, desto deutlicher verspürte er eine Art unkontrollierbare Angst ... Fragen schwirrten ihm durch den Kopf. Was würde er unten finden? War Villard de Honnecourt selbst hinabgestiegen, um die *Interiora Terrae* aufzusuchen? Musste man den Ausdruck wörtlich verstehen oder im übertragenen Sinn? Konnte dieser Ort die alten Legenden über die hohle Erde beweisen? Würde er einen dieser mysteriösen Tunnel finden? War dieser Brunnen tatsächlich einer der Eingänge zum mythischen Reich Agartha, eine Verzweigung jener Gänge, die

in so vielen Mythologien vorkamen? Oder handelte er sich einfach nur um einen weiteren Eingang in die Katakomben der Hauptstadt?
Während Ari sich in Tausenden von Fragen verlor, die ihn umtrieben, spürte er plötzlich festen Boden unter den Füßen. Ari nahm die Taschenlampe in die rechte Hand, dann drehte er sich um, um den Raum hinter sich zu beleuchten, ohne mit der anderen Hand die Sprosse loszulassen.
Er war tatsächlich unten angekommen. Er ließ den Lichtkegel seiner Lampe umherwandern und sah nichts Besonderes. Auf den ersten Blick war das nichts anderes als der Boden eines ganz gewöhnlichen Brunnens. Er trat mit einem Fuß auf den feuchten Erdboden. Sein Schuh sank kaum ein. Der Boden war fest. Er ließ die Sprosse los und machte einen ersten Schritt in die Mitte des Brunnens, dann untersuchte er die Mauern und den Boden. Nichts. Das war nicht möglich. Hatten sie sich beim Entschlüsseln des Rätsels getäuscht? Er konnte es kaum glauben. Alles hatte so gut zusammengepasst. Und dieser »Wunderbrunnen« war so vielversprechend.
»Und? Siehst du etwas?«
Iris' Stimme, etwa zehn Meter weiter oben, hallte durch den steinernen Zylinder.
»Nein. Hier ist nichts!«
»Bist du sicher? Gibt es keine Falltür am Boden oder irgendwas in der Art?«
»Ich schau nach.«
Er ging auf alle viere und begann, den Boden zu untersuchen. Der Grund des Brunnens war mit Erde bedeckt. Also fing er an, hier und da zu graben. Wenn es tatsächlich eine Falltür gab, war sie bestimmt seit Jahrhunderten nicht mehr geöffnet worden. Vielleicht war sie tief verschüttet.
»Und?«, drängte Iris ungeduldig.
»Ich grabe!«
Mackenzie grub mit den Händen in der kalten Erde. Er spürte,

wie kleine Steinchen sich unter seine Fingernägel schoben, aber er machte weiter. Seine Hand ertastete eine harte Oberfläche. Holz. Aufgeregt grub er weiter, warf eine Handvoll Erde nach der anderen hinter sich. Nach und nach gelang es ihm, ein rechteckiges Brett freizuschaufeln, das in den Boden eingelassen war. Brennend vor Ungeduld, zog er mit ganzer Kraft an der Falltür. Das Holz krachte und gab schließlich nach.
Ari entdeckte ein kleines Versteck. Ein simples, kleines Versteck. Und in der Mitte lag eine alte, verrostete Schatulle von ungefähr sechzig Zentimetern Länge. Er versuchte, sie herauszuheben. Da die Metallbox in der Erde steckte, widerstand sie zunächst, doch dann gelang es ihm, sie freizubekommen und neben sich zu stellen. Er untersuchte sie mit Hilfe seiner Taschenlampe.
Es war eine wunderbare, sehr alte Kassette, die mit einem feinen Dekor aus Karyatiden und Blättern geschmückt war, das von der Zeit leicht beschädigt war. Ein Vorhängeschloss hing daran.
»Hast du etwas gefunden?«, rief Iris herab.
Ari hob den Kopf zur Öffnung des Brunnens. Das war so ganz und gar nicht das, was er zu finden gedacht hatte!
»Ich … Ja … Eine Truhe! Ich habe eine Truhe gefunden!«
»Nein!«
»Doch! Eine kleine Metallschatulle. Werft mir die Brechstange runter!«
»Bist du sicher? Kriegst du sie dann nicht auf den Schädel?«
»Lasst sie senkrecht gegenüber von den Sprossen runterfallen. Versucht, nicht die Wand zu berühren.«
»Okay.«
Mackenzie drückte sich an die Wand und hörte, wie das Werkzeug herabfiel und sich vor ihm in die Erde bohrte. Er hob es auf und machte sich an der Truhe zu schaffen. Der Deckel ließ sich leicht öffnen, und Ari schaute in die Kassette. Perplex schüttelte er den Kopf.

Die Kassette enthielt gebündelte Papiere und mehrere Lederbeutel, die offenbar voller Münzen waren. Vorsichtig griff er nach den Pergamenten und schaute sich beim Schein der Taschenlampe ein paar davon an. Die Texte waren in altem Französisch, aber gut verständlich. Er erriet schnell, worum es sich handelte: Wechsel und Besitzurkunden, alle auf den Namen Jean Mancel ausgestellt. Er legte die Papiere zurück und öffnete einen der Beutel. Goldmünzen glitzerten darin. Er nahm eine heraus und untersuchte sie. Die eine Seite zeigte zwei gekrönte Lilien, und er entzifferte die Inschrift »KAROLVS DEI GRACIA FRANCORVM REX«. Auf der Rückseite waren mehrere Kronen und ein weiterer lateinischer Text: »XPC VINCIT XPC REGNAT XPC INPERAT«. Ein Goldtaler, vermutlich aus dem fünfzehnten Jahrhundert. Enttäuscht ließ er den Beutel zurück in die Truhe fallen.

»Und? Hast du die Truhe geöffnet?«

Ari ließ sich auf den Hintern plumpsen und brach in lautes, nervöses Gelächter aus.

»Was ist los mit dir?«, rief seine Kollegin.

»Das ist … Das ist ein blöder, verdammter Schatz, Iris! Ich glaub's nicht! Ein blöder, verdammter Schatz!«

»Wie das, ein Schatz?«

»Gold, Wechsel …«

»Viel?«

»Ja, wahrscheinlich, keine Ahnung, ist doch egal! Das ist nicht gerade das, was ich gesucht habe, Iris! Das kann doch nicht sein!«

Kopfschüttelnd schloss Ari langsam wieder den Deckel der Kassette. Er konnte es nicht glauben. Nein. Das war unmöglich! Er weigerte sich, zu glauben, dass all diese Menschen für einen simplen Schatz gestorben waren, welchen Wert er auch immer haben mochte! Und vor allem konnte sich Villards Geheimnis nicht als einfache Schnitzeljagd entpuppen, die zu einer Falltür in einem Brunnen führte.

Doch er musste die Tatsachen akzeptieren. Alles, was es am Grund dieses Brunnens gab, war diese Kassette, die ein Vorfahre von Erik Mancel versteckt hatte und die wahrscheinlich ein Teil des Vermögens beinhaltete, das nach dessen Tod verschwunden war und das er hier verscharrt hatte, um seinen Erben eine lange Nase zu drehen.

Ari stand auf und ging langsam um die Falltür herum. Irgendetwas stimmte hier nicht. Dass Mancel diesen Ort benutzt hatte, um dort etwas zu verstecken, gut, das war möglich, aber warum hätte er sich die Mühe gemacht, eine Loge zu gründen, die sich der Aufgabe verschrieb, Villards Geheimnis zu schützen? Und vor allem, warum hätte Villard selbst sich die Mühe geben sollen, um einen einfachen Brunnen in ein Rätsel einzubauen? Wie ermöglichte es dieser Brunnen, »das Innere der Erde« zu besuchen?

Mackenzie weigerte sich, zu glauben, dass es auf diese Fragen keine Antwort gab. Er hob die Brechstange auf und ließ sich auf die Knie fallen.

»Was treibst du?«, rief Iris.

»Ich suche weiter. Es kann nicht nur das geben!«

Er bohrte das lange Werkzeug in die Erde und begann wieder zu graben. Mit der Zeit stieß er auf immer mehr Steine, die Erde wurde zu hart, und schließlich hörte er auf.

Fluchend stand er auf. Aber er weigerte sich aufzugeben. Es gab bestimmt noch etwas anders. Irgendwo. Er ließ den Lichtkegel der Taschenlampe an den Wänden entlangwandern und beschloss, die Mauern zu untersuchen. Er klopfte mit dem Ende des Brecheisens auf die Steine. Langsam schritt er die Wände ab, bis das Mauerwerk plötzlich hohl klang.

Ein Schauer lief ihm den Rücken hinunter. Er klopfte noch einmal gegen die Steine, dabei gelang es ihm, einen Umriss von der Größe einer kleinen Tür auszumachen, wo es hinter der Wand hohl zu sein schien.

Euphorisch stieß er die Spitze der Brechstange zwischen zwei

Steinblöcke und kratzte an der Fuge. Nachdem er, die Taschenlampe zwischen die Zähne geklemmt, einen ganzen Stein gelöst hatte, setzte er sein Werkzeug an einer Seite an und drückte mit aller Kraft schräg dagegen. Der Stein fiel in einer Staubwolke zu Boden. Ari ließ die Brechstange los, schob seine Hände in die Öffnung und zog, so fest er konnte. Vier oder fünf weitere Steine fielen zu seinen Füßen.
»Was treibst du denn, Ari?«
Mackenzie antwortete nicht, sondern nahm die Taschenlampe aus dem Mund, steckte sie in das Loch und entdeckte verblüfft einen langen, schmalen Gang, der mitten in den Fels gehauen war, abrupt abfiel und sich in der Ferne im Dunklen verlor.
Ari musste schlucken. Er machte einen Schritt zurück, warf einen Blick nach oben und sah die Umrisse von Iris und Krysztof, die sich über den Brunnenrand beugten.
»Ich ... ich habe einen Durchgang gefunden!«, rief er, wobei er es selbst kaum glauben konnte.
»Einen Durchgang?«
»Ja! Ich ... Ich gehe nachsehen!«
»Ari!«, rief Zalewski. »Warten Sie auf mich, ich komme mit!«
»Nein! Bewachen Sie den Eingang zum Brunnen! Das ist sehr nett, aber ich habe keine Lust, hier eingesperrt zu werden! Ich beeile mich, ich möchte nur sehen, wohin der Gang führt!«
Er trat mehrmals gegen die brüchig gewordene Wand, bis das Loch groß genug war, um ihn hindurchzulassen.
Wahrscheinlich war es eine lächerliche Vorsichtsmaßnahme, aber er holte die Manurhin aus der Pistolentasche, bevor er sich auf den Weg machte. Die Taschenlampe in der einen, den Revolver in der anderen Hand, stieg er über die restlichen Steine.
Sein Herz schlug heftig, als er begann, den feuchten, kalten Gang entlangzugehen.
Das Licht der Lampe reichte nicht sehr weit, aber weit genug, dass er sehen konnte, wohin er seine Füße setzte. Die Wände

sahen manchmal nach hartem Fels aus, manchmal nach Kalk; bei dem schlechten Licht war es schwer zu erkennen. Der Boden war von einer dünnen Erdschicht bedeckt, die stellenweise feucht war.
Er ging vorsichtig, alle Sinne angespannt. Der Gang wurde immer steiler und enger. Ari hätte nicht sagen können, ob die Luft dünner wurde oder ob es an der Klaustrophobie lag, die ihn ergriff, aber er hatte Mühe, ruhig und gleichmäßig zu atmen. Je tiefer er ins Herz der Hauptstadt eindrang, desto geringer schien ihm die Wahrscheinlichkeit, dass es sich nur um einen Zugang zu den Katakomben handelte. Er wusste nicht, wohin dieser Gang führte, aber er war sich beinahe sicher, bald eine Tiefe erreicht zu haben, in die die berühmten unterirdischen Gänge von Paris nicht hinabreichten.
Von Neugier gepackt, setzte Ari seinen Weg fort, wobei er fast seine Freunde vergaß, die am Brunnen auf ihn warteten. Langsam verlor er das Gefühl für Zeit und Raum. Vor Kälte verkrampften sich seine Finger, sein Nacken. Der Kopf begann ihm zu schwirren. Und dieser Korridor, der kein Ende nahm ...
Plötzlich wurde das Licht seiner Taschenlampe schwächer und begann zu flackern. Ari blieb sofort stehen. Er klopfte auf die Lampe, glaubte an einen Wackelkontakt, aber sie verlosch ganz.
Mit einem Schlag war er in absolute Finsternis gehüllt.
Reflexartig steckte er seine Waffe in das Holster und die Lampe in seine Tasche und stemmte beide Hände gegen die Wände. Er versuchte, sich nicht von Panik überwältigen zu lassen. Aber die vollständige Dunkelheit war beklemmend.
Unmöglich, weiter vorzudringen. Das war viel zu gefährlich. Er war gezwungen, umzukehren, aufzugeben, ohne entdeckt zu haben, wohin Villards geheimer Gang führte. Er war dem Ziel so nah! Aber vielleicht war es besser so. Seine Freunde machten sich bestimmt Sorgen, und es wäre klüger, entsprechend ausgerüstet zurückzukommen. Dennoch war er frustriert.

Ari holte tief Luft und machte sich dann widerwillig in entgegengesetzter Richtung auf den Weg, um zum Brunnen zurückzugehen. Beide Hände an die Wand gedrückt, versuchte er, nicht das Gleichgewicht zu verlieren, stolperte aber öfter. Nachdem er eine Weile durch die Dunkelheit gegangen war, vermischten sich Kälte, Müdigkeit und Stress, und Ari spürte eine dumpfe Angst in sich emporsteigen, die er nicht beherrschen konnte.

Kurzatmig lief er immer schneller. Er hatte den Eindruck, sich in einem Alptraum aus seiner Kindheit wiederzufinden, er fühlte sich von einem Teufel verfolgt, den er nicht sehen konnte, und war außerstande, zu rennen, als verweigerten seine Beine den Gehorsam und hinderten ihn daran, zu fliehen. Das war natürlich lächerlich, unsinnig, aber langsam gewann diese kindliche Furcht die Oberhand.

Plötzlich rutschte sein Fuß ab, und er fiel mit dem Kopf voraus in tiefe Dunkelheit. Seine Stirn schlug mit Wucht gegen einen Stein, der aus der Erde herausragte. Der Aufprall war hart, der Schmerz heftig. Es schien ihm, als hätte er einige Sekunden lang das Bewusstsein verloren. Benommen lag er auf dem Rücken, kleine Lichtpunkte tanzten inmitten der undurchdringlichen Finsternis vor seinen Augen, und er spürte klebriges Blut auf seinen Schläfen.

Stöhnend hob er die Hände an den Schädel, und als seine Finger die Wunde berührten, verspürte er einen stechenden Schmerz, der ihn zusammenzucken ließ.

Was für einen Streich hast du mir gespielt, Villard?

Der Schmerz war so intensiv, dass er glaubte, den Verstand zu verlieren. Am Boden liegend, wurde er von Panik ergriffen.

Ich kann jetzt nicht hier sterben.

Er hatte den Eindruck, eine enorme, unsichtbare Last drücke bis zum Ersticken auf seinen ganzen Körper.

Was für einen Streich hast du mir gespielt, Villard? Warum hast du mich hierhergeführt?

Blut lief ihm in den Mund. Ihm wurde schlecht.
Warum hast du mich hierhergeführt? Ins Innere der Erde? Ins Innere meines Selbst? Was soll ich hier sehen? In dieser Dunkelheit?
Ari versuchte, sich auf seine Ellenbogen aufzustützen, aber er brach sofort entkräftet zusammen.
Nimm dich in Acht, denn es gibt Türen, die man besser niemals öffnet.
Er hustete, spuckte Blut.
Du glaubst, ich bin nicht dazu in der Lage, nicht wahr? Diese Tür zu öffnen? Ich habe keine Angst davor, Villard. Ins Innere zu blicken, den Teufel zu besiegen. Ich weiß, was sich hinter dieser Tür befindet! Diese Frau, diese Frau, die ich liebe. Und ich habe keine Angst, Villard. Ich habe keine Angst mehr. Ich werde nicht mehr allein sein.
Er wischte sich mit einem Ärmel über die Lippen.
Ich werde nicht mehr allein sein.
Sein Brustkorb hob und senkte sich schnell. Er blieb einen Moment auf dem Rücken liegen, in der Hoffnung, dass sein Kopf aufhören würde zu schmerzen, aber da der Schmerz nicht nachließ, versuchte er, sich wieder aufzurichten.
Er nahm seine ganze Kraft zusammen und kämpfte gegen das Gewicht, das ihn am Boden hielt. Als er sich auf die Knie aufrappelte, glaubte Ari, gleich das Bewusstsein zu verlieren. Er hielt sich mit einer Hand an der Mauer hinter sich fest. Er hatte das Gefühl, auf einem Karussell zu sein, das in den dunklen Raum getaucht war. Außerdem hatte er nicht die geringste Ahnung, wo in dem Gang er sich befand. Welche Richtung führte zum Ausgang?
Er holte tief Luft, zwang sich, langsam zu atmen, dann versuchte er noch einmal, aufzustehen, indem er, noch immer an die Wand gestützt, seine Beine durchdrückte. Als er endlich stand, blieb er reglos mit gespreizten Beinen stehen, um sein Gleichgewicht wiederzufinden. Während das Schwindelgefühl

schließlich nachzulassen schien, suchte er in seiner Tasche nach seinem Feuerzeug und zündete es an.

Die Wände des unterirdischen Ganges wurden schwach erleuchtet. Langsam ließ er die kleine Flamme umherwandern und versuchte zu erkennen, auf welcher Seite der Korridor anstieg. Es schien ihm, als sei es die linke Seite. Er steckte das Feuerzeug in die Tasche. Jetzt, wo er keine Lampe mehr hatte, sollte er mit dem Feuerzeug sparsam umgehen. Dann machte er sich vorsichtig auf den Weg, wobei er sich auf beiden Seiten an der Wand abstützte. Der Schmerz hämmerte quälend gegen seine Stirn, aber er kämpfte sich weiter, setzte einen Fuß vor den anderen.

Nach wenigen Schritten war er sich sicher, in die richtige Richtung zu gehen; der Boden unter seinen Füßen schien wirklich anzusteigen.

Vorsichtig ging er weiter, sicherte jeden Schritt ab. Die Minuten vergingen im Takt seiner geräuschvollen Respiration und dem heftigen Pochen in seinem Schädel. Nachdem er den Eindruck hatte, eine Ewigkeit gelaufen zu sein, geriet er wieder ins Zweifeln. Wie kam es, dass er immer noch nicht am Brunnen angekommen war? Es kam ihm vor, als sei er schon viel länger gelaufen als bei seinem Abstieg. Wie lange würde er noch hinaufsteigen müssen? Er konnte nicht mehr. Der Mut, ja, die Abenteuerlust verließ ihn.

Ari blieb stehen und stieß, gegen die Wand gelehnt, einen hoffnungslosen Seufzer aus.

Langsam ließ er sich an der Wand hinabgleiten und setzte sich entkräftet auf den Boden. Das Blut, das ihm in den Nacken gelaufen war, war getrocknet. Er kämpfte mit den Tränen. Er kam sich so lächerlich vor, einsam in der Dunkelheit wie ein verlorenes Kind.

Plötzlich hörte er wie in einem seltsamen Traum Zalewskis Stimme links von sich.

»Ari!«

Im selben Moment tauchte ein schwaches Licht am Ende des Tunnels auf. Ungläubig wandte er den Kopf.
»Ari, sind Sie da?«
Der Agent holte tief Luft und erhob sich schwankend. Die Hände in die Mauer gekrallt, machte er sich wieder auf den Weg.
»Krysztof!«, stammelte er. »Ich ... ich bin hier.«
Taumelnd ging er an der Wand entlang auf das Licht zu und bemerkte plötzlich, dass der Ausgang nur ein paar Meter entfernt lag.
Bald sah er die Umrisse des Bodyguards. Er hielt ein Feuerzeug in der Hand und stand vornübergebeugt vor dem Loch in der Wand des Brunnens. Ari legte die letzten Schritte zurück und brach zu Füßen des Polen zusammen.
Zalewski kniete sich neben ihn und packte ihn bei den Schultern.
»Mein Gott! Was ist denn passiert, Ari?«
Mackenzie lächelte gequält und griff nach dem Arm des Bodyguards.
»Ich ... ich bin da drin auf die Schnauze gefallen.«
»Na! Sie sind ganz schön übel zugerichtet!«
Er half ihm aufzustehen.
»Meine Taschenlampe hat den Geist aufgegeben. Ich ... Ich muss gestehen, dass ich es ordentlich mit der Angst zu tun bekommen habe. Wir müssen morgen besser ausgerüstet wiederkommen.«
»Okay. Gehen wir hier raus?«
»Je schneller je lieber!«
Krysztof reichte ihm den Arm. Sie gingen auf die Sprossenleiter zu.
»Schaffen Sie es?«
»Ich habe keine Wahl ... Aber die Truhe ...«
»Jetzt helfe ich Ihnen erst einmal hinaufzukommen. Dann hole ich sie.«

»Ari? Alles in Ordnung?«
Iris' besorgte Stimme hallte durch den Brunnenschacht.
»Es geht ... Wir kommen, Iris!«
Er ging voran und begann, die Leiter emporzusteigen. Der Aufstieg war mühsam, aber er war so froh, lebend aus dieser Hölle herauszukommen, dass er viel schneller kletterte, als er es für möglich gehalten hätte.
Draußen angekommen, ließ Ari sich auf den Boden fallen, lehnte sich mit dem Rücken an die Kirche und brach in nervöses Gelächter aus.
»Was ist los mit dir? Drehst du durch?«, fragte Iris und eilte zu ihm.
»Ein bisschen, ja ... Es ist bescheuert, aber ich habe wirklich gedacht, ich müsste da unten bleiben, Iris!«
Sie holte ein Taschentuch aus ihrer Tasche und wischte ihm die Stirn ab.
»Ich gehe die Truhe holen«, kündigte Krysztof an.
»Das schaffen Sie nicht«, warnte ihn Ari. »Sie ist zu schwer. Nehmen Sie ihren Rucksack und verfrachten Sie alles dort hinein.«
»Okay.«
Der Bodyguard kletterte schnell noch einmal in den Brunnen. Als er zurück war, half Iris ihm, den schweren Deckel wieder auf den Brunnen zu legen, während Ari langsam zu sich kam. Sie sammelten, so gut es ging, die Erde neben dem Brunnen auf, um sie wieder auf den Deckel zu streuen. Ohne Schaufel war das keine leichte Aufgabe.
»Also?«, fragte Iris geschäftig. »Hast du wenigstens etwas gesehen? Was gibt es da drinnen?«
Ari seufzte tief.
»Einen Gang, der endlos hinabführt ... Ich weiß nicht, bis wohin, meine Lampe ist zu früh ausgegangen. Aber glaub mir, er zieht sich weithin!«
»Und was ist es deiner Meinung nach?«

Der Agent zuckte mit den Schultern.
»Ich habe keine Ahnung. Der Eingang zur hohlen Erde!«, scherzte er.
Als sie genügend Erde auf den Deckel geworfen hatten, versuchte Krysztof, die Reste, die noch auf dem Boden lagen, mit dem Fuß zu verteilen. Dann legte er das Gitter wieder darüber und hievte den riesigen Blumenkübel darauf.
»Nichts mehr zu sehen«, bemerkte er lächelnd.
Iris ging zu ihrem Freund zurück.
»Gut, was machen wir jetzt?«, fragte Mackenzie.
»Hör mal, ich glaube, für heute Abend hast du genug getan. Wir kommen morgen wieder. Wir bringen dich nach Hause und versorgen diese hässliche Wunde.«
»Da sage ich nicht nein.«

94

Am nächsten Morgen kam Ari wie vereinbart unter den neugierigen Blicken der Kollegen nach Levallois. Mit dem Verband um die Stirn und den Schatten unter den Augen sah er aus wie ein Veteran ... Er blieb nicht stehen, um irgendjemanden zu begrüßen, und schloss sich unauffällig in seinem Büro im letzten Stock ein.
Den Vormittag verbrachte er damit, so gut es ging, die Arbeit zu bewältigen, die während seiner Abwesenheit liegengeblieben war. Auf dem Anrufbeantworter hatten sich etliche Nachrichten angesammelt, nicht zu sprechen von den vielen E-Mails, die er keine große Lust hatte zu öffnen, und den Notizen, die sich auf seinem Schreibtisch stapelten ...
Routine verlernt man nicht. Als er sein Büro betreten hatte, hatte er allerdings das unangenehme Gefühl gehabt, nicht mehr an seinem Platz zu sein. Etwas hatte sich in ihm verändert, und

er fühlte sich zwischen diesen vier Wänden nicht mehr wohl, sofern das überhaupt je der Fall gewesen war ...
Gegen dreizehn Uhr, als er noch nicht einmal ein Zehntel seiner Arbeit erledigt hatte, rief Depierre ihn in sein Büro.
Ari ging mit ernster Miene in die Direktionsetage. Im Fahrstuhl traf er Gilles Duboy, den Chef der Abteilung Analyse und Zukunftsforschung. Freundlich wie immer grüßte dieser knapp und tat so, als wisse er nicht über Aris Erlebnisse Bescheid. Mackenzie konnte der Versuchung nicht widerstehen, ihn ein wenig zu necken.
»Na, Duboy, sagt man seinem Lieblingsagenten nicht guten Tag?«
Der Abteilungsleiter schaute ihn verächtlich an.
»Was haben Sie schon wieder am Kopf, Ari?«
»Ich bin im Flur gestürzt.«
Duboy zog die Augenbrauen hoch und verließ ohne ein weiteres Wort den Fahrstuhl. Mackenzie durchquerte den Flur und ging geradewegs auf das Büro des stellvertretenden Direktors zu.
»Wie fühlen Sie sich, Ari?«, fragte Depierre und bot ihm einen Stuhl an.
Ari lächelte. Mit seiner neuen Wunde am Kopf sah er noch ramponierter aus als nach der letzten Schießerei. Man konnte nicht gerade sagen, dass er besonders in Form war.
»Topfit«, antwortete er in ironischem Ton. »Topfit!«
»Ja, ja. Ich sehe schon. Nicht zu hart, die Rückkehr?«
»Eine wahre Freude.«
Depierre schüttelte amüsiert den Kopf. »Na, dann sind Sie reif für das, was ich Ihnen mitzuteilen habe.«
»Aha?«
Der Vizedirektor trommelte mit den Fingern auf den Schreibtisch. »Ich sollte Ihnen eigentlich ein wenig Zeit lassen, sich von Ihren Erlebnissen zu erholen, bevor ich mit Ihnen darüber spreche, aber ich glaube, ich schulde Ihnen ein Minimum an Aufrichtigkeit.«

»Lassen Sie mich raten: Ich bin gefeuert?«
»Nein! Nein, Sie sind nicht gefeuert, Ari. Ihre Methoden stoßen sicherlich nicht immer auf Zustimmung, aber alle müssen wohl oder übel anerkennen, dass Sie den Fall der Schädelbohrerin gelöst haben. Es gibt keinen triftigen Grund, Sie zu feuern ... Und Sie wissen sehr gut, dass das nicht passieren wird, solange ich hier bin.«
»Sehr freundlich, Monsieur Depierre. Was ist es dann?«
»Sie haben bestimmt mitbekommen, dass nach dem Willen des Präsidenten der Republik die Spionageabwehr und der Nachrichtendienst in einigen Monaten fusionieren ...«
»So langsam weiß ich Bescheid, ja«, antwortete Ari, der die Fortsetzung bereits erriet.
»Die neue Einheit, die Direktion des Nachrichtendienstes des Inneren, beunruhigt natürlich die Gewerkschaften, wie Sie es vermutlich in Ihrem Posteingang gelesen haben.«
»Ich hatte noch nicht das Vergnügen.«
»Das wundert mich. Sie sind doch immer der Erste, der dieses Zeug liest.«
»Oh, machen Sie sich keine Sorgen, ich habe noch ein, zwei Sachen zu erledigen, dann werde ich wieder der Gewerkschaftler, den Sie so lieben.«
»Ich zweifle nicht daran. Nun, Sie werden sehen. Die Polizeigewerkschaft widersetzt sich, wie zu erwarten war, der Neustrukturierung. Aus mehreren Gründen. Dabei bringt die neue Struktur einige Vorteile mit sich: Die Beamten des Nachrichtendienstes erhalten automatisch die Qualifikation zum Kriminalbeamten, und ein paar werden der Abteilung ›Geheimes Militärwesen‹ zugeteilt. Aber viele fürchten eine Veränderung der Arbeitsbedingungen und vor allem eine Personalreduzierung. Der Minister hat angekündigt, dass bei der Spionageabwehr alle Agenten übernommen werden, aber nur achtzig Prozent derjenigen des Nachrichtendienstes.«
»Es sind immer dieselben, die den Kopf hinhalten müssen.«

»Ich enthalte mich jeden Kommentars.«
»Ach, Depierre! Nach allem, was wir erlebt haben, Sie und ich, können Sie doch ein bisschen lockerer sein! Wir werden in Ihrem Büro ja nicht abgehört!«
»Sie wissen sehr gut, was ich denke, Ari.«
»Sie denken wie ich, dass wir eine wunderbare Zeit durchmachen, nicht wahr?«
»Ganz genau!«, antwortete Depierre lächelnd.
»Gut, also, das Ganze heißt, ich bin nicht gefeuert, werde aber irgendwohin versetzt. Ist es das?«
»Nein. Aber es ist sehr gut möglich, dass im Zuge der neuen Struktur die Gruppe ›Sektenwesen‹, oder zumindest das, was davon übrig ist, aufgelöst wird …«
Ari konnte ein nervöses Lachen nicht zurückhalten.
»Wie Sie sagen: das, was davon übrig ist. Und um mir das zu sagen, haben Sie mich in Ihr Büro bestellt? Ich weiß doch schon seit Monaten, dass meine Abteilung verschwinden wird, Monsieur. Machen Sie sich um mich keine Sorgen! Ich bin darauf vorbereitet.«
»Ja, also … Ich wollte es Ihnen lieber gleich sagen, offiziell, anstatt den letzten Moment abzuwarten. Sie werden sich über einen neuen Aufgabenbereich Gedanken machen müssen.«
»Ich danke Ihnen. Lassen Sie uns wieder darüber sprechen, wenn es so weit ist. Und Sie? Welchen Posten bekleiden Sie in dieser neuen Struktur?«
»Ach, ich, wissen Sie … Ich bin ein bisschen wie Sie. Ich warte ab, bis es so weit ist!«
»Ich habe den Eindruck, wir sind wie zwei alte Polizisten, die einer anderen Generation angehören.«
»So ungefähr, Ari.«
»Ich kann nicht erst sechsunddreißig Jahre alt sein!«
»Jedenfalls hoffe ich ernsthaft, Mackenzie, dass ich noch viele Jahre mit Ihnen zusammenarbeiten werde. So. Im Grunde ist es das, was ich Ihnen sagen wollte: Selbst wenn die Gruppe ›Sek-

tenwesen‹ verschwindet, hoffe ich, dass wir weiter zusammenarbeiten werden. Sie sind ein guter Polizist.«
»Sie sind auch nicht übel, Chef. Ich falle Ihnen jetzt nicht um den Hals, aber fühlen Sie sich umarmt. Kann ich wieder arbeiten gehen? Ich habe Angst, von Duboy eine schlechte Note zu bekommen.«
»Sagen Sie nichts Schlechtes über den Abteilungsleiter, Ari.«
»Machen Sie Witze? Ich liebe ihn! Er war mir gegenüber immer äußerst zuvorkommend!«, erwiderte der Agent, als er aufstand.
»Passen Sie auf sich auf, Ari.«
Mackenzie kehrte in sein Büro zurück.
Er ließ sich schwerfällig auf seinen Stuhl sinken und starrte lange sein Telefon an. So viele Dinge gingen ihm durch den Kopf! Und es gab nur eine Person, der es sich gern anvertraut hätte. Eine einzige. Er näherte seine Finger der Tastatur des Telefons, zögerte und wählte schließlich Lolas Nummer.
Nachdem es zehnmal geklingelt hatte, legte er auf und versuchte es mit ihrer Handynummer. Wieder ohne Erfolg. Die Buchhändlerin hatte sogar ihren Anrufbeantworter ausgeschaltet. Enttäuscht ließ er den Hörer fallen.
Er hörte noch Lolas grausamen letzten Satz. *Ich melde mich wieder*. Ari schloss die Augen und drückte seinen Kopf gegen die Rückenlehne seines Schreibtischstuhls. Diese vier kleinen Worte umfassten die widersprüchlichen Gefühle, die in diesem Moment und wahrscheinlich noch für lange Zeit in ihm hausten.
Die tiefste Verzweiflung und die begründete Hoffnung.
Nach einigen Minuten machte er sich an die Arbeit. Er verbrachte den restlichen Nachmittag damit, ohne Enthusiasmus seine verschiedenen Arbeiten zu erledigen, bis er gegen achtzehn Uhr endlich Levallois verließ, um zum Bastille-Viertel zurückzukehren. Iris, Krysztof und er hatten sich erst für dreiundzwanzig Uhr vor Saint-Julien-le-Pauvre verabredet. So hatte er ein wenig Zeit, sich auszuruhen. Er war schon lange nicht

mehr in seiner Lieblingsbar gewesen. Auf nichts anderes hatte er jetzt mehr Lust als auf ein paar gute, alte Whiskys.

95

Ari hatte seinen MG am Ende der Rue Galande geparkt. Während der Woche war es möglich, um diese Uhrzeit einen Parkplatz in dem Viertel zu finden. Große Schneeflocken fielen vom Himmel, und Paris war in einen dicken weißen Mantel gehüllt. Schneeschleier wirbelten um die Straßenlaternen, und die Stadt war in ungewöhnliche Stille getaucht.
Ari ging die Straße hinauf, die Hände tief in den Taschen vergraben, die Schultern hochgezogen. Die Flocken, die ihm in den Nacken fielen, schmolzen. Er befand sich noch in einem seltsamen Zustand. Er hatte vermutlich ein oder zwei Gläser zu viel im L'An Vert du Décor getrunken. Aber vor allem war er zugleich aufgeregt, in Villards Tunnel zurückzukehren, und frustriert darüber, es nicht mit Lola zu tun. Ganz einfach nicht an ihrer Seite zu sein.
Er hatte in den letzten Tagen so viel erlebt! Seit Pauls Tod bis zur Entdeckung des Brunnens … Und bei diesem langen Weg, der ihn hierhergeführt hatte, hatte er diejenige verloren, die ihm am meisten bedeutete. Nie in seinem Leben hatte er so viele widersprüchliche Gefühle in sich gehabt, und er kam ich ehrlich gesagt verloren vor.
Als er ein wenig zu früh in Sichtweite der Kirche kam, erkannte Ari sofort, dass etwas nicht stimmte.
Am Eingang des Gebäudes gab es mehr Licht als am Tag zuvor, und vom Vorplatz stieg Rauch auf.
Er beschleunigte seine Schritte und näherte sich mit klopfendem Herzen dem Tor. Als er entdeckte, was los war, wurde er unglaublich wütend.

Neben dem Transporter strichen zwei Männer in Arbeitskleidung mit der Kelle eine Betonschicht auf der Oberfläche des Brunnens glatt. Um sie herum schienen drei Männer in schwarzen Anzügen den Ort zu bewachen.
»Was soll dieser Unsinn?«, rief er und stieß das Tor auf.
Zwei der drei Männer in Schwarz warfen sich auf ihn und packten ihn bei den Schultern.
»Lassen Sie mich los!«, schrie Ari und wehrte sich. »Was machen Sie da?«
»Immer mit der Ruhe, Mackenzie«, erwiderte der dritte hinter ihnen. »Immer mit der Ruhe!«
Er erkannte das Gesicht. Es war der Glatzkopf, der »Kollege«, der mit General Baradat vom militärischen Geheimdienst in sein Krankenhauszimmer gekommen war. Ari machte einen Schritt zurück und befreite mit einer raschen Bewegung seine Arme aus dem Griff der beiden Männer. Er ging an ihnen vorbei, stürzte auf ihren Chef zu und packte ihn am Kragen.
»Was haben Sie hier zu suchen?«, brüllte Ari, rasend vor Wut.
Die beiden anderen griffen erneut nach ihm, diesmal fester, und drückten ihn gegen den Lieferwagen.
Der Mann im schwarzen Anzug zog seine Jacke zurecht und trat auf Ari zu. Er starrte ihm in die Augen.
»Dieser Ort ist zu geheimen Militärangelegenheiten erklärt worden, Mackenzie. Sie haben hier nichts zu suchen. Gehen Sie schön brav nach Hause und lassen Sie die ganze Sache fallen, wenn Sie nicht in den Knast kommen wollen.«
»Militärangelegenheit, dass ich nicht lache! Ich habe diesen Ort entdeckt!«
Ein Anflug von einem Lächeln zeigte sich auf dem Gesicht des Kahlköpfigen.
»Ja. Und wir sind Ihnen dankbar dafür. Aber das beweist auch, dass Sie gelogen haben: Sie haben sehr wohl die Pergamente an sich genommen, Ari. Schätzen Sie sich glücklich, dass ich Sie nicht auf der Stelle festnehmen lasse.«

Mackenzie blieb der Mund offen stehen. Er konnte es nicht fassen. Diese Mistkerle vom Militär hatten es also geschafft, ihn auszutricksen! Auf wessen Anweisung? Das würde er wahrscheinlich nie erfahren. Und wie hatten sie es herausgefunden? Ari schloss die Augen. Zalewski. Es konnte nur er sein. *Dieser verdammte Zalewski.* Wie hatte er nur so dumm sein können? Der Staatsanwalt hatte es ihm doch gesagt: Der Bodyguard war ihm auf direkten Befehl des Innenministers zugewiesen worden. So musste es sein! Er erinnerte sich an den Satz des Polen: »Legionäre sind Ehrenmänner.« *Ehrenmänner? Verräter, ja!* Ari presste die Zähne zusammen. Jetzt schien ihm alles klar zu sein. Und das Schlimmste war, dass er am Tag zuvor dumm genug gewesen war, Kryztof zu bitten, die Pergamente und den Schatz in seinen Tresor zu schließen. Er war sich so sicher gewesen, ihm vertrauen zu können!

Mackenzie verlor die Beherrschung. Wütend befreite er seinen rechten Arm und schlug dem Mann zu seiner Linken die Faust ins Gesicht. Der andere schlug sofort zurück. Aris Kopf wurde nach hinten gerissen und traf die Karosserie des Lieferwagens. Die beiden Männer ließen ihn zu Boden fallen und drückten ihn auf die Pflastersteine des Kirchenvorplatzes.

»Zwingen Sie mich nicht, Sie einzubuchten, Ari!«, bemerkte der Glatzkopf verächtlich.

Plötzlich erklangen Schritte in der Rue Saint-Julien-le-Pauvre. Ari, der am Boden festgehalten wurde, hob mühsam den Kopf. Durch das Gitter entdeckte er die Silhouetten von Kryztof und Iris, die angerannt kamen.

Der Bodyguard zog seine Waffe und näherte sich der Kirche, wobei er die beiden Männer bedrohte, die Mackenzie festhielten, was Iris ihm sogleich nachmachte.

»Lassen Sie ihn sofort los«, brüllte er und stieß die Gittertür mit dem Fuß auf.

»Beruhigen Sie sich, Zalewski!«, erwiderte der Kahlkopf.

»Woher kennen Sie meinen Namen?«

Der Mann zog langsam seine Brieftasche aus der Jacke.
»Militärischer Geheimdienst!«, verkündete er, als er seine Karte vorzeigte. »Stecken Sie sofort Ihre Waffen weg, bevor Sie die größte Dummheit Ihres Lebens machen.«
»Lassen Sie ihn zuerst los!«, erwiderte Krysztof gereizt, seine Pistole noch immer auf die beiden anderen Männer gerichtet.
»Lassen Sie ihn sofort los, wenn *Sie* nicht wollen, dass ich die größte Dummheit meines Lebens mache!«
Der Kahlkopf gab seinen beiden Kollegen ein Zeichen, Ari loszulassen.
Der stand mit blutender Nase auf und lehnte sich an den Lieferwagen. Iris eilte zu ihm.
»Was ist hier los?«, fragte Zalewski, während er seine Waffe wieder in das Holster steckte.
»Dieser Ort wurde zum Militärgebiet erklärt. Sie haben hier nichts mehr zu suchen.«
»Sind Sie verrückt, oder was?«, rief Iris und drehte sich um.
»Was haben Sie sich gedacht, Madame Michotte? Haben Sie gedacht, Sie könnten einfach so Beweismittel entwenden und im Alleingang handeln, ohne den zuständigen Behörden Mitteilung zu machen? Diese Akte wurde dem Militärgeheimdienst übergeben, und ich wiederhole zum letzten Mal, dass Sie hier nichts mehr zu suchen haben. Sie haben schon genug Dummheiten begangen! Das Beseitigen eines Beweismittels im Rahmen einer polizeilichen Ermittlung wird mit mehreren Jahren Haftstrafe geahndet, woran wir Monsieur Mackenzie neulich erinnert haben. Wenn Sie also nicht wollen, dass wir die Sache weiterverfolgen, geben Sie das Ganze auf und kehren brav zu Ihrer Beschäftigung zurück, ist das klar? Und wenn ich auch nur ein Wort darüber in der Presse lese, lasse ich sie alle drei einsperren. Und jetzt verschwinden Sie.«
Iris wandte sich Ari zu. Sie tauschten wissende Blicke. Es lohnte sich nicht, zu kämpfen: Es war hoffnungslos. Sie näherte sich ihm und zog ihn am Ärmel.

»Lass es gut sein.«
Mackenzie wehrte sich nicht und folgte seiner Freundin, blass vor Wut. Zalewski kam ihnen nach, ohne die beiden Wachhunde aus dem Blick zu lassen, die ihn mit herausfordernder Miene ansahen.
Schweigend gingen sie die Straße entlang. Nach ein paar Schritten drehte sich Ari zur Kirche um, die hinter einem Schneeschleier verschwand.
»Ich kann es nicht glauben! Diese Mistkerle haben die Sache an sich gerissen!«
»Wie haben sie davon erfahren?«
»Ich habe keine Ahnung«, antwortete Ari.
Er wagte nicht zu sagen, dass er zuerst an einen Verrat durch Zalewski geglaubt hatte. Er hatte ein schlechtes Gewissen, weil er an der Aufrichtigkeit des Bodyguards gezweifelt hatte.
»Sie müssen mir gefolgt sein, mich abgehört haben, ich weiß auch nicht. Ich hätte vorsichtiger sein müssen.«
»Wo hast du geparkt?«, fragte Iris.
»Dort drüben«, sagte er und zeigte die Rue Galande hinunter.
Sie machten sich auf den Weg durch die Nacht.
»Nach allem, was ich getan habe! Dass ihnen die Sache in die Hände fällt, ist einfach zum Kotzen.«
»Aber wer steht hinter dem Ganzen? Das ist doch nicht auf Betreiben des Militärs passiert.«
»Nein, sicher nicht. Als sie mich im Krankenhaus besuchten, sagten sie, sie kämen auf Anweisung aus dem Élysée-Palast. Aber wer weiß. Dank des Militärgeheimnisses können diese Kerle behaupten, was sie wollen. Wir haben keinerlei Möglichkeit, das zu überprüfen.«
»Aber wir können doch nicht zulassen, dass sie damit durchkommen?«
»Was willst du denn machen, Iris? Sie haben den Eingang zugemauert, und du kannst davon ausgehen, dass er streng bewacht werden wird. Und bei wem sollen wir uns beschweren?

Ich war nicht befugt, die Quadrate von Villard zu behalten! Wir sind am Ende, Iris.«
»Gibst du ihnen die Pergamente zurück?«
Ari schüttelte den Kopf.
»Also, darauf können die lange warten!«
»Und der Schatz?«, fragte Zalewski. »Was machen wir damit?«
Mackenzie kratzte sich belustigt lächelnd am Kopf.
»Welcher Schatz? Ich habe nie einen Schatz gesehen. Nur einen Gang.«
Der Bodyguard lächelte ebenfalls. »Wissen Sie, das Schlimmste ist, dass wir wahrscheinlich nie erfahren werden, was sich am Ende dieses Tunnels befindet. Entweder gibt es etwas, und sie sagen es uns nicht, oder es gibt nichts, und wir können ihnen nicht glauben, wenn sie es uns sagen ...«
»Was befindet sich deiner Meinung nach dort?«
Ari drehte sich zum Square Viviani um. Der kleine Kirchturm war trotz der Dunkelheit zu sehen.
»Ich weiß es nicht, Iris.«
»Was glaubst du?«
»Wir werden es sowieso nie erfahren. Denk dir einfach deinen Teil.«
»Aber du hast doch sicher eine Vermutung?«
»Vielleicht muss man sich an das gute alte Prinzip von Ockhams Rasiermesser halten. Die einfachste Möglichkeit wählen ...«
Iris drückte den Arm ihres Freundes.
»Du mit deinem Rasiermesser«, sagte sie lächelnd.
Ihre Mäntel waren mit Schneeflocken bedeckt, als sie sich zum MG aufmachten.
»Soll ich euch mitnehmen?«
»Ich bin mit dem Auto da«, antwortete Zalewski.
»Ich auch.«
»Dann verabschieden wir uns jetzt?«
Der Bodyguard zuckte mit den Schultern.

»Ich denke, wir sehen uns ziemlich bald wieder, oder nicht? Ich könnte ein paar Tage Urlaub vertragen. Und Sie?«
Mackenzie klopfte ihm kameradschaftlich auf die Schulter.
»Sie sind ein prima Kerl, Krysztof. Danke für alles.«
Er drückte ihm die Hand.
»Bis bald, Ari. Passen Sie auf sich auf.«
Der Pole verabschiedete sich von Iris und entfernte sich mit raschen Schritten.
»Alles in Ordnung, Ari?«
»Ja, ja.«
»Was machst du jetzt?«
Der Agent zögerte.
»Ich glaube, ich gehe meinen Vater besuchen.«
»Um diese Zeit?«
»Er leidet an Schlaflosigkeit, es wird ihn nicht stören. Und mir wird es guttun.«
»Bist du dir sicher?«
»Ja. Geh nach Hause, Iris. Wir sprechen in den nächsten Tagen noch mal über die ganze Sache.«
»Okay, wie du möchtest.«
Sie küsste ihn auf die Wange.
»Danke für alles«, sagte Ari, als er in seinen Wagen stieg. »Ich weiß nicht, was ich ohne dich machen würde.«
»Noch mehr Dummheiten wahrscheinlich.«
Sie zwinkerte ihm zu und verschwand in der Nacht.

96

Jack Mackenzie öffnete die Tür nicht, als sein Sohn auf die Klingel drückte.
Zum Glück besaß Ari einen Ersatzschlüssel, und so trat er besorgt in die kleine Wohnung im Pflegeheim an der Porte de

Bagnolet. Er ging ins Wohnzimmer. Der Fernseher lief, aber sein Vater war nicht da. Schnell eilte er ins Schlafzimmer. Lamias Worte fielen ihm wieder ein. »*Gestern ist meine Mutter gestorben, Ari ... Sagen Sie: Haben Sie Neuigkeiten von Ihrem Vater?*« Er öffnete die Tür mit einem Ruck.

Jack Mackenzie lag mit blassem Gesicht auf seinem Bett und hob langsam die Hand, als er seinen Sohn eintreten sah.

Der Agent seufzte erleichtert auf.

»Ich ... Habe ich dich geweckt, Papa? Hast du geschlafen?«

»Nein, ich bin undurchsichtig«, brabbelte der alte Mann, den Blick ins Leere gerichtet.

Ari nahm sich einen Stuhl und zog ihn an das Bett seines Vaters, um sich neben ihn zu setzen. Jack Mackenzie hatte gerötete Augen.

»Ich habe meine Ermittlungen abgeschlossen, Papa. Ich habe die Person gefunden, die deinen Freund Paul Cazo getötet hat. Es war eine Frau. Sie ist jetzt tot. Das wollte ich dir sagen.«

»Die großen Geisteskranken unserer Zeit haben keine Sexualität mehr.«

Ari legte eine Hand auf die Stirn seines Vaters, um zu prüfen, ob er Fieber hatte. Aber er schien nur erschöpft zu sein.

»Natürlich muss jemand während meiner Abwesenheit meine Einhörner füttern«, fuhr der alte Mann fort. »Ich habe jetzt hundert.«

Ari strich seinem Vater über die Wange, dann stand er auf und ging in die Küche, um ein wenig abzuspülen. Die Wohnung war weniger aufgeräumt als sonst. Jack befand sich bestimmt in einer schlechten Phase. Wahrscheinlich hatte die längere Abwesenheit seines Sohnes den alten Mann verstört. Ari bekam wie immer Schuldgefühle. Mit einem Glas Whisky in der Hand ging er ins Schlafzimmer zurück.

»Willst du etwas trinken, Papa?«

»Nein, es ist kalt. Setz dich, Ari. Hör auf, dauernd herumzurennen. Das ermüdet mich.«

Ari kehrte zum Stuhl zurück, der nahe am Bett stand. Er holte seine Schachtel Chesterfield hervor und bot seinem Vater eine an. Der alte Mann steckte sich mit zitternden Fingern die Zigarette in den Mund. Ari zündete beide Zigaretten an und sank gegen die Rückenlehne seines Stuhls.
»Du siehst nicht gut aus, mein Sohn. Es ist dieses Mädchen, nicht wahr? Diese Buchhändlerin?«
Ari antwortete nicht. Als er die Wohnung betreten hatte, hätte er wetten können, dass dieses Thema wie immer früher oder später zur Sprache kommen würde.
»Du hast ihr Orchideen geschenkt, du hast ihr gesagt, dass du sie liebst, aber es läuft nicht, ist es das? Sie ist nicht in dich verliebt.«
»Es ist ein bisschen komplizierter, Papa.«
»Bist du nicht verliebt?«
»Doch! Ich habe dir doch gesagt, dass es ein bisschen komplizierter ist.«
»Du denkst, so ein alter Irrer wie ich könnte das nicht verstehen, was?«
Ari zuckte mit den Schultern. Er war sich tatsächlich nicht sicher, ob sein Vater in der Lage war, die Situation zu begreifen, sich lange genug zu konzentrieren, um alles hören und beurteilen zu können. Im Grunde genommen wusste Ari selbst nicht genau, ob er alles verstand …
Doch nachdem er ein paar Sekunden geschwiegen hatte, verspürte er das Bedürfnis, sich seinem Vater anzuvertrauen.
»Seit Jahren sage ich mir, Papa, dass ich lernen muss, allein zu leben. Mama ist nicht mehr da, Paul ist nicht mehr da, und eines Tages wirst du auch nicht mehr da sein. Also bereite ich mich vor. Es gibt nichts, was mir größere Angst macht, Papa. Die Einsamkeit. Und im Grunde frage ich mich, ob ich nicht den falschen Weg einschlage. Siehst du, ich frage mich, ob die wahre Herausforderung vielleicht nicht darin besteht, zu lernen, allein zu leben, sondern im Gegenteil darin, zu lernen, mit

jemandem zusammenzuleben. Ich glaube, dass das eigentlich viel schwieriger ist, und ich weiß nicht, ob ich dazu in der Lage bin.«
»Hast du Angst, dich auf sie einzulassen? Vielleicht ist sie nicht die Richtige, Ari.«
»Oh, doch. Doch, Papa, sie ist die Richtige. Es gab nie eine, die so gut war, und es wird nie eine Bessere geben. Sie ist perfekt. Sie ist schön, unglaublich schön, sie ist sanft, sie ist lustig, sie ist intelligent, sie ist stark, sie steht mit beiden Beinen auf der Erde, und manchmal kann sie nach den Sternen greifen. Sie ist gefühlvoll, zerbrechlich und zugleich stark ...«
»Dann sag ihr, dass du sie liebst, und nimm sie mit zu dir.«
»Ich weiß nicht, ob sie bereit ist, das zu hören. Ich habe sie sehr enttäuscht.«
»Dann kämpfe, mein Junge, um sie zurückzugewinnen.«
»Ich werde es versuchen.«
»Wie heißt sie noch mal?«
»Dolores.«
»Das ist ein ganz schön trauriger Vorname.«
»Ich nenne sie Lola.«
»Das ist netter.« Der alte Mann lächelte.
Ari rieb sich die Stirn, nahm einen langen Zug von seiner Chesterfield und trank einen Schluck Whisky. Diese Momente waren so sonderbar und selten, in denen die Rollen wieder vertauscht waren und sein Vater wieder ein Vater wurde. Das tat sehr gut!
Sie rauchten schweigend, dann nahm Ari die Hand seines Vaters in seine Hände und drückte sie.
»Es gibt keinen Anfang«, murmelte der alte Mann.
So blieben sie lange, Hand in Hand, wechselten Blicke, ohne ein Wort zu sagen.
Plötzlich drehte sich Jack zu seinem Sohn um und schaute ihm in die Augen. »Ari?«
»Ja, Papa?«

»Und die Kleine ...«
»Welche Kleine? Lola?«
»Nein, nein. Mona. Was ist aus ihr geworden?«
Ari riss die Augen auf. Er glaubte, sein Herz würde stehen bleiben. »Wie ... Was?«
»Was ist aus Mona Safran geworden?«
Wie vom Blitz getroffen, stand Ari auf und setzte sich auf die Bettkante. Er legte seine zitternden Hände auf den Arm seines Vaters. »Du ... Du hast sie gekannt?«
»Natürlich.«
Ari war sich nicht sicher, alles zu begreifen.
»Aber ... Woher?«
Der alte Mann machte eine wegwerfende Handbewegung, als ob das, was er gerade gesagt hatte, nicht von Bedeutung wäre.
»Nach meinem Unfall ... Ich wollte nicht, dass du es machst, Ari. Also hat Paul sie gefragt. Sie hat mich ersetzt. Mona Safran ...«
In Aris Kopf ging alles durcheinander. Er versuchte, die Bruchstücke wieder zusammenzufügen. Aber er konnte es nicht glauben. Er glaubte zu träumen. Dass das Ganze nur ein neues Hirngespinst seines Vaters war. Wirres Gerede. Und doch ...
»Du ... Du hast zur Loge gehört, Papa?«
Der alte Mann presste die Lippen aufeinander, dann blickte er zur Decke.
»Die mustergültigen Typen, das sind Typen, die sich selbst nicht kennen.«
Ari drückte seinen Vater fester an der Schulter.
»Papa! Antworte mir! Hast du ... Hast du zur Loge Villard de Honnecourt gehört?«
»Man müsste sich um dieses verdammte Krankenhaus kümmern«, antwortete Jack mit rauher Stimme. »Der Fraß ist saumäßig.«
»Papa! Antworte mir, verdammt!«
Der alte Mann seufzte tief, und Tränen sammelten sich in sei-

nen Augen. »Man kann Gedichte entwerfen, die eine himmlische Gestalt angenommen haben und wo glückliche Familien wohnen«, murmelte er mit tränenerstickter Stimme.
Ari gab auf. Er begriff, dass die Fragen seinen Vater verletzten. Er wollte ihn nicht noch mehr quälen und ließ seine Hände sinken. Dann beugte er sich zu ihm vor, drückte seine Wange an dessen Kopf und nahm ihn in den Arm. So blieb er lange sitzen und versuchte, an nichts zu denken. Nach ein paar Minuten atmete Jack tief und regelmäßig.
Ari richtete sich langsam auf, zog die Decke über seinen schlafenden Vater und verließ geräuschlos das Zimmer.
Im Wohnzimmer ließ er sich in den Sessel fallen. Er trank ein paar Schluck Whisky, während er auf den kleinen Fernsehapparat starrte, ohne wirklich etwas zu sehen. Es fiel ihm schwer, zu akzeptieren, was er soeben gehört hatte, was er soeben begriffen hatte. Sein Vater war sein ganzes Leben lang Bulle gewesen. Nie hatte er seine Mitgliedschaft in der Gesellenvereinigung erwähnt. Das ergab überhaupt keinen Sinn! Und doch konnte Jack sich das nicht ausgedacht haben. Wenn er Mona Safran kannte, dann musste er Compagnon und Mitglied der Loge gewesen sein. Eines war gewiss: Das erklärte seine enge Verbindung zu Paul Cazo. Aber warum hatte er es ihm niemals gestanden? Wie hatte er so lange ein solch großes Geheimnis wahren können? Um nicht gegen die Regel der Mitglieder der Villard-de-Honnecourt-Loge zu verstoßen. Die bedingungslose Verschwiegenheit. Oder vielleicht hatte er ihn davor bewahren wollen. Trotzdem nahm Ari es ihm übel.
Er hatte das Gefühl, eine schreckliche Last zu erben. Pauls Tod, der Tod der sechs Compagnons und die Demenz seines Vaters machten aus ihm den Hüter eines uralten Geheimnisses. Denn auch wenn der militärische Geheimdienst den Eingang verschlossen hatte, blieb die Botschaft Villard de Honnecourts erhalten. Die Quadrate waren immer noch da. Eines Tages würde er entscheiden müssen, was er damit machen wollte.

Plötzlich weckten die Bilder im Fernsehen seine Aufmerksamkeit und rissen ihn aus seiner Grübelei. Angewidert schüttelte er den Kopf. In den Nachrichten kam ein Bericht über die Lösung des Schädelbohrer-Falles. Man sah die zufriedenen Gesichter von Kommissar Allibert und Staatsanwalt Rouhet, die sicher die Lorbeeren für sich einheimsten. Im Grunde überraschte ihn das nicht. Diesen Dummköpfen war es wahrscheinlich egal, was das Militär jetzt mit ihren Unterlagen anstellte.
Als der Bericht weiterlief, runzelte er plötzlich die Stirn und näherte sich dem Fernsehapparat. Er war sich ganz sicher: Er hatte einen Mann im Hintergrund des Bildes erkannt, in einer Aufnahme, die den Innenminister und den Staatsanwalt Rouhet im Gespräch miteinander zeigte. Dieses Gesicht kannte er. Diesen Mann mit den eingefallenen Wangen, dem gelblichen Teint, dem dunklen Blick. Kein Zweifel. Er war es. Im Zuge seiner Ermittlungen war er ihm mehrmals begegnet. Dieser Kerl war ein Fantast, ein Mystiker, der sich in den esoterischen Kreisen von Paris »Doktor« nennen ließ. Ari hatte nie herausgefunden, wer er wirklich war. Aber jetzt fiel ihm ein, dass diese seltsame Person zahlreiche Pseudonyme verwendete: Marquis de Montferrat, Comte Bellamarre, Prince Ragoczy ...
Und vor allem: Chevalier Weldon.
C. Weldon. Der Name, den Depierre genannt hatte.

97

Ari erreichte mit durchnässten Schuhen sein Haus in der Rue de la Roquette.
Während der Fahrt war er tausendmal die Fragen in seinem Kopf durchgegangen. Aber er wusste: Es gab nur eine mögliche Erklärung. Eine einzige Hypothese. Wieder einmal genügte es, sich an Ockhams Rasiermesser zu halten.

Der Doktor steckte hinter dem Ganzen.
Bei dieser Geschichte war jeder manipuliert worden. Die Villard-de-Honnecourt-Loge, der Vril, Mancel, die Kriminalpolizei, er selbst. Alle.
Irgendwie hatte sich dieser seltsame Anonymus erfolgreich Zugang zu den höchsten Staatskreisen verschafft, um den Fall an sich zu ziehen. Hoch genug jedenfalls, damit der Militärgeheimdienst und vermutlich der Innen- und der Verteidigungsminister die Akte zum Staatsgeheimnis erklärten. Das Rätsel würde für immer hinter verschlossenen Türen bleiben. Ende der Geschichte.
Jetzt kannte nur ein einziger Mensch das wahre Geheimnis von Villard de Honnecourt. Und dieser Mann hatte keinen Namen.
Als Ari vor der Tür seines Hauses stand, versprach er sich selbst hoch und heilig, dass er ihn eines Tages finden und seinen Namen herausbekommen würde. Und sein Geheimnis.
Er hob seinen Kopf zur Gedenktafel von Paul Verlaine. Ein Schauer durchfuhr ihn. Die weißen Bürgersteige hatten etwas Unwirkliches an sich, und die Schneeflocken, die durch die tiefe Nacht wirbelten, schienen die Zeit aufzuhalten.
Er steckte die Hand in seine Jeanstasche, stieß die Tür auf und lief die Treppe, die mit rotem Linoleum bedeckt war, hinauf.
Hier hatte alles angefangen. Er sah sich noch die Stufen hinunterspringen, an dem Morgen, als Paul angerufen hatte. Er ging bis zu seinem Treppenabsatz hinauf, holte den Schlüssel hervor und betrat seine alte Wohnung. Ein Blick auf den Anrufbeantworter. Das Licht blinkte nicht. Keine Nachricht.
Er zog seinen schwarzen Trenchcoat aus, warf ihn auf die Garderobe und ging auf das Wohnzimmer zu. Auf der Türschwelle zuckte er zusammen, als er eine Silhouette auf seinem Sofa sah.
Ihm stockte der Atem, er presste sich die Hand auf das Herz. Dann entspannte er sich langsam wieder. Er schluckte. Lola. Da saß die Buchhändlerin, mitten in seinem Zimmer. Sie fixierte ihn mit ihren großen, traurigen Augen.

»Du ... Du hast mir ganz schön Angst gemacht«, stotterte er, als er auf sie zuging.
»Ich habe immer noch deinen Wohnungsschlüssel, Ari.«
Ein paar Schritte vor der jungen Frau blieb er stehen. Sein Herz schlug zum Zerspringen. Er verging vor Sehnsucht danach, sie in die Arme zu nehmen. Aber er wagte es nicht.
Zögerlich ging sie auf ihn zu, auch sie war unsicher. Sie hob ihre Hand an Aris Stirn und streichelte ihn zärtlich.
»Du bist verletzt«, murmelte sie mit ihrer rauhen Stimme.
Mackenzie nickte.
»Ja. Aber es ist nichts.«
Lola ließ ihre Hand sinken.
»Ich ...«
Sie stockte, als fände sie nicht die richtigen Worte. Ari machte einen Schritt nach vorn und nahm die Hand der jungen Frau in die seine.
»Es tut mir leid, Lola. Es tut mir so leid. Alles.«
»Du hast mir gefehlt.«
Er hielt es nicht mehr aus, hob seine Hände an ihre Schultern und zog sie an sich. Sie schob ihre Arme auf seinen Rücken und drückte ihn fest. Lange blieben sie so stehen, ohne zu reden, ohne sich zu bewegen. Ari ließ sich von dem Moment, auf den er so lange gewartet hatte, davontragen. Sein Geist befreite sich von allem, was ihn bis jetzt beschäftigt hatte, und er gab sich ganz diesem Augenblick hin.
Ganz behutsam näherte er seinen Mund dem Hals der jungen Frau. Mit geschlossenen Augen sog er Lolas Duft ein, dann flüsterte er das aufrichtigste und zärtlichste »Ich liebe dich« in ihr Ohr.
Weil er nichts anderes zu sagen hatte.
Weil damit alles gesagt war.
Ich liebe dich, Lola.

Dank

Ich habe diesen Roman im Sommer 2006 begonnen, in meiner geheimen Kammer im Großraum Paris, und ihn im Oktober 2007 zwischen den Winden einer kleinen Kapverdischen Insel und denjenigen der roten Hügel des Minervois fertiggestellt.
Mehrere Freunde haben mir auf dieser Reise aus der Dunkelheit ans Licht geholfen, und ich möchte ihnen an dieser Stelle ganz besonders danken: Emmanuel Baldenberger, Jean-François Dauven, Patrick Jean-Baptiste und Fabrice Mazza.
Ich habe auch Hilfe von verschiedenen Gelehrten erhalten, denen ich zu tiefstem Dank verpflichtet bin: Jacques Chaurand, Experte für das Picardische und Professor an der Universität Paris-XIII; Jacqueline Picoche, ehemalige Leiterin des *Centre d'études picardes* der Universität der Picardie; Roland Gilles, Verantwortlicher der Sammlungen am *Institut du monde arabe,* sowie den Beamten der *Renseignements généreaux,* die mich gebeten haben, sie nicht namentlich zu erwähnen, die aber wissen, dass sie gemeint sind.
Außerdem möchte ich meiner Verlegerin Stéphanie Chevrier danken, ebenso wie Virginie Plantard, die mich geduldig seit drei Romanen begleiten. *Das verschollene Pergament* schuldet ihnen viel. Ich schulde ihnen noch mehr.
Seit meinem ersten Roman vor mittlerweile zehn Jahren habe ich das Glück, von einer großzügigen Familie unterstützt zu werden: JP & C, Piche & Love, den Saint-Hilaire sowie dem Wharmby-Clan. Ich bin euch ewig dankbar, genauso wie der lustigen Clique, die mich unterstützt: Bernard Werber, Emmanuel Reynaud, Erik Wietzel, den tollen Kerlen des CAEP, den

Mitgliedern der Gruppe Kelks und allen Musketieren der Éditions Bragelonne. Eine kleine spezielle Widmung den Fans des Internets und der Djar-Welt.

Zu guter Letzt denke ich liebevoll an meine drei Sterne, die Fee Delphine, die Prinzessin Zoé und den Drachen Elliott.

Ein hochspannender Mysterythriller für die Fans von Scott McBain und Jean-Christophe Grangé.

Henri Lœvenbruck
Das Jesusfragment

Thriller

Als sein Vater plötzlich ums Leben kommt, steht Damien Louvel, ein erfolgreicher Drehbuchautor, vor einem Rätsel. Offenbar war sein Vater einer geheimnisvollen Reliquie auf der Spur, dem Stein von Iorden, der die letzte Botschaft Jesu enthalten soll. Aber er war nicht der Einzige. Mysteriöse Geheimbünde, die auch vor Mord nicht zurückschrecken, machen Jagd auf den Stein. Und Damien gerät in ihr Visier ...

Knaur Taschenbuch Verlag